LENA JOHANNSON

Jahre an der Elbchaussee

Die Geschichte einer
Schokoladen-Dynastie

ROMAN

atb aufbau taschenbuch

MIX
Papier aus verantwortungsvollen Quellen
FSC® C083411

ISBN 978-3-7466-3542-2

Aufbau Taschenbuch ist eine Marke
der Aufbau Verlag GmbH & Co. KG

1. Auflage 2019

Gesetzt aus der Adobe Garamond durch die LVD GmbH, Berlin
Druck und Binden CPI books GmbH, Leck, Germany
Printed in Germany

www.aufbau-verlag.de

TEIL 1

Kapitel 1

Ende Mai 1925

»Das ging nu aber auch so fix, da hätt ich nicht mal Labskaus sagen können.« Ernst strahlte.

»Mir scheint, man hätte sogar Labskaus mit Matjes und Rote Bete sagen können«, gab Albert Hannemann zurück. »Du hast lange genug für mich gearbeitet, es wurde Zeit, dass du endlich belohnt wirst.«

Frieda musste lächeln. Ihr Vater war bester Laune. Er hatte den Braten, den Henni aufgetragen hatte, ebenso gelobt wie das Gemüse. Er strahlte über das ganze Gesicht, und er hatte mehrfach betont, dass es die richtige Entscheidung gewesen sei, die Villa an der noch immer sehr beliebten Elbchaussee zu kaufen.

»Ein Ort zum Wohlfühlen«, hatte er zufrieden gesagt. »Dass wir ihn behalten konnten, verdanken wir auch dir, Ernst!«

Da hatte Vater recht. Und darum hatte Ernst seine neue Position mehr als verdient. Seit er mit zehn als Laufbursche bei Hannemann & Tietz angefangen hat, war klar, dass er mehr wollte. Nun hatte er es geschafft. Durch geschicktes Taktieren und mutiges Handeln war er zu Geld gekommen, als alle anderen unter der Inflation gestöhnt und Verluste gemacht hatten. Ohne ihn wäre ihre geliebte Schokoladenmanufaktur in größter Gefahr gewesen. Sie wusste nur zu gut, dass die Produktion von Zartbitter- und Vollmilchtafeln, von Pralinen mit Champagner- oder Fruchtfüllung für ihren Vater im besten Fall eine Liebhaberei war. Während der Wirtschaftskrise, als Vater an allen Ecken und Enden sparen musste, wäre die Manufaktur beinah auf der Strecke geblieben. Aber Ernst hatte erkannt, dass die Produktion von köstlichen Süßwaren sogar die Rettung sein konnte, wenn der Import nichts einbrachte. Deshalb hatte er sie unterstützt, wenn sie beharrlich immer wieder neue Rezepte entwickelt, stundenlang Schokoladenmasse gerührt, in Formen gegossen, Tafeln in Silberpapier gewickelt hatte. Bis sie so erfolgreich waren, dass ihr Vater ihr endlich höchst offiziell das Sagen über diesen kleinen Bereich seines Geschäfts erteilte. Mehr noch, Vater hatte ihr sogar in Aussicht gestellt, irgendwann seine Nachfolgerin im Familienunternehmen zu werden. Mit Per an ihrer Seite traute Vater ihr die Geschäftsleitung zu. Manchmal konnte sie es immer noch nicht fassen.

»Wirklich, Ernst«, hörte sie jetzt ihren Vater sagen. »Du hast es dir absolut verdient, mein Kompagnon zu sein. An Hannemann & Krüger muss ich mich zwar erst gewöhnen, aber das wird schon.«

»Sie können den Namen wirklich gern beibehalten. Hannemann & Tietz hat einen guten Klang, weit über Hamburgs Grenzen hinaus. Und Krüger is ja nicht so richtig ein Name, sondern eher ein Sammelbegriff.«

»Das kommt gar nicht infrage. Hättest du uns in den schweren Zeiten nach dem Krieg nicht Geld geliehen – ich darf gar nicht darüber nachdenken, was aus dem Unternehmen geworden wäre!«

»Sie hätten das schon irgendwie anders geschafft …«

»Indem ich womöglich die Gerätschaften der Manufaktur verkauft hätte?«

»Auf keinen Fall!« Allein die Vorstellung ließ Frieda aufschrecken. Hatte sie es doch geahnt, kaum tauchte ein Engpass am Horizont auf, stellte ihr Vater zuerst die Manufaktur infrage.

»Siehst du, Ernst, schon bei dem bloßen Gedanken steht meine liebe Tochter kurz vor einem Ohnmachtsanfall«, sagte ihr Vater lächelnd.

Ernst grinste nur, dann zwinkerte er seiner Mutter zu, die sich immer noch sichtlich unwohl fühlte. Kein Wunder, bis vor Kurzem war sie Angestellte im Hause Hannemann gewesen. Erst hatte sie Rosemarie das Mieder geschnürt, ihr die Schuhe geputzt und die Kleider gerichtet, später hatte sie sich um Frieda und Hans gekümmert, als wären es ihre eigenen Kinder. Bis letzte Woche hatte Gertrud das Küchenpersonal unter sich gehabt und würde jetzt vermutlich lieber selbst am Herd stehen oder zumindest den Leuten auf die Finger schauen. Doch das war nun vorbei.

»Die Mutter meines Geschäftspartners kann uns unmöglich weiter den Braten auf den Teller legen«, hatte Albert erklärt.

Rosemarie Hannemann fühlte sich genauso unwohl wie Gertrud. »Sie wird mit uns am Tisch sitzen?«, hatte sie verwirrt gefragt, als Albert ihr erklärte, es werde eine kleine Feier zu Ehren von Ernsts Einstand geben. »Worüber soll ich mich denn mit ihr nur unterhalten?« Rosemarie hatte vollkommen ratlos ausgesehen. Es wäre wirklich besser gewesen, in einem anständigen Restaurant zu feiern als zu Hause. Dort hätten sich die beiden ungleichen Frauen vermutlich schneller mit der ungewöhnlichen Situation arrangiert. Frieda lächelte stillvergnügt. Ach was, sie würden den Abend schon überstehen. Und tatsächlich war das Essen ohne größere Zwischenfälle vonstattengegangen. Dennoch war Frieda erleichtert, als Henni den Nachtisch servierte, rote Grütze mit Sahne. Oder Rødgrød med fløde, wie Per sagte. Immer wieder sagen musste, denn Frieda konnte sich nicht daran satthören, wenn er dänisch sprach. Besonders diese drei Wörter liebte sie.

Lächelnd schaute sie zu Per herüber – schon wieder wollte ihr ein Glücksgefühl das Herz fluten. Was war heute nur los mit ihr? So rührselig kannte Frieda sich selbst nicht. Im letzten Herbst hatten sie sich verlobt, da war sie gerade zweiundzwanzig gewesen. Ihr war es ein wenig früh vorgekommen, ihre Eltern dagegen hatten es kaum abwarten können. Nicht etwa, weil sie ihr Kind einfach gern unter der Haube gewusst hätten, sondern um durch eine einträgliche Heirat die finanzielle Lage des Handelsunternehmens zu stärken, so schlecht war es ihrem Vater damals gegangen. Mit siebzehn, so alt war sie, als ihre Eltern das erste Rendezvous einfädelten, war es ihr wie Verrat vorgekommen, als würden Vater und Mutter sie an einen Mann mit Geld verschachern. Und wirklich: Mit Per waren Vaters finanzielle Sorgen Geschichte. Doch zum Glück war er ein hochanständiger Mann. Mehr noch. Frieda empfand größte Zuneigung für ihn. Dass auch die Leidenschaft zwischen ihnen noch wachsen würde, daran hatte sie keinen Zweifel. Sie betrachtete ihn von der Seite. Seine blauen blitzenden Augen wurden von Lachfältchen eingerahmt, das blonde Haar war kurz und wie immer sehr ordentlich nach hinten gekämmt. Er bemerkte ihren Blick und sah sie fragend an. Frieda legte ihre Hand auf seine und lächelte ihn an. Die letzten Monate an seiner Seite waren schön gewesen. Sehr schön. Per freute sich darauf, in Hamburg sesshaft zu werden. Er hatte ein prachtvolles Haus am Rande der Elbchaussee gekauft. Bis zur Villa ihrer Eltern waren es nur wenige Schritte, und der Garten grenzte direkt an den Jenischpark. Frieda hatte sich auf den ersten Blick in das Anwesen verliebt. Nicht nur die Lage inmitten von Grün und oberhalb des kleinen Teufelsbrücker Hafens hatte sie sofort begeistert. Vor allem gefielen ihr die großen Fenster, die so viel Licht einließen. Die Zimmer in den beiden Stockwerken waren geräumig und freundlich. Da der Bau auf einem kleinen Hügel errichtet worden war, gab es statt eines Kellers ein Souterrain-Geschoss. Dort würde Selma Blumenstein wohnen, die im März das Kind von Friedas Bruder Hans zur Welt gebracht hatte. Es war Pers Vorschlag gewesen, sie mit ihrer Tochter zu sich zu nehmen. Ebenso gut hätte Selma in dem Anbau bleiben können, den Frieda bis zur Hochzeit noch bei ihren Eltern bewohnte, und wo die junge Frau aus Berlin seit ihrem Auftauchen während Friedas und Pers Verlobungsfeier Unterschlupf gefunden hatte. Doch Selma war Jüdin, und Rosemarie tat sich schwer mit diesem Umstand. Ein uneheliches Enkelkind war ohnehin schon mehr, als sie verkraften konnte. Per war sensibel genug, um zu begreifen, wie hilfreich ein wenig Abstand zwischen Rosemarie und Selma war. Frieda konnte den Umzug in ihr eigenes Reich kaum noch abwarten. Bald würden die Innenarbeiten – ein paar neue Tapeten, etwas Farbe – abgeschlossen sein. Dann mussten sie nur noch den Hochzeitstermin festlegen, ehe Frieda endlich ihren eigenen Haushalt haben würde.

»Ich fürchte, für mich wird es langsam Zeit.« Pers tiefe Stimme riss sie aus ihren Gedanken. »Mein Vater erwartet mich morgen schon sehr früh in unserem Stammhaus in Odense. Mir scheint, mein alter Herr hat einiges mit mir zu besprechen, da sollte ich ausgeschlafen sein. Seid mir bitte nicht böse, wenn ich mich daher jetzt verabschiede.« Er erhob sich. Sofort standen Ernst und Albert auf, Gertrud schien zu überlegen. Sie war es einfach nicht gewöhnt, als Dame Platz zu behalten.

»Ich begleite dich zur Tür.« Frieda erhob sich.

»Unsere beiden Turteltauben«, sagte Rosemarie mit einem Seufzer.

»Wird wirklich Zeit, dass ihr endlich vor den Altar tretet. Zwar wird das Haus ohne dich sehr leer sein, Sternchen, aber eine Frau gehört nun mal zu ihrem Mann.« Ihr Vater sah sie an. In seinem Blick lag so viel Wärme. Frieda wusste, wie froh er war, dass der finanzkräftige Bräutigam nicht nur Friedas Verstand hatte überzeugen können, sondern dass sie ihn von Herzen gern hatte. Wenn Albert das Unternehmen, das sein Großvater gegründet hatte, auch über alles stellte, rangierte das Glück seiner Tochter doch direkt dahinter. Ernst starrte auf das weiße Damasttuch, auf dem noch die leeren Kristallschalen mit roten klebrigen Grützespuren standen. Den ganzen Abend war er – abgesehen von einem kurzen Moment – ausgelassen gewesen und hatte mit Albert geplaudert, als wären sie schon immer zwei Kaufmänner, die gemeinsam zur Börse gingen oder an der Alster ihren Cognac nahmen. Jetzt aber wirkte er seltsam verkniffen, und seine Mutter ließ ihn nicht aus den Augen. Was er wohl hatte? Wahrscheinlich war ihm klar, dass Turteltauben es nicht ganz traf. Ernst war ein hoffnungsloser Romantiker, bestimmt hätte er es lieber gesehen, wenn Frieda Per nicht nur sehr zugetan, sondern bis über beide Ohren in ihn verliebt gewesen wäre.

»Du lässt mich also wirklich allein? Ein schöner Bräutigam bist du«, sagte sie lachend, als sie vor dem Portal der Villa standen. Per kniff das linke Auge zu, wie immer, wenn er überrascht oder irritiert war.

»Warum kommst du nicht mit? Odense ist eine fortschrittliche Stadt. Wir haben sogar eine Bildungsministerin!« Typisch Per, er schwärmte ihr nicht von hübsch angelegten Parks oder interessanten Einkaufsmöglichkeiten vor.

»Ich fürchte, sie wird mich nicht empfangen.« Frieda lächelte. »Warum also sollte ich mit dir reisen?«

»Außerdem ist es die Geburtsstadt von Hans Christian Andersen«, sprach er unbeirrt weiter. »Als Kind habe ich seine Märchen geliebt. Wusstest du, dass man nach seinem Tod in einem Ledersäckchen, das er ständig bei sich trug, den Brief einer Frau gefunden hat?« Frieda sah ihn erstaunt an. »Nicht irgendeiner Frau, sondern seiner großen Liebe, die einem anderen versprochen war. Es war ihr Abschiedsbrief, den er sein ganzes Leben bei sich getragen hat. Ist das nicht romantisch?«

»Vor allem ist das schrecklich traurig.« Sie nahm seine Hände. »Du und Romantik.« Frieda schüttelte den Kopf.

»Ich dachte, damit überzeugt man Frauen. Etwa nicht?« Seine Lippen zuckten verräterisch.

»Eine sehr seltsame Logik, Per Møller. Selbst wenn Andersen noch so romantisch war, warum sollte mich das in seine Geburtsstadt locken? Er ist schon lange tot.« Sie legte den Kopf schief. »Außerdem liebte er Männer, heißt es.«

»Unfug. Lies etwas von ihm, dann weißt du, dass es nicht wahr ist.« Er zögerte kurz. »Oder noch besser: begleite mich! In der Stadt gibt es ein interessantes Museum über ihn.«

Sie seufzte. »Ich würde so gern. Nur ist in der Manufaktur gerade so viel zu tun.«

»Ist es jemals anders?«

»Bitte, Per, du weißt, dass ich im Moment besonders viel Arbeit habe. Für den Umzug muss so viel vorbereitet werden. Außerdem möchte ich für nichts auf der Welt auch nur einen Tag auf Sarah verzichten.«

»Selmas Tochter ist dir also wichtiger als ich.« Das war eine Feststellung, und Frieda ahnte, dass er es ein wenig ernst meinte.

»Du veränderst dich nicht mehr so schnell«, wich sie aus. »Aber ein Säugling von gerade einmal zwei Monaten …«

»In vier oder höchstens fünf Tagen verändert sich auch der nicht«, entgegnete er sachlich. Frieda gefiel es, wie er versuchte, sie doch noch zu überzeugen, obwohl er eigentlich längst gehen wollte. Sie hätte ihm auch zu gern das Gefühl gegeben, sehnsüchtig auf ihn zu warten, wie es für eine Verlobte normal wäre. Es würde Momente geben, in denen er ihr fehlte, denn sie war von Herzen gern mit ihm zusammen. Nur hatte sie eben auch ihr eigenes Leben, ihre Manufaktur, den Umzug. Die fünf Tage würden vergehen wie ein Wimpernschlag.

»Wenigstens fährst du nicht weit weg«, sagte sie nur.

»Noch nicht. Du weißt, dass mein Cousin unsere Niederlassung in New York betreibt. Früher oder später werde ich mich auch dort einmal sehen lassen müssen.«

»Kein Problem. Solange du damit wartest, bis wir verheiratet sind, und ich dich begleiten darf.« Frieda sah zu ihm auf.

»Einverstanden. Wann heiraten wir noch gleich?«

Sie spürte einen altbekannten Druck in der Kehle. »Lass mich nur den Umzug der Manufaktur ins Ballinhaus hinter mir haben. Dann gehört mein Kopf ganz den Vorbereitungen, die so ein Fest verdient hat.«

»Von dem Kakao-Dinner, das du auf die Beine gestellt hast, spricht heute noch ganz Hamburg. Also lohnt es sich wohl, wenn ich dir noch etwas Zeit gebe.«

Es war heiß am letzten Tag des Monats Mai. Zwar war es am frühen Morgen noch zu ertragen, doch strahlte die Sonne schon verheißungsvoll vom blauen Himmel, die Luft stand still, wie es in Hamburg höchst selten vorkam. Keine Brise, keine Erfrischung. Der arme Per, im Auto würde es stickig sein wie in der Hölle. Friedas Begeisterung für lange Fahrten in einem Automobil hielt sich in Grenzen. Es war eine holprige und laute Angelegenheit, fand sie. Öffnete man die Fenster, um nicht zu ersticken, wurde das Rauschen und Zischen geradezu unerträglich. Sie zog die Vorhänge gleich wieder zu, was nur mäßig nützen würde.

Als sie die Stube betrat, war Selma schon da. Sie saß in einem der kleinen Sessel und gab Sarah gerade die Brust.

»Verzeihung«, sagte Frieda und sah rasch zur Seite.

»Ich muss mich entschuldigen«, sagte Selma sofort und machte Anstalten aufzustehen, was mit einem hungrigen Säugling auf dem Arm nicht so einfach war. »Es ist ja schließlich dein Wohnzimmer.«

»Und der kühlste Raum, den ich dir bieten kann. Also bleib nur hier. Im Speisezimmer meiner Eltern ist es zwar sicher noch angenehmer, aber dort müsstest du Sarah das Fläschchen geben, wenn du einen Ohnmachtsanfall meiner Mutter vermeiden willst.«

Selma nickte betrübt. »Wer hat ihr nur den Floh ins Ohr gesetzt, dass es etwas Besseres geben kann als die natürlichste Nahrung, die eine Mutter in sich trägt? Man hört immer wieder, dass Neugeborene, die künstlich aufgefüttert wurden, sterben. Dünne Getreidesuppen und Kuhmilch mit Fencheltee!« Sie verzog angewidert das Gesicht. »Ich will nicht schlecht über deine Mutter reden, Frieda. Ich lebe unter ihrem Dach. Aber manchmal denke ich, sie hat mir diesen Apparat zum Erwärmen der künstlichen Nahrung nur geschenkt, weil sie hofft, Sarah könne daran zugrunde gehen.«

»Aber nein, Selma, so etwas darfst du nicht sagen. Sarah ist ihr Enkelkind, ihr erstes noch dazu.« Selma war offenbar fertig und versuchte, die Knöpfe ihrer Bluse zu schließen. »Ich nehme sie dir ab.« Frieda streckte die Arme nach der Kleinen aus.

»Danke!«

»Meine Mutter ist nicht besonders klug, schrecklich altmodisch und hin und wieder ungerecht, trotzdem hat sie ein gutes Herz. Glaube mir, sie kann diesem drolligen Geschöpf ebenso wenig widerstehen wie alle anderen.« Frieda stupste Sarahs winzige Nase. »Nicht? Du verzauberst jeden. Sogar ein Stein würde schmelzen, wenn er dich sehen könnte. Du bist so niedlich!« Vorsichtig strich sie mit dem Finger über die kleine rosige Wange. Wie zart die Haut war!

»Ich weiß nicht«, sagte Selma düster, »gestern hat sie mich schon wieder gefragt, wie lange ich denn noch mit der Taufe warten will. Als ob ich ihr nicht schon hundertmal erklärt hätte, dass jüdische Kinder nicht getauft werden. Das Kind einer Jüdin ist ein Jude, ob es deiner Mutter passt oder nicht. Ich habe nicht vor, meiner Tochter die Religion ihres Vaters vorzuschreiben, der nichts von ihr wissen will.« Ihre hohe Stirn legte sich in Falten, sie nahm Frieda das Kind wieder ab.

»Das ist ungerecht, Selma. Hans erkundigt sich immer nach ihr, jedes Mal, wenn ich ihn besuche.« Frieda errötete. Sie hatte das Gefühl, dass die Lüge allzu deutlich ihrem Gesicht abzulesen war. »Wenn auch nicht jedes Mal, so doch häufig.«

»Nach mir auch?«, fragte Selma scharf. »Vielleicht macht ihn das Gefängnis milde«, fügte sie sanfter hinzu. »Aber kannst du ihn dir als liebenden Familienvater vorstellen, wenn er da raus ist?«

Frieda dachte über die Frage nach. »Ja, das kann ich«, sagte sie schließlich. Die beiden sahen sich eine Weile an, dann schüttelte Selma unwillig den Kopf. »Mal sehen, ob Sarah jetzt ein bisschen schläft.« Sie lächelte müde. Ihre Haut wirkte noch blasser als sonst, um ihre Augen lagen dunkle Schatten. »Seit Tagen diese schwüle Luft. Wir hatten beide schon lange keine erholsame Nacht mehr.«

Auf dem Weg zum alten Unternehmenssitz in der Deichstraße, in dem noch immer ihre Schokoladen-Werkstatt lag, dachte Frieda darüber nach, wie wunderbar sich alles gefügt hatte. Sie war glücklich, ja das war sie wirklich. Mit dem Umzug ins Ballinhaus erfüllte sich für sie ein großer Traum. Endlich würde sie eine richtige Manufaktur haben, mit allem Drum und Dran. Zuerst hatte sie ihre Kreationen in einem feuchten, viel zu kleinen Abstellraum entwickelt und hergestellt. Dann hatte ihr Vater immerhin dafür gesorgt, dass sie etwas mehr Raum zur Verfügung hatte, doch auch der reichte längst nicht mehr aus. Bald würde sie eine großzügige helle Kakaoküche haben, wo die Conchiermaschine, verschiedene Walzen, Töpfe und allerlei Zutaten Platz fänden. Eine eigene Kammer mit Packtischen und Lagerplatz für Silberpapier und die verschiedenen Bögen, an denen jeder sofort die gute Hannemannsche Schokolade erkannte. Zartes Rot für die Sorte mit Rosenwasser, ein kräftiges Blaugrau für die scharfe Tafel für den Herrn mit Weinbrand, einem Hauch Chili und kandiertem Minzblatt. Mit Theodor Reichardt würde sie sich auch nach Bezug der neuen Räume nicht vergleichen können, das war ihr klar. Ein eigenes Schwimmbad nur für die Mitarbeiter, das stelle man sich nur einmal vor! Aber Reichardt war schließlich auch kein Importeur, der mit Kolonialwaren aller Art begonnen und sich irgendwann auf Kakaobohnen spezialisiert hatte, sein Geschäft war schon immer die Produktion von Kakaowaren gewesen. Sollte er in seiner Fabrik mit seinen fast viertausend Angestellten ruhig Trinkschokolade und Naschwerk für die Massen herstellen. Die Gute Hannemannsche war etwas Besonderes, das man sich nur hin und wieder gönnte, wie Champagner. Sie war zwar für die meisten erschwinglich, aber eben nicht unbedingt jeden Tag. Frieda war der Auffassung, dass dieses

Geschäftsmodell gerade in den wirtschaftlich schwierigen Zeiten das bessere war. Sie mochte sich nicht ausmalen, welche Kosten Reichardts Fabrik in Wandsbek Monat für Monat erzeugte. Wie sollte man die wieder hereinholen und obendrein Gewinn erwirtschaften, wenn der Absatz zurückging? Und damit war zu rechnen, davon war sie überzeugt. Denn mit der Bevölkerung Hamburgs und seiner Nachbarstädte verhielt es sich so wie mit ihrem Weg zum Kontor, den sie heute in einer offenen Pferdedroschke zurücklegte. Es gab riesige Unterschiede. Da waren die klassizistischen Villen und blendend weißen Bürgerhäuser von Blankenese, doch genauso gab es Backsteinkaten mit vermoosten Reetdächern in Altona und die windschiefen Fachwerkhäuser in der Neustadt, im Kornträgergang und Langergang etwa. Schmal wie Schluchten waren die Gassen dort, schlierig-schwarz vom Ruß und vollgestopft mit viel zu vielen Bewohnern, die sich winzige Kammern teilten. Auch in der Bevölkerung gab es die Reichen, die nach dem entsetzlichen Krieg süchtig nach Vergnügungen und Luxus waren, und sich das auch leisten konnten, und es gab die Armen, die eingepfercht in den letzten Gängevierteln der Stadt kaum wussten, wie sie die vielen Mäuler stopfen sollten. Frieda hatte mit den Erzeugnissen ihrer Manufaktur die erste Sorte im Auge. Reiche gab es immer. Für die andere Sorte zweigte sie immer mal ein paar Kartons einfacher Produkte ab und spendete diese.

Kurz hinter dem Hafentor war kein Durchkommen. Die Straßen waren immer häufiger verstopft von Droschken, Autos, Bussen und an einigen Stellen der Straßenbahn.

»Das letzte Stück kann ich laufen«, rief sie dem Kutscher zu und stieg aus. Am Binnen-Hafen schlug ihr fauliger Geruch entgegen. Wurde wirklich höchste Zeit, dass es regnete. Die Pegel der Elbe und in den Fleeten sanken bereits. Schon konnte man hier und da die mächtigen Eichenpfähle sehen, auf denen manches Haus im schlammigen Grund stand. Frieda trug eine luftige weiße Bluse und einen weiten hellblauen Rock, trotzdem lief ihr schon nach wenigen Schritten der Schweiß. Sie warf einen schnellen Blick nach rechts, ehe sie in die Deichstraße bog. Wie sehr sie Hamburgs gewaltige Speicher liebte! Als junges Mädchen hatte sie sich gewünscht, in den stolzen Backsteinbauten zu arbeiten, die Seite an Seite auf den Brook-Inseln in die Höhe ragten. Was dort nicht alles gelagert war! Kaffee- und Kakaobohnen in Säcken, Gewürze, Zucker, Tee in Holzkisten. Tee. Sie schob das flaue Gefühl, das sich mit einem Schlag in ihr ausbreiten wollte, beiseite. Statt auf einem Speicherboden würde sie demnächst in ihrem eigenen kleinen Kontor im Ballinhaus ihrer Arbeit nachgehen. Mit Blick auf das Chilehaus, dessen aufsehenerregende Form an den Bug eines Schiffes erinnerte, das mitten durch die Stadt pflügt. Dort würde sie Bestellungen und Rechnungen schreiben, sich neue Rezepte überlegen, die sie später in der Küche ausprobieren konnte, und Kontakt mit Lieferanten und Abnehmern halten. Und sie würde allmählich alles lernen, was ein Hamburger Kaufmann wissen musste, der mit dem Import sein Geld verdiente. Ihr Vater konnte sicher sein, dass Frieda mit Per einen erfahrenen Mann an ihrer Seite hatte, mit dem sie gemeinsam die Leitung des Unternehmens bewältigen konnte. Und dann war da ja auch noch Ernst, der bis dahin gewiss alle nötigen Fähigkeiten erworben haben und sie uneingeschränkt unterstützen würde. Genau davon hatte sie geträumt, nur war es ihr bis vor Kurzem unmöglich erschienen, dass dieser Traum je in Erfüllung gehen könnte. Sie seufzte zufrieden. Bis es soweit war, dauerte es natürlich noch, und das war auch gut so. Ihr Vater war noch nicht alt und würde die Zügel noch lange in der Hand behalten.

Vorerst lag es in ihrer Verantwortung, Hannemannsche Schokolade herzustellen und zu verkaufen. Frieda würde ihren Vater nicht enttäuschen, dachte sie, während sie das schlichte weiße Haus in der Deichstraße betrat. Und sie würde beweisen, dass eine Frau durchaus für die Geschäftsleitung taugte.

Auf der Treppe in den ersten Stock stieß sie beinahe mit Hein Spreckelsen zusammen.

»Moin, Mademoiselle!« Er strahlte sie an und riss sich seine Mütze vom Kopf.

»Moin, Spreckel.« Sie freute sich, den Quartiersmann zu sehen. Er verbreitete eigentlich immer gute Laune. Genau wie sein Freund Ernst. »Na, was führt Sie denn her?«

»Och, ich dachte, so'n Umzug ist man bannig viel Arbeit, ne? Vielleicht brauchen Sie noch 'n starken Kerl. Oder auch zwei oder drei.« Er knetete seine Mütze. In dem Augenblick kam Ernst von oben.

»Mensch, hab ich doch richtig gehört, der Spreckel.« Er setzte eine strenge Miene auf. »Willst wieder Schokolade abstauben, oder was?«

»Nee, nie nich! Also wirklich, Ernst, als ob ich … Nu bist du hier 'n halber Geschäftsführer, da denkst wohl, du bist was Besseres und kannst so mit mir rumspringen.«

»Um«, korrigierte Frieda automatisch. Er sah sie verwirrt an.

»Ja, denn eben um …« Schnell hatte er den Faden wiedergefunden. »Aber ich bin Quartiersmann. Und zwar ein ganzer«, erklärte er stolz.

»Von wegen ein ganzer.« Ernst schnaubte verächtlich, doch seine Miene verriet, dass er seinen guten Freund nur auf den Arm nahm. Frieda wusste, dass Ernst in Wirklichkeit höchsten Respekt vor dessen Wissen und Fleiß hatte. »Ihr seid doch sogar zu viert. Spreckelsen & Consorten. Schon vergessen?«

»Aber ich bin der Vormann!« Spreckel ließ sich doch tatsächlich ärgern. »Die Consorten sind man mehr so stille Teilhaber.«

Frieda verschränkte die Arme. »So, die Herren, ich habe noch einiges zu tun. Wollen wir jetzt noch über den Umzug sprechen? Sonst würde ich …« Sie deutete nach oben.

»Was hast du denn mit unserem Umzug zu tun?« Jetzt war Ernst wirklich überrascht.

»Is doch ’ne ziemliche Schlepperei, habe ich mir gedacht. Und ’n paar von meinen Leuten hätten bestimmt nix gegen ein paar Mark extra einzuwenden. Das geht nu zwar wieder richtig los mit der Warenbewegung im Hafen, aber in den letzten Monaten war doch meist Schmalhans Küchenmeister. Jeder ist noch froh, wenn er ’n büschen was verdienen kann, so nebenbei.«

»Wir können sicher Hilfe gebrauchen«, sagte Frieda.

»Jo. Bloß haben wir schon die Möbelpacker beauftragt. Und: Warum bist du nicht zu mir gekommen? Oder noch besser zu Herrn Hannemann?« Jetzt verschränkte auch Ernst die Arme vor der Brust.

»Wollte ich ja«, verteidigte sich Spreckel. »Nur is der Alte … Oh, Verzeihung!« Er kniff die Augen zu und kräuselte die Lippen, als habe er gerade in eine Zitrone gebissen. »Der Herr Hannemann ist noch nicht zugegen«, sagte er und betonte jeden Buchstaben. »Und du warst auch nirgends zu finden.«

»Vorschlag: Wir besprechen die Einzelheiten in der Manufaktur«, sagte Frieda. »Ich habe ein neues Rezept ausprobiert. Pralinen mit Erdbeerstückchen. Mich würde sehr interessieren, was ihr davon haltet.«

»Immer stets zu Diensten«, verkündete Spreckel sofort und machte einen Diener.

»Ja, wenn du uns brauchst«, stimmte Ernst mit breitem Grinsen zu, »dann kannst du natürlich auf uns zählen.«

Nachdem Spreckel gegangen und auch Ernst wieder überall und nirgends gleichzeitig unterwegs war, dachte Frieda über die Worte des Quartiermannes nach. Frieda hatte noch nie in ihrem Leben Hunger gelitten, gleichwohl war ihr bewusst, dass es in der Stadt den meisten nicht so gut ging wie ihr. Nach dem Krieg hatte es noch Jahre gedauert, doch nun kam die Wirtschaft endlich in Schwung. Nur hieß das leider nicht, dass der zunehmende Wohlstand schon bei jedem ankam. Ihr fiel ein, dass sie in letzter Zeit ihre Aktivitäten im Waisenhaus ziemlich vernachlässigt hatte. Ihr Urgroßvater Theodor Carl hatte das Heim 1842 beim Großen Brand, der Hamburg zu großen Teilen zerstört hatte, vor den Flammen gerettet. Erst vor wenigen Jahren hatte Frieda den Grund erfahren: Dort hatte sein Kind gelebt, das er mit einem Hausmädchen gezeugt hatte. Frieda war entsetzt und ärgerlich, dass die Familie dieses Kapitel beharrlich ignorierte. Rosemarie hatte gar verhindern wollen, dass Frieda überhaupt davon erfuhr. Ungeheuerlich, dass Großvater Carl einen Bruder oder eine Schwester hatte, sich jedoch nicht einen Deut darum kümmerte! Irgendwann musste dieses Kind das Waisenhaus verlassen haben. Wohin war es gegangen? Frieda hätte es zu gern gewusst, doch außer ihr schien sich niemand dafür zu interessieren, nicht einmal ihr Vater.

»Das sind alte Geschichten, Kind«, hatte er gesagt, wann immer sie ihn danach fragte. »Man sollte die Vergangenheit ruhen lassen.«

Frieda fand es traurig, dass niemand sich verpflichtet fühlte, Nachforschungen anzustellen, und dem Kind von einst zu helfen. Darum hatte sie begonnen, dem Heim Geld zu spenden, wann immer sie etwas entbehren konnte. Eigentlich war es vor allem Liz gewesen, die sie dazu gebracht hatte. Eliza Williamson war Krankenschwester auf der Uhlenhorst gewesen. Die Geschichten von ihren unterernährten Schützlingen, die Liz immer wieder erzählt hatte, hatten Frieda das Herz gebrochen. Sie seufzte. Sie wollte nicht an Eliza denken, denn dann dachte sie sofort an Jason, und das flaue Gefühl, das sie nur zu gut kannte, drohte sie zu ersticken. Besser, sie machte sich eine Notiz, dass sie sich wieder um das Waisenhaus kümmern wollte, sobald der Umzug geschafft war. Wie sagte Ernst immer? Das Ansehen eines Kaufmanns hängt nicht bloß vom Wohlstand ab. Sehr richtig! Gute hanseatische Kaufleute hinterließen auch Spuren im gesellschaftlichen Leben der Stadt, das war Tradition. Noch dazu eine, die Frieda von ganzem Herzen schätzte. Die vielen Arbeiter, wie etwa die im Hafen, waren sozusagen das Blut

Hamburgs. Ohne sie konnte kein Organ funktionieren, konnte sich kein Körperteil der Hansestadt bewegen. Menschen wie Friedas Freundin Ulli, die auf Spreckels Speicherboden zusammen mit anderen Frauen Tag für Tag viele Stunden Kaffeebohnen sortierte, sorgten für den Herzschlag der reichen Kaufleute und lebten doch in einfachsten, oft sogar unwürdigen Verhältnissen. Neben den stolzen Neubauten, neben all der Pracht existierte in Hamburg auch Elend. Jede Menge davon. Frieda hatte es kennenlernen müssen, um zu begreifen, wie glücklich sie sich selbst wegen ihres Wohlstands schätzen konnte. Es war das Mindeste, anderen Menschen etwas davon abzugeben. Vor drei oder vier Jahren war sie noch ein junges Ding gewesen, das im Moment gelebt hatte und daran festhalten wollte. Kein Grund, sich zu schämen, es war völlig normal, dass sie nur ihre eigene Welt gekannt hatte. Nun war sie erwachsen, hatte viel gesehen und erlebt. Jetzt verstand sie, dass jeder seine eigene Biografie schrieb. Dabei kam es darauf an, nicht nur das eigene kleine Leben, sondern das Ganze zu sehen. Jetzt war der richtige Zeitpunkt, dafür zu sorgen, dass man sich später nicht nur an die Geschäftsfrau Frieda Hannemann erinnerte, sondern an eine Frau mit großem Herzen. Sie wollte eine würdige Nachfolgerin ihres Urgroßvaters Theodor Carl sein. Ihm zu Ehren hatte man eine Gedenktafel in der Admiralitätsstraße aufgestellt, weil er beim Großen Brand durch sein beherztes Eingreifen fast dreihundert Menschen das Leben gerettet hatte. Ob die Tafel dort auch stehen würde, wenn die feinen Hanseaten wüssten, aus welchem Grund er damals ausgerechnet das Waisenhaus vor den Flammen geschützt hatte?

Erst in den frühen Abendstunden kehrte Frieda nach Hause zurück. Normalerweise hätte sie Per noch einen Besuch abgestattet, oder er wäre zu ihr gekommen. Fast jeden Abend trafen sie sich, um einander zu erzählen, was sie getan und erlebt hatten. Frieda genoss diesen Austausch sehr. Zwei Tage waren seit Pers Abreise vergangen. Obwohl ihr die abendlichen Gespräche fehlten, fühlte es sich für Frieda an, als wären es nur zwei Stunden gewesen, so viel war zu tun. Sie hatte die Produktion von Pralinen, Tafeln und für Flocken, aus denen man Trinkschokolade machen konnte, eingestellt, damit sämtliche Gefäße und vor allem die Walzen vor dem Abtransport gründlich gereinigt werden konnten. Gewürze und andere feine Zutaten verpackte sie selbst. Die Kartons mit fertiger Ware, mit Verpackungspapier, unzähligen Rührlöffeln, Formen und Schüsseln überließ sie ihren Mitarbeitern. Ihr Vater und Ernst trafen letzte Absprachen mit Hermann Krosanke, der mit seinen Pferden und Möbelwagen eine Institution war. Er würde in wenigen Tagen alles von der Deichstraße zum Meßberg bringen, was Hannemann & Krüger ausmachte. Die Beteiligung von Spreckels Leuten wurde ebenso geklärt wie der Einsatz der Handlungsgehilfen. Buchhalter Meynecke hatte sich geradezu ausgebeten, dass er und niemand sonst die Kartons mit den Journalen, Kassenbüchern und dergleichen verladen und im Ballinhaus in Empfang nehmen würde. Aufregung und Vorfreude waren überall und bei jedem Einzelnen greifbar. Gerade überlegte Frieda, ob sie noch ein halbes Stündchen lesen sollte, oder ob ihr ohnehin die Augen zufallen würden, sie also auch gleich zu Bett gehen könnte, als ihr Telefonapparat klingelte. Sie hob den Hörer ab.

»Jetzt kommt ein Gespräch für Sie«, säuselte das Fräulein vom Amt. Bei jedem Anruf der immer gleiche Satz. Dann Pers Stimme, ein wenig knisternd und mit Rauschen im Hintergrund.

»Das ist aber nett! Ich hoffe, es gibt keinen Anlass, dass du anrufst. Ist alles in Ordnung bei dir?«

»Ich dachte, ich bräuchte keinen Anlass, um meine Verlobte anzurufen.«

»Natürlich nicht.« Sie lächelte. »Ich freue mich. Dann bist du also gut angekommen?« Per erzählte von seiner Reise und von der Arbeit, dann wollte er wissen, wie die Umzugsvorbereitungen voranginge. »Zu schade, dass du nächste Woche nicht hier bist«, sagte Frieda lachend, nachdem sie ihm alle Einzelheiten berichtet hatte. »Wenn es wirklich so weit ist, übernimmt Krosanke das Ruder. Dann können Vater und Ernst nicht mehr viel tun. Es wäre gut, wenn du sie dann ablenken würdest. Ein ausgedehntes gemeinsames Mittagessen, oder du hättest sie auf eine Fähre locken und mit ihnen kreuz und quer durch den Hafen schippern können.«

»Eine brillante Idee.« Er atmete durch. »Glaube mir, ich lasse deinen Vater nur höchst ungern mit dem Umzug allein.« Nach einem Moment sagte er: »Eine Sekunde hatte ich doch tatsächlich gedacht, du freust dich einfach darauf, mich bald wiederzusehen, aber du denkst wirklich nur an das Geschäft, oder?«

Frieda wurde das Herz schwer. Sie hasste es, bei ihm diesen Eindruck zu hinterlassen. »Nicht nur. Ich …«

»Schon gut, Frieda.« Wieder entstand eine kurze Pause. »Jetzt muss ich Schluss machen. Es gibt Dorsch mit Kartoffeln und Senfsoße. Niemand kocht das besser als meine Mutter.«

»Dann wünsche ich dir einen guten Appetit. Grüße deine Eltern bitte von mir, und bitte deine Mutter, mir das Rezept aufzuschreiben, damit ich wenigstens versuchen kann, mit ihr mitzuhalten.«

»Warum solltest du kochen?«

»Weil ich eine moderne Frau bin. Ich brauche keine Bediensteten.« Frieda stutzte. »Was ist das überhaupt für eine Frage? Deine Mutter kocht doch auch selbst.«

»Sie ist aber auch nur die Ehefrau eines Reeders und hat mit seinen Geschäften nichts zu tun. Du kümmerst dich um die Manufaktur, wirst einmal Teil der Geschäftsleitung von Hannemann & Krüger sein, ein Kind großziehen oder mehrere …«

Frieda räusperte sich. »Na schön, eine Köchin und ein Kindermädchen vielleicht, aber mehr will ich auf keinen Fall im Haus haben.«

»Wir werden sehen.«

Nachdem sie sich verabschiedet hatten, blieb Frieda noch einen kurzen Moment sitzen. Es tat ihr leid, dass er wieder einmal vergeblich auf ihre Liebesbekundungen gewartet hatte.

»Ich habe mich in dich verliebt, darum bitte ich dich, meine Frau zu werden«, hatte er zu ihr gesagt. Sie hatte nicht erwidert, dass sie ihn ebenfalls liebte. Bis heute nicht. Weil es nicht der Wahrheit entsprach und sie diese Worte niemals aussprechen würde, wenn sie nicht geradewegs aus ihrem Herzen kamen. So gern sie ihn auch hatte, es war nicht das, was sie für Jason empfunden hatte. Noch nicht. Zum dritten Mal innerhalb kürzester Zeit musste Frieda an Jason denken. Jason Williamson, Sohn einer englischen Tee-Dynastie. Dieses Mal ließ sie den Gedanken zu, denn er bereitete ihr ein weit weniger mulmiges Gefühl als üblich, wie sie erstaunt feststellte. Jason war ihr im wahrsten Sinne des Wortes über den Weg gelaufen. Er war ihre große Liebe! Ein spöttisches Lächeln trat auf ihre Lippen. Zumindest das, was sie so für die große Liebe gehalten hatte! Verliebtheit traf es wohl eher. Durch Jason hatte sie Romantik und Leidenschaft kennengelernt. Na und? Solchen rosaroten Gefühlen wurde für ihren Geschmack zu viel Aufmerksamkeit geschenkt. Alle Welt sprach davon, aber was sollte das schon sein? Das Kribbeln und Flattern? Die körperlichen Genüsse? Alles vorüber, ehe man Labskaus sagen kann. Darauf konnte doch niemand ernsthaft sein Leben gründen. Auf eine verlässliche Person wie Per dagegen schon. Natürlich würde sie auch mit ihm schlafen, wenn sie verheiratet waren, vermutlich Kinder haben. Würde es ihr Spaß machen? Selten erlaubte sie sich derartige Gedanken, doch in diesem Moment fragte sie sich, wie es mit Per wohl sein würde. Bestimmt war er zärtlich und behutsam. Ob er sie auch in einen derartigen Zustand versetzen konnte, wie Jason es getan hatte? Sie sah Jason vor sich, sein rötlich-braunes Haar, die Sommersprossen auf seiner Nase, diesen verführerischen Blick. Seine Hände auf ihrem Körper, seine weichen Lippen auf ihrem Mund. Nicht nur auf ihrem Mund. Frieda schloss die Augen. Das wohlige Ziehen in ihrem Leib meldete sich zurück.

Wie lange hatte sie es nicht mehr zugelassen? Sie musste schlucken, holte den Moment im Geist zurück, als sie ihn in seiner Wohnung besucht hatte, als seine Finger über ihre Oberschenkel geglitten waren, zum ersten Mal ihre Brüste berührt hatten. Sie war mehr als bereit gewesen, sich ihm hinzugeben. Ihr Seufzen brachte sie in die Gegenwart zurück. Dann hatte er ihr eröffnet, dass er nach Indien reisen musste.

»Vielleicht steht eure Verbindung unter keinem guten Stern«, hatte Ernst einmal gesagt. Womöglich hatte er recht. Erst war es ihr Vater, dann ihr Bruder gewesen, der versucht hatte zu verhindern, dass sie Jason nach Indien folgte. Und es war ihnen gelungen. Sie war in Hamburg geblieben, hatte ihm Briefe geschrieben. Seine letzte Nachricht war ein Abschied gewesen. Noch einmal seufzte Frieda, als sie an die Zeilen dachte, die sie bestimmt hundertmal gelesen hatte:

»Ich muss davon ausgehen, dass du nicht mehr an mich denkst. Wahrscheinlich hast du einen anderen getroffen.« Das war alles. Er hätte zurückkommen, einfach vor ihrer Tür stehen und sie fragen müssen, ob sie ihn wirklich vergessen hatte. Doch Jason war kein Kämpfer. Er hatte viel zu schnell aufgegeben. Als er diese Worte geschrieben hatte, hatte sie noch sehnsüchtig auf seine Rückkehr gehofft. Als sie sie – so viel später – endlich hatte lesen können, hatte sie wahrhaftig einen anderen getroffen. Per. Er würde Frieda nicht so schnell gehen lassen. Wieder atmete sie tief durch. Sie hatte Jason schreiben wollen, fand, dass er ein Recht auf die Wahrheit hatte. Doch dann hatte sie es sich anders überlegt. Was hätte es genutzt, wenn er erfahren hätte, dass sowohl ihre als auch seine Briefe abgefangen worden waren? Es hätte nichts an dem Umstand geändert, dass Jason nicht alle Hebel für ihre gemeinsame Zukunft in Bewegung gesetzt hatte. Er wusste nicht einmal von Pers Existenz, sondern ging nur davon aus, dass sie jemanden getroffen hatte. Genug für ihn, ihr Lebewohl zu sagen. Frieda war das längst nicht genug.

Nur an Jasons Schwester Liz hatte Frieda ein paar Zeilen verfasst. Liz war ihr während Jasons Abwesenheit ein großer Halt gewesen. Dann hatte sie Hamburg über Nacht verlassen, weil ihre Mutter gestorben war, und sie zu ihrer Familie nach England wollte. Es wäre unanständig gewesen, ihr nicht wenigstens Worte des Beileids zu senden. Ein letzter Brief, danach hatte Frieda die Williamsons aus ihrem Leben gestrichen. Je mehr Zeit verging, desto mehr verblasste die Erinnerung an all das. Trotzdem, sie hätte zu gern gewusst, was aus Jason und Eliza geworden war. Nein, vorbei. Fang gar nicht erst wieder damit an, Frieda Hannemann! Auf ihr Kondolenzschreiben hatte sie nie eine Antwort erhalten, und das war gut so. Jetzt gab es nur noch Per Møller. Im Gegensatz zu Jason würde er um sie kämpfen, und er würde zu ihr zurückkommen. Auf ihn konnte sie sich verlassen.

Als Frieda am nächsten Morgen erwachte, hörte sie leises Trommeln am Fenster. Regen. Sie streckte sich. Wie schön, gewiss hatte es sich dann auch etwas abgekühlt. Sie sah auf die Uhr. Noch nicht einmal halb sieben. Trotzdem hörte sie aus Selmas Zimmer schon leises Summen. Vermutlich war Sarah schon wach, und Selma versuchte, ihr Kind wieder in den Schlaf zu singen. Frieda stand auf und klopfte an ihre Tür. Das Summen verstummte.

»Guten Morgen. Was hältst du davon, zusammen zu frühstücken?«

»Wenn du ausnahmsweise mal Zeit hast, gern«, kam es augenblicklich zurück. »Ich bereite alles vor, während du im Bad bist.«

»Das hatte ich gehofft.« Sie hörte Selma lachen.

Wenig später saßen die beiden Frauen am Frühstückstisch in Friedas kleinem Reich. Sarah lag in dem Körbchen, das Frieda vor der Geburt besorgt hatte. Es war einfach praktischer, den Weidenkorb vom Schlafzimmer in Friedas Wohnzimmer, dann wieder in Selmas Kammer oder auch mal ins Freie zu tragen, als ständig eine Wiege hin und her zu schleppen. Die Zeit würde ohnehin schnell vergehen, und dann würde die Kleine nur noch ein Kinderbettchen brauchen und ansonsten auf dem Fußboden oder dem Sofa herumkrabbeln.

Es klopfte, Henni brachte Kaffee und die Zeitung.

»Danke, Henni.« Frieda legte den *Hamburger Anzeiger* zur Seite. Sie hatte es sich zwar zur Angewohnheit gemacht, wie ihr Vater jeden Morgen aktuelle Nachrichten und Wirtschaftsmeldungen zu studieren, ehe sie das Haus verließ, doch sie wollte nicht unhöflich sein. Außerdem genoss sie es sehr, ein wenig mit Selma zu plaudern. Sie mochte die hübsche Frau, die mit einem Koffer, einem gewölbten Bauch und großer Verzweiflung in ihre Verlobungsfeier geplatzt war. Und Frieda liebte ihre Nichte Sarah. Das Kind hatte einen denkbar unglücklichen Start ins Leben. Die Mutter Jüdin, unverheiratet, der Vater, ein gebrochener Mann, dem der Krieg den Boden unter den Füßen weggezogen hatte, und der im Gefängnis saß. Den größten Teil seiner Strafe hatte Hans inzwischen abgesessen. Doch was sollte aus ihm werden, wenn er wieder frei war?

»Hans macht sich ziemlich gut in letzter Zeit«, sagte Frieda und war selbst ein wenig erschrocken, dass sie es laut ausgesprochen hatte. Selma hob nur kurz die perfekt geschwungenen Augenbrauen. Wie schön diese Frau war. Das dunkelbraune Haar fiel ihr in sanften Wellen weit über die Schulter, ihre braunen Augen konnten ebenso scheu wie energisch dreinblicken. Ihre etwas breiten Lippen waren von natürlichem Rot, die Nase vielleicht eine Spur zu lang, aber wohlgeformt und schmal. Selma war eine Erscheinung, groß und schlank, der Rücken auffallend gerade, die Schultern gestrafft. Hans war ebenfalls sehr stattlich, allerdings hatte er blaue Augen und blondes welliges Haar, das man ihm in der Haft kurz geschnitten hatte. Die wenigen Härchen, auch die Augenbrauen und Wimpern der kleinen Sarah waren dunkel, wie bei ihrer Mutter, dazu hatte sie die blauen Augen ihres Vaters. Sie würde einmal eine Schönheit werden. Wenigstens in diesem Punkt hatte sie Glück.

»Worüber lächelst du?« Selma beobachtete sie.

»Nichts Bestimmtes. Es ist nur …« Frieda dachte an ihren letzten Besuch in der Anstalt in Fuhlsbüttel. »Er verhält sich wieder ziemlich normal, seit er die Drogen überwunden hat. Allerdings scheint er mir noch immer labil zu sein und deprimiert. Ich weiß, dass du ihn nicht gerade mit offenen Armen empfangen wirst.« Selma holte Luft, doch Frieda sprach schnell weiter: »Das musst du auch nicht. Du brauchst dich Hans gegenüber in keiner Weise verpflichtet zu fühlen, nur weil du bei uns ein Zuhause gefunden hast. Das habe ich dir versprochen, und dabei bleibt es auch.« Sie trank einen Schluck Kaffee. »Er braucht aber nun mal etwas, wenn er draußen nicht gleich wieder in die falschen Kreise geraten soll. Hans braucht eine Aufgabe. Nur was? Darüber zermartere ich mir schon länger das Gehirn. Mein Vater will nichts davon hören, ihn in der Firma unterzubringen. Und wenn ich ganz ehrlich bin, würde mich der Gedanke auch beunruhigen. Mein Bruder könnte innerhalb kürzester Zeit alles zerstören, was Vater und seine Vorfahren aufgebaut haben. Er könnte Ernsts Existenz genauso gefährden wie meine Manufaktur.«

»Er war der verwöhnte Prinz, der nie etwas leisten musste. Bis er in den Krieg geraten ist und von früh bis spät bis an die Grenzen des Erträglichen gehen musste. Und weit darüber hinaus.« Selma lehnte sich zurück und legte die Stirn in Falten. »Ein jüdisches Sprichwort sagt: Die Soldaten kämpfen, aber die Könige sind die Helden. Wer war in diesem Krieg der Held?«

»Niemand.«

Selma schüttelte traurig den Kopf. »Da hast du recht. Es gibt noch ein Sprichwort. Es heißt: Menschenherz und Meeresboden sind unergründlich. Ich wusste nie, was in deinem Bruder vorgeht. Das hat mich an ihm so gereizt, als ich ihn kennenlernte, das Unergründliche.« Ihre Gesichtszüge entspannten sich ein wenig. »Es ist nicht allein seine Schuld, dass ich nun ein Kind von ihm habe. Er hat mich nicht gezwungen, mit ihm ins Bett zu gehen. Er war nicht der erste Mann und wäre wohl auch nicht der letzte geblieben. Wir haben beide nicht aufgepasst. Jetzt wünschte ich, er wäre leichter zu ergründen.« Leise sagte sie: »Dann hätte ich weniger Angst vor dem Moment, wenn er nach Hause kommt.«

Eine Weile aßen sie schweigend. Sarah quietschte vergnügt und brabbelte vor sich hin, als wolle sie bereits sprechen. Frieda fragte sich plötzlich, wie Pers und ihre Kinder wohl aussehen würden. Sie stellte fest, dass sie es gern herausfinden würde.

Kapitel 2

Der Tag des Umzugs war gekommen und die Wagen von Hermann Krosanke rumpelten unaufhörlich von der Deichstraße in Richtung Ballinhaus und zurück.

Ernst und ihr Vater brüllten abwechselnd Kommandos, bis es Krosanke zu viel wurde: »Jo, Herr Hannemann, nu gehn Sie man fein 'n Päuschen machen, ich stell schon keinen Murks nich an.«

»Ja, aber …«

»Nee, nix aber, ich kümmer mich da gut um.« Und leise murmelte er: »Goh mi blots af!«

Frieda verkniff sich das Lachen. Es war beileibe nicht Vaters erster Umzug, aber es war der erste, bei dem alles auf einen Schlag von einem Ort an den anderen gebracht werden musste. Und dann auch noch in das Ballinhaus! Der nagelneue Prachtbau am Meßberg lag mitten im Kontorhausviertel, das an die Stelle schäbiger Wohngänge getreten war. Zehn Geschosse, Eisenbeton mit rotem Backstein verkleidet, der teilweise in sanften Wellen verlief, wo man eigentlich Ecken und Kanten erwarten würde. Am besten gefielen Frieda die reliefartigen Figuren, Fischwesen, die die Eingänge bewachten.

Buchhalter Meynecke hatte ein wachsames Auge auf jeden Karton, der mit Ordnern und Kassenbüchern gefüllt das Haus in der Deichstraße verließ. Frieda zählte nicht mit, wie oft er sich eine Pfeife anstecken wollte, sie dann jedoch unverrichteter Dinge wieder in seiner Brusttasche verschwinden ließ, weil etwas oder jemand seine volle Aufmerksamkeit beanspruchte.

Rudolf, ein Kriegsinvalide, der seit einigen Jahren für sie arbeitete, war mit seinen Krücken erstaunlich flink unterwegs. Wurde trotzdem Zeit, dass er eine Prothese bekäme, die ihm den linken Unterschenkel ersetzte. Der Krieg hatte ihm das Körperteil genommen. War es nicht blanker Hohn, dass es auch der Krieg war, der die Entwicklung in diesem Bereich der Medizin so vorangetrieben hatte?

Schade, dass dieser Professor Sauerbruch, von dem man so viel Erstaunliches hörte, nur eine bewegliche Armprothese entwickelt hatte, wobei Rudolf sich von Sauerbruch sowieso keine Beinprothese hätte leisten können. Eine einfache würde ihm schon helfen. Könnte er auf Krücken verzichten, hätte er beide Hände frei und könnte eine vollwertige Stelle in der Manufaktur übernehmen. Frieda nahm sich vor, mit ihm darüber zu reden, sobald sie die neuen Räume bezogen hatten. Die Wirtschaft würde in den kommenden Jahren florieren, sie durfte sich auf mehr Arbeit einstellen. Mehr Arbeit bedeutete aber auch, dass sie mehr Angestellte brauchen würde.

»Vorsicht, gnädige Frau!« Ein Mann mit Oberarmen, die den Umfang von Friedas Schenkeln hatten, bahnte sich seinen Weg zu einem der Wagen. Auf dem Buckel trug er eine von Vaters kleineren Kommoden. Frieda sprang zur Seite. Viele der Handlungsgehilfen und Arbeiter, denen Albert größtenteils zwei Tage freigegeben hatte, waren dennoch gekommen. Sie wollten sich das Spektakel nicht entgehen lassen und zur Stelle sein, wenn Hilfe gebraucht würde. Auch von Spreckels Männern waren drei gekommen. Albert hatte mit Krosanke besprochen, dass das gesamte Unterfangen an zwei statt, wie Krosanke angekündigt hatte, an drei Tagen über die Bühne zu gehen habe. Mit Spreckels Männern sollte das möglich sein.

Schon wieder musste Frieda zur Seite gehen. Ausgerechnet jetzt wollte auch noch ein Kutscher mit recht breitem Gespann zum Steinkohlen-, Holz- und Torflager am Ende der Deichstraße, wie der aufgebrachte Mann lautstark verkündete. Die Gasse war sowieso recht schmal, und nun beanspruchten Krosankes Wagen auch noch mehr als eine Seite davon für sich. Frieda beobachtete, wie der Mann auf dem Bock, die Pausbacken schon dunkelrot vor Zorn, wild mit den Armen fuchtelte und seine Pferde auf den Gehsteig dirigierte. Krosanke stand mit in die Hüften gestemmten Fäusten da und passte auf wie ein Schießhund, dass nur keins seiner Fahrzeuge auch nur einen Kratzer abbekam. Seine Mitarbeiter mussten auf sich selbst achtgeben. Wie Zirkusakrobaten tänzelten sie mit ihrer schweren Fracht durch die winzigsten Zwischenräume und Schlupflöcher, um ihre Arbeit weiter zu verrichten. Denn ein Grund für eine Pause war das Gedränge nicht.

»Nich Maulaffen feilhalten, fix weitermachen!«, brüllte Krosanke, wenn einer auch nur für eine Sekunde stehen blieb.

»So mach ich das leiden!« Ernst stand auf einmal neben Frieda. Er griente fröhlich und rieb sich die Hände. »Is bannig was los, und gibt an allen Ecken und Enden was zu gucken.«

Er hatte den Satz noch nicht beendet, als einer von Spreckels Männern zwei Stufen auf einmal nehmend die Treppe vor dem Haus hinabhüpfte, mit der Ferse hängen blieb und mächtig ins Straucheln geriet.

»Oha!«, sagte Ernst. Es ging alles so schnell, dass Frieda und er nur zusehen konnten, wie dem armen Kerl der Karton Vollmilchschokolade, wie Frieda sofort an der Kennzeichnung erkannte, aus den Händen geschleudert wurde. Spreckels Arbeiter, ein schlaksiger dunkelhaariger junger Mann, ruderte mit den Armen, die Frieda ungewöhnlich lang erschienen. Er fing den Karton auf, knickte beim nächsten Schritt um, stolperte hilflos vorwärts und blieb am Bein einer Kommode hängen, die einer der Möbelpacker gerade auf dem Gehsteig abgestellt hatte. Der Karton mit der Schokolade entwischte ihm nun doch noch, schlitterte über die Kommode und fiel am anderen Ende auf den Boden. Der Deckel riss auf, und die hübsch verpackten Tafeln im schlichten hellblauen Papier rutschten heraus.

»Schiet aber auch!«, schimpfte Spreckels Mann und rieb sich abwechselnd den linken Knöchel und den rechten Ellenbogen.

Frieda wollte schon zu den auf dem Boden verstreuten Schokoladentafeln eilen, als Ernst sie zurückhielt und mit dem Kopf auf zwei Kinder deutete, die wie aus dem Nichts auf dem Gehsteig aufgetaucht waren. Sie hatten struppiges Haar und dreckige Finger, die sie jetzt vorsichtig nach den Tafeln ausstreckten. Ihre glänzenden Augen, weit aufgerissen, waren dabei auf den schlaksigen Arbeiter gerichtet, der den Karton hatte fallen lassen.

»Weg da! Los, macht, dass ihr wechkommt!«, rief der und fuchtelte mit den langen Armen. Die beiden, Bruder und Schwester vielleicht, zogen sich erschrocken hinter einen der Krosanke-Möbelwagen zurück. Noch gaben sie die vermeintlich leichte Beute allerdings nicht verloren.

»Nein, schon gut!« Frieda überquerte die Deichstraße. Ernst blieb an ihrer Seite, beschleunigte seine Schritte, um zuerst an dem zerrissenen Karton und den ausgekippten Tafeln zu sein. Schon hockte er auf dem Steinboden und klaubte alles zusammen. Er sah zu Frieda auf. Ein winziges Kopfnicken von ihr reichte, und er wusste Bescheid.

»Denn kommt man her, ihr kleinen Schietbüdel«, sagte er freundlich zu den Kindern. Die trauten dem Braten nicht. Anscheinend erwarteten sie eine Tracht Prügel, wenn sie nur nahe genug herankämen. Als Ernst ihnen jedoch zwei Tafeln entgegenstreckte, überlegten sie nicht lange. Wie kleine Eichhörnchen, die sich eine Nuss holten, huschten sie vor und mit ihrem Schatz auf der Stelle davon. Frieda konnte sie gerade noch in die Steintwiete verschwinden sehen.

»Kann sich eben noch längst nicht jeder gute Hannemannsche leisten«, sagte Ernst nachdenklich, den zerfledderten Karton mit den Tafeln unter den Arm geklemmt.

»Muss ich nu etwa den Schaden bezahlen?«, wollte Spreckels Arbeiter wissen, der wie der sprichwörtliche begossene Pudel mit hängenden Armen einfach nur dastand. Frieda sah, dass er, nicht viel anders als die beiden Kinder, den sehnsüchtigen Blick kaum von der Vollmilch wenden konnte. Noch längst nicht jeder konnte sie sich leisten. Da hatte Ernst zweifellos recht. Aber wie hatte Großvater Carl immer gesagt? Kakao bringt einen Menschen wieder auf die Beine. Nicht nur das, er würde ihm bestimmt auch ein bisschen zusätzliche Kraft geben. Warum war sie nicht gleich darauf gekommen, alle Helfer des Umzugs mit ein paar Riegeln zur Stärkung zu versorgen?

»Nein, natürlich nicht.« Frieda lächelte ihn an. »Es war nicht zu übersehen, dass das keine Absicht war.« Dann wandte sie sich an Ernst: »Falls du gerade keine andere wichtige Aufgabe hast, würde ich dich bitten, die Tafeln an die Arbeiter zu verteilen.« Er machte große Augen. »Verkaufen kann ich die sowieso nicht mehr. Guck dir nur an, wie sie aussehen. Das hübsche Papier ist dreckig oder sogar eingerissen. Wie es aussieht, sind die meisten Tafeln auch zerbrochen.«

Er nickte. »Jo, ist zu befürchten.« Dann fiel ihm anscheinend etwas ein, und schon lächelte er wieder. »Weißt noch, die Sauerei beim Sülze-Heil damals? Als das Fass vom Wagen gefallen und auf den Boden geknallt ist, da kam 'n schöner Schiet zum Vorschein, den der Heil zu Delikatess-Sülze verarbeitet hätte«, sagte er geziert. Dann lachte er. »Das hat den Hamburgern gar nicht geschmeckt, was der ihnen jahrelang für gutes Geld untergejubelt hat. War nicht gerade hilfreich für sein Geschäft. Da isses doch besser, wenn man aus dem kleinen Malheur sogar noch Werbung machen kann.« Ihm wurde offenbar erst jetzt richtig klar, was er da gerade gesagt hatte. »Mönsch, was wär denn, wenn wir aus der Not 'ne Tugend machen würden?«

»Naja, von Not kann ja wohl keine Rede sein«, widersprach Frieda.

»Nee, is eben so'ne Redewendung. Aber trotzdem …«

»Was meinst du, Ernst Krüger?«

»Hast du nicht gesagt, du hast beim Vorbereiten des Umzugs festgestellt, dass da noch 'ne Menge Vollmilchschokolade rumliegt, die du gar nicht auf'm Zettel hattest? Wenn du nu so tust, als wenn mehr Kartons auf den Boden geknallt wären, denn kannst die Tafeln als Bruch zum Sonderpreis anbieten. Umzugs-Schokolade – extra günstig«, verkündete er und malte mit der freien Hand zwei Schlagzeilen in die Luft. »Denn sind die ganz fix weg, ehe die nachher gammelig werden.«

Sie sah ihn an, wie er sich den Karton nun vor den Bauch presste, damit nicht wieder alles auf der Straße landete. »Ernst, du bist genial!«

Er strahlte über das ganze Gesicht. »Jo, plietsch, ne?« Plötzlich runzelte er die Stirn. »Wieso eigentlich? Ich mein, im Grunde hattest du doch schon die Idee …«

»Schokolade vor dem Bauch, das ist es!« Er sah von dem Karton zu ihr und wieder zu dem Karton.

»Falls jemand nach mir sucht, ich bin bei Spreckel«, rief Frieda und lief auch schon in Richtung Speicherstadt davon.

»Wieso, der is doch hier«, hörte sie Ernst noch sagen, doch sie kümmerte sich nicht darum.

Frieda wünschte sich schon so lange eigene Verkaufsstellen für die Hannemannsche Schokolade. Nicht Warenhäuser, wie das der Mendels, sondern eigene kleine Geschäfte, die nichts anderes anboten als sämtliche Pralinen und Tafeln, die Frieda bisher kreiert hatte. Das war natürlich nur ein Traum. Bisher gab es nur die Schokoladenautomaten, die an vier Stellen der Stadt aufgebaut waren. Inzwischen wurden die zwar immer besser angenommen, doch wirklich zufrieden war Frieda damit nicht. Der Aufwand, das Geld zu entnehmen und die Automaten aufzufüllen, war recht hoch. Ein Mitarbeiter musste dafür regelmäßig durch ganz Hamburg fahren. Einmal war ein Automat aufgebrochen gewesen, ein anderes Mal war Ungeziefer hineingekommen und hatte sich durch die Verpackungen geknabbert. Außerdem passte ein hübscher kleiner Laden mit einer adrett gekleideten Verkäuferin, die die Kunden bedienen und ihnen Auskunft zu den unterschiedlichen Sorten geben könnte, viel besser zur Hannemannschen Ware als seelenlose Apparate. Oder für den Anfang eben charmante Verkäuferinnen mit einem entzückenden Bauchladen.

Frieda hatte das Nikolaifleet hinter sich gelassen, die Brücke über Binnenhafen und Zollkanal überquert und eilte nun den Brook entlang. Sie war so aufgeregt, dass sie keinen Blick für die Gesimse und Friese, den mal gelb, mal grün glasierten Stein der mächtigen Speicher hatte, die wie eine Burg auf den Brookinseln thronten. Block H, Spreckelsen & Consorten. Schon der fein würzige Geruch verriet, dass hier Kaffee gelagert wurde. Im Treppenhaus, dessen Fenster auf das Fleet schauten, war es angenehm kühl, trotzdem tupfte Frieda sich den Schweiß von der Stirn, als sie endlich den Verleseboden im sechsten Stock erreicht hatte.

»Moin, Fräulein Hannemann«, tönte es von den langen Tischen, die unter den gläsernen Kuppeln der Dachkonstruktion standen. Einige der Kaffeemiedjes, wie die Frauen, die hier tagein, tagaus Bohnen nach Größe, Farbe und natürlich auch nach Güte sortierten, ein wenig spöttisch genannt wurden, kannten Frieda. Immerhin war sie mit einer von ihnen befreundet oder doch wenigstens gut bekannt. Ulli, eigentlich Ulrike Grotjan, sah von ihrer Arbeit auf. Die Überraschung stand ihr ins Gesicht geschrieben.

»Is was mit Spreckel?«, fragte sie.

»Nein, wie kommst du darauf?« Dann verstand Frieda. »Nein, nein, ihm geht es gut. Er hüpft zwischen den Möbelwagen hin und her wie sonst zwischen den Kaffeesäcken.« Sie lächelte. »Hättest du wohl Zeit für eine kleine Pause?«

Kurz darauf standen sie gemeinsam unten vor dem Speicher und gingen ein paar Schritte in Richtung Kehrwieder.

»Mann, lange nicht mehr so'n Schmachter auf eine Zigarette gehabt«, sagte Ulli und stöhnte. »Nicht, dass das gegen die drückende Wärme helfen würde, aber es hätte getröstet.« Sie grinste schief. »Naja, heute geht es mit der Luft.«

»Ich finde es großartig, dass du mit dem Rauchen aufgehört hast. Du hustest längst nicht mehr so oft.«

»Weiß ich doch selbst«, fiel Ulli ihr ins Wort. »Und ich komme die Treppen zum Verleseboden viel besser rauf. Ist ja nicht so, dass mein Verstand das nicht wüsste, nur meiner Sucht muss ich's eben ab und zu wieder verklickern.«

»Wie geht es deiner Schwester?«, wollte Frieda wissen. Sie hatte die kleine Marianne eine Ewigkeit nicht gesehen.

»Sie ist jetzt an der Gehörlosenschule in der Bürgerweide. Wohl nicht lange, sie ist schon zu alt. Aber es ist eine Chance. Vor allem ist sie dort eine von vielen. Alle haben die gleiche Einschränkung, niemand starrt sie an oder macht sich womöglich über sie lustig, wenn sie mit den Händen spricht.« Ulli seufzte, blieb stehen und blickte über das Kehrwiederfleet, auf dem gerade ein traditioneller Milch-Ewer festmachte. Eine kleine Attraktion, denn die Segelschiffchen, von denen früher über ein Dutzend auf der Alster unterwegs gewesen sein sollten, waren seit bestimmt dreißig Jahren nicht mehr in Betrieb. Dieses Exemplar war vermutlich für den Museumshafen gedacht, den ein Hamburger Kaufmann einrichten wollte, wie Frieda gehört hatte. »Du bist doch nicht mitten in meine Arbeit geplatzt, um mich nach Marianne zu fragen«, stellte Ulli fest und setzte sich wieder in Bewegung. Es wurde Zeit, sich auf den Rückweg zu machen.

»Nein, aber ich war in dem Gewühl, das Hermann Krosanke mit seinen Möbelpackern veranstaltet, doch nur im Weg. Und ich hatte eine Idee. Im Grunde hatte Ernst die Idee.«

»Dein Freund Ernst!« Ulli grinste.

»Ja, er hat oft wirklich gute Einfälle.«

»Sonst wäre er wohl kaum der Kompagnon deines Vaters geworden. Wenn er schon nicht sein Schwiegersohn wird.« Frieda wusste, dass Ulli sie gern damit aufzog. Als Ulli sie und Ernst zum ersten Mal auf dem Verleseboden zusammen gesehen hatte, war sie der Meinung gewesen, die zwei wären ein Paar. Ausnahmsweise ging Frieda nicht auf Ullis Bemerkung ein, sondern erzählte von dem kleinen Malheur, der Bruchschokolade und der Idee, Hannemannsche Schokolade aus einem Bauchladen zu verkaufen. »Ich weiß ja, dass du viel zu tun hast. Aber wenn du abends nach Feierabend oder am Sonntag durch die Speicherstadt gehen würdest, könntest du dir ein bisschen dazuverdienen. Du hast mal gesagt, du wärst immer an solchen Gelegenheiten interessiert.«

»Klar!« Frieda wollte schon die Details besprechen, da legte Ulli den Kopf schief. »Ich soll mit Schokolade durch Hamburch laufen?«

»Ja.«

»Am besten sofort.«

»Naja, sobald du kannst. Ich müsste natürlich erst mal einen Bauchladen bauen. Lassen.«

»Denn wohl eher mit Kakao. Bei der Bullenhitze schmelzen die Tafeln doch, ehe ich die erste verkauft habe. Da latsche ich dann wohl mit Kakao durch die Gassen.«

Frieda hätte sich ohrfeigen können. »Stimmt, du hast recht. Mir hat die Idee so gut gefallen, dass ich darüber gar nicht nachgedacht habe. Wie ärgerlich. Man müsste Schokolade mit Eiscreme füllen können, das wäre etwas.«

»Allerdings. Nur würde ich das Zeug dann nicht verkaufen, sondern verputzen.«

»Nicht nur du!« Frieda dachte darüber nach. Schokolade statt Eis als kleine köstliche Erfrischung zwischendurch. Natürlich, das war die Idee. »Wir bieten nicht einfach nur Bruchschokolade an.« Sie sah Ulli an. »Wir legen sie in eine Kiste mit Eiswürfeln. Nicht direkt natürlich, es müsste eine Trennschicht dazwischen sein«, überlegte sie laut. »Hauptsache, die Schokolade schmilzt nicht, sondern fühlt sich im Mund herrlich kühl an.«

»Aha. Und wie soll das gehen?« Ullis rotes Haar reflektierte die Sonne, als stünde es in Flammen.

»Keine Ahnung. Ernst wird schon etwas einfallen. Es ist schließlich seine Idee.«

Am nächsten Tag war es so weit. Hannemann & Krüger richtete sich in den neuen Räumen im Ballinhaus ein. Als Frieda am Morgen mit ihrem Vater das Gebäude betrat, war gerade ein Arbeiter dabei, das Messingschild zu polieren, das er soeben angeschraubt hatte.

»So, Sternchen, nun wird es ernst«, sagte Albert zum wiederholten Mal. »Wir haben eine ganze Etage für uns, und vier Räume gehören dir und deiner Manufaktur.«

»Ich kann es kaum erwarten, das Geräusch der Walzen zu hören und den Geruch des Kakaos wieder in der Nase zu haben.«

»Es geht aufwärts, die schweren Zeiten sind vorbei, Sternchen.« Was war nur los mit ihm? Vor noch nicht allzu langer Zeit war er manches Mal so betrübt gewesen, dass sie sich Sorgen gemacht hatte. Jetzt schien er wie ausgewechselt. Das war natürlich schön, nur kannte Frieda ihn in- und auswendig. Wenn sie sich nicht sehr täuschte, versuchte er etwas vor ihr zu verbergen. Vielleicht sogar vor sich selbst.

»Moin Frieda!«, unterbrach Ernst ihre düsteren Gedanken. »Wenn nachher alles an Ort und Stelle ist, müssen wir uns noch über den Bauchladen unterhalten. Ich hab mir da schon was überlegt.«

»Wann das denn? Ich habe dir gestern Nachmittag doch erst von meinem Einfall erzählt.«

»Die Nacht hat doch auch vierundzwanzig Stunden. Genau wie der Tag.« Seine Augen blitzten. Er tippte sich kurz an die Stirn, als hätte er eine Mütze auf, und eilte auch schon davon.

Friedas Kontor war sehr klein. Ein Tisch, ein Stuhl, ein Schrank, mehr brauchte sie nicht. Das Beste war die Aussicht: Frieda konnte von ihrem Fenster im sechsten Stock auf einen Teil des Oberhafens und auf die Speicherstadt sehen! Sie würde nicht lange brauchen, um ihre wenigen Kisten auszupacken und sich einzurichten. Eine Minute durfte sie sich gönnen. Frieda stand da, ließ ihren Blick schweifen und lächelte. Seite an Seite standen die Speicher wie ein roter Schutzwall, der alles Böse von Hamburg fernhalten konnte. Wie eine Lebensader, die dafür sorgte, dass die Geschäfte der hanseatischen Kaufleute nie mehr zum Stillstand kämen. Selbst wenn sie ihre Nase an die Scheibe drückte, konnte Frieda nicht bis zum Ende der eindrucksvollen Reihe sehen. Es war, als erstreckte sich die Speicherstadt bis zum Horizont. Ein warmes Gefühl durchströmte sie. Ihr eigenes Kontor, dazu dieses Panorama. Kurz kam ihr Hans in den Sinn. Eigentlich müsste er hier stehen. Es war nicht ihre Schuld, dass es anders gekommen war. Sie seufzte. Weißer Nebel malte einen milchigen Kreis auf die Fensterscheibe. Frieda zückte ihr Taschentuch und wischte über das Glas, nichts sollte ihr die schöne Sicht verderben.

Ein kräftiges Klopfen, dann wurde die Tür geöffnet. Rudolf.

»Fräulein Hannemann, wir wissen mit den Maschinen nicht genau Bescheid. Wo die hin sollen, meine ich, welche Reihenfolge.«

»Ich komme.«

Als sie den Produktionsraum betrat, in dem künftig Feinstes aus Kakao hergestellt werden sollte, musste sie tief durchatmen. Neben Rudolf standen fünf Arbeiter parat, hinter ihnen die mächtigen Holzkisten, in denen die verschiedenen Apparate darauf warteten, platziert zu werden, darunter auch die neue Verpackungsmaschine, die mehrere Hundert Tafeln pro Stunde einwickeln sollte. Ein Hochgefühl schoss durch ihre Adern. In ihrer alten Kakaoküche hätte sie nicht einmal die Hälfte von all dem hier unterbringen können, und trotzdem wären sich alle Angestellten im Weg gewesen.

»Der Mélangeur zuerst!«, ordnete sie an und deutete nach links. Sofort packten vier Männer an, um die Kiste an den zugewiesenen Platz zu schieben. »Noch ein Stückchen … Halt!« Sie runzelte die Stirn. »Links davon an der gesamten Wand entlang brauche ich Tische. Warum sind die Tische noch nicht da?« Die Männer zuckten mit den Achseln. Rudolf humpelte zum Fensterbrett, wo der Einrichtungsplan lag, eingeklemmt zwischen zwei Holzleisten wie eine Zeitung. »Tische«, las er langsam. »Kapier ich nicht. Wo sind die Tische geblieben?« Er sah von der Zeichnung zur leeren Wand und zurück.

»Anscheinend sind sie vergessen worden.« Frieda schnaufte. Nicht aufregen! Sie hätte den Fehler selbst bemerken müssen, doch vor lauter Aufregung war er ihr nicht aufgefallen. »Würdet ihr bitte nachsehen, wo die Möbel geblieben sind? Es müssen drei Stück sein.« Sie nannte ihnen die Maße. Es dauerte nicht lange, da tauchten die ersten beiden Männer auf und schleppten einen langen Holztisch herein. »Sehr schön, das sind die richtigen. Hier an die Wand, bitte!«

Stück für Stück ergab sich eine großzügige Arbeitsfläche, auf der die Kakaomasse, die Kakaobutter, Milchpulver, Zucker und allerlei Gewürze und auch weitere Zutaten, wie Nüsse, ausreichend Platz haben würden. Frieda hatte jemanden gefunden, der die Kakaobohnen, die ihr Vater importierte, nicht nur reinigte und röstete, sondern der auch das erste Mahlen übernahm. Die Bohnen wurden dabei erwärmt, sodass Kakaobutter austrat und schmolz und sich um die festen Stückchen legte. Diese Masse verarbeitete Frieda weiter, indem sie je nach Bedarf Zucker, Milchpulver und anderes zufügte. Im Mélangeur wurde alles gründlich miteinander vermischt.

»Neben dem Mélangeur brauche ich die beiden Walzen. Hierher das Zweiwalzenwerk, das große rechts daneben«, erklärte sie. »Lasst jeweils so viel Platz, dass zwei Menschen bequem zwischen den Maschinen hindurchgehen können.« Die Männer keuchten, Schweiß tropfte ihnen von der Stirn. Sobald alle schweren Geräte und Möbel ihren Platz gefunden hatten, konnten sie eine Pause machen. Doch erst musste noch die Conchiermaschine an die richtige Stelle gerückt werden. Die Tischreihe an der rechten Wand stand glücklicherweise schon. Dort würde Frieda die Formen für Tafeln und Pralinen-Hohlkörper bereitstellen. Vor allem war dort genug Platz für die großen Bottiche, in denen die fertige flüssige Schokolade unter ständigem Rühren auf die gewünschte Temperatur abkühlen konnte. Frieda hatte in unzähligen Stunden lernen müssen, wie wichtig exaktes Temperieren war. Nur wenn die Masse nach dem Conchieren zunächst auf 27 Grad gebracht und dann wieder auf 31 Grad erwärmt wurde, bekam die fertige Ware ihren unvergleichlichen Glanz. Außerdem war anders weder das appetitliche tiefe Knackgeräusch hinzukriegen, das für Frieda unverzichtbar war, wenn sie ein Stück von einer Tafel abbrach, noch erhielt man je eine glänzend-glatte Bruchkante.

Ein langer Tag ging zu Ende. Frieda hatte sämtliche Formen, Gewürze, Utensilien, wie Schüsseln, Waagen, Löffel, Pralinengabeln, Messbecher, Siebe und was man nicht alles brauchte, ordentlich verstaut. Zuletzt hatte sie noch die Kartons in ihrem Kontor ausgepackt, Rezepte und Fachliteratur in den Schrank gestellt, Bleistifte und einen Schreibblock auf ihren Tisch gelegt. Vater hatte sich schon vor einer Weile verabschiedet, von irgendwoher hörte sie jedoch noch Geräusche, Klappern und das Schlagen von Schranktüren. Sie trat noch einmal an ihr Fenster. Fähren zogen wie Levis Schwäne durch das Wasser. Frieda rieb sich die Augen. Sie war erschöpft und hungrig. Zeit, sich auch auf den Heimweg zu machen. Nur einmal würde sie noch einen Blick in den Lagerraum werfen, in dem Silberpapier und die verschiedenen bedruckten Papiere und Pralinenschachteln in den Schränken exakt ausgerichtet bereit lagen. Auch ein ordentlicher Vorrat an Ballotins war darunter, Friedas besonderer

Stolz. In den hübschen Schächtelchen würden ihre Kreationen nicht nur gut geschützt aufbewahrt sein, sondern auch noch bestens zur Geltung kommen. Sie lächelte. Als Vater zusammengebrochen war, und Frieda plötzlich vor der Aufgabe gestanden hatte, Hamburg ein Kakao-Dinner zu schenken, wie die Stadt es zuvor noch nicht gesehen hatte, da hatte sie Jean Neuhaus in Brüssel angerufen und um Hilfe gebeten. Er hatte ihr den Trick des exakten Temperierens verraten. Seitdem standen sie in lockerem Kontakt. Louise, die Frau des Chocolatiers, hatte vor einigen Jahren die niedlichen Kartons entworfen, in denen Neuhaus seither seine Pralinen zum Verkauf anbot, und in denen er sie sogar verschicken konnte. Als das erste Schächtelchen aus Belgien auf Friedas Tisch gelandet war, wusste sie sofort, dass sie diese auch für die Hannemannschen Pralinen haben wollte. Und nun waren sie da.

Sie warf noch rasch einen Blick in den Warenraum. Speziell isolierte Schränke sollten Schokolade, Kuvertüre und Kakaopulver vor großen Temperaturschwankungen schützen. Auch einen elektrisch betriebenen Kühlschrank hatte sie nun zur Verfügung. Jemand würde ihn mehrmals am Tag ein- und später wieder ausschalten müssen, damit er nicht zu viel Kälte produzierte, die ihre empfindlichen Kreationen nicht vertrugen. Zuletzt ging Frieda noch einmal durch ihre blitzblank geputzte Produktionshalle. Zwar gab es hier kein Tageslicht, trotzdem war es dank der elektrischen Beleuchtung an den Decken hell und sehr freundlich. In der hinteren Ecke, hinter allen Maschinen, stand an der Wand ein großer Tisch, daneben Friedas ganzer Stolz, ein Gasherd mit vier Platten! Die gesamte Manufaktur war ihr Reich, und dieser kleine Teil war dessen Herzstück. Hier würde sie neue Rezepturen ausprobieren, exquisite Pralinen in kleinsten Mengen in Handarbeit herstellen. Sie sah es schon vor sich: Etwas dunkle Grundschokolade würde immer bereitstehen, damit Frieda mit dem Zusatz von Milchpulver eine hellere und mildere Sorte daraus machen oder mit allerhand Gewürzen und anderen Ingredienzen ganz neue Werke schaffen konnte. Sie seufzte glücklich. Das Gefühl, am Ziel ihrer Träume angekommen zu sein, überwältigte sie derartig, dass Frieda meinte, platzen zu müssen, wenn sie die Energie, die in ihr loderte, nicht irgendwie umsetzen konnte. Sie nahm Anlauf, stützte sich auf einem der Arbeitstische ab und sprang wie eine Balletttänzerin. Als sie gleich darauf zu einer Pirouette ansetzte, hörte sie ein Hüsteln hinter sich und drehte sich erschrocken zur Tür.

»Ist alles bannig modern, ne?« Ernst lächelte, seine Wangen waren gerötet. Bestimmt hatte er wieder den ganzen Tag geschuftet und überall mit angepackt, wo es nötig war.

»Und so großzügig«, rief sie. »Sieh dir nur an, wie viel hier untergebracht ist, und trotzdem ist der Raum noch so groß, dass man darin tanzen kann.«

»Na, das ist nu aber 'n büschen übertrieben.«

»Von wegen.« Übermütig lief sie zu ihm, machte einen Knicks, legte ihre linke Hand auf seine Schulter und nahm seine Linke in ihre Rechte. Sie summte einen Walzer und schob den hilflos stolpernden Ernst im Wiegeschritt zwischen Mélangeur und Walze hindurch.

»Ja, ist ja gut, hast recht, man kann tanzen.«

»Ja, nicht? Ist es nicht wunderbar?«

»Allerdings, aber nu lass man!« Er machte Anstalten, sich von ihr zu lösen, doch Frieda kam gerade erst in Fahrt.

»Jetzt die Drehung!«, rief sie. Ernst packte sie, als habe er Angst, den Halt zu verlieren, doch nach der ersten Runde wurde sein Griff lockerer, er schien seinen Rhythmus gefunden zu haben.

»Mönsch, das macht ja richtig Spaß!« Lachend zog er sie fester an sich, um sie schneller herumwirbeln zu können. Frieda lachte ebenfalls, hielt sich an ihm fest. Ihre Wange berührte seine. Mit einem Schlag blieb er stehen und ließ sie los. Was war das denn jetzt? Frieda musste sich an der großen Walzmaschine abstützen, weil ihr Körper sich weiterdrehen wollte. »Ist bloß kein Spaß hier, das ist Arbeit«, sagte Ernst, räusperte sich, sah ihr kurz in die Augen und dann schnell wieder auf den Boden. »Wenn du noch Zeit hast, zeige ich dir den Bauchladen mit Kühlung.«

»Du hast ihn schon fertig?«

»Ist bloß der erste Entwurf. Wenn ich dich richtig verstanden habe, soll Ulli doch nu fix damit losgehen, oder?«

»Das wäre wunderbar.«

»Denn komm man mit!«

Drei Tage nach dem Umzug war Ulli wahrhaftig zum ersten Mal mit Ernsts Spezial-Bauchladen unterwegs. Tag und Nacht hatte er daran getüftelt, bis er schließlich zufrieden gewesen war.

»Ich hatte erst an irgendetwas aus Kieselgur gedacht«, erzählte er Frieda strahlend. »Weißt schon, Diatomit, das Zeug, mit dem auch Dampfrohrleitungen umhüllt werden.« Plötzlich stutzte er. »Ach nee, bist ja 'n Mädchen, da verstehst nix von.« Frieda wollte ihm gerade eine empörte Antwort an den Kopf werfen, als sie sein breites Grienen sah. Er kannte sie einfach zu gut und wusste genau, womit er sie auf den Arm nehmen konnte.

»Und was hast du stattdessen genommen?« Er machte große Augen. »Du hast gesagt, du hast erst an Kieselgur gedacht. Das heißt doch wohl, dass du aber etwas anderes verwendet hast, oder?«

»Stimmt. Bist ja doch 'n büschen plietsch.« Er erklärte ihr, dass die Kiste, die man mit zwei Lederriemen auf der Schulter tragen konnte, mit Korksteinplatten ausgekleidet war. »Ist ganz leicht, dämmt noch besser und kann Feuchtigkeit ab«, erklärte er ihr. »Irgendwann schmelzen die Eiswürfel ja doch. Wäre blöd, wenn das Holz denn gleich quillt. Ist ja man nur so'n dünnes Brett.«

Frieda hatte kaum zu hoffen gewagt, dass Ernst so schnell zu einem Ergebnis käme. Umso mehr freute sie sich, denn Ullis erster Auftritt mit dem Bauchladen, dem Ernst auch noch hübsche blauweiße Streifen lackiert hatte, würde zu einem besonderen Anlass stattfinden: Albert hatte zu einer Einweihungsfeier eingeladen.

»Nichts Großes«, hatte er gesagt. »Ich will nur ein paar alten Weggefährten die neuen Räume vorstellen. Und nebenbei kann ich vielleicht auch ein paar Kaufleute neidisch machen, die weiter in den windschiefen altmodischen Häusern in der Deichstraße hocken.« Für Rosemarie bedeutete nichts Großes, dass sie sich einen Wagen kommen ließ, der sie zum Jungfernstieg brachte, wo sie sich ein neues Kleid kaufte. Frieda fand die lange Robe mit Federschmuck für den Anlass vollkommen unpassend, und der Blick ihres Vaters sagte ihr, dass er ebenso dachte. Nur hatte es für Rosemarie lange keine Gelegenheit mehr gegeben, sich festlich herauszuputzen. Sie sah so glücklich und stolz aus, wie eine Skulptur, die man in der Diele aufgestellt hatte, um die Besucher von Anfang an zu beeindrucken, dass selbst Frieda das Herz aufging. Sie brachte es nicht über sich, ihrer Mutter die Wahrheit zu sagen.

Stattdessen sagte sie: »Du siehst sehr hübsch aus, Mutter.« Rosemaries Strahlen nahm noch einmal zu.

»Danke, mein Kind. Ich wünschte, du hättest dir auch etwas mehr Mühe gegeben.«

»Das habe ich. Ich habe mich darum gekümmert, dass zur Feier des Tages unsere besten Pralinen auf Eis serviert werden.«

»So, wirklich?«

Frieda schluckte jeden weiteren Kommentar herunter und ging Otto Weber entgegen, um ihn zu begrüßen.

»Fräulein Hannemann, gratuliere Ihnen. Und Ihrem Vater natürlich. Wo ist er denn?« Der scheidende Vorsitzende des Kakao-Vereins sah sich um.

»Ich habe ihn eben mit Senator Stubbe gesehen. Wahrscheinlich zeigt er ihm meine Manufaktur.« Sie lächelte ihn zuckersüß an. Weber hatte ihr bei der Finanzierung des Kakao-Dinners Steine in den Weg legen wollen. Mit einer Frau Geschäfte zu machen, war wohl gegen seine Ehre gewesen. Nachdem die Veranstaltung dann ein so großer Erfolg geworden war, hatten seine Mitglieder ihn aufgefordert, Frieda nach Kräften finanziell zu unterstützen. »Ulrike kennen Sie sicher noch vom Kakao-Dinner«, flötete sie weiter und winkte der jungen Frau auch schon. »Bitte, verehrter Herr Weber, lassen Sie sich von ihr gern unsere Köstlichkeiten vorstellen.«

»Ja, danke, sehr freundlich«, stotterte er. Frieda warf Ulli einen vielsagenden Blick zu und ging. »Wie schaffen Sie es, dass die noch so köstlich in Form sind bei dieser Hitze?«, hörte sie Weber fragen und schmunzelte zufrieden.

»Sieht aus, als wäre der Umzug glücklich verlaufen.« Per stand plötzlich vor ihr.

»Du bist schon zurück? Wie schön.« Sie begrüßte ihn mit einem zarten Kuss auf die Wange.

»Seit gestern. Wie es besprochen war. Ich hätte mich gefreut, wenn du mich zu Hause willkommen geheißen hättest.«

So ein Mist! Sie hatte es doch glatt vergessen, dabei hatten sie noch bei ihrem letzten Telefonat davon gesprochen, wann er zurück sein wollte.

»Tut mir leid. Der da war schuld.« Sie deutete auf den Bauchladen, mit dem Ulli gerade zu neu eintreffenden Gästen ging. »Du musst unbedingt unsere Schokolade auf Eis probieren.« Frieda erzählte ihm rasch, wie es zu dieser Idee gekommen war, dann rief Ernst nach ihr, und sie konnte sich Pers traurigen Blicken entziehen.

Wenige Minuten später überreichte Per Albert und Ernst jeweils ein kleines Schiffsmodell, das er aus Dänemark mitgebracht hatte, für ihre Kontore. Danach verabschiedete er sich sofort. Otto Weber schloss sich an und drückte Albert Hannemann ein wenig unbeholfen im Namen des Kakao-Vereins eine Vase in die Hand, die Frieda scheußlich fand. Ernst stand daneben. Na gut, er war nicht gleichberechtigter Geschäftsführer, aber er war der Kompagnon, dessen

Name ebenfalls auf dem Messingschild am Eingang zu lesen war. Es war ungehörig, ihn leer ausgehen zu lassen. Im Gegensatz zu Weber wusste Gero Mendel, was sich gehörte.

»Ich weiß ja, dass du ein großer Freund von Schiffen bist«, sagte er zu Albert. »Und Sie, mein lieber Ernst, sind ja sogar ein Segel-Talent, wie ich hörte.«

»Talent würde ich nicht gerade sagen. Aber ich weiß schon, wo Steuerbord und wo Backbord ist. Naja, und noch ein bisschen mehr.«

»Dann wissen Sie sicher auch, dass es im Schiffsbau Tradition ist, bei Kiellegung eine Münze als Glücksbringer unter den ersten Rumpfabschnitt zu platzieren«, fuhr Gero Mendel fort. »Auch bei einer Grundsteinlegung ist es so oder so ähnlich üblich. Nur ist es bei diesem Prachtbau dafür zu spät.«

»Gott sei Dank ist es schon eine Weile her, dass das Fundament gelegt wurde und Etage für Etage gewachsen ist«, brummte Albert. »Sonst hätte ich auch die Finger davon gelassen.«

Mendel lachte. »Ich kann mir denken, dass du kein Interesse mehr daran hast, mit Architekten zu verhandeln und Bauarbeiter zu scheuchen. Aus dem Alter sind wir wohl raus, mein Freund. Jedenfalls wollte ich trotz allem mit Münzen Glück wünschen. Wenn sie auch nur an der Wand hängen werden, statt unter einem Kiel zu liegen.« Er überreichte Albert und Ernst jeweils einen kleinen silbernen Bilderrahmen, in dem sich ein silbernes Geldstück befand.

»Das nenne ich mal ein großzügiges Geschenk.« Ernst nickte anerkennend und lächelte Mendel an. »Eine Billion Mark. Wir sind reich, Herr Hannemann!« Die Männer lachten. »Vielen Dank, Herr Mendel. Ich werde die Münze in Ehren halten und bin sicher, dass sie auch an der Wand Glück bringt.«

»Wirklich, Gero, ein sehr guter Einfall. Ich danke dir. Hoffen wir alle, dass es jetzt ohne Umwege immer weiter aufwärts geht. Nicht nur hier in Hamburg, sondern auch in Westfalen und in ganz Deutschland.«

»Westfalen?« Rosemarie hatte sich zu ihnen gesellt. Sie lächelte sparsam. Seit Hans sich in Mendels Kaufhaus so schrecklich aufgeführt hatte, dass Gero Mendel die Hannemannsche Schokolade aus dem Sortiment nehmen musste, um seine Ehe nicht zu gefährden, war Rosemarie nicht sonderlich gut auf Gero und seine Frau Mirjam zu sprechen. Dass sie Juden waren, hatte sie zwar über viele Jahre, in denen sie befreundet waren, nicht gestört, doch seit dem Zwischenfall schien auch das eine unüberwindbare Barriere für sie zu sein.

»Ja, sieh nur, Röschen.« Albert reichte ihr das hübsche kleine Geschenk. »Die Notmünze mit dem höchsten Nominalwert, den es je gegeben hat. Das Eine-Billion-Mark-Stück der Provinz Westfalen aus dem Jahr 1923.«

»Aber es ist doch nichts mehr wert, oder?« Sie sah ihren Mann verständnislos an.

»Die Münze war schon zum geplanten Ausgebetermin nichts mehr wert, so rasend galoppierte die Inflation damals«, entgegnete Mendel erstaunlich freundlich. Er hätte ebenso gut beleidigt sein können, fand Frieda. »Letztes Jahr hat man sie zum Verkauf angeboten als Erinnerung und Mahnung an die schwierigen Zeiten und die anschließende Stabilisierung unserer Währung.«

»Hoffen wir, dass wir nie wieder einen solchen Niedergang unserer Wirtschaft erleben müssen«, sagte Albert düster. »Ich danke dir, lieber Gero. Du hast dir wahrhaftig Gedanken gemacht.«

»Ich hab die bessere Seite«, flüsterte Ernst Frieda zu und hielt ihr den Silberrahmen unter die Nase.

»Tatsächlich, da hast du Glück gehabt.« Bei Albert war die Seite zu sehen, die das Profil des Freiherrn vom Stein mit seiner mächtigen Nase und dem spärlichen Haarwuchs zeigte. Ernst dagegen konnte das Westfalenross sehen. Pferde waren nach Segelschiffen Ernsts zweite Leidenschaft.

Am Abend saßen Ernst und Ulli bei Frieda auf der Terrasse. Nachmittags war ein gewaltiges Gewitter über der Hansestadt niedergegangen. Blitze hatten die Häuser, Straßen und Parks in grellweißes Licht getaucht, Donner ließ ganz Hamburg erzittern. Es hörte sich an wie damals, als Abrisskugeln in die alten Fachwerkhäuser der Gängeviertel gekracht waren, die den neuen Kontorhäusern hatten weichen müssen. Die kleine Sarah war außer sich gewesen, hatte Selma erzählt. Obwohl das Kind längst vor lauter Erschöpfung eingeschlafen war, meinte Ernst, er müsse es noch immer trösten. Unablässig stupste er Sarahs Näschen, streichelte ihre Wange, nestelte an dem Kissen herum und zupfte die Decke zurecht.

»Das arme Ding kommt ja überhaupt nicht zur Ruhe«, kommentierte Ulli sein Treiben kühl.

»Nee, die ist aber auch zu nüddelich!« Selma zog fragend die Augenbrauen hoch.

»Niedlich«, erklärte Frieda lächelnd. »Ja, das ist sie wirklich.«

»Da kannst deine Finger doch nicht von lassen«, fand Ernst und schob verzückt das Körbchen zurecht, damit er besser hineinsehen konnte.

Die Luft war zwar endlich kühler geworden, dafür stieg die Feuchtigkeit dampfend auf wie in einer Waschküche, sodass einem der Schweiß dennoch über die Haut perlte. Ulli hockte auf der Kante ihres Stuhls, den Nacken angelehnt, die langen Beine ausgestreckt. Ihren Rock hatte sie ungeniert weit hochgeschoben. Ernst vermied es sichtlich, in ihre Richtung zu blicken. Die Grillen hatten ein Konzert angestimmt. Viel gesprochen wurde nicht, der anstrengende Tag und die nicht minder kraftraubende Zeit davor steckte wohl allen in den Knochen. Frieda hatte Bier spendiert. Da Ulli und Ernst aus der Flasche tranken, schloss sich Frieda ihnen an und kam sich ein klein wenig verwegen vor. Selma trank Wasser.

»Rauschmittel aller Art können mir gestohlen bleiben«, hatte sie einmal erklärt. »Ich habe gesehen, was sie anrichten können. Nicht nur bei deinem Bruder.« Mehr war dazu nicht zu sagen.

Schon wieder beugte Ernst sich zu der schlafenden Sarah herunter. »Na, fühlst dich auch wohl? Ja, ne? Siehst eigentlich ganz zufrieden aus.«

»Ernst Krüger, es wird Zeit, dass du selbst eine Familie gründest«, stellte Ulli fest.

»Wat?« Er starrte sie an, als hätte sie ihm vorgeschlagen, nackt über den Rasen zu tanzen.

»Wie alt bist du?« Sie gab die Antwort selbst: »Grad mal etwas über zwanzig. Ich kenne 'ne Menge Kaufmannssöhne, die sich in dem Alter noch ihre Sporen verdienen müssen, die Geld besser ausgeben können als verdienen.«

»Nee, nee!« Er winkte ab. »Das gibt 'ne ganze Reihe tüchtiger Kerle in Hamburg, das kannst glauben.«

»Du gehörst jedenfalls ganz sicher dazu.« Ulli sah ihn von der Seite an und schmunzelte keck. »Bist 'ne gute Partie, Ernst Krüger. Stehen die Mädels schon Schlange?«

»So'n Tünkram aber auch«, brummte er. Frieda sah den Schimmer auf seinen Wangen. Er hatte noch nie gut damit umgehen können, Komplimente zu kassieren, schon gar nicht von Frauen.

»Gar kein Tünkram, wie du das nennst«, stimmte Selma nun auch noch Ulli zu. »Eine Frau kann sich einen Mann wie dich doch nur als Vater ihres Kindes wünschen. Du bist fleißig und gehst so liebevoll mit Sarah um, da könnte sich der leibliche Vater eine dicke Scheibe abschneiden.«

»Dummerweise würde sie bloß völlig übernächtigt sein, wenn sie einen Vater hätte, der ständig an ihr rumtüdelt«, warf Frieda ein. »Möchte noch jemand ein Bier?«

»Gern!« Ernst sah sie dankbar an.

»Ich bin auch dabei«, rief Ulli.

Als Frieda hineinging, hörte sie Ulli fragen: »Wie hast du Hans eigentlich kennengelernt, Selma?«

»Wusstest du, dass sie in Berlin in einer Revue als Kunstreiterin aufgetreten ist?«, wollte Ernst von Frieda wissen, als die zurück auf die Terrasse kam. Frieda nickte.

»Das hört sich schöner an, als es war«, wandte Selma ein. »Ich hatte schon als kleines Mädchen viel für Pferde übrig. Es fällt mir nicht schwer, mich auf dem Rücken eines Tieres zu halten und kleine Kunststücke zu vollführen.« Sie strich sich das dunkelbraune Haar hinter das Ohr. »Auch nicht ohne Sattel oder sonstige Hilfe. Zur Not auch ohne Kleider.«

Alle sahen sie an, Ernst verschluckte sich beinahe. »Nicht ganz ohne«, sagte sie lächelnd, »aber in diesen Revuen in Berlin geht es weniger um Akrobatik als um Erotik. Wer mit barbusigen Frauen wirbt, zieht das Publikum massenhaft an.« Sie zuckte mit den Achseln.

»Stelle ich mir trotzdem nicht einfach vor«, sagte Ernst. »Pferde mögen es nicht haben, wenn das laut ist und alles fremd. Die ganzen Menschen, dann womöglich noch Musik …«

»Das ist wahr. Und ich mochte es auch nicht haben«, sagte Selma leise. Dann blitzte es in ihren Augen. »Wenigstens haben sie ganz ordentlich bezahlt. Zumindest zum Schluss.«

Unvermittelt wandte Ulli sich an Frieda: »Wolltet ihr nicht eigentlich endlich mal euren Hochzeitstermin festlegen? Wenn es noch in diesem Sommer was werden soll, bleibt euch nicht mehr viel Zeit für die Vorbereitungen.«

Ehe Frieda antworten konnte, sprang Ernst auf. »Ich geh dann mal. Ist spät geworden.«

»So plötzlich?« Ulli sah ihn an. »Ich dachte, wir könnten vielleicht zusammen gehen, wir müssen doch in die gleiche Richtung.« Sie sah Frieda an, die zuckte nur mit den Achseln.

»Ach so, ja, natürlich. Aber denn nicht noch lange trödeln, sondern fix, ich bin wirklich müde.«

Ulli hob kurz die Augenbrauen, leerte ihre Flasche in einem Zug. »Fix genug?«

Kapitel 3

Der erste ganz gewöhnliche Arbeitstag in ihrem eigenen Kontor. Ohne Umzugsaufregung, ohne Einweihungsgäste. Frieda hatte sich vorgenommen, zuerst von der scharfen Schokolade für den Herrn einen Vorrat produzieren zu lassen, denn davon war nur noch ganz wenig da. Dann konnte sie gleich überprüfen, ob die Verpackungsmaschine hielt, was sie versprach. Anschließend sollten ihre Mitarbeiter auch sämtliche andere Sorten auffüllen, denn die Lager waren ziemlich leer, ganz wie es für den Umzug geplant gewesen war. Währenddessen würde sich Frieda mit kaufmännischer Theorie quälen. Und zur Belohnung wollte sie später noch ein neues Rezept ausprobieren. Sie wollte ihren Plan gerade in die Tat umsetzen, als es klopfte und gleich darauf Ernst den Kopf zur Tür hereinsteckte.

»Guten Morgen, Frieda. Habe gerade Bescheid bekommen, dass das Schiff aus Venezuela eingetroffen ist.«

»Sehr gut!« Einen besseren Zeitpunkt konnte es nicht geben. Frische Kakaobohnen an dem Tag, an dem sie die Produktion wieder anlaufen lassen wollte. Das Reinigen und erste Mahlen würden nicht viel Zeit in Anspruch nehmen, die Versorgung mit ihrem geliebten Rohstoff war also gesichert. »Was machst du für ein Gesicht? Stimmt mit der Ware etwas nicht?«

Ernst war zögerlich nähergekommen und stand nun an ihrem Schreibtisch. »Das is so: Der Quast sagt, es ist nur wenig von dem georderten Criollo gekommen, dafür mehr Konsumware.«

»Was heißt wenig?«

»Acht Doppelzentner«, erwiderte er zerknirscht.

Frieda hatte bereits ihr Bestellbuch aufgeschlagen. »Das sind ja ganze vier Doppelzentner zu wenig. Wie ist das möglich?«

»Naja, der Criollo ist eben selten, weißt du ja. Vielleicht hatten die nicht genug.«

»Aber wir brauchen mehr von der edlen Sorte, gerade wenn wir die Eröffnung eigener Filialen planen.« Welch ein Unsinn, so weit war es noch lange nicht. »Egal, die Qualität unserer Produkte muss erstklassig sein, etwas Besonderes.«

»Das ist deine Schokolade doch immer. Ich glaub, du würdest noch aus den Kakaoschalen so leckere Sachen machen, dass einem das Wasser unter der Brücke zusammenläuft.« Es war lieb von ihm, sie aufheitern zu wollen, nur half das im Geschäftsleben kaum weiter.

»Nein, Ernst, ich habe in den letzten Jahren viel ausprobiert. Aus minderwertigen Zutaten kannst du keine hochwertige Schokolade machen.«

»Na, na, minderwertig. Das kannst du nicht sagen. Der Forastero ist nicht so gut wie der Criollo, das ist klar. Trotzdem. Der Quast sagt, die ersten Stichproben sind in Ordnung, da gibt's nichts zu meckern.«

Schon möglich, dass die Fermentierung in Ordnung war und auch kein Ungezieferbefall vorlag, dennoch blieb ein Forastero immer ein Forastero und würde nie mit einem Edelkakao mithalten können.

Sie stand auf. »Ich gehe in den Hafen, ich will mit Quast selbst sprechen. Unsere Bestellung ist eindeutig, die Lieferung entspricht ihr nicht. Dafür muss man uns eine gute Erklärung geben.«

»Denn man los. Da wollte ich sowieso gerade hin und mir die Ware ansehen.«

»Fein, gehen wir!«

Es war nicht gerade üblich, dass ein Importeur selbst in den Schuppen auftauchte, in denen seine Waren geprüft wurden. Dafür heuerte man die Quartiersleute an, die sich um das Nötige kümmerten. Sie stellten bereits beim Entladen des Schiffes das Gewicht der Ware fest, kontrollierten, ob die bestellten Sorten eingetroffen waren, und nahmen Proben, die sie dann auf Herz und Nieren prüften, wie Spreckel es gern nannte. Für den Kakao bedeutete das, dass die Bohnen in ein zweiteiliges Holzbrett mit vielen kleinen Mulden gelegt wurden. Die beiden Teile konnte man zusammenklappen wie ein Buch und dann, wie bei einer Guillotine, ein Messer einmal mitten hindurch fahren lassen, das sämtliche Kakaobohnen halbierte. Hatte der Quartiersmann alles ordnungsgemäß überprüft, wurde die Lieferung in dessen Speicher gebracht und gelagert. Frieda war darum nicht oft an diesem Ort, genoss es aber umso mehr. Der riesige Dampfer, der soeben den Atlantik überquert hatte, war nur wenige Schritte entfernt am Kai vertäut. Es duftete nach sämtlichen Aromen, die die Kerne der Früchte in sich trugen. Und in diesem Teil des Hafens herrschte ein geschäftiges Treiben, das einen einfach mitreißen musste. Schauerleute, Ewerführer, Stauer, Kai- und Speicherarbeiter, Decksleute und Kranführer gingen eilig ihrer Arbeit nach, packten, zogen, schoben, hievten Säcke und Kisten per Seilwinde in die Höhe. Nahezu alle trugen den Elbsegler auf dem Kopf, eine locker sitzende Mütze mit Schirm, den kleinen Bruder der Prinz-Heinrich-Mütze.

Quartiersmann Quast kam auf sie zu. »Fräulein Hannemann, Herr Krüger, das ist eine Überraschung. Ich wollte die Ware eben mit den Schuten zum Speicher bringen lassen.« Er kratzte sich am Hinterkopf.

Frieda kam sofort auf den Punkt. »Herr Krüger hat mich darüber informiert, dass nicht die bestellte Menge Criollo angekommen ist.«

»Nee. Dafür aber mehr Forastero.«

»Das ist, als würde ich weniger Champagner bekommen, dafür aber mehr Perlwein.«

»Tja, das tut mir nun leid.« Quast sah für einen Moment hilflos aus. »Kommen Sie man mit«, sagte er dann und machte sich auch schon auf den Weg.

»Ich hab's dir doch gesagt«, raunte Ernst ihr zu. »Der Quast hat ab der Sekunde alles im Griff, in der der Kahn in Hamburg festmacht. Was die beim Beladen anstellen, ist nicht sein Bier.«

Sie mussten Männern mit Handkarren ausweichen, zwischen Stapeln von Säcken hindurchlaufen, bis sie einen vollkommen zerkratzten Tisch erreichten, auf dem ein Brett mit durchgeschnittenen Kakaobohnen lag.

»Sehen Sie, Fräulein Hannemann, die Proben sind allerbest, da gibt's nichts dran auszusetzen«, brüllte er gegen den Lärm an, der stets über dem Hamburger Hafen lag: Knarzendes Holz, scheuernde Säcke, Kommandos der Quartiersleute und Ewerführer, dazu das Tuten Hunderter Dampfpfeifen der Schuten und Schlepper. »Kein Ungeziefer, schöne bauchige Form, nix, was schon gekeimt hat, und keine schiefrige Farbe. Vor allem: kein Schimmel!«

Sie beugte sich über das Brett mit den halbierten Bohnen. »Ja, das sieht alles sehr gut aus, da haben Sie recht.« Frieda machte sich wieder gerade. »Nur ändert das leider nichts daran, dass etwas anderes gekommen ist, als ich bestellt hatte. Wo sind die Papiere? Gibt es denn nicht einmal eine Erklärung?«

Er zuckte mit den Achseln. »Nicht, dass ich was gelesen hätte. Aber Sie können gern selbst einen Blick drauf werfen.«

Quast hatte bedauerlicherweise nichts übersehen. »Ich werde unseren Lieferanten anschreiben«, erklärte Frieda seufzend, als sie in die kleine Hafenfähre stieg. »Etwas anderes bleibt mir nicht übrig.«

»Jo, so sieht's aus. Vielleicht schicken die nächstes Mal umso mehr von dem edlen Kakao.« Ernst legte die Stirn in Falten. »Wenn's dumm kommt, brauchst womöglich 'n neuen Lieferanten. Oder einen zusätzlichen für den Criollo.«

Das würde bedeuten, jemand musste nach Venezuela oder in ein anderes Anbauland reisen. Frieda schloss kurz die Augen und genoss den Fahrtwind. Im nächsten Augenblick rümpfte sie die Nase. Der Gestank aus unzähligen Schornsteinen verpestete aber auch wirklich die herrliche Luft. Sie betrachtete die Silhouette der Stadt und konnte für einen kurzen Moment sogar das Ballinhaus und das Fenster ihres Kontors sehen. Ihre Laune stieg auf der Stelle. Es würde sich schon alles finden. Zur Not musste sie eben nach Venezuela fahren.

»Soll ich dich ins Ballinhaus begleiten, oder …?« Ernst war vor ihr von dem Boot gehüpft, hatte ihr geholfen, an Land zu klettern, und vergrub nun die Hände in seinen Hosentaschen. »Sonst hätte ich nämlich noch etwas zu erledigen.«

»Lass dich nicht aufhalten.« Sie lächelte ihn an. »Wie sagtest du gerade? Wenn's dumm kommt, muss ich womöglich allein über den Atlantik schippern. Da sollte ich es wohl allein zu Fuß zum Meßberg schaffen.«

»Kommt gar nicht in die Tüte, dass du allein nach Südamerika fährst!« Er stemmte die Fäuste in die Hüften, ein sicheres Zeichen, dass er sich für eine längere Standpauke bereitmachte.

»Hast du nicht noch etwas zu erledigen, Ernst Krüger?«

Die Spannung wich aus seinem Körper wie die Luft aus einem Ballon. »Jo. Aber da sprechen wir noch über.«

»Wenn es nötig ist. Vielleicht klärt sich auch so alles auf.«

Sie verabschiedeten sich. Frieda ließ die Gasanstalt hinter sich und lief in Richtung Hauptzollstelle am Alten Wandrahm. Also schön, so ärgerlich die Minder-Lieferung auch war, hatte sie immerhin einige Doppelzentner Criollo zur Verfügung. Sie würde eben sehr genau überlegen müssen, wie sie diesen aromatischen Kakao einsetzte. Sie wusste ja selbst, dass der Baum, der den besonders edlen Rohstoff für Schokolade und Pralinen lieferte, wesentlich anfälliger für Schädlinge oder Krankheiten war als der robuste Forastero. Auch war der

Ertrag längst nicht vergleichbar hoch. Kein Wunder also, dass der Preis für Criollo-Bohnen weit über dem des Konsumkakaos lag. Dafür zeichnete die Edelsorten aus, dass sie deutlich weniger bitter schmeckten als der Forastero. Und sie brachten Aromen zur Geltung, die bei der Bestäubung durch Insekten in die Blüten geraten waren. Mango etwa oder Zitrusfrucht. Frieda hatte gelesen, dass das eher zierliche Gewächs gern neben Schattenspendern mit großen Blättern stand. Bananenbäume waren beispielsweise ideale Nachbarn. Plötzlich musste sie lächeln. Also ehrlich, Frieda Hannemann, worüber hast du dich eigentlich gerade so aufgeregt? Noch gab es kein Ladengeschäft, noch war die Menge, die die Manufaktur hergab, überschaubar. Mit acht Doppelzentnern würde sie eine ganze Weile auskommen. Sie war so in ihre Gedanken vertieft, dass sie das Treiben am Brooktorquai wie durch einen Schleier wahrnahm.

Erst mit Verzögerung drang in ihr Bewusstsein, dass jemand schrie: »Lat reisen!« Sie hörte das typische Surren einer Seilwinde. Dann: »Laaangsam!« Im nächsten Augenblick geschah alles gleichzeitig. »Mönsch, Döösbaddel, kunnst dat nich orntlich anbinnen?« Jemand packte ihren Arm und zog sie beiseite, schon krachte nur Zentimeter von ihr entfernt eine Holzkiste auf das Pflaster. Friedas Herz schlug schneller. Wie unvernünftig sie gewesen war. Man musste im Hafen und in der Speicherstadt immer seine Sinne beisammenhaben und sich auf das konzentrieren, was um einen herum geschah. Es konnte immer etwas passieren. Welch ein Glück, dass jemand für sie aufgepasst hatte. Sie wandte sich ihrem Retter zu. Ihr Herz setzte einen Schlag aus.

»Jensen«, flüsterte sie.

Plötzlich wurde alles um sie herum leise. Die Stimme des Arbeiters, der oben an der Seilwinde stand, genauso wie die der Männer, die auf der Straße das Malheur begutachteten, die heftig miteinander debattierten. Wie oft hatte sie in den letzten Jahren jemanden gesehen, der sie an ihn erinnert hatte. Wie oft war sie sogar sicher gewesen, dass er es ist. Ein Mann mit rötlichem Haar, den sie aus dem Augenwinkel sah, reichte, um Frieda um ihre Fassung zu bringen. Am Anfang war das ständig vorgekommen, mit der Zeit glücklicherweise immer seltener, dann gar nicht mehr, wenn sie ihn auch nie vergessen hatte. Und nun war er es wirklich. Er stand hier vor ihr. Mitten in Hamburg. Die Lippen zu einem sanften Lächeln verzogen.

»Frieda.« Seine grauen Augen glänzten, sein Brustkorb hob und senkte sich schnell, als sei er gerannt. »Es ist so schön, dich zu sehen. Nach all den Jahren.«

»Das ist eine … Überraschung«, stotterte sie. Nicht sehr geistreich, aber ihr Hirn verweigerte ihr noch immer den Dienst.

»Ich hoffe, du hast meinen Namen nicht vergessen, meinen richtigen Namen, meine ich.«

»Natürlich nicht, Jason.« Hatte sie etwa Jensen zu ihm gesagt? Frieda wusste es nicht mehr. Sie hätte nicht sagen können, was in den letzten Sekunden geschehen war, und was vor Jahren. Mit einem Schlag war die Vergangenheit so greifbar, fühlte sie sich dorthin zurückversetzt, als sei sie geradewegs durch die Zeit gereist. Damals, als sie sich zum ersten Mal begegnet waren, hatte sie seinen Namen falsch verstanden. Mitten im Tumult des Sülze-Aufstands war das gewesen. Nein, begegnet waren sie sich schon früher, nur hatten sie erst an diesem Tag, als die Hamburger wutentbrannt den Rathausmarkt stürmten, zum ersten Mal miteinander gesprochen. Wie aus dem Nichts war er aufgetaucht und hatte sie zwischen der aufgebrachten Menge hindurch in Sicherheit gebracht. Wie ein Schutzengel. Genau wie jetzt. Er hatte ihr seinen Namen genannt, aber bei all dem Lärm und Gedränge hatte sie Jensen verstanden. Und er hatte ihren Irrtum erst sehr viel später aufgeklärt, aus Furcht, sie könne ihn meiden, weil er Brite war. Das alles war so lange her!

»Was tust du hier?« Frieda bemerkte, dass ihre Stimme fremd und rau klang.

»Du weißt doch, dass der Ellerbrock hier ganz in der Nähe seinen Speicher hat. Unser Unternehmen handelt noch immer mit Tee.«

»Verstehe.« Sie musste ihre Fassung wiederbekommen, ihren Kopf wieder einschalten. »Aber das war nicht meine Frage«, sagte sie fest. »Seit wann bist du wieder in Hamburg? Warum hast du dich nicht gemeldet?«

Er sah sie lange an. Seine Briefe kamen ihr in den Sinn. Warum wohl hätte er sich bei ihr melden sollen? Sie hatte ihm nie geantwortet. Zumindest war es das, was er denken musste. Nun würde sie ihm also doch noch erklären müssen, warum er keine Antwort auf seine Zeilen mehr bekommen hatte.

»Mir scheint, es gibt einiges, worüber wir sprechen sollten«, sagte er, als hätte er ihre Gedanken erraten. »Ganz in Ruhe.«

»Ja, das sollten wir wohl«, sagte sie leise.

»Wie es aussieht, habe ich dich schon wieder gerettet. Genau wie damals. Weißt du noch?«

»Wie könnte ich das vergessen?«

»Als Lohn für deine Rettung hast du mir versprochen, mit mir auszugehen. Darf ich hoffen, dass du auch dieses Mal mit mir essen gehen wirst?« Er sah auf die andere Straßenseite, wo die Männer inzwischen die geborstene Kiste und das, was darin gewesen war, aufgeräumt hatten. »Sie hätte dich genau erwischt. Wer weiß, vielleicht habe ich dir dieses Mal sogar das Leben gerettet.«

»Und dafür bin ich dir dankbar.« Sie sah zu ihm auf, musste schlucken, hätte ihm um den Hals fallen wollen, nach allem, was zwischen ihnen gewesen war. Doch sie stand nur da, stocksteif. Sein charmantes Lächeln, das ihr so vertraut war, wich einem Ausdruck tiefster Enttäuschung. »Es hat sich viel verändert. Ich bin nicht frei«, brachte sie mühsam hervor. Dieser Blick, als hätte sie ihm ins Gesicht geschlagen. Sie entdeckte eine erste graue Strähne in dem rotbraunen Haar. Gleichzeitig fiel ihr auf, dass er keinen Bart mehr trug. Es machte ihn jünger. Frieda wollte über die glatte

Haut seiner Wangen streicheln, wünschte sich sehnlich, sie dürfte ihn umarmen, an sich drücken. Aber das war natürlich völlig unmöglich.

»Ich wusste, dass ein Schiff aus Venezuela ankommt, mit reichlich Kakaobohnen an Bord. Es war klar, dass du früher oder später herkommen würdest, um dir von den Quartiersleuten im Speicher die Qualität zeigen zu lassen.« Er bekam ein schiefes Lächeln hin. »Das habe ich jedenfalls gehofft.«

Sie sah ihn lange an, begriff nach und nach. »Du bist nicht zufällig hier. Ich meine, du warst nicht bei Hälssen & Lyon.«

»Doch, doch, ich hatte dort zu tun.« Er betrachtete seine Schuhspitzen. »Auch.« Plötzlich holte er tief Luft und blickte ihr in die Augen. »Ich wollte nicht nach Hamburg zurückkommen. Bis Liz mir dein Kondolenzschreiben gezeigt hat. Nun bin ich also doch wieder hier und habe natürlich gehört, dass Fräulein Hannemann schon längst Frau Møller sein sollte.«

»Das weißt du?«

»Die Stadt spricht darüber. Wahrscheinlich wartet die halbe Kaufmannschaft auf eine Einladung. Wer bei dem Kakao-Dinner war, wird darauf hoffen, auch bei der Hochzeit sein zu dürfen.«

»Jason, ich …«

»Keine Sorge, es gilt nicht für jeden, der an dem Dinner teilgenommen hat. Ich erwarte keine Einladung, ich will nur, dass du mit mir essen gehst. Es gibt so vieles, was ich nicht verstehe«, sagte er leise.

»Ja, vielleicht sollten wir wirklich … Wie kann ich dich erreichen?«

»Ich stehe vor dir.« Er lächelte spöttisch. »Cölln's Restaurant am Freitagabend. Sagen wir um sieben Uhr?«

»Ich weiß nicht, ob … Nein, das geht nicht«, stotterte sie.

Er trat einen Schritt auf sie zu und beugte sich vor. »Du bist es mir schuldig«, flüsterte er, seine Lippen an ihrem Ohr. Er küsste sie so zart auf die Wange, dass Frieda nicht sicher war, ob er es wirklich getan oder sie es sich nur eingebildet hatte. Trotzdem brannte die Haut noch, als sie eine halbe Stunde später in ihrem Kontor saß.

Jason ist in Hamburg. Der Satz spukte durch ihren Kopf, schien in den Himmel geschrieben zu stehen, wenn sie durchs Fenster sah, hing über ihrem Schreibtisch, starrte sie von jedem Blatt Papier an, das sie zur Hand nahm. Sie stemmte die Ellenbogen in den Tisch, legte das Gesicht in ihre Hände und unterdrückte einen Schrei, der zu gern aus ihrer Kehle hinaus in die Welt wollte. Also schön, Jason Williamson war wieder da. Na und? Es änderte nichts. Sie war mit Per verlobt, sah ihre Zukunft deutlich vor sich und würde einen Teufel tun, ihre Pläne infrage zu stellen. Sie seufzte und machte sich an das Schreiben für den Lieferanten in Venezuela. Vielleicht sollte sie doch hinfahren. Mit dem nächsten Schiff. Kommt gar nicht in die Tüte, wie Ernst sagen würde. Sie würde nicht kneifen, weglaufen. Wenn sie es auch zu gern tun würde. Freitag im Cölln's. Dort, wo sie ihren ersten gemeinsamen Abend verbracht hatten. Frieda stellte fest, dass sie sich verschrieben hatte, knüllte den Bogen zusammen und begann von Neuem. Jason war in Hamburg, und es änderte nichts? Es änderte alles! Allein sein Blick verriet ihr, dass er noch immer etwas für sie empfand. Es gab vieles, das er nicht verstand. Wie sollte er auch? Aber das war es nicht allein. Hätte er keine Gefühle mehr für sie, hätte er von sich erzählt, hätte Interesse gehabt Per kennenzulernen. Friedas Blick fiel auf das Briefpapier, wo sich ein dicker dunkelblauer Tintenklecks ausbreitete.

»So ein Schiet aber auch!«, schimpfte sie und warf auch diesen Bogen weg. Hätte er keine Gefühle mehr für sie … das war nur die halbe Wahrheit. Sie hatten beide noch Gefühle füreinander, so sah es aus. Sie sprang auf, ging zum Fenster. Es änderte alles. Oder doch nicht? Ihre Fingerspitzen wanderten zu ihrem Ohr, zu ihrer Wange. Schon der Gedanke an seine Lippen nahm ihr den Atem. Ihr Herz machte einen kurzen Hüpfer. Der Gedanke an Per brachte sie augenblicklich auf den Boden der Tatsachen zurück. Sie konnte die Verlobung nicht lösen, wollte es nicht. Jason empfand noch etwas für sie? Na wunderbar! Nur fiel ihm das reichlich spät ein. Frieda stützte die Fäuste auf das Fensterbrett und atmete aus. Dieses Mal ließ sie den Schleier, der sich auf der Scheibe bildete, wo er war. Sie wollte sich dahinter verstecken. Was sollte sie nur tun? Gab es überhaupt irgendetwas, das sie tun konnte? Jedenfalls nicht untätig hier herumstehen.

Entschlossen ging sie herüber in den Produktionsraum. Sie hörte das Rattern der Walzen, das gleichmäßige Brummen der Conchiermaschine. Magda und Jonas, zwei junge Arbeiter, die beide noch nicht lange bei ihr waren, grüßten freundlich. Frieda erwiderte den Gruß und verkroch sich sofort an ihren Herd. Dann überlegte sie es sich anders.

»Kann mir bitte jemand sagen, was heute bisher produziert wurde?«

Jonas sah perplex auf die Uhr, die über dem Eingang hing. »Die Zartbitter, die Sie für die Herrenschokolade haben wollten, ist noch in der Conche. Damit sollten wir doch anfangen.«

»Ja, in Ordnung«, brummte sie. Was wollte sie hier eigentlich? Die fein gemahlene Ingwerwurzel und die ebenfalls zu winzigen Partikeln vermahlene Chilischote waren der Schokoladenmasse bereits nach ihren exakten Mengenangaben zugegeben worden. Auch der Weinbrand war schon untergerührt. Es brauchten also nur noch die kandierten Minzblätter aufgelegt zu werden. Nur mussten die Tafeln dafür in den Formen sein. Bis dahin dauerte es noch, und auch das Belegen der Tafeln mit den Blättchen konnte sie getrost ihren Mitarbeitern überlassen. Unentschlossen stand sie neben ihrem Herd. Es war zum Aus-der-Haut-fahren! An ihren Schreibtisch brauchte sie nicht zurückgehen, sie würde ohnehin keinen vernünftigen Satz zu Papier, geschweige denn etwas anderes zustande bringen.

Ein neues Rezept musste her, das hatte sie noch immer zuverlässig von allem Kummer abgelenkt. Dummerweise hatte sie überhaupt keine Idee für etwas spektakulär Neues. Und das musste es schon sein. Plötzlich störte sie das Dröhnen der Maschinen. Wie sollte man sich denn dabei konzentrieren? Dorsch mit Senfsoße. Sie hatte keine Ahnung, woher Pers Stimme kam, aber sie war mit einem Schlag in ihrem Kopf. Senfsoße. Das Telefonat, als er in Odense gewesen war. Schärfe und Süße. Mit Chili hatte das auch funktioniert. Sie verzog das Gesicht. Chili war etwas ganz anderes als Senfsoße. Aber Senfkörner vielleicht. Frieda fuhr sich mit der Hand durch das Haar. Schokolade und Senf, das war ja absurd. Was dann? Sie konnte unmöglich so schnell die Flinte ins Korn werfen. Dann blitzte wieder Jasons Gesicht vor ihrem geistigen Auge auf: Tee! Das war die Lösung. Sie hatte schon lange darüber nachgedacht, Schokolade mit Tee zu kombinieren. Als Jason fort war und es ihr allmählich dämmerte, dass er auch nicht so bald zurückkehren würde, wenn überhaupt jemals, hatte sie die Idee beiseitegeschoben und irgendwann aus den Augen verloren. Nun wurde es wirklich Zeit für diese Kreation. Hatte sie nicht sogar feinsten Jasmintee in ihrem Kontor, um sich hin und wieder ein Tässchen zu gönnen? Sie ging nachsehen und war gleich darauf wieder zurück, das Päckchen Tee in der Hand. Sie schüttete ein wenig auf ihre Handfläche. Wie das duftete! Frieda dachte kurz darüber nach, einige Jasminblüten aus dem grünen Tee zu klauben und zu kandieren, um damit später die fertigen Tafeln verzieren zu können, doch sie verwarf den Gedanken wieder. Die Sorte sollte ganz schlicht sein und allein durch ihren raffinierten Geschmack überzeugen. Frieda setzte den gesamten Inhalt der Tüte mit einem Liter Wasser auf. Dann ging sie zum Mélangeur.

»Ist das reine Zartbitter, oder rührt ihr noch immer die scharfe Herrensorte?«

»Nein, das ist jetzt reine Zartbitter, Fräulein Hannemann«, entgegnete Jonas. Der Junge hatte im Krieg seinen Vater und seinen älteren Bruder verloren. Er wirkte stets, als würde er in jeder Sekunde mit der nächsten schlimmen Botschaft rechnen.

»Sehr gut. Das, was hier so blumig riecht, ist Jasmintee.« Sie lächelte ihn an. »Der muss eine ganze Weile ziehen, um möglichst viel Aroma zu entfalten. Ich möchte ihn zu der dunklen Schokoladenmasse geben. Würdest du bitte anschließend neue Zartbitter vorbereiten? Ich benötige dann auch die Walzen und die Conchiermaschine. Bitte sorge dafür, dass alles von der scharfen Sorte gereinigt ist.«

»Selbstverständlich, Fräulein Hannemann.«

Frieda ging kurz in ihr Kontor. Wenn ihr Experiment gelang, konnte sie Jason am Freitag eine Tafel mitbringen. Er würde sich bestimmt freuen. Nein, sie durfte nicht einmal hingehen, sie musste das Treffen absagen. Nur konnte sie ihn nicht erreichen. Und warum sollte sie ihn eigentlich nicht sehen? Wenn das Schicksal es schon nicht gewollt hatte, dass sie ein Paar waren, so konnten sie wenigstens Geschäftspartner werden. Jason konnte sie mit bester Qualität beliefern, wenn die Tee-Schokolade gelänge.

Wie immer hatte es ihr geholfen, sich mit Aromen und der Kombination von Geschmacksrichtungen zu beschäftigen. Noch war da zwar Aufruhr in ihr, doch ganz allmählich konnte sie sich immerhin so konzentrieren, dass ihr das Schreiben an den Kaufmann in Venezuela, der für sie Bohnen auf den Plantagen aussuchte, endlich von der Hand ging. Sie nutzte die nicht ganz vollständige Lieferung, um ihn allgemein nach den möglichen Höchstmengen Criollo zu befragen, die er beschaffen konnte. Als das getan war, ging sie zurück in die Halle. Magda schrubbte gerade die Feinwalze, Jonas wog Zutaten für den nächsten Schwung Zartbitter ab. Frieda setzte den Mélangeur in Gang und goss den Tee, der einen intensiven Duft verströmte und schön dunkel aussah, portionsweise zu der Grundsubstanz. Minutenlang sah sie zu, wie sich die dunkle Masse wälzte, als würde sie ein Eigenleben führen. Solange sie noch recht fest wirkte, konnte Frieda mehr Tee zugeben. Zwischendurch hieß es immer wieder warten. Sie starrte in die Schokolade, starrte durch sie hindurch und wurde endlich ruhiger. Als ihr die Konsistenz richtig erschien, tauchte Frieda einen Löffel in die noch warme zähe Flüssigkeit, legte ihn sich auf die Zunge, schloss die Augen. Das war noch besser, als sie gehofft hatte. Der herbe kräftige Geschmack unterstrich das Blumige der Jasminblüten. Als sie die Augen öffnete, sah sie Jonas, der zwischen den Walzen stand und sie beobachtete. Sofort wandte er sich ab.

»Ich brauche jemanden, der mir die Meinung sagt«, rief Frieda und musste lachen. Jonas drehte sich zu ihr um, und sie winkte ihn heran. »Du auch, Magda«, rief sie. »Ihr müsst beide probieren und mir sagen, was ihr von meiner neuen Mischung haltet. Aber ganz ehrlich!«, verlangte sie und reichte den beiden je einen kleinen Löffel, auf dem die Schokolade verführerisch glänzte. Gespannt sah sie von einem zum anderen.

»Sehr gut!«, sagte Jonas.

»Geht es ein bisschen genauer?«, wollte Frieda wissen.

»Ich könnte einen Kopfsprung in den Mélangeur machen«, flüsterte Magda sehnsüchtig.

»Der Geschmack hat etwas ganz Zartes und Feines, ist dabei aber nicht süß. Nicht zu süß«, ergänzte Jonas schnell. Frieda wollte ihn schon loben, doch er war mit seiner Beurteilung noch nicht fertig. »Sie schmeckt wie Frühling, wie die Zeit, in der alles blüht und voller Erwartungen auf den Sommer ist, dabei aber kein bisschen seifig, wie es bei Lavendel schnell passieren kann.« Er senkte den Blick. »Naja, das ist nur das, was mir dazu einfällt.« Seine Stimme wurde immer leiser.

»Das hast du sehr gut beschrieben, Jonas. Ich glaube, ich sollte dich demnächst zurate ziehen, wenn ich Texte für Anzeigen schreiben oder Werbeplakate in Auftrag geben muss.« Frieda lächelte ihn freundlich an und registrierte, dass Magda eine Schnute zog. »Ich danke euch beiden für eure Hilfe.«

Sieh an, der Jonas, ging Frieda durch den Kopf. Sie hatte den jungen Burschen bisher unterschätzt. Bei der Tee-Schokolade würde ihr das nicht passieren. Sie würde auf jeden Fall einen festen Platz im Sortiment bekommen.

Am Abend hatte sie Per vertröstet und ihm erklärt, sie habe Kopfschmerzen und wolle früh ins Bett gehen. Er war enttäuscht. Natürlich. Seit er zurück war, hatten sie noch kaum Zeit füreinander gehabt.

»Wir könnten einen Tee zusammen trinken«, hatte er vorgeschlagen.

»Nein, keinen Tee. Ich habe dir doch gesagt, ich fühle mich nicht wohl.« Es war nicht in Ordnung, ihm gegenüber ruppig zu sein, nur wusste sie nicht, wie sie sich unverkrampft mit ihm unterhalten sollte, ohne von ihrer Begegnung mit Jason zu sprechen. Wenn sie es nicht tat, würde es sich anfühlen, als ob sie ihm etwas verheimlichte. Wenn sie es tat, würde er sofort wissen, dass Jason in ihrem Leben eine besondere Rolle spielte. Gespielt hatte. Sie wollte wenigstens eine Nacht schlafen und ihre eigenen Gedanken sortieren, ehe sie Per reinen Wein einschenkte. Das Karussell in ihrem Kopf begann schon wieder, sich zu drehen. Am Ende schlief sie mit dem Gedanken an Jason ein und wachte damit auf. Eine Möglichkeit abzusagen, gab es nicht. Was, wenn sie einfach nicht im Cölln's auftauchte? Dann wusste er, dass sie ihn nicht wiedersehen wollte. Aber das wollte sie ja! Und das verursachte nicht nur eine unbändige Vorfreude, sondern auch ein schrecklich schlechtes Gewissen.

Als sie mit der Straßenbahn zum Meßberg fuhr, sah sie sich ständig um, ob Jason erneut ihre Nähe suchte. Wie froh sie war, endlich im Ballinhaus verschwinden zu können! In der sechsten Etage angekommen, rief sie eilig einen Gruß in den Produktionsraum und wäre am liebsten direkt in ihr Kontor geschlüpft. Doch Ernst schnitt ihr den Weg ab.

»Guten Morgen, Frieda, ich habe gehört, dir ist gestern dein Meisterstück gelungen. Kann ich mir gar nicht vorstellen, dass die neue Tee-Schokolade besser sein soll als die mit den Erdbeerstückchen.« Sein Gesicht verzog sich zu einem spitzbübischen Lächeln.

»Wenn du ein Stück probieren willst, dann nimm es dir doch einfach«, entgegnete sie steif. »Hannemann & Krüger. Schon vergessen? Du musst nun wirklich nicht fragen, wenn du naschen willst.«

»Sach mal, hast du dich wegen der falschen Lieferung so verbiestert, oder was is mit dir los?«

»Nichts ist mit mir los, ich habe einfach nur viel zu tun«, fuhr sie ihn an.

»Jo. Mann gut, dass ich nur mit'm Mors auf'm Stuhl sitze.« Er schüttelte den Kopf und ließ sie stehen. So eine dumme Bemerkung hatte ihr gerade noch gefehlt. Natürlich wusste sie, dass Ernst nie faul in der Gegend herumsaß. Aber genauso gut hätte er doch wissen können, dass er sich ein Stück Schokolade nehmen konnte, wann immer er wollte. Warum musste er sie mit derartigen Kleinigkeiten belästigen? Sie verzog sich in ihr Kontor und machte sich daran, Einwickelpapier für die neue Sorte zu entwerfen. Grauer Untergrund, darauf weißes englisches Teegeschirr, das war ein passendes Motiv. Sie musste an die Worte von Jonas denken. Oder doch lieber etwas Frühlingshaftes? Frieda fühlte sich elend, sie hätte Ernst nicht so behandeln dürfen, er war nicht schuld an ihrer üblen Laune. Wenn sie nur wüsste, wie sie sich gegenüber Jason verhalten sollte. Sie sah ihn vor sich und spürte die Sehnsucht nur allzu deutlich. In der Sekunde war ihr klar, dass sie ins Cölln's gehen würde. Um jeden Preis.

Lange hielt Frieda es in ihrem Kontor nicht aus. Wenn sie ehrlich zu sich selbst war, hatte sie auch nicht sonderlich viel zu tun. Die Produktion erledigten ihre Angestellten, das Importgeschäft war noch lange nicht ihr Bereich. Zwar lernte sie schon jetzt, so viel sie konnte, nur spielte es gar keine Rolle, ob sie Fortschritte machte, denn sie wurde in der Geschäftsleitung noch nicht gebraucht. Sie musste raus, den Kopf frei kriegen. Frieda verließ das Ballinhaus, lief schnurstracks über den Fischmarkt, ließ das Rathaus hinter sich und erreichte den Jungfernstieg. Sie überquerte die Lombardsbrücke in der Hoffnung, ihre Freundin Clara auf der Bank nahe dem Bootshaus zu entdecken. Als sie noch Kinder waren und später auch als Backfische hatten sie sich oft dort getroffen, wenn sie nicht im Warenhaus der Mendels verabredet gewesen waren. Es war eine kleine Bucht, an der Claras Onkel Levi manchmal mit seinen Vögeln Rast machte. Levi war Hamburgs Schwanenwärter. Die Traube von Menschen, die sich jetzt in eben dieser Bucht versammelt hatte, ließ Frieda annehmen, dass er und die Schwäne gerade dort waren. Die Hamburger verehrten ihre Schwäne geradezu, und für Gäste der Stadt war es eine kleine Attraktion, den Mann zu sehen, der sich hochoffiziell um sie kümmerte. Frieda ging näher heran. Zu viele Menschen. Und von Clara keine Spur. Schade, sie hatte dienstags für gewöhnlich frei und war dann oft hier anzutreffen. Frieda spürte den Impuls umzudrehen, sich ein ruhiges Plätzchen zu suchen. Besser noch, sie ging auf direktem Weg zurück ins Kontor. Es fühlte sich nicht richtig an, mitten an einem Arbeitstag zu faulenzen.

»Frieda!« Es dauerte eine Weile, ehe sie begriff, dass jemand nach ihr rief. Sie sah auf. Levi winkte ihr von Weitem zu. Trotz der prallen Sonne trug er seine dunkle Jacke mit den blank polierten Silberknöpfen über dem weißen Hemd, dazu eine dunkelblaue Fliege und natürlich seine Schippermütze auf dem Kopf. Sie seufzte, nun musste sie sich doch durch die Menschen drängen, um ihn wenigstens kurz zu begrüßen. Sie mochte Levi Mendel, und in diesem Augenblick war sie sehr froh, dass er der wortkargste Mensch war, den sie kannte.

»Guten Tag, Levi.« Sie reichte ihm die Hand. Einer der Schwäne neben ihm fauchte, und ein kleiner Junge, der gerade noch kess mit einem Holzschwert nah am Hals des Tieres herumgefuchtelt hatte, sprang in drei Sätzen hinter die Beine seines Vaters.

»Moin, Frieda.« Er lächelte, dann schüttelte er den Kopf, als könne er nicht glauben, dass sie da war. »Clara war auch schon da heute.« Den Rest musste Frieda sich zusammenreimen, denn er schenkte den Vögeln und den neugierigen Besuchern schon wieder seine ganze Aufmerksamkeit. Meist wedelte er nur mit der Hand, um zu signalisieren, wenn jemand besser ein wenig auf Abstand zu den Schwänen gehen sollte. Sie konnten unangenehm werden, wenn jemand sie reizte oder sie sich in die Enge gedrängt fühlten. Da hatten sie einiges mit den Menschen gemein. An diesem sonnigen Tag musste Levi glücklicherweise nicht häufig einschreiten. Zum einen gab es keine Jungtiere, weshalb die ausgewachsenen Schwäne verhältnismäßig friedlich waren, zum anderen schien es ihnen in ihrem Gefieder auch zu heiß für Überraschungsangriffe zu sein. Amseln und Sperlinge zwitscherten um die Wette. Jungen mit aufgekrempelten Hosen und Mädchen mit angehobenen Röckchen kühlten sich in den flachen Stellen der kleinen Bucht ab. Sie wateten juchzend durch das Nass oder hoben ihre Füße, um sie im nächsten Moment platschend ins Wasser sausen zu lassen.

Wie es aussah, war von Levi kein weiteres Wort zu erwarten und Clara war schon da gewesen. Schade, dann hatte Frieda sie verpasst. Manches Mal lief Clara nach der Nachtschicht vom Krankenhaus in der Eckernförder Straße zur nächsten Bahnstation am Millerntor und fuhr zum Dammthor. Von dort lief sie über die Alster-Terrasse hierher und schließlich zur Drehbahn, wo sie in einer Mansarde lebte, die im Sommer schrecklich stickig, im Winter dafür umso kälter war. Ihre Eltern, vor allem ihre Mutter, verstanden nicht, warum sie so ärmlich hauste, wie Frau Mendel sagte. Immerhin gehörte den Mendels das größte und schönste Warenhaus der Stadt.

Nur hätte Clara die Liebe ihres Lebens in Teufels Küche bringen müssen, um weiterhin unter dem komfortablen Dach ihrer Eltern leben zu können. So jedenfalls sah Clara es und wählte die Mansarde. Die Mendels ahnten ja nicht, was Clara durchgemacht hatte, oder sie wollten die Wahrheit lieber nicht so genau wissen, vermutete Frieda, während sie zurück zur Lombardsbrücke und von dort vorbei am Kriegerdenkmal ging. Sie verstand sehr gut, dass ihre Freundin ein eigenes Leben führen, dass sie den vorwurfsvollen Blicken entgehen wollte.

Im Treppenhaus war es angenehm kühl. Nachdem Frieda jedoch die scheinbar endlosen Stufen zum Dachgeschoss hinaufgestiegen war, trat ihr der Schweiß aus allen Poren. Frieda war überglücklich, dass Clara und sie sich ausgesprochen und wieder vertragen hatten. Was hätte sie in einer solchen Situation getan, wem hätte sie ihr Herz ausschütten können? Ihre Väter waren befreundet, schon ehe sie Väter geworden waren, und so hatte sich auch zwischen den Mädchen schon in jüngsten Jahren eine enge Verbindung entwickelt. Allerdings hätte Hans es fast geschafft, diese Freundschaft zu zerstören. Frieda drückte auf den Klingelknopf. Sie würde das nie vergessen, nichts von dem, was er getan hatte. Ob sie ihm je ganz vergeben konnte, wusste sie selbst nicht.

»Frieda!« Clara blinzelte. Seit sie sich die Haare so kurz hatte schneiden lassen, sah sie schmal und auch deutlich älter aus.

»Oh je, habe ich dich geweckt?«

Sie nickte. »Ich hatte Nachtdienst. Komm schon rein.« Sie rieb sich über die Augen, die in dunklen Höhlen lagen. Dann schloss sie die Tür und nahm Frieda zur Begrüßung in den Arm.

»Tut mir leid. Ich hatte gerade Zeit, und es ist Dienstag, da dachte ich …«

»Ist viel zu tun im Moment, und eine Kollegin ist krank, also bin ich eingesprungen.« Frieda setzte zu einer weiteren Entschuldigung an. Besser, sie ging wieder und ließ ihrer Freundin ihren Schlaf. »Schon gut, wirklich.« Clara lächelte matt. »Wenn ich noch länger geschlafen hätte, wäre ich nie wieder in den richtigen Takt gekommen. Du weißt doch selbst, wie das ist, wenn du in deiner Manufaktur mal wieder völlig die Zeit vergisst.«

»Die ganze Nacht habe ich bisher noch nicht in meiner Kakaoküche ausgehalten.« Sie folgte Clara durch den schmalen Flur und das kleine Wohnzimmer. Zum ersten Mal war Frieda hier gewesen, um Clara zur Rede zu stellen. Sie war sicher gewesen, dass ihre Freundin dabei war, ihren Bruder Hans langsam zu vergiften. Dabei war alles ganz anders gewesen. Hans hatte die arme Clara unter Druck gesetzt, damit sie ihm Äther besorgte. Er hatte sein Leben oder wenigstens seine Gesundheit riskiert, indem er das Zeug regelmäßig getrunken hatte, sie ihre Arbeitsstelle, weil sie es ihm beschaffte. Frieda kam es wie eine Ewigkeit vor, dass Clara und sie sich hier auf diesem abgewetzten Sofa versöhnt hatten. Dabei war seitdem noch nicht einmal ein Jahr vergangen. Keins der Möbel, das hier stand, wäre in der Mendelschen Villa vorstellbar gewesen. Frieda hatte Clara nie gefragt, woher sie den zerschrammten Couchtisch und die schlichte Kommode hatte. Allein der siebenarmige Leuchter glänzte fein und sah nach echtem Silber aus.

Durch die offene Balkontür strömte nur wenig frische Luft hinein. Der Balkon war winzig, doch besser als keiner. Clara trug eben einen kleinen Käfig ins Wohnzimmer und stellte einen zweiten Stuhl hinaus. Während sie aus der Küche Gläser und Limonade holte, betrachtete Frieda die beiden weißen Angorakaninchen. Sie musste lachen.

»Was ist denn mit denen passiert?« Ihre auffällig plüschige Wolle war verschwunden, die Tiere waren nahezu nackt und wirkten, als wären sie auf die Hälfte geschrumpft. Nur noch über den rosa Ohren hingen lange Fellbüschel.

»Ich habe sie geschoren.« Clara kam zurück und schenkte die beiden Gläser ein. »Bisher habe ich mich strikt geweigert, ich habe ihr Haar immer nur ein kleines bisschen gekürzt, um ihnen das da zu ersparen.« Sie deutete mit dem Kopf in Richtung Käfig und lächelte. »Aber bei der Hitze wird ihr Leiden wohl größer sein als ihre Eitelkeit. Hoffe ich.«

»Es ist wirklich kaum auszuhalten. Für meine Schokolade sind diese Temperaturen Gift. Glaube ich zumindest.« Frieda seufzte und fächelte sich mit einer Hand Luft zu. »Leider bildet sich dieser hässliche Reif nicht nur, wenn ich im Herstellungsprozess Fehler beim Temperieren mache, sondern manchmal auch bei schlechten Lagerungsbedingungen. Diese Hitze, dann wieder die Kühlung. Ich bin noch nicht sicher, ob es nur mit hohen Temperaturschwankungen zu tun hat oder auch mit der Luftfeuchtigkeit.« Sofort dachte Frieda an den Apparat, der mit in die neuen Räume eingezogen war und der die Temperatur konstant halten sollte. Ein großer Fortschritt.

»Bist du hergekommen, um mir einen Vortrag über Reif auf Schokolade zu halten?« Clara stieß mit ihrem Glas gegen das von Frieda und leerte es in einem Zug bis zur Hälfte.

»Nein, entschuldige bitte.«

Clara legte die Füße auf das Geländer und den Kopf in den Nacken und stöhnte. »Sehr gut, sonst müsste ich dir nämlich einen über Kreislaufzusammenbrüche bei schwülwarmem Wetter und blutig-eiternde Wunden halten.«

»Vielen Dank, kein Bedarf.« Sie lachten beide. Frieda wurde gleich wieder ernst. »Weißt du noch, wie sehr du dich davor geekelt hast, bevor du deine Ausbildung begonnen hast?«

»Ich kann nicht behaupten, dass ich den Anblick und den Gestank nässender Verletzungen inzwischen gernhabe.« Clara überlegte kurz. »Aber du hast schon recht. Wobei, es war wohl eher die Angst davor, ständig mit Blut und Wunden, mit Schmerz und Leid zu tun zu haben, das nicht zu schaffen. Man gewöhnt sich eben an alles. Jetzt ist es mir ziemlich gleichgültig. Das mit den Wunden«, setzte sie hinzu. »Es gibt Schlimmeres. Mein Leben zum Beispiel.« Frieda sah sie an. Ein Schleier verdunkelte Claras Blick. Was sollte Frieda nur sagen? Clara hatte es nicht leicht gehabt, vieles war unglücklich gelaufen. Wenn Hans es doch nur mit ihr versucht hätte. Aber nein, nicht genug, dass er ihre Gefühle so gar nicht erwidern konnte, er hatte ihr auch noch Hoffnungen gemacht. Und mehr … Frieda überlegte noch immer, wie sie Clara aufmuntern konnte, wie sie ihr vor Augen führen sollte, dass nicht gleich ihr ganzes Leben eine Katastrophe war. Für Frieda hatte es doch auch nicht nur eitel Sonnenschein gegeben. Sie würde einen Mann heiraten, den sich nicht ihr Herz ausgesucht hatte, sondern in erster Linie ihr Verstand. Und der, in den sie sich als junges Mädchen so Hals über Kopf verliebt hatte, der sie alleingelassen hatte, war plötzlich wieder in ihr Leben zurückgekehrt. Sie räusperte sich, doch dann schluckte sie herunter, was sie ihrer Freundin sagen wollte. Du musst ehrlich bleiben, Frieda Hannemann, du mochtest Per auf Anhieb. Und inzwischen ist er dir ans Herz gewachsen. Wenn nur nicht Jason …

Frieda überlegte, wie sie anfangen sollte, da sagte Clara unvermittelt: »Heute Morgen wurde eine Frau eingeliefert, die so ein Mistkerl vor ein paar Wochen übel zugerichtet hat. Nicht nur das.« Sie trank eilig ihr Glas leer und schenkte sich nach. »Sie ist bei uns, damit wir das Kind wegmachen, das er ihr angehängt hat.«

»Wie bitte? Aber das ist doch noch immer verboten, oder nicht?«

Clara gab ein abfälliges Schnaufen von sich. »Besser Zuchthaus als Mutter eines Kindes, das dein Vergewaltiger gezeugt hat.« Die Vorstellung war wirklich grauenvoll. Andererseits …

»Ich weiß nicht. Ich könnte nie ein unschuldiges und zugleich vollkommen schutzloses Geschöpf töten. Wenn ich an die kleine Sarah denke, wenn ich mir vorstelle, Selma hätte … Das wäre doch eine Sünde.« Frieda schüttelte nachdenklich den Kopf. Als Clara nichts sagte, sah Frieda zu ihr herüber. Dieser Blick. Verdammt, Frieda, du bist manchmal aber auch ein Trampel im Porzellanladen.

»Oh Gott, Clara, es tut mir so leid, bitte entschuldige!« Sie legte ihr eine Hand auf den Arm. »Manchmal bin ich wirklich schlimmer als die Axt im Wald.«

»Nein, du hast ja recht.« Claras Stimme war kaum zu hören, so leise sprach sie.

»Habe ich nicht. Bei dir war es etwas völlig anderes.«

»Auch bei mir war es Sünde«, erklärte Clara hart. Ein Schweißtropfen lief ihr über die Wange. Oder war es eine Träne? Frieda fühlte sich schrecklich hilflos. »Wie alt ist Selmas Tochter jetzt?«, wollte Clara wissen.

»Zwei Monate.« Clara nickte. Eine Weile saßen sie nur da und starrten vor sich hin. Vögel zwitscherten, die Kaninchen machten leise scharrende Geräusche, wenn sie sich in ihrem Käfig bewegten. Friedas Hirn arbeitete fieberhaft, sie musste etwas sagen, musste richtigstellen, dass sie Claras Abtreibung nicht verurteilte. Wie könnte sie?

»Ich habe jemanden kennengelernt«, sagte Clara plötzlich. »Auf dem Spielbudenplatz, ein Tourist, der nur zum reinen Vergnügen nach Hamburg gekommen ist.« Sie lächelte, und Frieda atmete auf. »Ich habe ihn wohl sehr auffällig angestarrt, weil er deinem Bruder so ähnlich sieht. Nur die Narbe fehlt«, erzählte sie. Clara hatte den Fremden zu den Parkanlagen am Wallring geführt und ihm anschließend den Weg zur Alster gezeigt, dafür hatte er sie zu Kaffee und Kuchen eingeladen. Frieda war froh, dass Clara das Thema gewechselt hatte, gleichzeitig plagte sie das schlechte Gewissen. Sie hatte sich so fest vorgenommen, sich nicht immer in den Mittelpunkt zu stellen, wie Clara ihr einmal vorgeworfen hatte. Sie wollte trotz eigener Probleme immer auch ein offenes Ohr für ihre Freundin haben. Ein offenes Ohr war nicht genug, sie musste nachfragen, Clara zeigen, dass sie sich wirklich für sie interessierte. Dummerweise kreisten ihre Gedanken allein um ein Thema.

»Jason ist in Hamburg.« Jetzt war es raus.

Clara wandte sich ihr zu und zog langsam die Augenbrauen in die Höhe. »Dein Engländer? Na, herzlichen Glückwunsch. Hätte er nicht früher auftauchen oder für immer in der Versenkung verschwinden können?«

»Das hätte ich mir auch gewünscht. Ach, Clara, ich weiß nicht, was ich tun soll.«

»Du sollst den Dänen heiraten. Jage den Engländer vom Hof! Es sollte nicht sein, und daran hat sich vermutlich nichts geändert.« Sie legte den Kopf schief. »Warum musst du denn überhaupt etwas tun? Er wird doch nicht vor der Tür gestanden haben, um dich nach all den Jahren mit nach Indien auf seine Teeplantage zu schleifen, oder?«

»Er will mich nirgends hinschleifen. Er will lediglich mit mir ausgehen.«

Clara lachte trocken. »Wer's glaubt! Jetzt mal im Ernst, Frieda: Er ist nach Jahren einfach so zurück und will mit dir essen gehen. Nur so. Um völlig unverfänglich zu plaudern.«

»Wenn ich das nur wüsste.« Sie erzählte, dass er sie in der Speicherstadt mehr oder weniger abgefangen und sie davor bewahrt hatte, von einer Kiste erschlagen zu werden.

»Ein Held!« Clara lächelte spöttisch. »Hoffentlich hat er die Quartiersleute nicht angeheuert, die Kiste direkt neben dir aufs Pflaster knallen zu lassen.«

»Also ehrlich, Clara, das ist doch völlig verrückt.«

»Findest du?« Sie zuckte mit den Achseln. »Ich habe dir das Leben gerettet, dafür musst du mit mir ausgehen«, sagte sie und sprach die Worte aus, als hätte sie eine heiße Kartoffel im Mund. Sie hatte Jason nicht kennengelernt, nur ab und zu von Weitem gesehen. Sie konnte nicht wissen, dass er nahezu akzentfreies Deutsch sprach. »Ich wette, er hat auch nach dem Essen noch Pläne. Armer Per!«

»Ich werde auf keinen Fall mit ihm in seine Wohnung gehen. Falls er überhaupt wieder eine in Hamburg hat«, überlegte sie laut. »Ich war wirklich sehr verliebt in ihn, Clara. Ich muss einfach die Chance nutzen, dieser Romanze einen glücklicheren Abschluss zu geben, als wir ihn damals hatten.«

Clara streichelte ihr über die Hand und lächelte sie liebevoll an. »Das verstehe ich doch. Nur habe ich am eigenen Leib erlebt, wozu man sich hinreißen lässt, wenn es um Gefühle geht. Und sei es nur die Erinnerung an Gefühle. Versprich mir, dass du auf dich aufpasst und keine Dummheiten machst, ja?«

Als Frieda nach Hause ging, schämte sie sich, weil sie wieder einmal gemerkt hatte, dass Clara so anders war als früher, so betrübt meistens, und doch hatte sie sie nicht nach dem Grund gefragt. Körperlich war Clara nicht mehr ganz so dünn wie als Kind, seelisch dafür umso mehr. Ob sie Hans noch immer liebte, nach allem, was geschehen war? Oder gab es etwas anderes, das sie so traurig machte? Nicht einmal das wusste sie. Frieda dachte einen Moment daran, umzudrehen und sich bei Clara zu entschuldigen. Doch dann überlegte sie es sich anders. Jetzt war sie zu sehr in Eile, aber nächstes Mal, das nahm sie sich ganz fest vor, war ausschließlich Clara an der Reihe, ihr Herz auszuschütten.

Am Nachmittag war sie mit ihrem Vater, Ernst, Per und Buchhalter Meynecke verabredet. Frieda hatte ihnen so lange mit dem Wunsch nach einem eigenen Laden in den Ohren gelegen, dass sie nun die finanziellen Mittel und mögliche Wege ausloten wollten. Vater saß hinter seinem schweren Schreibtisch aus Nussbaum. Ernst rückte den anderen Stühle zurecht.

»Das kann ich nun wirklich selbst machen, Herr Krüger«, sagte Meynecke höflich.

»Ich mach das gern. Hab ja sonst nix zu tun«, sagte er mit einem kurzen Blick zu Frieda. Er war noch immer böse. Sie musste sich entschuldigen. Aber nicht jetzt und hier, das würde sie erledigen, wenn sie allein waren.

»Also, Sternchen, ehe wir uns die Köpfe heißreden …«, setzte ihr Vater an.

»Hältst du es für angebracht, mich so zu nennen? Im Kontor, meine ich.« Sie sah ihn herausfordernd an.

»Ich nenne dich schon immer so.« Er war völlig perplex. »Soll ich jetzt etwa Friederike sagen, wenn wir Geschäftliches besprechen?« Er lachte und sah in die Runde. Niemand lachte mit. Ernst sah betreten zu Boden, Per kniff die Augen leicht zusammen und musterte sie misstrauisch.

»Es geht um das Regal bei Mendel, richtig?«, kam Meynecke, an Albert gewandt, rasch zum Thema zurück.

Der nickte. »Ganz genau. Ich habe mit Gero gesprochen. Er könnte sich vorstellen, Hannemannsche Schokolade nicht nur wieder ins Sortiment zu nehmen, sondern uns ein eigenes Regal einzurichten.«

Frieda sah von einem zum anderen. Sie verstand nicht. »Wozu soll das gut sein? Was hat das mit der Idee eines eigenen Ladens zu tun?«

»Es wäre ein Anfang«, meldete sich Per zu Wort. »Wenn die Leute Schokolade und Pralinen zusammen mit anderen Süßigkeiten sehen, und ausschließlich die Produkte von Hannemann bekommen einen ganz besonderen Platz, dann nehmen sie diese als etwas Exklusives wahr.«

»Macht ihr das mit euren Schiffen auch so?«, fragte sie spitz. Was verstand er schon vom Einzelhandel? Pers Augen funkelten, er setzte zu einer Antwort an, kam aber nicht zu Wort.

»Nicht dieser Ton, Frieda!« Alberts Miene verriet, dass seine Geduld nicht mehr weit reichen würde. Ernst verdrehte die Augen, Meyneckes Augenbraue zuckte. Von wegen, sie sollte die Manufaktur führen. Wenn es darauf ankam, wussten die anderen doch alles besser. Nur weil sie eine Frau war.

»Mir scheint, es ist vielleicht kein guter Zeitpunkt, um weiter über ein so bedeutendes Vorhaben zu sprechen«, stellte Albert fest.

»Warum nicht? Wir hatten eine Verabredung«, erinnerte sie ihn patzig. Im gleichen Moment wusste sie, dass sie sich endlich zusammenreißen musste. »Die Sache mit dem Regal überzeugt mich nicht«, sagte sie schnell. »Natürlich, es wäre ein kleiner Anfang ohne Risiko. Nur wie soll es mit der Beratung gehen? Wir hatten darüber gesprochen, dass unser Verkäufer oder eine Verkäuferin das Sortiment aus dem Effeff kennen muss. Ich möchte, dass schon das Einkaufserlebnis etwas Besonderes ist. Die Kunden sollen probieren. Sie sollen für jeden Anlass die passende Schokolade empfohlen bekommen. Wie soll das bei Mendel gehen?«, wiederholte sie.

»Das wäre der zweite Schritt«, sagte ihr Vater knapp. »Erst das Regal. Wenn die Umsätze stimmen, ein kleiner hübscher Laden.« Das klang, als wäre er zu mehr nicht bereit.

»Eine andere Möglichkeit gäbe es noch«, wandte Meynecke vorsichtig ein. »Ein Absatzsystem mit Ihnen als eine Art Konzessionär«, er sah Albert, dann Ernst an, »und mit Gérants, mit Geschäftsleitern, selbstständig, aber an Ihre Vorgaben gebunden.«

»Wie genau meinen Sie das?« Frieda hatte so etwas noch nicht gehört.

»Na, wie bei Thammel und Gammel«, rief Ernst fröhlich. »Da hätte man gleich 'n paar Filialen auf einen Schlag.« Als er merkte, dass ihm seine Kaufmannssprache kurzfristig abhandengekommen war, fügte er hinzu: »So wäre es möglich, mehrere Verkaufsstellen in kurzer Zeit zu eröffnen, ohne das Risiko zu tragen. Bei Thams & Garfs funktioniert das wirklich. Ich meine, die hätten letztes Jahr im piekfeinen Hotel Atlantic eine Tagung der Inhaber veranstaltet. Sollen weit über fünfhundert Mann gewesen sein.«

»Die verkaufen aber auch verschiedenste Lebensmittel und nicht bloß Schokolade«, gab Albert zu bedenken.

»Angefangen haben sie mit eigenem Kaffee, wenn ich mich nicht täusche.« Per sah sehr konzentriert aus. »Und mit Tee.« Frieda atmete hörbar aus und kassierte einen höchst irritierten und auch leicht verärgerten Blick von ihm. »Das Prinzip ist nicht dumm, die einzelnen Geschäftsinhaber benutzen den Namen und nehmen

Thams & Garfs bestimmte Produkte ab. Warum eigentlich nicht? H&K-Kakao«, schlug er vor. »Die Inhaber bieten Schokolade an, Kakao, Pralinen und vielleicht später Eis und Kuchen, das gesamte Sortiment.«

Albert brach die Diskussion über die Vorteile von gleich mehreren Filialen ab, für die große Mengen produziert werden müssten. Er wollte nichts davon hören, dass es immer günstig war, groß zu denken, weil dann auch die Zutaten zu besseren Konditionen eingekauft werden konnten.

»Kakaobohnen bekomme ich als Importeur schon zu besten Konditionen«, knurrte er, »und die machen ja wohl den Löwenanteil aus.« Weitere Argumente wischte er einfach vom Tisch, und Frieda hatte den Verdacht, dass sie die Schuld daran trug. Er war über ihr Verhalten verärgert, und da er über einen eigenen Laden weniger als Kaufmann, sondern eher als Vater nachdachte, war sein Antrieb, sich weiter Gedanken darüber zu machen, soeben erloschen. Die kleine Runde löste sich auf, und Frieda verließ mit hängenden Schultern sein Kontor. Ernst verwickelte Meynecke so auffällig in ein Gespräch, dass sie sicher war, er wolle ihr vor allem aus dem Weg gehen. Dabei hatte sie ihm doch sagen wollen, wie leid ihr alles tat.

»Per! Hast du eine Minute für mich?«, rief sie, ehe auch Per sich noch eilig davonmachen konnte.

»Willst du dich entschuldigen, dass du dich da drinnen eben so ungezogen benommen hast?« Sie schnappte nach Luft. Ungezogen. Das hörte sich ja an, als sei sie ein kleines Kind.

»Nein, ich …«

»Sehr schade. Ich denke, es wäre gut gewesen, zurück ins Kontor zu gehen und gleich alle auf einmal um Entschuldigung zu bitten. Dann brauchst du nicht jeden Einzelnen ansprechen, das spart Zeit.« Sie schluckte. Er hatte recht, und das ärgerte sie noch mehr. Besonders, dass er ihr keinen Millimeter entgegenkam, sondern es ihr auch noch so schwer machen musste. Sie standen im Flur, Frieda hörte die Stimmen der drei Männer, die in Vaters Kontor wahrscheinlich längst wieder zum Tagesgeschäft zurückgekommen waren.

»Ich werde mir die Zeit eben nehmen«, sagte sie leise, weil Per noch immer schwieg. »Eigentlich wollte ich dich nur fragen, ob wir uns heute Abend sehen können.« Sie wagte nicht, ihm in die Augen zu schauen.

»Wenn du mir versprichst, dass du mir erklärst, was dir über die Leber gelaufen ist.« Er klang ein wenig freundlicher. Gott sei Dank. Dummerweise beschädigte er damit den Panzer, hinter dem sich Frieda notdürftig verschanzte. Sie spürte einen Kloß im Hals und nickte nur. »Schön, dann komme ich zu dir«, sagte er knapp und ging.

Irgendwie brachte Frieda den Rest des Arbeitstages hinter sich. Zu Hause angekommen, machte sie sich nur kurz frisch und wollte sofort in den Garten gehen. Sie liebte es, nach den Rosen zu sehen, die ihr Vater hatte pflanzen lassen. Sie mochte das Schwirren und Brummen unzähliger Insekten, die letzte Pollen naschten, ehe sie sich zur Nacht verkrochen. Und sie genoss nach einem Tag im Kontor die frische Luft, die nach unterschiedlichsten Blüten, nach Rasen und, je nachdem wie der Wind stand, auch ein bisschen nach der Elbe roch. Sie ging zur Terrassentür. Wieso war sie offen? Ein ungutes Gefühl beschlich sie. Es war doch wohl niemand eingebrochen? Danach sah es nicht aus. Dann entdeckte sie das Weidenkörbchen draußen auf dem Rasen. Von Selma keine Spur. Wahrscheinlich war sie mit Sarah kurz drinnen. Es gefiel Frieda nicht, dass Selma die Terrassentür einfach offen ließ. Schon ein gutes Stück von dem Körbchen entfernt, hörte Frieda leises Glucksen. Sie beschleunigte ihre Schritte. Tatsächlich, Sarah lag unter ihrer Decke. Mutterseelenallein!

»Ja, sag mal, wo ist denn die Mami?« Sie kniete sich ins Gras.

»Guten Abend, Frieda«, tönte es von der Terrasse. Selma war offenbar eben aus dem Haus getreten und kam nun auf sie zu. Sie schien nicht in Eile zu sein.

Frieda richtete sich auf. »Wie kannst du dein Kind einfach hier draußen abstellen, ohne es im Blick zu behalten?«

Selmas dunkle Augen wurden noch größer. »Wie bitte? Ich war nur kurz drinnen, weil Sarah mich vollgespuckt hatte.« Weiter kam sie nicht.

»Sie hat gespuckt, und du lässt sie alleine? Was wäre, wenn sie sich noch mehr hätte übergeben müssen, wenn sie sich dabei verschluckt hätte?« Frieda konnte es einfach nicht fassen. »Sie könnte ersticken!«

»Beruhige dich doch. Ein Kind von zwei Monaten spuckt ständig. Du siehst doch, dass sie schon wieder ganz zufrieden ist. Es ist nichts passiert.«

»Aber es hätte etwas passieren können«, beharrte Frieda und wusste selbst nicht so recht, warum sie es nicht einfach auf sich beruhen ließ. Sarah war quietschvergnügt, es gab keinen Grund, sich derartig aufzuplustern.

Selma schwieg, dann zog sie ein Kuvert aus der Tasche mit den Säuglingsutensilien, die neben dem Körbchen im Gras stand. »Das ist für dich abgegeben worden.« Ihre Hand zitterte, als sie Frieda den Umschlag hinstreckte. »Ein Brief von Jason«, ergänzte sie leise.

»Woher …? Wie kommst du dazu, nachzusehen, wer mir schreibt?« Friedas Stimme klang schrill, sie musste hier weg, ehe sie noch in Tränen ausbrach.

»Ich habe nicht nachgesehen, ich kenne die Schrift«, erklärte Selma knapp. »Du hast gar nicht erzählt, dass ihr wieder Kontakt habt.« Sie sah Frieda misstrauisch an.

»Warum kümmerst du dich nicht um deine Angelegenheiten?«, fauchte Frieda sie an. »Um dein Kind zum Beispiel. Ich will nicht, dass du die Kleine draußen alleine lässt. Und ich will nicht, dass die Terrassentür ständig offen steht.«

»Tut mir leid, Frieda, aber es geht dich nichts an, wie ich mit meinem Kind umgehe.«

»Du gehst mit meinem Bruder ins Bett, ohne dir Gedanken über die Folgen zu machen, tauchst hier auf. Wir füttern dich und die Kleine durch, geben dir in unserem neuen Haus sogar eine eigene kleine Wohnung, also geht es uns sehr wohl etwas an, wie du sie großziehst.« Frieda bebte am ganzen Körper, in Selmas Blick lagen so viel Enttäuschung und Schmerz, dass es kaum zu ertragen war. Sie durfte das nicht so stehen lassen, nur fiel ihr dummerweise nichts ein, was sie sagen konnte. Kein einziges Wort kam über ihre Lippen.

»Nicht euch geht es etwas an, Frieda, sondern dich.« Selmas Augen blitzten. »Das meinst du zumindest. Per hat das Haus am Jenischpark gekauft, er hatte die Idee, die Zimmer und das kleine Bad für mich und mein Kind einzurichten. Und doch verlangt er nichts dafür und mischt sich auch nicht in mein Leben ein. Das tust nur du.« Sie streckte ihr das Kuvert jetzt so energisch entgegen, dass Frieda sofort danach griff. »Falls du es vergessen haben solltest, ich war es, die dir Jasons Briefe gebracht hat! Ich würde seine Schrift unter Hunderten erkennen.« Sie holte Luft. »Ich habe nie bestritten, selbst Schuld an meiner Situation zu tragen, und habe euch auch nie um Hilfe gebeten. Ich bin nach Hamburg gekommen, um Hans zu sagen, dass er Vater wird, und um dir die Briefe zu geben. Du hast gesagt, es sei selbstverständlich, dass ich bei euch wohne. Immerhin ist Sarah auch ein Teil eurer Familie. Aber nun weiß ich ja, wie du wirklich darüber denkst, und werde mich selbstverständlich um eine Bleibe für meine Tochter und mich kümmern.«

»Aber nein, Selma, so habe ich das nicht gemeint«, flüsterte Frieda.

»Ich bin nicht auf deine Gnade angewiesen, Frieda, ich habe mich immer allein durchgeschlagen. Das kann ich auch in Zukunft wieder tun.«

Na prima, nun brauchte ihr nur noch ihre Mutter über den Weg laufen, und sie musste Clara und Hans besuchen, damit sie die auch noch beleidigen konnte, dann hatte sie wirklich ganze Arbeit geleistet. Frieda konnte sich nicht erinnern, je so die Kontrolle über sich verloren zu haben, und schämte sich furchtbar dafür. Sie ging die wenigen Schritte in den Jenischpark. Im Schatten mächtiger Eichen, knorriger Kastanien und schlanker Zypressen kam sie ein wenig zur Ruhe. Sie hatte sich schrecklich aufgeführt, alles andere als hanseatisch. Das musste sie schnellstens wieder in Ordnung bringen. Seit Jason wieder in ihr Leben getreten war, war sie komplett durcheinander und fühlte sich winzig klein im Angesicht der Entscheidung, die sie zu treffen hatte. Sie glaubte nicht daran, dass Jason nur eine Aussprache wollte und sie danach Per heiraten konnte, als sei nichts geschehen. Selbst wenn, wäre sie dazu wohl kaum in der Lage. Frieda schloss die Augen, eine Träne löste sich aus ihren Wimpern und rann ihre Wange herab. Ihre Hand schloss sich fest um das Schreiben, das sie nicht zu öffnen wagte. Vielleicht hatte er es sich ja anders überlegt.

Sie hörte Selmas Worte, als würde sie neben ihr stehen. Natürlich hatte Frieda nicht vergessen, dass sie es gewesen war, die ihr Jasons Briefe gebracht hatte, natürlich erkannte Selma seine Handschrift. Frieda ging langsam den Weg entlang, hörte das Zwitschern der Vögel, roch die Erde und das Grün. Damals, als Jason Hals über Kopf hatte abreisen müssen, war Friedas Vater zu ihm gegangen, um ihn kennenzulernen. Angeblich hatte er ihn nicht angetroffen. Die Wahrheit war, dass Albert Jason erklärt hatte, Frieda werde ihn nicht nach Indien begleiten. Frieda hatte es viel später von Jasons Schwester Liz erfahren. Sie hatte so sehr gehofft, dass es ihrer Liebe nichts anhaben konnte, dass er zurückkäme und alles gut werden würde, sie ein gemeinsames Leben haben konnten. Sehnsüchtig hatte sie Tag für Tag auf Post von ihm gewartet. Wenn sie geahnt hätte, dass ihr eigener Bruder ihr diese Post vorenthalten hatte. Gestohlen. Einmal war sogar eine Fahrkarte für ein Schiff nach Bombay dabei gewesen. Je mehr sie die Erinnerung zuließ, desto wütender wurde sie. Nicht genug, dass Hans ihr Unglück aus reiner Selbstsucht in Kauf genommen hatte, weil er glaubte, mit seiner Schwester den einzigen

Menschen zu verlieren, der ihm immer zur Seite stand, obendrein hatte er noch Clara die Schuld in die Schuhe schieben wollen. Er hatte doch tatsächlich behauptet, sie habe von ihm verlangt, dass er Friedas Briefe nach Indien ebenso abfangen solle wie Jasons Nachrichten, die von dort kamen. Aus irgendeinem Grund, den sein von Drogen vernebeltes Hirn sich ausgedacht haben mochte, wollte er einen Keil zwischen Clara und Frieda treiben, wollte er verhindern, dass sie sich versöhnten und ihre Kinderfreundschaft doch noch in ihr Erwachsenenleben retten konnten. Glücklicherweise war er mit seiner Lüge nicht durchgekommen. Clara und Frieda hatten sich nämlich bereits ausgesprochen und vertragen. Es war nicht sein vernebelter Geist, dachte Frieda, er wollte nicht, dass seine Familie erfuhr, was er Clara angetan hatte. Sie seufzte tief. Dieser grausame, alles verschlingende Krieg! Er hatte Hans zerstört und damit eine Kettenreaktion ausgelöst, die zuerst Clara und dann Frieda ins Unglück gestürzt hatte.

An einer Kastanie blieb sie stehen und sah hinauf zur ausladenden Krone. Die meisten der weißen Blütenkerzen waren bereits verwelkt. Du darfst es nicht länger herausschieben, du musst Jasons Zeilen lesen. Und zwar jetzt. Sie wollte Per auf keinen Fall noch mehr verärgern, indem sie ihn warten ließ, also öffnete sie das Kuvert und zupfte das Blatt Papier heraus. Es glitt ihr aus den Fingern, drehte eine Pirouette durch die Luft. Sie konnte es fangen, ehe es zu Boden segelte. Wenn nur ihr Herz nicht so klopfen würde. Frieda faltete den Bogen auseinander und las:

Liebste Frieda,

ich habe noch einmal gründlich nachgedacht. Du hast dich bei unserem Kennenlernen auf eine Verabredung mit mir eingelassen, nur weil ich dich aus einer aufgebrachten Menschenmenge in eine ruhige Straße geführt habe. Dieses Mal habe ich dir das Leben gerettet. Denkst du nicht, ich kann mehr dafür verlangen?

Ich habe dir aus Indien einen Abschiedsbrief geschrieben, weil ich glaubte, du hättest in der langen Zeit, in der wir getrennt waren, einen anderen kennen und lieben gelernt. Ich hätte dir das nicht übel nehmen können, du warst so jung, und ich war wirklich furchtbar lange fort. Frieda, ich habe dein Beileidsschreiben gelesen, dass du meiner Schwester geschickt hast. Du hast geschrieben, dass du die meisten meiner Briefe nicht bekommen und darum gedacht hast, ich habe dich vergessen.

Ich liebe dich noch immer, Frieda, dessen war ich mir sicher und bin es umso mehr, seit ich dir wieder gegenüberstehen durfte.

Ich bitte dich: Schenke mir mehr als ein gemeinsames Essen! Wenn du danach noch immer einen anderen heiraten willst, dann tue es. Oder schenke mir dein ganzes Leben!

Ich erwarte dich am Freitag um achtzehn Uhr am Orchideenhaus.
Dein Jason

Die Worte verschwammen vor ihren Augen, vibrierten in ihrer Hand. *Ich liebe dich noch immer.* Sie hatte es gewusst, hatte es gespürt, nun hatte sie es in blauer Tinte auf weißem Blatt vor sich. Etwas in ihr hatte gehofft, dass es ein erneuter Abschied war, endgültig dieses Mal. Ihre andere Hälfte hatte sich nichts sehnlicher gewünscht, als genau diese Nachricht. Noch nie zuvor hatte sie sich derartig zerrissen gefühlt. Was sollte sie nur tun? Mit einem Mal musste sie an ihre Großmutter Leopoldine denken. Frieda hatte nicht viele Erinnerungen an sie, denn sie war gestorben, als Frieda noch ein kleines Mädchen war. Doch einen Satz hatte ihre Großmutter immer wieder gesagt: Man muss stets an ein kleines Wunder glauben. Vor allem muss man aber alles dafür tun, dass ein Wunder geschehen kann. Weise Großmutter! Frieda drehte sich um und machte sich auf den Rückweg. Sie würde dem Wunder eine Chance geben. Sie würde Jason die Zeit schenken, die er verlangte, das war sie ihm schuldig. Was in diesen Stunden geschehen und welche Folgen es haben würde, lag in Gottes Hand. Oma Leopoldine hatte

Frieda einst ins Poesiealbum geschrieben: »Immer gradaus, fest und wahr, sei dein Wahlspruch immerdar.«

»Danke, Großmutter«, flüsterte sie, hob das Kinn und ging entschlossen zum Haus zurück.

Frieda war eben wieder zu Hause, als Per eintraf.

»Guten Abend.«

»Guten Abend. Hast du dich beruhigt?«

Sie nickte. »Ja, einigermaßen.«

»Gut.« Er ging ganz selbstverständlich auf die Terrasse.

»Was kann ich dir anbieten?«

»Ich habe Appetit auf ein deutsches Bier.« Die Andeutung eines Lächelns erschien auf seinen Lippen. »Ist es unverschämt, dich darum zu bitten?«

»Überhaupt nicht.« Frieda war froh, dass sie wieder vernünftig miteinander umgehen konnten. Nur, wie lange noch? Sie würde ihm sagen müssen, was los war. Allein der Gedanke schnürte ihr die Kehle zu. Und tatsächlich, Per verlor keine Zeit.

Als sie es sich auf der Terrasse bequem gemacht hatten, kam er direkt auf den Punkt: »Also, Frieda, was war vorhin los mit dir?«

Sie überlegte, ob sie ihm einfach Jasons Brief zeigen sollte, entschied sich jedoch dagegen. Was sollte er davon halten? Sie musste behutsamer sein. »Ich habe jemanden getroffen. Jemanden von früher«, erklärte sie schnell. Pers linkes Augenlid zuckte. »Jason Williamson. Er war … wir mochten uns sehr, das ist aber schon Jahre her. Bevor ich dich kennengelernt habe, wollte ich mit ihm nach Indien gehen.«

»Indien?« Er runzelte die Stirn und hielt das Glas vor seinen Lippen fest, als hätte er vergessen zu trinken.

»Jason handelt mit Tee. Seine Familie tut das. Seit Generationen. Er musste auf den Plantagen nach dem Rechten sehen und einiges regeln, so wie du kürzlich in Odense.« Sie lächelte, wurde aber sofort wieder ernst. »Seine Abreise kam sehr plötzlich, und er wollte, dass ich ihn begleite.«

»Er ist der Grund, warum du dich aufgeführt hast wie ein bockiges Kind?«

»War es so schlimm?«

Er lachte laut auf. »Wenn du immer so launisch wärst, hätte ich dich nicht gebeten, meine Frau zu werden.«

»Es tut mir leid«, flüsterte sie.

»Liebst du ihn noch immer?« Per sah sie an.

»Nein!« Frieda spürte die Hitze in ihren Wangen. Hatte sie gelogen? Darauf wusste sie ja nicht einmal selbst eine Antwort. Sie würde es am Freitag herausfinden. Per sah sie lange an.

»Dann ist doch alles klar«, sagte er auf einmal und nahm einen großen Schluck. »Aber nichts ist klar, stimmt's? Raus mit der Sprache, Frieda. Du hast ihn getroffen. Und weiter?«

Immer gradaus, fest und wahr. »Er bittet mich, ihm Zeit zu schenken, einen Abend, ein paar Stunden.« Sie räusperte sich, atmete einmal durch. »Er hat mir eine Nachricht geschickt, in der er schreibt, dass er mich noch immer liebt.« Ihre Stimme war immer leiser geworden, so schwer war es, das auszusprechen.

»Warum solltest du das tun? Warum solltest du mit ihm ein paar Stunden verbringen, wenn du dir sicher bist, dass du ihn nicht mehr liebst?« Sie hatte ihn selten so hart erlebt. »Weiß er, dass du verlobt bist?« Sie nickte. »Dann hat er keinen Anstand. Ein anständiger Mann, der weiß, dass eine Frau so gut wie verheiratet ist und nichts mehr von ihm will, würde sie nicht um so etwas bitten.« Er machte eine lange Pause. »Es sei denn …«

»Ich bin es ihm schuldig«, sagte sie zaghaft. Frieda räusperte sich. Fest und wahr. Das war gar nicht so einfach. »Ich möchte ihn sehen, Per. Ich muss mir klar werden, ob ich noch etwas für ihn empfinde, sonst kann ich dich unmöglich heiraten.« Sie hielt die Luft an, sah seinen Kehlkopf auf und ab hüpfen.

»Verstehe«, sagte er schließlich. »Dann ist dieser Teehändler doch nicht so unanständig, wie ich dachte. Er kann nicht sicher sein, dass du nichts mehr von ihm willst, also bringt er sich ins Rennen, um die Hochzeit mit dem Falschen zu verhindern. Kluger Mann.« Frieda wollte protestieren. Die Hochzeit mit dem Falschen, das klang so brutal. »Ja, wie es aussieht, musst du dann wohl zu ihm gehen.« Er leerte sein Glas in einem Zug und stand auf. »Ich bitte dich nur um eins, Frieda: Prüfe dich, triff deine Entscheidung, und lass sie mich wissen. Ich werde alles ertragen. Nur nicht, von dir hingehalten oder betrogen zu werden.« Er zögerte kurz, dann sagte er: »Gute Nacht, Frieda«, und ging.

Kapitel 4

Frieda plagte ein nahezu unerträgliches Auf und Ab der Gefühle. Einerseits war sie erleichtert, dass sie Per die Wahrheit gesagt und gewissermaßen seinen Segen für ein paar Stunden mit Jason bekommen hatte, andererseits wusste sie nicht, wie sie die Zeit voller Aufregung und auch Vorfreude nur überstehen sollte. Per hatte es ihr leicht gemacht. Er pochte nicht darauf, mit ihr verlobt zu sein. Verlobt, darin lag immerhin ein Versprechen. Doch er gab ihr die Freiheit, ihre Gefühle auf die Probe zu stellen. Er billigte ihr zu, sich für den Mann zu entscheiden, den ihr Herz auswählte. Sie bewunderte ihn dafür. Per bewies echte Größe. Sie hatte ihn schätzen gelernt, ihn lieb gewonnen. Vor ein paar Monaten hätte sie trotzdem noch geglaubt, die Entscheidung zwischen ihm und Jason ohne Zögern zu treffen. Aber war es jetzt immer noch so eindeutig? Für Per sprach die Vernunft, für Jason ihr Gefühl? Nein, so einfach war es längst nicht mehr. Und Per machte es ihr auch nicht leicht, im Gegenteil. Verflixt, hätte er verlangt, dass sie Jason absagt, wäre sie Per mit fliegenden Fahnen davongelaufen. Aber so?

Dass sie sich für ihr durch und durch peinliches Verhalten in der Besprechung entschuldigen musste, machte ihre Laune nicht gerade besser. Keine angenehme Aufgabe. Sie begann bei ihrem Vater und bei Meynecke. Glücklicherweise hielten die beiden Männer Frauen ohnehin für flatterhafte Wesen, bei denen man stets auf anstrengende Launen gefasst sein musste. Sie nahmen ihre Entschuldigung ohne großes Aufsehen an, nicht einmal ihr Vater verlangte eine Erklärung. Frieda wusste, dass sie eine Weile warten musste, dann konnte sie das Thema eines eigenen Ladengeschäfts oder des Konzepts, von dem Meynecke gesprochen hatte, auch wieder auf die Tagesordnung setzen. Ein Lichtblick.

Als Nächstes war Ernst an der Reihe. Frieda fing ihn ab, als er das Ballinhaus verlassen wollte.

»Hast du es sehr eilig?«

»Geht so. Ich will zum Segelclub.«

»Darf ich dich ein Stück begleiten?«

»Klar.« Er sah sie kurz von der Seite an.

»Jason ist wieder in Hamburg.«

»Wer?« Ernst legte die Stirn in Falten, dann blieb er so plötzlich stehen, dass sie erst nach einigen Schritten bemerkte, dass er nicht mehr an ihrer Seite war. »Ach nee!«, sagte er und setzte sich wieder in Bewegung. »Den mochtest leiden, was? Und nu?«

»Er mag mich noch immer leiden, wie es aussieht, er will mich wiedersehen.« Sie räusperte sich. »Aber damit will ich dich gar nicht belästigen. Ich will mich bei dir entschuldigen, dass ich so ruppig war. Jasons Auftauchen ist keine Rechtfertigung, ich weiß, aber zumindest eine Erklärung. Ich war einfach so durcheinander.«

»Doch, doch«, meinte er leise, »das verstehe ich schon. Kann einen verrückt machen, wenn man jemanden so bannig lieb hat, und der nix von einem wissen will.« Er sah sie kurz an. »Ähm, oder wenn der erst verschwindet und denn mit einem Mal wieder da ist. Meine ich.«

Zu Hause angekommen, fühlte sich Frieda schon deutlich besser. Blieb nur noch Selma, die sie um Verzeihung bitten musste. Doch die war nicht da.

»Sie ist vor ungefähr einer Stunde mit dem Kind gegangen«, sagte Rosemarie. »Wart ihr etwa verabredet? Sie ist wohl nicht sehr zuverlässig.«

»Nein, Mutter, wir sind nicht verabredet.«

»Dann hast du womöglich etwas Zeit?«

Frieda unterdrückte ein Seufzen. Ihre Mutter und sie hatten einen Weg gefunden, meist friedlich nebeneinander zu leben. Für ein inniges Verhältnis waren sie wohl einfach zu verschieden, und die Kränkungen, die es auf beiden Seiten gegeben hatte, wollten nicht so gründlich verheilen, als dass sie nicht bei der geringsten Stichelei wieder aufgeflammt wären.

»Hast du etwas Bestimmtes auf dem Herzen?« Frieda lächelte sie an.

»Allerdings. Wollen wir uns vielleicht in den Salon setzen?«

»Natürlich, gern.« Es konnte nicht schaden, wenn sich ihre Beziehung wieder verbesserte. Dummerweise konnte ebenso schnell das Gegenteil passieren, falls es mal wieder Vorwürfe waren, die ihre Mutter auf dem Herzen hatte.

Rosemarie ließ sich auf der Chaiselongue nieder. Immer mehr graue Strähnen schimmerten in ihrem sorgsam aufgesteckten Haar, und es hatte sich die eine oder andere Falte in ihr Gesicht gegraben. Dennoch hatte sie noch immer die Grazie und Eleganz einer Dame.

»Du wolltest doch mit diesem Fellner, dem Maler, eine Stiftung ins Leben rufen. Was ist eigentlich daraus geworden?« Frieda hatte mit allem gerechnet, aber nicht damit, dass ihre Mutter etwas von diesen Plänen mitbekommen, geschweige denn sie sich gemerkt hatte. »Nicht?«, fragte Rosemarie irritiert.

»Doch, ja, das wollten wir«, stotterte sie. »Leider ist gar nichts daraus geworden«, musste sie gestehen.

»Habe ich mir gedacht. Das war ja auch ein Windhund. Wenn ich an seine schrecklichen Bilder von nackten Frauen denke.« Sie verzog angewidert die Lippen.

»Denk nur an die Ausstellung damals in der Kunstgewerbeschule am Lerchenfeld«, erinnerte Frieda sie. »Es waren doch auch sehr hübsche Motive dabei.« Ihre Mutter ersparte sich einen Kommentar. »Warum fragst du nach ihm?«

»Ich frage nicht nach ihm, sondern nach der Stiftung. Dein Vater hat nicht mehr sonderlich großes Interesse am gesellschaftlichen Leben. Du brauchst mich nicht mehr.« Frieda wollte Einspruch erheben, wenn auch eher reflexartig als von Herzen, doch Rosemarie sprach weiter: »Ob Hans jemals hier einziehen und Zeit mit seiner alten Mutter verbringen wird, steht in den Sternen.« Sie schluckte. Frieda beugte sich zu ihr und streichelte ihr die Hand. »Ich bin nicht mehr die Jüngste, aber doch zu jung, um nur untätig zu Hause zu sitzen und auf meinen Mann zu warten.« Das waren wirklich neue Töne.

»Du willst eine Stiftung gründen?«

»Unfug! Aber ich hörte, dass im Julius-Ernst-Oppenheim-Stift jede Hilfe willkommen ist. Dort leben Menschen, die noch älter sind als ich.«

»Also wirklich, Mutter, jetzt kokettierst du aber.«

Rosemarie lachte ihr Klein-Mädchen-Lachen, mit dem sie ihren Mann stets zuverlässig bezaubern konnte. Frieda fand es unpassend für eine erwachsene Frau, war in diesem Moment jedoch seltsam gerührt.

»Ich habe mir überlegt, dass ich ein- oder zweimal pro Woche hingehen und den Herrschaften etwas vorlesen oder mit ihnen Musik hören könnte. Einige sind sehr einsam. Das wäre eine schöne Aufgabe. Was meinst du?«

Frieda musste schlucken, so überwältigten sie ihre Gefühle. »Das ist eine sehr schöne Aufgabe, Mutter, und ein sehr schöner Einfall von dir.« Sie drückte ihre Hand.

In dem Moment hörte sie das Türschloss und die Stimme ihres Vaters: »Ich bin zu Hause! Wo sind meine Lieben?« Seine tägliche Begrüßung.

»Ich komme, mein Liebster«, rief Rosemarie zurück. »Bevor ich zu diesem Wohnstift gehe, wüsste ich gern, ob es auch einen guten Ruf hat«, erklärte sie. »Es ist Teil der Vaterstädtischen Stiftung. Ich finde, das hört sich anständig an. Weißt du Genaueres darüber?«

»Nein, aber ich höre mich gern für dich um, wenn du möchtest.«

Rosemarie lächelte. »Ja, danke, mein Kind.«

Auch am nächsten und übernächsten Tag traf Frieda Selma nicht an, um sich bei ihr zu entschuldigen. Es war wie verhext. Entweder kümmerte sich Selma bereits um ein Zimmer, das sie sich leisten konnte, oder um eine Arbeit, um überhaupt ein Dach über dem Kopf bezahlen zu können, oder sie wich Frieda einfach nur absichtlich aus. Keine schöne Vorstellung, weder das eine noch das andere. Schließlich schob Frieda ihr ein Briefchen unter der Tür zu ihrer Kammer durch. Selma solle nicht einmal daran denken auszuziehen, stand darauf, und wie schrecklich leid ihr alles täte. Außerdem schrieb Frieda, sie hoffe sehr, dass sie sich in den nächsten Tagen in Ruhe aussprechen könnten.

Dann war der Freitag gekommen. Frieda war schon um halb sechs am Orchideenhaus. Sie trug ein violettes Kleid mit Glockenrock, der ihr gerade über die Knie reichte. Immer wieder sah sie an sich herab, und fragte sich, ob sie eine gute Wahl getroffen hatte. Dann wieder strich sie sich eine Strähne ihres braunen kinnlangen Haars hinter das Ohr. Herrgott, wie konnte man nur so nervös sein? Sie würde ein paar Stunden mit Jason verbringen und dann hören, was ihr Herz sagte. Nicht mehr und nicht weniger. Lieber Himmel, in den nächsten Stunden konnte sich ihr ganzes Leben ändern. Wie sollte sie wohl nicht nervös sein? Der Sand knirschte unter ihren Schuhen, während sie auf und ab ging. Pers Gesicht tauchte vor ihrem geistigen Auge auf. Ein anständiger Mann hätte sie nicht um dieses Treffen gebeten, hatte er gesagt, nicht unter diesen Umständen. Kluger Mann, dieser Tee-Händler, er bringt sich ins Rennen. Per hatte sie gebeten, ihre Gefühle gründlich zu prüfen, dann ihre Entscheidung zu treffen und sie ihn wissen zu lassen. Er machte es ihr leicht. Gerade das fiel so schwer. Noch konnte sie gehen, konnte Jason versetzen und damit ihre Entscheidung treffen. Entscheidung … wie sollte sie die wohl in Ruhe treffen, wenn die Gedanken in ihrem Kopf herumpurzelten wie Linsen in einem Glas, das man schüttelte? Immer wieder sah sie sich um, ständig tupfte sie den Schweiß ab, der sich auf ihrer Oberlippe und auf der Stirn bildete. Dabei war es nicht sonderlich heiß an diesem frühen Abend. Oder eher Nachmittag. Eigentlich sollte sie in ihrer Manufaktur sein. Sie hatte ohnehin nicht viel zustande gebracht an diesem Freitag, außer ein paar Unterlagen abzulegen und die Bestellung für Niederegger fertig zu machen. Statt ihre Pflichten zu erfüllen, stand sie wie eine verknallte Göre im Park herum, eine Tafel Jasmintee-Schokolade, in hübsches Geschenkpapier gewickelt, in der Tasche. Du gehst augenblicklich an die Arbeit, Frieda Hannemann, heiratest Per, ziehst mit ihm und hoffentlich mit Selma und Sarah in euer Haus, basta! Wild entschlossen machte sie kehrt, da hörte sie Schritte, wirbelte augenblicklich wieder herum und sah Jason, ebenfalls viel zu früh, auf sich zukommen. Zu spät, um davonzulaufen. Etwas in ihr war besorgt, ein anderer Teil freute sich.

»Frieda«, sagte er heiser, zog sie an sich und küsste sie. Nur kurz, dann schloss er sie in seine Arme, drückte sie fest an sich, flüsterte: »Ich bin so froh, dass du gekommen bist«, und ließ sie wieder los. Ihre Lippen brannten, ihr war schwindelig.

»Das bin ich dir schuldig«, antwortete sie zaghaft und lächelte.

»Ich hoffe so sehr, dir gefällt, was ich mir für uns überlegt habe.« Er wirkte aufgeregt wie ein kleiner Junge, dem man zum ersten Mal erlaubt, in eine Dampflokomotive zu klettern. »Komm!« Er nahm ihre Hand. »Mein Wagen steht oben an der Straße.«

Mit jedem Schritt, den sie mit ihm ging, mit jeder Sekunde, in der sie seine vertraute Nähe spürte, wurde Frieda ruhiger. Du musst gar nichts entscheiden. Jetzt noch nicht. Du brauchst es nur zu genießen, und dann kommt die Antwort von allein zu dir.

Ein offener cremefarbener Opel 10 mit schwarzen Kotflügeln wartete auf sie. Der auf Hochglanz polierte Lack reflektierte die Sonne so stark, dass Frieda kaum hinsehen konnte. Jason hielt ihr die Tür auf.

»Bitte sehr, meine Dame!«

»Dankeschön, mein Herr!« Sie zögerte. »Ich habe dir etwas mitgebracht.« Frieda reichte ihm das Päckchen mit der Seidenschleife.

»Die gute Hannemannsche Schokolade!« Er nahm das Geschenk entgegen und las die Worte, die sie mit der Hand auf das Papier geschrieben hatte: *Zartbitter mit Jasmintee.* »Du hast es wirklich getan, du hast Tee und Schokolade kombiniert?«

»Erst vor wenigen Tagen. Direkt nach unserer Begegnung, um genau zu sein«, gestand sie.

»Tee und Kakao«, wiederholte er leise, »eine glückliche Verbindung. Das habe ich dir schon damals gesagt.«

Sie sah ihm in die Augen »Du hattest recht!«

Jason sah sie lange an, schwieg. An den Bewegungen seines Kehlkopfes konnte sie sehen, dass er immer wieder schlucken musste. Wie es aussah, wollte er so viel mehr sagen, brachte aber kein Wort heraus. Genau wie Per vor wenigen Tagen, nur hatte der sich schnell wieder im Griff gehabt. Jasons rötlich-braunes Haar war eine Spur dünner geworden, fiel ihr auf, die Sommersprossen auf seiner Nase hoben sich kräftig von seiner blassen Haut ab. Wo war das Leuchten seiner Augen geblieben? Herrgott, diese Augen! Sie hatte sich im ersten Moment verliebt. Das wurde ihr erst jetzt klar. Damals hatte sie die Aufruhr in ihrem Inneren nicht verstanden, hatte sich eingeredet, er sei ihr Schutzengel, darum reagiere sie so extrem auf jede Begegnung mit ihm. Sie war noch ein Kind, heute wusste sie es besser.

»Wollen wir?«, fragte sie. Er nickte. Frieda stieg in den Wagen. Wie gut, dass sie sich ein Tuch mitgenommen hatte. Sie löste es von ihrem Hals und schlang es sich locker um das Haar.

Jason lenkte das Auto in Richtung Norden durch Flottbek und dann am Altonaer Volkspark entlang, der endlich nahezu vollständig fertiggestellt war.

»Wohin fahren wir?« Sie sah ihn von der Seite an. Er hatte sich eine flache Schirmkappe aus kariertem Tweed aufgesetzt. So hätte sie ihn gleich bei ihrer ersten Begegnung als Engländer erkannt, dachte sie und musste lächeln.

»Rate mal!« Er blickte sie kurz an, richtete seine Aufmerksamkeit aber sofort wieder auf die Straße.

»Hagenbecks Tierpark«, rief sie, als er eine nordwestliche Richtung einschlug.

»Nein!« Wenig später hielt er an einem kleinen Gewässer an. »Da wären wir.« Frieda sah sich irritiert um. Sie hatte keine Ahnung, wo genau sie waren, noch weniger konnte sie sich vorstellen, was sie hier tun wollten. »Du hast bestimmt von dem Niendorfer Bauernwald gehört«, begann er, während er ihr den Arm reichte. »Hast du gewusst, dass Niendorf im letzten Jahrhundert dänisch war?«

»Nein, das wusste ich nicht.« Worauf wollte er hinaus? Er wusste, dass sie verlobt war. Sicher wusste er auch, dass ihr Verlobter ein Däne war.

»Die Niendorfer Bauern haben sich den Schleswig-Holsteinern im Kampf gegen die dänische Herrschaft angeschlossen«, erklärte er ihr, während sie langsam über den Sandweg in einen Park schlenderten. Zwischen den Bäumen hindurch konnte sie in einiger Entfernung Reetdächer erkennen. »Es gab Krieg, die Dänen waren besiegt«, sagte er, ein zufriedenes Lächeln auf den Lippen, »Niendorf wurde preußisch, seitdem ist es per Straßenbahn von Hamburg aus zu erreichen. Welch ein Fortschritt.« Er lachte leise. »Vor ungefähr zwanzig Jahren haben wohlhabende Hamburger Kaufleute das Gebiet für sich entdeckt. Sie haben sich Villen bauen lassen und Sommerresidenzen.«

»Woher …?«

»Woher ich so genau Bescheid weiß? Meine Schwester hat die Tochter eines Versicherungsdirektors kennengelernt. Mutzenbecher. Der Name sagt dir vielleicht etwas?« Frieda schüttelte verneinend den Kopf. »Dieser Generaldirektor hat sich zunächst ein Ferienhaus und später seiner Tochter zur Hochzeit ein eigenes Haus bauen lassen. Ganz hier in der Nähe. Liz war dort einmal eingeladen.« Sie gingen ein paar Schritte schweigend nebeneinander her. In Friedas Hirn arbeitete es. Sie fragte sich ununterbrochen, was er mit ihr vorhatte.

»Wie geht es deiner Schwester?«, wollte sie wissen.

»Gut.« Offenbar hatte er keine Lust, von ihr zu sprechen, denn er ging nicht weiter darauf ein. »Du dachtest, wir gehen in Hagenbecks Tierpark«, sagte er in das leise Rauschen der Blätter und das Zwitschern der Vögel. »Erinnerst du dich an unseren Besuch dort vor einigen Jahren? Es war ein unglaublich heißer Sommer.«

»Ja, ich erinnere mich gut, vor allem an das Gehege der Raubkatzen. Da war ein Tiger mit einer verbundenen Tatze, der von einem Tierpfleger an der Leine geführt wurde. Du sagtest, eine solche Kreatur müsse frei sein, während ich sehr dankbar für die hohen Zäune zwischen ihnen und uns war.«

Er blieb stehen, drehte sie zu sich, nahm ihre beiden Hände. »Du weißt noch jedes Detail. Das hat doch etwas zu bedeuten. Ich meine, es muss dir etwas bedeutet haben, Frieda.«

»Natürlich, Jason, jede Minute mit dir hat mir unendlich viel bedeutet.« Er holte Luft, schwieg, schluckte. Dann hakte er sie wieder unter und ging weiter zwischen Buchen und Kastanien entlang. Ein Eichhörnchen huschte ein gutes Stück vor ihnen über den Weg. Wieder einige Schritte weiter öffnete sich plötzlich eine Freifläche. In der Sonne strahlte ein roter Backsteinbau mit hölzerner überdachter Veranda. »Ist das hier alles Privatbesitz?« Frieda sah ihn an. »Darf man hier überhaupt spazieren gehen?«

»Man darf. Die Mutzenbechers haben zwar ein beachtliches Areal gekauft, wollten aber allen Erholungssuchenden einen Spaziergang durch den Wald weiterhin ermöglichen.«

»Ist das ihr Anwesen?« Jason nickte. »Ein ziemlich stattliches Ferienhaus«, stellte Frieda fest. »Oder ist das das Hochzeitsgeschenk?« Sie musste an das eigene Haus denken, das Per für sie beide zur Verlobung gekauft hatte. Es war größer als dieses hier, die Villa ihrer Eltern erst recht. Trotzdem, unter einem Ferienhaus in einem Bauernwald hatte sie sich etwas anderes vorgestellt.

»Mutzenbecher hat ziemlich bald nach der Fertigstellung einen Teil anbauen lassen«, erklärte er. »Insofern ist aus dem Wochenendhäuschen mehr geworden. Allerdings nichts im Vergleich zu den Vorzeige-Villen, die an der Elbchaussee stehen.« Er warf ihr einen Seitenblick zu, den sie nicht deuten konnte. »Jetzt ist es nicht mehr weit«, verkündete er.

Sie ließen die helle freie Fläche hinter sich, es ging wieder in den Schatten mächtiger Bäume zurück. Nach wenigen Minuten erreichten sie erneut eine Lichtung, eine wesentlich kleinere dieses Mal. An ihrem Rand stand ein Hochsitz. »Da wären wir.«

»Ist das nicht ein Ausguck für einen Jäger?« Frieda sah ihn entsetzt an. »Du hast hoffentlich nicht vor, von dort oben auf arglose Tiere zu schießen?«

»Traust du mir das zu?« Herrje, diese Augen, sie konnte sich schon wieder darin verlieren. Wie früher.

»Nein, es würde nicht zu dir passen«, gab sie leise zu.

»Aber genau wie die Jäger müssen auch wir uns sehr still verhalten und Geduld haben. Bitte!« Er deutete auf eine hölzerne Leiter, die nach oben führte. Frieda kletterte hinauf, sie fühlte sich ein wenig unbehaglich, spürte aber auch Aufregung und Vorfreude. Der Bretterverschlag war nur an einer Seite offen, so dass man auf die kleine Lichtung blicken konnte, gleichzeitig vor den Blicken neugieriger Passanten geschützt war. Sie mussten eng beieinander sitzen, es gab nur eine einfach gezimmerte Bank. Nicht gerade bequem. Dennoch konnte sich Frieda in diesem Moment keinen Ort der Welt vorstellen, an dem sie lieber gewesen wäre.

»Ich habe viele Fehler gemacht«, begann Jason unvermittelt, nachdem sie eine Weile schweigend nebeneinander gesessen und konzentriert auf die von hohen Bäumen umgebene Wiese geschaut hatten. »Der größte war, ohne dich aus Hamburg wegzugehen.« Sie wandte sich ihm zu und fing seinen Blick auf, traurig, vielleicht sogar verzweifelt.

»Du konntest nicht anders«, sagte sie sanft.

»Doch, Frieda, man kann immer anders. Weißt du noch, was ich dir aus dem Krieg erzählt habe? Engländer und Deutsche waren Feinde und sollten sich töten. Trotzdem haben deutsche und britische Soldaten Weihnachten miteinander gesungen und wären im Traum nicht auf die Idee gekommen, einander etwas anzutun. Nicht einmal auf ausdrücklichen Befehl. Sie hatten im Grunde keine Wahl und haben doch eine Entscheidung getroffen.« Jason hob den Kopf und sah wieder hinaus. »Das hätte ich auch tun können. Aber ich fühlte mich angebunden, wie der Tiger bei Hagenbeck. Als ob mich jemand an der Leine führt, und ich keine Möglichkeit hätte, auszubrechen, mich zu befreien.«

»Wer, Jason? Wer hatte dich so fest an der Leine?«

Er seufzte. »Mein Vater«, flüsterte er dann.

Lange schwiegen sie beide. Dann begann er von seiner Familie zu erzählen, einer Tee-Dynastie, die auf eine lange Tradition zurückblicken konnte. »Mein Großvater ist bei einem Unfall ums Leben gekommen. Was genau geschehen ist, weiß ich nicht einmal, es wird nicht darüber gesprochen. Was ich nur zu gut weiß, ist, dass mein Vater mit zwanzig Jahren, als er seine Ausbildung, die er zum Teil in China und Indien absolviert hat, noch nicht einmal abgeschlossen hatte, nach London zurückkehren und den Betrieb übernehmen musste. Er hat es nicht nur geschafft, die Geschäfte zu führen und zu erhalten, er hat sie erweitert, hat ein großes Lagerhaus bauen lassen und ein für meine Begriffe übertrieben prunkvolles Geschäftshaus, in dem ich auch aufgewachsen bin. Du kannst dir nicht vorstellen, wie es bei uns immer geduftet hat.« Er lachte leise. »Unten im Haus gab es diesen riesigen Laden, in dem Hunderte Sorten Tee probiert und natürlich auch gekauft werden konnten.«

»Das klingt wundervoll«, hauchte sie. Das war genau das, was sie sich für ihre Schokolade und Kakaoprodukte wünschte.

»Ja, das war es. Mein Vater ist zu Recht stolz auf das, was er erreicht hat.« Einige Sekunden sah er versonnen in die Ferne, dann wurden seine Gesichtszüge hart. »Dummerweise bin ich sein einziger Sohn. Mein Weg war vorgezeichnet, in der Vorstellung meines Vaters kam für mich nichts anderes vor, als das Unternehmen zu führen, wenn er sich mal zur Ruhe setzen muss.«

»Als du mich damals mitgenommen hast zu Hälssen & Lyon, hatte ich den Eindruck, du gehst vollkommen auf in dem Umgang mit Tee, so wie ich es wirklich liebe, Schokolade zu machen.«

Er nahm ihre Hände. »Bewahre dir die Freude an deiner Arbeit, oder beende sie!« Er sah ihr kurz in die Augen, konzentrierte sich dann jedoch völlig auf ihre Fingerspitzen. »Hälssen & Lyon gehörten zu den ersten Mietern der Speicherstadt, wusstest du das? Sie waren Geschäftspartner meines Vaters. Als Ellerbrock vor bald zehn Jahren übernommen hat, blieb die Verbindung bestehen. Mein Glück, sonst hätte ich sicher nicht in Hamburg bleiben dürfen.« Ihr fiel wieder ein, dass Jason auf einem Kanonenboot stationiert gewesen war, mit dem es ihn in die Hansestadt verschlagen hatte. Seine Schwester Liz hatte sich in einem Lazarett an der Westfront in einen Deutschen verliebt und war ihm nach Hamburg gefolgt. Obwohl ihr Geliebter starb, blieb sie. Jason ebenfalls, denn er wollte unbedingt auf seine kleine Schwester aufpassen. Zwischen den beiden gab es eine wirklich enge Verbindung. Als Frieda sie zum ersten Mal zusammen gesehen hatte, war sie der Überzeugung gewesen, die beiden seien ein Paar, woraufhin Frieda ihr erstes Rendezvous mit Jason hatte platzen lassen. All das kam wieder hoch, als sei es gerade gestern geschehen.

Frieda bemerkte etwas, eine Bewegung im dichten Gesträuch am Rande der Lichtung. Im nächsten Moment trat ein Reh aus der Deckung der dichten Äste.

»Sieh doch!«, flüsterte Frieda.

»Ich hatte gehofft, dass sie kommen«, entgegnete Jason ebenso leise und drückte ihre Hand. Nach und nach kamen drei erwachsene Damtiere und vier Jungtiere aus der Deckung. Sogar ein ausgewachsener Damhirsch trottete auf die sonnenbeschienene Fläche. Frieda traute sich kaum zu atmen, weil sie Angst hatte, die Tiere zu verscheuchen. Noch nie hatte sie einen solch stattlichen Hirsch aus dieser Nähe gesehen. Sie hatte fast den Eindruck, sein geflecktes Fell streicheln und das eindrucksvolle Schaufelgeweih berühren zu können.

Frieda neigte sich zu Jason. »Sie sind wunderschön«, flüsterte sie ihm ins Ohr.

Er drehte den Kopf zu ihr. »Du bist wunderschön«, sagte er und küsste sie. Es ging so schnell, war so selbstverständlich und es fühlte sich richtig an. Frieda hielt still, schloss das Gefühl seiner Lippen auf ihren in ihrem Inneren ein. Wie zärtlich er war. Sie hätte ewig hier sitzen können, seine Küsse genießen, die Wärme, die Vertrautheit. Nur konnte nichts ewig dauern. Jasons Lippen wurden fordernder, er zog sie enger an sich, ließ eine Hand auf ihr Knie gleiten. Sie hatte das Gefühl, in Flammen zu stehen. Ein gefährliches Gefühl. Schnell legte sie ihre Hand auf seine, die andere auf seinen Brustkorb. Sie löste ihre Lippen von seinen und sah hinaus.

»Wir dürfen sie nicht verjagen.« Die Ewigkeit war vorüber, der Zauber des Augenblicks zerstört. Ein Teil in ihr war erleichtert, ein anderer wünschte sich die Magie sehnlichst zurück. Mit einem Schlag fühlte sich nichts mehr leicht, unverkrampft oder gar vertraut an. Sie starrte auf die Tiere, die ab und zu die Köpfe hoben, die Ohren spitzten, nach hinten stellten, ehe sie weiter friedlich ästen.

»Sie sind frei«, sagte Jason in das Vogelgezwitscher, in das Summen von Bienen und Hummeln, die auf dem Weg von einer Blüte zur anderen einen Umweg flogen. »Deshalb sind wir hier und nicht in Hagenbecks Tierpark. Ich wünschte, ich wäre jemals frei gewesen, hätte frei entscheiden können. Ich wäre gern Wissenschaftler geworden, Forscher vielleicht. Primaten haben mich immer sehr interessiert.«

»Liz hat mir erzählt, dass du ein glühender Verehrer Alexander von Humboldts bist.«

Er nickte. »So ist es. Es war immer mein Traum, die Welt zu bereisen, Karten anzufertigen oder neue Tier- und Pflanzengattungen zu entdecken. Nur gelten Träume für meinen Vater nicht. Er hat mir lediglich zugestanden, mich im Bereich der Botanik zu bilden, um Krankheiten unserer Teepflanzen selbst zu erkennen und zu kurieren.«

Ob er für seinen Traum gekämpft hatte? Oder hatte er ohne jede Gegenwehr gehorcht? Frieda unterdrückte den Gedanken.«Ist es dir gelungen?«, fragte sie stattdessen. »Als du so lange in Indien warst, hast du eure Plantagen da retten können? Liz sagte etwas von Schädlingen, wenn ich mich recht erinnere.«

Jason berührte sanft ihr Bein und deutete auf die Lichtung. »Sie ziehen sich zurück. Ich denke, für uns wird es auch Zeit. Ich habe jedenfalls Hunger. Was ist mit dir?«

Sie fuhren zurück in die Stadt. Als er den Wagen parkte, wusste sie sofort, wohin er sie ausführen würde. In Hamburgs berühmtester Austernstube, dem Cölln's, hatten sie ihr erstes Rendezvous gehabt. Diesen Plan hatte er also nicht geändert, dort würden sie den Abend verbringen. Vor der Tür trafen sich ihre Blicke für eine Sekunde. Sofort zog Jason sie wieder an sich und hielt sie fest, als wolle er sie nie wieder loslassen.

»Du wirst mich noch erdrücken«, sagte sie leise. Es war ihr nicht geheuer, einen Mann auf der Straße zu umarmen, der nicht ihr Verlobter war.

»Das will ich auf keinen Fall. Schließlich will ich noch viele Jahre mit dir verbringen.« Sie wusste nicht, was sie sagen sollte, also blieb sie stumm. Jason bot ihr den Arm, und sie folgte ihm in den Empfangsraum, der für seine handbemalten Kacheln berühmt war. Schon weit über hundert Jahre zierten sie die Wände und hatten auch den Krieg unbeschadet überstanden. Frieda fühlte sich zurückversetzt an den Tag, als sie das erste Mal an Jasons Arm das Restaurant betreten hatte. Sie hatte die Bilder von Segelschiffen, Austern und Netzen bewundert, die an Johann Cölln erinnerten, der aus dem einfachen Verkaufsraum eines ortsansässigen Fischers ein Lokal der gehobenen Kategorie gemacht hatte, das aus der feinen Hamburger Gesellschaft nicht wegzudenken war. Ein Kellner begrüßte sie formvollendet und führte sie zu ihrem Separée, dem gleichen, in dem sie auch damals gesessen hatten. Natürlich.

»Wie lange ist es jetzt her?«, fragte Jason so leise, dass Frieda erst mit einigen Sekunden Verzögerung registrierte, dass er sie angesprochen hatte. »Es kommt mir vor, als wäre es gestern gewesen. Wir haben am gleichen Tisch gesessen.« Er lächelte.

»Ich weiß.« Sie nickte bedächtig. Jason bestellte Wein, natürlich Austern, die Spezialität, und anschließend Fisch mit Gemüse.

»Findest du nicht, dass es sich anfühlt, als wäre überhaupt keine Zeit vergangen?«, wollte er wissen, nachdem sich der Kellner zurückgezogen hatte.

»Nein, mir kommt es nicht so vor«, antwortete sie, ohne darüber nachdenken zu müssen. »Ich fühle die Monate und Jahre sehr deutlich.«

»Ist das dein Ernst? Aber es ist so vertraut, wie wir hier sitzen.« Er machte eine lange Pause. »Du bist mir so vertraut.«

»Trotzdem, es ist so viel geschehen! Es ist viel Zeit vergangen, wir haben uns verändert, denke ich.« Sie sah seinen betroffenen Blick. »Du bist mir noch eine Antwort schuldig. Was ist aus euren Plantagen geworden, hast du sie retten können?«

»Ja, das habe ich.« Er begann, ihr von Indien zu erzählen, von der tropischen Luft, die einem ständig einen Schweißfilm auf die Haut legte, von den Farben, die in keinem Land der Welt leuchtender waren, von den Pflückerinnen, die Tag für Tag schwerste körperliche Arbeit für einen Hungerlohn verrichteten und dennoch von einer Freundlichkeit waren, die ihresgleichen suchte. Frieda hörte ihm gebannt zu und spürte unbändige Lust, selbst einmal weiter zu verreisen als nur nach Lübeck oder Bremen. »Es hat schrecklich lange gedauert«, hörte sie ihn sagen, »aber dann, als ich wieder einmal langsam zwischen den engen Reihen der Teepflanzen hindurchgegangen bin, mir von den störrischen Ästen die Arme zerkratzen lassen habe, da sah ich hellgrüne gesunde Blätter überall.« Er strahlte. »Sie entwickelten sich zu dunklen sattgrünen Teeblättern. Du kannst dir dieses Glücksgefühl nicht vorstellen. Es hatte ja auch lange genug gedauert. Die Sonne brannte auf mich nieder, Insekten flogen durch die feuchte Luft und ließen sich einfach nicht verscheuchen. Überall auf dem Hügel Pflückerinnen in ihren farbenprächtigen Saris. Und ich stand da und habe gelacht. Ich hätte für immer bleiben können, neue Sorten züchten, Schädlinge und Krankheiten der wunderbaren Pflanzen erforschen und ausmerzen.« Seine Miene, eben noch schwärmerisch verträumt, wurde hart. »Ich wäre frei gewesen, weit weg von meinem Vater! Kannst du dir das vorstellen?« Jetzt funkelten seine Augen so zornig, dass Frieda erschrak. »Nicht einmal zu Mutters Beerdigung bin ich gefahren. Mein Vater hat mir erst nach der Beisetzung eine Nachricht geschickt.«

»Warum hat Liz das zugelassen? Deine Schwester hätte dich benachrichtigen müssen.« Frieda konnte es nicht fassen.

»Glaubst du etwa, sie kann tun, was sie will? Mein Vater bestimmt mein Leben und das von Liz. Außerdem hat er ihr sofort nach Mutters plötzlichem Tod ein Telegramm nach Hamburg geschickt, sie ging selbstverständlich davon aus, dass er auch eines zu mir nach Indien gesandt hat.«

»Aber das hat er nicht«, stellte Frieda leise fest.

»Erst wenn die nächste Ernte ganz sicher war, durfte ich zurückkehren.« Er schnaubte. »Meine Schwester konnte sich sofort auf den Weg machen und meiner Mutter die letzte Ehre erweisen. Ihr Sohn hat ihr diese Ehre verweigert. Das ist nicht gutzumachen, niemals.« Mit jedem Wort klang er eisiger. Frieda wollte ihn beruhigen, doch er sprach schon weiter: »Mein ganzes Leben habe ich diesem Mann geopfert. Das muss aufhören.« Wirkte er gerade noch kämpferisch, wich im nächsten Moment alle Energie aus ihm. »Wenn ich nur wüsste, wie.« Jason hob sein Glas. »Du warst bei mir in Indien, jeden einzelnen Tag, Frieda. Du warst wie die Insekten, dein Gesicht hat sich auch nicht verscheuchen lassen.« Er lachte leise. »Indien ist unfassbar schön. Ich hätte es dir zu gern gezeigt. Ich könnte es dir noch immer zeigen, wenn du willst.« Er hob sein Glas. »Lass uns darauf trinken!«

»Trinken wir lieber auf die Gesundheit eurer Plantagen«, sagte sie ausweichend.

»Auf Tee und Kakao!« Er schlug sein Glas leise an ihres. »Liz hat mir oft geschrieben. Sie hat die ganze Zeit behauptet, du würdest mich noch immer lieben, aber du hättest meine Briefe nicht bekommen. Mir war klar, dass irgendetwas absolut nicht gestimmt hat. Nicht einmal darum habe ich mich gekümmert, sondern nur Vaters Willen im Sinn gehabt. Das war mein größter Fehler. Ich habe dir nur immer wieder geschrieben, statt einfach das nächste Schiff nach Hamburg zu besteigen, statt meine Schwester wenigstens zu bitten, mit dir zu sprechen.« Und er würde es wieder genauso machen, ging Frieda durch den Kopf. »Als Liz dann von diesem Brief erzählt hat, den du ihr lange nach der Beerdigung geschickt hast, da wusste ich, dass ich zurückkommen muss. Nur ein Idiot macht einen Fehler zweimal. Dieses Mal wollte ich dir in die Augen sehen, von dir hören, ob es zu spät ist, oder ob wir noch eine Chance haben. Ich wollte Klarheit, Frieda, und dann vielleicht nach Indien zurückkommen. Mit dir oder ohne dich. Aber dann für immer.«

Sie musste sich räuspern. »Hast du das noch immer vor?«

»Das hängt von dir ab. Weißt du noch, du wolltest Kakao-Bauern kennenlernen, ihre Bohnen importieren und verarbeiten.« Er legte sein Besteck auf dem Teller zusammen und strich über die Tafel Schokolade, die sie ihm mitgebracht hatte. »Wir können uns etwas zusammen aufbauen, Frieda, etwas Wundervolles. Indien ist nicht gerade berühmt für seinen Kakaoanbau, aber es gibt Plantagen.« Ehe sie etwas einwenden konnte, fuhr er fort: »Wir können dort leben und kommen einmal im Jahr nach Hamburg, um uns um unser Geschäft zu kümmern, das wir hier einrichten werden. Ein Geschäft, in dem es alle nur vorstellbaren Sorten Tee und Schokolade gibt. Ich sehe es vor mir: Die Menschen essen Schokoladenkuchen und trinken dazu Tee. Oder sie probieren zehn Sorten Schokolade und genießen zu jeder einzelnen einen anderen Tee, mal Jasmin, mal Earl Grey, dann wieder Kräutertee oder etwas Fruchtiges.«

»Sie werden platzen«, wandte Frieda lachend ein. Insgeheim schlug ihr Herz bei dieser Vorstellung einen Takt schneller. Nicht *H & K* würde über der Tür stehen, sondern *H & W. Hannemann & Williamson.* »Etwas zusammen aufbauen«, wiederholte sie, und es fühlte sich gut an. »Bei allen Parallelen unterscheidet sich euer Geschäft doch sehr von unserem. Wir importieren den Kakao und verarbeiten einen Teil davon. Ihr dagegen besitzt und bewirtschaftet eure eigenen Plantagen.«

»Das stimmt. Wir kaufen allerdings auch eine Menge zu, importieren also auch. So groß sind die Unterschiede gar nicht.« Er sah sie an, jetzt strahlten seine Augen wieder, und Frieda spürte ein Flattern in ihrem Inneren. Plötzlich hatte sie ein ganz klares Bild vor sich: Die gesamte Produktionskette würde in ihren Händen liegen, von der Pflege der Kakaobäume über die Ernte bis zur Verschiffung nach Hamburg und der Produktion erlesener Spezialitäten. Eine Erinnerung drängte sich in ihr Bewusstsein, die über Jahre verschüttet gewesen sein musste. Doch jetzt kam sie zurück, in aller Deutlichkeit.

Frieda erinnerte sich an einen Traum, den sie nach der Lektüre von Vaters Fachbüchern gehabt hatte. Sie hatte geträumt, auf einer Kakaoplantage zu sein. Frei und weit weg von ihrer Mutter, die für Frieda eine ganz andere Zukunft wollte als sie für sich selbst. Frieda erinnerte sich an Baumriesen, die ihr Blätterdach rund um die Plantage ausspannten, an Feuchtigkeit, die von ihrem Laub perlte, von den grünen Fingern des Farns, der so hoch wuchs, dass er ihren Bauch kitzelte. Sie erinnerte sich ganz deutlich an den erdigen Duft, an große türkis und nachtblau schimmernde Schmetterlinge, an flirrende Hitze und hohe elegante Bäume, die reichlich Kakaofrüchte trugen. Rotbraun glänzend, einige auch gelb, länglich rund, wuchsen sie direkt am Stamm. Viele so groß, dass Frieda sie nur schwer mit einer Hand hätte greifen können. Obwohl es so lange her war, dass sie diesen Traum gehabt hatte, war das Gefühl wieder zurück, dass sie beim Anblick der vielen prallen Früchte ausgefüllt hatte: Grenzenlose Freude darüber, dass es reichlich zu ernten gab. Nun konnte das alles wahr werden. Vater und Ernst würden die Geschäfte in Hamburg führen, sie wäre auf ihrer eigenen Plantage. Dann wieder würde sie mit Jason zurückkehren und sich um ihre Läden kümmern, die es in ganz Deutschland geben würde. Tee und Schokolade. Hannemann & Williamson. Es hätte wundervoll sein können. Wenn sie es damals gewagt hätten.

»Stell dir nur vor«, sagte Jason in diesem Moment, »Williamson Tea and Chocolate.« Er nahm ihre Hände. »Wir müssten mit der Hochzeit warten, bis mein Vater tot ist. Er würde nie eine deutsche Frau an meiner Seite akzeptieren. Du weißt, dass er die Deutschen hasst. Mir würde es nichts ausmachen zu warten. In Indien spielt es ohnehin keine Rolle, ob wir verheiratet sind oder nicht.« Ihr Traum zerplatzte wie ein Luftballon, in den man eine Nadel sticht. Es fühlte sich falsch an. War das seine Art, sich von seinem Vater zu lösen, indem er wartete, bis er starb? Glaubte er ernsthaft, sie würde als seine Geliebte mit ihm um die halbe Welt reisen, als seine Geliebte für seinen Laden Schokolade herstellen? Williamson Tea & Chocolate. Frieda griff nach ihrem Glas und trank. Viel zu viel, viel zu schnell.

Der Wein betäubte sie, merzte den bitteren Geschmack aus, den Jasons Zukunftsvision auf Friedas Zunge hinterlassen hatte. Es wurde spät, eine Flasche war leer, Jason bestellte die zweite. Irgendwann waren sie die letzten Gäste.

»Die Stunden sind nur so verflogen. Dabei haben wir noch nicht einmal darüber gesprochen, was damals mit meinen Briefen geschehen ist. Du hast meiner Schwester geschrieben, dass Hans sie abgefangen hat.«

»Es ist so lange her«, murmelte sie. Sie hatte keine Lust, darüber zu reden. Sie wollte mehr über Indien hören, darüber, was es dort alles zu sehen gab.

»Die Briefe, die du mir nach Indien geschickt hast, hat er auch abgefangen, sagt Liz. Warum nur?«

»Ach, Jason, es hat doch keine Bedeutung mehr.«

»Ich möchte nicht, dass noch irgendetwas zwischen uns steht.« Wie er sie ansah, zum Dahinschmelzen.

Sie legte eine Hand auf seine. »Es gibt nichts, was zwischen uns stehen könnte«, sagte sie und sah ihm direkt in die Augen.

Als sie aufstand, drehte sich das Cölln's wie ein Karussell, ein hübsches buntes Karussell mit geschmückten Pferdchen, niedlichen Kutschen und viel Beleuchtung. Jason legte den Arm um sie und führte sie nach draußen. Vor der Tür in der Kühle der Nacht stellte sie fest, dass nicht nur das Lokal, sondern die ganze Stadt sich drehte. Ganz Hamburg ein Karussell, hatte es so etwas schon gegeben?

»Begleite mich, Frieda, bitte!« Ein blau-schwarzer Himmel spannte sich über die stillen Straßen, die Luft war herrlich frisch, die Laternen zeichneten gelbe Inseln auf den Bürgersteig.

»Wohin, Jason? Nach London oder gleich nach Indien?« Sie kicherte.

»Ich habe eine kleine Wohnung gemietet, nur ein paar Schritte entfernt von hier.« Er nahm ihre Hände in seine und sah ihr tief in die Augen. Sie hielt sich an ihm fest, weil sie ihren Beinen nicht mehr traute. Kurz blitzte Claras Warnung in ihr auf, doch sie schob sie beiseite. Frieda sah ihn an. Die Erkenntnis kam ohne Vorwarnung: Dieser Mann würde nie seinen eigenen Weg gehen, nicht solange sein Vater noch lebte. Er würde nicht um sie kämpfen und nicht für sie einstehen. Sie dachte an Per, der ihr die Meinung sagte, wenn sie sich danebenbenahm oder einen Fehler machte. Per wusste genau, was er wollte und was nicht. Er ermutigte sie, sich auch um ihre Wünsche und Bedürfnisse zu kümmern. Jason hatte nicht einmal danach gefragt. Er war nicht der Mann, mit dem sie ihr Leben teilen wollte, er war niemand, mit dem man über Höhen und durch Tiefen ging. Doch eins musste sie ihm lassen. Er übte noch immer einen ungeheuren Reiz auf sie aus.

»Bitte, Frieda, komm mit mir!«, flüsterte er.

Kapitel 5

»Ich bin ein schlechter Lügner, also sage ich es gleich: Ich habe euch zwar zufällig gesehen, bin euch dann aber durchaus mit voller Absicht nachgegangen, um euch zu beobachten.« Per ging auf und ab, sein Brustkorb hob und senkte sich. Frieda musste etwas sagen, irgendetwas, doch es machte ihr beinahe Angst, wie aufgebracht er war, und sie hatte größte Bedenken, ein falsches Wort zu wählen. »Ich habe euch nicht einfach nur so gesehen«, presste er viel zu laut hervor, »sondern in innigster Umarmung.« Er holte tief Luft, und sie erwartete schon, dass er sie anbrüllen würde. Das tat er nicht. Im Gegenteil. Seine Stimme wurde leiser. »Es hat mir sehr wehgetan, Frieda. So sehr, wie vorher nur der Tod meiner ersten Verlobten.« Er senkte den Blick, schluckte. »Ihr seid ins Cölln's gegangen. Ich schäme mich, aber ich habe sogar darüber nachgedacht, euch auch dorthin zu folgen«, erzählte er heiser. Er hatte also gesehen, wie Jason sie fest an sich gedrückt hatte. Wenigstens hatte er sie nicht geküsst. »Ich wollte dich zur Rede stellen, dir eine Szene machen. Dann wieder habe ich überlegt, mich in eurer Nähe hinter einer Zeitung zu verschanzen, um euch belauschen zu können.« Ein bitteres Lachen, dann hob er den Kopf und sah sie an. »Glücklicherweise habe ich im letzten Moment begriffen, dass ich nicht so tief sinken darf.«

»Es tut mir schrecklich leid.« Sie suchte nach den richtigen Worten.

Wieder atmete er tief durch. »Das muss es nicht. Ich habe dir gesagt, dass du dich mit ihm treffen und dich prüfen sollst. Das hast du getan. Ich kann dir nichts vorwerfen, außer vielleicht, dass du dich nicht gerade sehr diskret verhalten hast. Ich hoffe, du hast ihm nicht noch mehr erlaubt, in der Öffentlichkeit, meine ich.«

»Natürlich nicht«, gab sie empört zurück und schämte sich. Jason hatte sie geküsst. In aller Öffentlichkeit. Glücklicherweise an einem eher einsamen Ort und vor den Augen der neugierigen Hamburger verborgen.

»Wie gesagt, du hast getan, was du tun musstest. Und ich musste eben meiner Enttäuschung Luft machen. Ich konnte den Schmerz, den euer Anblick für mich bedeutet hat, nicht einfach herunterschlucken. Nun ist von meiner Seite alles gesagt.«

»Danke für deine Ehrlichkeit. Ich will auch aufrichtig zu dir sein.« Er kniff sein linkes Auge so stark zu wie nie, ehe er sich von ihr abwandte. »Tut mir leid, dass ich dir so wehtun musste. Aber ich brauchte diese Stunden mit Jason, um das Kapitel endgültig abschließen zu können.«

Er drehte sich wieder zu ihr um. »Das Kapitel Per Møller?«

»Nein«, entgegnete Frieda, ohne zu zögern. Sie hätte Jason nicht treffen oder ihm gleich am Orchideenhaus sagen sollen, dass sie Per heiraten wollte. Aus vollem Herzen. Sie hätte Per den Schmerz ersparen können. Frieda holte tief Luft, sah ihn an. Wenn er ihr doch nur weiter den Rücken zudrehen könnte, das würde es ihr leichter machen. Schön, sie war eine erwachsene Frau, aber sie hatte so wenig Übung im Umgang mit Männern. In ihrem Hirn arbeitete es fieberhaft. Und er stand da, sah sie an, wartete. Sie wusste genau, worauf, doch sie war noch so durcheinander. Wie konnte sie am besten erklären, dass sie das Treffen mit Jason eben doch gebraucht hatte? In den Stunden auf dem Hochsitz und später im Cölln's hatte sie den Unterschied zwischen Verliebtheit und Liebe verstanden. Ja, genau das würde sie ihm sagen. Im Kopf legte sie sich einen Satz zurecht, Wort für Wort. Sie wollte klare Verhältnisse, und sie wollte in diesem Moment unbedingt alles richtig machen.

»Ich muss noch mal in unser Stammhaus nach Odense fahren«, sagte Per plötzlich. Frieda fiel jetzt erst auf, wie lange sie geschwiegen hatte. Viel zu lange.

»Ich könnte dich begleiten«, sagte sie schnell. »Es wäre schön, deine Heimat kennenzulernen.« Sie lächelte und spürte selbst, wie bemüht ihre Miene wirken musste.

»Ich halte das nicht für eine gute Idee.« Er sah sie an, zögerte. »Vielleicht tut uns der Abstand beiden ganz gut«, sagte er schließlich und ließ sie einfach stehen.

Am nächsten Morgen erwachte Frieda mit Kopfschmerzen. Warum nur hatte sie nicht reinen Tisch gemacht? Dieser Gedanke hatte sie in einen unruhigen Schlaf begleitet und quälte sie auch an diesem warmen Sonntag, der eine angenehme Brise von der Elbe brachte, wie sie feststellte, als sie in ihrem Nachthemd auf die Terrasse trat. Sie füllte ihre Lungen mit der frischen Luft, in der noch der Morgentau hing, und hörte den Vögeln zu, die schon lange munter waren. Auch allerlei Insekten schwirrten ihr um die Nase. Frieda ging barfuß über den feuchten Rasen bis zu einem kleinen Teich. Dort wohnten zwei Wasserfrösche. Sie saßen meist an der gleichen Stelle, heute hockten sie dicht beieinander, als hätten sie aneinander gekuschelt geschlafen.

»Ja, genießt es nur, dass ihr euch habt«, sagte sie traurig. Die Frösche blieben, wo sie waren. Am Anfang waren sie mit leisem Platschen ins Wasser gehüpft, sobald sich Frieda genähert hatte, jetzt hatten sie offenbar so viel Vertrauen zu ihr, dass sie sich nicht mehr stören ließen. Frieda schloss die Augen und tat zwei Atemzüge. Als sie irgendwann von ihrem Rendezvous mit Jason nach Hause gekommen war, da war sie sich ihrer Sache ganz sicher gewesen. Ihre Zukunft hatte sich ihr so klar gezeigt wie nie zuvor. Und Frieda hatte sich darauf gefreut. Sie hätte Per doch nur sagen brauchen, dass sie sich ihrer Gefühle für ihn jetzt sicher war. Und nun? Er war gegangen, ohne dass sie sich hatten aussprechen können. Das Glücksgefühl hatte sich davongeschlichen, als habe es ein schlechtes Gewissen, weil es ihre hohen Erwartungen niemals einlösen würde. Sie öffnete die Augen und sah einem Schmetterling zu, der von einer Blüte zur anderen schwebte. Er kümmerte sich darum, Nektar zu sammeln, tat das, worauf es ankam. Das solltest du auch tun, Frieda, ermahnte sie sich. Vielleicht könnte sie für ihre Mutter etwas über die Vaterstädtische Stiftung herausfinden. Außerdem musste sie sich endlich mit Selma versöhnen. Alles besser, als weiter Zeit zu vergeuden und trüben Gedanken nachzuhängen. Ihre Füße wurden kalt, sie drehte um. Als sie wieder ins Haus gehen wollte, entdeckte sie ein Päckchen auf der Terrasse. Zuerst hielt sie es für einen Brief. Vielleicht eine Nachricht von Selma. Sofort beschleunigte ihr Puls. Sie bückte sich. Bei näherem Hinsehen erkannte sie, dass es mehr als nur ein Bogen Papier in einem Umschlag war. Frieda wickelte das Ding aus, das jemand ihr vor die Tür gelegt hatte. Als sie den Inhalt sah, wusste sie sofort, wer dieser jemand war. Per! Tränen schossen ihr in die Augen. Er hatte ihr vor seiner Abreise einen Sammelband von Hans Christian Andersen gebracht. Das dunkle Gelb des Papiers verriet das Alter des Buches, die Seiten und der Einband waren abgegriffen. Kein Zweifel, dieses Exemplar war mehr als einmal gelesen worden. Mit zitternden Fingern zog sie die Karte aus dem Kuvert, das unter dem Buchdeckel gelegen hatte.

»Du solltest endlich Hans Christian Andersen lesen. Selbst wenn er Männer geliebt haben sollte, schmälert das nicht die Qualität seiner Texte!

Ich dachte, ich hätte das Alter hinter mir, in dem man vor den Gefühlen für eine Frau oder vor dem Kummer, den sie einem bereiten, davonläuft. Wie es aussieht, habe ich mich getäuscht. Meine erneute Anwesenheit in Odense ist nicht zwingend erforderlich. Ich brauche den Abstand, um eine Entscheidung zu treffen. Als wir uns kennenlernten, dachte ich, mir reicht eine Ehefrau, die anständig und zuverlässig ist. Unglücklicherweise habe ich mich in dich verliebt. Ob ich mit dir leben kann, obwohl du mich nicht liebst, weiß ich nicht. Ich muss darüber nachdenken.

Dein Per«

Sie trug das Geschenk in ihr Schlafzimmer. Tränen rannen über ihre Wangen, die sie wütend mit dem Handrücken wegwischte. Warum hatte sie auch so lange nach den richtigen Worten gesucht? Irgendwelche Worte wären besser gewesen als ihr Schweigen. *Ob ich mit dir leben kann, obwohl du mich nicht liebst, weiß ich nicht.* Er hatte sie gründlich missverstanden. Verflixt noch mal, wieso hatte sie sich nur so dämlich angestellt? Jetzt war er fort. Am liebsten würde sie auch davonlaufen. So wie er. Nur war das keine Lösung. Sie rieb sich erschöpft die Augen. Per glaubte wahrhaftig, sie wolle bei ihm bleiben, obwohl sie ihn nicht liebte! Dabei hatte sie nichts dergleichen gesagt. Natürlich nicht, stumm warst du wie eine von Cölln's Austern. Warum hatte er ihr nicht etwas mehr Zeit gegeben? Warum mussten sie alle so bedrängen? Erst Jason, jetzt auch noch Per. Männer! Sie warf das Buch auf ihr Bett, schnappte sich ein Taschentuch und schnäuzte sich laut. Was hatte sie sich immer gewünscht? Ein Leben voller Möglichkeiten. Jetzt hatte sie die Bescherung. Frieda schnaufte. Viele Möglichkeiten verlangten viele Entscheidungen. Sie starrte hinaus in den wunderschönen Garten. Plötzlich durchströmte sie eine große Ruhe. Von wegen, viele Möglichkeiten verlangten viele Entscheidungen. Frieda hatte ihre doch längst getroffen. Per würde zu ihr zurückkommen. Dieses Mal würde sie wissen, was sie ihm zu sagen hatte.

Nachdem sie sich gerade angezogen und die Haare gebürstet hatte, hörte sie etwas in Selmas Zimmer. Sie um Verzeihung zu bitten, würde eine echte Herausforderung werden. Sich davor zu drücken, kam überhaupt nicht infrage. Sie fasste sich ein Herz, klopfte und bat Selma um ein paar Minuten. Wenig später saßen sie gemeinsam auf der Terrasse, Sarah lag zufrieden in ihrem Körbchen.

»Ich war nicht ich selbst«, begann Frieda ihren Erklärungsversuch. »Du kennst die Geschichte, hätte Hans nicht Jasons Briefe bei dir versteckt, wäre ich ihm sehr wahrscheinlich nach Indien nachgereist. Ich wäre vielleicht seine Frau geworden.« Sie lächelte traurig. »Es ist ganz anders gekommen, und ich habe nicht damit gerechnet, ihn überhaupt je wiederzusehen. Doch dann stand er plötzlich vor mir. Einfach so.«

»Tja, das war bestimmt ein Schock für dich.« Selma wählte ihre Worte mit Bedacht.

»Und das ist noch milde ausgedrückt. Es hat mich vollkommen aus der Bahn geworfen.«

»Das verstehe ich.« Selma sah sehr ernst aus, nicht böse, aber sehr konzentriert und ernst. »Nur ändert es nichts an dem, was du zu mir gesagt hast. Ich kann einfach nicht glauben, dass kein Körnchen Wahrheit daran sein soll. Du denkst, ich bin hergekommen, um mich von euch versorgen zu lassen. Ich weiß nicht, Frieda, vielleicht bist du sogar der Ansicht, ich hätte mich von deinem Bruder absichtlich schwängern lassen, damit ich mich bei einer reichen Hamburger Kaufmannsfamilie einnisten kann.«

»Nein, Selma, so ist es nicht. Bitte, du musst mir glauben!« Was hatte sie nur angerichtet? »Ich war so wütend. Auf Jason, auf das Schicksal, vor allem aber auf mich.« Frieda ließ den Kopf hängen. »Ich war böse, weil du die Terrassentür offen gelassen hast. Das ist natürlich lächerlich, aber es hat gereicht, um dem Druck nachzugeben, der in mir war.« Sie sah Selmas skeptischen Blick. »Ich weiß, es war dumm, aber ich habe dich benutzt, um meinem Ärger Luft zu machen. Ich glaube, ich wollte dich kränken, damit ich mich nicht allein so elend fühle«, gestand sie leise. »Es tut mir so leid. Bitte, Selma, ich wünsche mir sehr, dass du mit deiner kleinen Sarah bei uns bleibst. Das ist mein Ernst«, sprach sie hastig weiter, um ihr jede Möglichkeit zum Protest zu nehmen, »es wäre furchtbar, euch zu verlieren, weil ich mich so aufgeführt habe. Ich möchte euch in meiner Nähe haben. Euch beide. Ich glaube keinesfalls, dass du die Absicht hattest, von meinem Bruder schwanger zu werden. Du bist eine kluge Frau, und diese Absicht wäre alles andere als eine kluge Idee.«

Selmas Augen bekamen einen verräterischen Glanz. »Das sehe ich genauso.« Ihre Lippen verzogen sich zu einem schmalen Lächeln. »Ich überlege es mir.« Frieda atmete auf. »Übrigens hat mich die junge Dame heute schon im Morgengrauen geweckt«, sagte Selma und deutete auf Sarah. »Da habe ich einen Blick auf die Zeitung geworfen, die vor deiner Tür liegt. Ist Per nicht noch einmal nach Odense gereist?«

Frieda beschlich ein unbehagliches Gefühl. »Ja, warum?«, fragte sie, während sie schon zur Tür ging, sich den *Hamburger Anzeiger* schnappte und las:

Feuer im Hafen von Odense außer Kontrolle! Dänische Löschmannschaft kämpft gegen teuflische Flammen.

Kapitel 6

Frieda lief die Palmaille entlang. Nicht wenige der prächtigen Häuser an der von Linden gesäumten Allee waren von dänischen Architekten entworfen und gebaut worden. Kein Wunder, schließlich hatte Altona viele Jahre unter dänischer Verwaltung gestanden. Noch vor rund hundert Jahren war Hamburgs Vorstadt nach Kopenhagen die zweitgrößte Stadt Dänemarks gewesen. Das hatte Frieda auf dem Lyzeum gelernt. Nie hätte sie für möglich gehalten, dass diese Fakten, die sie mit mehr oder weniger großem Interesse gebüffelt hatte, ihr einmal derartig auf das Gemüt schlagen könnten. Per war in Odense, wo ein schreckliches Feuer wütete. Wenn es ihm nur gut ginge! Es machte sie fast wahnsinnig, dass sie nicht wusste, ob er womöglich verletzt war. Ausgerechnet der Hafen, dort, wo Per sicher zu tun hatte. Sie hatte nicht einmal eine Ahnung, wie sie ihn erreichen konnte. Plötzlich schien die ganze Welt etwas mit Dänemark zu tun zu haben. Das Trommeln von Regen an den Fensterscheiben hatte sie an diesem Montagmorgen geweckt, sofort waren ihre Gedanken wieder bei Per gewesen. Der Regen hatte sich schnell verzogen, es war noch sehr früh, aber Frieda konnte kein Auge mehr zutun. Darum hatte sie die Zeit und Gelegenheit genutzt, ins Kontor zu laufen. Zu Rosemaries grenzenloser Überraschung.

»Du willst den ganzen Weg bis zum Meßberg zu Fuß gehen?«, hatte sie gefragt, als sie sich in der Diele begegnet waren. Genau das wollte sie, nein das musste sie, sonst würde sie noch verrückt werden vor lauter Ungewissheit. Nach anderthalb Monaten größter Hitze und Trockenheit sei Feueralarm im Hafen von Odense ertönt, hatte in der Zeitung gestanden. Zahlreiche große Schiffen hätten an den Kais gelegen, die Futtermittel aus Russland und Amerika für die dänische Landwirtschaft an Bord hatten. Schiffe. Per war Reeder, wie schon sein Vater Peter. Auch ein Speicher, in dem Getreide gelagert war, sei augenblicklich in Flammen aufgegangen, berichtete der *Anzeiger*. Frieda lief eilig weiter in die Breitestraße und über den Pinnasberg. Als sie an den St.-Pauli-Landungsbrücken angekommen war, lief ihr der Schweiß aus den Haaren, ihr Kleid klebte an ihrem Rücken. Die letzten Spuren des Regens verdampften auf dem sommerlich warmen Pflaster und verwandelte eine gewöhnliche Straße in eine Waschküche, in der gerade Kochwäsche gemacht wurde. Am liebsten wäre Frieda auf der Stelle in die Elbe gesprungen oder weitergelaufen bis zu einer der Alster-Badeanstalten, wo sie sich hätte abkühlen können. Aber das kam natürlich nicht infrage. Sie wurde in der Manufaktur erwartet. Wie heiß musste es erst in Odense sein, am Hafen, wo die Flammen …

»Himmel, Sternchen, wie siehst du denn aus?« Ihr Vater war gerade mit Ernst aus dem Ballinhaus getreten, als sie eintraf. Wahrscheinlich wollten die beiden in den Brook gehen, wie meistens am Montagmorgen.

»Hast du heute nicht die Zeitung gelesen?« fragte sie ihn atemlos. »In Odense brennt der Hafen. Ein Inferno. Schiffe, Speicher, überall lodert das Feuer! Es ist furchtbar.« Sie konnte nicht weitersprechen.

»Großer Gott, ist Per etwas passiert?« Ihr Vater legte eine Hand unter ihr Kinn und zwang sie, ihm in die Augen zu sehen.

»Woher soll ich das wissen?«, rief sie, drehte den Kopf weg und schlug die Hände vor das Gesicht. Sie war geradezu außer sich. Sie musste sich dringend beruhigen. Nur wie, wenn sie nicht einmal wusste, ob Per lebte?

»Och Mensch, das tut mir kräftig leid.« Ernsts Stimme, ganz leise und sanft. Das machte es nicht besser. Im Gegenteil. Noch ein Wort, und um den letzten Rest Beherrschung war es geschehen. »Bestimmt ist er quietschfidel und ruft dich heute Abend an, als sei nix gewesen.« Das waren zu viele Worte. Anstatt Haltung zu bewahren, wie es sich für die Tochter eines hanseatischen Kaufmanns gehört hätte, brach sie in Tränen aus.

»Ich mache mir solche Sorgen«, schluchzte sie.

»Nicht weinen, Sternchen, du weißt genau, dass dein alter Vater das nicht ertragen kann.« Sie schnappte nach Luft, kämpfte um ihre Fassung. Ernst hatte doch recht, es ging Per sicher gut. Es musste ihm einfach gutgehen! Sie waren ohne klärende Worte auseinandergegangen. Wenn sie nun keine Gelegenheit mehr bekämen, … das würde sie sich nie verzeihen. »Du hättest zu Hause bleiben sollen«, sagte ihr Vater und tätschelte ihre Wange. »Da hätte er dich wenigstens erreichen können.« Er zog seine Uhr aus der Tasche und warf einen schnellen Blick darauf. »Ernst und ich müssen rüber zum Brook. Sitzung der Kakao-Wirtschaftsstelle«, murmelte er. »Ruf dir einen Wagen und fahr nach Hause, Kind. Oder geh von mir aus rüber zum Jungfernstieg und suche dir etwas Schönes bei Mendel aus. Das bringt dich auf andere Gedanken.« Er wischte mit einer etwas hilflosen Geste ihre Tränen weg. »Aber erst machst du dich drinnen ein bisschen frisch, hm? Du bist ja völlig derangiert.«

»Ist gut«, entgegnete sie leise und nickte. Ernst klopfte ihr aufmunternd auf die Schulter, dann machten die beiden sich auf den Weg.

Nachdem sie sich im Badezimmer in der einstigen Wohnetage der Hannemanns frisch gemacht hatte, ging Frieda in Richtung Jungfernstieg. Sie hatte allerdings nicht im Geringsten Lust, durch das Warenhaus Mendel zu bummeln. Früher war sie oft in dem prunkvoll ausgestatteten Gebäude mit seinen Marmorsäulen, den geschwungenen breiten Treppen aus poliertem Holz und dem großzügigen Lichthof gewesen, hatte sich mit Clara getroffen. Da waren sie noch sorglose Backfische gewesen, die französische Hüte, Ballen feinster Seide und natürlich all die Köstlichkeiten der Spezialitätenabteilung bestaunt hatten, wie exotische Früchte oder Meeresgetier mit Glubschaugen und furchteinflößendem Gebiss. Jetzt waren sie erwachsen, Clara hatte ihre Ausbildung zur Krankenschwester abgeschlossen und versah ihren Dienst im Israelitischen Krankenhaus. Frieda hatte plötzlich blutige Verbände vor Augen und Schlimmeres. Brandverletzungen mussten schrecklich sein. Ihr Bruder hatte manchmal davon erzählt, dass die Deutschen im Krieg mithilfe von Flammenwerfern versucht hatten, den Gegner aus seinen Schützengräben oder befestigten Stellungen zu treiben.

»Die Dinger sind teuflisch«, hatte er heiser gesagt, »es kam vor, dass sie schon in den Händen der Kameraden explodierten, die sie einsetzen wollten. Du kannst dir nicht vorstellen, wie die Männer aussahen, die von diesen Höllenapparaten gegrillt wurden, Schwesterchen.«

Sie hatte es sich wirklich nicht vorstellen können und schon gar nicht wollen. Doch in den Nächten, in denen ihr Bruder schrie, weil er die Erlebnisse des Krieges einfach nicht verkraften konnte, da kamen die Bilder auch zu ihr. Und jetzt waren sie ebenfalls da. So heftig, dass Frieda nur mit Mühe einen Würgereiz unterdrücken konnte. Sie atmete einige Male tief durch. Die frische Brise, die von der Alster kam, tat ihr gut. Sie schloss kurz die Augen. Als sie sie wieder öffnete, war sie beinahe überrascht von dem friedlichen Anblick, der sich ihr bot. Im Alsterpavillon herrschte Hochbetrieb. Kühles Eis gegen die Hitze, genau das Richtige. Jedenfalls wenn sich einem nicht gerade der Magen umdrehte. Sie atmete gleichmäßig, konzentrierte sich auf die sommerliche Szenerie: Männer in Knickerbocker mit auffällig gemusterten Strümpfen, Schiebermützen und Schnauzbärten, Frauen in Kleidern, die ihnen so eben über die Knie reichten. Frieda hatte den Eindruck, man trüge die Taille jetzt noch tiefer. Diese Mode war ihr ein Rätsel, verschob sie die Proportionen der Damen doch eigenartig. Aber so war es eben mit der Mode, es musste immer etwas Neues her, ganz gleich, ob das Alte nicht im Grunde schöner war. Da lobte sie sich ihre Schokolade. Sicher, Frieda probierte auch immer wieder neue Rezepte aus, die gute alte Vollmilch und auch die Zartbitter würden trotzdem nie aus der Mode kommen.

Wenn Per etwas zugestoßen war, würde sie für den Rest ihres Lebens nur noch schwarze unförmige Kleider tragen, dachte sie betrübt. Und wahrscheinlich würde ihr nie wieder ein neues Rezept für Pralinen oder feine Tafeln einfallen. So sehr sie sich auch bemühte, sie konnte nicht aufhören, sich um ihn zu sorgen. Mit hängenden Schultern ging sie langsam in Richtung Lombardsbrücke. Sollte sie nicht lieber umkehren und im Kontor nach dem Rechten sehen? Sie hatte lediglich Rudolf Bescheid gesagt, dem jungen Kriegsveteranen. Niemand sonst wusste Bescheid. Regelrecht geflohen war sie. Jonas und Magda wussten natürlich, was zu tun war. Sie würden walzen, conchieren und die Einwickelmaschine befüllen. Frieda durfte sich ruhig mal diese Pause gönnen, sie hatte noch nie richtig Urlaub gemacht. Warum auch? Sie empfand ihre Arbeit ja als Freude. Eine Reise würde ihr trotzdem gefallen, eine Reise nach Dänemark zum Beispiel. Sie hätte mit Per fahren sollen, dachte sie, als sie die Außenalster erreichte. Vielleicht wäre sie jetzt verletzt, vielleicht einfach nur im Weg. Aber sie wäre bei ihm, da, wo sie hingehörte. Frieda blickte über den glitzernden See und beschirmte ihre Augen gegen die grelle Sonne. Das Gewässer im Herzen Hamburgs war strenggenommen ein Fluss, der in die Elbe und mit ihr in die Nordsee floss. Frieda verspürte die altbekannte Lust, wie ein Tropfen im Sog der Strömung reisen zu können. Niemand würde sie entdecken, niemand aufhalten, wenn sie sich als ein einzelner Wassertropfen mitten hinein in das unendliche Nass stürzen würde. Sie sah den unzähligen kleinen Booten zu, die überall unterwegs waren. Männer, die Ärmel aufgekrempelt, zogen kraftvoll die Ruder durch das Wasser, dass es nur so spritzte. Die Damen trugen Strohhütchen. Eine hielt einen altmodischen Schirm mit Rüschen über ihren Kopf. Auf der anderen Seite, etwa auf Höhe des Anlegers Auguststraße, dümpelte ein Segelboot vor sich hin. Die weißen Segel hingen schlaff, die leichten Brisen reichten einfach nicht. Sie musste an Ernst denken. Ob ihm als Kompagnon ihres Vaters noch hin und wieder Zeit zum Segeln bleiben würde?

»Fräulein Hannemann! Das nenne ich eine schöne Überraschung.« Frieda drehte sich um, sie hatte die Stimme sofort erkannt. Vor ihr stand Alfred Fellner, der Maler, den ihre Eltern ihr vorgestellt hatten, in der Hoffnung, die beiden würden ein Paar werden. Das war, ehe Rosemarie begriffen hatte, dass Fellner gern nackte Frauen und andere Motive aus Hamburgs Rotlichtmilieu zu Papier brachte.

»Herr Fellner!« Sie reichte ihm die Hand. »Wir haben uns lange nicht gesehen.«

»Zu lange. Sie sehen gut aus.«

»Vielen Dank. Sie auch.« Sie lächelte. Er hatte schon immer älter gewirkt, als er war, und auch an seinem durchdringenden Blick hatte sich nichts geändert. Frieda hatte immer das Gefühl, er sehe sie nicht einfach nur an, sondern er studiere jedes winzige Detail ihres Gesichts, um sie später malen zu können. »Ich habe gerade neulich an Sie gedacht und wollte Sie aufsuchen.«

»Aha.« Er ließ sie nicht aus den Augen. »Wie ich hörte, sind Sie verlobt. Wollten Sie ein Porträt für den Verlobten in Auftrag geben?«

Sie senkte den Blick. »Nein.«

»Alles in Ordnung? Kommen Sie, gehen wir ein Stück!« Er bot ihr den Arm, und sie hakte sich ein. Es hatte eine Phase gegeben, in der sie viel Zeit miteinander verbracht hatten. Warum hatte das aufgehört? Es war immer eine Bereicherung gewesen, mit ihm über Kunst, über Architektur und Politik zu reden. Oft hatte er eine andere Ansicht gehabt als sie und ihr damit neue Impulse geschenkt. Sie schlenderten den Alsterdamm entlang in Richtung Glockengießer Wall.

»Wir wollten einmal zusammen eine Stiftung ins Leben rufen. Wissen Sie noch?«

»Allerdings. Halten Sie etwa noch immer an diesem Gedanken fest?« Sein typisches spöttisches Lächeln.

»Sie etwa nicht? Nur weil sich die Wirtschaft ein wenig erholt, geht es längst noch nicht allen Menschen dieser Stadt gut. Noch immer wohnen einige in den düsteren Gängehäusern, in denen sich die abscheulichsten Krankheiten leicht ausbreiten können. Und noch immer sind die Waisenhäuser voll. Hungrige Mäuler, die gestopft werden müssen. Denken Sie nicht, dass wir, die wir in Wohlstand leben dürfen, unseren Beitrag leisten müssen?«

»Eine flammende Rede. Ich bin fast geneigt, Ihnen zu applaudieren.«

Frieda wurde ärgerlich. »Sogar meine Mutter denkt darüber nach, sich in einem Stift für alte einsame Menschen zu engagieren. Sie kennen sie und wissen, dass das etwas heißt. Fühlen Sie sich etwa wohl in Ihrer Haut, wenn Sie das Elend nur malen, anstatt es zu bekämpfen?«

»Das haben Sie mir schon früher vorgeworfen, Frieda.«

»Weil es schon damals meine feste Überzeugung war.«

»Eine feste Überzeugung ist etwas sehr Gutes. Jedenfalls, wenn ihr Taten folgen.« Er sah sie von der Seite an, und sie spürte die Hitze in ihre Wangen steigen. Er hatte ja recht, vom Reden allein war niemandem geholfen. Die beiden Kinder fielen ihr ein, die sich auf die Schokolade hatten stürzen wollen, die beim Umzug auf dem Gehsteig gelandet war. Schmutzige ausgemergelte Gesichtchen, struppige Haare.

»Dann lassen Sie es uns jetzt tun.«

»Hier auf der Stelle?« Seine Augenbrauen schnellten kurz in die Höhe, und er sah sie belustigt an.

»Sie sind unmöglich, Alfred Fellner«, schimpfte sie. »Sie wissen genau, was ich meine.«

Er wurde ernst. »Ja, das weiß ich. Ich fürchte allerdings, Sie müssen Ihr schönes Wohltätigkeitsprojekt ohne mich in Angriff nehmen.«

Sie blieb stehen. »Warum?«

»Ich habe meinen Beitrag gefunden, wie ich armen Seelen etwas Gutes tun kann. Praktische Arbeit, die Menschen an die Malerei heranführt, denen sie guttut. Mehr kann man von mir nicht verlangen, denke ich.« Genaueres schien er dazu nicht sagen zu wollen. »Diese Stadt verändert sich in einer Weise, die ich für bedenklich halte.«

»Was meinen Sie?« Sie ließen sich auf einer Bank am Ufer der Alster nieder. »Ich verstehe Sie wirklich nicht. Es hat lange keine Aufstände mehr gegeben, allmählich kehrt wieder Ruhe ein, die mir Bestand zu haben scheint.«

»Ich habe mich nicht klar ausgedrückt, unser ganzes Land verändert sich. Hitlers Umsturzversuch in München liegt noch keine zwei Jahre zurück. Erinnern Sie sich, wie seine Sympathisanten auch in Hamburg auf die Barrikaden gingen?« Er blickte aufs Wasser und legte die Stirn so sorgenvoll in Falten, wie Frieda es von ihm nicht kannte.

»Er und seine Schergen sind gescheitert. Seitdem ist es still um sie geworden, und die politischen Kräfte gewinnen immer mehr an Stabilität.«

Er wandte ihr das Gesicht zu und sah sie eindringlich an. »Glauben Sie das tatsächlich?«

»Aber ja, natürlich. Arbeitsschutz, bessere Bildungsmöglichkeiten, Wohnungen für die kleinen Leute. Das geht nicht von heute auf morgen, aber der Senat bringt das und noch vieles mehr auf den Weg. Noch zwei, drei Jahre, dann geht es allen besser, dann ist endlich alles überstanden.«

Fellner sah zurück auf die Alster. »Daran glaube ich nicht, nicht im Geringsten. Was den Wohlstand angeht, mögen Sie recht haben, nur werden Sie den antisemitischen Sumpf dadurch nicht trockenlegen. Das Gift, das Hitler und seinesgleichen verspritzt haben, wirkt langsam, aber leider dauerhaft.«

Frieda wollte das nicht hören. Sie musste an Clara denken, deren Familie schon Anfeindungen erlebt hatte, nur weil sie Juden waren. Doch sie glaubte fest daran, dass diese dummen Angriffe aufhören würden, wenn die Wirtschaft noch mehr florierte und alle Menschen davon profitierten. »Ich werde gewiss keine Stiftung gründen, Frieda, tut mir leid. Ich behalte die Situation im Blick. Sollte es sich so entwickeln, wie ich befürchte, werde ich aus Hamburg und aus Deutschland verschwinden.«

Als sie nach Hause gekommen war, hatte Frieda sich auf Zehenspitzen in ihren Anbau geschlichen, sie mochte niemandem begegnen. Aus dem Salon, in dem das Grammophon stand, wehte knisternd die Stimme von Enrico Caruso in die Diele. *O sole mio*. Mutter saß wahrscheinlich an der offenen Terrassentür und langweilte sich. Großvater war tot, Hans im Zuchthaus, Frieda ging ihre eigenen Wege. Es blieb nicht viel zu tun für Rosemarie Hannemann. Zwar verstand Frieda inzwischen, dass es nicht Rosemaries Schuld war, nichts mit sich anfangen zu können, sie war ein Produkt ihrer Zeit, trotzdem hatte sie nicht immer Lust, ihrer Mutter Gesellschaft zu leisten, um sie zu unterhalten. Es war so mühsam. Worüber konnten sie schon sprechen? Die Manufaktur interessierte Rosemarie nicht sonderlich, außer wenn sie eine neue Pralinenkreation oder Schokoladensorte probieren durfte. Und die neueste Kleider- oder Frisurenmode war nichts, womit sich Frieda länger als ein paar Minuten beschäftigen mochte. Es gab Tage, an denen Rosemarie von Großvater Carl erzählte, davon, wie es für sie als junge Ehefrau gewesen war, den Haushalt der Hannemanns samt ihrer Schwiegereltern zu übernehmen. Manchmal hörte Frieda ihr dann gern zu. Großmutter Leopoldine hatte es ihr nicht leicht gemacht, obwohl Rosemarie Carls Idealvorstellung einer Ehefrau für seinen Sohn entsprochen hatte. Mit ihrer Disziplin und ihrer Fähigkeit, auf jedem Parkett zu glänzen, hatte sie schließlich auch ihre Schwiegermutter überzeugt. Mit immerwährender Unterstützung ihres Schwiegervaters Carl. Dafür hatte sie ihn lieb gewonnen. Frieda war überrascht, wie sehr Carl ihrer Mutter fehlte, obgleich er ihr in seinen letzten Lebensmonaten mit seiner Verwirrung doch nur Kummer bereitet hatte. Morgen würde Frieda wieder in ihr Kontor gehen, wie es sich gehörte, und von dort würde sie dann Erkundigungen über das Stift einziehen, in dem Rosemarie sich nützlich machen wollte. Frieda verstand mit einem Mal, wie wichtig das für ihre Mutter war. Sie durfte es nicht auf die lange Bank schieben.

Frieda öffnete die Tür und trat aus ihrer Stube auf die Terrasse. Sie wollte sich in den Schatten der großen Buche am Ende des Grundstücks setzen und ein wenig lesen, um auf andere Gedanken zu kommen. Doch dort vor dem buschigen Rhododendron, dessen rosarote Blüten zum größten Teil schon im Gras lagen, hatte es sich Selma mit Sarah bequem gemacht. Nicht einmal die beiden mochte Frieda jetzt sehen. Sie konnte keine Frage nach Per oder Jason ertragen. Außerdem war es ohnehin klüger, in der Nähe des Telefonapparats zu bleiben. Sie drehte sich den hohen Korbstuhl herum, sodass sie in den Garten blicken konnte, und machte es sich bequem. Ihr Kleid klebte ihr am Körper, ihr kinnlanges Haar war feucht, als wäre sie in einen Schauer geraten. Feuer im Hafen von Odense außer Kontrolle, schoss ihr durch den Kopf. Sie stöhnte, schloss die Augen, dachte über die Worte von Alfred Fellner nach. Natürlich hatte sie davon gelesen, dass sich die NSDAP dieses unsäglichen Adolf Hitler im Februar neu gegründet hatte. Doch wusste spätestens seit dem gescheiterten Staatsstreich wohl jeder, welche Gesinnung die Anhänger dieser Partei hatten. Niemand, der klar bei Verstand war, wollte ernsthaft etwas mit ihnen zu tun haben. Frieda hatte den Eindruck, die NSDAP samt ihrem sogenannten Führer war nur noch mit sich selbst beschäftigt. Ihre Zeit war vorüber, von ihr ging gewiss keine Gefahr mehr aus, wie Fellner befürchtete. Schon gar nicht, wenn es den Menschen von Tag zu Tag besser ginge. Und dabei konnten Stiftungen helfen. Irgendwann fiel Frieda über ihr Grübeln in einen leichten Schlaf.

Schrilles Klingeln ließ sie aufschrecken. Sie rieb sich die Augen, sprang auf, musste sich an dem kleinen Tisch mit dem Spitzendeckchen festhalten, auf dem der Telefonapparat seinen Platz hatte. Allmählich verschwand die Schwärze, die sich um sie ausgebreitet hatte.

»Jetzt kommt ein Gespräch für Sie«, sagte eine helle Frauenstimme, ehe Frieda auch nur eine Silbe herausgebracht hatte. Der gleiche Satz bei jedem Anruf, der einging. Selten war Frieda so froh, ihn zu hören. Das vertraute Knistern und Knacken, dann Rauschen.

»Per?«, rief sie ungeduldig. »Per, bist du es?«

Endlich: »Frieda?« Pers vertraute tiefe Stimme.

»Dem Himmel sei Dank! Ich bin so froh.« Ihre Stimme versagte, sie ließ sich in das Sesselchen sinken, das neben dem Telefontisch an der Wand stand.

»Ist alles in Ordnung mit dir?« Ihre Lippen bebten, sie brachte kein Wort heraus. »Du klingst anders als sonst.« Frieda kämpfte noch immer mit den Tränen, so erleichtert war sie. Noch nie zuvor hatte es sie so berührt, ihn zu hören. Mit einem Schlag spürte sie Pers Abwesenheit geradezu körperlich. »Frieda, was ist los?« Sie musste sich zusammenreißen.

»Alles in Ordnung.« Ihr gelang sogar ein kleines Lachen. Sie wischte sich eine Träne von der Wange. »Ich habe mir nur solche Sorgen gemacht. Der Hafenbrand. Es hat in der Zeitung gestanden.«

»Verstehe«, sagte er langsam. »Dann weißt du schon Bescheid.«

»Ja. Geht es dir gut?« Knistern, Rauschen. War die Leitung etwa unterbrochen? »Fräulein? Ich glaube, meine Leitung …«

»Nein, nein, ich bin noch da. Ich musste nur erst mal die Tatsache verdauen, dass du dir wirklich Sorgen um mich gemacht hast.« Sie konnte hören, dass er lächelte. Das machte es nicht leichter.

»Wie kannst du so etwas sagen? Ich bin fast umgekommen.« Ein Schluchzen drang aus ihrer Kehle.

»Du weinst doch nicht etwa? Mir ist nichts passiert, ich schwöre es.«

»Gott sei Dank!« Wenn sie ihn doch nur in die Arme nehmen könnte. »Wann kommst du?«

»Ich muss länger bleiben. Das Feuer ist in einer Lagerhalle mit Getreide ausgebrochen, vermutet der Wehrführer. Es hat sich rasend schnell ausgebreitet. Kein Wunder, die Speicher und Kontorhäuser sind fast alle aus Holz. Einige Import- und Handelsunternehmen hat es übel erwischt. Viele sind unsere Kunden. Sie können möglicherweise einige Rechnungen nicht begleichen und werden Unterstützung brauchen, um wieder auf die Beine zu kommen. Außerdem sind wahrscheinlich auch Schiffe betroffen«, berichtete er weiter. »Noch wissen wir nichts Genaues. Wegen der großen Hitze können Polizei und Feuerwehr nicht nah an den Brand herangehen.«

»Eure Schiffe? Brennen etwa Schiffe, die euch gehören?«, fragte sie, als er Atem holte.

»Schwer zu sagen. Gut möglich.« Er machte erneut eine kleine Pause. Dann lachte er kurz. »Keine Sorge, wir sind nicht ruiniert. Ich bin noch immer eine lohnende Partie.«

»Da bin ich aber beruhigt«, sagte sie schnippisch. Wie konnte er nur? Das sollte wohl ein Scherz sein, doch ihr war nicht nach Witzen zumute. Es war ihr völlig gleichgültig, ob er auch nach dem Brand noch wohlhabend war, Hauptsache, er war unverletzt.

»Sobald wir wissen, ob eins unserer Schiffe Schaden genommen hat, werden wir versuchen, es vom Kai zu lösen und weiter in den Kanal hineinzufahren. Wenn das noch möglich ist.«

»Das hört sich gefährlich an. Du wirst das doch nicht selbst tun?« Sie bemühte sich um einen ruhigen Atem, was ihr alles andere als leichtfiel.

»Bestimmt nicht. Wir schicken einen alten Kapitän, den wir entbehren können.«

Nun musste Frieda doch lachen. »Du bist unmöglich, Per!«

»Wenigstens ist es mir gelungen, dich aufzuheitern. Ich kann es nicht leiden, wenn du so traurig klingst.« Sie hörte ihn tief Luft holen. »Sobald die Lage hier etwas klarer ist, rufe ich dich wieder an. Ich komme, wenn das Gröbste erledigt ist, aber ich kann meinen Vater nicht mit all dem allein lassen.«

»Natürlich, das verstehe ich.«

»Wie ich dir geschrieben habe, es war nicht zwingend notwendig, herzukommen. Ich wollte eigentlich auch nur kurz bleiben, bis ich mir über einiges im Klaren bin. Doch wie es aussieht, bin ich genau zur rechten Zeit gekommen. Ich fürchte, es wird nun länger dauern.«

»Bleib, solange es nötig ist«, sagte sie, »wenn du mir nur versprichst, auf dich aufzupassen.«

»Das verspreche ich.«

Sie wollte nicht, dass er das Gespräch schon beendete. »Danke für das Buch.« Sie zögerte. »Und für den Brief.«

»Ich hoffe, ich habe mich nicht komplett zum Idioten gemacht.« Er räusperte sich. »Ich habe nicht einmal gefragt, wie du dich entschieden hast. Vielleicht gibt es gar nichts, worüber ich nachdenken muss, weil es gar nicht mehr zur Diskussion steht, zu heiraten.«

Sie lächelte. »Wir sollten endlich darüber reden«, sagte sie leise.

»Das müssen wir wohl. Aber sicher nicht am Telefon. Dieses Rauschen und Knacken macht einen ja wahnsinnig.«

Die Tage erschienen Frieda elend lang. Jeden Morgen ging sie ins Kontor. Einmal ging sie mit Clara ein Eis essen, dann traf sie Ulli und Marianne. Kurze Ablenkungen, um die Zeit irgendwie zu besiegen. Per musste sich in Odense um ein leicht beschädigtes Schiff und vor allem um Hilfsangebote für Geschäftspartner kümmern, die viel verloren hatten, und aus eigener Kraft kaum wieder auf die Beine kommen würden.

»Wir müssen ihnen entgegenkommen«, hatte er ihr bei ihrem letzten Telefonat erklärt. »Mein Vater kennt die meisten von ihnen seit Jahrzehnten. Es gehört sich einfach so. Du weißt doch, wenn ein Unglück geschehen ist, das du nicht verhindern konntest, …«

»Halte ein Sprungtuch bereit«, ergänzte Frieda seinen Satz. Pers Motto.

»Ja. Außerdem: Wenn eine Reihe unserer Kunden pleitegeht, verlieren wir auch.«

Dann endlich kündigte er an, nach Hamburg zurückzukehren. Frieda stand an diesem Sonnabend extra früh auf. Sie war ohnehin schon um drei Uhr wach gewesen, dann um vier und auch um fünf Uhr wieder. Ihr Herz klopfte seitdem in einem schnelleren Takt als gewöhnlich. Gut so, dann hatte sie genug Schwung, alles zügig zu erledigen. Sie wollte zuerst einen Schokoladenkuchen backen. Per liebte Kuchen, vor allem, wenn er mit Friedas Schokolade verfeinert war. Er liebt deine Schokolade, aber vor allem liebt er dich. Ihr Herz machte einen Hüpfer. Sobald das geschafft war, würde sie in ihrer Manufaktur nach dem Rechten sehen. Und dann wollte sie zu dem Haus am Jenischpark gehen, um ihn bei seiner Ankunft willkommen zu heißen. Der Kuchen wurde ein kleines Kunstwerk, wie sie stolz feststellte, auch in der Manufaktur lief alles wie am Schnürchen. Die Maschinen im Ballinhaus rührten, walzten und mischten, von emsigen Arbeitern beaufsichtigt. Genau so hatte Frieda es gern. Als sie, den Kuchenteller vor der Brust, auf das Portal mit den vier schlanken Säulen zuging, sank ihre glänzende Laune. Sein Wagen stand bereits in der Einfahrt. Enttäuscht lief sie die Stufen hinauf. Sie hatte es sich so schön ausgemalt, ihn zu überraschen. Der Tisch sollte gedeckt sein, die Türen zum Garten offen, wie er es mochte. Schade. Sie klopfte an. Zwar besaß Frieda einen Schlüssel, immerhin war das weiße Haus das Verlobungsgeschenk, nur fühlte es sich noch nicht nach ihrem Zuhause an. Noch kam sie sich dort manchmal wie eine Besucherin vor.

Per öffnete. »Frieda!« Er strahlte sie an. Die Überraschung war wohl doch gelungen, wenn sie auch völlig anders ausgefallen war als geplant.

»Du bist schon da, wie schade …«

»Das ist eine nette Begrüßung.« Er sah zerknirscht aus und ließ sie eintreten.

»Aber nein, so war das nicht gemeint. Du hättest mich ausreden lassen sollen.« Das tat er jetzt, also sprach sie weiter: »Du hättest mir sagen sollen, wann genau du ankommst. Dann hätte ich hier alles vorbereiten können.« Sie drückte ihm den Teller mit dem Kuchen in die Hand. »Nun dauert es eben ein bisschen, ehe du probieren kannst.«

Per stellte den Teller auf die Kommode, die noch ein wenig einsam im Flur des nur halb eingerichteten Hauses stand.

»Ich hoffe, es dauert nicht noch länger, bis ich meine Verlobte begrüßen darf.« Ohne ihre Antwort abzuwarten, zog er sie in seine Arme und küsste sie. Frieda seufzte. Das war ein völlig anderer Kuss, als sie es von ihm gewohnt war. Ein Zittern machte sich in ihr breit, wie sie es noch nicht erlebt hatte. Nicht mit Per. Noch immer lagen seine Lippen auf ihren, sie spürte seine starke Hand in ihrem Rücken, als wolle er sie nie mehr loslassen. Frieda schmiegte sich an ihn, ihre Hände auf seinen Hüften. Er schob sie ein Stückchen von sich. »Ich fürchte, wir müssen das beenden, sonst kann ich für nichts garantieren. Und ich bin mir nicht sicher, ob nicht alles sehr kompliziert würde, wenn …« Er brach ab und wirkte hilflos.

Sie spürte die Hitze in ihrem Gesicht. »Ja, vielleicht sollten wir uns zuerst unterhalten«, sagte sie leise. Er kniff das linke Auge zu.

»Später«, entgegnete er und löste sich ganz von ihr. »Was hältst du davon, wenn wir den Kuchen einpacken und zu dir gehen? Ich kann es nicht erwarten, die kleine Sarah zu sehen.« Frieda legte den Kopf schief und sah ihn fragend an.

»Was denn?«, sagte er. »Hast du mir nicht erzählt, du könntest mich nicht nach Odense begleiten, weil du zusehen willst, wie Sarah wächst.«

Sie musste lachen. »So ungefähr, ja. Einverstanden, gehen wir rüber.« Sie wollte sich umdrehen, da hielt er sie fest.

»Der Kuchen riecht fantastisch. Danke!« Er küsste sie noch einmal zärtlich.

Kapitel 7

Per musste Frieda und Selma jede Einzelheit des Brandes erzählen. Es musste ein wahres Inferno gewesen sein und glich einem Wunder, dass niemand verletzt worden war, von kleineren Verbrennungen einiger Feuerwehrmänner mal abgesehen.

»Der Kuchen ist ein Gedicht«, schwärmte er zwischendurch.

In dem Moment begann Sarah zu quengeln.

»Ich würde mich auch beschweren, wenn ich nichts von diesem köstlichen Gebäck abbekäme«, sagte Per und hob das Kind aus seinem Körbchen.

»Die Zeit kommt noch früh genug, in der sie verrückt nach Süßem sein wird.« Selma lachte. »Ich fürchte, jetzt könnte sie noch nichts damit anfangen, außer die Krümel hübsch auf Decke und Kissen oder auf Ihrem Hemd zu verteilen.«

»Ein Hemd kann man waschen«, entgegnete er leichthin. Er würde einmal ein großartiger Vater sein, schoss Frieda durch den Kopf.

Selma rümpfte die Nase. »Ich fürchte, das junge Fräulein kann frische Windeln gebrauchen. Danke für die Einladung, der Kuchen war wirklich köstlich. Jetzt wollen wir euch nicht länger stören.«

Als sie, das Weidenkörbchen auf dem Arm, gegangen war, fragte Per nach der Manufaktur, und Frieda erzählte, dass sie noch immer über die Idee nachdachte, eine Art Schokoladeneis herzustellen, oder möglicherweise etwas ganz Neues, ein Mittelding zwischen Schokolade und Milcheis. Sie hatte von den Bauchläden, die Ernst eigens für die Einweihungsfeier konstruiert hatte, weitere drei in Auftrag gegeben und wollte regelmäßig Verkäufer durch Hamburgs Straßen schicken.

»Du wirst sehen, die Leute werden sich so sehr daran gewöhnen, dass sie Hannemanns mobile Schokoläden überall erwarten, bei Hagenbeck, im Park, eben überall, wo man es sich gutgehen lassen will.«

Per rieb sich über die Augen. Er sah müde aus. »Freut mich, dass du schon wieder an neuen Spezialitäten herumtüftelst. Vielleicht solltest du mit dem Alsterpavillon eine Kooperation eingehen. Wenn sich jemand mit Eiscreme auskennt, sind die es. Vielleicht schafft ihr es, Pralinen mit Eis zu füllen.«

»Diese Idee hatte ich auch schon. Ich kann mir nur nicht vorstellen, wie das gehen soll. Die Hohlkörper sind zwar kalt, wenn sie gefüllt werden, aber sie werden zum Schluss noch einmal mit warmer Kuvertüre übergossen, damit Kugel und Deckel miteinander verschmelzen und den unvergleichlichen Glanz bekommen.«

»Hast du mir nicht erzählt, du musstest Tag und Nacht experimentieren, ehe du den Dreh für deine Champagnertrüffel raushattest?«

Frieda nickte. »Eispralinen«, sagte sie leise. »Welch eine Idee! Und die würden wir dann ausschließlich im Alsterpavillon anbieten. Oder im Warenhaus Mendel. Fisch und Fleisch müssen auch gekühlt werden, Mendel kennt sich damit aus.«

Per reckte sich. »Je mehr Verkaufsstellen es gibt, desto besser.«

»Hm«, machte sie und nickte.

»Du siehst nicht gerade überzeugt aus.«

»Weil ich möchte, dass über der Ladentür der Name Hannemann steht. Ein eigenes Geschäft, es war mir ernst, als ich das neulich sagte.« Williamson Tea and Chocolate schoss ihr durch den Kopf.

»Schokoladengeschäfte, Ausbau der Reedereitätigkeiten … Es sieht ganz so aus, als bekämen wir in Zukunft eine Menge Arbeit.« Er stöhnte. »Ich fürchte, ich muss mich vorher ein wenig ausruhen. Sei nicht böse, aber ich würde mich jetzt gern hinlegen. Ich bin mitten in der Nacht aufgestanden, um so früh zurück zu sein. Morgen bin ich wieder frisch, dann können wir über Ladengeschäfte sprechen.«

»Ja, natürlich, du musst vollkommen erledigt sein.« Sie zögerte. »Und da wäre ja auch noch etwas, das wir endlich besprechen sollten.«

Dieser Blick. Ob er nachgedacht hatte und zu dem Schluss gekommen war, sie besser nicht zu heiraten?

»Ja, sollten wir. Morgen.«

Der Sonntag spannte einen blauen, mit weißen Wölkchen betupften Himmel über Hamburg auf. Von Osten hatte der Wind etwas Abkühlung und vor allem frische Luft gebracht, die man wieder atmen konnte. Frieda hatte das Frühstück auf dem Tisch in der Stube gerichtet, durch die Terrassentür strömte der Duft blühender Rosen herein. Per war pünktlich erschienen, Frieda und er nahmen gerade Platz, als es klopfte.

»Ja?« Frieda unterdrückte ein Seufzen, sie wollte es nicht länger herauszögern, sondern mit Per über die Zukunft sprechen. Allein.

Ihr Vater steckte den Kopf zur Tür herein. »Entschuldigt die Störung.«

Per stand auf und rückte ihm einen Stuhl zurecht. »Sie müssen sich doch nicht entschuldigen, es ist schließlich Ihr Haus. Und wir freuen uns. Nicht wahr, Frieda?«

Sie lächelte matt. »Natürlich. Solange es nicht um das Geschäft geht.« Sie schenkte den beiden Kaffee ein.

»Nein, nein, bestimmt nicht.«

»Ich dachte schon, du hast Angst, dass sich Per zu wenig um deinen Import und zu viel um die Reederei kümmert.« Was würde Vater sagen, wenn die Verlobung platzte, und er sich nicht auf diesen tüchtigen Schwiegersohn einstellen konnte?

»Es ist durchaus eine große Aufgabe, die Reederei Møller zu führen und sich gleichermaßen um Hannemann & T … Hannemann & Krüger zu kümmern.« Albert sah Per fröhlich an. »Aber wenn einer zwei Unternehmen gleichzeitig leiten kann, dann bist du es, mein Sohn.« Mein Sohn. Frieda schluckte. Wenn sie nur endlich mit Per reden könnte. Sie musste ihm sagen, wie sehr sie ihn liebte, ehe er es sich wirklich anders überlegte. Einen Moment schien Albert vergessen zu haben, warum er gekommen war. »Aber deswegen bin ich nicht hier«, sagte er dann, griff in die Innentasche seiner Weste und zog ein Kuvert hervor. Wieder zögerte er, dann fragte er Per nach den Geschäften und der Entwicklung in Odense. Er sah abgespannt aus. Ihm könnte eine längere Pause nicht schaden. Wie unkonzentriert er in letzter Zeit war, dass er von einem Thema unvermittelt zum nächsten wechselte, war ihr schon mehrfach aufgefallen. Auch Per wirkte noch immer ein wenig müde. Wahrscheinlich die vielen Stunden in einem stickig-heißen Automobil, dazu die schlechten Straßen, sobald man die Stadtgebiete verließ. So eine Reise war nach nur einer Nacht nicht vergessen. Trotzdem sah er gut aus, fiel ihr auf, die Sonne hatte sein blondes Haar eine Nuance heller gemacht, seine Haut sanft gebräunt. Die Lachfältchen kamen dadurch noch besser zur Geltung, und auch seine Augen schienen in kräftigerem Blau zu strahlen.

»Statt mich um Routine-Dinge zu kümmern, würde ich lieber einen ganz neuen Geschäftszweig entwickeln«, sagte Per gerade. »Regelmäßige Schiffsverbindungen in alle Welt.«

»Aber die gibt es doch längst.« Frieda sah von einem zum anderen.

»Allerdings. Sogar Kreuzfahrten, die allein dem Vergnügen dienen. Der von mir hochgeschätzte Albert Ballin hatte den klugen Einfall, die Passagierschiffe, die im Winter nicht gebraucht wurden, in die Wärme zu schicken. Damaskus, Constantinopel, Neapel.« Vater nickte.

Per legte seine Serviette beiseite. Sah so aus, als rechne er nicht so schnell damit, endlich zu frühstücken. »Das meine ich nicht. Ich spreche von transatlantischen Verbindungen nach Fahrplan. Ein Liniendienst für Waren von Amerika nach Asien und umgekehrt. Das ist die Zukunft!« Die beiden sahen ihn verblüfft an. »Ich sage nicht, dass das meine Erfindung ist, auch das gibt es schon, nur waren wir in diesem Feld bisher nicht aktiv. Mein Vater will lieber eine Werft bauen, aber ich bin überzeugt davon, dass dieser Markt wächst. Man sollte sich daran beteiligen.«

»Klingt vernünftig«, stimmte Albert ihm zu.

»Zumal wir selbst die Schiffe bauen könnten. Von mir aus also auch eine neue Werft. Aber eben zusätzlich, nicht ausschließlich.«

»Es wäre sehr praktisch, wenn du eine Linienverbindung von Hamburg nach Amerika anbieten würdest.« Albert wedelte mit dem Kuvert, das ihm anscheinend wieder in den Sinn gekommen war. »Ich würde sofort eine Passage bei dir buchen.«

Frieda schnappte nach Luft. »Du willst nach Amerika fahren?«

»Wir, Sternchen, wir. Das wünsche ich mir jedenfalls.« Er drückte ihre Hand und lächelte. Mit einem Schlag wirkte er viel jünger und frischer als nur Minuten zuvor. »Wenn ihr euch ein bisschen beeilt, könnte es eure Hochzeitsreise werden.« Frieda fing Pers Blick auf und hielt ihm stand.

Dann wandte sie sich an ihren Vater: »Du machst es aber spannend.«

»Dieser Brief hier kommt aus New York. Vielleicht erinnerst du dich, Sternchen, dass Wilhelm, der jüngste Bruder deines Großvaters Carl, nach Amerika ausgewandert ist.«

»Natürlich erinnere ich mich. Im Speisezimmer in der Deichstraße hing ja seinetwegen immer die Uhr, die die Zeit in New York anzeigte.«

»Jedenfalls ist Wilhelm gestorben.« Er tippte auf den Briefumschlag.

»Dein Onkel also«, stellte Per fest. »Es tut mir sehr leid.«

»Ja, wie traurig!«, stimmte Frieda zu, obwohl sie Wilhelm nie kennengelernt hatte.

»Ich wünschte auch, es wäre ein erfreulicherer Anlass. Und zur Beerdigung werden wir es natürlich auch nicht schaffen.« Vater klang geradezu unanständig fröhlich. »Trotzdem, es ist mein Onkel. War mein Onkel. Ich hatte schon lange vor, ihn drüben zu besuchen. Schon als mein Vater gestorben ist, schließlich sind wir eine Familie, selbst wenn Teile davon am anderen Ende der Welt leben.«

»Das andere Ende ist ohnehin eine Frage des Blickwinkels«, sagte Per lächelnd.

»Das ist es, das ist es.« Albert sammelte sich. »Keine Verbindung kann natürlicher und damit richtiger sein als Familienbande. Ich finde, wir sollten fahren«, erklärte er entschlossen. »Es ist ja keine Reise von Monaten mehr, bei der man auf den Wind angewiesen ist. Wir leben in modernen Zeiten.«

»Was meinst du damit, dass wir fahren sollten?« Frieda verstand nicht recht. »Wir alle? Du und Mutter und ich und …?«

»Jawohl!« Alberts Augen leuchteten. »Nun kann ich zwar nur noch seine Grabstätte besuchen, aber Wilhelm hat drüben eine eigene Familie gegründet. Ich weiß nichts von ihnen. Ich denke, es wäre schön, wenn sich das ändern würde, wenn seine Familie meine kennenlernen würde.«

Es war wie verhext. Nachdem Albert gegangen war, schrie Sarah wie am Spieß, was Per nicht ignorieren konnte. Kurz darauf erhielt er einen Anruf seines Vaters, der ihn über die neueste Entwicklung in Odense informieren wollte. Per nahm das Gespräch entgegen und verabschiedete sich gleich danach.

»Es gibt einiges zu tun. Wir sehen uns heute Abend, ja?«, hatte er gesagt und war gegangen. Nein, mit Hexerei hatte das nichts zu tun, Per ging ihr aus dem Weg. Wurde wirklich Zeit, dass sie beide reinen Tisch machten, selbst wenn ihr wenig gefallen sollte, was dabei herauskam. Frieda aß mit ihren Eltern zu Mittag, was nicht mehr oft vorkam. Albert erzählte aufgeregt von Amerika und dass er sich schon nach einem Schiff erkundigt habe. Rosemarie war seltsam gelassen.

»Da müssen wir so alt werden, um eine solche Reise zu unternehmen, was Röschen?«, sagte Albert zu ihr.

»Mit dir ist man vor Überraschungen eben nie sicher, mein Liebster«, entgegnete sie und tätschelte ihm die Hand.

Am Abend ging Frieda mit klopfendem Herzen die wenigen Schritte herüber zum Haus am Jenischpark. Sie trug ein rotes Kleid und hatte sich ihre silbergraue Stola mitgenommen. Noch war es mild, die Luft war weich wie Seide, doch es konnte später empfindlich abkühlen. Statt zu klopfen oder den Hausschlüssel zu benutzen, ging sie nach hinten in den Garten und von dort auf die Terrasse. Per goss gerade Rotwein in ein feines Kristallglas.

»Da bist du schon. Ich fürchte, dann muss der Wein auf das Atmen verzichten.« Er lächelte und reichte ihr ein Glas. »Ich bin gespannt, wie er dir schmeckt. Es ist ein Blauer Portugieser von Nagel. Ich kenne mich mit Wein nicht besonders aus, habe mir aber sagen lassen, er ist leicht und fruchtig. Gerade richtig für einen warmen Sommerabend.«

»Danke.« Sie schnupperte, kostete. »Er ist gut.« Dann musste sie lachen. »Stell mir jetzt bloß keine Fragen, ich habe nämlich auch keinen Schimmer von Wein.«

»Ich bin überrascht«, begann Per und zündete die Kerzen an, die überall auf der Terrasse verteilt waren. »Ich hätte erwartet, dass du Feuer und Flamme für eine Reise nach Amerika bist.«

Sie musste lächeln.

»Aber du bist es nicht.« Er setzte sich neben sie auf die schmiedeeiserne Bank, auf die er Kissen und Decken gelegt hatte, damit sie es bequemer hatten.

Sperlinge und Meisen hatten sich in ihre Nachtlager zurückgezogen, Grillen zirpten, plötzlich ein langgezogener hohler Ruf, gleich darauf ein zweiter, mit einem Zittern darin dieses Mal.

»Was war das?« Frieda zog sich instinktiv ihre Stola um die Schultern. »Da bekommt man ja eine Gänsehaut, so schaurig klingt das.«

»Gar nicht schaurig. Das ist ein Waldkauz.«

Sie sah ihn überrascht an. »Ich wusste nicht, dass du dich so gut auskennst.«

»Ich bin in Dänemark sehr ländlich aufgewachsen. Wir haben lange außerhalb von Odense gewohnt in einem bewaldeten Gebiet mit einem kleinen See. Als ich zehn war, habe ich einen jungen Waldkauz gefunden, der aus dem Nest gefallen oder gestoßen worden war.« Per lachte leise. »Er hätte nicht gerade einen Schönheitswettbewerb gewonnen mit seinen großen schwarzen Augen und den plusterigen Daunen. Ein wenig erinnerte er mich an einen britischen Richter mit seinen weißen Wellen auf dem Kopf.« Er hing seinen Gedanken nach.

»Und weil du zu spät gekommen warst, um ihm ein Sprungtuch hinzuhalten, hast du ihn adoptiert?«

Er nickte. »Das Käuzchen hat jeden Tag frische Regenwürmer und Fliegen bekommen, als es größer war und sein Hunger auch, gab es Frösche und Mäuse.«

»Da bekommt man ja direkt Appetit.« Sie rümpfte die Nase.

»Er mochte es. Irgendwann war er flügge und konnte sich allein versorgen. Trotzdem blieb er in meiner Nähe.« Er sah sie an. »Naja, er blieb in dem Wald und kam ab und zu sogar in unseren Garten geflogen.«

»Schön«, sagte sie versonnen. So etwas konnte man in einer großen Stadt wie Hamburg nicht erleben.

»Also, Frieda, warum willst du nicht nach Amerika reisen?« Warum hatte sie mit einem Mal das Gefühl, er wollte gar nicht mehr über ihre Heirat reden, sondern sie dazu bringen zu verreisen? Weit weg und lange.

»Ich sage nicht, dass ich nicht möchte. Nur ist der Zeitpunkt nicht günstig. Wir haben gerade erst den Umzug hinter uns. Ich denke, es sollte zunächst einige Wochen Ruhe einkehren, sich alles einspielen. Aber Vater sagt, wir müssten schon in wenigen Wochen aufbrechen, weil dann ein Schiff geht. Ganz bestimmt legen auch nächstes Jahr noch jede Menge Dampfer in Richtung New York ab.« Sie trank einen Schluck Wein. New York. Wenn man es aussprach, prickelte es leicht auf der Zunge. Als junges Mädchen hatte Frieda immer davon geträumt, zu verreisen, die Welt zu sehen. Aber jetzt?

»Erinnerst du dich, was du zu mir gesagt hast, als ich dir den Antrag gemacht habe?« Frieda wurde unbehaglich, nun kam er also doch darauf zu sprechen. »Du sagtest, du bist noch so jung, du wüsstest nicht, ob du schon von jetzt ab für immer in deiner Manufaktur stehen willst und ob du bereits eine Familie gründen könntest.«

»Ich sagte auch, dass ich meine Arbeit und Hamburg liebe«, warf sie halbherzig ein.

Per ließ sich nicht beirren. »Du wolltest Bedenkzeit, um Erfahrungen zu machen, Dinge kennenzulernen …« Sie zog die Stirn kraus, etwas schnürte ihr die Luft ab. Das alles klang so, als wolle er ihr jede Zeit der Welt geben, indem er die Verlobung löste. Bitte, nur das nicht! »Möglicherweise solltest du dir Zeit nehmen für etwas ganz anderes, etwas Neues, ehe du Tag für Tag Schokolade machst.«

»Nein! Du hast mir Bedenkzeit gegeben, und sie war ausreichend«, sagte sie entschlossen. »Ich habe gründlich nachgedacht, und ich will …«

»Das ist gut. Aber du hattest schon recht damals, da draußen gibt es so unendlich viel zu entdecken. Mein Feld ist die Welt. Ist das nicht das traditionelle Motto Hamburger Kaufleute? Du hast gesagt, wir leben in einer Zeit voller Möglichkeiten, und das stimmt. Die Welt ist kleiner geworden, weil Schiffe schneller werden. Bald wird es Flugzeuge geben, die regelmäßig alle Punkte dieser Erde miteinander verbinden. Darum ist die Welt gleichzeitig größer geworden.

Größer für jeden Einzelnen. Es wäre wirklich nicht richtig, wenn du mich jetzt heiratest und deine Manufaktur weiter ausbaust, ohne dass du wenigstens einen Teil dieser Welt gesehen hast.«

Es wäre nicht richtig, wenn du mich heiratest. Seine Worte hallten in ihr nach. Sie hatte also recht gehabt, er wollte die Verlobung lösen. Das wollte er ihr auf schonende Weise mitteilen. »Ich könnte die Gelegenheit nutzen, in unserer Niederlassung nach dem Rechten zu sehen. Ich sagte dir, dass ich das früher oder später tun muss. Warum nicht jetzt?«

»Du würdest uns begleiten?« Damit hatte sie nicht gerechnet.

»Wenn du nichts dagegen hast.«

»Natürlich nicht, ganz im Gegenteil!« Schluss jetzt, dieses Hin und Her hielt sie nicht eine Sekunde länger aus. »Per, wir haben uns nicht verabredet, um über die Amerika-Reise zu reden«, sagte sie. Ihr Atem flatterte vor Angst. »Sei bitte ehrlich zu mir: Hast du es dir anders überlegt? Willst du unsere Verlobung lösen?«

»Wie bitte?« Er sah sie fassungslos an. »Wie kommst du denn auf so etwas?«

»Seit du aus Odense zurück bist, weichst du mir aus. Eigentlich schon vorher. Wir wollten über unsere Hochzeit sprechen, aber immer ist etwas anderes wichtiger.«

»Das sagst du mir?« Er schüttelte den Kopf. »Wenn es nach mir ginge, wären wir längst verheiratet, aber du hast doch immer einen Grund gefunden, noch damit zu warten. Erst musstest du dich um Hans kümmern, dann um Selma, dann kam der Umzug der Firma.«

»Aber das habe ich mir doch nicht ausgesucht«, verteidigte sie sich schroff. »Glaubst du etwa, es gefällt mir, dass mein Bruder ins Gefängnis gekommen ist und hier eine Frau auftaucht, die sein Kind unter dem Herzen trägt? Was hätte ich denn tun sollen, sie einfach im Stich lassen, damit ich für mich ein hübsches Fest planen kann?«

»Selma hat ihr Kind im März geboren. Der Umzug ins Ballinhaus war nicht vor Ende Mai geplant. Meinst du nicht, dass wir gut einen Termin hätten finden können?«

Es stimmte ja, Per hatte sie mehrfach angesprochen, immer war sie es gewesen, die eine Ausrede gefunden hatte, sich noch nicht für einen Tag zu entscheiden.

»Und dann ist dieser Mann aufgetaucht. Ich muss wohl davon ausgehen, dass er von Anfang an der Grund für dein Zögern war. Lege mir bitte nicht in den Mund, dass ich unsere Verlobung lösen will. Wenn du das nämlich willst, musst du schon selbst den Mut haben, mit offenen Karten zu spielen.« Er trank einen großen Schluck Wein. »Das werde ich auch tun. Es gefällt mir ganz und gar nicht, aber ich muss der Wahrheit ins Gesicht sehen. Wenn du diesen Mann noch immer liebst und nur aus reiner Vernunft oder, noch schlimmer, aus Mitleid zu deinem Eheversprechen stehen willst, dann verzichte ich, Frieda.« Wieder nahm er einen kräftigen Schluck.

Mit einem Mal wurde Frieda bewusst, was Per vor wenigen Minuten gesagt hatte: Wenn es nach mir ginge, wären wir längst verheiratet. Ein wohliges warmes Gefühl machte sich in ihr breit. Sie lächelte.

»Offene Karten also? Gern! Jason hat sehr hübsche Vorstellungen für eine gemeinsame Zukunft mit mir«, sagte sie geradeheraus. »Das ist aber auch schon alles. Vor Jahren hat mir das noch genügt. Ein charmanter Mann, der mir Komplimente macht und mit mir die Welt erobern will.« Sie lachte leise. »Dabei konnte er nicht mal seine eigene Freiheit erobern.« Sie sah ihm in die Augen. »Ich bin erwachsen geworden, Per. Als du in Odense warst, und der Hafen brannte, und ich wusste nicht, ob es dir gutgeht, wie ich dich erreichen könnte, da ist mir klar geworden, dass ich dich schon lange nicht mehr nur schätze oder respektiere. Der Gedanke, dass ich dich verlieren könnte, ehe ich dir nur ein einziges Mal gesagt habe, dass ich dich liebe, hat mich fast wahnsinnig gemacht.« Sie sah seinen Kehlkopf hüpfen. »Ich liebe dich, Per Møller, dafür, dass du das linke Auge zukneifst, wenn du verunsichert bist, dafür dass du den Waldkauz nicht getötet, sondern die winzige Chance erkannt hast, die er hatte. Ich liebe dich für deine Verlässlichkeit und deine Beständigkeit. Und ich liebe dich auch für dein Lebensmotto: Man darf kein Unglück zulassen, das durch Sorgfalt und Weitsicht zu verhindern ist. Halte ein Sprungtuch bereit, wenn ein Unglück geschieht, das nicht zu verhindern war! Das ist sehr klug. Du bist sehr klug.« Er nahm ihr das Glas aus der Hand, stellte es mit seinem auf den Tisch. »An dem Abend im Cölln's habe ich gemerkt, dass mir die Zukunft, die Jason in bunten Farben ausgemalt hat, gefällt«, sprach sie weiter. »Nur will ich sie nicht mit ihm. Ich will einen erwachsenen klugen Mann, mit dem ich mir genau die Zukunft aufbauen kann, die in meinem Kopf ist. Ich will dich, Per, ich will dich heiraten, mit dir eine Familie gründen. Wenn ich einmal Hannemann & Krüger leite, will ich dich an meiner Seite wissen. Nicht aus Vernunft und schon gar nicht aus Mitleid, sondern nur aus einem Grund.«

»Ich will ihn noch mal hören«, sagte er. Seine Stimme war ganz rau, in seinen Augen lag ein dunkler Glanz.

»Weil ich dich liebe«, flüsterte sie.

Per zog sie in seine Arme und auf seinen Schoß. Er drückte sie so fest an sich, dass sie um Luft ringen musste. Seine Hände wühlten sich in ihr Haar, seine Küsse bedeckten ihre Lippen, ihr Gesicht. Erst nach einer ganzen Weile gab er sie frei.

»Können wir uns bitte darauf einigen, nicht mehr zu denken, was der andere wohl denkt oder meint, sondern alles direkt zur Sprache zu bringen?« Er hatte eine Leidensmiene aufgesetzt. »Ich bin zu alt, um Zeit mit Ratespielen zu verschwenden.«

Frieda musste lachen. »Du bist mir doch dauernd aus dem Weg gegangen, Per Møller.«

Jetzt lächelte er entwaffnend. »Ich bekenne mich schuldig. Versprich es mir trotzdem!«

»Einverstanden, keine Ratespiele mehr. Immer gradaus, fest und wahr, sei dein Wahlspruch immerdar. Hat schon meine Großmutter gesagt.« Sie küsste ihn, seine Wangen, seine Lippen, seine Nase, die Stirn, wieder die Lippen. »Aber wenn wir nach Amerika reisen wollen, dann verschieben wir unseren Hochzeitstermin also noch einmal?«, fragte sie zwischen den Küssen.

»Kommt nicht infrage!«

»Wie stellst du dir das vor? Wir können wohl kaum innerhalb weniger Tage eine große Feier organisieren, jedenfalls keine, bei der nicht alles gründlich schiefgeht.«

So verunsichert und bedrückt Frieda in den letzten Tagen gewesen war, so leicht und überglücklich fühlte sie sich jetzt. Wenn man nur aussprach, was man fühlte, konnte alles ganz einfach sein. Obendrein hatte Per die Gabe, Dinge mit wenigen Worten in ein anderes Licht zu rücken und ihr zu zeigen, wie unkompliziert sie in Wirklichkeit waren. New York also! Und vorher würden sie heiraten. Wer brauchte schon ein pompöses Fest? Sie wollten als Herr und Frau Møller nach Amerika reisen. Von der Sekunde, in der die Entscheidung getroffen war, erfüllte Frieda unbändige Vorfreude. Und Energie. Immerhin gab es noch einiges zu erledigen. Zum Beispiel musste sie Hans davon erzählen. Wie immer, wenn sie sich dem Zentralgefängnis in Fuhlsbüttel näherte, spürte sie einen Druck auf ihrer Brust, als sei das Atmen hier schwerer. An diesem Nachmittag war ihr besonders beklommen zumute. Ihr Bruder würde über die Neuigkeiten nicht gerade erfreut sein. Vor dem Zuchthaus lief ihr Alfred Fellner beinahe in die Arme.

»Was machen Sie denn hier?« Frieda war vollkommen perplex.

»Mein ganz persönliches Wohltätigkeitsprojekt.« Er musterte sie. »Ihr Bruder hat Ihnen also wirklich nichts davon erzählt.«

»Nein. Sie waren bei meinem Bruder?«

»Wir haben eine Weile in den gleichen Etablissements verkehrt.

Wenn auch aus anderen Gründen.« Er grinste spöttisch. »Jedenfalls haben wir uns kennengelernt. Er interessierte sich für meine Malerei. Als ich hörte, dass er für eine Weile hier wohnt«, er blickte an den dicken roten Backsteinmauern hinauf, »wollte ich ihn zuerst nur besuchen.«

»Und dann?«

»Es hat sich ergeben, dass wir zusammen gemalt haben. Ich habe ihm gezeigt, wie ich ein Bild anfange, und er hat erste Versuche unternommen. Ihr Bruder ist überaus talentiert, Frieda. Wenn er wieder auf freiem Fuß ist, sollte er sich unbedingt mehr mit der Malerei beschäftigen.«

»Es wäre gut, wenn er etwas zu tun hätte«, sagte sie nachdenklich.

»Hans hat mit anderen Häftlingen gesprochen, die ebenfalls malen wollten. Voilà, da hatte ich etwas, womit ich armen Seelen helfen kann, wie ich Ihnen sagte.« Das also hatte er gemeint, als sie ihn auf eine gemeinsame Stiftung angesprochen hatte. Fellner hatte tatsächlich sein ganz persönliches Wohltätigkeitsprojekt gefunden, und wie es aussah, profitierte Hans davon.

Frieda ließ das Ritual über sich ergehen, das jeder durchlaufen musste, der die Anstalt für männliche Gefangene als Besucher betreten wollte. Wie jedes Mal schloss sich eine Faust um ihr Herz, denn der Weg von der ersten Kontrolle, wo sie ihren Passierschein vorzeigen musste, durch den langen Flur mit den hölzernen durchnummerierten Türen bis zu dem Raum, in dem sie Hans an einem kleinen Tisch gegenübersitzen würde, erinnerte sie an das erste Mal. Damals war sie unangekündigt gekommen, um Hans zur Rede zu stellen. Erst kurz zuvor hatte sie erfahren, dass er Jasons Briefe abgefangen hatte. An diesem Tag war das beklommene Gefühl auszuhalten. Die Vorstellung, dass Hans und Alfred sich regelmäßig sahen, erfüllte sie mit Erleichterung. Der Uniformierte, der sie zu dem Besucherraum geführt hatte, nickte ihr zum Abschied zu, ehe einer seiner Kollegen erschien.

»Moin, Fräulein Hannemann«, sagte er freundlich. Mittlerweile kannte wohl jeder, der hier seinen Dienst tat, Frieda Hannemann. »Is 'ne Hitze dieses Jahr, was?« Sie nickte. »Aber heute geht's wohl.«

»Ja, heute kann man's ertragen.« In diesem Gemäuer war ohnehin nichts davon zu spüren. Es war mal kälter, mal weniger kalt, aber immer irgendwie klamm.

»Dann nehmen Sie mal Platz, und ich hole Ihren Bruder.« Schon nach wenigen Augenblicken hörte sie die vertrauten Schritte, die knallend energischen des Aufsehers und leise daneben die schlurfenden ihres Bruders. Frieda atmete noch einmal tief ein und drückte das Kreuz durch, ehe die Tür sich öffnete.

»Noch dreihundertelf Tage«, murmelte Hans, nachdem er sich gesetzt hatte. Erst dann begrüßte er sie. Jedes Mal der gleiche Ablauf.

»Du hast es bis hierher geschafft, du schaffst auch den Rest«, antwortete sie. Auch das einstudierter Text, von dem sie nicht abwich. Sein blondes Haar hatte schon wieder mehr graue Strähnen als bei ihrem letzten Besuch. Oder kam es ihr nur so vor? Konnte ein Mensch so schnell immer grauer werden? Die Wangen waren eingefallen, wodurch sich seine Narbe, die sich von der Braue am rechten Auge vorbei bis fast hinunter zu seinen Lippen zog, deutlich wölbte. Als ihr Blick auf seine Hände fiel, die gefesselt auf dem Tisch lagen, fragte sie ihn, ob er genug zu essen bekäme. Wie mager er aussah!

»Aber ja, kleine Schwester, sie lassen mich schon nicht verhungern.« Er verzog die Mundwinkel, das sollte wohl ein Lächeln sein.

»Nächstes Mal bringe ich dir wieder Schokolade mit.« Sie erzählte vom Brand in Odense, von dem Umzug und davon, dass Ulli Pralinen auf Eis aus einem Bauchladen verteilt hatte.

»Wie geht es ihr?« Er sah Frieda kurz in die Augen, dann aber sofort wieder auf seine Fingernägel, als gebe es dort etwas zu entdecken.

»Ihr geht es gut. Ulli ist unverwüstlich.« Frieda lächelte. Eine Zeit lang hatte sie gedacht, Hans hatte nur aus einem Grund Interesse an

Ulrike. Sie gefiel ihm, er wollte mit ihr schlafen. Doch sie hatte sich getäuscht, er mochte Ulrike wirklich. Er hatte ihrer kleinen Schwester sogar seine alte Holzeisenbahn geschenkt, Heiligtum seiner Kindheit. Inwieweit seine Zuneigung erwidert wurde, konnte sie nicht einschätzen. Frieda wurde bewusst, dass er schweigend vor sich hinstarrte, Ärger stieg in ihr auf. »Selma geht es übrigens auch gut. Und deiner Tochter«, setzte sie scharf hinzu. Kein Wort. Er nickte nur, kaum merklich. »Sarah wird bald ein Vierteljahr alt. Kümmert es dich denn gar nicht, wie sie sich entwickelt?«

Er sah kurz auf. »Ich habe doch nichts mit ihr zu tun. Mein Samen, mehr nicht«, flüsterte er. Frieda wollte ihn schütteln, ihn beschimpfen, so ärgerte sie sich. Doch der Schmerz in seinen Augen hielt sie auf. Er verpasste die ersten Monate seines Kindes und bedauerte das zutiefst. Hans konnte ihr nichts vormachen, auch wenn er noch so ruppig war. Sie schluckte. Leise erzählte sie ein wenig von der Kleinen, doch sie wollte ihm nicht noch mehr wehtun und beendete das Thema rasch wieder. Schweigen. Was sollte man jemanden fragen, der jeden Tag das Gleiche tun musste, der nichts erlebte? Aber er erlebte ja etwas.

»Warum hast du mir nicht gesagt, dass du Alfred Fellner kennengelernt hast, dass er dich besuchen kommt und ihr zusammen malt?«

»Ich wusste nicht, dass es interessant ist.«

»Für mich schon«, erwiderte sie betont fröhlich. Wenn er sich nur weniger bedauern würde. »Kannst du mir etwas zeigen?« Wie sollte er? Falls er überhaupt Bilder hatte, waren sie in seiner Zelle. Er konnte nicht einfach hingehen und sie holen. »Nächstes Mal«, sagte sie leise. Wieder nur ein Nicken, sonst nichts. Die Stille schien sich im gesamten Raum auszubreiten, füllte die Luft zwischen den gekalkten Wänden und waberte über den Boden aus roten Ziegeln. Frieda hielt es nicht mehr aus. »Tja, ich muss dann auch langsam wieder. Ich komme natürlich noch ein paar Mal wieder, aber dann werde ich dich eine Weile nicht besuchen können, eine ziemlich große Weile«, redete sie hastig weiter und versuchte, seine verzweifelte Miene zu ignorieren. »Wir reisen nach Amerika, Vater, Mutter, Per und ich.«

Seine Lippen zitterten. Frieda hielt den Atem an, erwartete, dass er ihr Vorwürfe machen oder in Tränen ausbrechen würde. Beides schwer zu ertragen.

»Ich schaffe das schon«, sagte er plötzlich heiser. »Weißt du, das Schlimmste liegt ja hinter mir.« Er hob den Kopf, starrte durch sie hindurch. »Wie viele Stunden lag ich auf dieser stinkenden Pritsche und habe mir die Seele aus dem Leib …«

Frieda hob die Hand. »Schon gut, Hans, ich weiß, was du sagen willst.« Aber Hans ignorierte sie, seine Augen wanderten im Raum herum, als suche er die Person, die mit ihm gesprochen hatte.

»Ich wollte sterben. Erst die Wochen ohne Kokain, ohne Äther. Nicht mal einen verdammten Tropfen Alkohol habe ich gekriegt.« Sie holte Luft, doch er sprach weiter. »Dann die Schmerzen, die quälende Übelkeit. Kommt vom Äther, hat der Arzt gesagt. Hab mir den Magen versaut. Das tut so verdammt weh, wie ein Messer, das Hackfleisch aus deinen Eingeweiden macht.« Frieda schluckte, dann erst merkte sie, dass ihr Tränen über die Wangen liefen. Er hatte noch nie über die ersten Tage und Wochen hier geredet. Wenn er nur nicht aufhörte. So schwer es auch war, das anzuhören. Ihm würde es helfen, sich endlich alles von der Seele zu reden, hoffte sie. »Meine kleine Frieda, ich habe dir alles kaputtgemacht.«

»Aber nein«, sagte sie sanft und hörte selbst, dass die Worte nicht aus ihrem Herzen kamen.

»Einfach nur sterben. Das wär's. Dann könnten alle aufatmen.« Mit einem Mal sah er sie an, blickte ihr direkt in die Augen. Ganz klar und fest. »Dann bräuchtet ihr euch drüben im Land der unbegrenzten Möglichkeiten keine Gedanken um mich machen. Und auch danach nicht. Nie wieder.«

»Das ist doch Unsinn, Hans!« Sie wischte sich mit dem Handrücken über die Wangen. »Niemand will, dass du stirbst. Sie wollen ihren Sohn zurückhaben und ich meinen Bruder. Wir wollen den Hans, der einmal glaubte, ihm gehört die ganze Welt.« Sie lachte leise und unterdrückte ein Zittern. Von dem Hochsommer draußen kam hier drinnen wirklich nichts an. Feucht war es und viel zu kühl. Sie fröstelte. »Mutter würde es nicht ertragen, dich hier zu sehen, deshalb kommt sie nie. Und Vater … Er hat dir immer wieder die Hand gereicht, er wollte, dass du sein Importgeschäft übernimmst.« Sie zuckte hilflos mit den Achseln. »Du hast es vermasselt.« Hans nickte sehr langsam. Eine Träne hatte sich im Augenwinkel gesammelt und machte sich auf den Weg. Frieda wischte sie mit dem Daumen fort und ließ ihre Hand anschließend auf seinen Fingerspitzen liegen. Ein rascher Blick zum Aufseher, es war in Ordnung. »Mach dir keine Sorgen, ich komme noch einige Male, ehe wir reisen«, wiederholte sie.

»Das musst du nicht. Dreihundertelf Tage, dann komme ich nach Hause. Und dann rühre ich nichts mehr an, das verspreche ich. Keinen Tropfen mehr, und kein gar nichts. Ich gebe dir mein Wort.« Er stand so abrupt auf, dass der Uniformierte alarmiert einen Schritt auf ihn zu machte. »Gute Reise, Schwesterchen. Kommt gesund wieder, ich bitte dich.« Damit drehte er sich zur Tür und ließ sich zurück in seine Zelle bringen.

Während der gesamten Fahrt zurück in Richtung Altstadt hatte Frieda nur einen Gedanken: Was, wenn Hans sich etwas antat? Sie hatte ihm von Amerika erzählt, hatte ihm aber erklärt, dass noch Zeit bis zur Abfahrt blieb. Warum also wünschte er ihr eine gute Reise? Wie sollte sie weiterleben, wenn …? Und ihre Eltern? Sie wären am Ende, zerstört. Frieda hatte schon oft darüber nachgedacht, dass er es tun könnte, aber an diesem Tag war die Angst so übermächtig, dass sie ihr die Luft nahm. Immer wieder machte ihr Atem sich selbstständig, flatterte, brachte ein Schluchzen hervor. Die Leute sahen sie schon an, sie musste sich zusammenreißen. Leicht gesagt, wenn man plötzlich sicher war, der eigene Bruder plane seinen Tod. Die böse Vorahnung fraß sich in ihr fest wie eine grausame Gewissheit. Unsinn, redete sie sich ein, er hatte ihr versprochen, keine Drogen mehr zu nehmen, wenn er nach Hause kam. Das hieß doch wohl, dass er durchaus vorhatte, nach Hause zurückzukehren. Oder er wollte sie in Sicherheit wiegen. Gute Reise. Frieda musste irgendwie die Unruhe, die in ihr war, loswerden, sonst würde sie noch verrückt. Es gab nur eine Methode, mit der sie das zuverlässig erreichte. Frieda stieg am Hauptbahnhof aus und lief den Steinthorwall und den Klosterwall herunter.

»Moin, Fräulein Hannemann!« Rudolf war der Erste, der ihr in der Manufaktur begegnete, sie sah außerdem zwei Arbeiterinnen, die gerade die Arbeitsflächen wienerten. »Ich dachte, Sie kommen gar nicht. War nicht heute Ihr Besuchstag?«

»Doch, Rudolf, ich komme gerade aus Fuhlsbüttel. Mir geht ein Rezept im Kopf herum, das ich unbedingt ausprobieren möchte.« Sie lächelte zaghaft. »Es lässt mir sonst keine Ruhe.«

»Verstehe.« Das tat er vermutlich wirklich. Rudolf kannte sie lange genug, um zu wissen, was die Besuche in Fuhlsbüttel für sie bedeuteten. »Ehrlich gesagt, war ich gerade auf dem Sprung«, druckste er. Dann sah er an sich herunter, an die Stelle, wo ein Unterschenkel hingehörte. »Große Sprünge werden das wohl nicht.« Er lachte. »Also, ich meine, ich wollte mich gerade auf den Heimweg machen …«

»Das kannst du auch, Rudolf. Wir haben noch fertige Vollmilch, nehme ich an?«

»Ja, natürlich, Fräulein Hannemann, ist in dem Bottich, den Sie für Ihre Experimente reserviert haben.« Er grinste.

»Sehr gut, dann komme ich allein zurecht. Schönen Abend, Rudolf!«

Die beiden Arbeiterinnen waren fertig und verabschiedeten sich ebenfalls. Endlich allein, schloss Frieda die Augen und sog den Duft von frisch gemahlenen Kakaobohnen ein. Mit jedem Atemzug wurde sie ruhiger. Schließlich füllte sie aus dem Kupferkessel, den Rudolf als Bottich bezeichnet hatte, Schokoladenmasse in einen Topf und stellte ihn auf den Herd. Auf die zweite Platte stellte sie eine Pfanne, in die sie Wasser und Zucker gab. Während die Flüssigkeit warm wurde, kratzte Frieda das Mark einer Vanilleschote hinzu und rührte gründlich um. Ein lieblicher Duft erfüllte innerhalb weniger Augenblicke den Raum. Frieda holte eine kleine Schüssel Walnüsse, die einer ihrer guten Geister geknackt und von der Schale befreit hatte. Vorsichtig ließ sie sie in die Pfanne gleiten und rührte weiter. Ständig hatte sie einen Blick darauf, dass die Temperatur nicht zu hoch stieg, damit der Zucker nicht verbrannte und bitter wurde. Nur kurz ging sie weg, ein feines Pralinengitter zu holen. Das Vanille-Aroma machte dem köstlichen Geruch gebrannter Nüsse Platz. Herrlich. Frieda liebte diesen Duft, der für sie untrennbar mit den schönsten Kindheitserinnerungen verbunden war. Auf dem Hamburger Dom-Markt, der jeden Winter stattfand, gab es Mandeln, die in großen gewölbten Pfannen auf offenem Feuer geröstet und dabei mit Zucker bestreut worden waren. Ihre Eltern mussten ihr und Hans immer eine Portion kaufen. Sie war mit ihrem Bruder Karussell gefahren, er in einem Polizeiwagen, obwohl er sich zunächst immer zierte, weil er seiner Ansicht nach zu alt für solche Kindereien war, sie am liebsten auf einem weißen Pferd. Es gab Kuriositäten zu bestaunen, wie etwa Buschmenschen mit dunkler Haut, Riesen und Zwerge. Hans hatte am *Hau den Lukas* seine Kraft unter Beweis gestellt und sich über die bewundernden Blicke junger Mädchen gefreut. Sorglose Zeiten. Frieda konzentrierte sich wieder auf die Nüsse in der Pfanne. Es war leicht zu erkennen, wann sie gut waren. War das Wasser verdampft, fingen die Nüsse an, am Holzlöffel zu haften und klebten aneinander, wenn man nicht ordentlich rührte. Außerdem wurde die Flüssigkeit zu einem zähen Sirup, der Fäden zog. Sie schaltete den Herd aus. Jetzt musste es schnell gehen. Frieda löffelte die kandierten Nüsse aus der Pfanne so auf das Gitter, dass sie einander nicht berührten. Nun hieß es warten. Natürlich konnte sie die Zeit auch nutzen, schon mal ein Stückchen zu probieren. Womöglich kam die Vanille nicht genug zur Geltung, dann konnte Frieda mit etwas Vanillezucker nachhelfen. Aber nur solange der Überzug noch feucht war. Sie lächelte und genehmigte sich eine Walnusshälfte. Frieda seufzte. Ein Gedicht! Sie legte einige Formen für Schokoladentafeln bereit, entzündete die Flamme erneut und stellte den Topf mit der vorbereiteten Kakaomasse auf die Platte. Es tat gut, an nichts denken zu müssen. Sie verfolgte den Rührlöffel, der sich durch die dunkel-glänzende Creme schob. Manchmal warf die dicke Flüssigkeit Blasen, wenn sie sehr in Bewegung geriet und sich kleine Wellen bildeten. Friedas Blick verlor sich darin. Alles andere war vergessen. Als das Rühren immer leichter wurde, war es an der Zeit, der Masse die besondere Raffinesse zu geben. Sie ließ ungesüßtes Kakaopulver in den Topf rieseln. Nur nicht zu viel, damit das Ergebnis nicht zu bitter wurde. Zu zaghaft durfte sie aber auch nicht vorgehen, denn Frieda wollte der Süße der kandierten Nüsse etwas gegenüberstellen. Sie prüfte, ob sich das Pulver vollständig in der warmen Schokolade gelöst hatte, ehe sie ein Holzstäbchen eintauchte und probierte. Nicht übel. Mit geübten Handgriffen füllte sie die Formen. Jede musste mehrmals mit Gefühl, aber doch kräftig auf den Tisch geschlagen werden, damit Luftbläschen nach oben wandern und entweichen konnten. Zum Schluss trug sie sämtliche Formen auf einem Tablett zum Kühlschrank, räumte sie sorgfältig hinein und ging dann zurück, um ihre kleine Küche sauber zu machen und aufzuräumen. Ernst hatte ihr zwar mehrfach gesagt, dass sie das nun wirklich nicht selbst machen müsse. Dafür habe sie doch ihre Leute, die das morgens gleich erledigen konnten, aber Frieda mochte ihren Arbeitsplatz nun einmal nicht schmutzig hinterlassen.

Außerdem wäre es doch dumm, die Zeit nicht zu nutzen, in der sie ohnehin warten musste, bis ihre Tafeln fest geworden waren. Erst danach konnte sie sie auskippen und gleichmäßig mit den gezuckerten Walnusshälften belegen, die mit einem Tupfer flüssiger Schokolade aufgeklebt wurden. Fertig.

Ganz in Gedanken versunken, fiel Frieda ihr letzter Besuch bei Clara ein. Sie musste sie unbedingt sehen und fragen, wie es ihr ging. Außerdem wollte sie den Hochzeitstermin mit ihr besprechen. Es würde eine kleine Feier werden, Clara gehörte zu den wenigen Menschen, die Frieda ganz sicher dabeihaben wollte. Per und Albert wollten an diesem Abend über das Geschäft reden, über Import, Linien-Warendienste aus Südamerika, von wo Hannemann & Krüger Kakaobohnen bezog, über die Situation der Reedereien und ganz bestimmt auch über Amerika. Es erwartete sie also niemand. Und vor ihr lag ihre neueste Kreation. Konnte es eine bessere Gelegenheit geben? Clara sollte zuerst die herbe Schokolade mit süßem Nuss-Kuss kosten. Frieda konnte ihr von der bevorstehenden Reise erzählen, und vielleicht ergab es sich, dass sie Clara auf deren Kummer ansprechen konnte. Sie wollte unbedingt wissen, ob es noch immer ihre unerfüllte Liebe zu Hans war, die sie so bedrückte, oder ob es einen anderen Grund für ihre Traurigkeit gab. Frieda musste wissen, ob sie etwas für ihre Freundin tun konnte. Sie würde kein zweites Mal den Fehler begehen, stets anderes vorzuschieben.

»Lust auf etwas Süßes?«, fragte Frieda, als Clara die Tür öffnete.

»Immer! Vor allem, wenn du das fragst.« Clara grinste. »Herein mit dir!«

Wieder stand die Balkontür offen, dieses Mal wehte eine frische Brise.

»Jetzt musst du deinen Angoras bald Jäckchen stricken«, sagte Frieda lächelnd. »Wenn sie noch länger so kahl geschoren im Durchzug stehen, werden sie sich sonst noch erkälten.«

»Sie sind bei mir in den besten Händen«, erwiderte Clara. »Außerdem habe ich noch keines niesen hören. Aber wir sollten drinnen bleiben, da draußen zieht es tatsächlich kräftig. Nicht, dass uns die Schokolade am Ende vom Balkon weht. Das wäre ein Jammer. Was hast du denn Schönes mitgebracht?«, wollte Clara mit leuchtenden Augen wissen. Sie ließen sich an ihrem Couchtisch nieder. Frieda musste daran denken, wie oft sie früher bei Mendels im Warenhaus gespielt hatten. Als Kinder hatten sie sich damit begnügt, hinter Auslagen und Marmorsäulen Verstecken zu spielen, später dann, als sie sich schon wie junge Damen fühlten, interessierten sie sich für Schmuck, für die Abteilung der Stoffe, wo man Kleider nach Maß schneidern lassen konnte, für riesige französische Hüte. Wie viele Stunden hatten sie im Lesesaal zugebracht, hatten sich Tee von den Mitarbeitern servieren lassen und über ihre Zukunft spekuliert. Aber immer, egal wie alt sie gewesen waren, war ihre große Liebe die Abteilung mit Delikatessen aus aller Welt gewesen. Hier hatten sie sich wohlig vor den Fischen gegruselt, die sie aus toten Augen angestarrt hatten, die Mäuler mit spitzen Zähnen darin weit aufgerissen. Es gab exotisches Obst zu bestaunen und natürlich zu kosten. Und dann die Süßwaren! Bonbons in allen Farben, mehrere Sorten Lakritz und nicht zu vergessen Macarons. Mendel war der Erste, der das feine französische Gebäck aus dem Hause Ladurée kommen ließ und zum Verkauf anbot.

Frieda legte zwei Tafeln auf den Tisch. »Ich habe selbst noch nicht probiert. Du sollst die Erste sein.«

»Traust du dich nicht?« Clara sah sie spöttisch an.

»Sehr komisch. Andere würden es für eine Ehre halten.« Frieda zog eine Grimasse, als sei sie beleidigt.

»Und wir sollen jeder gleich eine ganze Tafel verdrücken?«

»Unsinn. Eine ist zum Probieren, die andere ist für dich. Bewahre sie dir gut auf, damit du einen Trost hast, wenn ich weit weg bin.«

Clara sah sie erstaunt an. »Willst du verreisen?«

Frieda nickte. »Es dauert noch ein Weilchen.« Dann erzählte sie: »Vater hat Post aus Amerika bekommen. Sein Onkel, der vor etlichen Jahren ausgewandert ist, ist kürzlich verstorben. Mein lieber Vater meint plötzlich, wir sollten den Familienzweig dort kennenlernen, ehe es zu spät ist und alle tot sind.« Sie verdrehte vielsagend die Augen.

»Fortgehen, weit weg von Hamburg ein neues Leben beginnen.« Clara seufzte schwer. »Es muss ein kluger Onkel gewesen sein.« Ihre Miene war so verschlossen, dass Frieda am liebsten losgeplappert hätte, um sie auf fröhliche Gedanken zu bringen. Sie wollte von der SS Oscar erzählen, mit der sie über Southampton nach New York schippern würde. Aber sie durfte sich nicht vor ihrer Pflicht als Freundin drücken.

»Was ist los mit dir, Clara? Du hast doch etwas. Das ist mir schon häufiger aufgefallen.«

»Was los ist?« Ihr Blick war hart, die Falten, die ihre Mundwinkel nach unten zogen, gruben sich tiefer in ihre Haut. Frieda fürchtete schon, Clara würde ihr Vorwürfe machen, wenn sie auch keine Ahnung hatte, welcher Art die sein sollten. Aber irgendwie fühlte sie sich immer schuldig, seit ihr Bruder … »Wusstest du, dass es Frauen nach jüdischem Glauben nur in den ersten 41 Tagen erlaubt ist, einen Abbruch vorzunehmen?« Damit hatte Frieda nicht gerechnet. Sie schüttelte den Kopf. »Danach zieht die Seele in das Kind ein.« Claras Blick ging in die Ferne. »So heißt es bei uns. Mein Kind war 46 Tage alt, als ich es getötet habe.« Sie sah Frieda direkt in die Augen. »Was meinst du, wo ist die Seele jetzt?«

»Ich weiß es nicht«, stammelte Frieda, »an einem guten Ort, denke ich. Das hoffe ich jedenfalls.«

»Es vergeht kein einziger Tag, an dem ich nicht darüber nachdenke.« Sie senkte den Kopf und blickte auf ihre knochigen Hände. Ebenso dürre Finger wie die von Hans, dachte Frieda. »Ich wollte doch nur, dass Hans mich gern hat, darum bin ich in sein Bett gekrochen, als er bei uns auf der Station lag. Und aus dem gleichen Grund habe ich ihm später dieses Teufelszeug besorgt. Äther!« Sie verzog angewidert das Gesicht. »Ist mir ein Rätsel, wie man das herunterkriegt.«

»Er zahlt einen hohen Preis, hat sich den Magen damit kaputtgemacht«, erzählte Frieda leise.

»Nicht nur er hat einen hohen Preis gezahlt, ich bin auch nicht gerade billig davongekommen.« Clara lachte bitter. »Ich wollte, dass er mich braucht. Sein Blick jedes Mal, wenn ich ihm eine Flasche brachte. In diesen Momenten war ich der wichtigste Mensch in seinem Leben. Für diese Augenblicke hätte ich alles getan.«

Eine ganze Weile war es still in der kleinen Mansarde unter dem Dach. Nur der Wind pfiff immer lauter, und die Kaninchen machten leise knackende Geräusche.

»Liebst du ihn noch immer?« Frieda hielt die Luft an.

Clara ließ sich Zeit mit ihrer Antwort. »Ich habe mich wohl so daran gewöhnt, dass ich gar nicht weiß, wie es anders geht.« Sie lächelte hilflos.

»Wissen deine Eltern von dem …« Frieda stockte. Wie sagte sie es am besten?

»Von dem Kind? Davon, dass ich es umgebracht habe?«

»Du hast es doch nicht umgebracht.« Sie legte ihre Hand auf Claras Arm. »Du musstest … Du hattest doch gar keine andere Möglichkeit. Es wäre zumindest alles sehr kompliziert gewesen«, murmelte sie mit gesenktem Blick. Sie wusste selbst, wie falsch das klang. Natürlich hätte es andere Möglichkeiten gegeben. Clara hätte den Mendels und den Hannemanns reinen Wein einschenken können. Friedas Vater hätte auf jeden Fall dafür gesorgt, dass Clara finanziell abgesichert gewesen wäre. Womöglich hätte er sogar darauf bestanden, dass Hans Clara heiratet. Sie seufzte. Wer weiß, vielleicht hätte diese Ehe ihm gutgetan, diese Frau mit ihrer sanften und verständnisvollen Art, vielleicht hätte eine Liebe daraus erwachsen können, wie es bei ihr und Per geschehen war.

»Ach, Frieda, ich kenne dich so lange. Wenn wir uns auch ein paar Jahre nicht gesehen haben, weiß ich immer noch, was in dir vorgeht.« Frieda sah auf. »Soll ich dir etwas sagen? Du hast recht. Ich hätte mich nur jemandem anvertrauen müssen, dir zum Beispiel. Es hätte eine andere Lösung gegeben.«

»Aber du hast dich allein mit der Entscheidung und der Verantwortung gequält …«

»Nicht ganz.« Sie holte tief Luft. »Ich habe eine Ärztin im Krankenhaus angesprochen. Ich konnte den Eingriff schließlich nicht allein durchführen. Ich hatte größtes Vertrauen in ihre Fähigkeiten, aber nur geringe in ihre Verschwiegenheit. Darum habe ich meinen Eltern gesagt, was los ist. Ich wollte, dass sie es wenigstens von mir erfahren.«

»Sie wissen, dass Hans …?« Plötzlich erinnerte sich Frieda, wie sie damals bei den Mendels gewesen war, um sich endlich mit Clara auszusprechen. Die sonst so sanftmütige und freundliche Mirjam Mendel war abweisend gewesen, wie Frieda es noch nie erlebt hatte. Sie hatte ihr nicht einmal verraten, wo sie Clara finden konnte. Also war Frieda ins Israelitische Krankenhaus gegangen und hatte dort von einer redseligen Kollegin erfahren, dass Clara schwanger gewesen war. Jetzt fügten sich die Mosaikteilchen zusammen und Frieda begriff, warum Frau Mendel so schlecht auf sie zu sprechen gewesen war. So traurig das alles war, so froh war Frieda doch, endlich über all die vermeintlichen Kleinigkeiten zu sprechen, die noch immer ungesagt zwischen Clara und ihr gestanden hatten.

»Ich habe ihnen nicht verraten, wer mich geschwängert hat«, erzählte Clara weiter. »Hans hatte sie doch so schon genug gegen sich aufgebracht. Mit seinem Auftritt in unserem Warenhaus und mit den Lügen, die er über uns verbreitet hat, dass wir betrügen, Etikettenschwindel betreiben.«

»Seinen schrecklichen Auftritt bei euch kann niemand leugnen. Aber die Sache mit den Gerüchten geht vielleicht nicht auf sein

Konto. Er hat immer wieder beteuert, diese Behauptungen nie aufgestellt zu haben.«

»Wer soll es dann gewesen sein?« Clara hob die Augenbrauen. »Mein Vater ist überzeugt, dass es jemand aus eurer Familie war. Er hatte einen sicheren Hinweis.«

»Wie dem auch sei, ich wollte nicht, dass meine Eltern noch schlechter von Hans denken. Sie wussten, wie gern ich ihn hatte, und ahnten, dass nur er es gewesen sein konnte, von dem ich … Aber zugegeben habe ich es nie. Hans hat viel durchgemacht. Man kann ihm nicht die ganze Schuld geben.«

»Hättest du ihn verraten, hättest du heute noch unter dem Dach deiner Eltern wohnen können, habe ich recht?«

»Vermutlich. Nur was wäre dann aus der Freundschaft unserer Väter geworden? Die gibt es heute noch. Treu wie zwei Schwäne, die beiden.« Sie lächelte. »Und das ist gut so. Außerdem hätte ich es sowieso nicht bei ihnen ausgehalten. Der enttäuschte Blick meiner Mutter … Ich musste da raus, so oder so.«

Ein paar Sekunden hingen sie ihren Gedanken nach, dann holte Clara tief Luft. »Was ist nun mit der Schokolade? Ich wusste nicht, dass ich sie nur ansehen darf.«

»Du hast recht, Zeit für etwas Süßes.« Frieda wickelte eine Tafel aus dem Silberpapier und brach einige Stücke ab. »Bitteschön! Ich bin gespannt.«

Clara nahm ein Stück zwischen Daumen und Zeigefinger, den kleinen Finger streckte sie geziert zur Seite. »Hm, mal sehen«, sagte sie, betrachtete die Bruchkante, die makellos glänzte, ehe sie daran schnupperte.

»Du siehst aus wie eins deiner Kaninchen.« Frieda kicherte.

Das Stück Schokolade verschwand zwischen Claras Lippen, sie schloss die Augen. »Ziemlich kräftig«, murmelte sie. Dann biss sie zu. »Reichlich bitter und herrlich süß!« Sie öffnete die Augen wieder. »Du solltest sie Schokolade des Lebens nennen.«

»Ich sollte vor allem Hans eine Tafel davon bringen, wenn ich das nächste Mal zu ihm gehe«, stellte Frieda fest, nachdem sie selbst probiert hatte. »Er ist in einem erbärmlichen Zustand.« Sie erzählte Clara von ihrem Besuch. »Um ehrlich zu sein, hat Hans Schuld, dass ich diese Kreation hier gemacht habe.« Sie deutete auf den Tisch. »Ich mache mir solche Sorgen um ihn. Ich musste mich unbedingt ablenken.«

»Und das kannst du nirgends so gut wie in deiner Schokoladenküche.« Frieda nickte. »Ihr werdet eine ziemliche Weile weg sein. Ich könnte in der Zeit nach ihm sehen.«

»Oh, Clara, du bist die beste Freundin, die ich mir nur wünschen kann. Aber das kann niemand von dir verlangen.«

»Ich nehme an, dann hätte ich es auch strikt abgelehnt.« Sie zwinkerte Frieda zu, stibitzte sich ein weiteres Stückchen und meinte: »Tut mir vielleicht auch ganz gut. Im Zuchthaus kann dein Bruder nicht weglaufen. Kann sein, dass ich ihm einfach mal alles erzähle, was ich seinetwegen durchgemacht habe, wie sehr ich ihn mag, wo er Hilfe bekommen kann. Was meinst du?«

»Würdest du das wirklich tun?« Frieda war zutiefst berührt.

»Man kann ihn doch nicht wochenlang allein lassen.« Clara lächelte ein bisschen gequält, so ganz geheuer schien ihr die Vorstellung selbst nicht zu sein.

»Nein, das kann man nicht. Ich habe große Angst, dass er Dummheiten macht. Vielleicht geht Selma ja mal hin, wobei …«

»Selma hat ihr Kind. Damit hat sie sicher alle Hände voll zu tun. Vor allem, wenn ihr alle nicht da seid und sie es keinem von euch für ein Stündchen geben kann. Sie soll es doch wohl nicht mit ins Gefängnis nehmen.«

»Gott bewahre!«

»Eben.« Nach einem Augenblick sagte Clara: »Dein Bruder

schwängert scheinbar am liebsten jüdische Mädchen, was?« Sie schüttelte langsam den Kopf.

Frieda nahm ihre Hand. »Zu wissen, dass du nach ihm schaust, würde mich sehr beruhigen. Ich bitte dich nur um eins, Clara: Sollte Hans wieder Drogen von dir haben wollen, oder dir wehtun, dich beleidigen, dann stehst du bitte sofort auf und gehst.«

»Das brauchst du mir nicht sagen. So schlau bin ich inzwischen selbst.«

Kapitel 8

An jedem neuen Morgen hätte Frieda platzen können vor guter Laune. Sie ließ keine Gelegenheit aus, Per im Kontor heimlich einen Kuss zu geben, und fieberte jedem Abend mit ihm entgegen. Ihr Tatendrang schien unerschöpflich, es gab ja auch so viel zu tun! Und die Hochzeit rückte immer näher. Frieda hatte eine Liste erstellt, auf der alles stand, was noch zu erledigen war. Einladungen schreiben. Darum würde sie sich an diesem Tag als Erstes kümmern. Zu Rosemaries Kummer hatten Per und Frieda verkündet, dass sie keine große Feier wünschten.

»Nur die Familie und einige wirklich gute Freunde«, hatten sie wie im Chor gesagt.

»Keine Geschäftspartner?« Albert legte die Stirn in Falten. Vermutlich hatte er bereits einigen eine Einladung angekündigt. Doch Frieda und Per schüttelten die Köpfe.

»Was ist mit Senatoren, mit dem Bürgermeister? Ihr wollt doch nicht auf die Anwesenheit dieser bedeutenden Herren verzichten!« Rosemarie senkte den Blick und sagte: »Ich dachte, du bist eine so glänzende Geschäftsfrau, Friederike. Dann solltest du wissen, wie ungünstig es ist, die Herren zu brüskieren.«

»Ach was, Röschen«, widersprach Albert, »kein Mensch ist brüskiert, nur weil er nicht zur Hochzeit kommen darf. Wenn doch, dann spricht das nicht für seinen Charakter.«

»Wenn du meinst.« Sie musste sich wohl oder übel geschlagen geben.

»Nicht ich, Röschen, die beiden meinen es so. Dann soll es auch so sein.«

Frieda hatte in der Manufaktur bekannt gegeben, dass sie an manchen Tagen nicht kommen würde, um sich ganz den Vorbereitungen widmen zu können. Ihre Arbeiter wussten genau, was sie zu tun hatten. Sollte doch etwas unklar sein, konnten sie jederzeit Ernst ansprechen. Ernst. Wenn sie ihm sagte, dass sie sich inzwischen mit Haut und Haar in Per verliebt hatte, würde er aufatmen, da war sie sicher. Er war ihr bester Freund und wollte, dass es ihr gut ging. Er sollte die erste Einladungskarte bekommen. Sie hatten ohnehin ausgemacht, dass er am Abend zu ihr kommen sollte, um das eine oder andere zu besprechen. Unter anderem mussten sie dringend über die Antwort des Kaufmanns aus Venezuela reden, der für Hannemann & Krüger Kakaobohnen auf den Plantagen auswählte.

»Was soll ich mit dieser Nachricht anfangen?«, fragte Frieda, kaum dass Ernst sich in einem der Korbstühle auf der Terrasse niedergelassen hatte. »Das Geld für ein Telegramm, in dem nur steht, dass es nicht mehr Criollo gibt, hätte er sich sparen können. Hat er meinen Brief denn nicht gelesen? Ich habe ihn ausdrücklich gefragt, ob er Möglichkeiten sieht, von anderen Kakaobauern Ware zu beziehen, und ob es sich um eine vorübergehende Knappheit handelt, um eine schlechte Ernte vielleicht.«

»Holst du auch mal Luft, oder kippst du gleich aus den Latschen?« Ernst griente.

»Entschuldige«, sagte sie. »Hast ja recht. Es ist nur so ärgerlich, da wartet man wochenlang auf eine Antwort, und dann das.«

»Jo, ist wirklich dösig.«

»Kann ich dir etwas zu trinken anbieten?«

»Na, das will ich wohl hoffen.« Seine Augen blitzten.

»Ich habe einen Kirschlikör von Nagel.«

»Oha! Erst mal 'n Bier, wenn du hast. Auf den Likör komm ich später zurück, wenn das Dienstliche besprochen ist.«

»Gern.«

Das Dienstliche war recht bald besprochen. Sie beschlossen gemeinsam, eine weitere Bestellung Criollo-Bohnen zu tätigen und ein Schreiben beizulegen, in dem sie ihren Geschäftspartner in Venezuela aufforderten, ihnen Einzelheiten über die Lieferbarkeit von und mögliche neue Quellen für Edelkakao mitzuteilen. Schon bald hielt Frieda es nicht mehr aus. Sie holte das Kuvert mit der Einladung und reichte es ihm.

»Huch, was ist das denn?«

»Lies, dann weißt du es.« Sie strahlte und beobachtete ihn. Er öffnete den Umschlag höchst umständlich. »Der Termin steht endlich fest«, sagte sie, ehe sie noch vor lauter Vorfreude und Aufregung platzte.

»Oh, ach so.« Ernst ließ das feine Papier sinken.

»Ja, ich weiß, du glaubst nicht, dass es nun wirklich passiert. Es ist aber so. Der Termin steht, es gibt kein Zögern und Zaudern mehr.« Er zog eine Augenbraue hoch. »Es war nicht meine Schuld, dass wir die Heirat immer wieder verschieben mussten. Nicht nur. Aber jetzt geht es wirklich los.«

Noch immer hatte er die Einladung nicht gelesen. »Bist denn glücklich mit ihm?«, wollte er stattdessen wissen.

»Ja, das bin ich, sehr sogar«, erwiderte sie, ohne zu zögern.

»Denn ist gut.« Er sah sie lange an, ein Schimmern in seinen Augen. »Ist nicht, weil ich nicht mehr dran geglaubt hab.« Er konzentrierte sich plötzlich auf seine Hände, die er, die Finger ineinander verschränkt, auf den Tisch gelegt hatte. Kräftige Hände, die zupacken konnten, rissige Haut von Wind und Salzluft gegerbt.

»Sondern?«

»Frieda, ich komm nicht zu eurer Hochzeit.«

»Wie bitte? Aber du hast doch nicht einmal einen Blick auf die Einladung geworfen. Wie kannst du da schon wissen, dass du keine Zeit hast?«

»Es geht nicht um Zeit. Oh nee, ich glaub, nu brauch ich doch 'n lütten Kirsch, wenn ich dir das erzählen soll. Nee, man lieber gleich 'n großen.«

»Kommt sofort«, sagte sie beklommen und holte die Flasche mit zwei Gläsern. Eine Erinnerung stieg in ihr auf, die sie verdrängt hatte. Genau wie jetzt hatten sie beide auf ihrer Terrasse gesessen. Frieda hatte ihm erzählt, was in Berlin vorgefallen war, wie schrecklich es für sie gewesen war, ihren Bruder zu verraten und der Polizei zu übergeben. Sie hatten auch darüber gesprochen, dass Ernst das Geld, das er Albert Hannemann geliehen hatte, nicht zurückhaben, sondern lieber in eine Teilhaberschaft umwandeln wollte. »Was du mir sagen willst«, begann sie, nachdem sie einander zugeprostet und den ersten Schluck getrunken hatten, »hat nicht zufällig mit dem Abend zu tun, an dem ich aus Berlin zurück war, und du mir von deiner bevorstehenden Segeltour erzählt hast?« Ernst nickte. Also doch. Sie erinnerte sich, dass er die ganze Zeit an seiner Jackentasche herumgenestelt hatte, als sei darin etwas Wichtiges verwahrt. Ein kleines Kästchen womöglich.

»Ich war aber auch 'n Döösbaddel!«, kam es mit einem Mal aus ihm heraus. »Weißt noch, was ich zu dir gesagt habe? Ehe du so'n fremden Dänen heiratest, da könntest du doch lieber mich nehmen. Ist doch fast logisch. So'n dummes Zeug hab ich geredet.« Er schüttelte den Kopf, leerte sein Likörglas und stellte es Frieda hin. Sie schenkte nach. »Wirklich, bannig romantisch! Du musstest ja denken, dass ich wie so'n Kaufmann denke.«

»Tust du das denn nicht?« Sie versuchte, ihn ein wenig aufzuheitern.

»Normal schon, aber doch nicht, wenn ich einer Frau einen Antrag mache.«

Er hatte es also ernst gemeint damals. Etwas in ihr hatte das immer gewusst, nur war Ernst doch ihr bester Freund. Niemand heiratete seinen besten Freund. »Die Zeit auf dem Segelboot war meine

Rettung. Da konnt ich wieder zu mir kommen und klar denken. Das Meer roch so gut. Und denn das Knallen der Segel, wenn der Wind so mit Karacho dagegenschlug. Das war schön! Trotzdem hab ich jeden Tag an dich gedacht und mich geärgert, dass ich mich so dösig angestellt hab.«

Es brach Frieda das Herz. Ernst gehörte zu den wichtigsten Menschen in ihrem Leben, und sie wünschte sich so sehr, dass es so bliebe. Wie gern würde sie ihn trösten, nur war sie vermutlich genau die Falsche dafür. Sie wollte etwas sagen.

»Nee, lass man, ist schon gut. Ich hab das denn selbst begriffen. Dass ich mir nur was vorgemacht hab, dass ich nix vermasselt hab. Du bist ’ne kluge Frau, Frieda, du hast schon kapiert, was ich mir da zurechtgestammelt habe. Wenn du mich hättest haben wollen, dann hättest du mir das gesagt. Denn hättest du den dösigen Antrag trotzdem verstanden und angenommen. Hast du aber nicht.« Er stürzte den nächsten Likör in einem Zug herunter und ließ den Kopf hängen wie der sprichwörtliche begossene Pudel.

»Ach Ernst, es tut mir so leid. Ich habe etwas geahnt damals, aber ich war mir nicht sicher.« Sie nahm sein Glas. »Noch einen?«

»Mindestens.«

»Das mit Per war schon so gut wie beschlossene Sache. Ich wusste einfach nicht …«

»Ja, nu krieg dich man wieder ein.« Er probierte ein Lächeln. »Ich war auf großer Fahrt, das hat mir bannig gut gefallen. Außerdem bin ich nu ein Teil von Hannemann & Krüger. Muttern sind die Tränen gekullert vor Freude, als ich ihr das erzählt hab. Ich krieg selbst noch jedes Mal ganz wässrige Augen, wenn ich da so über nachdenke. Ich bin jetzt so’n richtiger feiner Herr, ’n hanseatischer Kaufmann. Das ist doch auch was! Und weißt du, Frieda, irgendwann bin ich mal dein Kompagnon. Vielleicht denn bei Møller & Krüger. Klingt auch nicht so übel.« Seine Zunge schien ihm schwer zu werden. »Auf jeden Fall werde ich immer in deiner Nähe sein und kann immer auf dich aufpassen. Das muss mir eben genügen.« Er machte eine lange Pause. »Nur mit angucken, wie du seine Braut bist, nee, das kann ich nicht.«

Frieda und Per heirateten am siebten August 1925. Am Tag zuvor hatten Spreckels Leute Friedas Möbel, Kleider und andere persönliche Dinge in das Haus am Jenischpark gebracht. In Friedas eigene Villa an der Elbchaussee, in der sie mit Per leben würde, ein überwältigender Gedanke! Gertrud Krüger kam am Morgen, um Frieda ihren Brautstrauß zu bringen. Sie hatte sich eine Zeit lang etwas Geld dazuverdient, indem sie auf Tanzveranstaltungen Blumen verkauft hatte. Für das Kakao-Dinner hatte sie die Gestecke gemacht, die jeden der Tische geziert hatten. Gertrud hatte ein goldenes Händchen im Umgang mit Blüten, Schleifen und Gräsern.

»Ach, Mädchen, ich sehe dich noch auf allen vieren durch die Küche krabbeln«, sagte sie. »Jetzt bist du eine erwachsene Frau und wirst selbst bald Kinder haben. Wo ist bloß die Zeit geblieben?« Sie seufzte.

»Ich weiß es nicht, Gertrud.« Frieda musste schlucken, schon die ganze Zeit kämpfte sie gegen die Tränen. Sie fühlte sich schrecklich zerrissen. Ihr Entschluss, Per zu heiraten, schien ihr das einzig Sichere zu sein. Für Jason war es ein Schock gewesen, als sie ihm ihre Entscheidung mitgeteilt hatte. Selbst der Anblick seiner zutiefst enttäuschten Miene und selbst seine Versuche, sie doch noch zu überzeugen, hatten sie nicht für eine Sekunde ins Wanken bringen können. Was ihr allerdings zu schaffen machte, war der Umstand, dass ihr Bruder diesen für sie so wichtigen Moment nicht miterleben konnte. Sie hätten warten können. Nicht einmal mehr ein Jahr, dann wäre Hans frei und könnte mit ihr feiern. Nur wollte sie Per diese erneute Wartezeit nicht zumuten. Und sich selbst auch nicht.

Sie hatte ihr Glück gefunden und wollte es mit beiden Händen festhalten.

»Zeit«, sagte sie in Gedanken, während Gertrud ihr das Kleid auf dem Rücken schnürte. »Wenn man etwas nicht abwarten kann, scheint sie überhaupt nicht zu vergehen. Erlebt man etwas Schönes, ist es im Handumdrehen vorbei.«

»Sitzt es so gut, oder soll ich es noch fester binden?«

»Ein bisschen fester darf es ruhig sein. Das Band wird sich ohnehin etwas lösen, wenn ich mich bewege, oder?«

»Ja. Nicht, dass du dann nackig dastehst.« Gertrud lachte.

»Für meinen Bruder vergeht die Zeit sicher quälend langsam, während ich manchmal nicht weiß, woher ich mir noch eine Stunde stehlen kann, um alle Pflichten zu erfüllen.«

»Bist sehr traurig, dass er nicht kommen kann, was?«

Der Kloß, der sich kurz davongemacht hatte, war zurück in ihrem Hals. »Ja, es ist sehr schade. Er ist doch mein einziger Bruder.«

»Lass den Kopf man nicht hängen, Deern.« Auch Gertruds Stimme klang gefährlich brüchig. Sie war dafür bekannt, nah am Wasser gebaut zu haben, wie man so sagte. »Dass der Ernst dich auch noch allein lässt, das ist nicht in Ordnung.« Frieda drehte sich zu ihr um. Gertrud trat einen Schritt zurück, ihre Augen liefen über. »Ach Gott, Mädchen, du siehst so schön aus!«

»Wirklich? Ich fühle mich ganz fremd.«

Gertrud tupfte sich die Wangen und führte sie zu einem großen Spiegel. »Sieh dich nur an. Gar nicht fremd, nur wunderhübsch.«

Eine Gänsehaut lief über Friedas Körper. Wie oft hatte sie sich diesen Moment ausgemalt. Einen Mann heiraten, den sie liebte, mit dem sie ihr Leben verbringen wollte. Jetzt war es so weit.

Sie wandte sich zu Gertrud um. »Es ist sehr wohl in Ordnung, dass Ernst heute nicht hier ist. Er fehlt mir. Sehr sogar. Aber ich verstehe ihn und muss seine Entscheidung respektieren.«

Gertrud nickte langsam. »Hat er's dir doch gesagt. Hätte er man früher machen sollen, der dumme Junge. Naja, hätte auch nichts geändert. Der liebe Gott lenkt schon alles zum Besten. Mein Ernst ist noch jung, der wird schon noch 'ne liebe Deern mit großem Herzen finden.«

»Das wünsche ich mir auch.« Frieda nahm Gertrud in den Arm und drückte sie an sich. »Ich bin froh, dass du unsere Einladung trotzdem angenommen hast. Du bist wie eine zweite Mutter für mich, warst immer da, mein ganzes Leben. Es wäre schrecklich, ohne dich vor den Altar treten zu müssen.«

»Nu hör aber auf!«, schluchzte Gertrud. »Und glaub man bloß nicht, dass ich da vorne mit hingehe. Denn gibt's nur 'ne Pfütze, in der der Pastor glatt ertrinkt.« Sie schnäuzte sich. »Höchste Zeit, dass wir uns auf den Weg zur Kirche machen. Deine Eltern warten sicher schon.«

Nicht nur ihre Eltern, sondern auch Friedas Brautjungfer Clara wartete am Portal des Hauses. Sie trug ein zartrosa Kleid und einen Kranz in den Haaren. Rosemarie nestelte fahrig an ihrer violetten Robe herum. Frieda hätte nicht erwartet, dass sie so nervös sein würde. Albert bekam glänzende Augen, als Frieda ihnen über den Kiesweg entgegenkam. Gertrud trug ihre Schleppe, das hatte sie sich nicht nehmen lassen.

»Mutter des Kompagnons, papperlapapp!«, hatte sie geschimpft. »Ich habe deiner Mutter schon mit ihren Kleidern geholfen, also helfe ich dir auch mit deinem.«

»Wie schön du bist, Sternchen!« Albert trat ihr entgegen und küsste sie auf die Wangen.

»Ja wirklich, richtig damenhaft, trotz der viel zu kurzen Haare«, kommentierte Rosemarie und küsste ihre Tochter ebenfalls.

»Per wird Augen machen«, sagte Clara. »Seine Erwartungen sind bestimmt hoch und werden sicher noch übertroffen.«

»Danke, Clara.« Sie drückte ihre Freundin an sich. »Wenn wir noch lange hier herumstehen, wird er eher enttäuscht sein. Dann kommen wir nämlich zu spät zur Kirche.« Frieda schluckte die Rührung herunter und wollte sich auf den Weg machen.

»Das wäre nicht schön. Wo sich dein Bräutigam doch solche Mühe gegeben hat. Sagtest du nicht, Per sei kein Romantiker?«

»Nein, das ist er nicht. Was …?« Sie folgte Claras Blick und entdeckte eine weiße Kutsche mit vier weißen Pferden davor, die auf der Elbchaussee wartete.

»Das ist nicht romantisch, das ist standesgemäß, würde ich sagen. Wenigstens in diesem Punkt hat dein Bräutigam seine Zurückhaltung mal vergessen«, stellte Rosemarie zufrieden fest, nahm Alberts Arm und marschierte los.

Sie fuhren die Elbchaussee ein Stück rauf in Richtung Blankenese. Es war nicht weit bis zur Nienstedtener Kirche, die Frieda sich für ihre Trauung gewünscht hatte. Ein bescheidener Fachwerkbau unweit ihres zukünftigen Zuhauses. Mutter hatte die prächtige Michaeliskirche im Sinn gehabt oder wenigstens die Hauptkirche St. Katharinen.

»Sie steht direkt an deinen geliebten Speichern und war im Mittelalter immerhin die Kirche der Kaufleute. Ich verstehe nicht, was du gegen St. Katharinen hast.«

»Ich habe gar nichts gegen die Kirche, du hast schon recht, sie hätte auch sehr gut zu uns gepasst. Aber sie ist mir zu groß.«

Die Sonne strahlte von einem blauen Himmel, der sich zur Feier des Tages ein paar weiße Wölkchen angesteckt hatte.

»Gutes Wetter, gute Ehe«, betonte Gertrud immer wieder.

Frieda fühlte sich wie in einem Traum. Es machte ihr fast Angst, wie perfekt alles zu sein schien. Es konnte doch nur schlechter werden, oder nicht? Wenn man so glücklich war, passierte bestimmt etwas Schreckliches, das einen auf den Boden der Tatsachen zurückbrachte. Unsinn, dummer Aberglaube. Frieda sah ihre Eltern an, dann Gertrud. Alle sahen einfach nur glücklich aus. Daran würde sich so bald nichts ändern. Vor dem Portal unter dem großen weißen Sprossenfenster stand ein blonder Mann, von ihnen abgewandt. Sie war so gespannt, wie Per wohl aussehen mochte. Frieda hob ihr Kleid an, stieg aus und sah wieder zu ihm herüber. Sie hörte ihre Mutter laut aufschluchzen, verstand nicht gleich. Dann dämmerte es ihr, dass etwas falsch war an dem Bild des vor der Kirche wartenden Bräutigams. Er müsste zur Straße schauen, er wusste doch, dass die Kutsche dort auftauchen würde. Doch er drehte ihnen den Rücken zu. Wie in Trance ging Frieda einen Schritt nach dem anderen auf ihn zu. Das war nicht Per.

»Du musst dich zusammenreißen, Röschen, bitte«, hörte Frieda ihren Vater auf ihre haltlos weinende Mutter einreden. »Du wusstest es doch, hm?«

Frieda blieb wie angewurzelt stehen. Jetzt wusste sie es auch, doch sie traute ihren Augen nicht. Erst als sich ihr Bruder langsam zu ihr umdrehte, erlaubte sie sich, ihr großes Glück zu glauben.

»Hans!« Sie hob das Kleid ein Stück höher, damit sie rennen konnte. Es spielte keine Rolle, ob die Schleppe schmutzig wurde. Sie hätte abreißen können, es hätte Frieda nicht gekümmert. Sie flog ihrem Bruder in die Arme.

»Du hast doch nicht gedacht, dass ich meine Schwester an ihrem großen Tag allein lasse«, flüsterte er an ihrem Ohr.

»Ach Hans, ich freue mich so.« Sie bebte, weinte an seiner Brust. Es dauerte, ehe sie sich ein wenig von ihm lösen und klare Sätze zustande bringen konnte. »Haben Sie dich vorzeitig entlassen? Ich hatte schon so ein schlechtes Gewissen, dass wir nicht warten, bis du frei bist.« Sie drückte ihn wieder an sich, wollte ihn nie wieder hergeben.

»Bedanke dich bei Mutter. Sie hat dafür gesorgt, dass ich für einen Tag aus dem Knast darf.«

Frieda schob ihn ein Stück von sich, um sein Gesicht betrachten zu können. Kein Anzeichen dafür, dass er sie auf den Arm nehmen wollte. Jetzt erst fielen ihr zwei Uniformierte auf, die diskret im Hintergrund blieben, aber bereit, Hans sofort auf den Fersen zu sein, falls er einen Fluchtversuch unternehmen würde. Frieda drehte sich zu ihren Eltern um, die nun zu ihnen kamen.

»An einem so bedeutenden Tag gehört eine Familie ja wohl zusammen«, erklärte Rosemarie ungewohnt resolut. »Das habe ich den Herren in Fuhlsbüttel erklärt.« Frieda konnte es nicht fassen, ihre Mutter hatte ihren Sohn nicht ein einziges Mal im Gefängnis besucht, doch sie war hingegangen, um für Hans einen Tag Freigang zu erbitten.

»Danke, Mutter!« Frieda fiel ihr um den Hals. »Das ist das allerschönste Hochzeitsgeschenk!«

Die Zeremonie und das anschließende Fest übertrafen Friedas Erwartungen bei Weitem. Gertrud hatte die kleine Nienstedtener Kirche mit Sträußchen geschmückt, die an den Wangen der Bänke und zu beiden Seiten des Altars angebracht waren. Ein rot-weißes Blumenmeer zu Ehren von Pers dänischer Familie. Die, gemessen am Alter des Gotteshauses, neue Orgel klang wundervoll, kräftig und gleichzeitig zart. Dass sie in Dänemark gebaut worden war, wusste Frieda vorher nicht, aber es passte im doppelten Sinn, fand sie.

»Mutter hatte etwas vom kleinsten Kreis gesagt«, raunte Hans ihr zu, als sie zum Hotel Jacob fuhren, wo ein Quartett auf sie wartete, das zum Essen klassische Untermalung und später Tanzmusik spielte. »Wie hätte um Himmels willen eine große Feier ausgesehen?«

Er hatte recht, neben den Mitarbeitern der Manufaktur, der Belegschaft von Hannemann & Krüger, darunter Buchhalter Meynecke, sehr elegant in Frack und mit Zylinder, war Quartiersmann Spreckel genauso mit von der Partie wie Clara, Ulli und Marianne, Selma und selbstverständlich Pers Eltern, seine Geschwister und seine besten Freunde aus Kindertagen und Studium. Die Gesellschaft war größer geworden, als gedacht. Immer wieder musste Frieda Fragen nach Ernst beantworten.

»Der muss hier die Stellung halten, wenn wir bald auf Reisen sind«, sagte sie jedes Mal. »Darum nutzt er jetzt die Zeit und segelt in einer internationalen Regatta mit.«

Sie aßen gut, lachten und tranken viel. Albert hielt eine Rede, ebenso Pers Vater Peter. Hans benahm sich anständig, er wirkte trotz der beiden Uniformierten, von denen immer einer zugegen war, regelrecht ausgelassen. Mit jeder Stunde wurde er allerdings stiller und betrübter. Sein Ausgang war begrenzt, um Mitternacht musste er zurück sein, aber es war so viel besser, als wäre er gar nicht dabei gewesen. Frieda beobachtete, dass Selma lange mit ihm sprach. Freundlich, wie sie erleichtert feststellte, aber auch sehr ernst. Ehe er sich verabschieden musste, vertraute er Frieda an, sie verlange von ihm, Sarah zu verschweigen, dass er ihr Vater war.

»Jetzt und in Zukunft. So hat sie sich ausgedrückt«, sagte er leise. »Sarah soll irgendwann wissen, dass ich dein Bruder bin, das müsse genügen. Ich kann Selma schon verstehen, aber ich bin mir nicht sicher, ob ich das auch akzeptieren kann. Immerhin ist Sarah auch meine Tochter.« Er räusperte sich.

»Du hast noch Zeit, darüber nachzudenken«, erwiderte Frieda.

Er lachte bitter. »Im Nachdenken habe ich inzwischen Übung. Immerhin will Selma unseren Kontakt nicht unterbinden, sie droht aber damit, für immer wegzugehen, wenn ich Sarah je die Wahrheit sagen sollte.«

Frieda streichelte ihm aufmunternd über den Arm. »Vorerst musst du dich damit wohl zufriedengeben. Wer weiß, wie Selma denkt, wenn du erst wieder ein freier Mann bist und sie sieht, wie sehr du dich verändert hast.«

Frieda hatte davon abgesehen, von einer gemeinsamen Zukunft für ihn, Selma und Sarah zu sprechen. Denn sie hatte im Laufe des Abends auch beobachtet, dass Clara und Hans sich unterhielten. Die Art, wie Hans Clara ansah, gefiel Frieda ausgesprochen gut. Kein Wunder, sie hatte sich verändert, war nicht mehr das kleine

Mädchen, das blauäugig in sein Bett gekrochen war. Nicht einmal Ulli schien seine Aufmerksamkeit von Clara ablenken zu können. Ihr Bruder und ihre beste Freundin, diese Vorstellung hatte sie schon einmal gehabt. Man konnte nie wissen, vielleicht wurde sie doch noch Realität.

Auch die Hochzeitsnacht übertraf Friedas Vorstellungen in jeder Hinsicht. Per war ebenso zärtlich wie leidenschaftlich. Sie hatte geglaubt, mit einem Mann zu schlafen, würde immer auch wehtun, doch es war einfach nur berauschend. Außerdem hatte sie gedacht, nach einigen Küssen und Zärtlichkeiten würde es schnell geschehen und wäre nach kürzester Zeit auch schon vorbei. Das Gegenteil war der Fall. Per war ein erfahrener Liebhaber, und er schien ihr gleich in der ersten gemeinsamen Nacht alles zeigen zu wollen, was sie gemeinsam zu höchster Erfüllung bringen konnte.

Kapitel 9

»Röschen, du überraschst mich.« Albert tätschelte die Hand seiner Frau. Wenige Tage nach der Hochzeit saßen Per und Frieda im Speisezimmer der Hannemanns. Letzte Lagebesprechung vor großer Fahrt hatte Albert es genannt und die beiden zum Abendessen herübergebeten. »Uns bleibt nur noch ein Tag. Morgen müssen wir alle packen, und du hast noch kein Wort darüber verloren, was du alles brauchen wirst, welche Kleider du mitnehmen sollst und dass du unbedingt noch neue Garderobe benötigst.« Er sah sie liebevoll an.

»Ich komme nicht mit«, sagte Rosemarie knapp. Albert fiel der Dessertlöffel, mit dem er gerade noch die hervorragende Vanillecreme verspeist hatte, klirrend in die Schale. Frieda sah irritiert von ihm zu Per und dann zu ihrer Mutter. Es war nicht Rosemaries Art von Humor, einen Scherz mit ihnen zu treiben. Sie meinte es absolut ernst.

»Aber Röschen, es wird ein Abenteuer!« Albert konnte seine Enttäuschung nicht verbergen, nicht vor Frieda. »Ich hatte dir gesagt, wie viel mir daran liegt, die Familie meines Onkels kennenzulernen, und dass sie auch euch kennenlernen«, sagte er nachdrücklich.

»Meine Familie ist hier. In Fuhlsbüttel.« Rosemarie kämpfte offenbar mit jedem Wort. »Ich werde keine Vergnügungsreise unternehmen, während Hans in einem dunklen dreckigen Verließ verrottet.«

»Du hast ihn bisher nicht ein einziges Mal besucht«, rutschte Frieda heraus, ehe sie darüber nachdenken konnte. Natürlich erntete sie einen vorwurfsvollen Blick ihres Vaters. »Ist doch so«, sagte sie kleinlaut.

»Aber ich habe dafür gesorgt, dass er an eurer Hochzeit teilnehmen kann, wie es sich gehört«, erinnerte Rosemarie sie.

»Dafür werde ich dir immer dankbar sein, Mutter. Trotzdem. Es war Zeit genug. Vor unserer Hochzeit und danach. Warum ausgerechnet jetzt, wo wir zusammen wegfahren wollen?«

»Bisher war seine Familie in Hamburg und konnte sich um ihn kümmern.« Typisch Mutter. War es denn so schwer, es auszusprechen? Konnte sie nicht sagen, dass es ausschließlich Frieda war, die Hans besuchte? Sie musste ja nicht gleich vor Dankbarkeit in Tränen ausbrechen. »Ich werde meinen Sohn nicht allein lassen.« Damit war für sie der Fall erledigt. Vater sah so niedergeschlagen aus, dass Frieda das Herz wehtat.

»Ich habe mit Clara gesprochen. Sie wird ihn besuchen«, sagte sie. Hoffnung blitzte in Vaters Augen auf.

»Die kleine Mendel? Ausgerechnet!« Rosemarie warf ihre Serviette auf den Tisch, sie landete auf der Dessertschale. »Sie hat meinen Hans doch überhaupt erst zu all den Dummheiten getrieben. Hätte sie ihn nicht immer wieder derartig bloßgestellt, hätte er sich nicht so ungehörig benommen.«

»Das ist doch nicht wahr, Mutter!« Dieses Mal ignorierte Frieda den warnenden Blick ihres Vaters. »Was Hans Clara angetan hat, ist deutlich schlimmer. Ich kann verstehen, wenn sie ihn nicht immer nett behandelt hat. Und was er in Vaters Kontor angerichtet hat, war nicht ungehörig, es war kriminell. Deshalb sitzt er hinter Gittern. Und das hatte nun wirklich nichts mit Clara zu tun.«

Kurz sah es so aus, als wolle Rosemarie das letzte Wort haben, aber dann schwieg sie doch.

»Überlege es dir noch einmal«, meinte Albert versöhnlich. »Du wirst furchtbar einsam sein. Und stell dir nur vor, was du alles versäumen wirst!«

»Besser einsam, als zehn Tage oder noch mehr an Bord eines schwankenden Schiffes! Das versäume ich gern.« Aha, daher wehte der Wind. »Und auf dem Rückweg die ganze Tortur noch einmal.«

»Glaube mir, liebe Rosemarie, man gewöhnt sich sehr schnell daran«, warf Per ein. »Am ersten Tag bewegt man sich, als hätte man einen Schwips, aber dann merkt man das stete Auf und Nieder gar nicht mehr.« Er sah sie fröhlich an.

»Stetiges Auf und Nieder«, flüsterte sie. »Fahrt ihr nur! Ich werde schon nicht vor Langeweile umkommen.« Sie rang sich ein schmales Lächeln ab. Die Vorstellung, Wochen allein in der Villa zu verbringen – von zwei Dienstboten abgesehen, die ihre Kammern im Haus hatten –, gefiel ihr keineswegs, das war nicht zu übersehen. Der Gedanke an die Schiffsreise schien sie allerdings geradezu in Panik zu versetzen. Da war nichts zu machen.

Zwei Tage später standen Frieda, Per und Albert an Deck der SS Oscar II der Skandinavien-Amerika-Linie.

»Ich bin erledigt«, sagte Albert. »Deine Mutter hat wieder einmal eine kluge Entscheidung getroffen. Schon die Anreise hierher wäre viel zu beschwerlich für sie gewesen. Hoffentlich habe ich mir nicht zu viel zugetraut.« Er schnaufte und lächelte unbehaglich. »Ich werde mich ein wenig ausruhen. Wir sehen uns dann morgen zum Frühstück.«

»Gute Nacht, Albert. Brauchst du noch etwas? Kann ich mich für dich um etwas kümmern?«

»Nein, danke, Per, ich habe beim Chef-Steward ein Telegramm an meine Frau aufgegeben. Das werde ich in Southampton auch tun. Darüber hinaus ist nichts zu erledigen. Nichts, was nicht bis morgen warten könnte. Gute Nacht allerseits.« Er schickte sich an zu gehen, hielt inne und küsste Frieda auf die Wange. »Danke, dass du meinem Wunsch nachgekommen bist, Sternchen.« Ein kurzes Lächeln, ein unterdrücktes Gähnen, weg war er.

»Dein Vater hat schon recht, für eine Frau war das eine Tortur.«

Frieda sah Per überrascht an. »Aufbruch im Morgengrauen, dann die schier endlose Fahrt mit dem Zug … Ich korrigiere: mit den Zügen.« Er sah sie an. »Das war wirklich ein wenig anstrengend. Bist du gar nicht müde?«

»Für euch Männer war es die gleiche Tortur.« Frieda horchte in sich hinein. Hin und wieder war sie im Abteil durchaus eingenickt, aber jetzt fühlte sie sich seltsam frisch. »Nein, ich bin nicht müde. Kopenhagen hat mich wieder geweckt.« Sie lächelte ihn an. »So eine hübsche Stadt. Und es ist alles so aufregend, das Schiff, es ist riesig.« Sie beugte sich über die Reling. Wie hoch über den Wellen sie hier waren!

»Vorsicht!« Per war sofort bei ihr. »Am Ende gehst du noch über Bord.«

»Hast du dein Sprungtuch etwa nicht bei dir?« Frieda war regelrecht aufgekratzt. Am liebsten wäre sie ihm um den Hals gefallen, um sich dafür zu bedanken, dass er sie überzeugt hatte, auf diese Reise zu gehen. Aber er würde sie nur für vollkommen gefühlsduselig halten, denn sie hatte das schon mehr als einmal getan. Beim ersten Anblick des Schiffes hatte ihr Herz Freudenhüpfer gemacht, seither war es außer Rand und Band. Über dem schwarzen Rumpf thronten strahlend weiße Aufbauten, an denen die ebenfalls weißen Rettungsboote festgemacht an Seilkonstruktionen hingen. Die bunten Flaggen, die bei der Abfahrt noch an zwei Masten vorne und hinten auf dem Schiff im Wind geweht hatten, waren inzwischen verschwunden. Ebenso die kleinen Boote, die den mächtigen Dampfer das erste Stück begleitet hatten und dann mit langem Tuten verabschiedet worden waren. Die SS Oscar II war nicht das erste Schiff, das von Kopenhagen in Richtung New York aufbrach, und es würde sicher nicht das letzte sein. Dennoch, Frieda fühlte sich wie etwas Besonderes. Menschen hatten unten am Kai gestanden, geschaut und gewinkt, bis sie mit dem Horizont verschwammen. Frieda sah in die Ferne. Bald würde kein Land mehr zu sehen sein. Eine ungeheure Vorstellung. Sie beobachtete die Wellen, die weiß schäumend um den schwarzen Schiffsleib tanzten. Man konnte sich in diesem Anblick verlieren. Dies hier war etwas ganz anderes als eine kleine Nussschale, trotzdem konnte sie Ernst jetzt verstehen. Es musste wunderbar sein, einfach aufs Meer hinauszusegeln.

Ein Mann in Uniform gesellte sich zu ihnen und begrüßte sie auf Dänisch. Die meisten Mitglieder der Mannschaft waren Dänen, wie Frieda wusste. Per erklärte ihm, dass seine Frau Deutsche war und der dänischen Sprache nicht mächtig.

»Der Erste Offizier, Herr Høymark«, stellte er Frieda den Mann vor.

»Sehr erfreut. Ich bin untröstlich, dass ich Ihre Sprache nicht spreche. Ich werde sie lernen.«

»Machen Sie sich keine Gedanken«, sagte er höflich. »Vor ungefähr sechzig Jahren war Altona noch dänisch. Meine Familie stammt von dort. Viele meiner Landsleute sind mit beiden Sprachen aufgewachsen. Offiziell oder heimlich.« Er lächelte. Dann entschuldigte er sich, weil er zu tun hatte. Frieda war sofort wieder an der Reling und hielt ihre Nase in den Wind. Die Luft roch so herrlich salzig, und das Meer schien im letzten Abendrot zu verglühen.

»Es wird schon dunkel. Soll ich dich zu unserer Kabine bringen? Du musst wirklich todmüde sein.« Per legte seinen Arm um ihre Schulter.

»Nein, ich möchte noch ein wenig hier draußen stehen. Die Luft ist so erfrischend, und das Stampfen der Motoren ist auch weniger anstrengend, als wenn man drinnen ist. Ich kann mich einfach nicht satt sehen.« Sie deutete in die Weite.

»Du wirst die Eintönigkeit noch früh genug verfluchen.«

»Niemals!«

Frieda verfluchte keine Sekunde an Bord. Im Gegenteil, sie hatte das Gefühl, es gab immer etwas Neues zu erleben und zu entdecken. Gleichzeitig musste nie etwas erledigt werden, gab es keine Eile.

Dazu war die Erste Klasse recht komfortabel, wie Frieda und ihr Vater nach anfänglicher Enttäuschung feststellten. Mit dem Prunk der *Imperator*, die Albert als Modell nachbaute, konnte die SS Oscar II zwar längst nicht mithalten, was sie insgeheim wohl erwartet hatten, doch die Luxuskabinen, von denen es nur sechzehn gab, verfügten über ein eigenes Bad. Speisesaal, Damen- und Musiksalon sowie der Bibliotheks- und Schreibraum waren elegant möbliert und erinnerten Frieda mit ihren dicken Teppichen und dem polierten Holz ein wenig an das Kaufhaus Mendel. Eine halbe Stunde vor jeder Mahlzeit, täglich waren es ganze sechs, ertönte ein Signalhorn. Am Ende des ersten Tages auf See saßen sie zu dritt im Musiksalon. Die Bordkapelle spielte mal Charleston, mal Blues, dann wieder Gassenhauer von Franz Lehár. Per und Vater hatten sich Cognac bestellt, Frieda bevorzugte ein Glas Champagner.

»Rosemarie sagte beim Abschied am Bahnhof, sie habe sich schon lange um alte Herrschaften kümmern wollen«, begann Per. Er musste laut sprechen, um Violine und Bass zu übertönen. »Sie sagte etwas von einem Stift.«

»Julius-Ernst-Oppenheim-Stift«, sagte Albert und betonte jede Silbe. »Das wollte ich dich schon die ganze Zeit fragen. Hast du ihr diesen Floh ins Ohr gesetzt, Sternchen?«

»Keineswegs. Ich habe lediglich ein paar Erkundigungen für sie angestellt, aber die Idee hatte Mutter selbst. Ich finde es gut, dass sie sich eine Aufgabe gesucht hat. Eine sehr sinnvolle obendrein.«

Per stutzte. »Aber ist das nicht ein christlich-jüdisches Stift? Die Witwe eines ehemaligen Geschäftspartners meines Vaters, der sich aufgrund von Geldnot das Leben nahm, hat dort Unterschlupf gefunden. Verzeihung, wenn ich das so sage, aber bisher hatte ich den Eindruck, Rosemarie hat für Juden nicht besonders viel übrig.«

»Kann man wohl sagen.« Albert seufzte. »Ich nehme an, der Name Julius Ernst Oppenheim sagt ihr nichts. Sie hat wahrscheinlich gehört, dass sich das Stift unter dem Dach der Vaterstädtischen Stiftung befindet. Das dürfte sich in ihren Ohren gut anhören. Nur ahnt meine liebe Frau nicht, dass auch diese Organisation von jüdischen Akademikern und Kaufleuten gegründet wurde.«

»Und ich habe es ihr nicht auf die Nase gebunden«, erklärte Frieda lächelnd. Dann wurde sie ernst. »Woher kommt nur ihre Abneigung gegenüber den Juden, Vater? Ihr wart lange Jahre mit den Mendels befreundet.«

»Ach, Sternchen, das könnte man sich bei so vielen Menschen fragen. Unbestimmte Angst, denke ich. Es wurde so viel Unsinn verbreitet, dass russische Juden etwa die Cholera nach Hamburg geschleppt haben. Dabei hat Professor Robert Koch, den man eigens in die Hansestadt holte, sofort auf die unhaltbaren Lebensumstände in den Gängevierteln hingewiesen. Pest-Höhlen hat er die vollgestopften Baracken in der Spitalerstraße, Niedernstraße und am Hafen genannt. Es ist gut, dass die meisten davon weggekommen sind und so schönen sauberen Kontorhäusern wie dem Ballinhaus Platz gemacht haben.«

Frieda musste an Fellner denken, der stets argumentiert hatte, die Leute müssten schließlich irgendwo wohnen, und zwar in Wohnungen, die sie sich leisten konnten. Mit ihrem Wissen von heute hätte sie ihm entgegenhalten können, dass die Vaterstädtische Stiftung genau dafür ins Leben gerufen worden war, um Angehörigen des hamburgischen Staates, die für keine übliche Miete aufkommen konnten, ein Dach über dem Kopf zu geben. »Es ist für deine Mutter und viele andere, nun sagen wir mal einfältige Gemüter, einfacher, den Juden die Schuld in die Schuhe zu schieben, als zu erkennen, was in unserer Hansestadt noch nicht optimal läuft und wie man es ändern und verbessern könnte. Letzteres erfordert Grips und Mühe.«

»Aber früher oder später wird sie doch merken, dass ein Teil der Bewohner Christen, ein anderer aber Juden sind«, wandte Per ein.

»Das ist zu befürchten«, gab Frieda zu. »Mutter mag sich nicht die Mühe gemacht haben, ein eigenes kluges Urteil zu bilden, aber sie hat ein gutes Herz. Ich hoffe, wenn sie die Menschen dort erst einmal kennenlernt und die ihre Anwesenheit schätzen, wird es keine Rolle mehr spielen, welcher Religion sie angehören.«

Lautes Rumpeln und Rufen holte Frieda in der Nacht aus dem Schlaf. »Was ist denn los? Wir werden doch wohl nicht sinken wie die Titanic.« Sie schickte sich an aufzustehen.

Per hielt sie sanft zurück. »Keine Sorge, hier gibt es weit und breit keinen Eisberg. Wir haben in Southampton angelegt.«

»Das muss ich sehen.« Mit einem Satz war sie aus dem Bett und schob den Vorhang zurück, der vor dem Bullauge hing.

»Nicht sonderlich aufregend, was? Ein Hafen gleicht dem anderen. Vor allem nachts.« Per strich eine Strähne hinter ihr Ohr, die ihre Nase kitzelte.

»Nicht aufregend? Ich finde es faszinierend.« England! Sofort musste sie an Jason denken. Ob er Hamburg für immer verlassen und in seine Heimat zurückgehen würde? Oder nach Indien?

Per schob seinen Kopf neben ihren und blickte ebenfalls hinaus. »Willst du sofort von Bord gehen, oder denkst du, wir könnten noch ein paar Stunden schlafen?« Er küsste sie zärtlich auf den Hals.

»Es ist stockfinster, und ich glaube, sie lassen noch niemanden vom Schiff.« Frieda presste die Nase an die Scheibe, konnte aber nicht viel erkennen.

»Ganz sicher lassen sie noch niemanden aussteigen. Es wäre doch zu dumm, wenn die ersten Passagiere schon nach nicht viel mehr als dreißig Stunden Reisezeit in einem düsteren Hafen verloren gingen.«

»Aber sobald man uns lässt, gehen wir an Land, ja?« Sie sah ihn lächeln und musste ihn schon wieder küssen vor lauter Glück.

Fünf Stunden später wurde sie erneut wach. Das Stampfen des Motors fehlte ebenso wie das Rollen des Schiffes. Frieda war flau im Magen.

»Guten Morgen, Frau Møller.« Per küsste sie. »Es ist noch viel zu früh für ein Frühstück an Bord. Was meinst du, wollen wir sehen, was in England so angeboten wird?«

»Ich kriege keinen Bissen herunter«, sagte sie leise. »Weder einen deutschen noch einen englischen.«

»Auch keinen dänischen?« Er grinste sie frech an.

»Mir ist nicht gut.« Sie zog sich die Decke über den Kopf.

»Das ist für eine ziemlich lange Zeit unsere letzte Gelegenheit, festen Boden unter den Füßen zu haben.« Per lüpfte die Decke ein wenig. »Letzte Nacht konntest du es gar nicht erwarten auszusteigen.«

»So lang ist die Überfahrt nun auch nicht«, widersprach sie. »Geh du nur, wenn du magst. Ich fühle mich nicht ganz wohl und bleibe lieber liegen.«

»Bist du seekrank? Dann solltest du erst recht …«

»Nein, Per, wirklich, ich möchte einfach nur liegen und die Augen schließen.«

»Wie schade.« Es tat ihr von Herzen leid, aber Frieda hatte das Gefühl, als stimmte mit ihrem Gleichgewichtssinn etwas nicht. Der Gedanke, aufzustehen und sich fortbewegen zu müssen, behagte ihr überhaupt nicht. »Kann ich etwas für dich tun?«

»Nein, Per, danke. Geh du nur auf Entdeckungsreise und bring mir etwas mit.« Sie lächelte schwach. Wie gut, dass sie ein eigenes Badezimmer hatten. Nicht auszudenken, wenn sie sich in dieser Situation mit vielen Menschen eine Toilette teilen müsste.

»Gut, dann gehe ich mit deinem Vater, wenn es dir recht ist.«

»Natürlich. Grüße ihn von mir.«

Frieda fiel in einen unruhigen Schlaf und wachte mit Kopfschmerzen auf. In der Kabine war es stickig heiß. Wenigstens schien sich ihr Magen beruhigt zu haben. Sofort bedauerte sie, nicht mit von Bord gegangen zu sein, und überlegte, ob sie sich allein auf den Weg machen sollte. Keine gute Idee. Sie würde es sich auf einem der Liegestühle auf dem Promenadendeck bequem machen. Eine Weile beobachtete sie das Treiben im Hafen, dann fand sie ein schattiges Plätzchen. Ob das Signalhorn sie geweckt hatte? Wenn ihre Nase ihr keinen Streich spielte, war es Zeit für die Bouillon, die an Deck serviert wurde. Sie wollte gerade auf die Uhr schauen, als jemand an ihren Liegestuhl trat.

»Guten Tag, gnädige Frau. Ihr reizendes Näschen erinnert an ein entzückendes Kaninchen, wenn Sie so schnuppern. Ich hoffe, Sie halten mich nicht für unverschämt, wenn ich das so sage. Darf ich Ihnen eine Bouillon bringen lassen?«

»Guten Tag.« Ein komischer Kauz. Der Mann war deutlich kleiner als sie selbst, hatte kaum Haare und trug runde Brillengläser, hinter denen äußerst wache Augen blitzten. »Das ist sehr freundlich von Ihnen. Mir war heute Morgen nicht sehr wohl, darum bin ich nicht von Bord gegangen. Ich glaube, mein Magen könnte jetzt eine kleine Stärkung vertragen.«

»Bei Seekrankheit gibt es nichts Besseres als eine heiße Brühe. Kommt sofort!« Er machte auf der Stelle eine halbe Drehung, ehe er sich in Bewegung setzte. Wenig später war er wieder da, einen Steward im Schlepptau, der Frieda eine Suppentasse reichte und eine zweite auf einen kleinen Tisch stellte.

»Guten Appetit, die Herrschaften!« Damit zog sich der Steward zurück.

»Darf ich?«, fragte der kleine Herr und ließ sich auch schon auf den Liegestuhl neben Frieda fallen. »Wohl bekomm's!« Er lachte sie freundlich an und begann die Bouillon zu löffeln. Mit einem Mal erstarrte er, die fleischen Finger auf dem Weg zu seinen Lippen. »Ach du Schreck, ich habe mich noch gar nicht vorgestellt. Wie unhöflich von mir! Wussten Sie, dass eine Hälfte der Passagiere Christensen oder Nielsen heißt und die andere Mortensen oder Andersen?«

»Nein, das wusste ich nicht.« Sie wartete einige Sekunden. »Und zu welcher Hälfte gehören Sie?«

»Mein Name ist Jensen.« Ausgerechnet. Frieda entfuhr ein Stöhnen, das er offenbar falsch verstand. »Es gibt auch einige Norweger an Bord und Deutsche und natürlich Amerikaner«, erklärte er fröhlich. »Die heißen dann Nelson oder Johnson.«

»Møller. Frieda Møller.« Es fühlte sich gut an, das zu sagen, ungewohnt noch, aber sehr gut. Sie reichte ihm die Hand.

»Magnus Jensen. Den Rest erspare ich Ihnen, sonst werden wir heute nicht mehr fertig.« Wirklich ein komischer Vogel. »Sie sind also Dänin?« Er zog die Stirn in Falten. »Ich hätte geschworen, dass sie Deutsche sind. Hamburgerin sogar.«

»Ja, das stimmt. Mein Mann ist Däne. Woher wissen Sie, dass ich aus Hamburg bin?«

Er lachte, wobei er seine Augen zukniff. Er erinnerte sie an die Buddhafiguren, die jetzt so beliebt waren. »Sie haben Humor, das muss man Ihnen lassen. Meinen Sie etwa, man hört nicht, wenn einer aus der schönen Hansestadt kommt? Dafür brauchen Sie nicht über den berühmten spitzen Stein stolpern, breit sprechen wie ein Hafenarbeiter oder gar platt. Es ist die Sprachmelodie.« Er lächelte sie an. »Ich muss es wissen, ich bin schließlich auch ein Hamburger Jung.«

»Wirklich? Was für eine nette Überraschung. Mein Vater ist auch an Bord, vielleicht kennen Sie ihn. Albert Hannemann.« Mehr brauchte sie nicht zu sagen.

»Import von Kolonialwaren im Allgemeinen und von Kakao im Speziellen. Natürlich kenne ich ihn. Nicht direkt«, korrigierte er sofort, »ich hatte noch nicht persönlich das Vergnügen, habe aber schon viel von ihm gehört. Umso schöner, wenn sich das auf dieser Seereise nachholen lässt. Ach, und dann sind Sie seine Tochter.«

Sie stutzte. »Ich bin die Tochter meines Vaters, ja«, stimmte sie ihm dann lächelnd zu.

»Natürlich!« Er prustete schon wieder los. Der Herr schien ein sehr sonniges Gemüt zu haben. »Frieda Hannemann. Die ganze

Stadt hat von ihrem Kakao-Dinner gesprochen. Dann haben Sie also geheiratet. Kann nicht lange her sein.«

»Vor einer Woche.«

»Da gratuliere ich sehr herzlich. Ihre Hochzeitsreise also, aha.«

»Nicht direkt.«

»Nun müssen Sie mir aber auch gratulieren.« Er ersparte ihr peinliches Rätselraten, das ihr gewiss gründlich schiefgegangen wäre. »Es ist nämlich auch meine Hochzeitsreise.« Frieda schätzte ihn auf mindestens fünfzig.

»Welch ein Zufall! Da gratuliere ich wirklich«, sagte sie.

»Ich dachte, New York ist genau das Richtige, um meiner Braut etwas zu bieten. Man muss sich anstrengen, nicht wahr? Ewig kann ich sie nicht damit beeindrucken, Inhaber einer selbstständigen Thams-&-Garfs-Niederlassung zu sein.« Wieder lachte er fröhlich.

»Thams & Garfs, Thaga-Kaffee?« Frieda war augenblicklich hellwach. Da gab es doch eine besondere Geschäftsidee, von der Ernst und Per erzählt hatten. Hätte sie nur besser zugehört.

»Thammel und Gammel, jaja.« Schon wieder dieses herzliche Lachen.

»Das ist interessant. Ich hörte …« Sie suchte nach den richtigen Worten. Frieda hätte gern so geklungen, dass er in ihr die Geschäftsfrau erkannte. Andererseits hatte sie es nicht nötig, Eindruck bei ihm zu schinden, er würde ihr auch so gern etwas über das eigenwillige Konstrukt der Niederlassungen erzählen, vermutete sie.

»Sehr interessant sogar, aber jetzt habe ich Urlaub«, ließ er sie wissen und blickte einer jungen großen Dame entgegen. Er reiste anscheinend auch mit der Familie. Unerwartet behände erhob er sich von seinem Liegestuhl. »Darf ich Ihnen meine Frau vorstellen?« Frieda konnte ihr Erstaunen offensichtlich nicht verbergen. »Deshalb New York«, flüsterte er ihr zu. Die junge Dame reichte ihm sanft lächelnd die Hände, die er sofort küsste. Frieda erhob sich. »Meine Frau Martina. Martina, Liebste, das ist Frieda Møller.«

»Sehr erfreut«, sagte Martina Jensen leise.

»Ich freue mich auch. Vielleicht mögen Sie heute mit uns zu Abend essen? Ich würde beim Steward einen Tisch für uns reservieren.«

»Eine vortreffliche Idee«, rief Magnus aus. »Sagen wir um neunzehn Uhr? Bis die zweite Sitzung beginnt, bin ich verhungert.«

»Ich gebe mein Bestes«, versprach Frieda.

Sie hatte Glück und bekam einen Tisch für fünf Personen für die erste Sitzung.

»Thams & Garfs, sagst du?«, hatte Per gefragt, als Frieda den beiden von der Verabredung erzählte. »Ich dachte, das sei eine Vergnügungsreise.«

»Du weißt hoffentlich, dass deine Frau immer an das Geschäft denkt, Tag und Nacht«, hatte Albert sofort in die gleiche Kerbe geschlagen.

»Manchmal schläft sie nachts«, erklärte Per wiederum ganz ernst. »Ich nehme jedoch an, sie träumt dann von Kakao, von neuen Rezepten und Geschäftsmodellen.«

Frieda, Per und Albert hatten gerade Platz genommen, als das Ehepaar Jensen erschien. Magnus winkte wie ein kleiner Junge, der gerade seinen besten Freund entdeckt.

»Du hast nicht gesagt, dass wir mit Pat und Patachon essen«, presste Per zwischen den Zähnen hervor wie ein Bauchredner.

Nach den üblichen Begrüßungsfloskeln sprachen die Herren zunächst über Southampton.

»Sie als Reeder waren doch sicher schon oft hier«, sagte Magnus, an Per gewandt. »Wenn ich nicht irre, haben sowohl die White-Star- als auch die Cunard-Linie hier ihren Sitz.«

»Das ist richtig.« Per nickte. »Der Schiffbau ist ohne Frage der Herzschlag der Stadt.«

Albert schwärmte derartig von der mittelalterlichen und noch gut erhaltenen Stadtmauer und dem Stadttor, das einst ein Gildehaus beherbergt hatte, dass Frieda sich schon wieder ärgerte, nicht von Bord gegangen zu sein. Sie würde sich einen Ausflug in die Stadt auf der Rückreise auf keinen Fall entgehen lassen.

»Und Sie sind beide an Bord geblieben?«, fragte Albert gerade und sah abwechselnd Magnus und Martina an.

»Wir werden in New York so viel zu besichtigen haben«, erklärte Magnus, »da kann ein wenig Ruhe vorher nicht schaden.«

»Ich fand den Gedanken höchst befremdlich«, sagte Martina leise, »Passagier eines Dampfers zu sein, der von hier über den Nordatlantik nach Amerika reist. Die Route der Jungfernfahrt der Titanic.«

»Und ihrer einzigen Fahrt«, ergänzte Albert. »Wahrscheinlich hat meine Frau deshalb darauf verzichtet, uns zu begleiten.« Er lachte, dann wurde ihm wohl klar, wie sich das angehört haben musste. »Es war doch eher die Angst vor Seekrankheit«, erklärte er schnell.

»Meines Wissens stammten etwa siebenhundert Besatzungsmitglieder der Titanic aus Southampton«, sprach Martina mit ihrer dünnen Stimme weiter. »Über fünfhundert von ihnen sind nicht nach Hause zurückgekehrt. Ich könnte keinem ihrer Angehörigen in die Augen sehen. Ich reise als Passagier schließlich auf der gleichen Route und lasse mich ebenfalls von Besatzungsmitgliedern bedienen, die ganz unten im Schiff ihre Kojen haben. Dort, wo man auf keinen Fall herauskommt, wenn die SS Oscar II untergeht.« Frieda bekam eine Gänsehaut von Martinas starrem Blick, als würde sie mehr sehen als alle anderen hier am Tisch.

»Genau dieser etwas seltsame Blick auf die Welt ist es, der mich von Anfang an gefesselt hat«, verkündete Magnus. Glücklicherweise wurde eben der Hauptgang serviert, gebratener Fisch mit dreierlei Gemüse und zu Rosen gespritztem Kartoffelmus. So war dieses Thema von allein beendet. Den Rest des Abends verbrachte die junge Frau beinahe schweigend. Sie lobte höchstens mal den Wein, wenn ihr Mann oder jemand sonst am Tisch sie nach ihrer Meinung fragte.

Frieda dagegen kam nach dem Dessert auf das Thema zu sprechen, das ihr schon die ganze Zeit auf den Nägeln brannte: »Wie ich hörte, hat Thams & Garfs ein nahezu einzigartiges Geschäftsmodell ins Leben gerufen.« Sie fing Pers amüsierten Blick auf. »Es soll sehr erfolgreich sein, habe ich mir sagen lassen.«

»Einzigartig würde ich nicht behaupten. Aber erfolgreich, ja, das ist wahr!« Dann erklärte Magnus ausführlich das Prinzip des Unternehmens, das sich aus selbstständigen, unselbstständigen und eigenen Filialen der Gründer zusammensetzte. Genau das, was Frieda sich für Hannemann & Krüger wünschte.

»Mir scheint das eine sehr moderne Struktur zu sein, die für viele Unternehmen funktionieren könnte«, sagte sie. »Was meint ihr?« Sie sah erst ihren Vater, dann Per an.

»So modern, wie Sie meinen, ist das Ganze gar nicht«, widersprach Magnus. »In England und Frankreich kannte man schon im 17. Jahrhundert das sogenannte Franchise. Es bedeutet im Grunde nur, dass jemand bestimmte Rechte nutzen darf und dafür bezahlt. Bei Thams & Garfs ist es das Recht, den beliebten Thaga-Kaffee zu verkaufen. Naja, und natürlich das Recht, den Namen Thams & Garfs zu führen.« Er lachte. »Es sind jetzt wohl bald sechshundert Geschäfte unter diesem Dach.«

»Sechshundert?« Frieda glaubte, sich verhört zu haben.

»Stern… Frieda, komm nur nicht auf die Idee, diese Zahl übertreffen zu wollen.« Albert setzte eine Leidensmiene auf.

»Also wirklich, Papa! Mich interessiert lediglich das Prinzip.«

»Eine Geschäftsfrau!« Magnus sah sie an, als hätte sie sich soeben vor seinen Augen in ein exotisches Wesen verwandelt. »Man hört immer wieder, dass uns die Damen allmählich in allen Bereichen Konkurrenz machen. Bisher habe ich noch nie das Vergnügen gehabt, eine solche Dame kennenzulernen.«

»Vielleicht wurde es höchste Zeit«, wisperte Martina.

»Wie es aussieht, interessieren sich Männer und Frauen für höchst unterschiedliche Bereiche des Geschäfts. Sie, verehrte Frieda, sind an dem Prinzip interessiert, ich bin es lediglich an dem Gewinn. Darüber hinaus hat in meinem Kopf nur meine entzückende Frau Platz und unser Landhaus außerhalb der Stadt.«

»Ein Landhaus. Wo denn?« Per winkte dem Steward unauffällig, sofort kam er an den Tisch und schenkte Wein nach.

»Draußen in Niendorf.« Frieda hatte gerade ihr Glas genommen und verschluckte sich.

»Alles in Ordnung?« Per sah sie besorgt an.

»Ja, ja, schon gut. Man sollte nicht gleichzeitig atmen und trinken.« Niendorf. Dort hatte sie mit Jason das Damwild beobachtet. Seltsam, wie das Leben manchmal spielte.

»Es ist herrlich gemütlich da draußen im Grünen«, schwärmte Magnus. »Rehe, Hirsche und allerlei anderes Getier kommen manches Mal bis zur Veranda. Und die Nachbarschaft ist exquisit. Familie Merck hat dort ein Haus ebenso wie die Mutzenbechers.«

»Der Generaldirektor einer Versicherung?« Frieda spürte die fragenden Blicke ihres Vaters und ihres Mannes. »Ich will einmal die Geschäfte von Hannemann & Krüger leiten, da sollte ich wohl die bedeutenden Herren der Stadt wenigstens dem Namen nach kennen«, erklärte sie lächelnd.

»Genau der. Um ehrlich zu sein, sind mir die Hirsche und Rehe lieber. Kommen Sie uns einmal besuchen, wenn wir alle wieder in der Heimat sind«, schlug Magnus vor.

»Das wäre schön«, hauchte seine Frau.

»Eine ungewöhnliche Frau, diese Martina Jensen«, sagte Per, als sie allein in ihrer Kabine waren. »Dass viele Einwohner Southamptons beim Untergang der Titanic umgekommen sind, ist tragisch. Ich habe trotzdem nicht verstanden, was es damit zu tun hat, heute als Passagier auf dieser Route zu fahren und an dem Landgang teilzunehmen.«

»Selbst wenn ihr Angehörige über den Weg liefen, würde sie es nicht wissen«, sagte Frieda nachdenklich. »Eine ziemlich wirre Argumentation«, stimmte sie ihm zu.

»Sie hat mir ein wenig die Überraschung verdorben«, sagte Per und trat auf Frieda zu, ein Päckchen mit einer Schleife in der Hand.

»Ein Geschenk?«

»Du hast gesagt, dass ich dir etwas mitbringen soll.« Er sah sie an und strich ihr sanft das Haar aus dem Gesicht, das der Wind an Deck bei ihrem Abendspaziergang zerzaust hatte. »Vor allem tat es mir schrecklich leid, dass du nicht mit uns gehen konntest. Du hast es so sehr gewollt.«

»Es ist nie gut, etwas zu sehr zu wollen«, sagte sie.

»Geht es dir wirklich wieder gut? Keine Kopfschmerzen mehr und keine Übelkeit?«

»Hätte ich dann so viel Wein getrunken?«

»Ich bin nicht sicher.«

»Also wirklich!« Sie knuffte ihm zärtlich in die Seite. »Was ist es?«

»Mach es auf!«

Frieda wickelte das Papier ab. »Original-Jungfernfahrt-Schokolade?« Sie zog die Augenbrauen hoch.

Per lachte. »Du hättest es sehen sollen. Fliegende Händler verkaufen allerhand Gegenstände, die angeblich auf dem Schiff waren und von Überlebenden gerettet wurden. Wer's glaubt … Ich war mir sicher, dass du eine Tafel gekauft hättest, wenn du selbst in der Stadt gewesen wärst.«

»Wahrscheinlich hätte ich das. Danke, Per!« Sie küsste ihn, wollte sich von ihm lösen, doch er hielt sie fest. Frieda seufzte. Wie sehr sie diesen Mann liebte!

Von Eintönigkeit an Bord, die Per ihr prophezeit hatte, konnte keine Rede sein. Immer wieder ergaben sich Begegnungen mit anderen Passagieren, oft spazierten Frieda und Per über die Decks, hörten einer Kapelle zu, lasen und lauschten Vorträgen über New York. Einmal fanden sie eine Einladung an den Tisch von Kapitän Schmidt in ihrer Kabine. Frieda war ganz aufgeregt und wählte ein besonders schönes langes Kleid. Gute Entscheidung. Der Kapitän trug einen Smoking, ein Streichquartett spielte Borgström, silberne Leuchter glänzten mit poliertem Kristall um die Wette. Das Essen war ausgezeichnet, mehrere Gänge von Fisch, Fleisch und Teigwaren, als wolle es nie ein Ende nehmen. Sogar echte Krickente von Föhr kam auf den Tisch, eine besondere Delikatesse. Zwischendurch wurde Sorbet serviert und zum Abschluss Champagner. Eine Sängerin trat auf und zu vorgerückter Stunde ein Pantomime, der Frieda besonders faszinierte. Nur durch die bloße Bewegung seiner Hände, seines Körpers konnte er den Eindruck erwecken, in eine Kiste gesperrt zu sein, eine Treppe hinaufzusteigen und im nächsten Moment herunterzustolpern. Sie hätte ihm stundenlang zusehen können. Mindestens ebenso sehr genoss sie es, wie stolz Per dem Kapitän von ihrer Manufaktur und ihren Kreationen erzählte. Als Albert sich längst in seine Kabine zurückgezogen hatte, tanzten Frieda und Per noch immer eng umschlungen. Welch eine Nacht!

Tags drauf schrieb sie Postkarten an Ernst, Clara und Ulli und dann auch eine an ihre Mutter. Es war nicht einfach, eine leserliche Handschrift hinzubekommen, so wie das Schiff sich manches Mal hob und senkte oder auch von einer Seite zur anderen neigte. Im Großen und Ganzen hatten sie Glück. Andere Passagiere erzählten von Überfahrten, bei denen der Speisesaal der dritten Klasse voll Wasser gelaufen sei. Die Zeit rauschte nur so an ihr vorbei, und dann endlich liefen sie am Morgen in den Hafen von New York ein. Wenn ihr Berlin schon laut, groß und unübersichtlich erschienen war, raubte ihr diese Stadt schier den Atem. Häuser, die in den Himmel zu wachsen schienen, gewaltige Krananlagen, die zeigten, dass es noch längst nicht reichte. Mehr Wolkenkratzer mussten her.

»Donnerwetter!« Ihr Vater war nicht minder beeindruckt von dem

Anblick. »Dagegen wirkt selbst unsere Speicherstadt wie eine Puppenstube, was?« Er drängte sich mit ihr und Per an der Reling, seit sie an der Freiheitsstatue vorbeigefahren waren, ein Schauspiel, das niemand verpassen wollte. Welch ein Erlebnis! Die Statue der türkisfarbenen Frauenfigur in wallender Robe und mit einer Fackel in der Hand war geradezu monströs. Sie stand auf einem ebenfalls sehr großen Sockel auf einer kleinen, New York vorgelagerten Insel.

»Noch eine Insel«, rief Frieda und deutete auf das Eiland mit seinem Hafen.

»Ellis Island«, sagte Per.

»Davon habe ich gehört. Müssen wir nicht zunächst dort anlegen?«

Er schüttelte den Kopf. »Nur Schiffe, die Einwanderer an Bord haben. Insel der Tränen nennen sie einige«, erzählte er und sah nachdenklich herüber. »Diejenigen, die nicht die Bestimmungen erfüllen, erreichen das Festland erst gar nicht, sondern werden mit dem nächsten Schiff zurückgeschickt.«

Frieda malte sich aus, wie es wäre, nach dieser langen Reise sofort den Heimweg antreten zu müssen. Sie wollten hier entfernte Verwandte besuchen und dann ohnehin nach Hamburg zurückkehren. Wie musste sich jemand fühlen, der nach den Strapazen der Reise in der dritten Klasse und mit aller Hoffnung auf ein besseres Leben umkehren musste? Es blieb kaum Zeit, darüber nachzudenken, denn kurz darauf machten sie am Ziel ihrer Reise fest. Während Frieda kaum wusste, in welche Richtung sie zuerst schauen sollte, konzentrierte sich Albert auf die Menschen am Kai. »Das da, das könnten sie sein. Oder … nein, doch nicht. Aber die da drüben. Was meinst du, Per?«

Per lachte. »Tut mir leid, Albert, für mich sehen aus dieser Entfernung alle da unten gleich aus. Und das eine Foto, das du mir gezeigt hast, war auch nicht sonderlich hilfreich. Der Fotograf hat mindestens hundert Meter entfernt von der Familie gestanden, die er abgelichtet hat.«

»Du übertreibst.«

Per zuckte die Achseln.

Frieda musste ihm recht geben. Herren in dunklen Anzügen mit weißen Hemden und dunklen Krawatten, auf den Köpfen runde flache Hüte, weiß, mit einem schwarzen Band drumherum, standen dicht an dicht. Man konnte meinen, sie trugen Uniformen. Die meisten Damen hatten hübsche Kleider an, Hosen sah Frieda wenige. Hüte waren dafür anscheinend umso mehr in Mode und Häubchen, die ihr altmodisch vorkamen. Die Gepäckstücke der Passagiere wurden auf große Karren gebracht. Endlich durften auch die Reisenden selbst die SS Oscar II verlassen. Frieda war etwas unsicher auf den Beinen, als sie wieder festen Boden unter den Füßen hatte. Mehr als einmal musste sie sich plötzlich an Per festhalten.

»Es fühlte sich an wie eine besonders große Welle«, sagte sie atemlos, obwohl sie wusste, wie dumm das war.

»Das ist völlig normal und vergeht wieder. Bei den meisten«, setzte er hinzu und griente.

Frieda musste die Ohren spitzen, um ihn überhaupt zu verstehen. Es war unfassbar laut! Der Verkehr war noch lebendiger als in Berlin, von Hamburg gar nicht zu reden. Automobile tummelten sich in großer Zahl, dazwischen immer wieder Straßenbahnen. Nur selten mal jemand, der sich noch auf einem Pferd fortbewegte. Ein Chauffeur hatte am Kai gestanden, ein Schild mit dem Namen Hannemann in der Hand. Er brachte sie in einem eleganten schwarzen Wagen zu Wilhelms Familie. Neben dem Tuckern der Motoren erfüllte ständiges Hupen die Luft. Frieda schaute nach links, gleich wieder nach rechts, im nächsten Moment beugte sie sich weit vor, um von unten hoch aus dem Fenster zu sehen. Trotzdem konnte sie den Himmel nicht erblicken, so hoch waren einige Bauwerke. Einmal fuhren sie an einer Kirche vorbei. Sie hatte vielleicht nicht gerade das Format von Hamburgs Hauptkirche St. Nikolai, war aber auch nicht klein. Das Hochhaus dahinter überragte sie dennoch um einige Stockwerke.

»Habt ihr das gesehen, das Haus ist größer als die Kirche!« Sie schüttelte den Kopf.

»Wenn es nach dem Hamburger Senat ginge, würde das Rathaus auch sämtliche Kirchtürme überragen«, erwiderte Albert schmunzelnd.

New York war voll mit Leuchtreklame, fiel Frieda auf. Einige englische Wörter kannte sie, auch in Hamburg gab es schließlich nicht wenige englische Schilder für die Gäste der Stadt. Trotzdem verstand sie längst nicht alles. Und das ärgerte sie.

»Ich muss unbedingt Englisch lernen«, verkündete sie entschlossen. Per zog die Augenbrauen hoch. »Ihr habt hier eine Niederlassung, es ist also möglich, dass du in Zukunft häufiger hier bist. Vielleicht begleite ich dich das eine oder andere Mal.« Sie sah schon wieder zum Fenster heraus. »Früher oder später muss ich vielleicht nach Südamerika reisen, um neue Lieferanten zu finden. Auch dabei würden mir ordentliche Englischkenntnisse sicher nützen.«

»Schaden kann es nicht, sich in mehr als einer Sprache verständigen zu können«, stimmte Per ihr zu. »Wobei du möglicherweise lieber Spanisch lernen solltest, wenn du vorhast, nach Venezuela oder Ecuador zu fahren.«

»Vielleicht lerne ich beides«, erklärte sie ihm. »Und Dänisch natürlich.«

Mitten auf der Straße hielten sie an, ein Polizist hatte sich ihnen in den Weg gestellt.

»Was ist denn da los?« Per kniff ausnahmsweise mal beide Augen zusammen. »Das gibt es doch nicht.« Er lachte. »Komm, das müssen wir uns ansehen!« Schon öffnete er die Wagentür. Auch Frieda und Albert stiegen aus. Auf den Bürgersteigen hatten sich bereits einige Schaulustige versammelt.

»Das ist eine Katze«, stellte Frieda überrascht fest. »Sie halten für eine Katze den Verkehr auf.«

»Nicht einfach nur eine Katze. Siehst du nicht, was sie im Maul hat?« Per deutete auf die Schnauze.

Jetzt erkannte Frieda, was er meinte. Da war ein Junges im Maul des Tieres, das einigermaßen nervös über die Fahrbahn huschte. Gleich darauf kam die Katze zurück und holte ein weiteres Kleines.

»Die Dame zieht um. Wie wir neulich«, sagte Albert und schnaufte. »Herrje, die Luft steht zwischen diesen Wolkenkratzern. Ich dachte, in New York weht auch immer eine frische Brise wie in Hamburg.«

»Im Gegensatz zu uns muss die Dame den Umzug ganz allein bewältigen«, sagte Frieda.

»Für ihre Kinder riskiert sie ihr Leben.« Per sah Frieda lange an. »Ich glaube, so eine Mutter wirst du auch einmal sein.«

Wilhelms Familie wohnte in Greenwich Village nicht weit vom Hudson River in einem roten Backsteinhaus. Nicht nur die Farbe und der Stein erinnerten Frieda an ihre geliebte Speicherstadt. Auch hier standen einzelne Gebäude Seite an Seite wie eine einzige Wand. Sie waren, wie sie zugeben musste, noch eleganter. Hinter einem schmiedeeisernen Zaun, der sich entlang des gesamten Bürgersteigs zu erstrecken schien, führten Treppen zu den Haustüren hinauf. Weiße Stufen, weiße geschwungene Handläufe, deren Anfang jeweils ein Löwenkopf zierte. Auch die Haustüren, eingerahmt von ionischen Säulen, waren weiß, ebenso die Sprossenfenster. Sie hatten noch nicht einmal die oberste Stufe erreicht, da öffnete sich bereits die Tür. Eine Frau in einem schlichten blaugrauen Kleid mit einem weißen Seidenband als Gürtel sah sie freundlich an. Frieda suchte in ihrem Gesicht nach Ähnlichkeiten mit Großvater Carl, konnte allerdings keine entdecken.

»Herzlich willkommen in Manhattan«, sagte sie ein wenig steif. »Ich bin Dana Smith, Wilhelms jüngste Tochter. Kommt doch bitte herein!« Das Haus wirkte von innen deutlich geräumiger, als Frieda sich vorgestellt hatte. Die Familie, die sich Hanman nannte, weil die Amerikaner mit der Aussprache von Hannemann nie klargekommen waren, bewohnten sämtliche vier Stockwerke. Viele seien nicht mehr übrig, erklärte Dana ihnen. »Jedenfalls nicht viele, die noch den Namen Hanman tragen. Mutter ist schon vor neun Jahren gestorben. Miranda und ich – Miranda ist meine ältere Schwester – sind beide verheiratet. Nur unser Bruder Daniel hat noch euren deutschen Namen, naja, die amerikanische Variante davon. Und natürlich …« Sie stockte. »Jedenfalls ist reichlich Platz im Haus, seit Miranda, Daniel und ich ausgezogen sind. Ich denke, nach der langen Reise wollt ihr euch erst mal etwas frisch machen oder ausruhen. Ich zeige euch eure Zimmer. Später werden wir dann alle zusammen essen.«

Frieda und Per hatten ein wunderschönes Schlafzimmer. Wie anders alles war. Frieda hatte erwartet, in einer Stadt wie Hamburg oder Berlin zu landen, natürlich neu und interessant, aber im Grunde doch vertraut, weil das Grundsätzliche gleich war. Das war es nicht. Die Fenster hatten keine Flügel, sondern wurden zum Öffnen nach oben geschoben. Auf den Straßen waren Polizeiwagen unterwegs, etwas, das sie noch nie gesehen hatte. Und alles war einfach riesig.

»Wilhelm Hannemann und seine Frau sind tot«, resümierte Per, »die drei Kinder sind ausgezogen. Das Haus müsste leer stehen, aber Dana sprach nur davon, dass hier reichlich Platz ist.«

»Wahrscheinlich hat sie sich noch nicht daran gewöhnt, dass nun niemand mehr hier wohnt. Ihr Vater ist erst ein paar Wochen tot.«

Eine halbe Stunde später versammelten sie sich in einem lang gezogenen Wohnzimmer. Miranda war inzwischen mit ihren Kindern Patty und Joe eingetroffen, ihr Mann und Danas Gatte sowie Bruder Daniel wollten am Abend dazustoßen. Auf dem Parkettboden lagen rote Orientteppiche.

»Die Möbel …« Albert sah sich staunend um.

»Sie dürften euch bekannt vorkommen.« Miranda lächelte schmal. »Typisch deutsch.« Sie verzog ein wenig spöttisch den Mund, wenn Frieda es recht interpretierte. »In Amerika sind die Schränke üblicherweise in die Wände eingelassen. Das ist praktischer. Aber Vater hat sich die Möbel eigens anfertigen lassen. Nach dem Vorbild seines Hauses in Hamburg.«

»Darauf hat er gespart, seit er in New York ankam«, erklärte Dana und lächelte sanft. »Das hat er immer wieder gern erzählt. Darum musste auch alles so bleiben.« Ihr Blick streifte den mächtigen Vitrinenschrank aus Nussbaum, die geschwungenen Stühle mit altrosa Sitzbezügen, einen zierlichen Sekretär. »Obwohl die Stücke im Lauf der Jahre einige Kratzer abbekommen haben.«

Die beiden Kinder, Frieda schätzte sie auf vielleicht fünfzehn Jahre, hatten den fremden Besuch zuerst neugierig gemustert, dann jedoch recht schnell das Interesse verloren. Kein Wunder, sie verstanden zwar einige Worte Deutsch, wie Dana erklärt hatte, aber nicht genug, um einem Gespräch zu folgen. Auch die beiden Frauen schienen nicht so recht zu wissen, was sie mit ihren entfernten Verwandten anfangen sollten. Sie hatten ein paar Cracker, Kaffee und Wasser auf den Tisch gestellt. Später würden sie alle gemeinsam richtig essen, hatte Dana fast entschuldigend gesagt. Frieda fragte sich, ob die Einladung nach Amerika nur eine Höflichkeitsfloskel gewesen war. Immer wieder folgten auf unbeholfene Fragen hölzerne Antworten, dann betretenes Schweigen. Glücklicherweise verstand es Per mit seinen exzellenten Sprachkenntnissen und seinem Charme, Patty und Joe einzubeziehen. Endlich lockerte sich die Spannung, Lachen und Plaudern erfüllte den Raum. Patty, ein dünnes, hoch aufgeschossenes Mädchen mit kurzem aschblondem Schopf, fragte ihn etwas.

Per zuckte mit den Achseln, antwortete auf Englisch, wandte sich dann an Albert und Frieda: »Sie fragt, ob wir schon mit Mary gesprochen haben.«

»Ich kenne niemanden, der so heißt«, entgegnete Albert sofort barsch. Er war müde und hungrig, vermutete Frieda. Wahrscheinlich hatte er sich die Ankunft deutlich anders vorgestellt. Auch

Frieda spürte die Erschöpfung, es fiel ihr schwer, sich auf die Diskussion zu konzentrieren, die zwischen Patty und Miranda entbrannte. Beide waren aufgebracht, das war nicht zu übersehen. Wie ärgerlich, wenn sie so schnell sprachen, verstand Frieda gar nichts mehr. »Was ist denn los?«, fragte Albert ungehalten, der es anscheinend ebenfalls aufgegeben hatte, den beiden zu folgen. Dana sah auf die Uhr und sagte leise etwas zu ihrer Schwester. Die hob beide Hände, holte Luft, ließ die Arme resigniert sinken und schwieg.

»Da ist noch jemand, den ihr kennenlernen solltet«, erklärte Dana plötzlich. »Ich glaube, es ist an der Zeit. Bitte!« Sie stand auf, machte eine Geste, ihr zu folgen, und verließ das Zimmer. Über mit dickem Teppichboden belegten Stufen stiegen sie hinauf in den vierten Stock. Dana klopfte und öffnete die Tür zu einem großzügigen Salon, dessen weit geöffnete Terrassentüren auf einen Balkon hinausgingen. Balkon war das falsche Wort. Es war ein Garten auf einem Dach! Frieda hatte so etwas noch nie zuvor gesehen. Überall standen Blumenkübel in den verschiedensten Größen, in denen es grünte, blühte und wucherte. An einem kleinen runden Tisch standen zwei Korbsesselchen, wie Frieda und Per sie zu Hause auf ihrer Terrasse stehen hatten. Es gab eine Holzbank, schon ein wenig verwittert, und selbst an der Hauswand waren Gefäße angebracht, aus denen sich Kapuzinerkresse am Ziegel entlangrankte, in einem wuchsen sogar Erdbeeren, wie sie jetzt erkannte. Am liebsten wäre sie sofort hinausgetreten in dieses Gartenparadies mitten in der gewaltigen Stadt, hätte zu gern die Straße und die anderen Häuser von hier oben betrachtet. Doch da entdeckte sie in einem hohen Sessel im Salon eine elegante Dame mit weißem Haar, das sie kurz trug wie ein Mann. Ihre Augen lagen in einem Netz tiefer Falten. Sie musste uralt sein, doch ihr Rücken war gerade wie der einer Balletttänzerin. Auch jetzt, als sie sich erstaunlich leicht erhob und zu ihnen trat. Sie trug ein schwarzes Kleid, und sie hatte einen Hauch Rouge und zartrosa Lippenstift aufgetragen, wie Frieda überrascht feststellte.

»Wie schön, euch endlich hier begrüßen zu dürfen«, sagte sie in perfektem Deutsch. Sie sah Albert an. »Dann bist du wohl mein Neffe, nehme ich an.«

Kapitel 10

»Dann warst du in Hamburg im Waisenhaus?« Frieda konnte es noch immer nicht glauben. »Und du bist nach Amerika zu Wilhelm gekommen? Aber woher …? Hattest du denn schon immer Kontakt mit Wilhelm? In unserer Familie wurde nie von dir gesprochen. Es hieß, niemand würde dich kennen oder etwas über dich wissen.«

»Das reicht, Frieda«, sagte Albert heiser. Er war blass.

»Die junge Dame scheint sehr wissbegierig zu sein. Das ist gut. Sehr gut.« Das Äußere der Dame wirkte streng, doch ihre grauen Augen hatten einen gütigen warmen Glanz. »Soso, über mich wurde im Hause Hannemann also nicht gesprochen.«

»Mein Vater hat mir nie etwas erzählt«, verteidigte Albert sich, obwohl ihn niemand angegriffen hatte. »Es war Großvater Theodor selbst, der mir ein Verhältnis mit einem Hausmädchen gebeichtet hat. Er war damals schon sehr alt und hatte sich längst aus dem Geschäft zurückgezogen. Er hat mir gesagt, dass er das Waisenhaus finanziell unterstützt hat, weil dort das gemeinsame Kind untergebracht war.« Er hob hilflos die Schultern und sah von einem zum anderen, ehe er sie wieder sinken ließ.

»Mein lieber Bruder Carl, mein Halbbruder«, korrigierte sie sich sofort. »Er wollte nichts von mir wissen.« Sie seufzte. »Das ist nichts Neues. Wilhelm war der einzige Mensch in der Familie.« Sie sah Albert in die Augen. »Ist es nicht töricht? Unser Vater hatte dieses Hausmädchen, meine Mutter, geschwängert, ehe er verheiratet war. War es wirklich nötig, so ein Versteckspiel zu veranstalten? Was wäre ihm schon geschehen. Es hätte geheißen, er habe sich eben die Hörner abgestoßen. Männer sind so, dafür muss man Verständnis haben. Schwamm drüber.« Sie machte eine kurze Pause, ehe sie weitersprach. »Für seine Liebschaft war das natürlich die Katastrophe. Darum hat sie sich ja auch das Leben genommen.«

»Ihre Mutter hat sich umgebracht, gleich nachdem Sie geboren wurden?« Per sah sie aufmerksam an.

»Ach, junger Freund, nenne mich bitte Mary. Sag du und Mary. Getauft wurde ich auf Margot, aber das war für die Amerikaner zu schwierig.« Sie sah versonnen auf ihre Hände, deren Pergamenthaut übersät von dunklen Flecken war. »Es hat mir gefallen, zum Neubeginn auch einen neuen Namen zu bekommen.« Sie räusperte sich. »Ja, so war es. Meine Mutter legte mich vor dem Waisenhaus ab, schrieb meinem Vater einen Abschiedsbrief und erhängte sich auf dem Dachboden in der Bergstraße.«

Frieda starrte ihren Vater an. Im Haus in der Bergstraße hatte sie die ersten Jahre ihres Lebens verbracht. Er zuckte mit den Achseln und schüttelte schwach den Kopf, was wohl bedeuten sollte, dass er es auch nicht gewusst hatte.

»Wie kommt es, dass Wilhelm als Einziger eine Verbindung zu dir hatte?«, wollte Frieda wissen.

»Sieht so aus, als wäre mein Herr Vater zwar feige gewesen, aber eben auch ein Romantiker. Er hat den Brief meiner Mutter aufbewahrt, Wilhelm hat ihn gefunden. Im Gegensatz zu seinem älteren Bruder hat er sich sofort auf die Suche nach mir gemacht«, erzählte sie mit einem kurzen scharfen Seitenblick zu Albert.

»Mit Erfolg, wie mir scheint.« Per lächelte sie an, Mary nickte.

»Wie alt warst du da?« Frieda trank einen Schluck Wasser, ihre Müdigkeit und ihr Hunger waren vergessen. Sie konnte nicht genug von Marys Erklärungen bekommen. Ein Stück Familiengeschichte fügte sich zusammen.

»Längst eine erwachsene Frau«, antwortete Mary. »Ich war dreiunddreißig. Fragt mich jetzt bitte nicht, wie es ihm gelungen ist, mich ausfindig zu machen.« Sie hob die faltigen Hände und lachte leise. »Vier Jahre lang hat er mich in Hamburg durchgefüttert. Dann ging er nach New York und nahm mich mit.«

»Niemand in der Familie wusste davon«, sagte Albert fassungslos. »Du bist mit dem gleichen Schiff gereist wie er?«

»Sogar in der gleichen Kabine.« Sie lachte über sein verblüfftes Gesicht. »Er war mein Halbbruder, und wir kannten uns inzwischen ziemlich gut.«

Mary erzählte, dass sie ein Zimmer am Dovenfleet gefunden hatte, nachdem sie das Waisenhaus verlassen musste.

»Am Dovenfleet?« Frieda spürte ihr Herz immer schneller schlagen. »Aber das ist doch nicht weit entfernt vom Ballinhaus. Dort ist jetzt unser Firmensitz.« Sie sah Marys fragendes Gesicht. »Am Meßberg, das Kontorhaus ist neu erbaut. Ich wüsste gar nicht, wo es dort Wohnungen gibt.«

»Ich nehme mal an, das Fachwerkgebäude, in dem ich damals gehaust habe, ist auch einem Neubau gewichen, einem Kontorhaus vielleicht. Ich hoffe es.«

Unglaublich, sie hatte ihre Geburtsstadt nie verlassen, bis sie siebenunddreißig war und Wilhelm sie mit nach Amerika genommen hatte. Sie habe sich regelmäßig Nachrichten aus Deutschland schicken lassen, erzählte sie weiter, vor allem natürlich aus Hamburg. An Albert gewandt, sagte sie: »Als ich vom Tod meines Bruders, deines Vaters Carl gehört habe, wollte ich erst kommen, aber mit meinen über achtzig Jahren erschien mir das dann doch ein wenig zu strapaziös.«

Mary war es also gewesen, die darauf bestanden hatte, den Hamburger Teil ihrer Familie einzuladen. Nachdem Albert den Schock überwunden und sich vor allem von den Strapazen der Reise ausgeruht hatte, freute er sich wie Frieda über die Überraschung und darüber, dass sie Margot, wie er sie nannte, noch kennenlernen konnten, ehe es auch dafür zu spät gewesen wäre. Am Abend hatten sie alle zusammen unten im großen Speisezimmer gegessen. Dana und ihr Mann Ethan hatten keine Kinder, Daniel, Wilhelms ältester Sohn, der tatsächlich eine gewisse Ähnlichkeit mit Albert hatte, wie alle meinten, war Vater von drei Kindern. Seine Frau Amy, eine sympathische Matrone, und er waren mit dem neunzehnjährigen Richard, dem jüngeren Frank und Nesthäkchen Virginia gekommen.

Vom nächsten Morgen an gab es immer Programm, jeder hatte sich ein paar Tage Urlaub genommen, um dem Besuch aus Deutschland etwas zeigen zu können. Dana war am häufigsten als Stadtführerin zur Stelle, und Mary war immer mit von der Partie. Der erste Eindruck, den Frieda von Theodor Carls unehelicher Tochter gehabt hatte, war nur zum Teil richtig. Mary war längst nicht so gut auf den Beinen, wie es den Anschein gehabt hatte, und nahm für längere Wege gern einen Rollstuhl zu Hilfe. Meistens schob Per sie, wenn sie gemeinsam Greenwich Village, Jersey auf der anderen Seite des Hudson oder eine weiter entfernte Gegend erkundeten, und selbstverständlich beim Besuch von Wilhelms Grab. Es gab Italiener-Viertel und Ecken, in denen überwiegend Deutsche lebten, auch durch ein Juden-Viertel streiften sie.

»Was treibt dieser Hitler?«, wollte Mary wissen. »Eine Zeit hatte ich schon Sorge, dass er in Deutschland das Sagen bekommt. Dann würden wohl noch mehr Schiffe mit jüdischen Immigranten ankommen. Fast fünftausend sind in den letzten Jahren täglich gelandet. Nicht alles Juden natürlich«, erklärte sie, »sondern Immigranten aus verschiedenen Ländern. Aber wenn dieser Hitler und seinesgleichen doch mehr Macht erringen, dann wird der Anteil der Juden zunehmen.«

Frieda konnte sich kaum sattsehen. Mal waren die Häuser wirklich im italienischen Stil gebaut, dann wieder ragten die typischen Wolkenkratzer in den Himmel. Heute besuchten sie elegante Geschäfte wie etwa das Bloomingdale's, das Frieda an das Warenhaus Mendel erinnerte, wenn dies hier auch deutlich größer war. Am nächsten Tag kamen sie durch Gegenden, in denen Kinder mit struppigem Haar und geflickten Kleidern Herren in Anzügen die Schuhe putzten. Mary zeigte ihnen Five Points, südlich vom hübschen Greenwich Village.

»Hier hat es früher einen Slum gegeben. So heißen heruntergekommene Straßenzüge hier, in denen die Armen der Ärmsten hausen. Hat mich sehr an den Dovenfleet erinnert, als ich nach New York kam. Manchmal lohnt eben ein zweiter Blick. In Five Points gab es die besten Tanzveranstaltungen.« Sie zwinkerte. »Im Slum lebten überwiegend Einwanderer aus Irland, und die haben einen Stepptanz mitgebracht … Junge, Junge!« Sie zeigte ihnen in einem weiteren ehemaligen Slum den Platz, wo einst im Atlantic Garden gefeiert und getrunken wurde. »Bowery war auch für seine Banden berühmt, die die Straßen unsicher machten. Und für seine Bordelle und andere zwielichtige Etablissements. Aber im Atlantic Garden konnte man wunderbar für wenig Geld etwas trinken. Ein deutscher Einwanderer hat den Biergarten betrieben. Ist schon über zehn Jahre her, dass er ihn dichtgemacht hat. Schade, ich wäre gern mit euch hingegangen.«

Einmal besuchten sie das Woolworth Building.

Frieda glaubte sofort, dass es sich dabei um das höchste Gebäude der Welt handelte: »Beinahe sechzig Stockwerke, das ist … das ist einfach …«

»Ein Wunder?« Mary lachte. »Einige bezeichnen es als Weltwunder.« Sie zuckte die Achseln, offenbar konnte die Höhe sie längst nicht mehr beeindrucken. »Andere sprechen von der Kathedrale des Kommerz. Es gibt einen Fahrstuhl, fahrt nur herauf!«

»Nein, danke, für mich ist das nichts.« Albert schüttelte vehement den Kopf.

»Was ist mit dir?« Per sah Frieda an.

»Ist das dein Ernst? Wir können nicht wissen, ob wir je wieder die Gelegenheit haben. Natürlich möchte ich hinauf.«

»Dann los!«

Hatte der Anblick der mit gotischen Elementen verzierten Fassade ihr schon den Atem geraubt, fehlten Frieda drinnen die Worte bei all dem Prunk. Dieses Bauwerk schien wahrhaftig Weltwunder und überdimensionale Kathedrale in einem zu sein. Gläserne Mosaike an der viele Meter hohen Decke, strahlend-weiße Reliefs, die verschiedene Persönlichkeiten zeigten, Wandgemälde, Stuck, Gold, Marmor, wohin man auch immer schaute. Damit nicht genug. Für ein paar Cents brachte ein Fahrstuhl sie hinauf in eines der obersten Stockwerke. Während der furchtbar langen und etwas ruckeligen Fahrt war sich Frieda nicht mehr sicher, ob die Entscheidung richtig gewesen war. Hätte es nicht gereicht, die prachtvolle Innenarchitektur zu bestaunen? Nein, hätte es nicht! Als sie die Aussichtsplattform betrat, ergriff sie ein bis zu der Sekunde unbekanntes Gefühl.

»Mein Gott, es ist, als ob man fliegt!« Sie bewegte sich langsam, als könne ein falscher Schritt sie nach unten befördern. Das war natürlich nicht möglich, denn die Plattform war mit Geländern und Balustraden gesichert. Trotzdem, es fühlte sich an, als würde ein Sog an ihr ziehen, der sie in die Tiefe reißen wollte. Ihre Knie waren weich und ihr war ein wenig schwindelig. Sie hielt sich an Per fest.

»Du brichst mir die Fingerknochen, wenn du noch stärker drückst«, sagte er, legte einen Arm um sie und zog sie fest an sich. »Ist es nicht fantastisch? Als könnte man bis ans Ende der Welt sehen.«

Das stimmte. Ganz Manhattan lag ihnen mit seinen Dächern und Straßenschluchten zu Füßen. Da war die Brooklyn Bridge und eine weitere Brücke, die beide über den East River führten.

»Man bräuchte ein Fernglas, um die Menschen da unten erkennen zu können. Wer weiß, vielleicht stehen Vater und Mary extra auf dem Gehweg und winken, und wir sehen es nicht einmal.« Sie musste laut sprechen, denn dort oben pfiff ein kräftiger Wind.

Per lachte und gab ihr einen Kuss. »Wir sollten sie nicht noch länger warten lassen«, sagte er schließlich.

Die Tage rauschten nur so an Frieda vorbei. Sie mochte Greenwich Village, das einige sehr hübsche Häuser, vor allem aber auch viel Grün zu bieten hatte. Egal, ob sie eine Vorstellung im erst kürzlich eröffneten Cherry-Lane-Theater in einer ehemaligen Brauerei besuchten, bei der sie nur wenig verstand, oder ob sie die Architektur eines preisgekrönten Gebäudes bewunderten, Frieda genoss jede Sekunde. Am meisten aber gefielen ihr die langen Gespräche, die sie beinahe jeden Abend auf Marys Dachterrasse hatten. Einmal erzählte Mary von dem großen Brand in Hamburg, bei dem ihr Vater nicht nur ihr Leben, sondern das von nahezu dreihundert Menschen gerettet hatte.

»Natürlich kann ich mich kaum noch daran erinnern«, begann sie. »Ich war damals gerade mal zwei Jahre alt. Aber die Geschehnisse dieser Tage waren noch lange das beherrschende Thema. Immer wieder haben die Frauen, die uns Waisen betreut haben, die Geschichte erzählt. So fühlt es sich für mich heute manchmal wie Erinnerungen an.« Sie schwieg eine kurze Weile. Dann sagte sie: »Die Glocken werde ich nie vergessen. Die sind tatsächlich in meinem Gedächtnis geblieben. Ich hörte später, es seien die von Nikolai gewesen. Niemand hat sie geläutet.« Ihr Blick ging in die Ferne. »Allein das Feuer hat sie in Bewegung versetzt. Daran erinnere ich mich, an das Läuten der Glocken mitten in dem ohrenbetäubenden Fauchen, Tosen und Knacken des entsetzlichen Feuers.«

Obwohl ihr Vater ihr diese Geschichte einmal erzählt hatte, lauschte Frieda Marys Worten gebannt. Auch Per und Albert und Dana, die sich ihnen auch an diesem Abend angeschlossen hatte, hingen an Marys Lippen. »Und dann natürlich an die unvorstellbare

Hitze. Gegenstände sind einfach geschmolzen, haben geglüht. Ich weiß noch, dass alles aus dem Haus geschafft wurde, was in Flammen hätte aufgehen können. Unsere Erzieherinnen haben alle nur greifbaren Gefäße mit Wasser gefüllt. Sie haben es wohl aus dem Alsterfleet geholt, das war ja nicht weit weg. Sie sind die ganze Zeit rein und raus gerannt, immer wieder rein und raus. Und dann der Geruch nach verschmortem Haar, den vergesse ich auch nie. Es waren die Härchen auf den Armen, die verbrannt sind.«

Wilhelm Hannemann hatte sich zu Friedas großer Überraschung nur eine Zeit mit dem Export von Waren befasst. »Er war ein Büchernarr«, verriet Mary ihnen eines Abends. »Und er hat begriffen, dass sich damit viel Geld verdienen lässt. Also hat er eine Druckerei eröffnet. Ich habe ihm geholfen, so gut ich konnte. Schreiben und Rechnen hatte ich ja im Waisenhaus gelernt. Wir haben wohl etwas gemeinsam, Frieda.« Sie lächelte Frieda fröhlich an. »Ich wollte nämlich auch unbedingt arbeiten. Aber nicht irgendetwas, ich wollte etwas Eigenes auf die Beine stellen. So wie du mit deiner Manufaktur.« Plötzlich lachte sie auf. »Lieber Himmel, ich war ziemlich eingebildet, fürchte ich.«

»Mit gutem Recht«, wandte Dana ein und schmunzelte.

»Inwiefern?« Per sah von einer zur anderen.

»Ich musste ganz viel lesen«, erklärte Mary. »Wenigstens musste ich die Druckbögen kontrollieren und auch später in die fertigen Werke einen Blick werfen. Dabei habe ich zwangsläufig viel von den Texten und der Sprache mitbekommen und dachte sehr oft: Das hättest du besser gekonnt.« Ihre Augenbrauen schnellten in die Höhe.

»Ihr erster Roman wurde gleich ein Erfolg«, verriet Dana. »Vater hat oft erzählt, dass er ihn eigentlich mehr ihr zum Gefallen gedruckt hat. Doch schon bald standen die Maschinen nicht mehr still und produzierten nur noch ihr Buch.« Sie lachte. »Mary hat es schnell zu einer der am meisten verdienenden Schriftstellerinnen des Landes gebracht«, sagte Dana voller Bewunderung.

»Sollte man in Deutschland dann nicht auch von dir gehört haben?« Albert zog ungläubig die Stirn kraus. »Ich habe kaum Zeit für die schöne Literatur, aber der Name Mary Hanman ist mir nicht geläufig.«

»Margot Hannemann auch nicht«, erklärte Mary, »weil ich ein Pseudonym gewählt habe, einen Männernamen.« Sie blickte auf ihre Hände. »Die Beschreibung von Sexszenen ist nicht gerade meine Spezialität, aber nur mit Andeutungen kommt man doch auch nicht weit, wenn man von der Liebe zweier Menschen erzählen will«, sagte sie. »Die Amerikaner sind diesbezüglich ein wenig zurückhaltend. Schreibt ein Mann darüber, wie zwei miteinander ins Bett gehen, genießen sie das Prickeln und denken: Aha, ein richtiger Kerl, der kennt sich aus. Wüssten sie, dass eine Frau diese Zeilen verfasst hat, wären die Leser schockiert. Nicht, dass sie es weniger genießen würden, es zu lesen.« Sie schmunzelte. »Aber die Autorin hätte es in der Gesellschaft schwerer. Mir wäre das gleichgültig gewesen, aber ich wollte Wilhelm die Peinlichkeit ersparen. Ich habe ihm einfach alles zu verdanken, deshalb habe ich immer Rücksicht auf ihn genommen.«

Als ihre Reise sich dem Ende näherte, schlug Mary Frieda einen Ausflug zu zweit vor.

»Die Männer haben ohnehin anderes zu tun. Mach mir die Freude, einen der letzten Sommertage gemeinsam am Strand zu verbringen!«

»Liebend gern, Mary.« Per wollte in der Niederlassung einiges erledigen, das war viel zu kurz gekommen, wie er sagte. Albert begleitete ihn. Also machten sich Frieda und Mary allein auf den Weg nach Coney Island. Mary hatte einen Wagen bestellt, der sie über den East River brachte. Ihr erster Halt war am Prospect Park.

»Im Herbst findest du hier alle Schattierungen von Gelb, Orange und Rot, die du dir nur vorstellen kannst. Es ist wunderschön.«

»Das ist es jetzt schon«, entgegnete Frieda und schob den Rollstuhl an ausgedehnten Wiesen vorbei und über Alleen zwischen Ahorn- und Tulpenbäumen, Hartriegel, Eichen und Pappeln wieder zurück zum Auto. Alles war in Amerika so viel größer als zu Hause. Sie durchquerten Kensington und Gravesend. Frieda fiel nicht zum ersten Mal auf, dass die Straßen so ganz anders angelegt waren als in Hamburg.

»Daheim ist alles ein bisschen kreuz und quer, hier sehen die Straßen aus, als hätte sie unser Buchhalter Meynecke mit dem Lineal auf Karo-Papier gezeichnet und dann exakt so bauen lassen.«

»Das trifft es ganz gut.« Mary schmunzelte und erklärte ihr das System von New Yorks Avenues, Boulevards und Streets.

»Unglaublich, was du alles weißt!«

»Kindchen, ich lebe seit vielen Jahren hier.«

»Ich meine, was du noch weißt. Du scheinst nichts zu vergessen, dein Kopf ist so wach.«

»Im Gegensatz zu meinen Beinen, die schlafen gern ein bisschen länger.« Mary lachte glucksend. »Hast du etwa gedacht, Menschen jenseits der sechzig verlieren automatisch den Verstand?«

»Entschuldige, ich wollte nicht taktlos sein. Es ist nur … Ich musste an Großvater denken. Er war mit zunehmendem Alter immer verwirrter.«

Die beiden schwiegen, bis sie ihr Ziel erreicht hatten. Wilhelm war der Einzige in der Familie, der sich für Mary interessiert hatte. Wahrscheinlich interessierte sie sich darum jetzt für niemand anderen aus der Familie, denn sie kam nicht mehr auf das Thema Carl zurück.

Coney Island war keine Insel, wie der Name vermuten ließ, sondern eine Halbinsel.

»Du wirst sehen, der Strand erinnert ein bisschen an die Ostsee. Naja, so habe ich sie jedenfalls in Erinnerung. Aber vermutlich gleichen sich alle Strände ein wenig.«

»Kennst du denn nicht Dutzende? Du bist doch sicher viel gereist, ich meine, du bist reich, wenn ich das richtig verstanden habe.« Frieda lachte.

»Kann man wohl sagen. Tja, ich hätte es tun können. Ich weiß selbst nicht genau, warum mir nie der Sinn danach stand. Als Kind war ich einmal in Travemünde. Gönner hatten dem Waisenhaus Geld gespendet, sodass wir diesen Ausflug mit fünfzehn oder zwanzig Kindern machen konnten. Mit einer Übernachtung!« Ihre Augen strahlten bei der Erinnerung. »Wenn ich Sehnsucht nach Norddeutschland hatte, bin ich immer hierher nach Coney Island gekommen. Allerdings nie in der Hochsaison, da liegen die Menschen wie die Sardinen in der Büchse Leib an Leib im Sand.« Sie schüttelte sich. »Um diese Jahreszeit geht es schon wieder.« Sie hatten den Strand erreicht. Jungen in Matrosenanzügen ließen mit ihren Vätern in Knickerbockern Drachen steigen. Familien ließen sich in Kisten, die aussahen wie Strandkörbe auf Rädern, über die Promenade schieben. »Ich glaube, ich hatte immer Angst, dass mir meine Fantasie abhandenkommt, wenn ich verreise«, sagte Mary unvermittelt. »Wenn man alles mit eigenen Augen sehen kann, und sich nicht mehr vorstellen muss, wie es an anderen Orten der Welt aussieht, wie es riecht, sich anhört, dann könnte das passieren, meinst du nicht?«

»Ein interessanter Gedanke.« Frieda überlegte kurz. »Vielleicht ist es aber auch genau umgekehrt. Ich empfinde unsere Reise hierher zu dir als große Inspiration. Es gibt so viele Anregungen, die ich mit nach Hause nehme.«

»So ein Ärger!«

»Was ist los?«

»Du hast völlig recht. Womöglich hätte ich viel besser und leichter schreiben können, wenn ich gereist wäre. Denn weißt du, manchmal war es wirklich eine elende Quälerei, jede Kleinigkeit aus den eigenen Hirnwindungen zu pressen.« Wieder lachte sie, ihr Ärger schien sich in Grenzen zu halten.

Coney Island war nicht nur ein Strand, sondern auch ein riesiger Vergnügungspark. Es gab nichts, was es nicht gab, gemütliche Biergärten sogar mit deutschem Bier, Spielhallen, Schießbuden, Bars und Theater, in denen teils akrobatische, teils komische Shows gezeigt wurden. Attraktionen, die verschiedenen Weltausstellungen abgekauft worden waren, hatten hier einen neuen Platz gefunden, an einigen Buden konnte man Würstchen kaufen, die mit Senf, Tomatensoße, Zwiebeln und Gurkenscheiben in Brötchen angeboten wurden. Alles war groß, bunt und schön, aber für Friedas Geschmack auch künstlich. Ihr wurde bewusst, dass sie gerade die Stille und das Pure der Natur schätzte, wenn sie am Ufer der Elbe spazierte oder einen Ausflug ans Meer unternahm, was sie viel zu selten tat, wie sie jetzt dachte. Sie kamen an einer beeindruckenden Holzachterbahn vorbei, die hier für Friedas Empfinden völlig fehl am Platz war.

»Du kannst ruhig mitfahren, wenn du willst«, schlug Mary vor. »Ich laufe dir nicht weg.« Sie kicherte.

»Nein, danke! Ich würde nur lauter kreischen, als alle anderen Besucher zusammen.«

»Dann lass uns ein Stück am Strand entlanggehen, ja? Siehst du, dort gibt es Buden, in denen wir unsere Sachen lassen können.« Sie klang plötzlich aufgeregt wie ein kleines Mädchen. »Wir ziehen Schuhe und Strümpfe aus und gehen mit nackten Füßen durch den Sand. Das liebe ich wirklich! Wer weiß, wie oft ich es noch tun kann? Der Herbst kommt schneller, als einem lieb ist.« Mit einem Schlag sah sie ganz ernst aus.

»Worauf warten wir noch?« Frieda schob sie zügig zu den Hütten, auf die Mary mit dem Finger gedeutet hatte. Dort konnten sie nicht nur ihre Schuhe lassen, sondern auch den Rollstuhl abstellen. Mary hakte sich bei Frieda unter, und sie marschierten los.

»Erzähl mir ein bisschen von deinem Großvater. Wie war mein Bruder Carl?« Sie hatte ihr Gespräch im Wagen also nicht vergessen und interessierte sich anscheinend doch ein wenig für die Familie.

Frieda erzählte von ihren frühen Erinnerungen, von ihren gemeinsamen Ausflügen in die Vierlande beispielsweise.

»Er konnte aus Eicheln Ohrringe schnitzen. Es hat schrecklich gezwickt, wenn er sie mir an die Ohrläppchen geklemmt hat, aber ich bin beinahe geplatzt vor Stolz.« Sie blickte auf den Atlantik, dessen Wellen gleichmäßig auf den Strand rollten, sich zurückzogen und wieder nach dem Ufer leckten. »Großvater hat mir in der Elbe das Schwimmen beigebracht. Mutter durfte nichts davon wissen, sie hätte sich fürchterlich aufgeregt.«

»Warum das?«

»Viel zu gefährlich!«, erwiderte Frieda und verdrehte die Augen.

»Was soll an Schwimmunterricht gefährlich sein? Ihr lebt in einer Stadt, in der es an jeder Ecke Wasser gibt. Angst muss nur haben, wer nicht schwimmen kann.«

»Genau so hat Großvater es auch gesehen, es waren fast exakt seine Worte«, stellte Frieda erstaunt fest und lächelte. »Meine Mutter kann selbst nicht schwimmen und findet noch immer, dass ihr nichts fehlt. Also gibt es keinen Grund, warum ich es lernen sollte. Zumal sie es für unschicklich hielt. Glücklicherweise hat sich Großvater Carl durchgesetzt. Nach den Lektionen hat er mir manchmal einen Saft spendiert oder ein Eis. Es war herrlich!«

»Er scheint ein anständiger Kerl gewesen zu sein. Obwohl er sich nicht für einen Cent für seine Halbschwester interessiert hat.«

»Ja, er hatte ein gutes Herz, denke ich. Als ich älter wurde, habe ich bemerkt, wie rückständig seine Ansichten in mancher Hinsicht waren. Nicht nur, dass er deine Existenz als Familienschande betrachtet hat, sondern auch seine Einstellung Frauen gegenüber. Du hättest ihn hören sollen, als Frauen das Wahlrecht bekommen haben.« Frieda lachte auf. »Ich glaube, das war für ihn der Beginn des Untergangs unserer Zivilisation.« Dann erzählte sie davon, wie sein Geist sich in den letzten Jahren ganz langsam davongeschlichen hatte. »Er tat unsinnige Dinge. Zum Schluss suchte er sogar nach seiner Frau, die schon lange tot war. Er starb im Winter, Gertrud Krüger, die arme Seele, fand ihn im Schlamm des Fleets, nur mit Pyjama und Pantoffeln bekleidet.«

Sie spazierten zurück zur Promenade, holten sich Waffeln, lachten über Puderzucker, der ihre Nasenspitzen weiß färbte.

»Dein Großvater ist mit einem rückständigen Frauenbild aufgewachsen«, kam Mary noch einmal auf das Thema zurück. »Nur die wenigsten schaffen es, ihre Ansichten gründlich zu verändern. Das ist gefährlich. Man muss mit der Zeit gehen, sonst muss man mit der Zeit gehen«, sagte sie und zwinkerte. »Dein Vater scheint zu diesen seltenen Exemplaren zu gehören, wenn er dir die Leitung eures Unternehmens einmal anvertrauen will.«

»Das stimmt, Vater ist ein wirklich moderner Mann, der Entwicklungen annimmt und sich mit ihnen verändert. Ganz im Gegensatz zu meiner Mutter.« Sie verdrehte vielsagend die Augen.

»Die Frauen hier in New York sind ziemlich selbstbewusst. Es ist üblich, dass sie morgens lange liegen bleiben und die Männer den Kaffee kochen.« Mary lachte vergnügt. »Ich finde es großartig, dass Frauen heutzutage so viel tun können. Ich finde dich großartig, Frieda. Du stellst fantastische Schokolade her. Allein dafür würde es sich lohnen, nach Hamburg zurückzukommen. Du wirst das Familienunternehmen einmal übernehmen. Dafür hast du meinen Respekt. Aber siehst du, du bist auch eine frisch verheiratete Frau. Dein Mann war sicher der Hauptpreis in der Lostrommel, was?«

»Ja, so kann man es sagen.«

»Mach nicht die gleiche Dummheit, die die Hannemann-Männer gemacht haben.« Frieda sah sie erstaunt an. »Erst kommt Hannemann & Tietz, oder von mir aus Hannemann & Krüger, dann ein großes Nichts und erst danach irgendwann das private Glück. Verzichte nicht darauf, eigene Kinder aufwachsen zu sehen, Töchter und Söhne, in denen du dich und Per wiedererkennst. Es war nicht gerade schön, in einem Waisenhaus aufzuwachsen. Nicht die Hölle, aber auch nicht schön. Danach war ich mit Überleben beschäftigt, und dann war es zu spät, um eine Familie zu gründen. Gott sei Dank hat Wilhelm sich fortgepflanzt.« Sie lachte. »Ich konnte Daniel, Miranda und Dana mit großziehen und passe manchmal auch noch auf deren Nachwuchs auf. Ihr könnt Kindern ein herrliches Leben bieten. Das solltet ihr euch nicht entgehen lassen.«

So sehr sich Frieda auch darauf freute, bald wieder zu Hause zu sein, in ihrer geliebten Manufaktur Schokolade und Pralinen zu machen, Ernst, Clara und natürlich Mutter und Hans wiederzusehen, so betrübt war sie auch, als der Tag der Abreise gekommen war. Allen war klar, dass dies ein Abschied für immer sein würde. Sie hatte Mary gerade erst in ihr Herz schließen dürfen und musste sie doch schon wieder loslassen. Nicht nur Frieda fiel es schwer, sich mit dieser Tatsache abzufinden.

»Willst du nicht doch mit uns nach Hause kommen?«, fragte Albert schon wieder, als sie auf den Wagen warteten, der sie zum Hafen bringen würde.

Mary sah ihn lange an, als suche sie die Antwort in seinem Gesicht. »Ich bin zu Hause«, sagte sie dann.

»Kannst du deiner Familie in Deutschland denn wirklich nicht verzeihen? Es ist doch alles so lange her«, versuchte er sie zu überzeugen. »Deine Enttäuschung, dein Schmerz … Es sind so viele Jahre vergangen, Tante Margot!« Er nahm ihre Hand.

Wieder sah sie ihm lange in die Augen. »Glaubst du ernsthaft, dass Zeit Schmerz lindern kann? Wie soll das gehen, hm?« Frieda sah, wie sie seine Hände drückte, ehe sie ihn losließ. »Aber das ist ja nicht der Grund, weshalb ich hierbleibe. Ich bin sehr froh, dass ich so störrisch darauf bestanden habe, euch einzuladen.« Sie lachte leise. »Es ist schön, nun Gesichter zu den Namen zu haben. Es ist vor allem gut zu wissen, dass die Familie meines Vaters nicht so übel ist.« Sie schaffte es tatsächlich, die bedrückte Stimmung aufzuheitern. »Trotzdem ist es wahr: Ich bin hier zu Hause. Das ist meine Familie.« Sie deutete in die Runde der versammelten Gesellschaft. Alle waren gekommen, um Lebewohl zu sagen: Dana mit Ethan, Miranda mit ihrem Mann und ihren Kindern, und auch alle drei Kinder von Daniel und Amy hatten sich eingefunden.

»Ich fürchte, wir müssen uns auf den Weg machen, das Schiff wartet nicht auf uns«, sagte Per leise. Frieda nickte, sie hatte einen harten Kloß im Hals.

»Du hast recht«, sagte sie tapfer, »Zeit, Abschied zu nehmen.« Alle schüttelten sich die Hände.

»Lass uns in Kontakt bleiben«, sagte Dana. »Ich würde mich wirklich freuen, wenn wir uns schreiben würden. Vielleicht kommt ihr auch mal wieder.«

»Oder ihr wagt die Reise über das weite Meer«, schlug Frieda lächelnd vor. Zum Schluss war Mary an der Reihe. Sie stand die ganze Zeit aufrecht wie bei ihrer Begrüßung. Es war gerade mal drei Wochen her, erschien Frieda jedoch wie eine Ewigkeit. Vor drei Wochen war die runzelige Dame mit dem kurzen grauen Haar eine Fremde gewesen, jetzt war sie eine Vertraute.

»Solltest du irgendwann in Not sein, Frieda, dann wende dich einfach an Dana. Sie wird Zugriff auf mein Vermögen haben, wenn ich mich nicht mehr darum kümmern kann.« Das lieb gewonnene faltige Gesicht verschwamm vor Friedas Augen. »Dir und deinen Lieben wird dieses Haus immer offen stehen«, sprach Mary unbeirrt weiter. »Manchmal braucht man einen Ort, weit weg, an den man gehen kann.«

»Wir sehen uns wieder«, flüsterte Frieda erstickt.

»Du weißt, dass das nicht wahr ist.«

Lange standen Frieda und Per an Deck, bis sie die Freiheitsstatue nicht mehr erkennen konnten. Die ersten Stunden auf See war Frieda still und sehr nachdenklich. Doch mit jedem Meter, den sie sich der

Heimat näherten, spürte sie mehr einen Tatendrang in sich, den sie am liebsten auf der Stelle in konkrete Handlungen umgesetzt hätte. Frieda schrieb Listen, die sie zu Hause gleich abarbeiten wollte. Magnus Jensen zu treffen, ihre Reisebekanntschaft von der Hinfahrt, war einer der Punkte. Franchise auf den Weg bringen, notierte sie sich. Ein Kind zu bekommen, oder mehrere, gehörte wohl eher nicht auf die Liste, dachte sie lächelnd, obwohl sie auch damit nicht zu lange warten wollte. Neben dem Tatendrang spürte sie noch etwas. Ein Virus hatte sie befallen, von dem es keine Heilung gab. Fernweh.

TEIL 2

Kapitel 11

1928

»Frieda, was ist los?«

»Schon wieder diese Kopfschmerzen.« Sie stöhnte. »Allmählich mache ich mir wirklich Sorgen. Ich fürchte, ich werde Dr. Matthies einen Besuch abstatten müssen.«

Selma trat zu ihr. »Geht es dir schon länger schlecht? Du hast gar nichts gesagt.«

»Was hilft es denn, dich damit zu belasten?«

»Per ist nicht da, ich hätte dir etwas holen oder mich sonst wie um dich kümmern können.« Selmas braune Augen, die so schüchtern blicken konnten, hatten jetzt ihren typisch energischen Ausdruck.

»Ach, das gibt sich von allein. Ich hatte viel zu tun in der letzten Zeit, ich …«

»Du hast immer viel zu tun. Zu viel«, stellte Selma fest und stemmte die Fäuste in ihre Hüften. »Also, Kopfschmerzen und was noch?«

»In letzter Zeit spielt mein Magen verrückt. Mir ist plötzlich speiübel, besonders auf Gerüche reagiere ich. Manchmal so heftig, dass ich mich übergeben muss. Das kenne ich gar nicht von mir. Und jetzt auch noch der Schwindel. Wenn ich länger am Herd stehe oder Pralinen fülle, dann wird mir mit einem Schlag schwarz vor Augen, und ich muss mich schleunigst hinsetzen.«

»Das ist nicht dein Ernst, oder?«

Frieda wurde mulmig. »Doch, wieso? Meinst du, es ist etwas Schlimmes?«

Selmas Mund verzog sich zu einem schmalen Lächeln. »Im Gegenteil. Du solltest wirklich zum Arzt gehen«, sagte sie. »Allerdings denke ich nicht, dass du dir Sorgen machen musst.« Jetzt schob sie die Augenbrauen hoch und sah Frieda verständnislos an.

Frieda begriff. »Aber das kann nicht sein«, flüsterte sie.

»Wieso denn nicht? Per ist noch nicht so lange weg. Und ihr werdet doch wohl miteinander schlafen.« Selma schien es nichts auszumachen, ganz offen darüber zu sprechen.

Frieda schon. »Ja.« Ihr wurde warm.

Selma legte den Kopf schief. »Und, ist es gut?«

»Was meinst du? Ach so …« Sie räusperte sich, dann dachte sie an die Nächte mit Per, die letzte Nacht, ehe er nach Shanghai hatte reisen müssen. »Gut ist gar kein Ausdruck«, sagte sie leise und musste lächeln.

Selma warf ihr langes Haar zurück und lachte. Es klang nicht fröhlich. »Schön für dich.« Ihr Lachen erstarb. »Nun guck doch nicht so aus der Wäsche. Deine Eltern warten schon lange auf die gute Nachricht. Ihr seid bald drei Jahre verheiratet. Oder wollt ihr etwa keine Kinder?«

»Noch ist es ja gar nicht sicher«, murmelte Frieda. »Vielleicht steckt doch etwas anderes dahinter.«

»Weißt du, wann du deine letzte Blutung hattest?«

Frieda musste nachdenken, sie achtete nicht sehr auf solche Dinge. »Keine Ahnung, ist schon eine ziemliche Weile her, fürchte ich.«

»Dann ist es so gut wie sicher! Aber gratuliert wird erst, wenn dir ein Arzt die Schwangerschaft bestätigt hat und alles in Ordnung ist«, sagte sie und ging.

Frieda sah ihr irritiert nach. Selma hatte sich verändert. Wann hatte das angefangen? Wenn sie es recht bedachte, war ihr gleich nach ihrer Rückkehr aus New York aufgefallen, dass Selma sich anders verhielt als zuvor. Sie war so kühl und schreckhaft manchmal. Frieda hatte sie darauf angesprochen, doch jedes Mal hatte Selma behauptet, sie würde sich nur etwas einbilden. Nein, Frieda bildete sich bestimmt nichts ein. Wo war die warmherzige Frau geblieben, die mit ihnen zusammengewohnt hatte? Frieda würde ganz in Ruhe mit ihr sprechen, wenn es einen geeigneten Moment gab. Aber jetzt musste sie sich erst um einen Termin kümmern. Gratuliert wird erst, wenn ein Arzt die Schwangerschaft bestätigt hat …

Die Bestätigung ließ nicht lange auf sich warten. Dr. Matthies hatte konzentriert ihren Bauch abgetastet und ein hölzernes Hörrohr daraufgelegt. Schließlich hatte er gelächelt. Wegen der Herztöne war er sich nicht hundertprozentig sicher, doch das habe nichts zu bedeuten. Wahrscheinlich sei es dafür einfach noch zu früh. Der Tastbefund dagegen war eindeutig, meinte er.

»Sagen Sie meinen Eltern bloß nichts«, bat sie ihn. Er zog die Augenbrauen zusammen. »Ich möchte es ihnen selbst sagen und den richtigen Moment dafür erwischen.«

»Verstehe. Meine ärztliche Schweigepflicht verbietet es mir sowieso.«

Nachdem sie die Praxis verlassen hatte, wusste Frieda nicht, wohin. Es zog sie nicht einmal in ihre geliebte Manufaktur. Was hätte sie dort tun sollen? Ein Kind! Tausend Gedanken wirbelten durch ihren Kopf. Plötzlich fiel Mary ihr ein, die gute Mary. Verzichte nicht darauf, eigene Kinder aufwachsen zu sehen, hatte sie gesagt. Töchter und Söhne, in denen du dich und Per wiedererkennst. Sie wollten ja Kinder, nur hatten sie beide in den letzten Jahren so viel in Angriff genommen, dass der Zeitpunkt ihnen nie richtig erschienen war. Jetzt liefen die Geschäfte glänzend. Völlig unmöglich, sich zurückzuziehen, um Mutter zu sein. Ach was, worüber machte sie sich eigentlich Sorgen? Sie hatte den besten Ehemann, den sie sich wünschen konnte, ein wundervolles Zuhause und genug Geld, um sich ein Kindermädchen zu leisten, das rund um die Uhr da sein würde. Sie musste lachen. Es war ein Freudenlachen. Mit den Fingerspitzen wischte sie eilig die Tränen weg, die ihr über die Wangen kullerten. Was sollten die Leute denken? Dass sie ein Kind erwartete, das sollten sie denken! Am liebsten hätte Frieda es herausgeschrien, so sehr freute sie sich mit einem Mal. Sie hätte singen mögen oder tanzen. Am liebsten beides gleichzeitig. Ob man es ihr ansehen konnte? Also wirklich, Frieda Møller, du musst dich unbedingt zusammenreißen. Sie legte eine Hand auf ihren Bauch. Aber nein, sie wollte auf keinen Fall, dass jeder erfuhr, was mit ihr los war. Sie wollte nicht einmal, dass Selma es vor Per wusste, was sich jedoch kaum vermeiden lassen würde. Per! Er fehlte ihr schrecklich! Sie wollte es ihm sagen, auf der Stelle, sich gemeinsam mit ihm freuen, doch er war so furchtbar weit weg. Wie viele Tausend Kilometer lagen zwischen Shanghai und Hamburg? Viel zu viele, das stand fest. Gerade noch hätte sie jubeln mögen vor Glück, in der nächsten Sekunde fühlte sie sich entsetzlich einsam und traurig. Es würde noch Wochen dauern, ehe er wieder nach Hause kam. Ihre Gedanken wanderten zurück zu Mary. Es zerriss Frieda beinahe das Herz, dass sie ihre Kinder nie zu Gesicht bekommen würde. Mary war im Januar 1926 gestorben. Welch ein Glück, dass Vater nach Wilhelms Tod darauf bestanden hatte, möglichst schnell nach New York zu reisen. Hätten sie gewartet, wie Frieda es wollte, wären sie Mary, Margot Hannemann, nicht mehr begegnet. Welch ein Verlust das gewesen wäre. Es gab Dinge, die man einfach nicht auf die lange Bank schieben durfte. Kinder in die Welt zu setzen, gehörte sicher dazu. Schon lächelte Frieda wieder. Sie freute sich wirklich. Wenn nur Per bei ihr wäre.

Die Praxis von Dr. Matthies lag im Mittelweg. Noch immer hatte Frieda keine Ahnung, was sie mit sich anfangen sollte. Ziellos ging sie in Richtung Außenalster. Der Himmel war klar wie frisch poliertes Kristall, die Luft ebenso. Kalt war es. Sie zog den Schal über das Kinn und knöpfte auch den oberen Knopf ihres Mantels zu. Ab sofort musste sie besser auf sich aufpassen. Nur keine Grippe bekommen oder womöglich eine Lungenentzündung. Vielleicht wäre es besser, direkt zum Dammthor zu gehen und in die Straßenbahn zu steigen. Sie konnte sich nicht dazu entschließen, stand einfach da und blickte herüber zum Uhlenhorster Fährhaus, das ruhig dalag. Wo war nur die Zeit geblieben? Sie hatte das Gefühl, gerade erst aus New York zurück zu sein, dabei war die erste große Reise ihres Lebens schon zweieinhalb Jahre her. Per hatte sich sofort mit ganzer Kraft in die Arbeit gestürzt. Er war dem Wunsch seines Vaters gefolgt, in Odense eine Werft zu bauen. Natürlich verlor er sein Ziel, einen Linienverkehr von Amerika nach Shanghai einzurichten, dabei nicht aus den Augen. Der erste Frachter, der in der eigenen Werft vom Stapel lief, war ein Dieselschiff, geplant für regelmäßige Fahrten durch das Ostchinesische Meer und über den Stillen Ozean. Weitere sollten folgen, sobald die Nachfrage groß genug war. Im Frühjahr des letzten Jahres war Per erstmals selbst nach Asien gereist, um dort eine dauerhafte Niederlassung einzurichten. Die erste Station seiner Reise war allerdings die Ostküste Amerikas gewesen. Es war ihm gelungen, mit dem Automobilhersteller Ford ins Geschäft zu kommen, für den er Teile nach Asien bringen sollte. Frieda hatte lange überlegt, ihn zu begleiten. Sie hätte in New York Dana treffen können, mit der sie einen regen Briefwechsel führte. Außerdem verlief Pers Route durch den Panamakanal. Das war nicht weit von Ecuador und Venezuela entfernt, beides Länder, in denen Kakao angebaut wurde, gerade aus Venezuela bezog Hannemann & Krüger viele Doppelzentner.

»Im Vergleich zur Entfernung von Hamburg aus mag es von Panama nach Venezuela nicht weit sein«, hatte Per nachdenklich gesagt, als sie ihm vorgeschlagen hatte, gemeinsam zu reisen. »Trotzdem sprechen wir von einigen Wochen mehr, die wir unterwegs wären. Außerdem: Was willst du dort tun?«

»Es gibt immer wieder Ärger mit dem Handelspartner im Land. Schon mehr als einmal hat er nicht die Mengen Criollo liefern können, die wir geordert hatten. Selbst der Forastero, der nun wirklich an jeder Ecke in Südamerika wächst, entsprach nicht immer meinen Ansprüchen.«

»An jeder Ecke.« Er lächelte und zog sie an sich. »Es wäre schön, wenn wir zusammen fahren könnten«, sagte er und küsste sie. »Sehr schön sogar. Nur will so eine Reise gut vorbereitet sein. Du musst Kontakt mit den Plantagenbesitzern aufnehmen, Verabredungen treffen, eine Route zusammenstellen. Du musst dir mindestens einen Fahrer besorgen, der dich im Land von Ort zu Ort bringt. Oder gibt es möglicherweise schon eine Eisenbahn?« Die Frage konnte sie ihm nicht beantworten. Dummerweise war das nicht die einzige, zu der sie nichts zu sagen wusste.

»Und wenn du mir die nötige Zeit lässt und auch später fährst?« Sie wusste, dass das nicht möglich war. Oder wenigstens nicht besonders klug. Zumal es für Ernst eine Zumutung gewesen wäre, wenn sie beide ihn viele Wochen allein gelassen hätten. Obendrein ohne dringlichen Grund.

»Das Hoch an der New Yorker Börse scheint wirklich nicht enden zu wollen«, erklärte er. Frieda genoss es, dass er mit ihr über wirtschaftliche Dinge sprach, wie mit jedem anderen Geschäftsmann, gleichzeitig wünschte sie, er wäre auch mal unvernünftig. Ihr zuliebe. »Mir scheint, den Amerikanern wird es nicht so ergehen wie uns gerade.«

»Wie konnte es nur zu diesem empfindlichen Kurseinbruch an der Berliner Börse kommen?«

»Du hast es doch gehört, sie wollen die Börsenkredite kürzen. Und zwar kräftig.«

»Sie wollen«, betonte Frieda. »Aber bisher ist es doch nur eine Ankündigung. Noch ist nichts geschehen.« Am wohlsten fühlte Frieda sich, wenn sie in ihrer Kakaoküche neue Rezepte austüfteln konnte. Preise für Kakaobohnen zu kalkulieren, einen Überblick des Gewinns durch Überschlagen der Einnahmen und Ausgaben zu verschaffen, waren Aufgaben, die ihr nicht gerade Freude machten. Aber sie konnte sie inzwischen schnell erledigen. Die Zusammenhänge von Börsengeschäften, die Bedeutung von Spekulationen, das Auf und Ab der Kurse wollte sich ihr dagegen noch immer nicht so recht erschließen.

»Mithilfe von Bankkrediten sind viel zu viele Wertpapiere gekauft worden. Das hat Kurse und damit auch den Aktienindex des Statistischen Reichsamtes klettern lassen. Der in schwindelnde Höhen gestiegene Wert der Papiere passt einfach nicht mehr zu dem realen Wert, den das dazugehörige Unternehmen darstellen kann«, erklärte er ihr. »Das ganze aufgeblasene Konstrukt fällt in sich zusammen, wenn die Kauflaune nicht künstlich erhalten wird.«

Sie nickte langsam. »Keine Kredite, oder nur noch deutlich weniger als zuvor, keine Kauflaune«, resümierte sie.

»Drüben in Amerika sieht die Lage sehr viel besser aus. Trotzdem: Ich glaube nicht an ewigen Wohlstand. Vor allem fürchte ich, dort könnte früher oder später Ähnliches passieren. Wie man hört, investieren die Leute im großen Stil. Das heizt die Wirtschaft an.« Er küsste sie wieder. »Die gute Lage müssen wir nutzen. Da ist keine Zeit zu verlieren.«

Er war also gefahren und lange weggeblieben. Erst im frühen Herbst war er zurück gewesen. Entgegen ihrer Befürchtung waren sie sich nach seiner Rückkehr keine Sekunde fremd. Stundenlang saßen sie am Abend vor dem Kamin oder spazierten am Sonntag am Strand der Elbe entlang und trotzten den eisigen Herbststürmen. Sie aßen in netten kleinen Restaurants, und Per erzählte und erzählte. Davon, was es in China zu essen gab, dass die Menschen seine Gesten oft falsch verstanden, weil bei ihnen völlig andere Handzeichen üblich waren. Frieda hörte atemlos zu, lachte, staunte und wünschte sich so sehr, sie hätte dabei sein können. Vor allem erzählte er von den Unruhen, die ihn gezwungen hatten, länger zu bleiben. Seit einem Generalstreik in Shanghai am 27. März 1927, bei dem das sonst geschäftige Treiben, das laut Pers Berichten stark an einen Ameisenhaufen erinnerte, zum Erliegen gekommen war, gab es Auseinandersetzungen zwischen Kommunisten und dem Militär. Immer wieder fanden Kundgebungen statt. Mitte April war dann ein bedeutender Gewerkschaftler umgebracht worden, und es kam im Anschluss zu Gefechten zwischen Streikposten und der Armee. Das Ganze schien ziemlich kompliziert zu sein. Was Frieda am meisten beunruhigte: Obwohl der Streik bereits beendet war, als Per in China eintraf, kehrte auch dann noch keine Ruhe ein. Und auch in diesem Jahr flammten dort immer noch ständig Kämpfe auf, auch in Shanghai. Obendrein machte sich eine Ablehnung gegenüber Ausländern breit, es hatte bereits Morde gegeben, hatte sie gelesen.

Frieda legte beide Hände auf den Stoff ihres Mantels, unter dem ihr Bauch noch flach war. Nicht mehr lange. Sie seufzte. Ausgerechnet jetzt war sie schwanger. Hätte der oder die Kleine da drinnen nicht noch etwas warten können? Wenigstens bis Per allen chinesischen Gefahren zum Trotz gesund zurück war. Gegen die Angst um ihn, die sie jetzt aushalten musste, war das Feuer damals in Odense lächerlich gewesen.

Frieda nahm nichts von ihrer Umgebung wahr, so tief war sie in Gedanken. Sollte sie sich Hans offenbaren? Gott sei Dank waren die Besuche in Fuhlsbüttel Vergangenheit. Seit dem Frühsommer 1926 war Hans wieder ein freier Mann. Zu Friedas Verwunderung war er in die Villa ihrer Eltern gezogen. Eine perfekte Lösung, nur hätte sie nie geglaubt, dass er das erkennen würde. Er hatte den Anbau für sich allein, den zuvor Frieda bewohnt hatte. So lebte er zwar mit seinen Eltern unter einem Dach, konnte jedoch eine Tür zwischen ihnen schließen, wann immer er wollte. Er hatte einen Rückzugsort und stand dennoch ein wenig unter Beobachtung. Dabei wäre die gar nicht nötig, was Frieda noch mehr verwunderte. Hans hatte eine erstaunliche Entwicklung durchgemacht! Keinen Alkohol, nicht einmal einen Tropfen rührte er an. Als die Bodega

Nagel in der Kirchenallee eine Verkaufs- und Probierstätte für die Spirituosen- und Likörfabrik und die in der Hansestadt berühmte Weinhandlung eröffnete, waren alle dort, Frieda und Per, Ernst und Ulli, sogar Selma ließ sich zu einem Gläschen überreden. Hans dagegen verzichtete.

»Wer sich in Gefahr begibt, der kommt darin um, heißt es doch«, hatte er gesagt und finster dreingeblickt. »Ich bin nicht so stark wie du, Schwesterchen. Sobald ich etwas Hochprozentiges auf der Zunge habe, will ich mehr davon. Darum gehe ich gar nicht erst hin.«

»Vielleicht bist du der Stärkere von uns beiden«, hatte sie erwidert. Sie erinnerte sich noch gut an diesen Abend. Hans war, wie so oft, zu ihr und Per auf ein Plauderstündchen herübergekommen.

Er hatte gelacht, ohne dass er fröhlich aussah. »Sicher nicht. Glaube mir, es ist weniger die Vernunft oder die Angst vor der Rückkehr meiner Abhängigkeit, die mich so eisern sein lässt. In Wirklichkeit sind es die Magenschmerzen. Schon kräftig gewürztes Essen entzündet ein Feuer in meinem Bauch, das ich niemandem wünsche. Die bloße Vorstellung, was Alkohol auslösen würde, treibt mir die nackte Panik an den Hals.«

Gut möglich, dass er ohne seinen verkorksten Magen leichter in Versuchung zu bringen gewesen wäre, Frieda war das egal. Es zählte nur die Tatsache, dass er standhaft blieb. In der Malerei hatte er etwas gefunden, das ihn wirklich fesseln konnte. Noch etwas, womit Frieda nicht gerechnet hätte. Mutter war hingerissen von seinen Bildern, wenn sie einige auch als für ihren Geschmack zu düster bezeichnete. Sie sagte ihm eine große Karriere voraus und nahm ihn, noch mehr als früher, in Schutz.

Ihr Vater dagegen hatte am Anfang noch versucht, ihn in den Import einzubinden. »Du wirst doch nicht alles vergessen haben, was du schon gelernt hattest. Bei Hannemann & Krüger ist jederzeit ein Platz für dich frei. Ich habe das mit Ernst besprochen, er ist der gleichen Ansicht.«

»Wie schön, dass dein Laufbursche dir die Genehmigung erteilt, deinem Sohn aus Mitleid Arbeit zu geben«, hatte Hans erwidert. Sein Spott war im Gefängnis noch beißender geworden, fand Frieda. »Danke, ich verzichte.«

Die Frage, wovon er zu leben gedachte, beantwortete Rosemarie für ihn: »Er ist unser Sohn und Erbe. Und er ist Künstler. Hans muss nicht arbeiten. Wenn seine Bilder irgendwann etwas einbringen, umso besser, wenn nicht, ist es auch gut.« Sie hatte leicht reden, immerhin hatte sie nie einen Finger krümmen müssen, um sich teure Kleider und stets mehr als genug zu essen leisten zu können. Frieda ärgerte sich, doch je länger sie darüber nachdachte, desto mehr musste sie ihrer Mutter beipflichten. Wohlhabende Familien brachten hin und wieder Künstler hervor, die sich vollständig der Bildhauerei, dem Gesang oder eben der Malerei widmeten, ob sie davon leben konnten oder nicht. Die Hannemanns konnten sich einen solchen Spross leisten, immerhin hatten sie ja eine Tochter, die dem Geschäft gutes Geld einbrachte.

Hin und wieder besuchte Hans, wenn er zu Frieda und Per kam, auch Selma und Sarah. Selma bestand nach wie vor darauf, seine Vaterschaft vor ihrer Tochter zu verheimlichen, was aber keine Rolle spielte. Sarah war kaum älter als ein Jahr, als er das Zuchthaus verlassen konnte. Es würde noch viele Jahre dauern, ehe sie überhaupt nach ihrem Vater fragen würde. Bis dahin konnte Selma ihre Ansichten geändert oder auch einen anderen Mann kennengelernt haben und mit ihm und dem Kind aus Hamburg fortgegangen sein. Man konnte es nie wissen. Hans hatte jedenfalls sichtlich Freude an dem Mädchen. Mit Selma schien er sich immerhin soweit zu verstehen, dass sie einander nicht die Augen auskratzten. Wie es aussah, war er alles in allem zufrieden. Die meiste Zeit verbrachte er ohne die Gesellschaft anderer Menschen. Leinwand, Palette, Pinsel und Farben schienen ihm genug zu sein. Ob er sich darüber freuen würde, Onkel zu werden? Frieda lächelte, als sie das Haus betrat. Sie würde es bald wissen. Aber als Erstes wollte sie Per einen Brief schreiben, um die gute Neuigkeit mitzuteilen. Hoffentlich traf die Post bei ihm nicht erst ein, wenn sein Kind bereits auf der Welt war. Ach was, Unsinn, es waren noch so viele Monate Zeit!

Sie durchquerte die Diele, in der auf der kleinen Kommode stets frische Blumen standen, und setzte sich in ihrem Zimmer an den Sekretär. Die Villa war nicht ganz so groß wie die ihrer Eltern, aber mehr als geräumig war sie allemal. Neben dem großen Wohnzimmer, einem Esszimmer, Schlafstube und den Haushaltsräumen im Erdgeschoss gab es vier weitere Zimmer im Obergeschoss, von denen sich Frieda und Per je eins zurechtgemacht hatten. Jeder hatte dort seine Bücher und sein Schreibzeug. Es kam vor, dass sie Arbeiten mit nach Hause nahmen, anstatt jeder in seinem Kontor, also getrennt voneinander zu sein. Vor allem aber dienten ihnen die beiden Zimmerchen als Rückzugsorte wie für Albert der Bastelsalon. Hier konnten sie ungestört lesen, nicht selten blickte Frieda aber auch nur in den Garten hinaus, wobei ihr meistens eine Idee für eine neue Schokoladenkreation in den Kopf kam. Hier schrieb sie auch ihre Briefe an Dana, und nun würde sie Per schreiben. Sie begann mit der Beschreibung ihres Alltags, erzählte davon, dass in der Manufaktur beim Befüllen ein Sack in eine der Walzmaschinen gefallen war, dass sie sich um ihren Vater sorgte, weil er immer häufiger so erschöpft war. Genau wie damals, ehe er seinen Herzanfall bekam. Schließlich beschrieb sie, wie munter Sarah inzwischen plapperte.

Sie ist jetzt drei Jahre alt und spricht schon so gut. An ihrem Geburtstag hat sie energisch mehr Schokoladenkuchen gefordert. Du hättest sie sehen sollen, sie hat den gleichen Blick wie ihre Mutter.

Mein geliebter Per, wenn ich von Sarah schreibe, gerate ich ins Schwärmen. Heute mehr denn je. Ich weiß ja, wie wichtig es ist, dass du dich im fernen Shanghai persönlich um alles kümmerst. Wer könnte das besser verstehen als ich? Trotzdem wäre es schön, wenn du es einrichten könntest, möglichst bald zurück nach Hamburg zu kommen. Du wirst Vater, Per! Wir werden ein eigenes Kind haben und dann gewiss gar nicht mehr aufhören können, davon zu schwärmen, was es schon alles kann und was es gerade angestellt hat. Ich freue mich unbändig darauf. Wie es aussieht, dauert es nicht mehr lang. Dr. Matthies meint, ich müsste wohl bereits im vierten oder sogar fünften Monat sein. Ich habe es einfach nicht gemerkt.

Bitte, komm gesund nach Hause! Wir warten auf dich.

Deine Frieda

Am nächsten Morgen hatte sie den Brief höchstpersönlich zum Postamt gebracht. Jetzt konnte sie nichts mehr tun, außer sich zu gedulden. Nicht gerade ihre Stärke. Im Ballinhaus erledigte sie einige Schreibarbeiten. Als sie in den Produktionsraum gehen wollte, hörte sie ein gewaltiges Scheppern, dann eine Stimme, ein Fluchen. Wenige Sekunden später sah sie die Bescherung: Ein Bottich lag in Scherben auf dem Boden, der über und über mit weißem Staub bedeckt war. Milchpulver.

»Tut mir leid, Frau Møller, das muss irgendein Hornochse so auf den Rand gestellt haben, dass es schon beim kleinsten Windhauch fallen konnte«, verteidigte sich Rudolf sofort. Kein Windhauch, es gab ja nicht einmal ein Fenster hier drinnen. Er war sicher wieder mit seiner Krücke gegen das Tischbein gestoßen.

»Kommst du bitte in mein Kontor?« Frieda drehte sich um, ging zurück und nahm hinter ihrem Schreibtisch Platz. Rudolf blieb auf der anderen Seite des Tisches stehen.

»Es tut mir wirklich leid. Ich komme natürlich für den Schaden auf«, murmelte er.

»Ich soll dir die Kosten für das Milchpulver vom Lohn abziehen?« Er sah noch niedergeschlagener aus. »Kommt ja nicht infrage. Jedem fällt mal etwas herunter.« Die Erleichterung in seiner Miene rührte sie. »Mal«, sagte sie sanft, »bei dir kommt es leider häufiger vor, Rudolf. Deine Krücke ist ein Problem. Du flitzt damit so schnell durch die Gegend, da ist es ein Wunder, dass du noch niemanden niedergestreckt hast.« Sie lächelte.

»Oh Mann, ich bin eben einfach zu tollpatschig. War ich schon mit zwei Beinen. Aber nun, mit anderthalb und dem Ding …« Er wedelte mit dem Stock.

»Dann wird es höchste Zeit, dass du das Ding loswirst«, sagte sie. Nach ihrer Rückkehr aus New York hatte sich Frieda nicht nur endlich wieder um das Waisenhaus gekümmert, in dem Mary aufgewachsen war und das Frieda viel zu lange vernachlässigt hatte, sie hatte außerdem mit Per über ihren Wunsch einer eigenen wohltätigen Einrichtung gesprochen, den sie schon so lange hatte. Er hatte ihr vorgeschlagen, nicht ein bestimmtes Hospital oder ein Heim zu bedenken, sondern eine Stiftung zu gründen.

»Die kannst du ganz universell anlegen«, hatte er gesagt, »sodass immer der Zweck bedacht werden kann, der gerade am meisten Unterstützung nötig hat.« Typisch Per! Dass er so praktisch und klar in seinen Gedanken war, liebte sie ganz besonders an ihm. Jetzt zeichnete es sich aus, dass sie damals den Grundstein für eine solche Stiftung gelegt hatten.

»Ich habe von einer Prothese gelesen, die von einer Caroline Eichler entwickelt wurde.«

Rudolf riss die Augen auf und fiel ihr ins Wort: »Von einer Frau?«

»Allerdings«, entgegnete sie ruhig. »Der Frau ist ein Patent erteilt worden. Ihr Beinersatz soll nicht nur wesentlich leichter sein als die herkömmlichen Modelle, sondern er hat obendrein ein bewegliches Knie und einen beweglichen Fuß.« Rudolf stand noch immer mit weit aufgerissenen Augen und offenem Mund vor ihr. Frieda schmunzelte. »Nun mach den Mund mal wieder zu. Die Entwicklung bleibt nicht stehen, und diese Prothese der Frau Eichler ist keineswegs etwas völlig Neues, sondern inzwischen schon verfeinert.«

»Aber den ganzen Tag kann man damit noch immer nicht rumlaufen, stimmt's? Ich meine, das hört man doch von allen, dass das drückt wie verrückt.«

»Wenn ich mich recht entsinne, war die Dame Krankenpflegerin und hat sich besonders für den Tragekomfort einiges einfallen lassen. Es heißt, man könne die von ihr entwickelten Modelle sehr wohl einen ganzen Tag tragen, ohne Schmerzen zu bekommen. Außerdem sollen Patienten nach zwei Wochen fleißigen Übens ohne Stock sogar Treppen steigen können.«

»Klingt ja nach einem echten Wunderding.« Er rieb sich das Kinn. »Das hat denn wohl auch seinen Preis.«

»Ja, hat es wohl.« Sie sah ihm in die Augen. »Du bist ein junger Kerl und kannst noch viele Jahre gute Arbeit leisten.« Sie musste grinsen. »Es wird wahrscheinlich teurer, wenn ich dich weiter mit deiner Krücke in der Manufaktur herumlaufen lasse, als wenn ich die Kosten für die Prothese übernehme.«

Rudolf schüttelte energisch den Kopf. »Nee, Frau Møller, das geht nun nicht. Sie haben mir gleich nach dem Krieg die Stelle gegeben, obwohl ich da noch nix zustande gebracht habe. Sie können jetzt nicht auch noch so viel Geld für mich ausgeben. Das kann ich Ihnen doch nie wieder einbringen.« Er sah wirklich verzweifelt aus. Wahrscheinlich gab es nichts, was er sich mehr wünschte, aber er war ein anständiger Kerl mit Moral.

»Du bist ein sehr guter Mitarbeiter, und ich will auf keinen Fall auf dich verzichten«, erklärte Frieda ruhig. »Du musst die Summe weder einbringen noch abarbeiten. Du weißt doch, dass mein Mann und ich eine Stiftung gegründet haben. Die ersten Erträge sind zusammengekommen. Hast du einen anderen Vorschlag, wofür wir die ausgeben sollten?«

»Wenn Sie mich so fragen … Nee, hab ich nicht.« Er strahlte.

»Gut, dann kümmern wir uns um einen Termin für dich im Israelitischen Krankenhaus.«

Weil ihre Gedanken ohnehin ständig zwischen dem Kind in ihrem Leib, Per im fernen China und den Aufgaben des Kakaohandels und Schokolademachens hin und her irrten, machte sich Frieda auf den Weg nach St. Pauli zum Hospital. Eine ganz konkrete Aufgabe, die sie sofort erledigen konnte, mit einem ganz konkreten Ziel, das mehr als sinnvoll war – genau das, was sie jetzt brauchte. Das letzte Stück ging sie zu Fuß. Der Wind zerrte die kahlen Äste der Bäume nach seinem Belieben hin und her, der Himmel war grau und wurde am Horizont bedrohlich dunkel. Es würde Regen geben. Als sie den stattlichen Bau des Israelitischen Krankenhauses mit seinen verzierten Fensterbögen betrat, dachte sie an Clara. Natürlich. Hier hatte ihre Freundin ihre Ausbildung zur Krankenschwester gemacht. Hier hatte Hans nach seinem Autounfall gelegen und Clara geschwängert. Wenn sie nur in diesem Krankenhaus geblieben, wenn sie jetzt doch bloß da wäre! Aber auch Clara war weit weg. Gut, nicht so weit wie Per, dafür blieb sie so viel länger. Wenn sie überhaupt je nach Hamburg zurückkam. Frieda fragte nach einem Arzt, der für Prothesen zuständig war.

»Dr. Mönkemeier operiert. Sie hätten sich einen Termin geben lassen sollen.«

»Ich kann warten. Ist es recht, wenn ich in einer Stunde wieder da bin?«

Die junge Krankenschwester nickte, und Frieda ließ eilig diesen typischen Geruch von Reinigungsmitteln, scharfer Medizin und Krankheit hinter sich und ging ins Freie. Sie hatte die fünfundzwanzig Jahre ihres bisherigen Lebens in Hamburg verbracht. Die Stadt war ihre Heimat, die sie so gut kannte wie ihre Pralinenrezepte. Während sie langsam über den Gehsteig die Wilhelminenstraße hinaufschlenderte, spürte sie ganz deutlich, wie viel Trost ihr diese Vertrautheit in unruhigen Zeiten gab. Die gepflegten Gärten der Elbchaussee, die Lebensadern Alster und Elbe und natürlich die geliebte Speicherstadt füllten ihr Herz mit Freude. Doch auch die letzten windschiefen Fachwerkhäuser und der Dreck, den wohl jede Großstadt kannte, gehörten dazu, und auf eine ganz eigene Weise mochte sie auch das. Sie war kein junges Ding mehr, aber noch längst keine alte Frau. Trotzdem war ihr in diesem Augenblick klar, dass sie auch den Rest ihres Lebens in Hamburg verbringen und hier irgendwann einmal beerdigt sein wollte. Es war ein guter Ort für eine Kindheit. Es war ein guter Ort zum Altwerden. Warum zum Teufel mussten alle weggehen? Clara hatte die Stadt im letzten Jahr verlassen, um auf der Insel Föhr an der Seite von Sidonie Werner ein Heim für jüdische Kinder mit Tuberkulose aufzubauen. Frieda erinnerte sich, dass Claras Mutter Mirjam Mendel schon immer für die Werner geschwärmt hatte. Wenn man es genau nahm, war diese Frau sogar der Grund, warum Clara Krankenschwester hatte werden sollen, obwohl ihr das zunächst gewaltig gegen den Strich gegangen war. Lange her. Inzwischen war Clara selbst eine glühende Bewunderin, was Frieda gut verstehen konnte. Sidonie Werner war eine faszinierende Frau, die nicht nur unermüdlich für die Rechte jüdischer Mädchen in allen Belangen kämpfte, sondern sogar politisch in einer Partei aktiv war. Clara hatte sie einmal erlebt, als sie im Krankenhaus einen Vortrag gehalten hatte. Bis zu dem Zeitpunkt war die Begeisterung ihrer Mutter für diese Frau ein Grund gewesen, sich eher nicht für sie zu interessieren. Doch dieser Moment änderte wohl alles. Vor allem bedauerte Clara es von dem Augenblick an, sich nicht vorher eingehend mit ihr und ihrem Werk beschäftigt zu haben. Dann hätte sie gewusst, dass Sidonie Werner unter anderem ein Mädchenwohnheim für ledige jüdische Mütter und deren Kinder in Hamburg gegründet hatte. Zu spät. Als der jüdische Frauenbund, den die Werner ebenfalls mitbegründet hatte, im letzten Jahr nun ein Erholungsheim für tuberkulosegefährdete jüdische Großstadtkinder ins Leben rief, hatte Clara nicht gezögert.

»Ich liebe meinen Beruf so wie du deinen«, hatte sie Frieda erklärt. »Ich komme mal weg von Hamburg, und ich kann an fremden Kindern ein bisschen wiedergutmachen, was ich an meinem eigenen verbrochen habe.« Dann war sie ihr um den Hals gefallen. »Du wirst mir schrecklich fehlen«, hatte sie gesagt. »Dein Bruder wird mir auch fehlen. Ich komme euch so oft ich kann besuchen. Und ihr müsst auch mal kommen, ja?«

Frieda hatte es versprochen. Das war nun bald ein Jahr her. Sie ging langsam zum Haupteingang des Krankenhauses zurück. Es war bestimmt schön auf Föhr. Bei ihrem ersten Urlaub zu Hause hatte Clara Bilder gezeigt und von der guten Luft geschwärmt.

»Sie schmeckt richtig nach Salz. Dagegen ist es in Hamburg immer stinkig.«

Frieda war noch nie auf einer Insel gewesen. Und wenn sie eines noch ganz sicher wusste, dann, dass sie noch viel von der Welt sehen wollte, ehe sie in Hamburg auf dem Friedhof lag.

Der Umstand, für Rudolf einen Termin bei Dr. Mönkemeier bekommen zu haben, verlieh Frieda neuen Schwung. Jeden Tag bekamen Frauen überall auf der Welt Kinder. Viele von ihnen hatten nicht so perfekte Bedingungen wie sie. Von den werdenden Müttern vor einigen Jahren, als die ganze Welt im Krieg gelegen hatte, gar nicht zu reden. Es gab also keinen Grund, kopflos wie ein aufgeregtes Huhn durch die Gegend zu laufen. Sie würde sich zusammenreißen, wie sie es gelernt hatte. Ihr Mann war auf einem anderen Kontinent, um Geschäfte zu machen. Auch das war keine Katastrophe. Wie sehr hätten denn die Frauen der großen Forschungsreisenden jammern sollen, über die Frieda unzählige Bücher gelesen hatte? Was, wenn eine Frau von Humboldt, die Gattin von James Cook oder die von George Everest gleich nach Abreise des Ehemannes festgestellt hätte, dass sie schwanger war? Hatten diese Forscher überhaupt Frauen? Egal, sie hätten verheiratet gewesen sein können. Und dann hätten diese Gattinnen jahrelang auf die Rückkehr warten müssen, dann konnten die Kinder schon sprechen, ehe ihre Väter nach Hause kamen. Da sollte Frieda wohl ein paar weitere Wochen oder Monate ohne Per überstehen. Sie würde diese Zeit nutzen, sich mit ganzer Kraft in die Arbeit zu stürzen. Das würde sie ablenken.

»Denkst du nicht, du solltest dich ein wenig schonen?«, wollte Selma eines Abends wissen, als Frieda nach einem langen Tag nach Hause kam. Es war April geworden, und Selma kam gerade von einem Spaziergang mit dem Kinderwagen zurück. »Du bist mindestens im fünften Monat schwanger«, mahnte sie. »Vielleicht sogar schon weiter.« Sie warf einen prüfenden Blick auf Friedas Bauch.

»Es geht mir gut. Es geht mir sogar viel besser als in den letzten Wochen.« Frieda beugte sich über den Wagen und lächelte Sarah an. »Guten Tag, junge Dame. Könntest du deiner Mami bitte erklären, dass sie sich keine Sorgen machen soll?« Frieda streichelte die zarten Wangen. Nicht mehr lange, dann konnte sie ihr eigenes Kind betrachten, es berühren. Eine Welle der Freude flutete durch ihren Körper.

»Die Beschwerden lassen nach, das heißt aber nicht, dass du deshalb keine Rücksicht mehr auf dich nehmen musst. Die oder der Kleine da drinnen«, sie tippte behutsam auf Friedas Bauch, »wächst an jedem Tag. Das kostet Kraft, deine Kraft, Frieda. Dein Vater und Ernst haben das Importgeschäft im Griff, und die Manufaktur geht ohne dich auch nicht pleite.«

»Ich weiß es zu schätzen, dass du dir Gedanken um mich und den Nachwuchs machst. Aber ich habe seit unserer Rückkehr aus New York sicher nicht umsonst so hart dafür gearbeitet, dass die Schokolade und Pralinen von Hannemann & Krüger weit über Hamburgs Grenzen hinaus bekannt werden.« Sie gingen ins Haus. Frieda half Selma ganz selbstverständlich mit dem Wagen, Selma verdrehte die Augen.

»Du bist eine erfolgreiche Geschäftsfrau. Alle sagen das, dein Vater, Hans … Aber jetzt wirst du Mutter! Glaub mir, ein Kind sollte vor allem anderen Vorrang haben. Sogar vor Geld.« Sie verzog missbilligend das Gesicht.

Allmählich verlor Frieda die Geduld. Sie hatte Selma von Herzen gern, nur verstand sie bestimmt nichts vom Geschäft. Und wenn sie in Berlin auch unter einfachsten Bedingungen gelebt haben mochte, genoss sie nun schon eine ziemliche Weile den Komfort einer hübschen eigenen Wohnung, einer stets gefüllten Speisekammer, und sie bekam Unterstützung, wann immer sie sie brauchte. Frieda hatte nicht den Eindruck, dass Selma etwas an Geld auszusetzen hatte. Aber scheinbar hatte sie schon vergessen, wie beschwerlich das Leben sein konnte. Frieda dagegen traf sich häufig mit Ulli und kannte inzwischen auch einige von deren Kolleginnen recht gut. Mehr als einmal hatte Frieda verfolgt, wie eine der Kaffeemiedjes bis wenige Tage vor der Niederkunft Stunde um Stunde auf dem Speicherboden Kaffeebohnen sortierte. War die Geburt geschafft, war sie sofort wieder zur Stelle, weil sie den Lohn brauchte. Und Frieda, die ein bequemes Kontor zur Verfügung hatte, den ganzen Tag sitzen konnte, die auch dann noch bestens versorgt war, wenn sie mal keinen Finger rührte, sollte sich schonen?

»Schwanger zu sein, ist keine Krankheit.« Frieda warf ihren Mantel über einen Stuhl. »Die letzten Jahre waren gewiss nicht einfach. Bei allem Aufschwung sind die wirtschaftlichen Probleme in unserem Land längst nicht vergessen.« Selma hatte Sarah herausgehoben und den Wagen in die Kammer gebracht. Lange würde sie ihn nicht mehr brauchen, Sarah war schon ziemlich munter auf den Beinen.

»Ich weiß nicht, ich glaube, du siehst immer noch schwarz, weil nach dem Krieg die Inflation kam, die Arbeitslosigkeit. Du hast das Gefühl, es geht nie so richtig bergauf«, gab Selma zu bedenken. »Aber das tut es. Die schweren Zeiten sind vorbei.« Sie nahm ihre Tochter auf den Arm.

»Von wegen! Selbst die Reichardtwerke mussten im Dezember 1925 ihren Betrieb vorübergehend stilllegen, weil der Absatz so spürbar zurückgegangen ist. Ich spreche von Reichardt in Wandsbek«, betonte sie, »dem größten deutschen Kakao- und Schokoladenwerk!«

»Du hast es erwähnt«, warf Selma gelangweilt ein.

»Er musste fast dreitausend Menschen entlassen«, ereiferte sich Frieda. Diese Zahl musste doch auch Selma die Augen öffnen.

»Du sagst es, das war im Winter 1925. Wir haben jetzt aber schon das Jahr 1928, liebe Frieda, die Zeiten sind besser geworden.«

»Gott sei Dank sind sie das. Trotzdem muss man immer auf der Hut und vor allem fleißig sein. Ich muss das wirtschaftliche Hoch nutzen, um weitere Geschäftsverbindungen zu knüpfen. Gerade jetzt.« Sie lächelte zufrieden. »Heute hatte ich ein sehr vielversprechendes Gespräch mit Rudolph Karstadt.«

»Der Warenhaus-Karstadt?« Selma zog die Augenbrauen hoch.

»Genau der.«

»Ich denke, Geschäfte mit dem kommen nicht infrage, weil er Mendels Konkurrent ist.«

»Es ist nicht besonders geschäftstüchtig, so zu denken. Freundschaft ist das eine, Umsatz etwas völlig anderes. Vater und Gero Mendel sind immer Freunde geblieben, auch als Mendel unsere Ware aus seinem Sortiment genommen hat.«

»Tja, dann muss Herr Mendel jetzt wohl auch der Freund deines Vaters bleiben, wenn ihr lieber mit Karstadt Geschäfte macht«, sagte sie spitz. Ehe Frieda etwas entgegnen konnte, wechselte Selma das Thema.

»Dieser kleine Quälgeist gehört ins Bett«, erklärte sie müde. »Dein Quälgeist kann noch nicht so deutlich äußern, was er will und was nicht. Du solltest versuchen, trotzdem schon auf ihn zu hören. Übrigens, wann wirst du es deiner Familie sagen?« Frieda stöhnte. »Du wirst es nicht mehr lange verheimlichen können.«

»Ich verheimliche gar nichts. Ich möchte nur den richtigen Moment abpassen. Wenn ich Glück habe, meldet Per sich, und ich weiß, wann er zurück sein wird.« Selma verzog das Gesicht. »Ja, ja, schon gut, ich weiß selbst, dass ich nicht darauf warten kann. Ich sage es ihnen schon.«

Frieda sah die Post durch. Wieder kein Brief von Per. Sollte sie ihm noch einmal schreiben? Genug zu erzählen hatte sie. Was er wohl zu ihrem Gespräch mit Rudolph Karstadt sagen würde? Es war wirklich interessant gewesen. Über vierzig Filialen, allein vier in Hamburg und eine in Lübeck! Wenn dort überall Hannemannsche Schokolade angeboten würde, müsste sie die Produktion auf einen Schlag kräftig steigern. Würden die Maschinen dann überhaupt noch reichen? Niemals. Gerade einmal drei Jahre waren sie nun in den neuen Räumen, und schon könnten die wieder aus allen Nähten platzen. Neue Walzen und mindestens eine weitere Conchiermaschine bräuchte Frieda auf jeden Fall. Sie trat ans Fenster und sah hinaus in den Garten. Krokusse und Osterglocken malten bunte Tupfer in das Grau. Ob es in China auch Frühlingsblumen gab? Was Per wohl sah, wenn er aus einem Fenster schaute? Sie seufzte. Mit einem Schlag spürte sie, wie müde sie war. Und wie hungrig. Sie hätte sich doch nicht dagegen wehren sollen, eine Köchin in Dienst zu nehmen. Manchmal kochte Selma für alle, an anderen Tagen bereitete das Hausmädchen Guste etwas vor. Sonst stellte sich Frieda auch gern mal selbst an den Herd. An diesem Abend hatte sie keine Kraft mehr dafür, und es gab nichts, was schnell auf dem Tisch landen konnte. Wenigstens Schokolade war immer im Haus. Frieda wickelte eine Tafel Zartbitter mit Zimt aus. Sie schloss die Augen und schnupperte. Schon der Duft hatte etwas Behagliches an sich. Am liebsten hätte sie sich ein großes Stück in den Mund gestopft, aber sie beherrschte sich, lauschte dem verheißungsvollen Knacken, als sie einen Riegel abbrach. Sie betrachtete kritisch die Bruchkante, die ganz glatt war. Genau, wie sie sein sollte. Auch der Glanz der Schokolade war, wenn man das Stück gegen das Licht hielt, perfekt. Frieda legte ein Stückchen auf die Zunge und ließ es anschmelzen, ehe sie endlich kaute. Karstadts Kunden würden verrückt danach sein. Würde er sich darauf einlassen, ihr ein eigenes Regal zuzugestehen, in dem ausschließlich Produkte von Hannemann & Krüger angeboten würden? Diese Idee hatte ihr Vater schon vor Jahren gehabt, und sie hatte sie voreilig abgelehnt. Dabei war sie gar nicht dumm, bis das Franchise-System nach dem Vorbild von Thams & Garfs umgesetzt war. Falls es das überhaupt je war. Bei Wiedereröffnung des Reichardt-Werkes konnte kaum die Hälfte der bisherigen Belegschaft wieder beschäftigt werden. Dieser Umstand war Frieda eine Warnung, nicht in allzu großen Dimensionen zu denken. Das Geschäft sollte wachsen, aber langsam. Mit ihrer Strategie, lieber exquisite Produkte für Gourmets plus zwei Sorten zu kleinerem Preis für die Masse herzustellen, hatte sie goldrichtig gelegen. Frieda machte es sich in einem Sessel bequem. Die halbe Tafel Zartbitter-Zimt hatte sie schon verdrückt.

»Na, schmeckt sie dir auch?« Sie lächelte und legte ihre Hände auf ihren Bauch. »Oder hättest du lieber Vollmilch gehabt?« Eine Weile saß sie ganz ruhig da und konzentrierte sich auf die Bewegungen ihres Kindes. Sie konnte sie jetzt immer öfter spüren. Selma hatte schon recht, es wurde höchste Zeit, ihre Familie an der Vorfreude teilhaben zu lassen. Hans würde bestimmt dauernd mal fühlen wollen. So zynisch er auch sein konnte, so sanft war er manches Mal. Frieda freute sich, dass sie einander wieder so nah waren. In einer anderen Sache hatte Selma nicht recht. Die schweren Zeiten waren längst nicht vorbei. Was, wenn Per recht behielt und auch in Amerika die Aktienkurse ins Bodenlose stürzten? Womöglich lauerte eine andere Gefahr, von der noch niemand etwas ahnte. Darum hatte Frieda unermüdlich an dem Ausbau der Schokoladenproduktion und an der Gewinnung neuer Abnehmer gearbeitet.

Nach ihrer Rückkehr aus Amerika hatte sie keine Sekunde verloren. Sie hatte Magnus Jensen angerufen, der sie freudig samt Familie in sein Sommerhaus in Niendorf eingeladen hatte.

»Keine Sorge«, hatte er sie am Telefon lachend beruhigt, »wir sprechen zwar noch immer von unserem Sommerhaus, aber es ist beheizt. Wir müssen auch im Winter nicht darin erfrieren.« So hatten sie sich also Ende Oktober auf den Weg gemacht, Per und Frieda, Albert und Rosemarie. Zuerst hatte sich Frieda ein wenig seltsam gefühlt, immerhin war sie das erste und bisher einzige Mal, das sie im Niendorfer Gehege gewesen war, zusammen mit Jason hier gewesen. Doch ihr Unbehagen verflog schnell. Jason war Vergangenheit, er spielte keine Rolle mehr. Es dauerte eine Weile, ehe sie das Haus entdeckten, so versteckt lag es zwischen hohen Buchen und Kastanien. Im Sommer, wenn die Bäume voller Laub waren, wäre das hübsche Gebäude wohl gar nicht zu sehen.

»Wenn Sie mal untertauchen müssen, wissen Sie ja jetzt, wohin«, hatte Magnus lachend gesagt.

Seine Frau Martina war etwas weniger still als an Bord der SS Oscar II, schien von höflicher, aber inhaltloser Konversation jedoch nichts zu halten. Rosemarie dagegen genoss es sichtlich, mal wieder mit ihrem Mann, ihrer Tochter und ihrem Schwiegersohn auszugehen. Sie plauderte von dem Moment, als sie das Haus betraten, bis zur Verabschiedung. Auf die Frage, warum sie auf das Abenteuer New York verzichtet habe und zu Hause geblieben sei, fing sie sofort mit ihrem Lieblingsthema an, das Frieda schon nicht mehr hören konnte.

»Wenn Sie meinen, es sei in Hamburg langweilig gewesen, täuschen Sie sich gewaltig, mein Bester. Ich glaube sogar, dass ich das größte Abenteuer von uns allen erlebt habe.« Sie sah in die Runde und wartete, bis Magnus sie aufforderte, davon zu erzählen. »Während Sie gemütlich über den Atlantik geschippert sind, habe ich das schlimmste Unwetter überstehen müssen, das Sie sich nur vorstellen können. Ich dachte wahrhaftig, die Welt geht unter.« Sie senkte die Stimme. Per und Frieda wechselten amüsierte Blicke, denn sie wohnten der Inszenierung nicht zum ersten Mal bei. Albert dagegen lächelte stolz. Er ließ seiner Frau den Auftritt gern. »Sie werden doch sicher von dem Tornado gehört haben, oder nicht?«

»Ein Tornado in Hamburg?« Martina Jensen starrte Rosemarie fassungslos an.

»Richtig, jemand hat nach unserer Rückkehr so etwas angedeutet. Und Sie haben alles miterlebt?« Auch Magnus sah sie mit großen Augen an.

»Allerdings«, hauchte sie. »Nun ja, nicht direkt in Hamburg, aber doch mit solcher Gewalt, dass einem angst und bange wurde. Denken Sie nur, das gesamte Drama dauerte nicht einmal eine halbe Stunde, aber den Menschen, die direkt betroffen waren, muss es wie eine Ewigkeit erschienen sein. Zwanzig Minuten vielleicht, mehr nicht, haben gereicht, um unermesslichen Schaden anzurichten.«

»Ein Drama, wirklich?«, fragte Magnus ungläubig. »In der Zeitung habe ich nichts gelesen.«

»Weil der Wirbelsturm gewütet hat, als wir gerade erst auf dem Weg nach Amerika waren«, erklärte Albert und legte seine Hand auf die von Rosemarie. »Als wir zurückkamen, hatten die Herrschaften Reporter schon wieder anderes zu berichten.«

»Was groß passiert ist?«, fuhr Rosemarie auch schon mit ihrem Bericht fort. »Zahlreiche Dächer wurden abgedeckt, ganze Schornsteine sind zusammengebrochen, Fensterscheiben zertrümmert, darunter sogar große Kirchenfenster.«

»Das ist ja furchtbar.« Martina faltete die Hände, als wolle sie ein Stoßgebet senden.

»Wie ich sagte, man hätte glauben können, das Ende steht bevor. Hagelkörner, groß wie Hühnereier, sind vom Himmel gefallen und durch die beschädigten Dächer in die Häuser eingedrungen. Mehrere Fuhrwerke hat der Sturm einfach von der Landstraße gefegt, Bäume wurden entwurzelt, die Hunderte Jahre alt gewesen waren. Die elektrische Leitung der Ueberlandzentrale wurde auch zerstört, sodass die Menschen nicht einmal Licht hatten.« Sie machte eine Pause und vergewisserte sich, dass alle an ihren Lippen hingen. »Alles nur materieller Schaden«, sagte sie dann und unterbrach ihren Bericht erneut. »Was die Lage wirklich dramatisch machte: Die Ernte wurde vollständig verwüstet, und in den überlaufenden Wassergräben ist das Vieh ertrunken. Die Bauern hat es schlimm getroffen. Weit mehr als zehn Personen mussten verletzt ins Krankenhaus gebracht werden.« An dieser Stelle griff sie zu ihrem Spitzentaschentuch. »Ein kleiner Junge ist von den Trümmern eines Fabrikschornsteins erschlagen worden. Für ihn kam jede Hilfe zu spät.« In dieser Sekunde herrschte absolute Stille im Salon des Sommerhauses. Obwohl Frieda die Geschichte auswendig kannte, war auch sie immer wieder ergriffen, wenn die Stelle mit dem kleinen Jungen kam. »Jedenfalls habe ich keinen Augenblick gezögert«, setzte Rosemarie zum fulminanten Finale ihrer Erzählung an, »sondern bin mit unserem Kompagnon Ernst Krüger und einem Karton unserer guten Schokoladenflocken ins Katastrophengebiet gefahren. Wie sagte mein kluger Schwiegervater immer? Kakao bringt einen Menschen wieder auf die Beine, der entkräftet ist. Und das waren die armen Seelen ganz sicher.«

Frieda hörte lächelnd zu, wie Magnus und Martina ihren Einsatz und ihre Großzügigkeit lobten, obwohl sie doch selbst eine Todesangst ausgestanden haben musste. Die Wahrheit war: Die Windhose hatte in Uetersen gewütet, also vor den Toren Hamburgs in Schleswig-Holstein. Und die Idee, den Menschen dort Schokolade zu bringen, stammte nicht von Rosemarie, sondern von Ernst. Immerhin hatte sie ihn tatsächlich begleitet, um die stärkenden Flocken zusammen mit ihm zu verteilen.

Später hatten Frieda, Albert und Per sich mit Magnus ausführlich über das System, das er Franchise genannt hatte, unterhalten. Das alles klang sehr gut, war aber auch wieder nicht so einfach auf ihre Produkte zu übertragen. Am Rande bekam Frieda mit, wie angeregt Rosemarie und Martina über Rosemaries Einsatz in einem Hamburger Stift plauderten.

»Frauen wie Sie braucht diese Stadt«, stellte Martina ernsthaft fest. Rosemarie hob abwehrend die Hand. »Doch, doch, ich bin der festen Überzeugung, dass eine Stadt nur durch privates Engagement sozialen Frieden erreichen und sichern kann. Und wer sollte dieses Engagement leisten, wenn nicht die Frauen? Die Männer sind damit beschäftigt, Geschäfte zu machen, die Frauen haben Zeit für soziale Belange.« Sie blickte kurz zu Frieda herüber. »Die meisten.«

Kapitel 12

Frieda war in ihrem Sessel eingenickt. Als sie erwachte, war es draußen längst dunkel. Sie stand auf, stöhnte, weil ihr jeder Knochen schmerzhaft klarmachte, wie wenig sich ein Sessel als Schlafplatz eignete. Sie hatte wirres Zeug geträumt von Unwettern und Schiffen, die von hohen Wellen angehoben wurden, um gleich darauf ins Tal zu stürzen. Wenn sie es recht bedachte, waren die letzten Jahre wie Wellen gewesen. Sie schlüpfte in ihr Nachthemd. Es gab so vieles, was Frieda auf einer Woge puren Glücks getragen hatte.

Rosemarie zum Beispiel. Sie hatte im Julius-Ernst-Oppenheim-Stift eine Aufgabe gefunden, die sie nicht nur auszufüllen, sondern auch zu verändern schien. Unglaublich und einfach nur großartig, wie sie sich einsetzte. Es kam sogar neuerdings vor, dass sie verzichtete, wenn Albert sie zu einem kleinen Einkaufsbummel ermuntern wollte.

»Ich weiß, du meinst es gut, mein Liebster. Aber sieh mal, ich besitze doch mehr als genug. Wozu soll ein weiteres Kleid neben all den anderen hängen?« Neue Töne, die Frieda ausgesprochen gut gefielen. Zumal Rosemarie das Import-Unternehmen in nicht unerhebliche Schwierigkeiten gebracht hatte, indem sie ihren drogensüchtigen Sohn mit Geld versorgt hatte. Mit viel Geld. Und das in einer Zeit, in der es an allen Ecken und Enden gefehlt hatte. Nur ihre Abneigung gegen Juden hatte sich bedauerlicherweise kein bisschen geändert. Darauf angesprochen, dass das Stift eine jüdisch-christliche Einrichtung war, pflegte sie sich auf der Stelle zu rechtfertigen:

»Die Oppenheims sind ja keine Juden mehr, die Familie ist zum christlichen Glauben konvertiert. Mehr noch, ein Enkel hat sogar den nichtjüdischen Namen seines Stiefvaters angenommen. Das zeigt ja wohl nur allzu deutlich, was die Oppenheims selbst vom Judentum halten.«

Oder es zeigte ihre blanke Angst. Auch Frieda hatte inzwischen große Angst vor dem Hass, der Juden entgegenschlug. Von wegen, je besser es den Menschen ging, desto weniger würden sie Juden als vermeintliche Schuldige an wirtschaftlicher Not beschimpfen oder gar angreifen. Darauf hatte sie gebaut, denn darin hatte sie eine Logik gesehen. Nur standen Logik und gesunder Menschenverstand immer niedriger im Kurs. Und das machte Frieda wirklich Angst: Immer mehr Menschen, oft auch jene, denen es prächtig ging, zeigten ihre Ablehnung immer offener. Schwanenwärter Levi Mendel wurde beispielsweise einmal höchst unanständig beschimpft. Frieda bekam allein bei der Erinnerung eine Gänsehaut. Es war ein milder sonniger Tag gewesen, der viele Besucher zu den Schwänen an die Alster gelockt hatte. Per war der Einzige, der sich mit den beiden pöbelnden Männern anlegte, die Levi in schändlicher Weise beleidigten. Alle anderen taten, als sei nichts geschehen. Schlimmer noch. Eine Frau zischte erbost:

»Pfui, Teufel, Sie nehmen diesen Juden auch noch in Schutz? Wo die auftauchen, riecht es nach Verwesung. Hamburg kann gut auf das Judenpack verzichten, da haben die beiden Herren schon recht.«

Frieda hatte ihr augenblicklich aufgezählt, wie viele Juden in der Universität, in Krankenhäusern oder großen Geschäften bedeutende Positionen bekleideten, und dass die Stadt auf diese Mitbürger keineswegs verzichten könne, bis Per sie am Arm nahm und wegzog.

»Komm, es hat keinen Zweck. Sie hört dir ohnehin nicht zu, nicht wirklich, nicht mit Herz und Verstand.«

Genau das war der Punkt. Ruhiges Argumentieren führte zu nichts, außer dazu, den Hass auch noch auf sich zu ziehen. Was also tun?

Weiter darauf hoffen, dass schon alles irgendwann wieder gut wurde? Unmöglich. Sich selbst in Gefahr bringen? Auch nicht gerade eine gute Aussicht.

Je häufiger sich Frieda über Schmiereien an einer Hauswand ärgerte, je öfter sie gestandene Hamburger Parolen ausstoßen hörte, die einem das Blut in den Adern gefrieren lassen konnten, desto mehr musste sie an Alfred Fellner denken. Er hatte sie schon immer gewarnt. Sie hatte ihm längst dafür danken wollen, dass er ihrem Bruder die Malerei gegeben hatte, und ihn auf ein Glas Wein zu Nagel eingeladen.

»Ach, Frieda!« Er lehnte sich zurück und sah sie durchdringend an. »Ich habe ihm gar nichts gegeben. Die Malerei war schon immer in ihm. Früher oder später hätte er von allein zu Pinsel und Farbe gegriffen.«

»Was macht Ihre eigene Kunst? Haben Sie ein neues Lieblingsmotiv?«

»Noch immer Frauen. Finden Sie mich zu alt dafür?«

Sie lachte. »Keinesfalls!« Nun kannten sie sich schon recht gut, trotzdem wurde sie noch immer unsicher, wenn er sie so ansah, als könnte er durch ihre Kleider bis auf ihre Haut sehen. »Ich freue mich sehr, dass Sie Hans weiter besuchen, obwohl er ein freier Mann ist. Gehen Sie außerdem noch ins Zuchthaus?«

Er lächelte spöttisch. »Als Besucher, ja. Leider habe ich bisher niemanden mehr getroffen, der so talentiert ist wie Ihr Bruder.« Er zögerte, dann sagte er: »Einer ist vielleicht darunter. Bedauerlicherweise lehnt er es ab, mich weiter zu treffen, seit er weiß, dass ich Jude bin.«

»Zu ärgerlich, dass es überall diese Unbelehrbaren gibt«, entgegnete sie.

»Sie glauben inzwischen also auch, dass diese Tendenz sich weiter ausbreiten wird?« Frieda hob hilflos die Schultern. Natürlich hatte sie sofort die hässliche Szene mit Levi Mendel im Sinn. Trotzdem weigerte sich ihr Verstand noch immer zu akzeptieren, dass viele Menschen so dumm und unerzogen waren. »Ich stehe in der Öffentlichkeit, und es ist bekannt, dass ich Jude bin«, erklärte er ihr hart. »Ich bekomme Briefe, die an den Judenlümmel adressiert sind. Als ich kürzlich in Berlin war, übergab mir der Portier eine Nachricht. Ich solle nach Moskau gehen, stand drin, zu meinesgleichen, zu den Bolschewiken. Glauben Sie, das sind nur Einzelne?«

Sie schluckte. »Berlin ist die Stadt der Sünde, da wundert mich nichts«, murmelte sie. »Sie haben bestimmt gelesen, was man nach dem Auftritt von dieser Josephine Baker geschrieben hat. Ihre Show sei ein Triumph der Geilheit.« Sie räusperte sich. »Was soll das wohl für ein Triumph sein? Die Frau springt nackt über die Bühne, Berlin ist begeistert. Soll das etwa Kunst sein? Hamburg ist anders, hier ist man zivilisiert und hanseatisch.« Wem wollte sie das eigentlich einreden?

»Ah ja? Wenn du mal aus deinem Atelier gekrochen kommst, kriegst du eine gewischt.« Er funkelte sie an. »Das sind Nachrichten, die ich in dieser zivilisierten Hansestadt in meinem Briefkasten finde, oder die unter der Tür durchgeschoben werden. Bitte, Frieda, Sie sind kein dummes kleines Mädchen mehr. Machen Sie Ihre Augen auf! Es wird schlimmer. Mit jedem Jahr.«

Ihr war bewusst, dass er damit recht hatte. Trotzdem versuchte Frieda, die düsteren Seiten des Lebens von sich fernzuhalten, so gut es eben ging. Da war so viel Erfreuliches. Hamburgs prächtige Entwicklung zum Beispiel. Die Stadt erinnerte sie mit ihrem Wachstum fast ein wenig an New York. Von Beginn des Jahres 1927 wurden in jedem Winkel Wohnungen gebaut. Von zehntausend in jedem Jahr war die Rede! An manchen Stellen hätte Frieda lieber die grünen freien Flächen behalten, die dort gewesen waren, ehe man wuchtige Blocks errichtete, die zum Teil ganze Straßenzüge einnahmen. Nur wurde der Wohnraum ja gebraucht. Guter Wohnraum, in dem man nicht Pest oder Cholera befürchten musste. Es ging aufwärts … Neue Häuser, mehr Menschen, die in die Stadt kamen, gute Geschäfte, viel Arbeit. Und es ging abwärts. Denn da war auch stets Sorge. Im März 1928, kurz nachdem Frieda sich mit Selma über die Reichardt-Schokoladenwerke unterhalten hatte, las Vater ihr aus dem Hamburger Fremdenblatt vor.

»Da steht es schwarz auf weiß. Ich hab's nicht glauben wollen. Wie es aussieht, stimmt es leider doch. Verkauf der Kakao-Kompagnie! Käufer … Ja, hier steht es: … wird an eine Gruppe unter Führung der Dresdner Bank in Hamburg verkauft. Zu der Unternehmensgruppe gehört auch F. Schicht in Aussig.« Er schlug die Zeitung zu. »Schicht stellt Margarine her. Der hat von Kakao doch keinen blassen Schimmer«, schimpfte er. Albert griff sich kurz an die Brust, schlug das Blatt wieder auf und las weiter: »Sobald der Verkauf vollständig abgeschlossen ist, will Neumann-Reichardt aus der Geschäftsführung ausscheiden.« Jetzt flog die Zeitung auf den Tisch. »Das ist das Ende von Reichardt Schokolade«, prophezeite er düster. Typisch Vater, er freute sich nicht über die Schwierigkeiten seines Konkurrenten, betrachtete ihn wahrscheinlich nicht mal als solchen, denn in erster Linie war Reichardt Käufer von Kakaobohnen. Albert sah in ihm aber vor allem einen befreundeten Kaufmann, mit dem ihn mehr als eine gute langjährige Zusammenarbeit verband. Zwar sollte seine finstere Prognose nicht eintreffen, Reichardt Schokolade existierte weiter, doch die Produktion verschwand aus Wandsbek. Mit schlimmen Folgen. Auf einen Schlag gab es Hunderte Arbeitslose mehr in der Stadt, wenn nicht gar Tausende. Ein herber Schlag für Hamburg. Und für Vater, der sich mit Ernst an seiner Seite noch immer nach Kräften darum bemühte, die am Kakaohandel und an der Kakaoverarbeitung beteiligten Unternehmen zusammenzuhalten, ohne Rücksicht auf seine Gesundheit.

Als es Mai wurde, ohne dass Frieda etwas von Per gehört hatte, und ihr Bauch sich zu wölben begann, hielt sie es für angebracht, ihrer Familie endlich von dem Kind zu erzählen, das sie erwartete. So bedauerlich es war, aber sie konnte sich einfach nicht darauf verlassen, dass er überhaupt ihren Brief mit der freudigen Nachricht erhalten hatte. Der Weg von China nach Hamburg war lang, es gab unzählige Stellen, an denen ein Brief auf Nimmerwiedersehen verloren gehen konnte. Dazu noch die Unruhen. Und der Umstand, dass Per einen Abstecher in den Norden zu einem Hafen machen wollte, dessen Namen sie nicht einmal aussprechen konnte. Sie hatten beide gehofft, eine wenigstens einigermaßen zuverlässige Verbindung zu haben, wussten jedoch von Anfang an, dass die Chancen dafür nicht sonderlich hoch waren. Sie wollte also am Sonntag alle zu sich bitten, ihnen eine zweistöckige Schokoladentorte servieren und es ihnen sagen, so zumindest hatte sie es sich vorgenommen, als sie am Montagmorgen das Haus verließ.

Wie immer trafen sich Frieda, ihr Vater und Ernst als Erstes zur Besprechung in Alberts Kontor. Sie hatten es sich zur Angewohnheit gemacht, die Woche damit zu beginnen, einander von anstehenden Aufgaben und Plänen zu berichten und über ältere Vorgänge auf den neuesten Stand zu bringen. Üblicherweise war auch Per mit von der Partie, wenn er denn in Hamburg war.

An diesem Morgen blieb Ernst wie angewurzelt vor Frieda stehen. »Sag mal, ist was mit dir?«, wollte er wissen. »Du siehst so anders aus. So … ich weiß gar nicht … Ist mir neulich schon aufgefallen. Irgendwie leuchtest du.« Er lief rot an und lachte los. »Nee, das hört sich aber auch dösig an.« Frieda schluckte, Tränen schossen ihr ohne Vorwarnung in die Augen. Ernst verging das Lachen. »Nee, ist gar nicht so dösig, was?« Er sah sie lange an.

»Von Leuchten kann keine Rede sein«, brummte Albert, ohne weiter Notiz von den beiden zu nehmen, und blätterte in seinen Unterlagen, »müde sieht sie aus in letzter Zeit. Machst dir Sorgen wegen Per, was? Bestimmt hat er dir geschrieben, aber die Post ist verloren gegangen. Und Telegramme kennen die in China wohl noch nicht.« Als weder Ernst noch Frieda ein Wort von sich gab, blickte er auf. »Was ist euch denn über die Leber gelaufen? Steht da wie die Ölgötzen!« Er schüttelte den Kopf. Frieda lief eine Träne über die Wange. »Sternchen!«

»Oh Mensch, dass ich aber auch nicht den Sabbel halten kann«, schimpfte Ernst. »Wolltest das für dich behalten?«

Sie nickte, lächelte. »Vorerst«, sagte sie leise. »Aber jetzt wurde es sowieso langsam Zeit.«

»Kann mir mal irgendjemand erklären, wovon hier die Rede ist?« Albert suchte offenbar nach einem bestimmten Dokument. Ständig wühlte er in Papierbergen herum, sah wieder seine Tochter an, dann Ernst, und stapelte gleich darauf erneut Schreiben von einer Seite auf die andere. Er war anscheinend zur Überzeugung gekommen, dass es Frieda gut ging, Frauen heulten ja immer mal, kein Grund zur Sorge.

»Sie werden Opa, Herr Direktor!« Ernst lächelte ein wenig gequält. Frieda war nicht sicher, ob er noch immer etwas für sie empfand und ihm der Gedanke wehtat, dass sie ein Kind von Per erwartete. Sie konnte der Frage auch nicht länger nachhängen.

Zunächst hatte Albert gelacht und gesagt: »Na, so hast du mich ja noch nie genannt!«

»Nee, Sie waren ja auch noch nie Opa, ne? Ach so, doch …«

Dann war der Groschen bei Friedas Vater gefallen. »Ich werd verrückt!«

»Hoffentlich nicht«, sagte sie leise. »Eigentlich wirst du nur Großvater, da hat Ernst schon recht.«

»Wann denn? Weiß deine Mutter es schon?« Sie schüttelte den Kopf. Albert kam um seinen Schreibtisch herum und drückte sie an sich. »Das ist ja … das ist … Ich weiß gar nicht, was ich sagen soll!«

»Freu'n Sie sich man einfach, ne? Das reicht denn schon«, meinte

Ernst. Als Albert Frieda noch einmal an sich drückte, setzte er hinzu: »Nun machen Sie es man nicht gleich kaputt, ehe es auf der Welt ist!« Albert ließ Frieda erschrocken los, die musste lachen.

»So empfindlich ist es nicht.«

»So, denn ist jetzt wohl erst mal die Familie dran, will ich meinen«, erklärte Ernst und schlug vor, die Besprechung zu verschieben.

Albert war sofort einverstanden. Er ging sogar noch weiter und war nicht davon abzubringen, dass Frieda und er auf der Stelle Feierabend machen sollten.

»Aber wir sind doch gerade erst gekommen«, wandte Frieda ein. Ohne Erfolg.

»Heute wird nicht mehr gearbeitet, sondern gefeiert. Ich reserviere gleich einen Tisch im Hotel Jacob.« Frieda holte Luft. »Ich will nichts hören«, sagte er streng, in der nächsten Sekunde strahlte er sie an. »Deine Mutter wird überglücklich sein. Was wird es eigentlich, ein Junge?«

»Woher soll ich das wissen?« Sie musste lachen.

»Frauen spüren so etwas doch, dachte ich. Na, eine Überraschung ist auch was Feines. Hauptsache, es ist alles dran.«

So hatte sich Frieda das Ganze zwar nicht vorgestellt, aber nun war es wenigstens raus. Wie Albert gesagt hatte, war Rosemarie überglücklich.

»Da haben wir wohl doch nicht den schlechtesten Ehemann für dich ausgesucht, was?«, meinte sie spitz.

Frieda wollte sich schon aufplustern, als sie sah, wie Hans kurz eine Augenbraue in die Höhe schnellen ließ und ihr anschließend zuzwinkerte.

»Nein, das habt ihr wirklich gut gemacht«, sagte sie zuckersüß und erfreute sich an dem vollkommen verdutzten Gesichtsausdruck ihrer Mutter. Frieda wünschte sich von Herzen, dass Per jetzt bei ihr sein könnte. Hier hatten sie ihre Hochzeit gefeiert, alles erinnerte sie an ihn und an diesen glücklichen Tag. Wenn sie ihn auch noch so sehr vermisste, genoss sie den Abend doch. Alles verlief friedlich. Keine Selbstverständlichkeit, wenn sie vier länger als eine Stunde beisammen waren.

Immer wieder drückte Hans Friedas Hand. »Ich bin so stolz auf dich, Schwesterchen«, raunte er ihr zu. »Du bist eine richtig erwachsene Frau geworden. Mit einer anspruchsvollen Aufgabe, einem Ehemann und nun bald auch mit einem Kind. Wenigstens einer von uns entwickelt sich gut.«

»Hör auf, du …«

»Das war ein Witz.« Er verpasste ihr einen schmatzenden Kuss auf die Wange. »Nein, stimmt gar nicht. Ich meine es wirklich ernst. Es ist bewundernswert, wie du dein Leben meisterst.« Er lehnte sich weit zu ihr herüber und flüsterte: »Das macht es unseren Eltern leichter, die Enttäuschung über mich zu verkraften.« Er sah traurig aus.

»Du bist keine Enttäuschung, mein Sohn.« Mutter hatte trotz ihres Alters offenbar noch Ohren wie ein Raubtier. »Das bist du ganz und gar nicht. Wer weiß, womöglich wird aus dir noch ein Maler von internationalem Ansehen.« Hans hob abwehrend die Hände, doch sie ließ ihn nicht zu Wort kommen. »Aber darauf kommt es ja gar nicht an. Wahres Talent ist nicht mit Geld aufzurechnen.« Interessant, dass sie Ansehen scheinbar mit Geld gleichsetzte. Frieda verkniff sich jeglichen Kommentar, sie wollte die gute Stimmung nicht gefährden. Wofür schon? Sie aßen fürstlich, waren bestens gelaunt. Hans bot Frieda sogar an, jederzeit auf seinen Neffen oder seine Nichte aufzupassen.

»Hoffentlich bekomme ich eine Nichte«, sagte er. »Kleine Mädchen sind das Süßeste auf der ganzen Welt. Kein Wunder, dass ich auch großen Mädchen nicht widerstehen kann.«

»Kleine Jungen sind nicht weniger niedlich«, warf Rosemarie lächelnd ein. »Nicht vergessen, Frieda, mein Herz, ich habe zwei Kindern das Leben geschenkt und sie großgezogen. Ich meine, es ist mir gut gelungen.«

»Das ist es«, stimmte Albert ihr sofort zu. Frieda fürchtete schon, ihre Mutter würde ihr jetzt Hilfe bei der Erziehung anbieten. Doch das tat sie nicht.

»Ich nehme nicht an, dass du großen Wert auf meine Meinung legst. Wir sind doch sehr verschieden, du und ich.« Sie lächelte fast ein wenig ängstlich. »Wir gehören eben zu zwei ganz unterschiedlichen Generationen, es hat sich so viel verändert.«

»Ja, das hat es«, bestätigte Frieda sanft.

»Ich hoffe nur, du weißt, dass du immer zu mir kommen kannst, wenn du eine Frage hast, oder unsicher bist.«

Frieda griff über den Tisch und drückte ihre Hand. »Danke, Mutter!«

Der Sommer war anstrengend, von einem Tag auf den anderen legte sich eine große Hitze über die Stadt, die die Menschen lähmte. Die Temperatur kletterte, als wolle sie damit nicht mehr aufhören und alles in eine unerträgliche Hölle verwandeln. Nur wenige Stunden später fegten Blitz, Donner, schwere Regenfälle und Sturm über Hamburg hinweg, bis zur Küste hinauf, dass man meinen konnte, die Welt würde untergehen.

»Wenn uns nur nicht auch so ein Tornado heimsucht wie der in Uetersen«, jammerte Rosemarie. Und auch Frieda war mulmig bei der Vorstellung.

Dieses unberechenbare Wetter mit einer Schwüle, die einem die Luft nahm, dann wieder mit plötzlicher Kälte mitten im Sommer, machte Frieda zu schaffen. Ihr schwerer praller Bauch tat ein Übriges. Sie konnte nicht mehr stehen, ohne dass ihr Rücken schmerzte. Liegen war auch kein Vergnügen. Neuerdings litt sie unter Sodbrennen, das sie nie zuvor gekannt hatte, und ihr Körper schien sich in einen Schwamm verwandelt zu haben, der an den unmöglichsten Stellen Wasser sammelte. Jeden Morgen fiel es ihr schwerer, aufzustehen, sich anzuziehen und ins Ballinhaus zu fahren. Jeden Abend, wenn sie nach Hause kam, war sie voller Hoffnung auf ein Lebenszeichen von Per und wurde stets enttäuscht. Die Sorge um ihn wuchs mindestens so schnell wie das Kind in ihrem Leib. Dazu kam obendrein die Sorge um ihren Vater, dem das Wetter ebenfalls schwer zu schaffen machte.

»Wolltest du nicht mehr Zeit für Mutter haben?«, fragte Frieda ihn eines Tages, als sie gemeinsam erst um acht Uhr das Kontor verließen. Selbst Ernst war schon vor Stunden gegangen, weil er noch segeln wollte. Albert hat eine graue Gesichtsfarbe und dunkle Ringe um die Augen. »Genau dafür hast du mich zu deiner Nachfolgerin bestimmt«, erinnerte sie ihn. »Ich habe mich in die Buchführung, in die Kalkulation und die Feinheiten des Importhandels eingearbeitet, um dich irgendwann einmal abzulösen.«

»Das weiß ich doch alles, Sternchen.« Er sah sie liebevoll an. »Das heißt aber nicht, dass ich mich sofort zur Ruhe setzen will.«

»Nicht sofort, aber du wolltest mehr Zeit mit Mutter in eurer schönen Villa verbringen. Das hast du damals gesagt. Allerdings wolltest du auch mit dem Umfirmieren auf Hannemann & Krüger warten, bis Per und ich verheiratet sind, hast dich aber nicht daran gehalten. Hattest wohl Angst, ich könnte im letzten Moment noch kneifen«, neckte sie ihn. »Habe ich aber nicht. Zwar hat Per mit der Reederei, der neuen Werft und dem Linienverkehr gerade eine Menge um die Ohren, trotzdem steht er an meiner Seite, wenn es um den Kakao-Import geht. Und Ernst sowieso«, ergänzte sie schnell. »Du darfst dir ruhig ein bisschen Zeit für dich und Mutter gönnen. Oder für die *Imperator*«, sagte sie lächelnd. »Wie lange hast du nicht mehr an deinem Schiffsmodell gebaut?«

»Hast ja recht, mein Kind. Bloß ist immer so viel zu tun. Wer wüsste das besser als du? Und meine liebe Tochter kann ich nun wohl schlecht noch mehr einspannen. Wenn sich jemand Ruhe gönnen sollte, dann bist nämlich du das.« Sie wollte Einspruch erheben, doch er ließ es nicht zu. »Du allein trägst die Verantwortung für mein Enkelkind. Wehe, du nimmst diese Aufgabe nicht ernster als alles andere!« Er rieb sich über die Augen und sah anschließend auf die Uhr. »Donnerwetter, schon acht Uhr! Wenn es aber auch so lange hell ist, merkt man noch weniger, wie die Zeit vergeht. Deine Mutter wird mir die Leviten lesen.«

Frieda zwinkerte ihm fröhlich zu. »Keine Sorge, die Tage werden schon wieder spürbar kürzer, Papsi. Dann denkst du wieder von alleine dran, zeitig nach Hause zu gehen.«

Er strich ihr eine Strähne aus dem Gesicht. »So hast du mich immer genannt, als du noch ein Mädchen warst. Jetzt wirst du bald eine Mutter sein.« Eine Weile standen sie da und sahen einander an. »Jetzt aber los. Rosemarie wird mir die Hammelbeine langziehen, wenn sie erfährt, dass ich dich nicht früher aus dem Kontor gescheucht habe.«

Auf dem Heimweg im Wagen fasste Albert sich immer wieder verstohlen an die Brust. Er konnte ihr nicht verheimlichen, dass er schlecht Luft bekam, und seine Haut war wirklich beunruhigend bleich.

Beklommen verabschiedete sie sich von ihrem Vater und ging mit schweren Schritten zu ihrem Haus. Gottlob verzog sich die Schwüle allmählich, sonst wäre an Schlaf wieder nicht zu denken. Sie öffnete den Briefkasten, und ihr Herz schlug sofort einen Takt schneller. Ein cremefarbener Umschlag. Nachricht von Per! Obwohl sie es kaum erwarten konnte und das Kuvert am liebsten noch hier an der offenen Tür aufgerissen hätte, beherrschte sie sich. Wenn er doch nur schrieb, dass er sich auf das Kind freute, dass er sich umgehend auf den Weg machte, dann konnte sie ihn schon bald wieder in die

Arme nehmen. Das letzte Mal war viel zu lange her. Sie betrat die Diele. Aus dem Souterrain war nichts zu hören. Bestimmt nutzte Selma die frische Abendluft, um mit Sarah noch ein wenig spazieren zu gehen, damit das Kind dann schlafen konnte. Sie legte die Post auf ihren Platz am Esstisch und ging sich frisch machen. Vorfreude war doch die schönste Freude. Im Kühlschrank fand Frieda Kaltschale und Grießpudding. Gute Guste, genau das Richtige nach einem heißen Tag! Frieda machte sich ein Schüsselchen zurecht und ging zurück ins Esszimmer. Dann war es so weit, sie nahm das Kuvert zur Hand, drückte es an ihre Brust, schloss die Augen.

»Bitte, schreib, dass du nach Hause kommst!«, flüsterte sie und riss den Umschlag auf. Das Datum sprang ihr ins Auge. Per hatte ihr einen Tag früher geschrieben, als Frieda ihm. Dieser Brief war Monate unterwegs gewesen, und er würde kein Wort zu der guten Nachricht enthalten. Die Enttäuschung war so groß, dass sie gleich wieder die Augen schließen musste. Nur nicht weinen. Konnte doch sein, dass das kleine Wesen in ihrem Bauch dann auch traurig wurde. Frieda atmete tief durch. Mit etwas Glück kündigte Per auch ohne diesen besonderen Grund seine Heimkehr an. Sie las von weiteren Unruhen, die aber nicht direkt Shanghai betrafen. Sie müsse sich keine Sorgen machen, schrieb er, die Menschen, mit denen er zu tun habe, seien alle sehr freundlich und keineswegs feindlich Ausländern gegenüber eingestellt.

Es ist ungeheuer interessant, wie einige Chinesen uns Europäer wahrnehmen. Sie sind enttäuscht darüber, dass sich unsere arrogante Haltung nach dem Friedensschluss von 1919 nicht geändert hat, dass wir, oder doch die meisten von uns, an der Kolonialpolitik festhalten. Das macht ihnen Angst, viele sind wütend.

Die Behörden hier arbeiten so ganz anders als in Hamburg oder auch in Dänemark. Immer wenn ich glaubte, nun alles in die richtigen Bahnen gelenkt zu haben, erlebe ich wieder eine böse Überraschung. Nicht schlimm, nur eben jedes Mal eine neue kleine Herausforderung. Es wäre am besten gewesen, für ein oder zwei Jahre hierherzukommen, bis die Niederlassung läuft wie ein Uhrwerk. Aber du hättest deine Manufaktur sicher nicht so lange alleine gelassen. Und ohne dich wäre das für mich nicht denkbar. Du fehlst mir schon jetzt mehr, als ich dir sagen kann, Frieda. Darum arbeite ich Tag und Nacht und hoffe, schon bald ein Schiff in Richtung Hamburg zu besteigen. Wenn es so weit ist, sende ich dir von Bord gleich ein Telegramm.

Bis dahin denke ich in jeder Minute an dich.

Dein Mann Per

Die Zeilen hatten ihr gutgetan, gleichzeitig vermisste sie ihn nun umso mehr. Noch war kein Telegramm gekommen, obwohl es so lange her war, dass er dies geschrieben hatte. Er war also noch nicht an Bord. Bisher hatte sie die Vorstellung nicht zugelassen, doch sie musste sich wohl damit abfinden, dass das Kind vor ihm da sein könnte.

Frieda schob lustlos die Kaltschale in der Schüssel herum, da hörte sie plötzlich ein eigenartiges Geräusch. War das eine Stimme? Sie spitzte die Ohren. Frieda war allein im Haus, Guste ging immer schon gegen halb acht, manchmal auch früher. Da, schon wieder. Es klang wie ein leises Jammern. Das kam doch von unten. Sie stand auf, trat in die Diele und lauschte angestrengt. Waren Selma und Sarah doch nicht draußen? Alles still. Oder doch nicht? Da war ein leises Rascheln gewesen.

»Selma? Alles in Ordnung?«, rief sie und hielt den Atem an. Nichts. »Selma? Entschuldige die Störung!« Keine Antwort. Frieda überlegte, ob sie runtergehen und nach dem Rechten sehen sollte, aber es war Selmas kleines Reich da unten. Frieda hatte dort nichts zu suchen. Nicht, wenn …

»Tante Frieda?«, kam es mit einem Mal leise aus dem Keller. Sarah!

»Ja, Schätzchen, ich bin es.« Sie lief eilig die Stufen hinab und in

Sarahs Zimmer. Das Kind saß in seinem Bett, die dunklen Haare klebten ihm im Gesicht. Wo um Himmels willen steckte Selma? Frieda ließ sich ihren Ärger nicht anmerken. »Guten Abend, junge Dame«, sagte sie und lächelte.

»Ich habe schlecht geträumt«, brabbelte Sarah und streckte ihre Ärmchen aus.

»Schlecht geträumt? Na sowas!« Frieda war mit einem Schritt bei ihr und drückte sie an sich. Sarahs Nachthemd war durchgeschwitzt. »Jetzt bist du ja wach, der böse Traum ist weggeflogen und kommt nicht wieder«, tröstete sie das Mädchen. Die Haustür klappte. »Hast du gehört? Mami ist auch gleich bei dir. Wo ist sie bloß gewesen, hm?« Absätze auf der Treppe.

»Sarah?« Selma betrat das Kinderzimmer. »Frieda! Die Tür war offen, ich dachte schon …«

»Sarah war allein, sie hatte Angst«, erklärte Frieda kühl. Sie sah zu, wie Selma ihr Kind wieder hinlegte. »Sie braucht ein frisches Nachthemd.«

Selma fuhr zu ihr herum, ihre Augen funkelten. Sie hatte Lidschatten und Lippenstift aufgetragen, stellte Frieda fest.

»Das schwitzt sie auch gleich wieder durch«, gab Selma zurück und wandte sich Sarah zu. »Mami ist jetzt wieder da. Du kannst ganz beruhigt schlafen, mein Schatz.«

»Warst du wieder bei dem Mann …?« Weiter kam Sarah nicht.

»Jetzt wird geschlafen«, erklärte Selma schneidend. In ihren Augen lag … Angst?

Nachdem sie die Tür zum Kinderzimmer geschlossen hatte, baute sie sich vor Frieda auf. »Kontrollierst du mich?«

»Wie bitte? Nein, das tue ich sicher nicht. Sarah war alleine, sie hat gerufen. Darum bin ich runtergegangen.«

»Ich war nur kurz weg.«

»Du hast sie alleine gelassen, ganz allein in dem großen Haus. Sie ist drei, Selma.«

Selma sah sie an, dann sagte sie: »Dein Kind ist noch nicht mal auf der Welt, also erkläre du mir bitte nicht, wie ich mich als Mutter zu verhalten habe.« Das war doch wohl … Frieda atmete einmal kräftig durch.

»Das war nicht meine Absicht«, erwiderte sie so freundlich, wie es ihr möglich war. »Ich habe mir einfach nur Sorgen gemacht. Ich mache mir auch Sorgen um dich, Selma. Was ist in letzter Zeit nur los mit dir?« Selmas selbstbewusste Fassade bröckelte, jedenfalls schien es Frieda so. Doch im nächsten Augenblick war der Moment der Schwäche vorüber.

»Bei mir ist alles bestens! Es sind wohl eher deine Hormone, die verrücktspielen.«

»Ja, vielleicht«, sagte Frieda leise, machte auf dem Absatz kehrt und ging hinauf. Selma konnte ein so warmherziger Mensch sein, so hilfsbereit und umgänglich. Was war nur in sie gefahren? Warum hatte sie nicht einfach Hans gefragt, ob er auf das Kind aufpassen konnte, wenn sie ausgehen wollte? Frieda hatte das Gefühl, dass mit ihr etwas nicht stimmte. Sie würde ihr gern helfen, nur ging es ihr nach Pers Nachricht auch nicht gerade gut, und sie hatte keine Lust, sich in ihrem eigenen Haus abkanzeln zu lassen.

Frieda erwachte mit dröhnenden Kopfschmerzen und einem Druck auf der Brust. Sie musste sofort an Sarah denken. Zwar wusste Frieda nicht, was oder ob sie überhaupt geträumt hatte, doch am liebsten würde auch sie jetzt die Arme nach jemandem ausstrecken, der sie trösten konnte. Nach Per. Sie spürte Feuchtigkeit zwischen ihren Beinen, stand auf und ging ins Bad. Frieda wollte auf die Toilette gehen und erstarrte vor Schreck. Ihre Unterwäsche war rot. Sie blutete. Was hatte das zu bedeuten? Die Morgendämmerung setzte gerade erst ein. Trotzdem, sie musste so schnell wie möglich zu Dr. Matthies. Aber der war um diese Zeit noch nicht da. Das Krankenhaus, sie würde sich direkt ins Krankenhaus fahren lassen. Hans konnte sie fahren. Ihr Herz raste, ihr war übel. Sie wusch sich, zog sich an, verließ leise das Haus, überquerte die Elbchaussee und betrat keine halbe Stunde, nachdem sie wach geworden war, die elterliche Villa. Auf Zehenspitzen schlich sie zu dem Anbau herüber. Ein vertrauter Weg. Schon oft war sie ihn leise gegangen, um ihre Eltern nicht zu stören, vor allem aber, um sich Fragen und Vorwürfe ihrer Mutter zu ersparen, wenn Frieda besonders spät nach Hause gekommen war. Sie legte die Hand auf die Türklinke und wollte sich in ihr ehemaliges Wohnzimmer stehlen, das jetzt Hans gehörte.

»Frieda?« Sie fuhr herum. Ihre Mutter stand im Morgenrock vor ihr, die Haare offen und vom Schlaf zerwühlt. Ein seltsamer, ein seltener Anblick.

»Entschuldige, ich wollte euch nicht wecken. Ich habe mich bemüht, leise zu sein«, stotterte sie.

»Was ist passiert? Fehlt dir etwas, mein Herz?« Rosemarie war zu ihr getreten und legte ihr sanft die knochigen Hände auf die Schultern. Da erst bemerkte Frieda, dass sie am ganzen Körper bebte.

»Ich blute. Mein Kind … Mutti, ich habe solche Angst, dass ich es verliere.« Hilflos wie ein kleines Mädchen stand sie da, zitterte und ließ die Tränen einfach laufen.

»Was soll das heißen, du blutest?« Rosemarie sah sie konzentriert an. »Stark? Hast du Schmerzen?«

»Nein.« Frieda schüttelte den Kopf.

»Keine Schmerzen, das ist gut. Es wird schon nicht so schlimm sein«, sagte Rosemarie sanft. »Aber natürlich musst du sofort zu einem Arzt, damit du gründlich untersucht wirst.« Frieda nickte schwach. »Du wolltest deinen Bruder um Hilfe bitten?« Rosemarie sah sie überrascht an.

»Ich dachte, er könnte mich vielleicht in ein Krankenhaus fahren.«

»Sehr gute Idee!« Sie öffnete die Tür, ohne besonders leise zu sein, schob Frieda zu einem Stuhl. »Du wartest hier«, kommandierte sie.

Innerhalb kürzester Zeit war Hans auf den Beinen und Rosemarie angezogen. Albert war von dem Tumult ebenfalls wach geworden und schickte sich an, sie zu begleiten. »Kommt nicht infrage, du brauchst deinen Schlaf«, erklärte Rosemarie.

»Ich kriege kein Auge zu, wenn meine Tochter und mein Enkelkind in Gefahr sind«, protestierte er.

»Aber Liebster, Männer und Krankenhäuser haben noch nie zusammengepasst. Frieda wird sicher mindestens einen Tag dort bleiben müssen. Hans und ich kommen zurück, sobald wir wissen, was los ist. Und du erfährst es dann sofort.« Sie küsste ihn zärtlich, dann ging es los.

»Spürst du etwas? Kommt noch mehr Blut?«, fragte Rosemarie unterwegs. Sie hielt unentwegt Friedas Hand, und Frieda klammerte sich geradezu an sie. »Es wird sicher alles gut werden, mein Herz«, flüsterte Rosemarie. Hans starrte auf die Straße, fuhr viel zu schnell und hoch konzentriert und räusperte sich nur auffällig oft. Er war ganz automatisch zum Israelitischen Hospital gefahren, wahrscheinlich weil es ihm vertraut und schnell zu erreichen war. Frieda ließ die Untersuchung über sich ergehen und versuchte, den ernsten Gesichtern des Arztes und der Hebamme keine zu große Bedeutung beizumessen.

»Sie sollten einen Tag bei uns bleiben, Frau Møller«, sagte der Arzt endlich, ein großer schlanker Mann, der Frieda viel zu jung erschien. »Falls es zu Komplikationen kommt, können wir dann sofort eingreifen, damit Ihnen nichts passiert.«

»Damit mir nichts passiert?«, unterbrach sie ihn. »Was ist mit meinem Kind? Ist es gesund? Was denn für Komplikationen, ist mein Kind in Gefahr?«

»Schwer zu sagen.« Er sah sie an, ohne eine Miene zu verziehen. »Ich denke nicht. Wie gesagt, zur Sicherheit sollten Sie einen Tag hierbleiben. Ist dann nichts weiter aufgetreten, dürfen Sie nach Hause gehen. Ich rate Ihnen allerdings dringend, möglichst viel zu liegen. Keine unnötige Bewegung, keine Aufregung.« Er legte den Kopf schief. »Sie sind die Tochter von Albert Hannemann, nicht wahr? Kakao-Import Hannemann.« Sie nickte. »Dann sind Sie ja bestens versorgt. Lassen Sie sich von Ihren Dienstboten verwöhnen. Das sollte für Sie kein Problem sein.«

Friedas Erleichterung, dass mit dem Kind alles in Ordnung zu sein schien, war grenzenlos: Die Herztöne waren inzwischen laut und deutlich zu hören, auch der Tastbefund zeigte keinerlei bedenkliche Auffälligkeiten. Außerdem war sie sehr froh, wieder nach Hause gehen zu dürfen. Rosemarie wollte partout, dass Frieda sich in der Villa ihrer Eltern pflegen ließe.

»Nein, Mutter, wirklich nicht. Ich danke dir sehr, dass du in der Nacht für mich da gewesen bist. Ich weiß nicht, wie ich das ohne dich hätte schaffen sollen. Aber zu Hause habe ich die meiste Ruhe. Guste ist da und kann abends auch länger bleiben. Sie kann sogar im Haus übernachten, Platz genug haben wir. Ich bin wirklich bestens versorgt. Wenn es mir nicht gutgeht, rufe ich dich sofort an, das verspreche ich.« Damit hatte Rosemarie sich zufriedengegeben.

Die ersten zwei, drei Tage hielt Frieda sich brav an die Anweisung des Arztes. Von wegen, viel liegen und keine unnötigen Bewegungen sollten kein Problem sein. Es war sehr wohl eines. Mit jeder Stunde, die sie auf der Couch oder in ihrem Bett verbrachte, wurde sie ungeduldiger. An einem Tag, der frische Böen von der Elbe heraufbrachte, ging sie im Jenischpark spazieren. Am nächsten Morgen ging sie runter zum Teufelsbrücker Hafen und sah den Schiffen zu, die elbaufwärts fuhren oder in die Stadt hineinkamen. Das Gehen war beschwerlich. Ganz normal mit einem so prallen Bauch. Darüber hinaus ging es Frieda gut. Wenn sie nicht endlich wieder etwas zu tun bekäme, würde sie noch verrückt. Sie gönnte sich nach dem Spaziergang eine kleine Pause, legte die Füße hoch. Aus reiner Vernunft, nicht etwa, weil sie das Bedürfnis hatte. Dann rief sie sich einen Wagen und fuhr ins Kontor.

»Frau Møller!«

»Rudolf! Wie schön, dich zu sehen. Wie geht es mit dem neuen Bein?«

Er machte einige Schritte vor und zurück und drehte sich langsam um die eigene Achse. »Schon ganz ohne Krücken. Wie Sie gesagt haben: Sogar Treppen gehen kann ich mit ohne.«

Frieda lachte. »Das freut mich sehr, Rudolf. Und wie ist es abends? Drückt es sehr, oder kannst du die Prothese den ganzen Tag tragen?«

»Na, ist schon anders als vorher«, sagte er. »Nun war der Stumpf ja auch 'n paar Jährchen ohne alles. Das drückt schon so'n büschen zum Anfang. Aber es geht.« Er strahlte. Plötzlich legte er die Stirn in Falten. »Der Herr Hannemann hat gesagt, sie kommen erst mal nicht so schnell wieder und dass der Herr Krüger jetzt das Kommando hat. Bis Sie Ihr Kind haben, und dann mal sehen, hat er gesagt.«

Sie lächelte. »So, hat er das gesagt? Mein Vater hat schon recht, ich soll mich schonen.« Sie ging einen Schritt auf ihn zu und flüsterte: »Nur ist es zu Hause schrecklich langweilig.« Frieda schnitt eine Grimasse.

»Kann ich mir denken. Ich kann Sie mir gar nicht ruhig im Sessel vorstellen. Trotzdem. Sie müssen auf sich und das Kleine aufpassen, damit ist nicht zu spaßen.«

»Weiß ich doch. Ich wollte mir auch nur etwas Marzipan und eine kleine Menge von der weichen Zuckermasse holen. Ich habe da eine Idee, Rudolf, das könnte ein echter Verkaufsschlager zur Geburt von Kindern oder zu Taufen werden.«

»Aha. Das klingt nach Arbeit, nicht nach Schonen.«

»Ach was, ich probiere nur ein bisschen und ruhe mich zwischendurch immer wieder aus.«

»Na, denn ist gut. Tja, ich muss auch wieder fleißig sein.« Er griente. »Nicht, dass es nachher heißt, ich bin auf zwei Beinen langsamer als auf anderthalb.«

Es tat gut, durch den Produktionsraum zu gehen, den Duft einzuatmen. Frieda fiel ein, dass sie in ihrem Kontor ein Buch über Tortenverzierungen hatte. Sie ging hin, setzte sich hinter ihren Schreibtisch und begann zu lesen. Die französische Königin Marie Antoinette hatte eine Schwäche für kunstvoll verzierte Kuchen, las sie. Das sollte angeblich der Grund dafür sein, dass die Franzosen eine weich schmelzende Zuckermasse entwickelten, aus der man Blumenranken, Reliefs oder ganze Tiere herstellen konnte. Frieda betrachtete Bilder von Pfauen und Schmetterlingen, die auf mehrstöckigen Torten thronten. Sie war so vertieft in die Lektüre darüber, wie diese Masse zu verarbeiten war, dass sie die Zeit vergaß. Und dann entdeckte sie auf einmal einen Hinweis auf Modellierschokolade. Sie überflog die Zeilen, in denen beschrieben wurde, wie man aus weißer Schokolade eine formbare Masse herstellen konnte, die, wenn sie abgekühlt war, fest und sehr stabil wurde. Das bedeutete, die fertige Ware durfte nicht warm werden. Aber das durfte Eis auch nicht. Man musste es den Leuten nur sagen. Friedas Gedanken schlugen Purzelbäume. Ihre Schokoladentaler würden nicht nur zur Geburt eines Kindes ein Renner werden. Mit roten Rosen dekoriert, waren sie das perfekte Geschenk für Verliebte. Für Ernst, ihren Vater und alle anderen Liebhaber von Schiffen konnte sie ein Boot formen oder einen Anker. Die Möglichkeiten waren geradezu grenzenlos. Sie würde mit Rudolph Karstadt sprechen, er musste ihr neben dem Regal eine kleine Vitrine mit Kühlung in jeder Filiale zur Verfügung stellen. Dafür würde sie ihm ihre Dekor-Taler exklusiv anbieten. Und später vielleicht mit Eis gefüllte Pralinen. Ihr Puls beschleunigte mehr und mehr. Was saß sie hier noch herum? Sie musste sofort ausprobieren, ob das Rezept der Modelliermasse, das in ihrem Buch erwähnt war, etwas taugte. Frieda sprang auf und musste sich am Tisch festhalten. Eine Sekunde dachte sie daran, ihr Vorhaben auf den nächsten Tag zu verschieben. Doch schon war der Schwindelanfall vorbei. Sie war eben nur zu schnell gewesen und würde ab sofort langsamer machen. Als sie zurück in ihre Kakaoküche ging, war die bereits menschenleer. So ein Unsinn, sich Zutaten mit nach Hause zu nehmen, wenn sie hier doch alles hatte, was sie brauchte. Frieda machte sich ans Werk. Zuerst wollte sie sich an Schokoladentalern versuchen, die in Zukunft jeder zur Geburt eines Kindes geschenkt bekommen würde. Taler mit blauen Herzen und Rosen darauf für einen Jungen und mit rosafarbener Dekoration für ein Mädchen.

Weiße Schokolade hatte Frieda kürzlich erst aus Kakaobutter, Milchpulver und Zucker herstellen lassen. Streng nach der Anweisung ließ sie zwei Tafeln davon über einem Wasserbad schmelzen und gab weitere Kakaobutter hinzu. Der Wasserdampf trieb ihr die Schweißperlen auf die Stirn. Sie musste etwas trinken. Gleich, erst noch dickflüssigen Zuckersirup unterrühren. Frieda starrte auf den Löffel, der durch die gelbliche Masse fuhr, ihr wurde übel. Eine kleine Pause wäre gut, sie sollte sich setzen. Nein, das wäre nicht sehr klug. Hatte man erst angefangen, arbeitete man am besten weiter, bis die Masse fertig war. Die Zutaten waren empfindlich und mochten weder zu heiß werden noch zwischendurch abkühlen. Frieda holte tief Luft. Wenn es doch nur ein Fenster gäbe, das sie öffnen könnte. Sie hatte lernen müssen, welche Rolle die Temperatur im Umgang mit feinster Schokolade spielte. Sofort fielen ihr ihre unzähligen Fehlversuche bei der Herstellung von Pralinen wieder ein. Es hatte lange gedauert, ehe sie den Bogen herausgehabt hatte. Jetzt wusste sie, dass die Einhaltung der exakten Temperaturen das Geheimnis fester knackiger Pralinen mit Füllung war, die obendrein appetitlich glänzten. Sie keuchte. Wenigstens ein Glas Wasser sollte sie sich holen, dachte sie. Nur noch schnell die Masse fertigstellen, damit die am Ende nicht zu zäh oder unansehnlich wurde. Automatisch bewegte sich ihre Hand immer weiter, sie rührte und rührte. Gar nicht gut, sie hätte längst die Stärke unterheben sollen. Durch die Hitze trat die Kakaobutter aus, löste sich von den restlichen Zutaten. So ein Mist! Frieda wischte sich mit dem Handrücken über die Stirn. Trinken, sie musste endlich etwas trinken. In ihrem Kopf drehte es sich immer mehr, und ihr wurde die Luft knapp. Sie starrte auf das Rezept, die Buchstaben verschwammen vor ihren Augen. Zuckersirup hatte sie schon. Die Stärke war jetzt auch im Topf. Was als Nächstes? Die Schrift war aber auch klein, oder stimmte etwas mit dem Licht nicht? Frieda sah zur Decke, der Schwindel überfiel sie mit Macht. Sie musste sich an der Kante der Arbeitsplatte festhalten. Das Wasser in dem unteren Topf kochte und brodelte inzwischen, sie hätte längst die Flamme herunterdrehen sollen. Frieda atmete tief ein und aus. Wenn ihr nur nicht so schwindelig wäre, dann könnte sie loslassen und den Schalter betätigen, der die Gasmenge regelte. Heißes Wasser schoss in einem Schwall nach oben. Frieda spürte noch den Schmerz auf ihrer linken Hand. Und irgendwo waren da doch Stimmen, dachte sie, ehe die Dunkelheit sie mit sich riss.

Als Frieda das nächste Mal die Augen öffnete, sah sie Ullis Gesicht direkt über sich. Sie befand sich in einem Wagen. Wie war sie dorthin gekommen?

»Sie ist aufgewacht«, rief Ulli heiser.

»Gott sei Dank!«, kam es von vorne. »Kann sie sprechen?« Das war doch die Stimme von Ernst. War das möglich? Frieda versuchte, ihren Kopf zu drehen. Sofort kam der Schwindel zurück und mit ihm die Übelkeit.

»Durst«, wisperte sie.

»Ja, kann sie. Sie hat Durst.«

»Wir sind gleich da.« Wieder Ernsts Stimme. »Die geben ihr bestimmt gleich was. Mann, Frieda, du bist doch sonst so'ne plietsche Deern«, schimpfte es von vorne. Ohne Zweifel, das war Ernst.

»Ich glaube, sie lächelt«, sagte Ulli. Da war so viel, was Frieda wissen wollte, was sie gern gesagt hätte, nur fehlte ihr die Kraft. Außerdem konnte sie sich nicht konzentrieren. Zu vieles ging ihr durch den Kopf. Ging es ihrem Kind gut? Gab es doch Komplikationen? Du allein trägst die Verantwortung für mein Enkelkind. Wehe, du nimmst diese Aufgabe nicht ernster als alles andere!, hörte sie die Stimme ihres Vaters. Dabei war er gar nicht hier, oder doch? Was hatte sie bloß ihrem Kind angetan? Was war passiert? Wenn nur dieser zähe, alles verschlingende Nebel verschwinden würde. Sie stöhnte und überließ sich wieder der Schwärze.

Als sie die Augen das nächste Mal öffnete, fand sie sich in einem Raum wieder, in dem alles weiß war. Ein Krankenhaus. Lieber Gott, was war nur geschehen?

»Oh nee, dich kann man aber auch nicht alleine lassen!« Ernst sah sie böse an. Wirklich böse. Üblicherweise hatte er wenigstens ein winziges Lächeln in den Augen, wenn er mit ihr schimpfte. Doch jetzt? Keine Spur. »Weißt du eigentlich, was alles hätte passieren können? Ich sag nichts mehr, ich reg mich nur auf. Mensch, Mensch, Mensch.« Er schüttelte den Kopf, verschränkte die Arme und sah demonstrativ zur Seite.

»Ernst hat zwar recht, aber es hilft wohl nicht besonders, wenn wir dich jetzt auch noch zur Minna machen.« Ulli seufzte. »Verdient hättest du es, das steht fest. Ich hätte fast wieder zur Zigarette gegriffen, so hab ich mich aufgeregt.«

»Es tut mir so leid«, flüsterte Frieda. Sie blickte zum Fenster, es war stockfinster draußen. Wie lange war sie ohne Bewusstsein gewesen? Was war mit …?

»Was ist mit dem Kind?«

»Der Arzt sagt, es sieht alles gut aus. Dir hat Flüssigkeit gefehlt, Nährstoffe, naja, ich versteh davon nicht allzu viel.« Ulli lächelte. »Er hat mit irgendwelchen Fachwörtern um sich geworfen.«

»Dass du dich vollkommen unvernünftig verhalten hast, das hat er gesagt«, polterte Ernst dazwischen. »Ganz ohne Fachwörter. Konnte jeder verstehen.« Er funkelte Ulli an.

»Mein Kind lebt, es geht ihm gut?«

»Siehst wohl, jetzt hast du Angst. Nu stell dir mal vor, wir hätten sagen müssen: Nee, Frieda, das war's. Das rührt sich nicht mehr.«

»Ernst!« Ulli legte die Stirn in Falten und warf ihm einen warnenden Blick zu.

»Ist doch wahr, hätte passieren können. Nur weil die Dame meint, sie muss trotz aller Warnungen in der Küche stehen.« Frieda schloss die Augen. Er hatte ja recht, sie allein wäre schuld gewesen, wenn … Sie weigerte sich, den Gedanken zu Ende zu bringen. Sie wäre schuld gewesen, doch sie war es nicht. Ganz langsam drang die Erkenntnis in ihr Bewusstsein, dass sie noch einmal Glück gehabt hatte. Unendliches Glück. Die Erleichterung war noch größer als damals, als Per gesund aus Odense zurückgekommen war. »Ja, das ist denn die Geheimwaffe von euch Frauen, ne? Wenn ihr den Bogen überspannt habt und nicht mehr vor oder zurück könnt, denn fließen die Tränen. Mönsch, nu hör auf, sonst heul ich gleich noch mit.« Er tätschelte ihr die Wange. Frieda sah ihn an. Sie stammelte unzusammenhängendes Zeug, brachte einfach noch keinen klaren Gedanken zustande.

Erschöpft schloss sie die Augen. Wie durch einen Nebel hörte sie Ulli, die erzählte, sie habe Frieda besuchen wollen. »Ernst sagte mir, dass dir strenge Bettruhe verordnet ist und dass du dich im Kontor nicht mehr sehen lässt, bis der Nachwuchs da ist. Er wollte gerade Schluss machen, also sind wir zusammen gegangen.«

»Und im Flur vor der Treppe hören wir es dann rumsen«, setzte Ernst den Bericht fort. »Ich dachte, Rudolf turnt da noch mit seinem neuen Bein rum, aber nee, die Bettlägerige höchstpersönlich hat sich lang gemacht. Ich wusste nicht mal, dass du im Haus bist. Mann, ich dachte, du bist tot.« Die Stimme versagte ihm.

»Glücklicherweise warst du nur ohnmächtig«, übernahm Ulli wieder. »Und du hast dir ganz schön die Hand verbrüht. Aber bis zur Geburt ist das verheilt.« Sie lächelte. »Ernst hat dich sofort aufgesammelt und runtergetragen bis zu eurem Wagen. Erinnerst du dich nicht mehr? Du hast ihn einmal angeguckt.« Frieda schüttelte schwach den Kopf. »Jedenfalls haben wir dich ins Krankenhaus gebracht. Der Arzt sagt, hier musst du nun bleiben, bis das Kind da ist. Das dauert hoffentlich noch ein paar Wochen, die du auch schön gemütlich zu Hause hättest verbringen können. Wenn du vernünftiger gewesen wärst. Nun bleibst du eben unter Aufsicht.«

Kapitel 13

Die Tage in der Klinik erschienen Frieda endlos. Kein Lebenszeichen von Per, nichts, was sie tun konnte oder durfte. Gleichzeitig betete sie um jede weitere Stunde, die ihr Kind sich Zeit ließ, denn der Arzt hatte ihr nachdrücklich erklärt, dass es für die Geburt noch zu früh sei. Immer häufiger spürte sie ein Ziehen im Unterleib. Wenn die Hebamme auch sagte, das sei völlig normal, wurde Frieda mit jedem Mal unruhiger. Eines Nachmittags an einem sehr heißen Augusttag schrie Frieda auf, so plötzlich kam der Schmerz, der sich gleichzeitig in ihrem Unterleib und im Rücken auszubreiten schien. Selma war gerade gegangen, später wollte Hans seiner Schwester noch einen Besuch abstatten. Vor Schmerz krallte sie sich im Bettlaken fest, bis der Krampf ihren Körper allmählich wieder freigab. Viel Zeit blieb ihr nicht, ehe die nächste Schmerzwelle über sie hereinbrach. Wieder drang ein Schrei aus ihrer Kehle. Warum kam denn niemand, der sich um sie kümmerte? Endlich hörte sie Schritte. Der Arzt, der so schrecklich jung aussah, steckte den Kopf zur Tür herein.

»Alles in Ordnung, Frau Møller, oder will da jemand mit Macht auf die Welt?« Er bewegte sich langsam auf sie zu, schien überhaupt keine Eile zu haben.

»Krämpfe«, brachte Frieda japsend hervor. »Schon das zweite Mal. Es tut so weh.« Sie keuchte.

»Ja, war zu erwarten. Sie haben Glück, dass es überhaupt noch so lange gedauert hat, aber jetzt können wir Ihren Sohn oder Ihre Tochter wohl nicht länger überreden, geduldig zu sein. Meistens haben Jungs es eilig«, sagte er und lächelte zum ersten Mal. »Wenn ich raten soll, würde ich sagen, Sie bekommen einen kleinen Jungen. Ich werde dann mal die Hebamme holen.«

Er ließ sie doch glatt allein. Frieda spürte, wie die Aufregung ihr die Luft nahm. Es ging los. Endlich! Bald konnte sie ihr Kind auf dem Arm halten. Wenn es doch nur schon so weit wäre. Wenn nur alles glattginge! Reiß dich zusammen, Frieda, unzählige Frauen haben das vor dir überstanden, du wirst es also auch überstehen. Kein Grund zur Sorge. Hoffentlich. Ein neuer Schub krampfte ihren Leib zusammen. Nur am Rande nahm sie wahr, dass sich die Tür erneut öffnete. Der Arzt war zurück, die Hebamme war bei ihm. Die beiden betasteten und betrachteten Friedas Bauch. Sie sprachen über sie, aber nicht mit ihr. Frieda versuchte, ihre Worte zu hören, doch immer wieder bäumte sich ihr Körper vor Schmerzen auf. Sie war nicht einmal in der Lage, zu fragen, was mit ihr geschah, als man sie in den Kreißsaal brachte. Das Letzte, was sie wahrnahm, war ein Arzt mit einer Spritze in der Hand, sie wollte noch protestieren, doch da war schon der Stich und dann nur noch Stille.

Stimmen. Merkwürdig blechern. Als hätten alle einen Metalleimer auf dem Kopf. Frieda wollte die Augen öffnen, doch ihre Lider waren so unendlich schwer. Noch fünf Minuten, dann würde sie es bestimmt schaffen.

»Kommt da unser Enkelkind?«, hörte sie plötzlich die Stimme ihrer Mutter. Eine Frau sagte etwas, dann schwoll das Flüstern und Tuscheln an.

»Zeigen Sie mal her, meinen Enkel. Ist er denn auch kräftig geraten?« Das musste ihr Vater sein.

»Unseren Enkel. Oder eine Enkelin?« Das war doch wohl nicht möglich, offenbar hatten sich alle versammelt, um den Nachwuchs zu bestaunen. Was war mit ihr, sollte es nicht ihr als Mutter zustehen, ihr Kind zuerst anzusehen? Und zwar in Ruhe. Sie stöhnte.

»Ja, ja, unser Enkel«, sagte Albert gerade.

»Verzeihung, aber vor allem noch immer Ihre Tochter.« Das war Ernst. Er war also auch da. Mit aller Macht versuchte Frieda, die Lider ein wenig zu öffnen. Verschwommen sah sie ihre Eltern, Hans, Ernst, Ulli und Selma. Die kleine Sarah saß ebenfalls auf einem Stuhl, herausgeputzt in einem weißen Kleidchen, das dunkle Haar akkurat und gerade auf Höhe der Ohrläppchen geschnitten, sehr kurzer Pony. Auf dem Kopf trug sie eine riesige Schleife. Butterlecker, dachte Frieda benommen, warum nannte man diese Schleifen eigentlich Butterlecker? Ihr Blick wanderte träge durch den Raum bis zur Hebamme, die ein kleines Bündel auf dem Arm hielt. Es schien nur aus Decken zu bestehen. Die Hebamme fing Friedas Blick auf.

»Aha, Frau Møller, jetzt sind Sie wohl bei uns, was? Bereit für Ihren Sohn?«

»Ja.« Friedas Antwort ging in dem Geplapper unter, das auf einen Schlag den Raum erfüllte.

»Sie ist wach, na endlich«, sagte Ulli.

»Wie geht es dir, mein Herz?«

»Lass mal sehen, Sternchen, was du uns da für einen strammen Stammhalter geschenkt hast, hm?«

Ehe sie sich versah, hatte sie ihren Sohn im Arm. Ein Glücksgefühl, wie sie es noch nie gekannt hatte, durchströmte sie.

»Hallo, mein Kleiner, willkommen im Leben«, flüsterte sie. »Gott, bin ich froh, dass du da bist.«

Alle reckten die Hälse, schoben und drängelten, um möglichst nah ans Bett zu kommen. Sie gratulierten ihr, übertrafen sich dabei, Koseworte für den winzigen Jungen zu finden, den Frieda ganz fest hielt. Je mehr Frieda zu sich kam, desto weniger konnte sie das ganze Theater ertragen. Sie wollte ihre Ruhe und mit ihrem Kind allein sein.

»Das könntest ja ständig nur knuddeln«, sagte Ernst gerade verzückt. »Ist das denn richtig, dass alles so klein ist? Diese Nase, habt ihr die Nase gesehen? Und die Finger! Müssten die nicht wenigstens ein bisschen größer sein?«

»Nee, nee, ist schon alles so, wie es sein muss«, meinte Ulli.

»Es lächelt schon!«, rief Hans aufgeregt. »Habt ihr das gesehen? Ich glaube, es hat mich angelächelt.«

»Wenn, dann hat er dich angelächelt«, korrigierte Albert amüsiert. »Aber ich glaube, er hat eher seine Großmutter angesehen.« Rosemarie gab ein glückliches Seufzen von sich.

»Da ist schon so'n büschen Ähnlichkeit, was meint ihr?« Ernst reckte sich. »Gerade auf der Welt und kann schon so goldig aus der Wäsche gucken«, stellte er ungläubig fest.

Ullis Blick traf den von Frieda. »Komm, Ernst«, sagte sie. »Große Mädchen sind vielleicht nicht ganz so drollig wie kleine Jungs, aber du kannst dich besser mit ihnen unterhalten. Frieda muss sich ausruhen. Und Møller junior auch. Wird Zeit, dass wir gehen.«

Møller junior. Per, wo er wohl gerade steckte? Frieda musste schlucken. Die Trauer und Sehnsucht kamen so unvermittelt, dass ihr Tränen in die Augen schossen.

»Ist wirklich besser, wenn wir sie jetzt in Ruhe lassen.« Selma tätschelte Frieda den Arm. »Herzlichen Glückwunsch, Frieda. Ein echter Prachtkerl!« Sie nahm Sarahs Hand, Ernst und Ulli waren schon an der Tür.

Auch Hans sprang auf. »Stimmt, der Kleine erleidet sonst gleich einen Schock, wenn die ganze Bagaasch an ihm herumtüdelt. Erhol dich gut, Schwesterchen. Du machst Sachen. Aber alles, was du machst, gelingt dir. Irgendwann musst du mir dein Geheimnis verraten.« Er küsste sie zart auf die Stirn.

»Wir können morgen wiederkommen«, sagte Selma zu Rosemarie und Albert, die sich nicht vom Fleck rührten. »Vielleicht dürfen die beiden morgen sogar schon nach Hause.«

Das war wieder die alte feinfühlige Selma. Frieda war ihr unendlich dankbar.

»Ja, kommt bitte morgen wieder, das ist gut«, flüsterte sie müde.

»Na schön, sie werden sich hier ja wohl gut um euch kümmern. Oder sollen wir den Kleinen lieber mit nach Hause nehmen?« Albert sah hilflos von seiner Frau zu Frieda.

»So ein Unfug, mein Liebster.« Rosemarie lachte kurz. »Er bleibt natürlich hier bei seiner Mutter.«

Dann endlich waren sie fort. Frieda atmete auf.

»Sie können sehr anstrengend sein, ich fürchte, daran wirst du dich gewöhnen müssen«, sagte sie zu ihrem Sohn und lachte leise. Da klopfte es auch schon wieder. »Siehst du, was habe ich dir gesagt?«

Die Tür öffnete sich langsam und Frieda glaubte zu träumen. Sie starrte ihren Mann an, ihr Bitten war erhört worden. »Per!«

Mit wenigen Schritten war er bei ihr, setzte sich auf die Bettkante und drückte sie beide an sich. Er küsste sie mit einer Leidenschaft, in der Verzweiflung, Angst und Sehnsucht lagen. Lange konnte er nichts sagen, auch Frieda brachte kein Wort heraus. Sie hielten sich fest, endlich war die Familie beisammen. Frieda liefen die Tränen über die Wangen, immer wieder musste sie lachen und schluchzen und gleich wieder lachen. Sie hatte es so sehr gehofft, sich so oft vorgestellt, aber doch nicht daran geglaubt, und nun war er hier. Sie würden zu dritt nach Hause kommen! Frieda konnte es noch immer nicht fassen, sie hielt ihr Kind im Arm und die Hand ihres Mannes ganz fest in ihrer, die Finger verschränkt, als könne nichts sie je wieder trennen. Sie war ganz sicher, der glücklichste Mensch der Welt zu sein.

Per löste sich von ihr, sah sie lange an, tupfte ihr sanft das Gesicht, küsste sie immer wieder. Er betrachtete abwechselnd sie und seinen Sohn. Auch seine Wangen waren feucht, seine Augen glänzten.

»Geht es euch gut?«, flüsterte er endlich heiser. »Seid ihr beide ganz gesund?« Sie nickte.

»Ich habe mir so sehr ein Kind gewünscht. Danke, Frieda.« Wieder zog er sie an sich.

Schon wieder ein Klopfen. Die Hebamme kam herein. »So, die Herrschaften, Zeit zum Schlafen. Es ist schließlich tiefste Nacht. Der Kleine bekommt sein eigenes Bettchen, wo er unter Aufsicht schlafen kann.« Damit nahm sie den winzigen Jungen auf den Arm. »Die Geburt war schließlich auch für ihn anstrengend. Morgen dürfen Sie dann beide nach Hause, wenn nichts dazwischenkommt.«

»Ich wollte früher hier sein«, flüsterte Per. »Aber es war wie verhext, alles ist schiefgegangen. Das habe ich dir ja geschrieben.«

»Nein«, sagte sie leise, »ich habe keine Nachricht bekommen.«

»Auch das noch!« Er seufzte und sah verzweifelt aus.

»Jetzt bist du ja da. Genau zur rechten Zeit.«

Per zog sie an sich und küsste sie, ganz zärtlich dieses Mal. »Als ich deinen Brief bekommen habe, bin ich sofort losgerannt, um mir eine Schiffspassage zu besorgen.« Er sah sie an, strich ihr das schweißnasse Haar aus der Stirn. Ganz langsam breitete sich ein Lächeln auf seinem Gesicht aus. »Dein Brief. Wie hast du dich ausgedrückt? Es wäre schön, wenn du es einrichten könntest, möglichst bald zurück nach Hamburg zu kommen.« Per schüttelte den Kopf. »Manchmal bist du selbst für meinen Geschmack zu verdreht.«

»Verdreht? Ich muss doch sehr bitten.« Sie warf ihm einen strengen Blick zu. »Du warst nicht zum Vergnügen in Shanghai. Ich weiß doch, wie wichtig die Reise für dich war. Das Geschäft geht vor, das habe ich gelernt.«

»Ich fürchte, ich kann dir nicht zustimmen. Das Geschäft geht sehr oft vor, das ja, aber sicher nicht immer. Du hast für mich immer Vorrang, Frieda, vor jedem Handel, der noch so verlockend sein mag. Ab sofort trifft das auch auf unseren Sohn zu.«

Sie nickte, drückte seine Hand und lächelte, dann sagte sie ernst: »Du bist mir auch das Wichtigste auf dieser Welt.«

»Wichtiger als deine Schokolade?« Er kniff die Augen zusammen.

»Unglaublich, nicht wahr? Aber so ist es.«

»Ich habe Himmel und Hölle in Bewegung gesetzt«, sagte er sanft.

»Ich glaube, die Chinesen denken jetzt noch, dass ganz Hamburg vom Untergang bedroht war.« Sie musste lachen, dann schossen ihr schon wieder Tränen in die Augen, und sie weinte. Vor Erleichterung, vor Glück.

»Ein Junge also«, sagte er leise und streichelte ihr zärtlich über den Kopf. »Er hat schon so viele Haare, rote Löckchen«, flüsterte er. »Kinder mit roten Haaren sind etwas Besonderes!«

Kapitel 14

Die ersten Wochen konnten Frieda und Per sich kaum von ihrem Kind trennen. Sooft es ging verbrachten sie Zeit zu Hause. Im Winter tauften sie ihren Sohn auf den Namen Henrik, ein alter deutscher Name, der in Dänemark ebenso beliebt war. Das erste Weihnachtsfest mit dem Kleinen war wundervoll. Henrik saß inmitten von Geschenken, mit denen Großeltern, Eltern, Onkel und Ernst ihn überschüttet hatten. Sogar von Clara war ein Päckchen gekommen, die schrieb, sie würde das Fest gern auf Föhr miterleben, käme aber voraussichtlich im Februar zu Besuch, um endlich den Nachwuchs kennenzulernen. Henrik verstand mit seinen gerade einmal vier Monaten nicht, was Geschenke waren und was nur Verpackung war. Er hatte größte Freude an leeren Kartons und knisterndem Papier. Für Friedas Geschmack hätte es ewig so weitergehen können. Sie hätte sich nie träumen lassen, wie sehr sie ihr Dasein als Mutter und Ehefrau genoss. Ihr unbedingter Wille zu arbeiten, war wie aufgelöst. Als das neue Jahr begann, ging sie aus purem Pflichtgefühl immer öfter wieder in die Manufaktur. Mal gab Rosemarie auf Henrik acht, dann kümmerte sich Hans um ihn. Meistens fand Frieda die drei sehr zufrieden gemeinsam vor, wenn sie nach Hause kam. Soweit es ging, nahm Frieda sich Arbeit mit nach Hause, überließ vieles aber auch einfach Vater, Ernst und Per. Dabei gab es jede Menge zu tun. Die Einfuhrmenge von Rohkakao nach Deutschland stieg unaufhörlich.

»Noch nie sind so viele Doppelzentner ins Land gekommen, nicht einmal vor dem Krieg«, erklärte Ernst ihr, als sie sich zu ihrer Montags-Besprechung zusammensetzten. »Das meiste geht über Hamburg, wir sind noch immer der Hauptstapelplatz.« Er platzte beinahe vor Stolz und Zufriedenheit. »Und Hannemann & Krüger steht an der Spitze der Importeure.«

Albert war mit seinen Gedanken häufig woanders. Er vergaß Dinge, die er erledigen wollte, und die Ringe um seine Augen wurden immer dunkler. Erst hatte Frieda Sorge, er könne allmählich tüdelig werden, wie es Großvater Carl zum Schluss war. Doch sie ahnte, dass ihr Vater sich vielleicht einfach nur schonen müsste. Im Grunde war ihr klar, dass er dringend eine Entlastung gebraucht hätte. Dummerweise genoss sie jede Minute mit ihrem Sohn und gab daher allzu gern nach, wenn sowohl Albert als auch Ernst und Per ihr zuredeten, im Moment in erster Linie Mutter und mehr oder weniger nebenbei Geschäftsfrau zu sein. Wenn Rosemarie ihren Mann doch nur zur Raison gerufen hätte. Nur ein einziges Mal beklagte sie sich, dass nichts von seinen Versprechungen geblieben sei.

»Wolltest du nicht mehr Zeit für mich haben?«, fragte sie ihn eines Abends, als er mit Frieda und Per spät nach Hause kam. »Du hast ewig keinen Urlaub mehr gemacht. Du brauchst doch mal ein paar Tage ohne dein Kontor und deine Doppelzentner!«

»Hast ja recht, Röschen«, hatte er matt geantwortet. »Wir werden das besprechen.« Wann immer Per oder Frieda ihn daran erinnerten, war etwas anderes dringlicher, oder Albert reagierte ungeduldig, als sei es ihm nun doch nicht mehr recht, auch nur über eine kleine Pause nachzudenken. Frieda hatte den Verdacht, ihre Mutter war gar nicht so unglücklich, dass Albert sich nicht plötzlich an seine Pläne erinnerte, kürzerzutreten, denn solange sie zu Hause war und Zeit hatte, war die Chance am größten, sich um Henrik kümmern zu dürfen. Rosemarie liebte ihren Enkel abgöttisch, was nicht verwunderlich war, denn er hatte ein wahrhaft sonniges Gemüt, strahlte vom Öffnen der Augen bis zum Einschlafen. Und er aß für sein Leben gern. Immer hatte er Appetit und freute sich über jeden Löffel Brei. Rosemarie ging das Herz über, und Frieda musste sie bremsen, damit sie Henrik nicht kugelrund fütterte. Hatte sie ihren Enkel nicht bei sich, verbrachte sie ihre Zeit damit, Galerien zu besuchen, in denen Hans möglicherweise ausstellen könnte, wenn man den Galeristen zur Not mit einer kleinen Summe überzeugte. Oder sie bemühte sich um einen Termin beim Kultursenator. Hätte sie ihrem Mann gesagt, dass sie sich vernachlässigt fühlte, hätte sie mit Nachdruck den Wunsch geäußert, gemeinsam zu verreisen, hätte er ihr das sicher nicht abgeschlagen. Doch Rosemarie war mit ihren beiden neuen Aufgaben ausgelastet und hielt still. Sie war entweder Großmutter oder sie lebte für die Malereikarriere ihres Sohnes. Nicht einmal die alten Herrschaften im Stift bekamen sie mehr zu Gesicht.

An einem eisigen Tag im Februar war es endlich so weit: Frieda und Albert konnten Rosemarie zu einer Vernissage begleiten, die Hans in der Bücherstube von Felix Jud zwischen Rathaus und Jungfernstieg hatte. Nichts Großes, wie Hans betonte, dennoch war er stolz, in einem Geschäft mit bestem Ruf ausstellen zu dürfen. Zu Recht. Ehrensache, dass sie ihn unterstützten.

»Ausgerechnet Felix Jud!«, rief Rosemarie und lachte. »Na, ist ja hoffentlich nur sein Name.«

Vater war auffallend still und blass.

»Ist dir nicht gut?« Frieda sah ihn an. »Vielleicht legst du dich lieber etwas hin.«

»Nein, nein, geht schon. Hab mir womöglich den Magen verrenkt.« Er lächelte schwach. »Ich werde mir die Möglichkeit, Hans' Bilder zu sehen, auf keinen Fall entgehen lassen. Du weißt ja, wie schwierig es mit uns manchmal ist. Er bittet mich nicht unbedingt in sein Atelier.« Er zwinkerte.

»Geht mir nicht besser.« Sie zwinkerte zurück. Tatsächlich duldete Hans niemanden in seiner Nähe, wenn er arbeitete, wie er es nannte.

Auch mit den fertigen Werken tat er sich schwer. Sie seien Fenster zu seiner Seele, pflegte er zu sagen.

»Fremde können die ruhig sehen, die können nichts damit anfangen, denke ich. Aber ihr braucht doch nur eins und eins zusammenzählen, dann liege ich vor euch wie ein offenes Buch.« Hin und wieder machte Hans eine Ausnahme. Sogenannte Fingerübungen durfte sie sehen. Der Blick aus Friedas ehemaligem Wohnzimmer in den Garten der elterlichen Villa, eine Hafenszene. Hübsch, wie sie fand. »Das ist nichts, nur Technik, da steckt kein Gefühl drin.«

Davon gab es zwischen den Regalen der Buchhandlung umso mehr. Die Bilder waren völlig anders als seine Fingerübungen. Ein paar Bleistiftskizzen waren dabei, das Meiste war jedoch Öl auf Leinwand. Man erkannte auf Anhieb eine Schute oder eine Kiste, die gerade an der Seilwinde auf einen der oberen Speicherböden gezogen wurde. Selbst die gute alte Michaeliskirche hatte er gemalt, stellte Frieda überrascht fest. Sie hatte erwartet, dass er sich eher an seinen Lehrer Fellner hielt und Hamburgs zwielichtige Ecken, Prostituierte, Hafenspelunken als Motiv wählte. Damit kannte er sich schließlich aus.

»Wie machst du das?«, wollte Frieda von ihm wissen, nachdem sie sich alles angesehen hatte?

»Was denn?« Er legte ihr den Arm um die Taille, sie hatte ihn lange nicht so glücklich gesehen.

»Dieses Licht, die Farben leuchten! Aber in jedem Bild ist eine Ecke, die ist anders, als würde sie im Schatten liegen. Man bekommt direkt eine Gänsehaut, so unheimlich ist es da. Als würde dort das Böse lauern. Auf jedem Bild«, wiederholte sie fassungslos.

»Du bist begabt, Schwesterchen, ich sollte dich Artikel über mich schreiben lassen.« Er küsste sie auf die Wange. »Danke! Ich bin froh, dass du so gut hingesehen hast.«

»Ach, das ist alles so hübsch, nicht wahr?« Rosemarie trat zu ihnen und klatschte in die Hände.

»Nicht jeder sieht so genau hin«, flüsterte Hans Frieda zu.

Rosemarie bestand darauf, dass Hans ihr den Inhaber des Geschäfts vorstellte. Diese Ausstellung hatte er doch tatsächlich ohne ihre Hilfe eingefädelt. Frieda sah sich nach ihrem Vater um. Wo steckte er nur? Sie beschlich ein ungutes Gefühl.

»Vater?« Sie schlüpfte in einen schmalen Gang hinter einem der Regale. Da stand er, eine Hand am Holz des großen Möbels, die andere an seiner Brust. »Vater?« Sie machte einen Schritt. In dem Moment gaben seine Knie nach, er sackte zusammen. Frieda sprang auf ihn zu, konnte ihn nicht halten. Er war einfach zu schwer. Wenigstens konnte sie den Sturz ein wenig bremsen. »Hilfe!«, rief sie. »Wir brauchen hier schnell einen Arzt!«

Sie brachten ihn in die Poliklinik an der ABC-Straße. Die Ärzte sagten, ihr schnelles Handeln habe aller Wahrscheinlichkeit nach Schlimmeres verhindert. Albert hatte noch einmal Glück. Schon nach zwei Nächten durfte er wieder nach Hause gehen. Dr. Matthies kam kurz vorbei und empfahl ihm dringend, kürzerzutreten.

»Das haben die im Hospital auch gesagt«, knurrte Albert.

»Und sie haben recht«, erklärte Dr. Matthies mit strenger Miene. »Es ist nicht Ihr erster Anfall, Herr Hannemann. Seien Sie dankbar, zwei Warnungen bekommen zu haben. Sie wissen, dass Sie ein schwaches Herz haben. Wenn Sie darauf keine Rücksicht nehmen, kann es böse enden. Und vor allem schnell.«

Ein paar Tage später war Frieda mit Henrik bei ihren Eltern. Vater lag im Bett, er sollte erst am nächsten Tag wieder aufstehen, sich aber keinesfalls im Kontor sehen lassen oder lange Spaziergänge unternehmen, hatte Dr. Matthies gesagt, ehe er sich verabschiedete. Der gute Dr. Matthies. Wie lange würde er ihnen als Hausarzt noch erhalten bleiben? Er war alt geworden, fiel Frieda auf, ging sogar schon leicht gebückt. Rosemarie war mit Henrik im Salon und spielte ihm Caruso vor. Frieda ging zu ihrem Vater zurück, nachdem sie den Arzt zur Tür begleitet hatte. Sie hockte sich auf seine Bettkante und nahm seine Hand.

»Keine Sorge, ich segne noch nicht das Zeitliche«, brummte Albert. »Hast Dr. Matthies ja gehört, es war nur ein leichter Anfall.«

»Vor allem habe ich gehört, dass du viel Glück gehabt hast. Wenn du keine Rücksicht auf dein Herz nimmst, kann das mit dem Zeitlichen schneller gehen, als …«

»… man Labskaus sagen kann, ja, ja«, knurrte er.

»Als uns allen lieb ist«, brachte sie den Satz unbeirrt zu Ende.

»Ach was, mir geht's gut. Wo ist denn mein Enkel? Wenn ich schon nicht aufstehen darf, kannst du ihn mir doch wenigstens bringen, oder ist das auch verboten?«

»Nein, ist es nicht.« Frieda machte keine Anstalten, ihren Sohn zu holen. »Ach Papa, sei doch vernünftig! Weißt du nicht mehr, was du mal zu mir gesagt hast? Du bist zwar Kaufmann, aber auch Ehemann und Vater, und ein sehr talentierter Modellbastler bist du auch. Du wolltest nicht nur im Geschäft sitzen, sondern freie Zeit mit deiner Frau und deiner Tochter verbringen. Du wolltest die *Imperator* fertigstellen. Wenn ich nicht irre, ist die Weltkugel mit dem Adler, die den Bug zieren soll, noch immer nicht bemalt, oder?«

»Glaubst du denn, ich habe das alles vergessen?«, brauste er plötzlich auf. Vor Schreck ließ sie seine Hand los und zuckte zurück. So kannte sie ihren Vater nicht. »Natürlich weiß ich noch, dass ich weniger arbeiten wollte. Natürlich erinnere ich mich, dass ich diese Villa nicht gekauft habe, um nur ein paar Stunden pro Nacht darin zu schlafen. Aber wie soll das wohl anders gehen? Die Einfuhrmenge von Rohkakao nimmt Rekordausmaße an. Und deine Manufaktur ist viel erfolgreicher, als wir je dachten. Rudolph Karstadt drängt auf einen Vertrag. Ich weiß ja nicht einmal genau, was du ihm alles zugesagt hast, aber ich habe eine Ahnung davon, wie stark wir die Produktion erweitern müssen, um zu liefern.« Frieda wurde die Kehle eng. Hatte sie mit ihrem Ehrgeiz womöglich dafür gesorgt, dass ihr

Vater immer mehr hatte schuften müssen? Trug sie am Ende die Schuld an seinem erneuten Zusammenbruch?

»Es tut mir leid, ich wollte nicht, …«, stotterte sie.

Mit einem Schlag fiel er in sich zusammen. »Es gibt nichts, das dir leid tun muss, Sternchen.« Endlich lächelte er wieder und griff nach ihrer Hand. »Ich bin so stolz auf dich und froh, dass die Geschäfte endlich wieder so gut laufen. Dass unsere beiden Prokuristen uns verlassen haben, um zu assoziieren und unter eigenem Namen einen Importhandel zu gründen, das hat uns wehgetan. Meynecke Prokura zu verleihen, war ohne Zweifel der richtige Schritt, er ist so lange bei uns und genießt mein volles Vertrauen. Nur bringt mir das keine große Entlastung. Ich hätte jemanden einstellen müssen«, gab er zu und seufzte. »Aber ich dachte doch, Per wäre schneller aus China zurück und würde sich dann erst einmal um den Import kümmern können, nachdem sein Schiffsverkehr Fahrt aufgenommen hat. Er hat sehr lange gefehlt.«

»Und ich dann auch noch«, sagte Frieda kleinlaut. »Hätte ich mich an die Anweisungen der Ärzte gehalten, hätte ich nicht so lange im Krankenhaus herumliegen müssen.«

»Dann hättest du zu Hause herumgelegen oder gesessen, wie ich jetzt. Das hätte nichts geändert.« Er tätschelte ihre Hand.

»Ich hätte wenigstens ein paar schriftliche Dinge regeln und vielleicht mit Herrn Karstadt zum Abschluss kommen können«, widersprach sie.

»Es ist, wie es ist, mein Kind. Wir müssen das Beste daraus machen. Jetzt ruhe ich mich erst einmal ein wenig aus, und dann besprechen wir zu viert, wie es weitergehen soll.«

»Einverstanden.«

Am Abend stand Ernst vor der Tür. »Wollte mal hören, wie es deinem Vater geht«, sagte er, die Wollmütze in der Hand. Schneeflocken tanzten im Licht der Straßenlaternen, ein eisiger Wind hatte die weiße Pracht, die in den letzten Tagen reichlich gefallen war, zu hohen Wellen zusammengetrieben.

»Komm schnell rein, bevor dir die Ohren abfrieren.«

Er klopfte ausgiebig die schweren Schuhe ab, ehe er in die Diele trat. »Jo, das wär dösig, denn würde die Mütze immer über die Augen rutschen.«

Frieda ging vor in das Wohnzimmer, wo das Kaminfeuer brannte. »Per ist noch im Kontor«, erklärte sie.

»Jetzt noch?« Er machte große Augen und schielte nach der Standuhr, die Per aus Dänemark mitgebracht hatte. »Ich war noch in der Kakao-Wirtschaftsstelle. Dein Vater ist da noch immer der wichtigste Mann. Gibt viel zu besprechen, wenn er jetzt tatsächlich kürzertritt.« Er rieb sich die von der Kälte dunkelroten Hände. »Meinst denn, das macht er jetzt?«

»Er muss«, antwortete sie sofort. »Wir müssen alles so regeln, dass er beruhigt einen Teil seiner Aufgaben abgibt. Möchtest du einen Tee?«

»So'n steifer Grog wär mir lieber.«

Sie lächelte. »Sollst du haben.« Wenig später saßen sie mit Tee und Grog am Kamin.

»Wäre nicht so schlecht, wenn du nu wieder 'n büschen öfter ins Kontor kommen könntest«, begann Ernst. »Ich versteh schon, dass du jetzt viel Zeit mit dem Knirps verbringen willst, und wir haben ja auch dauernd gesabbelt, dass du nun erst mal Mutter bist und die Manufaktur getrost uns überlassen sollst«, fügte er schnell hinzu. »Aber es ist denn doch bannig viel zu tun. Der Karstadt will langsam alles unter Dach und Fach haben. Außer in den Filialen in Hamburg will er die Feine Hannemannsche im Stammhaus in Wismar, in Lübeck, Kiel und in Bremen haben. Wilhelmshaven hätte ich fast vergessen.« Er legte die Stirn in Falten. »Dabei könnte der Absatz da so richtig ordentlich werden. All die hübschen Hotels und die Strandhalle werden reichlich Gäste anziehen. Wenn du mich fragst, haben die das plietsch angestellt.« Er nickte anerkennend. »Die grüne Stadt am Meer nennen die Wilhelmshaven jetzt. Könnte fix das beliebteste Nordseebad werden, glaub ich. Hab da letztes Jahr einen Abstecher mit dem Boot hingemacht. Das sah alles ziemlich gemütlich aus.«

»Das wären neun Filialen für den Anfang«, sagte Frieda nachdenklich.

»Was? Ach so, ja.« Ernst räusperte sich. »Neun Filialen. Und die nehmen dann wohl das gesamte Sortiment, oder wie?«

»Ganz genau. Wie groß der Anfangsbestand pro Laden wird, müssen wir noch besprechen, das hängt natürlich von der jeweiligen Geschäftsgröße ab.« In Friedas Hirn arbeitete es. »Wir brauchen einen Schriftzug, den jeder sofort erkennt. Und wir brauchen Dekor-Taler, mindestens vier Motive am Anfang, besser fünf oder sechs.«

»Gut, dass du das ansprichst, da palavert der Prokurist vom Karstadt nämlich auch ständig von. Dass er sich um eine Vitrine mit Kühlung gekümmert hätte, damit diese Münzen da rein können. Exklusiv bei Karstadt soll's die geben«, sagte er und streckte affektiert den kleinen Finger von seinem Grogglas weg. »Ich weiß nicht mal, was das sein soll.«

»Taler«, korrigierte Frieda, »keine Münzen, sondern Taler. Ich war gerade dabei, die Modellierschokolade herzustellen, als ich umgekippt bin.«

»Die was?« Er sah sie mit großen Augen an und vergaß sogar, weiter in den dampfenden Inhalt seines Bechers zu pusten.

»Modellierschokolade. Die kannst du mit natürlichen Stoffen, wie zum Beispiel von Roter Bete, einfärben. Oder mit diesen synthetischen Farben, die es jetzt überall gibt. Und dann formst du Figuren daraus, Blütenranken, Schiffchen, was immer du willst, und deine künstlerischen Fähigkeiten hergeben.«

»Wozu der ganze Aufwand mit der Kühlung?«

»Die Modelliermasse reagiert äußerst empfindlich auf Wärme.« Sie zuckte mit den Achseln.

»Wenn du Zucker nimmst, hast du so'n Theater nicht. Und das sieht genauso hübsch aus.«

»Sieht hübsch aus, schmeckt aber längst nicht so gut. Dieses Zuckerzeug ist doch nur süß, hat aber ansonsten wenig Eigengeschmack. Wir sind aber für unsere köstliche Schokolade berühmt, Ernst. Wenn wir die nun so hübsch gestalten könnten wie mit Zuckermasse, die Dekoration obendrein aber noch unvergleichlich gut schmecken würde …«

»Das wär ein Renner!«, beendete er den Satz für sie. »Um den Schriftzug für die Regale und Vitrinen kann ich mich wohl kümmern.« Er sah sehr konzentriert aus. »Aber von dem Schnickschnack auf den Talern …«

»Schnickschnack, ich muss doch sehr bitten«, empörte sie sich.

»Na, das Dekorationszeugs eben«, sagte er rasch. »Davon verstehe ich nix, da lasse ich mal fein meine Finger von.«

»Du hast auch so schon genug zu tun.«

»Kannst wohl sagen. Wir verkaufen nach Skandinavien, in die baltischen Staaten, nach Polen und in die Niederlande. Da musst immer auf Zack sein, wenn du die Abnehmer nicht alle durch den Tüdel kriegen willst, und die Währungen darfst auch nicht alle durcheinanderschmeißen.« Er lachte.

Gemeinsam überlegten sie, ob es wohl ginge, Formen für die Taler-Verzierung herzustellen. Die andere Möglichkeit war, jeden einzelnen Taler von Hand fertigzustellen. Selbst wenn sie mit nur vier Motiven anfingen und pro Filiale zunächst lediglich fünfundzwanzig Taler von jeder Sorte lieferten, lägen sie schon bei neunhundert handverzierten Talern.

»Dafür bräuchtest du Arbeiterinnen, die nix anderes machen«, stellte Ernst fest.

»Woher soll ich so schnell jemanden bekommen?« Frieda rieb sich über die Augen.

»Wie wär's denn, wenn du Ulli mal fragst?«

»Ich kann sie doch nicht von Spreckel abwerben. Das wäre nicht in Ordnung. Spreckel ist ein Freund.«

»Nee, so mein ich das doch gar nicht. Wenn du Ulli mal fragst, ob das nicht was für ihre Schwester wäre. Ich mein, Ulli hätte mal erzählt, dass die Deern aus Kastanien und Eicheln und anderem Zeug, das sie draußen so findet, kleine Kunstwerke bastelt.«

»Marianne! Ernst, du bist genial. Sie ist mit der Schule fertig und würde gern eine Ausbildung machen, was leider nicht so einfach ist, weil sie nicht hören kann. Beim Gestalten mit Modellierschokolade fällt es nicht ins Gewicht, dass sie taub ist.« Das Mädchen allein würde die Arbeit natürlich nicht schaffen, schon gar nicht, wenn die Taler so gut ankamen, wie Frieda sich das erhoffte. Aber es wäre ein Anfang, immerhin hatte Frieda schon jetzt einige Arbeiter, die sich ebenfalls am Formen versuchen konnten. Ulli wäre auf diese Weise auch gleich eine Sorge los. Zwei Fliegen mit einer Klappe, wie man so schön sagte.

Per kam nach Hause, und die beiden setzten ihn kurz über das ins Bild, was sie besprochen hatten. Dann verabschiedete sich Ernst eilig. Er arbeitete gut mit Per zusammen, wo es eben nötig war, aber er ging ihm auch aus dem Weg, wo er es einrichten konnte.

Am nächsten Morgen fuhr Frieda gemeinsam mit Per zum Ballinhaus. Mehrere Umzugswagen standen auf der Straße vor dem Gebäude.

»Was ist denn hier los? Zieht jemand aus?« Frieda beobachtete das geschäftige Treiben neugierig.

»Im Gegenteil. Die Etage unter uns bekommt neue Mieter«, entgegnete Per. Zwischen Männern hindurch, die Kartons nach oben schleppten, liefen sie in den sechsten Stock. Frieda gab Per einen Abschiedskuss, ehe er sich in sein Kontor zurückzog und sie sich in ihres. Mutter und Hans würden sich heute um Henrik kümmern, morgen vielleicht Selma. So konnte es natürlich nicht weitergehen, ein Kindermädchen musste her. Frieda seufzte. Darum konnte sie sich heute Abend wieder kümmern, jetzt hatten ihre Dekor-Taler Vorrang. Sie machte einen Termin mit Rudolph Karstadt aus und ging dann in ihre Kakaoküche.

»Guten Morgen, Frau Møller!«, tönte es ihr entgegen.

»Guten Morgen! Ich würde nachher gern etwas ausprobieren.« Sie holte ihre Taschenuhr hervor. »Sagen wir um zwei Uhr. Bitte kommt dann alle hierher, ich brauche euch alle in der Küche.«

Sie wiederholte die Arbeitsschritte, um aus weißer Schokolade, Kakaobutter, Zuckersirup und etwas Stärke Modellierschokolade herzustellen. Im Gegensatz zu ihrem ersten Versuch brachte sie den Vorgang dieses Mal zu Ende, strich die Masse auf ein Blech mit hohem Rand und brachte sie in den Kühlschrank. Dann verschaffte sie sich einen Überblick über die Vorräte an Tafeln und Pralinen und gab Rudolf eine Liste mit den Sorten und Mengen, die schnellstens produziert werden mussten.

»Ach, Rudolf?«

»Frau Møller?«

»Setz dich, bitte!« Er nahm auf der anderen Seite ihres Schreibtisches Platz und sah sie erwartungsvoll an. »Du hast gehört, dass wir mit einer großen Kaufhauskette in Gesprächen sind, unsere Ware dort anzubieten.«

Er nickte eifrig. »Klar, das hab ich mitgekriegt.«

»Tja, wie es aussieht, wird es jetzt ernst, es geht los.« Sie lächelte. »Du kennst dich mit den Maschinen exzellent aus und kennst alle Abläufe.«

»Ich geb mir Mühe, ne?«

»Das machst du sehr gut.« Sie lächelte ihn an.

»Danke, Frau Møller! Ich bin ja auch gern hier. Ich weiß es zu schätzen, dass Sie mir Arbeit gegeben haben. Na, und das neue Bein vergesse ich Ihnen sowieso mein Lebtag nicht.«

Frieda musste schmunzeln. »Das freut mich, und ich weiß deinen

Fleiß und deine Zuverlässigkeit ebenfalls zu schätzen. Darum würde ich dir gern mehr Verantwortung übertragen.« Seine Augen wurden groß, und seine Wangen färbten sich rot, doch er schwieg. »Ich möchte dir die Qualitätskontrolle übertragen. Ich muss zu jeder Zeit sicher sein können, dass eine würzige Herrenschokolade die korrekte Menge Weinbrand hat, dass auf jedem Stückchen einer Tafel ein kandiertes Minzblatt liegt. Außerdem entwickle ich gerade ein neues Produkt, den Dekor-Taler. Wir werden nachher ausprobieren, wer künstlerisch begabt ist und sich für seine Fertigung eignet. Ich möchte, dass du auf jedes einzelne Exemplar einen abschließenden Blick wirfst, ehe es unser Haus verlässt. Jeder Taler muss perfekt sein.«

»Das krieg ich hin, Frau Møller. Sie können sich auf mich verlassen.«

»Das ist noch nicht alles. Ich werde mehr Maschinen anschaffen, wir haben ja glücklicherweise noch Platz im Produktionsraum. Vielleicht können wir den leer stehenden Raum in diesem Stockwerk bekommen und zum Kühlraum umfunktionieren«, überlegte sie laut. »Auf jeden Fall brauche ich jemanden, der die Lagerware und die Bestellungen im Auge hat. Wir dürfen weder unser Lager so vollstopfen, dass der Platz nicht reicht und wir vor allem Pralinen ausliefern, die nicht mehr frisch sind, noch darf es zu Wartezeiten für die Kundschaft kommen. Traust du dir das zu?«

»Oh Mann, das ist eine wirklich wichtige Aufgabe.« Er rieb sich das Kinn und rutschte auf dem Stuhl hin und her.

»Das ist sie. Ernst Krüger und ich werden dich damit natürlich nicht alleinlassen, aber ich kann unmöglich jede Produktion anweisen. Ich würde mich freuen, wenn du im Blick behalten könntest, sobald eine bestimmte Menge unterschritten ist, und dann von allein für Nachschub sorgen würdest.« Sie faltete die Hände auf dem Schreibtisch. »Du verdienst jetzt hundertfünfundfünfzig Mark pro Monat. Wenn du diese wichtige Aufgabe übernehmen würdest, könnte ich dir hundertsechzig bezahlen.«

»Fünf Mark mehr? Jeden Monat? Das ist ’ne Menge, Frau Møller.« Er nickte bedächtig. »Wenn Sie mir am Anfang ’n büschen helfen, würde ich mir das wohl zutrauen«, sagte er schließlich.

»Sehr schön, dann sind wir uns also einig.« Sie streckte die Hand aus, und er schlug ein.

Frieda bat mehrere Hersteller von Conchier- und Walzmaschinen um Angebote, dann musste sie auch schon zurück in die Schokoladenküche, wo ihre Arbeiter bereits gespannt auf sie warteten. Sie erklärte ihnen, was sie vorhatte, und dass sie einfach sehen wollte, wer Talent hatte, um die Dekorationen für ihre neue Kreation zu übernehmen.

»Bisher gibt es Tafeln mit Nüssen, gefüllte Pralinen und vielleicht einmal kandierte Fruchtstücke und Blüten zur Zierde. Jetzt möchte ich, dass wir echte Kunstwerke schaffen, die obendrein schmecken sollen. Die Masse dafür habe ich hergestellt, ihr sollt daraus nun formen, was euch gerade in den Sinn kommt.« Frieda gab ihnen ein paar Hinweise, wie die Handhabung am einfachsten gelingen würde. »Jeder bekommt ein Stück und knetet es, bis es geschmeidig ist. Achtung, wenn die Schokolade zu weich wird, bleibt sie leicht an euren Fingern kleben.« Frieda lächelte. »Ich stelle euch hier etwas Stärke hin, damit könnt ihr eure Hände ganz zart abpudern, falls zu viel kleben bleibt. Lasst euer Material zwischendurch am besten immer mal ruhen, dann wird es von allein wieder fester. Auch die Arbeitsfläche könnt ihr bestäuben, aber geht sparsam damit um, sonst schmeckt das Ergebnis am Ende womöglich mehlig. Hier sind Nudelhölzer zum Ausrollen, Messer, Zahnstocher. Wenn ihr sonst etwas braucht, sagt mir nur Bescheid. Noch Fragen?« Sie sah von einem zum anderen. Alle blieben stumm. »Dann mal los!«

Frieda versuchte sich selbst an einer Rose. Gar nicht so einfach. Ihre Finger waren sehr warm, und das Zeug klebte schrecklich, wenn man nicht aufpasste und es zu stark knetete. Tat man das nicht, war die Masse starr und brach eher, als dass sie sich formen ließ. Irgendwann hatte Frieda den Bogen raus. Sie schnitzte, drückte und walzte. Am Ende hielt sie eine Blüte in den Händen. Ein Prachtstück war das nicht gerade, aber mit etwas Übung und hübscher rosa Farbe wäre das Ergebnis zu erzielen, das sie sich vorgestellt hatte. Während sie konzentriert an ihrem kleinen Werk gearbeitet hatte, war es immer lauter in der Kakaoküche geworden. Zuerst waren ihre Leute anscheinend unsicher gewesen, doch nach und nach entdeckten sie den Spaß an dieser Aufgabe. Einige wenigstens. Es wurde gelacht und debattiert, ob man die scharfe Seite einer Klinge zu Hilfe nehmen sollte oder eher die stumpfe.

Als der Nachmittag sich dem Ende zuneigte, ging Frieda von einem zum anderen. Da gab es einen Schneemann, hier eine Zierranke, dort ein Herz. Am häufigsten waren Blumen oder einzelne Blätter vertreten. Kein Ergebnis erfüllte Friedas Anspruch, trotzdem lobte sie jeden und meinte es ehrlich. Nicht schlecht für den ersten Versuch. Zum Schluss blieb sie bei Jonas stehen. Der Junge, der im Krieg den Vater und seinen älteren Bruder verloren hatte und nun Mutter und zwei Schwestern durchbringen musste, zuckte zurück, als sie sich näherte. Obwohl er nun schon eine Weile hier war, wirkte er noch immer, als würde er ständig mit einer Standpauke oder der Kündigung rechnen. Jonas schirmte seinen Versuch mit dem Oberkörper ab.

»Lass mal sehen!« Frieda legte ihm die Hand auf die Schulter und sah ihn besonders freundlich an. Der arme Junge musste wirklich mehr Selbstvertrauen bekommen und seine Ängste verlieren. Er blickte kurz zu ihr auf und lehnte sich ganz langsam zurück. Vor ihm lag ein Zweig mit Blüten und Blättern. Frieda starrte das kleine Kunstwerk an, holte Luft und schloss den Mund wieder. Ihr fehlten die Worte.

»Wenn es verschiedene Farben gäbe, würde es etwas besser aussehen«, sagte er so leise, dass sie ihn kaum verstehen konnte.

»Es gibt die Möglichkeit, die Masse einzufärben«, antwortete sie automatisch. »Das werden wir tun.«

»Das hier könnte man grün machen, die Blüten hier rot und nur innen weiß, habe ich gedacht.« Er blickte angestrengt auf die Arbeitsplatte vor sich. Inzwischen waren die anderen hinzugetreten.

»Wie hast du das denn gemacht?«, wollte Magda wissen. »Das ist ja … So was Feines hab ich noch nie nich gesehen«, stotterte sie.

»Ach was, das war'n Klacks«, sagte er bescheiden und löste damit allgemeinen Protest aus.

»Von wegen, Kunst is das!« »Jo, das kannst teuer verkaufen, damit werden die Taler bestimmt berühmt.«

Frieda musste ihnen recht geben. »Wirklich, Jonas, du bist ausgesprochen begabt.« Sie sah in die Runde. »Schluss für heute. Vielen Dank an euch alle und einen schönen Abend!«

»Tschüss, Frau Møller!« Ganz selbstverständlich räumten sie auf und putzten die Arbeitsflächen, ehe sie gingen. Auch Jonas packte sofort mit an.

»Ich würde dich morgen früh gern in meinem Kontor sehen«, sagte Frieda zum Abschied zu ihm und lächelte. »Ich habe das ernst gemeint, du bist sehr begabt, Jonas. Dein Zweig ist wahrhaftig ein kleines Kunstwerk. Ich möchte, dass du mehr davon machst.«

»Ist gut«, sagte er nur. Ob er sich wohl freute oder ob er einfach nur Angst hatte, zu versagen?

»Der Junge ist ein Künstler«, sagte sie am Abend zu Per, nachdem sie gemeinsam eine Weile Henrik beim Schlafen zugesehen hatten. »Jonas hat diesen sehr poetischen Text verfasst, mit dem wir für unsere Frühlingsschokolade mit Jasmintee werben. Ich möchte, dass er sich einen Namen für die Dekor-Taler ausdenkt. Und ich werde ihn zum Vorarbeiter für Verzierungen aller Art machen«, beschloss sie. »Der Junge muss dringend begreifen, dass er etwas wert ist. Eine Lohnerhöhung könnte er außerdem gut brauchen.«

Kapitel 15

Die Schneemassen schmolzen und verwandelten Hamburgs Straßen in Bäche, die allmählich versiegten. Jeden Tag wurde es ein bisschen wärmer, erste zarte Knospen zeigten sich an Bäumen und Sträuchern. Frieda liebte den Jenischpark, der direkt hinter ihrem Garten begann, gerade zu dieser Jahreszeit. Das junge zarte Grün war so voller Hoffnung, als könne alles immer wieder ganz von Neuem beginnen. Leider fehlte ihr die Zeit, den Frühling auszukosten. Nicht einmal für Clara, auf deren Besuch sie sich so gefreut hatte, konnte sie sich so viel freinehmen, wie sie es vorgehabt hatte. Glücklicherweise tröstete sich Clara leicht, indem sie bei Hans war. So gern Frieda viel mehr mit ihrer Freundin geplaudert hätte, so sehr freute sie sich, dass die beiden sich auffallend gut verstanden. Und natürlich blieben auch für Frieda Stunden mit der Freundin, in denen Clara lebhaft schilderte, wie Kinder aus verschiedenen deutschen Großstädten am Südstrand Sandburgen bauten, bei Ebbe knöcheltief im Watt standen und bei Flut im Wasser der Nordsee badeten.

»Im Winter lassen wir sie in dicke Decken gewickelt in Liegestühlen ruhen, wenn die Sonne scheint«, erzählte sie mit leuchtenden Augen. »Frieda, du kannst dir nicht vorstellen, wie gut ihnen die Luft bekommt. Wenn sie zu uns kommen, husten sie, dass es dir das Herz zerreißt. Schon nach wenigen Tagen atmen sie viel leichter und keuchen weniger. Von dem Spaß, den sie bei uns haben, ganz zu schweigen. Ihr solltet euch mit Henrik auch mal eine Woche bei uns auf der Insel gönnen.«

Die Vorstellung war verlockend, und Frieda wäre von Herzen gern gefahren. Doch sie hatte mindestens ebenso viel Freude daran, die Entwicklung ihrer Manufaktur voranzutreiben. Eine zweite Conchiermaschine sowie zwei weitere Walzen waren geordert, der Kühlraum würde viel Geld verschlingen, aber das hatten sie bald wieder eingenommen, denn der Vertrag mit Karstadt war unter Dach und Fach und mehr als vielversprechend. Rudolf machte sich prächtig. Es dauerte nicht lange, bis Frieda sicher sein konnte, immer ausreichend Ware, aber niemals ein überfülltes Lager zu haben. Auch was die Qualität anging, konnte sie sich voll auf ihn verlassen. Er machte Geschmackstests, überprüfte stichprobenartig die für ein Rezept abgewogenen Mengen und begutachtete kritisch jeden Schoku-Taler, der verpackt wurde. Den Namen für Friedas aufwendig verzierte Kreation hatte sich Jonas einfallen lassen: Schokoladenkunst-, kurz Schoku-Taler. Jonas bereitete ihr besondere Freude. Er blühte förmlich auf.

»Frau Møller, ich hätte da einen Einfall«, begannen viele seiner Sätze. »Hannemann & Krüger importiert doch auch Gewürze.«

»Das war einmal. Wir haben uns ganz auf Rohkakao spezialisiert. Warum?«

»Nun ja, ich habe gelesen, dass man mit Kurkuma den sehr viel teureren Safran ersetzen kann. Man soll mit dem bekömmlichen gelben Pulver leicht die Modelliermasse einfärben können. Der Geschmack fällt angeblich gar nicht auf. Wenn Sie es mal ausprobieren wollen.«

Frieda probierte es aus, von alten Lieferanten ihres Vaters konnte sie Gewürze noch immer schnell und günstig beziehen. Sie war begeistert.

»Woher wusstest du das mit dem Kurkuma?«

»Ich war in der Volkslesehalle am Mönckebergbrunnen«, erklärte er schüchtern. Dann leuchteten seine Augen. »Ich habe nicht gewusst, welcher Schatz dort zu finden ist. So viele Bücher!« Frieda ermunterte ihn, sich weiter mit natürlichen Mitteln zum Färben der weißen Schokolade zu beschäftigen. Zwar waren Stoffe, die Schwermetall enthielten, inzwischen verboten, doch konnte man nicht sicher sein, ob in den synthetischen Farben nicht doch noch beispielsweise Bleioxid zu finden war. Synthetische Farbstoffe sahen brillant aus und bestachen durch ihre gute Haltbarkeit und nicht zuletzt den Preis, darum hatte Frieda sie zunächst gekauft und mit großer Begeisterung eingesetzt. Nur fielen sie leider nicht unter das Lebensmittelgesetz, waren also nicht durch Verbote vor giftigen Stoffen geschützt. Die Vorstellung, ihr kleiner Henrik würde von den bunt lockenden Köstlichkeiten krank werden, die sie selbst in ihrer Manufaktur herstellte, trieb Frieda um. Umso besser, dass Jonas sich so sehr für dieses Thema interessierte. Wenn es natürliche und unbedenkliche Alternativen gab, die ebenfalls zu guten Ergebnissen führten, wollte sie diese unbedingt einsetzen. Jonas experimentierte mit Natron, Rotkohl, Petersilie und medizinischer Kohle. Nicht immer sahen die Ergebnisse appetitlich aus, doch er ließ sich davon nicht beirren. Unterstützung bekam er von Marianne. Wie er hatte auch sie ein Händchen für die Gestaltung mit Modellierschokolade. Die beiden mochten sich auf Anhieb. Frieda beobachtete, wie Marianne ihm immer neue Zeichen der Gebärdensprache beibrachte. Magda machte sich anfangs darüber lustig, doch die erhoffte Zustimmung der anderen Arbeiter blieb aus, und bald ärgerte es sie, dass sie den Gesprächen der vier Hände nicht folgen konnte.

Albert kam jeden Montag ins Kontor, um mit Frieda, Ernst und Per alles zu besprechen, was in der Woche zu tun sei. Darüber hinaus erschien er immer weniger, mal nur ein paar Stunden, dann einen ganzen Tag gar nicht. Er bereitete Frieda sogar darauf vor, irgendwann seinen Platz in der Kakao-Wirtschaftsstelle einzunehmen. Frieda wusste kaum, wo ihr der Kopf stand. Sie wurde überall gleichzeitig gebraucht. Und sie ließ es sich nicht nehmen, beim Aufbau und der

Erstbestückung der Regale in sämtlichen Filialen anwesend zu sein. Unter ihrem wachsamen Auge wurden die Schilder angebracht, auf denen zu lesen war: *H & K – Köstliches aus Kakao*. Bei den Kaufhäusern in Hamburg war das keine große Sache, aus Lübeck kam sie erst in der Nacht nach Hause. In Wismar, Bremen, Kiel und Wilhelmshaven musste sie sich ein Hotel nehmen. Zwar führten die Niederlassungsleiter sie in gute Restaurants aus und behandelten sie äußerst zuvorkommend, nur ersetzte ihr das die gemeinsamen Abendstunden mit Per nicht. Schon gar nicht den Anblick von Henrik. Wenn sie abends das Gesicht ihres schlafenden Sohnes betrachtete, erfüllte sie eine tiefe Zufriedenheit. Gleichzeitig meldete sich das schlechte Gewissen. Nicht mehr lange und er feierte seinen ersten Geburtstag. Wo war nur die Zeit geblieben? Schön, es war absolut üblich, das eigene Kind einer Amme anzuvertrauen, wenn man es sich leisten konnte. Gottlob hatte Gertrud Krüger sich bereit erklärt, so lange als Kindermädchen einzuspringen, bis sie jemanden gefunden hatten. Frieda war mit Gertrud Krüger aufgewachsen, sie hätte niemanden gewusst, dem sie ihr Kind lieber anvertraut hätte. Außer natürlich sich selbst. Konnte es eine bessere Amme geben als die Mutter? Guste hatte ein Zimmerchen im Hause Møller bezogen und das Einkaufen und Kochen vollständig übernommen. Johanne, ein blasses Geschöpf aus Bahrenfeld, unterstützte sie dabei. So war Frieda wenigstens in dieser Hinsicht entlastet.

Als Frieda eines Abends wieder einmal spät nach Hause kam, traf sie auf Selma, die im Begriff war auszugehen.

»Henrik schläft schon«, begrüßte Selma sie. »Aber Sarah ist noch wach. Frau Krüger ist so nett, sich heute auch um sie zu kümmern. Ich habe eine Verabredung.« Das klang, als müsse sie sich verteidigen.

»Etwas Ernstes?«, fragte Frieda und gab sich Mühe, freundlich zu klingen. Selma ging wieder häufiger aus, die Herren, mit denen sie sich traf, wechselten.

»Das Leben ist ernst genug, die Liebe sollte es nicht auch noch sein«, gab sie betont leicht zurück. »Auf jeden Fall schätzt er mich um meinetwillen und schert sich nicht um meine Herkunft oder um das, was ich getan habe.« Eine Weile war Selma wieder umgänglicher gewesen, doch jetzt war ihr schnippischer Ton offensichtlich zurück. Frieda spürte Widerwillen, nur ging es sie nichts an. Solange Sarah gut versorgt war, sollte es ihr gleich sein. »Und du? Warst du so lange fleißig oder hast du dich auch mit jemandem getroffen?« Selma reckte das Kinn.

»Bitte?« Frieda schnappte nach Luft.

»Immer der gleiche Mann wird irgendwann langweilig, oder lässt sich Per ständig etwas Neues einfallen?« Ihre Augenbraue schnellte in die Höhe, sie griente anzüglich.

»Ich wüsste nicht, was dich das …«

»Ach Frieda, du solltest ein bisschen entspannter werden. Ich mache doch nur Scherze. Natürlich weiß ich, dass du Per treu bist.« Frieda wusste nicht, was sie sagen sollte. »Ich habe dich auf den Arm genommen«, sagte Selma, »das ist alles.« Sie legte den Kopf schief. »Und Jason ist ja auch nicht mehr in Hamburg, oder? Sonst wäre ich nicht so sicher, ob du nicht ab und zu mal eine Verabredung hättest, von der Per nicht unbedingt etwas wissen soll.« So wie sie lächelte, sollte auch das wohl wieder ein Scherz sein. Frieda spürte, wie sich Ärger in ihr breitmachte. Sie wollte hineingehen und Gertrud ablösen. Es wurde Zeit, dass sie das hier beendete.

»Wenn ich allein eine Verabredung mit einem Mann habe, dann mit Rudolph Karstadt oder einem seiner Warenhausleiter.« Sie seufzte. »Und neuerdings auch mit dem Prokuristen von Bruno Tesch.« Selma hob fragend die Augenbrauen. »Tesch & Stabenow ist dieses Jahr ins Ballinhaus gezogen.« Sie seufzte schwer. »Ich bin dem Prokuristen im Treppenhaus begegnet, und er hat mich sofort in ein Gespräch über Schädlingsbekämpfung in unseren Kakaospeichern verwickelt. Sehr geschäftstüchtig, der Mann«, fuhr sie fort. »Ein fröhlicher Rotschopf noch dazu.« Sie lächelte. »Er hat mich überredet, mit ihm essen zu gehen, damit er mir Genaueres über die Produkte und Vorgehensweise seiner Firma erzählen kann.«

»Das klingt nach einem sehr vergnüglichen Abend. Du hast wirklich zugesagt?«

Frieda nickte. Sie bereute es ja selbst schon. »Wir sind gewissermaßen Nachbarn. Ich wollte nicht unhöflich sein.« Sie dachte an das Gespräch im Treppenhaus. »Vielleicht ist es sogar interessant. Immerhin verwenden sie hochgiftiges Blausäuregas. Ich kann mir beim besten Willen nicht vorstellen, wie man damit Schädlinge tötet, ohne dass die Kakaobohnen ungenießbar werden.«

Selma verdrehte die Augen. »Oje, das klingt sterbenslangweilig. Hoffentlich lädt er dich wenigstens in ein sehr teures Lokal ein?«

»Wir gehen ins Cölln's. Morgen Abend schon«, fügte sie noch hinzu.

»So sind sie, die Hannemanns, immer hanseatisch korrekt und fleißig.« Ihr Ton gefiel Frieda ganz und gar nicht und ihre Miene noch weniger. Doch ehe Frieda etwas dazu sagen konnte, verabschiedete Selma sich und ging.

Kurz nach Frieda kam Per nach Hause. Er küsste sie zur Begrüßung und ging ins Ankleidezimmer, um sich bequemere Sachen anzuziehen, wie jeden Abend.

»Selma geht aus«, sagte er, als er das Esszimmer betrat.

»Du hast sie noch getroffen?«

»Ja, oben an der Straße. Stört es dich?«

Was sollte das denn? Und was war das für ein merkwürdiger Blick?

»Nein, was sollte mich daran stören?« Sie zog die Augenbrauen zusammen.

»Es klang so«, antwortete er kurz und wechselte sofort das Thema. »Morgen wird es wieder spät«, kündigte er an. Frieda hatte Guste nach Hause geschickt und das Essen selbst aufgetragen. Es duftete sehr gut, und Frieda bemerkte jetzt erst, wie hungrig sie war. »Ford will mehr Autoteile mit uns verschiffen«, erzählte Per. »Ich muss da einiges durchrechnen. Gut möglich, dass ich für ein paar Tage nach Dänemark fahre. Mein Cousin, der das Kontor in New York aufgebaut hat, soll Shanghai übernehmen. Er ist schon in Dänemark. Ich muss ihn treffen, um ihn darauf vorzubereiten, dass China nicht Amerika ist.« Er lächelte matt.

»Dann werde ich Gertrud am besten fragen, ob sie morgen länger bleiben kann und ob sie in den nächsten Tagen etwas mehr Zeit für unseren jungen Mann hat.«

»Könntest du morgen nicht einfach früher nach Hause kommen?« Er sah sie an, als erwarte er ein Ja.

»Nein, ich habe eine Verabredung.«

»Findest du nicht, dass es in den letzten Wochen zu viel ist, was du machst? Du bist ja kaum noch zu Hause.«

»Hast du mir nicht gerade erklärt, dass du für ein paar Tage nach Dänemark fahren wirst?«, fragte sie gereizt.

»Ja, und ich habe dir auch erklärt, warum das nötig ist.« Das war ja ein starkes Stück. War es bei ihr etwa nicht nötig? »Ich dachte, die Einweihungen in den Warenhäusern sind alle erledigt«, fuhr Per fort.

»Das sind sie, nur heißt das leider nicht, dass ich mich jetzt auf die faule Haut legen kann.«

»Davon war auch gar keine Rede.« Er wurde ärgerlich, das konnte sie ihm ansehen. Sie wollte nicht streiten, nur hatte sie immer wieder das Gefühl, sich als Frau rechtfertigen zu müssen, wenn sie viel arbeitete. Für einen Mann war das dagegen völlig normal.

»Die Verkäufe in den Häusern sind so brillant angelaufen, dass auch aus anderen Filialen Anfragen kommen. Aus Essen, Dortmund und aus Leipzig. Wenn das so weitergeht, müssen wir uns über ein System eigener Läden keine Gedanken mehr machen. Du hattest schon recht«, sagte sie versöhnlich, »so ist es viel einfacher und mit weniger Risiko behaftet, als mit einem Franchise-System.«

»Es freut mich sehr, dass es so gut läuft. Nur wartet Henrik nicht mit dem Großwerden, bis du mal wieder Zeit für ihn hast«, gab er zu bedenken.

»Ich bin auch mit einem Kindermädchen groß geworden, mit Gertrud. Es hat mir nicht geschadet, im Gegenteil. Natürlich ist mir klar, dass Gertrud alt geworden ist. Wir müssen eine zuverlässige Frau finden, die sie ersetzen kann. Ich fürchte nur, es gibt niemanden, der in ihre großen Fußstapfen passt.« Sie legte das Besteck zusammen und tupfte sich die Lippen.

»Bedauerst du es denn kein bisschen, wenn du so viel verpasst?«, fragte er unvermittelt. Frieda kräuselte überrascht die Stirn. Natürlich würde sie am liebsten keine Sekunde mit Henrik versäumen, aber sie konnte nicht überall gleichzeitig sein. »Es ist unser Kind, Frieda«, erklärte er ernst. »Ich finde es in Ordnung, wenn du es ab und zu einem Kindermädchen anvertraust, aber doch nicht jeden Tag. Henrik sollte die meiste Zeit bei dir sein, meinst du nicht?«

»Unser Kind, ganz richtig!« Jetzt wurde sie aber wirklich wütend. »Es sollte die meiste Zeit bei uns sein. Ich sehe aber nicht, dass du besonders häufig zu Hause bist oder Rücksicht auf unseren Sohn nimmst, wenn du Termine vereinbarst.«

»Natürlich nicht«, entgegnete er aufgebracht, »nur ist es bei mir ja wohl etwas völlig anderes.«

»Ich wüsste nicht, wieso.«

Er sprang auf. »Weil ich ein Mann bin«, gab er ungeduldig zurück, als wäre sie schwer von Begriff. Daher wehte also der Wind, das hatte sie sich gleich gedacht. Dabei hätte sie Per für fortschrittlicher gehalten.

»Ich verstehe nicht, was das eine mit dem anderen zu tun hat.« Ehe er Einspruch erheben konnte, sprach sie weiter: »Du wusstest, wie wichtig mir die Manufaktur ist. Dachtest du etwa, das sei nur ein Zeitvertreib, bis ich Mutter bin?«

»Natürlich nicht.«

»Du kennst mich, Per. Was erwartest du? Dass ich nicht mehr ich selbst bin, weil wir ein Kind haben? Du gehst doch auch weiter deiner Arbeit und deinen Verpflichtungen nach. Ich meine es ernst, für mich gibt es keinen Unterschied zwischen dir und mir, zwischen Mann und Frau.«

Sein linkes Auge hatte mehrmals verräterisch gezuckt, jetzt musste er lächeln. »Für mich gibt es durchaus Unterschiede.« Er trat hinter ihren Stuhl, legte ihr die Hände auf die Schultern und begann sacht, sie zu massieren. Sie stöhnte wohlig auf. »Das ist zum Beispiel ein ganz reizender Unterschied«, flüsterte er und ließ eine Hand auf ihre Brust gleiten.

»Also wirklich, Per, ich dachte, wir führen gerade ein ernsthaftes Gespräch.«

»Na schön.« Er zog sich zurück und nahm wieder Platz.

»Du hättest ruhig weitermassieren können«, beschwerte sie sich.

»Nein, dann komme ich nur auf Gedanken, die ein ernsthaftes Gespräch unmöglich machen.«

Sie beugte sich zu ihm und gab ihm einen Kuss. »Mir gefällt doch auch nicht, dass Henrik zu kurz kommt. Aber was soll ich denn machen? Vater fällt aus. Dr. Matthies sagt, er soll sich am besten vollständig aus dem Geschäft zurückziehen. Und ich habe den Eindruck, er tut das jetzt wirklich. Unsere Ware ist gefragt wie nie. Der Import nimmt jeden Tag noch ein bisschen mehr zu. Der Name Hannemann hat immer mehr Gewicht in Hamburg.«

»Das weiß ich doch alles. Glaube mir, ich gebe mir alle Mühe, mich schnellstens immer besser einzuarbeiten, um deinen Vater hier und da zu ersetzen. Trotzdem bleiben Schiffe ein wichtiger Teil meines Lebens.«

»So wie meine Pralinen und meine Schokolade ein wichtiger Teil meines Lebens sind.«

»Ich will ja auch gar nicht, dass wir fremde Chocolatiers einstellen, damit du zu Hause sein kannst. Ich liebe deine Begeisterung für die Manufaktur. Das bist du.« Er sah sie an. »Das war ein Grund, warum ich dich geheiratet habe. Nur hatte ich mir vorgestellt, dass es leichter wird. Du gehörst in deine Manufaktur, genauso gehörst du zu deinem Kind. Als Vater kann ich einiges nicht so gut wie du. Und wie würde es aussehen, wenn ich Geschäftspartnern sagen würde: Tut mir leid, aber ich muss jetzt nach Hause und mich um meinen Sohn kümmern? Ich bin heute das Kindermädchen.«

Sie musste lachen. »Ich weiß ja, dass das keinen guten Eindruck machen würde. Vielleicht haben wir es uns beide zu einfach vorgestellt.« Eine Weile hingen sie ihren Gedanken nach. »Könntest du mich noch ein wenig massieren?«, fragte Frieda.

»Ich muss dich warnen, ich komme dann mit großer Wahrscheinlichkeit auf noch ganz andere Ideen.«

Sie sah ihm in die Augen. »Deshalb frage ich.«

»Also wirklich, Frau Møller«, sagte er, stand auf und schlang auch schon die Arme um sie. Plötzlich versteifte er sich und zog sich zurück. »Du wolltest das Kind doch, oder, Frieda?«

»Selbstverständlich, wir haben doch oft genug darüber gesprochen und waren uns einig.«

Er begann sanft, sie zu massieren. »Ja, das waren wir.«

Wochen und Monate gingen ins Land, ohne dass sich die Situation gebessert hätte. Es blieb dabei, dass Albert nicht wieder an seinen Platz im Unternehmen zurückkehren würde. Ernst, Per und natürlich Frieda versuchten, den Verlust auszugleichen. Meynecke erwies sich als große Hilfe und Entlastung. Er gehörte schon zu Hannemann & Tietz, als Frieda geboren worden war, und kannte das Importgeschäft aus dem Effeff. Sein Gedächtnis war erstaunlich, er hatte sämtliche Preisstaffeln im Kopf, die sie den Skandinaviern, Polen, den Niederländern oder Kunden in baltischen Staaten angeboten hatten. Frieda schätzte seine stets ruhige und besonnene Art. Auch dass er Risiken und Chancen erkannte und sie darauf aufmerksam machte, ohne dass sie ihn erst fragen musste, bedeutete ihr viel.

Henrik lief inzwischen munter auf seinen kräftigen Beinchen herum. Gertrud Krüger kümmerte sich noch immer um ihn, doch es wurde ihr langsam zu viel.

»Der kleine Kerl ist so fix, da kommst nicht hinterher«, stöhnte sie mehr als einmal. »Ich bin zu alt, um ihm nachzurennen. Noch ein paar Monate, Frieda, dann krieg ich ihn nicht mehr zu fassen.«

Frieda und Per luden mehrere junge Damen ein, die sich als Kindermädchen beworben hatten. Keine sagte ihnen zu. Bis Emma an einem Sonntag Anfang September vor ihrer Tür stand. Sie war mindestens einen Kopf kleiner als Frieda, hatte wilde dunkelblonde Locken, die sich offenbar nicht bändigen ließen. Sommersprossen zierten ihre Stupsnase, und ihre blauen Augen blickten so freundlich und wach in die Welt, dass man dieses Mädchen sofort ins Herz schließen musste. Als sie sich bei Frieda und Per vorstellte, stakste Henrik im Wohnzimmer herum und entdeckte nicht nur Sofakissen, sondern auch Vasen und Tischdecken, an denen er sich gern festhielt. Emma war mit einem Satz bei ihm, wenn es gefährlich wurde. Ganz nebenbei rettete sie einer Kristallvase das Leben, während sie weiter Friedas Fragen beantwortete. Obwohl eine fremde Frau ihm etwas wegnahm oder ihn hochhob und am anderen Ende des Wohnzimmers erst wieder absetzte, war Henrik offensichtlich hingerissen von ihr. Kein Weinen oder Protestieren, er strahlte, sobald sie ihn ansah. Die beiden verstanden sich auf Anhieb, das war nicht zu übersehen. So war Frieda mehr als einverstanden, als Per ihr Zeichen machte, Emma sofort einzustellen.

Das Kindermädchen kam gerade zur rechten Zeit. Rosemarie ging es nicht besser als Gertrud, sie war völlig überfordert mit ihrem aufgeweckten Enkel. Zudem hatte Albert seine Lust am Spazierengehen entdeckt.

»Ich brauche Bewegung, das hat Dr. Matthies gesagt. Bewegung, aber keine Überanstrengung. Spazierengehen ist ideal. Und was man nicht alles zu sehen bekommt. Man kann sich in die Marschlande fahren lassen und dort herumlaufen oder auch mal hoch ans Meer. Nur allein ist mir das zu langweilig, ich möchte mich dabei unterhalten.« Rosemarie musste also mit. Auch zu seinen Ausflügen in verschiedene Häfen, in denen er Schiffe besichtigen wollte, hatte sie ihn zu begleiten. Erstaunlicherweise tat sie das gern, wenn sie sich auch nicht besonders für Dreimaster oder Kutter interessierte, war sie an seiner Seite, ohne ein Wort des Klagens. Dafür begleitete er sie in Galerien. Mit Erfolg. Im Frühjahr 1930 sollte Hans seine erste Ausstellung in einer richtigen Galerie haben. Frieda staunte über ihre Eltern. Und sie freute sich, dass sie füreinander da sein konnten, ohne ständig hinter ihrem Enkel herkrabbeln zu müssen. Auch für ihre Ehe bedeutete Emmas Einsatz eine große Entlastung. Dank ihrer Hilfe konnte Frieda morgens mit der ganzen Familie frühstücken und anschließend all ihren Verpflichtungen nachkommen. Abends tauschten sie und Per sich über das aus, was sie erlebt hatten. Manchmal aßen sie auch zusammen zu Mittag oder fuhren, wenn es ihnen die Zeit erlaubte, rasch nach Hause, um dort zu essen und Henrik zu überraschen. Diese Regelung funktionierte für alle ganz wunderbar. Und das Beste: Sie hatten vereinbart, dass der Sonntag für ihre kleine Familie heilig war. An dem Tag gab es nur Frieda, Per und Henrik. Im Winter würden sie Schlitten fahren oder Schlittschuh laufen, falls die Alster zugefroren war, im Sommer könnten sie eine der Badeanstalten besuchen oder ein Picknick im Garten veranstalten. Zwar sprachen sie auch immer mal wieder darüber, zu dritt nach Föhr zu fahren und Clara zu besuchen, doch mal musste Per nach Odense reisen, mal stand der Besuch einer weiteren Filiale auf dem Programm, die *H & K – Köstliches aus Kakao* feierlich ins Sortiment aufnahm. Frieda bedauerte es, konnte sich jedoch damit abfinden. Die Sonntage waren ihr genug. Sie gaben ihr immer wieder neue Kraft, sie zehrte stets die gesamte Woche davon. Wenn sie zwischendurch sehr erschöpft war oder verärgert, weil etwas nicht auf Anhieb so funktionierte, wie sie es gern hätte, ging sie in den Garten. Dort war es ruhiger als im Garten ihrer Eltern. Der Verkehr auf der Elbchaussee nahm ständig zu, die kleine Straße, an der das Haus von Frieda und Per lag, war dagegen eine Sackgasse. Frieda sah nach den Wasserfröschen am Teich, beobachtete den Wechsel der Farben von Blättern und Gräsern und lernte, von einer Sekunde auf die andere berufliche Sorgen zu vergessen und sich an ihrem Leben zu erfreuen.

Was Frieda immer mehr irritierte, war Selma. Sie hatte sich wirklich verändert. Schreckhafter war sie geworden und ständig auf der Hut, als habe sie Angst vor jemandem oder vor etwas. Manches Mal schimpfte sie wegen einer Kleinigkeit so sehr mit Sarah, dass die weinte, dann wieder überhäufte Selma ihre Tochter mit Liebe und Aufmerksamkeit. Zu Per war sie stets freundlich, das galt leider nicht für ihr Verhalten Frieda oder Hans gegenüber. Immer häufiger machte sie Bemerkungen, die Frieda als geradezu bösartig empfand.

Einmal sagte sie etwa: »Hans ein Künstler, findest du das nicht lächerlich?« Seine Bilder seien bestens dafür geeignet, den Betrachter in tiefste Verzweiflung und Trauer zu stürzen, meinte sie. »Wenn du willst, dass sich einer einen Strick nimmt, dann schenke ihm ein Gemälde deines Bruders.«

Als Frieda mit Per darüber sprach, gab er Selma überraschenderweise recht. »Zwar hätte ich es nicht so drastisch formuliert wie sie, aber es ist schon wahr, seine Bilder sind düster. Vorsichtig ausgedrückt. Ich glaube, ich würde auch schwermütig werden, wenn wir eines davon in unserem Haus hätten.« Dann hatte er sie mit diesem Blick angesehen, den er jetzt öfter hatte und den Frieda überhaupt nicht einordnen konnte. Er irritierte sie mindestens ebenso sehr wie Selmas Veränderung. »Was hast du gegen Selma? Ich dachte, ihr versteht euch gut.«

»Ich habe nichts gegen sie, nur denke ich manchmal, sie vernachlässigt Sarah zu sehr.«

»Wer im Glashaus sitzt, wirft besser nicht mit Steinen, Frieda.«

Sie ärgerte sich, ging jedoch nicht darauf ein. »Außerdem habe ich in letzter Zeit den Eindruck, dass sie schlecht über meine Familie spricht.«

»Nur weil sie deinen Bruder nicht für einen begnadeten Künstler hält?«

»Nein, damit hat das nichts zu tun. Es ist die Art, wie sie ihre Kritik an Hans äußert. Sarah ist jetzt vier, Hans kümmert sich rührend um sie, ohne in irgendeiner Weise zu versuchen, seine Vaterschaft in die Waagschale zu werfen. Was er tun könnte«, fuhr sie fort. »Immerhin finanzieren meine Eltern Selma und Sarah nun schon seit Jahren. Meine Eltern und wir. Sie wohnt kostenfrei bei uns. Hätte Hans nicht Anspruch darauf, ganz offiziell Sarahs Vater zu sein?«

»Findest du, es hat etwas mit Geld zu tun, wer der Vater eines Kindes ist?« Da war wieder dieser sonderbare Blick.

»Das habe ich nicht gemeint«, sagte sie unsicher.

»Ich denke, der leibliche Vater ist für das Kind der beste.«

»Hans ist der leibliche Vater.« Sie verstand wirklich nicht, warum er Selma so in Schutz nahm.

»Er ist der beste Vater, wenn er bereit ist, Verantwortung zu übernehmen.« Es stand ihm ins Gesicht geschrieben, dass er nicht aussprach, was ihn wirklich beschäftigte. Untypisch für ihn.

»Das tut Hans.« Sie sah ihn an. »Per, was ist los?«

»Nichts ist los. Ich sage nur, dass ich Selmas Kritik verstehen kann.« Damit war der Fall für ihn offenbar erledigt, denn er vergrub sich demonstrativ hinter seiner Zeitung.

Frieda redete sich ein, es habe nichts zu bedeuten, Per war durch die doppelte Belastung, Reederei und Linienverkehr dazu noch der Kakao-Import, einfach nur unter starkem Druck. Sie wollte seinem eigenartigen Verhalten und seinen beinahe lauernden Blicken keine

Bedeutung beimessen. Hatten sie nicht vereinbart, Probleme immer direkt offen anzusprechen? Per würde sich daran halten, dessen war sie sicher. Wahrscheinlich war sie nur übersensibel, weil auch sie unter einigem Druck stand.

Zu ihrem gemeinsamen Geburtstag, es war sein sechsunddreißigster und ihr siebenundzwanzigster, überraschte sie ihn mit einer Torte, auf der Chinas Ost- und Amerikas Westküste zu sehen waren. Dazwischen fuhr ein Schiff unter dänischer Flagge, das aus Modellierschokolade gemacht war.

»Ich gestehe es lieber gleich«, sagte sie, »ich habe nur die Umrisse der Länder gezeichnet und die Städte eingetragen. Das Schiff haben Jonas und Marianne beigesteuert. Sie sind die wahren Künstler.«

»Aber du hast die Torte gebacken, oder ist das Gustes Werk?«

»Natürlich nicht! Die Geburtstagstorte meines Mannes backe ich selbst, das lasse ich mir nicht nehmen.«

»Das weiß ich. Glaube nur nicht, ich hätte nicht bemerkt, wie du dich aus unserem Ehebett geschlichen hast. Ich war nur zu müde, um dir die Leviten zu lesen.«

Frieda lachte. »Da habe ich aber Glück gehabt.«

»Allerdings.« Er küsste sie. »Danke, mein Schatz, sie sieht wunderbar aus. Und ich bin sicher, sie schmeckt noch besser.«

»Ich hoffe, du freust dich auch über dein Geschenk.« Sie reichte ihm ein Päckchen mit einer großen Schleife.

Er schüttelte behutsam. »Was könnte das sein?« Seine Augen leuchteten wie die eines Kindes, Frieda ging das Herz auf.

»Ich würde nicht zu kräftig schütteln«, warnte sie ihn.

Per löste die Schleife und wickelte einen Karton aus. Zum Vorschein kam eine Zeiss-Ikon-Klappkamera. »So eine habe ich mir gewünscht!«

»Ich weiß, du hast gesagt, du hättest sie schon in Shanghai gern gehabt.«

»Du hast es dir gemerkt«, sagte er lächelnd und war auch schon dabei, sich die Technik des Apparates genauer anzusehen. »Und einige Rollfilme sind auch schon dabei. Ich muss so schnell wie möglich wieder nach Shanghai fahren.«

»Untersteh dich!«, protestierte sie lachend.

»Es ist ein wunderbares Geschenk, vielen Dank. Das erste Foto mache ich von meiner Frau. Nein, warte, du und Henrik, ihr beide sollt zusammen auf das erste Bild.«

»Aber Henrik schläft.«

»Das macht nichts, dann setzt du dich leise neben sein Bettchen. Komm schon!« Sie schlichen ins Kinderzimmer, Frieda musste kichern. »Psst!«, machte er. Flüsternd dirigierte er sie in die richtige Position. »Bitte recht freundlich«, sagte er schließlich und drückte zum ersten Mal den Auslöser.

Frieda spürte, wie erleichtert sie war. Gott sei Dank, sie hatte recht gehabt, seine manchmal sonderbaren Blicke oder Kommentare hatten nichts zu bedeuten. Alles war gut.

Pers Geschenk für sie war ein Brillantring. Ein kostbares Schmuckstück, ohne Frage, nur trug Frieda selten auffälligen Schmuck. Was sie bereits besaß, reichte für die wenigen Gelegenheiten.

»Er ist wunderschön«, sagte sie und fühlte sich unbehaglich, obwohl es nicht gelogen war. Gelogen wäre gewesen, wenn sie behauptet hätte, dass sie sich sehr freute.

»Ein Ring ist nicht gerade einfallsreich, was?« Er sah sie zerknirscht an. »Viel lieber hätte ich dir Zeit geschenkt, eine Reise nach Föhr zu dritt, etwas in der Art.« Er sah zu Boden. »Aber es wird immer verrückter. Die amerikanische Wirtschaft zeigt Schwäche. Vielleicht hat es nichts zu bedeuten, das kann man im Moment noch nicht sagen.«

»Ich weiß, die Zeitungen sind voll mit Spekulationen.«

»Sieht so aus, als könnte der dauernde Höhenflug der Kurse auch dort zu Ende gehen«, sagte Per nachdenklich. »Womöglich aber auch nicht. Ford kümmert sich unermüdlich um neue Partner. Ich muss ständig Angebote für Verkehre an verschiedene Ziele in Asien schreiben. Keinen Schimmer, was daraus wird, aber erst mal halten die mich ganz schön auf Trab.« Er lächelte entschuldigend.

»Die Zeiten werden sich wieder ändern.« Frieda küsste ihn zart. »Der Ring ist ein Traum, ich danke dir.«

Eine Reise zu dritt nach Föhr, das wäre tatsächlich ein Traum gewesen. Andererseits: Frieda kannte sehr viele Menschen, für die ein solches Stück mit echten Brillanten ein Schatz wäre, etwas, das sie sich ihr ganzes Leben nicht leisten konnten. Wie undankbar, sich nicht darüber zu freuen. Und an eine Reise war nun einmal nicht zu denken, was nicht allein Pers Schuld war. Auch Frieda hätte doch gar nicht verreisen können, nicht jetzt. Sie wurde an allen Ecken und Enden gebraucht. Immer mehr Direktoren wollten schnell ein H & K-Regal in ihrer Filiale stehen haben. Obendrein gab es Probleme im Speicher.

»Quast sagt, da ist Viechzeug in den Bohnen«, sagte Ernst eines Tages mit finsterer Miene.

»Dann soll er sich darum kümmern«, stellte Frieda energisch fest. »Er ist für die Sauberkeit und die Lagerbedingungen im Speicher verantwortlich.«

»Schon, aber er meint, dass mit den Bohnen was eingeschleppt wurde. Und denn wäre unser Lieferant verantwortlich.«

Frieda lachte auf. »Eine hanebüchene Argumentation, also wirklich.« Sofort arbeitete es in ihrem Kopf. Dieser Handelsvertreter in Südamerika verlor mehr und mehr ihr Vertrauen. Erst schickte er ihr Forastero statt des georderten Criollo, dann verzögerten sich Frachten. Das Ganze ohne ein Wort der Erklärung, geschweige denn einer Entschuldigung. Am liebsten hätte sie sich sofort nach einem neuen Partner vor Ort umgesehen.

»Hast schon recht«, sagte Ernst, »nur hilft es nicht, wenn wir ihn auffordern, das man schön allein in Ordnung zu bringen. Der sagt nämlich, das sind Schaben, die aus Südamerika kommen. Und die würden nu riesigen Schaden auch in Säcken von anderen Händlern anrichten, weil die auf alles Appetit haben. Dafür will er uns haftbar machen.«

»Ich verstehe überhaupt nicht, wie Bohnen mit Schädlingen überhaupt in den Speicher gebracht werden konnten«, ereiferte sie sich und lief auf und ab, um nicht auf der Stelle vor Wut zu platzen. »Jede Fracht wird auf Schimmel, Schädlinge und Verunreinigungen kontrolliert. Wenn jemand einen Fehler gemacht hat, dann der Kontrolleur, der wäre haftbar zu machen. An den soll sich Quast wenden, wenn er schon selbst keine Proben genommen hat.« Ihr fiel etwas ein. »Wir haben die Ware doch nicht etwa voll bezahlt, wenn sie Schabenbefall hat.«

»Doch, haben wir. Hat ja keiner gemerkt bei der Kontrolle. Ist durchgewinkt und ordnungsgemäß bei Quast & Consorten eingelagert worden. Entweder war das nur ein Tier, das sich dann erst vermehrt hat, oder …« Er zuckte hilflos mit den Achseln.

»Du weißt selbst, dass das nicht sein kann. Wenn wirklich nur eine einzige Schabe verladen worden wäre, müsste sie schon Eier gelegt haben, damit Quartiersmann Quast jetzt ein Problem hat. Dann wären allerdings bei Ankunft im Hamburger Hafen schon jede Menge der Tierchen zu finden gewesen. So eine Überfahrt ist lang.«

»Jo, das hab ich mir ja auch schon gedacht.« Er kratzte sich am Hinterkopf, wie immer, wenn er für den Moment nicht weiterwusste. »Wir gehen der Sache auf den Grund, Frieda, aber zuerst sollten wir eine Lösung für den Speicher finden, eine schnelle, ehe alles hopsgeht. Kannst nicht mal mit dem Tesch sprechen?«

»Wieso hast du das nicht gleich selbst gemacht?«, fragte sie gereizt.

»Ich drück mich vor gar nix, Frieda, das weißt du. Ich schleppe zur Not auch selbst Kakaosäcke durch die Gegend oder hole die Bohnen von mir aus auch höchstpersönlich in Südamerika ab.« Er sah zu Boden. »Bloß allein mit Geschäftsleuten verhandeln, die ich noch nicht so gut kenne, das liegt mir nicht so gut. Und du warst doch schon mal mit dem essen, zumindest mit seinem Prokuristen, da dachte ich … »

»Hast recht. Es wäre Unsinn, wenn er dir alles noch mal erklärt, was er mir schon erzählt hat.« Sie lächelte, als sie sein erleichtertes Gesicht sah. »Aber vielleicht komme ich darauf zurück und schicke dich wirklich höchstpersönlich nach Venezuela.«

Bruno Tesch konnte es nicht kurzfristig einrichten, aber sein Prokurist hatte einen Termin mit ihr vereinbart, für den Tag nach Friedas und Pers Geburtstag. Ihr war nicht wohl bei der Sache, immerhin war vom Gebrauch von Blausäure die Rede.

»Machen Sie sich keine Sorgen, wir können mit dem Zeug umgehen«, beruhigte er sie. »Hätten wir sonst vom Senat eine Ausnahmegenehmigung erhalten?« Er sah sie sehr zufrieden an. »Zur Schädlingsbekämpfung kommt Zyklon in einer extrem geringen Dosis zum Einsatz. Wir haben ein Granulat entwickelt, in dem das Gift gebunden ist. Das Granulat streuen wir im Speicher aus, die giftigen Dämpfe erledigen den Schädling«, erklärte er. »Ihren Bohnen passiert nichts. Die schmecken hinterher genauso gut wie vor der Behandlung und sind selbstverständlich bestens verträglich. Nur nicht für die Schaben.« Er griente, dann fiel ihm noch etwas ein: »Alle Arbeiter müssen eine Weile den Bereich meiden, in dem das Zyklon ausgast, das ist natürlich klar. In höherer Dosis ist der Stoff für Menschen tödlich. Lähmt die Atmung von innen her, keine schöne Angelegenheit. Wir arbeiten, wie gesagt, mit geringen Dosen, bei denen nichts passieren dürfte. Aber sicher ist sicher.«

Auch nach dem Gespräch hatte Frieda noch ein äußerst ungutes Gefühl, nur sah sie auf die Schnelle keine andere Lösung, und der Quartiersmann drängte sie so sehr, dass sie schließlich zugestimmt hatte.

Die Verabredung mit dem Prokuristen hatte lange gedauert. Als sie nach Hause kam, entdeckte sie Per mit seiner Kamera im Garten. Das war so typisch, er wollte das Gerät in- und auswendig kennen, wenn er das nächste Mal verreiste oder wenn sie einen Sonntagsausflug unternahmen. Frieda lächelte zufrieden, fragte sich allerdings, warum er sie bei dem Wetter nicht drinnen ausprobierte. Es war kalt und sehr windig, nicht gerade angenehm, um auf Motivsuche zu gehen. Doch das schien ihm nichts auszumachen. Frieda wollte sich gerade abwenden, als sie aus dem Augenwinkel etwas sah, das sie aufhielt. Per war nicht allein im Garten. Selma war bei ihm. Sie steckten die Köpfe zusammen und tuschelten, als würden sie etwas aushecken. Jedenfalls sah es von Weitem so aus. Frieda stand wie festgewachsen am Fenster. Sie sollte die beiden nicht beobachten, nur sollten die beiden dort vielleicht auch gar nicht beisammenstehen? Per wirkte aufgeregt, er gestikulierte wild, Selma legte ihm beschwichtigend die Hand auf den Arm. Was war da los? Immer gradaus, fest und wahr, immer direkt offen über alles reden. Frieda wollte Klarheit. Auf der Stelle. Sie ging ins Wohnzimmer und hinaus auf die Terrasse. Selma musste die Tür gehört haben. Sie sah auf, verabschiedete sich eilig von Per und kam Frieda entgegen.

»Hallo Frieda. Jetzt wird es richtig Herbst, was?« Sie blickte Frieda nicht in die Augen, sondern beeilte sich, an ihr vorbei ins Haus zu verschwinden. Per war langsam gefolgt.

»Worüber habt ihr gesprochen?«, fragte Frieda ihn.

»Bitte?«

»Per, was ist los?« Mehr brachte sie nicht heraus. Ihre Erleichterung, die Gewissheit, dass zwischen ihnen alles in bester Ordnung war, die sie am Tag zuvor noch besessen hatte, war dahin. Die Vorstellung, Per könnte ihr etwas verheimlichen, er hätte Geheimnisse mit Selma, schnürte Frieda den Atem ab.

»Nichts ist los. Wir haben nur geredet. Lass uns reingehen, es ist scheußlich.«

»Tut mir leid, dass es so spät geworden ist«, sagte sie hilflos, vielleicht war es das, was ihn ärgerte, und er hatte sich bei Selma ausgeweint. »Und dann auch noch so ein unerfreulicher Termin.«

»Ach ja?« Per taxierte sie. »Tja, ich habe leider auch noch unerfreuliche Dinge zu erledigen. Entschuldige mich, bitte!« Weg war er. Frieda sah ihm nach. Womit hatte sie das denn verdient? Sie spürte den Impuls, ihm zu folgen und ihn zur Rede zu stellen. Doch dann schluckte sie den Ärger herunter. Sie hätte anrufen können, es war ihr Fehler.

An einem Freitag Ende Oktober konnten sie es endlich einrichten, mit der gesamten Familie essen zu gehen, um Friedas siebenundzwanzigsten und Pers sechsunddreißigsten Geburtstag nachzufeiern.

»Frische Scholle mit Spinat, das klingt köstlich, was Röschen?« Albert strahlte. Er war glücklich, wenn er all seine Lieben um sich versammelt hatte.

»Ich kapier einfach nicht, dass mit einem Mal alle so verrückt nach Spinat sind«, warf Hans ein.

»Alle wollen eben so dicke Muskeln haben wie dieser Popeye.« Frieda lächelte und sah in die Runde. Per wirkte, als hätte er sie gar nicht gehört. Wahrscheinlich gingen ihm noch immer die letzten Wirtschaftsnachrichten aus Amerika im Kopf herum.

»Und was ist, wenn du von Spinat statt der Muskeln so ein schiefes Maul oder ein Glotzauge bekommst?«, fragte Hans spöttisch. »Dieser tolle Popeye ist doch ein hässlicher Vogel.« Er lehnte sich zurück, sein Wasserglas in der Hand. »Ich habe für mein ganzes Leben genug von diesem schauderhaften Gemüse gegessen. Im Lazarett haben sie uns damit bis zum Erbrechen traktiert. Spinat gemischt mit Blut!« Er schüttelte sich.

»Oh bitte!«, sagte Frieda angewidert.

»Ich finde es auch albern«, meldete sich Rosemarie zu Wort. »Wir sprechen hier von einer Zeichentrickfigur.« Sie verzog missbilligend die Lippen. »Merkwürdig genug, dass erwachsene Menschen sich derartig dafür begeistern können. Obendrein den Zusammenhang zwischen Spinat und Muskeln für bare Münze zu nehmen, ist absurd.«

»Ich glaube, ich nehme doch lieber den Pannfisch«, stellte Albert fest. Ihm war der Appetit auf Spinat offenbar vergangen.

»Vielleicht solltest du auch mal Bildergeschichten zeichnen, Hans«, schlug Rosemarie vor.

»Hast du dich schon entschieden?«, wollte Frieda von Per wissen.

»Wofür?«

»Na, was du essen möchtest.«

»Ach so, nein, ich weiß noch nicht.«

»Alles in Ordnung mit dir?« Frieda berührte sanft sein Bein.

»Alles bestens«, entgegnete er kühl. Klang so, als wäre gar nichts in Ordnung. Frieda wurde schwer ums Herz. Und sie bemerkte, wie sich Ärger in ihr zusammenbraute. Allmählich wurde ihr das Hin und Her von Pers Launen zu bunt. Im Gegensatz zu ihm plauderte Vater ununterbrochen. Meistens von den guten alten Zeiten, nach denen er sich wohl zurücksehnte. Ihm fehlte seine Arbeit, das lag auf der Hand.

»Wie sich in den letzten Jahren alles verändert hat«, sagte er beispielsweise. »Allein in den Speichern. Tabak wurde da schon immer gelagert, aber dass Hamburg mal Hauptstapelplatz für orientalischen Rohtabak würde, hätte kein Mensch geglaubt.« Er blickte versonnen drein.

»Leider ist nicht nur der Tabak aus dem Orient gekommen«, sagte Rosemarie düster. »Mir scheint, es laufen immer mehr Männer mit schwarzen Augen und schwarzen Schnurrbärten und diesen komischen Hüten herum. Als hätten die Eimer auf dem Kopf.«

»Sie kommen aus Griechenland und der Türkei«, erklärte Albert gelassen. »Einige Tabakbauern betätigen sich auch im Handel. Sehr erfolgreich übrigens.«

»Die hatten da Krieg, Mutter, die sind froh, wenn sie irgendwo ein neues Leben in Sicherheit beginnen können«, sagte Hans hart. »Glaub mir, die orientalischen Zigaretten, die du in jedem Schützengraben bekommen hast, haben einigen Kameraden das Leben gerettet.« Er lachte bitter.

»Und sie haben sich durchgesetzt«, merkte Frieda an. »Auch nach dem Krieg, meine ich. Man sieht weniger Männer mit Zigarren, dafür immer mehr mit diesen schlanken Zigaretten.« Wieder schwieg Per, obwohl er sicher etwas dazu zu sagen gewusst hätte.

Glücklicherweise wurde das Essen aufgetragen. Es schmeckte vorzüglich. Gott sei Dank, das Lokal hatte gerade erst den Betrieb aufgenommen. So etwas war immer ein Risiko. Feines Porzellan und hübsches Kristall allein machten einen Abend noch nicht zu einem gelungenen Fest. Selbst während der Mahlzeit fabulierte Vater weiter, schwärmte vom Betrieb der Kaffeebörse am Sandtorquai.

»Dort geht es aber auch zu!« Er lachte. »Am besten gefällt es mir, wenn alle naselang neue Offerten gebrüllt werden. Das muss man erlebt haben.« Zum Arbeitsalltag in den Kontoren und Speichern konnte Hans nichts beitragen, Per wollte es offenbar nicht. Albert fragte ihn einmal nach Neuigkeiten. »Wie steht es mit der Auslastung? Leerstand gibt es doch ganz sicher nicht, so wie die Wirtschaft brummt, was?« Die Antwort fiel so knapp aus, dass Frieda überlegte, Per kurz nach draußen zu bitten, um ihn zur Rede zu stellen. Albert bemerkte natürlich auch, was los war, entschied anscheinend, dass er eben allein für Unterhaltung sorgen müsse. »Vor nichts graut es den Geschäftsführern der Lagerhaus-Gesellschaft mehr als vor Leerstand im Freihafen. Ich weiß noch genau, wie sie mit Kusshand Felle, Därme, Kräuter und andere Russen-Güter eingelagert haben. Das war natürlich kein Vergleich mit unseren feinen Kolonialwaren, trotzdem war es ihnen mehr als recht, damit nur jeder Winkel gefüllt ist. Glücklicherweise sind noch immer wahre Schätze in den Speichern verborgen, nicht nur das stinkende Russen-Zeug. Hummer, edle Duftwässerchen! Das hat natürlich schon immer Gauner auf den Plan gerufen. Organisierter Zollschmuggel mit Kaffee ist ja beinahe noch harmlos.« Er lachte. »Einer hat sogar mal versucht, Bernstein, Uhren und Schmuck an den Kontrollen vorbei in die eigene Tasche zu bringen.« Wieder lachte er und hob sein Glas. »Und dann wollte die Polizei ihre Posten an den Zugängen zum Freihafen abziehen. Ist so etwas möglich? Wenn ihr mich fragt, hat einer von den Banditen ein hohes Tier bei der Polizei bestochen. Anders ist so ein dämlicher Vorschlag doch nicht zu erklären.«

Man hätte meinen können, Vater hätte das Unheil kommen sehen und mit dem Heraufbeschwören goldener Vergangenheit abwehren wollen. Er setzte eben zu einem Toast an, als ein Zeitungsjunge in das Restaurant stürmte: »Börse in New York zusammengebrochen! Ein schwarzer Tag für die Weltwirtschaft! Börse in New York zusammengebrochen!«

Kapitel 16

Die kommenden Tage verbrachten Frieda, Per, Albert und Ernst in einer Art Ausnahmezustand. Sie rissen sich gegenseitig die Zeitungen nahezu aus der Hand, trafen sich zweimal am Tag, um die letzten Entwicklungen zu bereden und zu überlegen, wie man sich am besten verhalten sollte. Mit besonders günstigen Angeboten rasch um neue Kunden buhlen oder doch lieber an dem festhalten, was auch zuvor funktioniert hatte? Eigene Aktien verkaufen oder die ins Bodenlose stürzenden Kurse nutzen, um Wertpapiere zu erwerben? Auf jeden Fall eins: Erst einmal verstehen, was sich da im fernen Amerika überhaupt abspielte. Nachdem ein bedeutender britischer Spekulant bankrottgegangen war, dessen Geld an der New Yorker Börse von einer Minute auf die andere fehlte, musste an der Wall Street Panik ausgebrochen sein.

»Ist doch nicht zu kapieren«, sagte Ernst, »deswegen hätten doch noch lange nicht alle gleich sämtliche Aktien verkaufen müssen. Haben die aber gemacht, auf Teufel komm raus! Zack, waren die Kurse im Keller, ehe du …« Er brach ab und machte erschöpft eine wegwerfende Handbewegung.

»Das ist das Problem, wenn alle nur noch mit Wertpapieren handeln, statt mit echten Waren, wie guten Kakaobohnen«, warf Albert ein. »Die Bohnen behalten ihren Wert. Die Papiere verlieren plötzlich.«

»Ehe man gar nichts mehr dafür kriegt, verkauft man mit Verlust«, beendete Per den Satz und seufzte tief.

Frieda sah ängstlich von einem zum anderen. Innerhalb von wenigen Stunden war der Gesamtwert der Unternehmen, die an der Börse notiert waren, um elf Milliarden Dollar gesunken. Sie hatte es erst für einen Schreibfehler gehalten, doch es musste wohl stimmen. Eine ungeheure Zahl, die außerhalb von Friedas Vorstellungskraft lag. Amerikanische Banken gaben Mitteilungen aus, nach denen alles nicht so schlimm sei, wie man dachte. Die Finanzhäuser selbst kauften Papiere, um die Kurse zu stützen und wohl auch, um zu signalisieren, dass man bedenkenlos Käufe tätigen konnte. Frieda klammerte sich an solche Meldungen. Gerade Per hing mit seinen Handelsaktivitäten stark vom amerikanischen Markt ab. Wenn die Wirtschaft dort sich nicht fing, war es aus mit der Verschiffung von Autoteilen. Das durfte nicht geschehen. Dummerweise scherte es die Banken in den Vereinigten Staaten nicht, was Frieda Møller in Deutschland sich wünschte oder fürchtete.

»Das sieht übel aus«, erklärte Ernst, als sie beide gerade in seinem Kontor saßen. Blass war er und ungewöhnlich still. »Ein Haufen Leute hat Aktien als Kreditsicherheit hinterlegt. Nu wollen die Geldhäuser die Summen zurück, weil die Kredite durch die gefallenen Kurse ja längst nicht mehr gedeckt sind. Das macht doch alles nur noch schlimmer.«

Und so war es. Frieda trieb nicht nur die Sorge um, dass Per in ernsthafte Schwierigkeiten geraten könnte und dass auch in Europa womöglich Auswirkungen der amerikanischen Katastrophe zu spüren sein könnten, sie sorgte sich auch um Dana, Miranda, Daniel und deren Kinder.

An einem Sonntag setzte sie sich in ihr Zimmer und schrieb Dana einen Brief. Vielleicht konnte Frieda etwas für die Familie tun, falls sie finanzielle Probleme bekämen. Man las so viel über Betriebe, die ihre Tore schließen und ihre Mitarbeiter entlassen mussten. Möglich, dass auch Dana oder ihre Geschwister betroffen waren. Per war im Kontor, obwohl es der heilige Familiensonntag war. Es gefiel ihm ebenso wenig wie Frieda, nur was sollte er denn tun? Er arbeitete von früh bis spät mit Feuereifer daran, Waren für die Frachter zu ergattern. Wenn er nicht bald neue Aufträge aus den Staaten bekäme, musste er die Schiffe in andere Gewässer bringen lassen, um auf anderen Routen wenigstens einen Teil des Verlustes ausgleichen zu können. Dummerweise ging das alles nicht so schnell, und er war nicht der einzige Reeder in dieser vertrackten Situation. Frieda klebte das Kuvert zu und sah auf die Uhr. Sie würde einen Schokoladenkuchen backen und Per bringen. So würde er wenigstens eine Pause machen, und sie hätten ein bisschen gemeinsame Zeit. Frieda dachte kurz daran, Selma zu bitten, sich um Henrik zu kümmern. Keine gute Idee. Selma verhielt sich immer merkwürdiger und abweisender ihr gegenüber. Es schien, als wäre Per der Einzige, mit dem sie noch ein paar Worte wechselte, Frieda ging sie ganz offensichtlich aus dem Weg. Einmal hatte Frieda sie mit einem Mann auf der Straße vor dem Haus getroffen.

»Tach, Frau Møller«, hatte er mit breitem Grinsen und unüberhörbarem Berliner Dialekt gesagt. Ehe Frieda reagieren konnte, hatte Selma ihn in den Fond eines Wagens gedrängt, sich neben ihn geschoben, und weg waren sie. Nein, ihr mochte Frieda ihren Sohn lieber nicht anvertrauen. Nur wohin dann mit Henrik? Emma hatte am Sonntag frei, also ging Frieda rüber zu ihren Eltern.

»Natürlich kann er bei uns bleiben«, rief Rosemarie. Sie zwinkerte Frieda verschwörerisch zu. »Dein Vater überlegt schon die ganze Zeit, ob wir nicht noch eine Wanderung unternehmen sollten. Aber bei der Kälte! Ich habe schon vorgeschlagen, dass wir zusammen die Herrschaften im Stift besuchen, die ich so lange vernachlässigt habe. Du kannst dir also vorstellen, wie verzweifelt ich bereits war.« Sie kicherte fröhlich, so kannte Frieda ihre Mutter gar nicht.

»Wir bekommen Besuch?« Albert steckte den Kopf zur Tür herein. »Aber immer doch! Komm, Henrik, wir spielen *Mensch ärgere Dich nicht.*«

»Ich fürchte, dafür ist er noch zu klein«, wandte Frieda ein.

»Na und, dann gewinne ich wenigstens.«

Frieda betrat beschwingt das Ballinhaus. Sie summte eine Melodie, als sie die Stufen hochstieg in den sechsten Stock. Vor der Tür zu Pers Kontors blieb sie stehen und horchte. Stille. Nein, ganz leise konnte sie das Kratzen einer Feder auf Papier hören. Sie klopfte, wartete kurz und trat ein.

»Frieda!« Per sah sie an, die Stirn gerunzelt. Erfreut wirkte er nicht gerade.

Sie lächelte fröhlich und stellte die Kuchenplatte ab. »Mein Mann trägt Ärmelschoner, ein seltener Anblick.« Sie ging um den Schreibtisch herum und küsste ihn.

»Die Handelsgehilfen haben frei, da muss ich wohl oder übel selbst zum Füllfederhalter greifen.«

»Die Glücklichen«, sagte sie.

»Ja, die Glücklichen.« Sein linkes Auge zuckte. »Ich habe nicht frei. Zweifelst du daran, willst du dich davon überzeugen, ob ich wirklich arbeite?«

»Was? Nein!« Ein absurder Gedanke. Wie kam er nur darauf? Ihre Wut verflog, ehe sie sich ausbreiten konnte, als Frieda ihn genauer ansah. Er war ungewöhnlich blass. Und waren da nicht erste graue Haare? Sie schluckte ihre Verstimmung herunter. »Albert schlägt Henrik beim *Mensch ärgere Dich nicht*. Ich wollte Vater diesen Triumph nicht nehmen und dachte, ich bringe dir etwas, das dich aufmuntert. Du musst mal eine Pause machen.« Sie entfernte das Tuch, das über dem Kuchen gelegen hatte.

»Danke.« Er sah noch immer nicht gerade begeistert aus.

»Teller und Gabeln habe ich auch mitgebracht.« Sie packte ihren Korb aus.

»Du denkst wohl immer an alles.« Der Ton gefiel ihr gar nicht, doch sie schwieg. »Was ist eigentlich aus diesem Jason geworden?«, wollte er unvermittelt wissen. Frieda starrte ihn an. Sie hatte ihn gehört, doch sie verstand nicht, was er von ihr wissen wollte. »Ist er noch in Hamburg?« Er sah sie herausfordernd an.

»Woher soll ich das wissen? Ich kann es mir nicht vorstellen.« Steckte etwa nicht die viele Arbeit, sondern Eifersucht hinter seinem eigenartigen Verhalten? »Wie kommst du nur darauf?« Sie lächelte zaghaft, ging einen Schritt auf ihn zu. Doch seine Körperhaltung und seine Miene waren so abweisend, dass sie abrupt stehen blieb.

»Habt ihr denn keinen Kontakt mehr?«

»Nein!« Jetzt wurde es ihr aber bald zu bunt.

»Ziemlich merkwürdig, meinst du nicht?«

»Überhaupt nicht. Wieso sollte das merkwürdig sein?« Was war nur in ihn gefahren? Frieda verstand gar nichts mehr, sie musste schlucken. Sie fühlte sich hilflos und elend. Wenn sie wenigstens eine Ahnung hätte, worauf er hinauswollte.

»Immerhin warst du mal sehr verliebt in ihn. Und er ja wohl auch in dich. Ihr wolltet zusammen nach Indien gehen, wenn ich mich recht erinnere.« Dieser ironische Ton hätte eher zu Hans gepasst als zu Per.

»Ich war damals noch sehr jung. Außerdem ist dieses Kapitel abgeschlossen. Das weißt du ganz genau, Per.«

»So, weiß ich das so genau?« Er starrte sie an, belauerte sie regelrecht.

»Du hast keinen Grund, eifersüchtig zu sein. Ich habe mich mit Jason getroffen … »

»Also doch! Ich wollte es Selma nicht glauben.«

»Wie bitte? Wieso Selma? Ich habe doch vorher mit dir gesprochen, ehe ich Jason getroffen habe.«

»Das ist lange her, das meine ich nicht. Was war danach, hast du ihn danach noch gesehen?«

»Nein!« Sie war lauter geworden, als sie wollte. Schluss mit Rücksicht! Sie ließ sich nicht weiter beschuldigen. »Was hat Selma damit zu tun?«

Mit einem Schlag schien ihn alle Kraft zu verlassen. Seine Stimme war leise und rau: »Sie hat euch gesehen. Letztes Jahr im Cölln's.«

Frieda lachte auf. »Das kann nicht sein!«

»Ist Henrik mein Sohn, Frieda?« Sie schnappte nach Luft, das konnte er unmöglich ernst meinen. »Er hat rote Haare, dein Jason hat rote Haare.«

»Mein Jason? Du glaubst wirklich …« Sie starrte ihn an, suchte nach Worten. Da war so viel Wut in ihr. Nein, keine Wut. Enttäuschung.

»Bitte, Frieda, sag mir die Wahrheit!« Er flehte sie geradezu an. Der sonst so beherrschte Per war außer sich. »Warst du mit ihm zusammen, am Tag nach deinem Geburtstag?« Er sah so verzweifelt aus, dass sie den Impuls verspürte, ihn in den Arm zu nehmen und zu beruhigen. Nur war sie gleichzeitig wie eingefroren. Sie sah ihren geliebten Mann und sich selbst wie aus weiter Ferne bei einem völlig absurden Schauspiel zu. »Selma hat mir gesagt, dass ihr verabredet wart. Du und Jason. Letztes Jahr. Ich habe ihr nicht geglaubt«, flüsterte er. Tränen stiegen ihm in die Augen. »Aber sie hat immer wieder davon angefangen, dass ihr euch trefft. Und auch neulich wieder, weil ihr deinen Geburtstag nachfeiern wolltet.« Frieda hätte beinahe gelacht, das alles war so abwegig, so unsinnig. Er glaubte ausgerechnet Selma, die doch ganz offensichtlich etwas gegen Frieda hatte oder gegen sie im Schilde führte. Warum merkte er das nicht? Er war ein so kluger besonnener Mensch. Was war in ihn gefahren? »Ich bin euch nachgegangen«, hörte sie ihn sagen. »Ich habe euch gesehen.« Das war ein Traum, ein furchtbarer Traum, anders konnte es nicht sein. Sie war Jason seit Jahren nicht begegnet. Dass Selma eine Lügnerin war, war eine Sache, schrecklich genug. Dass Per derartigen Unfug redete, war eine ganz andere.

»Würdest du bitte etwas sagen?« Sein Gesicht war gerötet, seine Augen glänzten, das war nicht der Per Møller, den sie geheiratet hatte. Frieda war erschrocken, mit welcher Distanz sie ihn plötzlich betrachtete. Hatte sie ihn eben noch trösten wollen, war ihr sein Elend jetzt nahezu gleichgültig. Sie fühlte gar nichts mehr. Der Tag nach ihrem Geburtstag. Sie musste nicht lange nachdenken.

»Du bist uns nachgegangen? In den *Old Commercial Room*?«

Die Farbe wich aus seinen Wangen. »Wirklich, sehr passend, ein Engländer führt meine Frau in das Restaurant eines Engländers.« Seine Kieferknochen traten hervor. »Dann ist es also wahr.«

»Nein, Per, es ist nicht wahr. Du hast mich gesehen, schon möglich, aber nicht mit Jason, sondern mit dem Prokuristen von Bruno Tesch. Mit ihm war ich auch letztes Jahr im Cölln's. Aus reiner Höflichkeit. Krogmann, so heißt der Prokurist, habe ich kürzlich erneut getroffen, weil wir ein Schädlingsproblem in einem Speicher hatten, wie du wohl weißt. Die Quartiersleute haben mich gebeten, den Termin wahrzunehmen. Kurzer Dienstweg sozusagen, schließlich ist Stabenow & Tesch unser Nachbar im Ballinhaus. Krogmann hat rotes Haar.« Sie war selbst erschrocken über ihren eisigen Ton.

Sie sahen sich lange an. Eine Träne lief über seine Wange. Er glaubte ihr, er begriff, wie sehr er sich in die Irre hatte leiten lassen, das konnte sie ihm ansehen. »Es tut mir leid, Frieda. Bitte … Es tut mir so leid«, sagte er heiser. Ihr war schwindelig, es kribbelte in ihrem Körper, als würde sie im nächsten Moment das Bewusstsein verlieren. Sie könnte sich an ihm festhalten, sie würden sich gemeinsam trösten, beruhigen, reden. Alles wäre gut. Aber nichts war gut. Und ein Gedanke drängte sich wie Gift in ihr Hirn.

»Du hast es mir zugetraut«, flüsterte sie. Ist Henrik mein Sohn? »Du hast mir sogar zugetraut, …« Allmählich sickerte ihr das gesamte Ausmaß dessen ins Bewusstsein, was Per in den letzten Wochen und Monaten von ihr gedacht hatte. »Ich muss hier weg«, keuchte sie. »Sofort!«

»Hier Amt, was beliebt?« Frieda nannte die Teilnehmerin, die sie zu sprechen wünschte. »Wie beliebt?«, kam es ungeduldig durch die Leitung. Frieda atmete durch, wiederholte ihren Wunsch lauter. Sie musste sich zusammenreißen, die Dame vom Amt konnte nun wirklich nichts dafür, dass Frieda kaum einen Ton herausbrachte, so groß war der Klumpen in ihrer Kehle. Immer wieder hörte sie Per, der ihr hinterherrief, hörte sein Schluchzen, seinen Schrei, wie von einem Tier. Das war nicht der Mann, den sie geheiratet hatte. Sie war regelrecht vor ihm geflohen. Ihre Lippen zitterten, sie wischte sich hastig eine Träne weg, als endlich eine Frauenstimme zu hören war.

»Clara?«

»Hier ist Oberschwester Karina. Wer ist denn da?«

»Verzeihung, Frieda Møller. Ich möchte mit Clara Mendel sprechen, bitte. Ist das möglich?« Sie flehte stumm.

»Ich sehe mal nach, bleiben Sie in der Leitung, ja?« Natürlich, was sollte sie denn sonst tun? Sie wusste ja nicht, wohin sie sonst hätte gehen können. Die Wartezeit erschien ihr wie eine Ewigkeit. Nur Rauschen und Knistern.

Dann endlich: »Frieda?«

»Clara!« Sie schluckte die Tränen herunter. »Kann ich kommen?«

»Na, das ist ja eine Überraschung. Natürlich, Frieda, ich würde mich sehr freuen.« Frieda hörte sie atmen und wusste, was jetzt kam. »Stimmt etwas nicht?«

»Kann ich jetzt kommen, jetzt gleich?«

»Nur du allein?« Frieda nickte unsinnigerweise. Ihr Schweigen genügte Clara als Antwort. »Ach du meine Güte! Aber du bringst doch wenigstens Henrik mit?«

»Ja.«

»Ich bin hier, Frieda. Ihr seid hier willkommen, so lange ihr wollt.«

In Windeseile stopfte Frieda Wäsche, Hosen und Pullover in einen Koffer. Wintermäntel nicht vergessen, hatte Clara gemahnt, der Wind sei auf der Insel eisig. Sie bestellte einen Wagen, der sie zum

Hafen bringen würde. Zur Not mussten sie dort eben noch ein Hotel nehmen, falls es heute keine Verbindung nach Föhr mehr gab. Sie nahm Koffer und Tasche mit zu ihren Eltern und ließ sie dort in der Diele stehen. Nur für den Fall, dass Per bald nach ihr das Ballinhaus verlassen hatte. Wahrscheinlich würde er zwar hier zuerst nach ihr suchen, wenn er sie zu Hause nicht fände, aber einen kleinen Vorsprung verschaffte es ihr. Als wäre sie wahrhaftig auf der Flucht vor ihrem eigenen Mann … welch eine irrwitzige Situation.

»So, die Mami ist schon wieder da«, sagte sie so fröhlich, wie es eben ging, als sie das Wohnzimmer ihrer Eltern betrat.

»Du willst ihn uns doch hoffentlich noch nicht wegnehmen?« Rosemarie hockte auf dem Boden, neben ihr Hans, beide sortierten Bauklötze, die Henrik mit begeistertem Quietschen wieder durcheinanderwarf. Albert beobachtete das Spektakel von seinem Sessel aus. Wäre ihr nicht so elend zumute, Frieda hätte laut gelacht.

»Doch, ich fürchte.«

»Hättest du je geglaubt, dass ich mit unserer Mutter Häuser bauen würde?« Hans griente schief. Er sah sofort, dass mit ihr etwas nicht stimmte, und wollte sie aufmuntern. Vor ihrem Bruder konnte sie nichts verbergen.

Frieda schüttelte den Kopf und räusperte sich. »Können wir kurz reden, Vater?«

»Jederzeit, mein Kind.«

»Schonfrist«, sagte Frieda, an Hans und Rosemarie gewandt. »Vater und ich haben etwas zu besprechen. So lange habt ihr den kleinen Quälgeist noch.«

Alberts Blick fiel sofort auf die Koffer in der Diele.

»Ich muss mit Henrik verreisen«, erklärte sie hastig. »Es hat sich ganz kurzfristig ergeben. Könntest du bitte in der Manufaktur nach dem Rechten sehen? Nur ab und zu. Ich kann Ernst unmöglich ganz allein lassen, und Per hat gerade alles Mögliche im Kopf, nur keine Schokolade.«

»Du willst weg?« Er sah sie durchdringend an. Bitte nicht, nicht dieser sanfte sorgenvolle Blick! Sie wollte auf keinen Fall weinen.

»Ich weiß, es ist nicht der beste Zeitpunkt. Die Wirtschaft spielt verrückt. Aber ich mache mir große Sorgen wegen Henrik. Er hustet immer mehr.«

Albert stutzte. »Tatsächlich? Das ist mir gar nicht aufgefallen. Naja, seit Emma da ist, haben wir ihn ja auch nicht mehr so oft. Heute hat er gar nicht gehustet.« Noch immer sah er sie prüfend an. Sie wollte nichts erklären, und sie wollte noch weniger, dass er versuchte, sie von ihrem Vorhaben abzubringen.

Frieda hasste es, ihren Vater anzulügen. »Abends, wenn wir ihn ins Bett legen, geht es los. Ich habe mit Clara gesprochen, sie denkt, dass ihm die Nordseeluft auf jeden Fall guttun wird. Und sie hat gerade Platz für uns.« Sie räusperte sich wieder und sah jetzt zu ihm auf.

»Ja, ich denke, du musst unbedingt fahren«, entgegnete er langsam. »Mach dir wegen des Geschäfts keine Gedanken. Du wirst sehen, Sternchen, letztes Jahr waren wir dran, nun hat es die Amerikaner erwischt. Für den Rest der Welt ist das vielleicht sogar gut. Wer Geld hat, investiert jetzt lieber in Europa. Besonders amerikanische Kreditgeber werden ihre schönen Dollars lieber hier verleihen als im eigenen Land, wo sie womöglich nichts oder nur einen Bruchteil zurückbekommen.«

»Das wäre gut.«

»Ja, das wäre es.« Sie sahen sich lange an. »Weiß Per, dass du verreist?« Sie schüttelte den Kopf. »Ach, meine Kleine!« Er zog sie an sich und hielt sie fest. »Ist nicht einfach, verheiratet zu sein, was? Je größer die Liebe, desto größer der Schmerz.« Frieda schmiegte sich an ihn. »Ja, Kind, es ist eine dumme Sache. Liebst du nicht, ist dein Leben leer. Tust du's doch, zahlst du einen hohen Preis, weil die Trauer auch in der glücklichsten Verbindung bereits enthalten ist. In jeder Liebe steckt der Abschied schon drin. Deine Mutter und ich kommen dieser bitteren Wahrheit immer näher. Aber weißt du was,

Sternchen? Ich halte den Preis trotzdem für angemessen.« Er schob sie sanft von sich und legte ihr einen Finger unter das Kinn. »Du musst den Preis zahlen, dann solltest du das, was du dafür bekommst, auch auskosten. Bleib also nicht zu lange weg.«

Kapitel 17

Als Frieda die Insel Föhr zum ersten Mal vor sich sah, nicht auf einem von Claras Bildern, sondern in der Wirklichkeit, vor ihren eigenen Augen, da war es ihr, als würde sie aus einem dicken grauen Nebel auftauchen. Sie hätte nicht sagen können, wie sie die Nacht im Hotel verbracht, ob sie überhaupt geschlafen hatte, und auch nicht, wie es ihr gelungen war, auf dieses Schiff des Seebäderdienstes zu kommen, das sie zuverlässig durch die raue Nordsee schipperte. An eins erinnerte sie sich gut. Der kleine Henrik hatte sehr viel geschlafen, wenn er wach war, hatte er fröhlich vor sich hin gebrabbelt. Welch ein Urvertrauen! Er wusste weder, wohin die Reise ging, noch, wie lang sie dauerte, oder ob er seinen Vater, seinen Onkel und seine Großeltern je wiedersehen würde. Er war bei seiner Mutter, das genügte ihm völlig, um zuversichtlich zu sein. Warum hatte Per dieses Vertrauen nicht zu seiner Frau? Ging einem das verloren, sobald man erwachsen wurde?

»Herzlich willkommen im ältesten Seebad Nordfrieslands«, begrüßte Clara sie im Hafen von Wyk.

Als Hafen hätte Frieda die schlichte Landungsbrücke eigentlich nicht bezeichnet. Aber es gefiel ihr hier auf Anhieb, man war praktisch direkt am Strand! »Ich sage es lieber gleich«, fuhr Clara unbekümmert fort, »dieser Titel ist schon die einzige Attraktion unseres Ortes. Die Besuche des dänischen Königs, mit denen man mal angeben konnte, sind auch lange vorbei.« Sie zwinkerte. »Das war im letzten Jahrhundert.«

»Wir sind nicht hergekommen, um Attraktionen zu erleben«, sagte Frieda leise.

»Nein, wohl eher nicht.« Clara drückte sie an sich. »Schön, dass ihr da seid. Ich hoffe, der Anlass ist nur eine Krise und keine Katastrophe.«

»Das hoffe ich auch.« Frieda bemühte sich um eine heitere Miene. »Der eisige Wind hier ist dann aber doch eine Attraktion. Du hast nicht zu viel versprochen.«

Die Krankenschwestern, die die Kinder betreuten, teilten sich eine kleine Küche. Nachdem Henrik eingeschlafen war, bereitete Clara dort eine Kanne Tee zu, damit machten sie es sich in Claras Kammer gemütlich.

»Viel habe ich hier nicht für mich, aber es reicht. Ich brauche nicht mehr als ein Bett, ein Tischchen und meinen Schrank. Die Insel ist mein Wohnzimmer«, erklärte Clara. Sie leuchtete geradezu, so glücklich war sie dort. »Wenn ich nicht bei den Kindern bin, dann gehe ich einfach los und sehe mir etwas an. Manchmal bin ich sieben oder acht Stunden unterwegs, ehe ich wieder hier ankomme. Dann brauchst du nicht mehr als ein Bett, das sage ich dir.«

»Glaube ich gern.« Frieda wärmte sich die Hände an dem derben Tonbecher. »Was du uns heute gezeigt hast, war schon sehr hübsch. Wir hätten dich schon längst besuchen sollen.« Schnell sprach sie weiter: »Die beiden älteren Männer vorhin, die dich begrüßt haben … Woher kamen die?«

»Die kamen aus dem Westen. Utersum, glaube ich.«

»Eine Insel im Westen?«, wollte Frieda überrascht wissen. Sie hatte nie davon gehört.

»Nein, eine Ortschaft im Westen von Föhr.« Clara runzelte die Stirn.

»Aber sie haben … Ich habe kein Wort verstanden.«

»Ach das!« Clara lachte. »Wer hier geboren und aufgewachsen ist, der spricht Fering, das ist Föhrer Friesisch. Da verstehe ich auch kein Wort. Deswegen geben sich immer alle Mühe, die mit den Gästen oder eben Zugezogenen sprechen.« Sie legte den Kopf schief und sah Frieda prüfend an. Lange würde sie ihre Geduld nicht mehr zügeln. Und Frieda war ja auch gekommen, um ihr Herz auszuschütten. Auch. In erster Linie brauchte sie Abstand und wollte zur Ruhe kommen. Es war so friedlich in Claras kleinem Zimmer, sie hätte sich gern noch ein wenig vor dem gedrückt, was ihr auf der Seele lastete. »Hier im Osten können die Leute größtenteils auch noch Fering sprechen, aber im Westen hört man es wesentlich öfter«, plauderte Clara weiter. »Der Westen hat übrigens noch zu Dänemark gehört, als der Osten schon deutsch war.«

»Aha.«

»Bei der Volksabstimmung nach dem Krieg wollten die Gemeinden im Westen zu Dänemark zurück. Wusstest du das?« Frieda schüttelte den Kopf und starrte in ihren Tee. »Herrje, Frieda, was soll ich denn noch erzählen, damit du mir sagst, was los ist? Vielleicht dass Hans Christian Andersen hier auch schon seinen Urlaub verbracht hat? Führt dich das ganz zufällig zu deinem dänischen Ehemann?«

»Sprich bloß nicht von Andersen«, flüsterte Frieda. Dann konnte sie die Worte nicht mehr zurückhalten. »Per bezweifelt, dass Henrik sein Sohn ist!«

»Wie bitte? Wie kommt er auf den Unfug? Kennt er dich denn so schlecht?«

Frieda erzählte. Alles, was sie in den letzten Monaten bedrückt hatte, sprudelte nur so aus ihr heraus. »So launisch habe ich ihn vorher nie erlebt. Mal war er zärtlich und zuvorkommend, im nächsten Augenblick wieder kurz angebunden und mürrisch. Selma hat ihm den Floh ins Ohr gesetzt, ich würde mich regelmäßig mit Jason treffen.«

»Na so eine Schlange! Alle Zähne sollen ihr ausfallen. Bis auf einen, damit sie noch Zahnschmerzen haben kann.« Frieda musste lachen, doch Clara redete sich gerade in Rage: »Ist doch wahr, sie wohnt in deinem Haus, macht keinen Finger krumm, isst dein Brot, trinkt deinen Wein.«

»Sie trinkt keinen Alkohol. Selten«, stellte Frieda richtig.

»Ach bitte, darauf kommt es nicht an. Du weißt genau, was ich meine. Starkes Stück!« Clara schüttelte den Kopf.

»Ich weiß auch nicht, was mit ihr los ist. So war sie doch nicht, als sie zu uns kam. Am Anfang war sie dankbar für alles, was sie bei uns hatte. Sie war hilfsbereit und warmherzig. Wir hatten keine Freundschaft wie du und ich, Clara, aber wir haben uns doch gut verstanden. Und jetzt … Ich habe schon eine Weile das Gefühl, sie würde mir am liebsten den Hals umdrehen. Nicht nur mir«, sagte sie schnell, »auch Hans. Als ob sie uns plötzlich für schlechte Menschen hält.« Sie hing dem Gedanken kurz nach, sah den Mann mit dem breiten Grinsen und dem Berliner Dialekt vor sich. Ob er ihr etwas eingeflüstert hatte? Unsinn, er kannte Frieda doch nicht einmal. »Zu guter Letzt hat sie ihm eingeredet, ich hätte mal wieder eine Verabredung mit Jason, um mit ihm meinen Geburtstag nachzufeiern«, erklärte sie schließlich. »Sie hat ihm verraten, wo und wann das sein soll.«

»Mutig, mutig! Sie hätte doch wissen müssen, dass sie sofort auffliegt.« Clara stutzte.

»Per ist anscheinend wirklich aufgetaucht und hat uns gesehen«, erklärte Frieda matt. Als sie Claras entsetzte Miene bemerkte, sagte sie: »Aber nein, es war ja nicht Jason. Ich hatte eine Verabredung mit Herrn Krogmann, Prokurist bei Tesch & Stabenow.« Sie erzählte die ganze Geschichte. »Selma wird sich ausgerechnet haben, dass Per keinen Skandal will, dass er den *Old Commercial Room* nicht betritt, sondern nur durch die Scheiben gucken wird. Vielleicht hat er auch in der Nähe des Eingangs gewartet, in der Deckung einer dunklen Nische, wie ein Spion.« Sie lachte bitter. »Per muss Krogmann gesehen haben. Er hat rote Haare, Per kennt Jason kaum, hat ihn einmal gesehen. Der auffällige Schopf hat ihm anscheinend schon gereicht, um Selma zu glauben und mir zuzutrauen …«

»Genau darauf hat Selma spekuliert«, stellte Clara fest und machte ein Gesicht, als wäre sie soeben in Pferdemist getreten. »Es ist nicht seine Schuld. Selma ist die Böse im Spiel!«

»Ich weiß. Nur ist Per derjenige, der mir nicht vertraut«, sagte sie traurig.

Beide schwiegen.

»Wie wäre es mit einem Schluck Rum in den Tee?«, fragte Clara plötzlich. »Also ich kann einen Schluck vertragen, nach allem, was du mir erzählt hast.« Sie holte eine Flasche aus dem Schrank und goss sich etwas in ihre dampfende Tasse.

»Ich nehme auch einen.« Frieda schob ihr den Becher hin. Es war die richtige Entscheidung, hierherzukommen. Zwar steckte Frieda noch immer in einem furchtbaren Durcheinander, von dem sie nicht wusste, wie sie es lösen sollte. Aber schon jetzt fühlte sich der Druck auf ihrer Brust nicht mehr so schlimm an.

»Als ich schwanger war, hat dein Bruder behauptet, dass du davon weißt«, begann Clara leise. »Du wolltest nicht, dass ich mit dem Kind unter eurem Dach lebe, weil du dich dann womöglich nicht um deine geliebte Manufaktur kümmern könntest. Das hat er mir weisgemacht, und ich habe ihm geglaubt.«

»Du hast ihn geliebt.«

»Und du hast mir zugetraut, dass ich ihm mit dem Äther, den ich Hans besorgt habe, die Waffe in die Hand legen wollte, mit der er sich töten konnte.« Sie sah ihr ernst in die Augen. »Das waren damals ungefähr deine Worte, weißt du noch, Frieda? Du konntest dir das vorstellen, obwohl wir beste Freundinnen gewesen sind über so viele Jahre. Wir haben es uns gegenseitig zugetraut.« Der Sturm heulte und riss an den Fensterläden und den Türen, die man hier bei schwerer Flut zusätzlich befestigte. Eine Uhr tickte, Henrik seufzte im Schlaf. Frieda nahm einen Schluck. Der Tee mit Rum lief heiß durch ihre Kehle und wärmte ihr Innerstes. Clara hatte mit jedem Wort recht.

»Denkst du, Vertrauen kommt einem einfach so abhanden, nur weil man erwachsen wird?«

»Nicht einfach so«, gab Clara nachdenklich zurück. »Es ist doch kein Wunder, meinst du nicht? Je älter du wirst, desto öfter hast du die Erfahrung gemacht, belogen zu werden. Du hast gelernt, dass man es nicht jedem ansieht, ob er ehrlich ist oder eben nicht.« Sie legte ihre Hand auf die von Frieda. Wie rau sie sich anfühlte. »Selbst wenn jemand aufrichtig ist, sagt er nicht immer die Wahrheit. Weil er in Not ist zum Beispiel, oder weil er sich schämt. Es ist nicht so einfach.« Sie atmete tief durch. »Weißt du, was wir noch verlernen, wenn wir älter werden, und was wir uns ruhig wieder von den Kindern abgucken könnten?« Frieda hob die Augenbrauen. »Verzeihen!«

Bei der zweiten Tasse Tee mit Rum hatte Clara begonnen, von ihrer Arbeit zu erzählen.

»Vielleicht kann ich dir ein wenig helfen, mich nützlich machen, wenn ich dich hier schon so überfalle«, schlug Frieda vor.

»Ja, warum nicht?«

Am nächsten Tag machten sie sich, dicke Schals um die Köpfe gewickelt, die Hände tief in den Manteltaschen, gemeinsam mit zwölf Kindern und Henrik auf den Weg. Die kleinen Patienten, mit Pudelmützen und Handschuhen ausgerüstet, husteten hin und wieder und liefen gesittet neben Clara und Frieda her, statt zu rennen und zu tollen, wie es in dem Alter normal gewesen wäre. Darüber hinaus wäre niemand auf die Idee gekommen, dass sie aus gesundheitlichen Gründen auf der Insel waren.

»Weil sie schlecht Luft bekommen, sind sie schnell aus der Puste. Das haben sie inzwischen gelernt und verzichten freiwillig darauf, herumzutoben. Meistens«, erklärte Clara mit einem Zwinkern. »Im

Sommer ist es wesentlich schwerer, sie zurückzuhalten.« Trotz ihrer Beschwerden waren die Kinder fröhlich und munter. Und sie waren hingerissen von Henrik. Die größeren Mädchen wollten ihn unbedingt mal auf den Arm nehmen, was Clara ihnen streng untersagte. Ab und zu durften zwei von ihnen den Knirps an den Händen nehmen und mit ihm laufen üben. Henrik ließ es sich gern gefallen, auch dass er ständig getätschelt wurde. So viele Menschen, zu denen er nicht hochschauen musste und die sich hingebungsvoll um ihn kümmerten, das schien ihm sehr zu gefallen. Sie bummelten die Promenade entlang. Rechts von ihnen Bäume, links der Strand und das Meer. Himmlisch! Nachdem sie eine Weile gegangen waren, nahmen sie eine der Treppen, die durch einen Dünenstreifen hinunter zum endlosen Sand führten.

»Im Sommer haben sie hier jetzt Strandstühle aus Korbgeflecht«, erzählte Clara. »Eine schöne Sache, man sitzt gemütlich, hat eine freie Sicht und ist doch vor dem Wind geschützt, der hier auch im Juli oder August ganz schön kräftig unterwegs sein kann. Das ist viel besser als diese alten Badekarren.«

Sie ließ die Kinder Aufstellung nehmen und absolvierte mit ihnen einige Atemübungen. Frieda bewunderte, wie gut die kleinen Lungen-Patienten mitmachten und offenbar auch noch Spaß dabei hatten.

Ein Junge neben ihr zupfte Frieda am Ärmel. »Du musst auch atmen«, sagte er ernst.

»Da hast du recht.« Frieda lächelte und holte nach Claras Anweisung tief Luft, hielt den Atem kurz an und stieß die Luft geräuschvoll durch die kaum geöffneten Lippen aus.

»So, geschafft!«, rief Clara schließlich. »Wer will heiße Schokolade?« Zwölf Augenpaare leuchteten, es gab ein ohrenbetäubendes Gejohle. »Dann los!« Clara klatschte in die Hände. Welch ein Jammer, dass sie ihr Kind nicht zur Welt gebracht hatte, schoss Frieda durch den Kopf. Sie wäre eine großartige Mutter gewesen. Noch konnte sie es vielleicht werden, aber viel Zeit blieb nicht mehr. Ihren Sohn auf dem Arm, ging Frieda mit ihrer Freundin und der Kinderschar zurück zur Promenade und weiter in das Zentrum von Wyk. Was Lüge und Verleumdung nur für einen Schaden anrichten konnte, dachte sie finster. Andererseits … Hätte Clara ihr Kind damals bekommen, wäre sie heute womöglich nicht hier. Aber hier auf dieser Insel mit Kindern, die sie brauchten und lieb hatten, war sie glücklich.

»Nein, nicht hier!«, hörte Frieda sie plötzlich sagen, merkwürdig gedämpft. »Wir gehen heute in ein anderes Café.« Clara machte Zeichen, und die kleine Gruppe setzte sich in Bewegung.

»Alles in Ordnung?« Frieda sah sie an.

»Wenn wir unsere Schokolade woanders trinken, wahrscheinlich schon«, entgegnete Clara hart. »In dem Café, das ich eigentlich ausgesucht hatte, habe ich einen Kerl gesehen, dem ich lieber aus dem Weg gehe«, raunte sie. »Es wäre nicht das erste Mal, dass er die Kinder beschimpft. Er will keine Juden auf seiner Insel haben«, flüsterte sie und hob kurz die Augenbrauen. »Gott sei Dank, hat er nichts zu sagen. Nur leider ist er auch nicht der Einzige, der so denkt.«

An Claras freiem Tag unternahmen sie einen Ausflug ins Museum. Sie betraten das Gelände durch einen Torbogen aus Walknochen.

»Meine Güte, wenn ein einziger Knochen so riesig ist, wie groß muss dann erst so ein Wal sein!« Frieda staunte. Vor allem genoss sie es, in einer völlig anderen Welt zu sein, in Claras Welt.

»Das da ist vermutlich das älteste Haus der ganzen Insel«, sagte die gerade und deutete auf eine Reetdachkate. »Kommt aus Alkersum, nordwestlich von hier, und wurde hier wieder aufgebaut. Praktisch, was?«

»Allerdings. Hoffentlich haben sie die Bewohner nicht gleich mit abgebaut und nach Wyk verfrachtet.«

»Sehen wir nach!«, schlug Clara lachend vor.

Tatsächlich konnte man den Eindruck haben, die einstigen Besitzer des Hauses würden jeden Augenblick zur Tür hereinspazieren. Die Kate war vollständig eingerichtet, mit alten Möbeln, Küchengerätschaften, Geschirr und allerlei Werkzeugen. Frieda konnte nicht fassen, dass die vier Räumchen einmal den gesamten Wohnbereich einer Familie mit reichlich Kindern ausgemacht hatten. Und dann waren die Ställe auch noch im gleichen Gebäude untergebracht, nur durch einen Flur getrennt. Mensch und Vieh unter einem Dach! Unvorstellbar. Sie durfte gar nicht daran denken, wie viele Zimmer ihr eigenes Haus hatte. Und sie waren nur zu dritt.

»Das Vieh wird sich schon an den Gestank gewöhnt haben«, sagte Clara und lachte.

Sie ließen sich Zeit, betrachteten ausgiebig sehr alte Trachten der Insel, einige waren farbenfroh, neuere Kleider dagegen dunkel, blau oder schwarz mit weißen Schürzen. Allen gemeinsam war ein kostbarer, gewiss in Handarbeit gefertigter Silberschmuck.

»Nicht übel, was?« Clara sah Frieda an. »Angeblich hat fast jede Frau auf Föhr ihre Tracht. Die Mutter gibt sie an die Tochter weiter.« Sie stupste Henriks Nase. »Pech gehabt, kleiner Mann, Trachten für Herren gibt es nämlich nicht.«

»Ich glaube, er kann es verschmerzen.«

»Glaube ich auch. Wäre außerdem gar nicht auszuhalten, wenn du Henrik auch noch herausputzen würdest. Der ist doch so schon so niedlich.« Sie küsste ihn schmatzend auf die Wange.

Am Abend saßen sie beieinander, während Henrik neben ihnen in seinem Bettchen schlummerte. Es gab Krickente.

»Das ist eine Spezialität hier, die muss jeder probiert haben, der auf die Insel kommt.«

»Kenne ich schon«, sagte Frieda gelassen und freute sich über Claras überraschtes Gesicht. »Ob du es glaubst oder nicht, sie wurde beim großen Kapitäns-Abendessen auf dem Schiff nach New York serviert.«

»Heinrich Boysen gibt manchmal damit an, dass seine Vögel sogar in den Delikatessengeschäften in Amerika zu haben sind. Ich dachte, er übertreibt.« Sie sah ein wenig enttäuscht aus. »Und ich dachte, ich könnte dir etwas Besonderes bieten.«

»Das tust du«, erwiderte Frieda sofort. »So wie du die Ente zubereitet hast, ist sie viel besser als beim Kapitän.«

»Danke, sehr schmeichelhaft.« Clara kicherte. Eine Weile aßen sie schweigend.

»Per hat versucht, dich zu erreichen«, sagte Clara plötzlich. »Oberschwester Karina hat es mir erzählt. Willst du ihn nicht mal anrufen?«

»Ja, natürlich. Aber noch nicht.«

»Schön, wie du meinst.« Clara wechselte das Thema: »Weißt du noch, meine Angorakaninchen in diesem ganz besonders heißen Sommer?«

»Allerdings. Du hast ihnen das Fell über die Ohren gezogen. Sie sahen furchtbar aus. Was ist eigentlich aus ihnen geworden?«

»So lange leben Kaninchen nun auch nicht. Ich werde mir aber wieder welche anschaffen, wenn ich zurück in Hamburg bin. Irgendwie habe ich mich daran gewöhnt, dass welche da sind.«

»Willst du denn zurückkommen?«

»Irgendwann ganz bestimmt.« Sie dachte nach. »Dieser Kerl neulich im Café. Er ist nicht der Einzige, der keine jüdischen Kinder auf Föhr haben will. Im Moment können wir recht unbehelligt leben, aber wie lange noch?«

»In Hamburg gibt es diese unsägliche NSDAP auch.« Sofort musste Frieda an Fellner denken. »Manche glauben, dass ihr Einfluss wachsen könnte. Ich weiß nicht. Letztes Jahr bei den Reichstagswahlen haben sie lächerlich wenige Stimmen bekommen. Der Spuk wird bald vorbei sein.«

»Wäre schön, wenn du recht hättest.« Clara wirkte skeptisch. »Die Partei war immerhin schon mal verboten und ist doch nicht von der

Bildfläche verschwunden. Und dieser Hitler lässt sich Führer nennen.« Sie schüttelte angewidert den Kopf. »Am meisten macht es mir Sorgen, dass so viele seinen Unfug vom bösen Finanzjudentum glauben. Sie meinen, wir wären schuld an Wirtschaftskrisen. Lächerlich.« Ihre Augen funkelten. »Männer wie mein Vater verdienen doch nicht nur Geld, sie geben auch Arbeit und bezahlen die Leute anständig.« Sie starrte eine Weile vor sich hin, dann lächelte sie plötzlich. »Ich möchte auf jeden Fall zurück nach Hamburg. Weißt du eigentlich, dass Hans und ich uns schreiben?«

»Nein, das wusste ich nicht!«

»Er hat mich wirklich gern, glaube ich.«

»Oh Clara, das freut mich so. Als du das letzte Mal in Hamburg warst, hatte ich schon den Eindruck, aber Hans spricht nicht gern über seine Gefühle. Männer!« Sie lachte. »Wer weiß, womöglich hält er doch noch um deine Hand an.« Clara verdrehte die Augen. »Keine Sorge, ich fange nicht wieder damit an.« Schon mehr als einmal hatte Frieda es sich vorgestellt: ihr Bruder und ihre beste Freundin ein Paar. Es wäre einfach perfekt. Warum sollte es nicht noch dazu kommen? Gerade jetzt, wo Hans wieder stabil im Leben stand. Frieda würde es sich und vor allem den beiden wirklich wünschen. Abwarten, mahnte sie sich, nur nicht wieder einmischen! Das war schon einmal schiefgegangen. Sie würde den Fehler kein zweites Mal machen.

»Ich habe so oft gedacht, dass es gar nicht das Schlechteste gewesen wäre«, sagte Clara in ihre Gedanken. »Natürlich wollte ich, dass er mich nur dann heiratet, wenn er mich auch gernhat, nicht aus Vernunft. Aber du hattest schon recht, die meisten Ehen werden eher aus praktischen Erwägungen geschlossen.«

»Die Zeiten ändern sich.«

»Trotzdem, die Liebe kann langsam wachsen. Das gilt heute noch genauso.«

»Vielleicht ist sie das ja schon«, sagte Frieda und lächelte.

Tags drauf fasste Frieda sich ein Herz und rief Per an. Er war noch immer völlig aufgelöst.

»Ich habe mir solche Sorgen gemacht. Aber ich kann dich ja verstehen. An deiner Stelle wäre ich wahrscheinlich nicht zu Clara nach Föhr, sondern zu Dana nach New York gefahren.«

»Es ging auf die Schnelle kein Schiff«, erwiderte sie und musste lächeln.

»Bitte, Frieda, verzeih mir! Ich war ein Hornochse, ich verstehe selbst nicht mehr, wie ich an dir zweifeln und auf diese dummen Lügen hereinfallen konnte.«

»So dumm waren sie nicht, sondern ziemlich geschickt.« Frieda seufzte. Sie stand in einem Flur, von dem die Türen zum Speiseraum und zu den Schlafsälen der Kinder abgingen. Ständig eilte jemand an ihr vorbei, drang von irgendwoher Geschrei oder Getöse zu ihr. Nicht gerade der beste Platz, um ein solches Gespräch zu führen. »Warum hast du nur nicht sofort mit mir gesprochen?«, fragte sie ihn, »gleich als Selma davon angefangen hat, Jason könne noch in Hamburg sein, und ich würde ihn treffen?«

»Ich weiß es nicht. Das ist die Wahrheit, ich weiß es selbst nicht. Ich kenne mich nicht wieder. Nie hätte ich für möglich gehalten, dass ich eine Frau so lieben würde wie dich. Du schaltest sogar meinen Verstand aus, Frieda. Ich habe nicht mehr logisch gedacht. Du kannst mir glauben, dass mir das überhaupt nicht recht ist.« Sie hörte ihn schwer atmen. »Ich habe mich noch nie so aufgeführt, und ich möchte das kein zweites Mal erleben.«

»Das möchte ich auch nicht«, erwiderte sie sofort. »Darf ich dich daran erinnern, dass du keine Ratespiele mehr wolltest? Du hast gesagt, du willst nicht mehr, dass einer von uns denkt, was der andere wohl denkt oder meint. Wir wollten alles direkt zur Sprache bringen.«

»Ich war so eifersüchtig, hatte alles vergessen, woran ich geglaubt habe. Ich war nicht ich selbst.«

»Nein, das warst du nicht, so hätte ich dich niemals geheiratet.«

Eine Weile blieb es still. Dann sagte er so leise, dass sie Mühe hatte, ihn zu verstehen: »Ich kann dich nur noch einmal um Verzeihung bitten, Frieda. Alles andere liegt dann wohl in deinen Händen.«

Sie musste mit den Tränen kämpfen, ihre Lippen bebten. »Es ist schön hier auf Föhr«, brachte sie heiser hervor. »Ich kann verstehen, dass Clara sich hier so wohlfühlt. Es könnte ein Traum sein. Wenn du hier bei uns wärst.« Eine Träne lief über ihre Wange.

»Bitte, komm nach Hause. Ich bin wie ein Geist in diesem leeren Haus.«

»Sind denn Johanne und Guste nicht da?«, flüsterte sie.

»Ich vermisse dich wie verrückt«, hörte sie ihn sagen. »Ich vermisse euch.«

»Wir nehmen das nächste Schiff.«

Trotz der Eiseskälte stand Frieda mit ihrem Sohn so lange an Deck, bis sie Clara nicht mehr sehen konnte. Dieses Mal war kein Nebel um sie, Friedas Blick war klar. Und sie strahlte mit Henrik um die Wette.

»Tu das nie wieder!« Per presste sie so sehr an sich, dass sie nach Luft ringen musste. »Hörst du? Lauf nie wieder weg!«

»Wenn du mir keinen Grund gibst«, murmelte sie.

»Auch dann nicht, dann finden wir zusammen einen Weg. Einmal bin ich davongelaufen, jetzt du. Schluss damit! Wir sind quitt.«

Frieda lachte. »Na schön, einverstanden.« Sie wurde ernst. »Du musst mir etwas versprechen.« Sie sah ihm in die Augen. »Was auch immer du auf dem Herzen hast, sprich mit mir! Wenn du es nicht sofort kannst, dann lass mich wissen, dass du etwas Zeit brauchst. Aber dann, wenn der erste Ärger verflogen ist, dann rede mit mir. Ich ertrage es kein zweites Mal, über Monate nicht zu wissen, ob es der Kummer in der Firma ist oder ob ich etwas falsch gemacht habe. Ich wäre beinahe neben dir erfroren, und du hast es zugelassen.«

»Das tut mir leid.« Er suchte nach Worten.

»Dabei habe ich nicht mal etwas falsch gemacht«, sagte Frieda leise. »Wie sagte Clara so schön? Selma ist die Böse im Spiel.« Sie zögerte. »Ist sie unten?« Sie blickte zur Treppe, die in die Souterrain-Wohnung führte.

»Selma ist weg.«

»Was soll das heißen, ist sie mal wieder ausgegangen?« Henrik war schon eine ganze Weile unruhig, jetzt fing er an zu weinen. »Du bist müde, was? Ich bringe ihn wohl besser ins Bett, dann können wir uns in Ruhe unterhalten.«

»Wir bringen ihn ins Bett.« Per lächelte.

Obwohl ihr Sohn auf der Stelle einschlief, blieben sie beide noch an seinem Bettchen sitzen. Frieda musste an die Museumskate auf Föhr denken. In welchem Luxus sie doch lebte. Sie betrachtete das zufriedene Gesicht ihres Kindes und das nicht minder entspannte ihres Mannes. Sie würde auch auf engstem Raum und unter einem Dach mit Ochs und Pferd glücklich sein, wenn sie diese beiden nur in ihrer Nähe hatte. Per sah zu ihr herüber und nahm ihre Hand. Sie ließ sich gern von ihm herausführen und ins Wohnzimmer, wo er das Feuer im Kamin anzündete.

»Möchtest du ein Glas Wein? Ich habe ein paar Flaschen bei Nagel besorgt. Er soll genau richtig sein für Winterabende am Ofen.« Er grinste. »Leider kenne ich mich mit Wein noch immer nicht aus.«

»Er wird schon gut sein. Ich nehme gern ein Glas.«

Per holte die Flasche und brachte eine Platte mit kaltem Braten, duftendem Brot, einer Mayonnaise und Gürkchen mit.

»Guste ist erkältet. Mehr hat Johanne allein nicht zustande gebracht«, sagte er entschuldigend.

»Es sieht sehr gut aus.«

Per füllte ihr einen Teller, sie stießen an.

»Ich habe Selma zur Rede gestellt. Noch am gleichen Tag, als du bei mir im Kontor warst, als ich dich zu Hause nicht angetroffen habe«, begann er. »Ich habe sie rausgeworfen.«

»Was sagst du da?« Sie sah ihn entgeistert an. »Aber wo soll sie denn hin?«

»Du machst dir wirklich noch Sorgen um sie? Nach allem, was sie uns angetan hat?«

»Ich mache mir vor allem Sorgen um Sarah.« Sie dachte nach. »Auch um Selma. Es muss doch einen Grund geben, warum sie so etwas tut. Sie ist doch kein böser Mensch.« Per schnaubte missbilligend. »Bin ich schuldig, Per? Ich habe Selma damals schlimme Vorwürfe gemacht. Als würde ich es wahrhaftig für möglich halten, dass sie sich absichtlich von Hans hat schwängern lassen, damit sie für alle Zeit versorgt ist. Das war … Es muss sie furchtbar gekränkt haben.«

»Du hast dir nichts vorzuwerfen.« Er beugte sich zu ihr und streichelte ihr sanft über die Wange. »Ich glaube, du hast mit deinen Vorhaltungen sogar direkt ins Schwarze getroffen.« Sie sah ihn an, runzelte die Stirn. »Doch, wirklich. Zuerst hat sie mir hanebüchene Geschichten aufgetischt, hat etwas davon gefaselt, dass jemand aus ihrer Vergangenheit aufgetaucht sei. Er hätte ihr die Augen geöffnet und würde ihr eine ganz große Karriere ermöglichen. Als ich wissen wollte, wovon sie überhaupt spricht und was das mit ihren Lügen zu tun haben soll, da schlug ihre Stimmung plötzlich um.« Die Erinnerung brachte ihn auch jetzt noch aus der Fassung. »Ich hatte ja keine Ahnung. Ich dachte, sie und dein Bruder würden wenigstens noch etwas wie Freundschaft füreinander empfinden. Aber Selma ist so voller Hass. Ihr hättet sie mit Almosen abgespeist, anstatt sie als gleichwertiges Familienmitglied anzuerkennen, hat sie gesagt. Ihr würdet euch immer für etwas Besseres halten, aber jetzt sei endlich sie an der Reihe. Sie hätte etwas Besseres verdient, als nur in einem Kellerloch geduldet zu werden.«

»Sie hat es wirklich ein Kellerloch genannt?« Frieda starrte vor sich hin. »Ich verstehe es einfach nicht.«

»Hans habe nicht aufgepasst, er habe sich nicht darum geschert, ob eine seiner diversen Liebschaften schwanger wurde oder nicht. Vielleicht bin ich nicht die Einzige, hat sie gesagt, vielleicht hat er noch andere geschwängert. Aber ich bin nicht so dämlich und lasse mir erst ein Kind machen und es dann auch noch wegmachen.«

»Wie kann sie nur?«, raunte Frieda. »Sie weiß ganz genau, dass Clara genau das getan hat.«

»Soll er doch dafür bezahlen, sagte sie und meinte, ihr feinen Hanseaten wärt es doch gewöhnt, für alles zu bezahlen, damit ihr euch nicht weiter darum kümmern müsst«, fuhr er fort. »Wenn du mich fragst, klingt das sehr nach Berechnung, als ob sie es darauf angelegt hätte, von einem wohlhabenden Mann schwanger zu werden, um bestens versorgt zu sein. Genau wie du damals vermutet hast.«

»Das war doch nur dahingesagt. Ich habe es doch gar nicht so gemeint.«

»Trotzdem hattest du recht. Nur hat Selma anscheinend darauf spekuliert, Frau Hannemann zu werden. Die Rechnung ist nicht aufgegangen, also wollte sie es euch heimzahlen.«

Frieda schüttelte nachdenklich den Kopf. »Das alles ergibt keinen wirklichen Sinn. Wir haben sie ohne zu zögern aufgenommen, ihr alles gegeben, was sie brauchte.«

»Du warst zuerst anders, hat sie gesagt. Aber deine Mutter hat bei der ersten Begegnung gleich zu erkennen gegeben, dass sie Selma nie als ihresgleichen behandeln würde.«

»Judenbalg, hat sie gesagt«, erinnerte sich Frieda. »Das klingt tatsächlich nicht nach: Herzlich willkommen!«

Sie hatten das Essen beendet, Per räumte die Teller zur Seite und nahm die Gläser mit zur Couch vor dem Kamin.

»Vielleicht hat ihr jemand das alles eingeredet«, sagte Frieda langsam. »Sie hat sich in letzter Zeit häufig mit einem Mann getroffen. Möglich, dass er ihr einen Floh ins Ohr gesetzt hat.« Sie kuschelte sich an Per. »Vielleicht benutzt er sie nur, um unserer Familie zu schaden. Es gibt genug Neider. Gerade weil es mit unseren Produkten so schnell ging. In kürzester Zeit waren sie in so vielen Filialen zu haben. Da denkt mancher, wir schwimmen im Geld, ohne dafür hart gearbeitet zu haben. Man kann uns also auch ohne schlechtes Gewissen ausnehmen wie eine Weihnachtsgans.«

»Genug davon.« Per küsste sie zärtlich. »Ich möchte nicht weiter über die unerfreulichen Einzelheiten sprechen. Es reicht, dass ich mir diesen ganzen Unfug anhören musste.«

»Wo werden sie denn jetzt leben? Was wird nur aus Sarah?«, fragte Frieda leise. »Mein Gott, es wird Hans das Herz brechen.«

»Das glaube ich nicht«, sagte er leichthin. Sie sah ihn überrascht an. »Ich habe nie behauptet, dass Sarah auch weg ist.«

Sie rückte von ihm ab. »Was soll das heißen?«

»Heute Nacht ist sie drüben bei deinen Eltern. Aber morgen können wir sie holen. Herzlichen Glückwunsch, Frieda, wir haben eine Tochter.«

TEIL 3

Kapitel 18

Sommer 1935

»Staatliche Kontrolle ist der Untergang des Handels«, schimpfte Ernst. Er sah hinunter zu den Speichern, in Richtung Dovenfleet und Alter Wandrahm. Wo war nur der kleine Junge geblieben, dachte Frieda plötzlich, der Laufbursche ihres Vaters, der unbekümmert durch die Gegend sauste? Da am Fenster stand ein Mann von einunddreißig Jahren, weißes Hemd, Krawatte, dunkelblaues Jackett mit Einstecktuch, ein goldener Anker im Knopfloch. Die Geheimratsecken hatten das Haar schon früh zurückgedrängt. Entweder hatte er den Blick im Nacken gespürt, oder er wartete auf ihre Antwort, jedenfalls fuhr er zu ihr herum und sah sie fragend an. Seine Augen hinter den runden Gläsern seiner Brille hatten sich kein bisschen verändert. Sie blitzten genau wie früher voller Tatendrang und Humor.

»Der Handel ist vor zwei Jahren nicht untergegangen, als sie uns diesen Treuhänder mit seinem Beirat vor die Nase gesetzt haben, er wird es auch jetzt nicht«, sagte sie ohne Überzeugung.

»Du machst wohl Scherze!« Er marschierte vor ihrem Schreibtisch hin und her. »Mensch, Frieda, wenn wir auf diese Pfeifen angewiesen wären, um deine Produktion mit Rohkakao zu versorgen, denn würde es *H & K – Köstliches aus Kakao* schon gar nicht mehr geben. Nur weil wir selbst importieren, haben wir Möglichkeiten zu schummeln.«

»Sag das bloß nicht so laut.« Frieda seufzte leise. Das war das Schlimmste, kaum jemand traute sich in Hamburg noch, offen auszusprechen, was er dachte.

»Ist doch wahr!«, polterte er. »Erst diese vier Witzfiguren, nun die Wirtschaftliche Vereinigung der deutschen Süßwarenwirtschaft.« Er näselte affektiert, als er den ebenso langen wie unsinnigen Namen aussprach. Ernst hielt mit seiner Meinung nicht hinter dem Berg. Im Gegenteil. Er war seit geraumer Zeit Mitglied der SPD und machte keinen Hehl aus seiner politischen Gesinnung.

»Eine Partei, die vor allem das Wohl der Arbeiter im Sinn hat, brauchen wir. Ohne Arbeiter wär ich ein schöner Kaufmann und Geschäftsführer«, pflegte er zu sagen. »Ich bin derjenige, der dafür sorgen muss, dass es ihnen gutgeht und dass sie Rechte haben.« Frieda hoffte von Herzen, dass ihm sein Kampfgeist und seine Offenheit nicht zum Verhängnis würden. In diesen Zeiten wusste man nie.

»Nützt nix«, sagte er und klatschte einmal in die Hände, »wir können ja schlecht den Kopf in den Sand stecken und nur jammern.« Er lachte. »Würde ja auch keiner hören unser Gejammer, im Sand, mein ich. Ich muss wohl oder übel nach Berlin fahren. Ist besser, als unsere Bedarfsliste per Post zu schicken.«

»Da hast du sicher recht.« Frieda lächelte ihm dankbar zu. »Ich bin froh, dass du das übernimmst, Ernst. Ich würde die Kinder ungern allein lassen.«

»Wär ja wohl noch schöner, die brauchen ihre Mutter. Ich bin 'n Einspänner.« Frieda zog die Stirn kraus. »Na, 'n Junggeselle eben. Mich vermisst keiner.«

»Ich vermisse dich an jedem Tag, an dem du nicht im Ballinhaus bist«, widersprach sie.

»Is wahr?« Seine Augen strahlten.

»Natürlich ist das wahr!« Frieda legte den Kopf schief. »Und ich bin nicht die Einzige, die dich vermissen wird, wenn mich nicht alles täuscht. Wann wirst du sie mir endlich vorstellen?«

»Hast gemerkt, ne? Dass ich jetzt auch ein Mädchen hab? Stimmt schon. Kannst dir das vorstellen? Die Walli hat Blumen verkauft, also nur nebenbei, genau wie meine Mutter.«

»Die Walli?« Frieda lächelte. Wie glücklich er aussah. Ihr ging das Herz auf.

»Sie heißt eigentlich Waltraud, aber ich sag Walli. Weißt ja, dass ich beim Ball der Freiwilligen Feuerwehr war. Da stand sie denn plötzlich vor mir mit einem Korb Rosen. Hat gesagt, dass meine Begleiterin sich bestimmt freuen würde, wenn sie an den Tisch zurückkäme und ich denn 'ne Rose für sie hätte. Als ich ihr gesagt hab, dass es keine Begleiterin gibt, meinte sie, das könnte sie sich aber überhaupt nicht vorstellen. Und denn ist sie 'n büschen rot geworden. Ist das nicht drollig?« Er verlor sich kurz in seinen Erinnerungen. »Also eigentlich ist sie Hausmädchen, auch genau wie meine Mutter, mit den Rosen verdient sie sich nur was dazu, um ihr lüttes Gehalt aufzubessern. Geschäftstüchtig und fleißig, das mag ich leiden.« Seine Augen leuchteten noch eine Spur mehr. »Und wunderschön, Frieda, Walli ist schön wie so'n Gemälde.«

Diese Bedarfsliste, wie Ernst es nannte, war wirklich ein Kreuz. Wer Rohkakao kaufen wollte, musste wahrhaftig bei der Vereinigung der Süßwarenwirtschaft eine Genehmigung einholen. Die Vereinigung gehörte zu diesem unsäglichen Reichsnährstand, der die Herstellung und den Verkauf sämtlicher landwirtschaftlicher Produkte regelte und kontrollierte. Dazu gehörte auch, dass staatlich überprüft und beeinflusst wurde, wie viel Kakao verarbeitet wurde und welche Produkte daraus entstanden. Es war vorbei damit, nach eigenem Ermessen zu kaufen, zu experimentieren und auf den Markt zu bringen, was man wollte und was die Kunden wünschten. Das war nur eine unerfreuliche Neuerung von unzähligen, seit Hitler Reichskanzler war. Frieda konnte es noch immer nicht fassen, dass das geschehen war. Bloß nicht weiter darüber nachdenken. Wie sagte Ernst? Es nützte nichts! Sie konnten nichts ändern, es musste weitergehen, also würde sie sich um ihre Aufgaben kümmern. Deshalb war sie von Herzen dankbar, dass Ernst zu der für sie zuständigen Unterabteilung des Reichsnährstandes aufbrach. Es blieb noch genug übrig, worum sie sich zu kümmern hatte. Wenn die Erschwernis bei der Beschaffung von Rohkakao für die Manufaktur nur die einzige Schwierigkeit wäre, mit der sie seit geraumer Zeit zu kämpfen hatten. Viel dramatischer war in Friedas Augen das neuerdings festgelegte Einfuhrkontingent, das Hannemann & Krüger als Importeur zusätzlich betraf. Schön, die zugelassene Einfuhrmenge lag über der, die vor dem Krieg durchschnittlich pro Jahr ins Land gekommen war. Aber was bedeutete das schon? Im letzten Jahr hatte man über hunderttausend Tonnen Rohkakao eingeführt, ein Rekord! Und so hätte es weitergehen können. Bohnen höchster Qualität waren so günstig zu haben wie nie vorher. Welche Umsätze könnten sie erzielen, welche Gewinne! Die Regierungen der erzeugenden Länder dachten laut darüber nach, den Anbau zu reduzieren, damit der Preis nicht weiter verfiel. Frieda packte die nackte Wut, wenn sie solche Nachrichten las. Die Regierung ihres Landes verhinderte mit der Einführung dieses unsinnigen Kontingents den Erfolg der eigenen Kaufleute. Es war zum Aus-der-Haut-fahren.

»Von unseren Geschäften hätte doch auch der Staat etwas«, ereiferte sie sich, als sie an einem Sonntag in der Villa ihrer Eltern zu Besuch war. Per war einige Tage in Odense, weil sein Vater erkrankt war, also hatte Frieda den Kindern vorgeschlagen, die Großeltern zu besuchen.

»Politiker sind eben keine Kaufleute«, entgegnete Albert ruhig und befestigte den Rumpf der *Queen Mary*, den er in mühevoller Handarbeit gesägt, gebogen und geschliffen hatte, auf einer Mahagoni-Platte. Nachdem die *Imperator* fertig gewesen war, hatte Albert fast augenblicklich mit der *Queen Mary* begonnen, die letzten Herbst vom Stapel gelaufen war. Er ginge stramm auf die sechzig zu, hatte er erklärt, man könne nie wissen, wie lange er noch eine ruhige Hand und gute Augen habe. »Politiker verstehen nichts vom Handel, sie bestimmen nur darüber«, setzte er gelassen hinzu, als ob ihn das alles nichts mehr anginge.

»Mit welchem Ergebnis?«, brauste Frieda auf. »Dass die Kaufleute weniger verdienen, weniger Menschen Arbeit geben können, dass es mit unserem Land abwärtsgeht.«

»Solange die Schokoladen und Pralinen aus unserem Hause nur so köstlich sind, wie unsere Werbung es verspricht, müssen wir uns nicht aufregen.«

Frieda holte Luft, doch sie ersparte sich und vor allem ihm eine weitere Diskussion. Seit sich Vater komplett aus den geschäftlichen Aktivitäten zurückgezogen hatte, fehlte ihm jeglicher Überblick. Manchmal hatte sie sogar das Gefühl, er interessierte sich nur noch für das, was ihm Freude machte. Seine Enkelkinder etwa, Hans' Ausstellungen, die zwar eher kosteten, als dass sie Geld einbrachten, aber immer mehr Besucher anlockten, oder für seine Schiffsmodelle. Von wegen, so lange die Ware nur so köstlich ist, wie die Werbung es vollmundig behauptete. Wie sollte Frieda das wohl hinbekommen? Schon ehe diese Vereinigung der Süßwarenwirtschaft gegründet wurde, hatte der Treuhänder mit seinem Beirat verfügt, dass nicht mehr reines Kakaopulver verarbeitet werden durfte. Ersatzstoffe wie Malz-, Hafer- und Eichelkakao kamen auf den Markt und hatten gefälligst zugesetzt zu werden. Pah, von Ersatz konnte dabei doch wohl kaum die Rede sein. Frieda war höchstpersönlich zu dem sogenannten Treuhänder gefahren und hatte ihm mehrere Tafeln vorgelegt.

»Probieren Sie!«, hatte sie ihn aufgefordert.

»Sehr gern, Frau Møller, Ihre Produkte sind ja weit über Hamburg hinaus berühmt. Ich habe mir sagen lassen, dass sogar der Führer ab und an ein Stückchen nascht.« Er lachte. »Und was ist das alles Schönes?«

»Das wird nicht verraten.« Er verzog das Gesicht. »Noch nicht. Ich gehe davon aus, dass Sie nicht nur einen guten Geschmack, sondern zudem einen sehr feinen Gaumen haben.« Seine Miene hellte sich umgehend auf. Vermeintlich wichtige Männer bei ihrer Eitelkeit zu packen, hatte noch immer funktioniert. »Sagen Sie mir, welche der vier Sorten die beste ist und welche wir Ihrer geschätzten Meinung nach in größter Menge produzieren sollten.« Zuerst reichte sie ihm eine Sorte mit Malzkakao. Er griff zu, lutschte auf dem Stückchen herum, schmatzte übertrieben, als sei das nötig, damit sich das volle Aroma entfalten konnte. Dann trank er sogar einen Schluck Wasser, um die verbliebene Note auf seiner Zunge zu neutralisieren. »Sehr gut«, lobte sie ihn und servierte eine Variante mit Haferkakao. Der Mann wiederholte die Prozedur. An seinem Gesicht war leicht zu erkennen, dass er noch von keiner Kostprobe überzeugt war. Jetzt reichte sie ihm die Sorte, für die sie ausschließlich reines Kakaopulver verarbeitet hatte.

»Mmh, köstlich«, raunte er mit geschlossenen Augen. Als er zum Schluss einen Riegel mit Eichelkakao vernaschte, verzog er den Mund, als hätte er in eine Zitrone gebissen. Gierig stierte er auf die echte Schokolade. »Ich bin nicht hundertprozentig sicher. Könnte ich wohl noch ein Stückchen von der dritten Sorte bekommen?«

»Selbstverständlich, sehr gern«, sagte sie zuckersüß und reichte ihm ein großes Stück.

»Das ist die Beste«, erklärte er voller Begeisterung, »davon sollten Sie unbedingt am meisten herstellen.« Er faltete die Hände auf seinem Schreibtisch.

»Ich freue mich sehr, dass wir uns da einig sind. Diese Tafel wurde mit nichts anderem als mit reinem Rohkakao, Kakaobutter, Zucker und Milchpulver hergestellt. Die anderen drei Kostproben enthielten Ersatzstoffe, mit denen ich das Kakaopulver Ihrer Anweisung gemäß gestreckt habe.«

Wie sehr hatte Frieda sich damals gefreut, dass ihr Plan aufgegangen war. Der Herr Treuhänder sagte ihr zu, dass er sich um ihr Anliegen kümmern würde.

»Ich werde alle mir zur Verfügung stehenden Hebel in Bewegung setzen, damit Sie so viel Rohkakao haben, wie Sie benötigen. Es muss möglich sein, für eine so vorzügliche deutsche Schokolade eine Ausnahmegenehmigung zu erwirken.«

Ihre Freude dauerte nicht lange. Einige Tage nach ihrem Treffen fand Frieda ein Schreiben von ihm in der Post, ihm seien die Hände gebunden, er habe ja auch nur für eine Übergangszeit zu entscheiden und dafür zu sorgen, dass alles mit rechten Dingen zuginge. Dass Ersatzstoffe grundsätzlich sinnvoll und obendrein gesund seien, könne niemand bestreiten. Und sie möge dem Führer doch bei Gelegenheit einen Karton von der echten Schokolade mit seiner besten Empfehlung schicken. Das wäre ja noch schöner, Frieda hatte nicht einmal daran gedacht, ihm den Wunsch zu erfüllen. Sie hatte nie mehr von ihm gehört. Dann war die Wirtschaftliche Vereinigung gegründet worden und die Verantwortung damit in die Hände des Reichsnährstandes übergegangen.

Dass aber auch in all der Zeit keine Ruhe einkehren wollte. Hatte man nach dem Zusammenbruch der New Yorker Börse vor nun bald sechs Jahren anfangs noch geglaubt, Europa und gerade Deutschland könne von der amerikanischen Krise profitieren, weil Spekulanten ihr Geld nun lieber hier investieren würden, hatte man einsehen müssen, dass es ganz anders kam. Schlimmer. Viel zu früh waren bereits wieder Aktienkäufe getätigt worden. Gefallene Kurse hatten schnelle und vor allem hohe Gewinne versprochen. Nur trudelten die Kurse dummerweise immer weiter. Ihr Verfall zog sich bis 1932 hin und hinterließ in Amerika eine bittere Spur unzähliger Konkurse, die wiederum zwangsläufig zu massenhafter Arbeitslosigkeit führten. Gott sei Dank ging es Dana und ihrem Ehemann Ethan gut. Auch Danas Geschwister Daniel und Miranda mit ihren Familien waren versorgt. Mary sei Dank! Zwar hatte auch die Druckerei, die ihr Bruder Wilhelm gegründet hatte, Leute entlassen müssen, immerhin existierte sie aber noch und machte bescheidene Umsätze.

Vor allem die Bücher von Mary sicherten ihrem Neffen und ihren Nichten ein unbeschwertes Leben.

»Was tust du, wenn du keine Arbeit hast?«, schrieb Dana. »Du liest! Je größer das Elend um die Menschen herum wird, desto mehr wollen sie wenigstens in Gedanken flüchten. Marys Texte entführen in eine wundervolle Welt, in der das Gute immer siegt. Sie sind so poetisch, genau das, was viele jetzt brauchen. Wir stellen fest, dass selbst ihre alten Titel wieder in großer Zahl gekauft werden. So geht es uns also gut, und wir müssen keine Angst haben. Gott sei Dank! Nein, Mary sei Dank!«

Ausgerechnet die uneheliche Tochter von Friedas Urgroßvater, die ihre Kindheit in einem Waisenhaus verbracht und sich dann mit Mühe und Not durchgeschlagen hatte, finanzierte noch jetzt nach ihrem Tod die Existenz dreier Familien in New York. Welch ein Kniff des Schicksals! Frieda war froh, sich wenigstens um sie alle keine Sorgen machen zu müssen. Über so viel anderes dagegen schon. Mit der Erhöhung der Einfuhrzölle auf landwirtschaftliche Erzeugnisse im April 1930 hatte es angefangen. Nicht nur Hannemann & Krüger, der gesamte Hamburger Importhandel ächzte darunter. Als 1932 schließlich der endgültige Tiefststand des Dow Jones erreicht war, litt ganz Deutschland an den Auswirkungen. Nicht verwunderlich, der Krieg steckte dem Land noch in den Knochen. Auch hierzulande kletterte die Arbeitslosigkeit in schwindelnde Höhen, bis zu dreißig Prozent betrug die Rate. Frieda sparte, wo sie nur konnte, um sämtliche Arbeiter behalten zu können. Nur konnten sich immer weniger Menschen hochwertige Schokolade leisten. In ihrer Not streckte Frieda die Grundmasse doch, experimentierte mit verschiedenen Zusammensetzungen, um eine Schokolade zu ganz kleinem Preis auf den Markt zu bringen. Selbst *Hannemanns einfache Hamburger* konnten sich die Ärmsten jedoch höchstens zu besonderen Anlässen gönnen. Von den Ärmsten gab es immer mehr, nur die Anlässe wurden weniger.

»Andauernd Krawalle, sogar an die Toten hat man sich schon gewöhnt«, sagte Ulli einmal. Frieda hatte sie zur Feier von Ullis Geburtstag in die Schifferbörse eingeladen. Vom Deckenbalken baumelten Schiffsmodelle, an der Wand hing ein Steuerrad. Möbel und Geschirr waren bestens in Schuss. Hier war alles so behaglich wie immer, man hätte meinen können, die Hamburger Wirtschaft würde schnurren wie ein Kätzchen.

»Bald sechs Millionen Arbeitslose.« Ulli schüttelte den Kopf. »Wo soll'n das noch hinführen? Und die Arbeiter trifft's zuerst. Die Arbeiterinnen«, verbesserte sie sich. »Früher hast noch 'n paar Wochen vierzig Prozent deines Lohns von der Versicherung gekriegt. Vierzig Prozent von wenig ist schon knapp genug, aber jetzt gibt's nur noch dreißig Prozent oder so. Als Frau musst du auch noch nachweisen, dass du wirklich bedürftig bist. Nee, wir baden alle im Geld«, schimpfte sie. »Selbst mit dreißig Prozent kommst nicht weit. Da kannst du 'n Pfund Margarine kaufen, 'n Pfund Fleisch, 'n büschen Brot und Kartoffeln, und das muss reichen für 'ne Woche. Wenn du dann noch Hunger hast, musst du in die Suppenküche gehen.« Sie schnaubte wütend. Im nächsten Moment lächelte sie. »Oder du hast eine Freundin, die dich zu deinem Geburtstag schick zum Essen einlädt.«

»Immer gern«, sagte Frieda. »Spreckel hat dich aber nicht entlassen müssen, oder?«

»Nee, mich nicht. Aber 'n paar andere schon. Kommt doch nicht mehr so viel Kaffee im Hafen an wie früher. Dem Spreckel kannst du keinen Vorwurf machen, der ist in Ordnung.« Sie erzählte, dass es auf anderen Kaffeeverleseböden schon immer ganz anders zugegangen war als bei ihm. Woanders mussten die Miedjes, wie die Verleserinnen noch hin und wieder genannt wurden, die schweren Säcke selbst an ihren Arbeitsplatz holen, riskierten schon Lohnabzug, wenn sie nur eine Minute zu spät zum Dienst kamen. »Bei uns ist es auch nicht leicht. Immer fix sortieren, immer hocken und dann der

Staub aus den Kaffeesäcken, den du ständig einatmest. Trotzdem ist das noch das Paradies, im Vergleich zu anderen.«

Frieda hörte Ulli gern zu. Ihre eigene Welt war so ganz anders. Natürlich kannte Frieda auch die Nöte ihrer Mitarbeiter. Und sie hatte die Not-Behausungen oben in Osdorf und Lurup gesehen, die sich Erwerbslose, die sich keine Wohnung mehr leisten konnten, überwiegend aus Fischkisten gezimmert hatten. Auch im *Hamburger Anzeiger* wurde über die Kistendörfer berichtet, und es wurden Bilder von Menschen gezeigt, die im Freihafen herumlungerten, um vom Wagen gefallenes Ladegut aufzuklauben. Andere standen im Kohlehafen und fischten nach ein paar Stückchen Brennmaterial. Doch es war etwas ganz anderes, von Ulli direkt zu erfahren, welche Schwierigkeiten der Alltag einfacher Arbeiter bereithielt. Ulli beklagte sich nie, sondern nannte Dinge beim Namen. Basta. Im nächsten Moment konnte man schon wieder herrlich mit ihr lachen. Das war eine von Ullis Eigenschaften, die Frieda ganz besonders schätzte. Viel zu lachen gab es nicht in diesen Zeiten.

Hätte Frieda Per nicht an ihrer Seite, sie wäre manches Mal verzweifelt. Und natürlich Sarah! Im Laufe der Jahre sprach jeder von den Møller-Kindern. Als ob Sarah schon immer Friedas und Pers Tochter gewesen wäre. Nach den Buchstaben des Gesetzes war sie das bis heute nicht, auf jeden Fall aber nach dem, was Pers und Friedas Herzen sagten.

Nie würde Frieda den Schock vergessen, als sie von Föhr zurückgekehrt war und die ganze Wahrheit über Selma erfahren hatte. Hatte Selma wirklich darauf spekuliert, dass Hans sie heiraten würde, war sie deshalb nach Hamburg gekommen? Nur war ihm das im Traum nicht eingefallen, also musste sie sich damit begnügen, wenigstens ein Dach über dem Kopf und ein Taschengeld zu haben. Mit ihrer Intrige hatte sie wohl Zwietracht säen wollen.

Vielleicht hatte sie sogar darauf gehofft, einen Keil zwischen Per und Frieda zu treiben. So richtig konnte sich Frieda das alles noch immer nicht erklären, obwohl es Jahre zurücklag. Sie hätte viel dafür gegeben, noch einmal in Ruhe mit Selma über alles zu sprechen, hatte jedoch keine Ahnung, wo sie steckte. Was Frieda am wenigsten in den Kopf wollte: Selma hatte ihre eigene Tochter als Waffe benutzt, als Druckmittel. Wenn Frieda daran zurückdachte, schäumte sie innerlich noch immer über. Selma wollte entweder eine hohe Summe oder die Zusicherung, dass Per oder die Hannemanns die Kosten für eine Wohnung übernahmen.

»Du siehst keinen Pfennig!«, hatte Per gesagt.

»Ich schlage mich schon irgendwie durch«, hatte sie entgegnet. »Ob ich aber ein Kind ernähren kann, das weiß ich nicht.«

»Das ist genauso fraglich wie deine Fähigkeit, das Kind zu erziehen«, hatte Per böse erwidert. »Sarah ist eine Hannemann-Tochter, sie bleibt hier!«

Was Frieda am meisten erschütterte: Selma war auf diesen Vorschlag eingegangen. Mehr noch, sie hatte es Per geradezu in den Mund gelegt. Immer wieder sprachen Per und Frieda darüber. Mit Abstand und nachdem Pers Wut verflogen war, gab er zu, dass Selmas Frechheit und ihr triumphierendes Lächeln aufgesetzt gewirkt hatten.

»Ihre Laune hat ständig gewechselt. Als ob es einerseits ihr Plan war, Sarah in unsere Hände zu geben, sie es andererseits aber kaum übers Herz brachte. Sie hat sich in der Nacht davongemacht, wie vereinbart. Ich habe sie gehört, sie hat geweint. Und sie hat selbst oben an der Haustür noch einmal gesagt, dass sie zurückkäme, um Sarah zu sich zu holen, sobald sie nur könnte.« Mehr als einmal hatte Per das erzählt, und jedes Mal fühlte sich Frieda schlecht. Was, wenn Selma in Not war? Er wollte das nicht gelten lassen. »Stimmt schon, die ganze Sache ist einigermaßen merkwürdig. Trotzdem«, sagte er, »es bleibt unanständig. Sie hat uns eine hübsche Summe abgeknöpft. Selma hat ihre eigene Tochter verkauft.« Das waren die Fakten, nur blieb in Frieda das Gefühl zurück, dass viel mehr dahintersteckte. So sehr konnte sie sich in Selma nicht getäuscht haben. Dieser Umstand, vor allem aber die Angst, sie könne irgendwann zurückkehren und ihnen Sarah wegnehmen, hing wie ein Schatten über der kleinen Familie.

Für Sarah war es in den ersten Jahren die Hölle, sie vermisste ihre Mutter, fragte jeden Tag nach ihr.

»Deine Mami wollte dich nicht allein lassen, sie musste gehen. Das ist alles sehr schwierig, weißt du?« Frieda zerriss es das Herz, aber was sollte sie einem Kind von viereinhalb Jahren denn sagen? So erklärte sie ihr, dass es da etwas gab, was sie erst verstehen würde, wenn sie größer war, und dass niemand wissen könnte, ob Sarahs Mutter jemals wiederkommen würde. Vor allem sagte sie ihr: »Wir haben dich so lieb, als wärst du unsere Tochter. Und ich werde dich nie allein lassen, das verspreche ich dir. Du bleibst jetzt erst mal bei Per und mir, ja, mein Schatz? Und bei Henrik. Du wolltest doch immer einen kleinen Bruder haben. Siehst du, nun hast du einen.« Dass Hans ihr Vater war, wäre jetzt noch zu viel für das Mädchen. Sie würden es ihr sagen, wenn sie älter war.

Sarah hing an Frieda wie ein Äffchen. Zog Frieda sich einen Mantel an, ohne ihr gesagt zu haben, wohin sie ging und wann sie zurück sein würde, geriet sie in Panik. Fast ein halbes Jahr ging es so und wurde nur langsam besser. Bis zum Sommer, als Sarah in die Schule kam. Lesen, schreiben und rechnen zu lernen, lenkte sie ab und machte ihr großen Spaß. Sie wurde ruhiger und entwickelte sich im Laufe der Jahre prächtig. Frieda holte sie manchmal von der Schule ab und nahm sie mit in die Manufaktur. Dort war Sarah glücklich. Frieda beobachtete sie oft, wie sie beim Betreten des Produktionsraums die Augen schloss und konzentriert und voller Genuss die Düfte aufnahm. Mit sechs Jahren half sie zum ersten Mal mit, Tafeln Schokolade herzustellen. Erstaunlich, wie sie sich Zutaten merken konnte.

»Ist auch genug Milchpulver drin?«, fragte sie ernsthaft und mit sehr strengem Blick. Oder sie wollte wissen, ob die Masse auch lange genug conchiert worden sei, damit sie am Ende nicht krümelig wäre.

»Mächtig altklug, die junge Dame«, kommentierte Ernst belustigt.

Vielleicht war sie das ein wenig, aber vor allem war sie auch geschickt. Unglaublich, dass es ihr auf Anhieb gelang, die Luftblasen aus den noch flüssigen Tafeln zu klopfen, ohne auch nur das kleinste bisschen über den Rand schwappen zu lassen.

Frieda war stolz und überglücklich über Sarahs Interesse und Begabung. Um nichts in der Welt hätte sie sie mehr hergegeben. Die Sorge, dass Selma irgendwann vor der Tür stehen könnte, um ihre Entscheidung rückgängig zu machen, schrumpfte mit jedem Tag. Was Frieda dagegen schreckliche Angst machte, war die Tatsache, dass Sarah Jüdin war. Nur nicht darüber nachdenken, was geschehen konnte, falls das den falschen Leuten zu Ohren käme.

Entsetzlich, wie die Judenfeindlichkeit in den letzten Jahren zugenommen hatte. Fellner hatte es ihr oft genug gesagt, und auch Clara hatte immer befürchtet, dass es so kommen würde. Und doch hatte Frieda es sich nicht vorstellen können. Alles die Schuld dieser schrecklichen Nazis! Nein, es war die Schuld der Menschen, die nicht wussten, wie sie ihre Familien durchbringen sollten, die nach dem Aufschwung in den Zwanzigern nicht schon wieder zu den Verlierern gehören wollten. Nach dem Krieg hatten die Hamburger gekämpft, hatten aufgebaut, geschuftet, gehofft. Sie waren Hitler und seinen Kumpanen nicht gleich auf den Leim gegangen, nur einzelne Nationalsozialisten saßen in der Bürgerschaft, hatten jedoch kein Gewicht. Die Wirtschaftskrise, die sich von New York aus durch die ganze Welt fraß, änderte alles. Schließlich glaubten selbst aufrechte Hanseaten den düsteren Plakaten, auf denen zu lesen war: *Unsere letzte Hoffnung: Hitler*. Oder sie wollten den anderen Parteien einfach einen Denkzettel verpassen. Einen lebensgefährlichen Denkzettel, den sie am Ende selbst kassieren konnten! Im Nachhinein fragte Frieda sich oft, was man hätte tun können, um das Schlimmste zu verhindern. Nur war es im Nachhinein zu spät. Am dreißigsten Januar 1933 war Adolf Hitler zum Reichskanzler gewählt worden. Keine zwei Monate später trat das Gesetz zur Behebung der Not von Volk und Reich in Kraft. Behebung der Not, schön wäre es gewesen. Hinter der Bezeichnung, die das Wohl aller in sich trug, verbarg sich nur eine einzige Absicht: Hitler zu noch mehr Macht zu verhelfen. Nach dem Erlass des Gesetzes brauchte er das Parlament nicht mehr zu fragen, konnte sogar ganz allein die Verfassung ändern. Frieda erinnerte sich noch zu gut an die hitzigen Diskussionen mit jenen, mit denen man überhaupt noch offen sprechen konnte. Ernst zum Beispiel.

»Die SPD hat gegen das Gesetz gestimmt«, betonte er immer wieder. »Bloß genützt hat das nix. Alle andern haben den Schwanz eingezogen.«

»Weil sie überleben wollen«, hatte Per geantwortet. »Und weil sie auf ihre Freiheit wert legen. Du trittst besser aus der Partei aus, Ernst. Wir brauchen dich im Unternehmen. Deine politischen Aktivitäten sind zu gefährlich.«

Das waren sie wirklich. Immer wieder hörte man von Parteimitgliedern, die verhaftet worden waren, in sogenannten Konzentrationslagern landeten oder umgebracht wurden. Dass Ernst die SPD verließ, war dennoch nicht nötig, denn Hitler verbot kurzerhand alle anderen Parteien.

Im Mai dann wurden in Berlin und vielen anderen Universitätsstädten Bücher verbrannt.

»Wie ist das nur möglich?« Vater war kreidebleich gewesen. »Erich Kästner, Bertolt Brecht, selbst Albert Einstein!«

»Wenn man wenigstens annehmen könnte, dass da gestern Menschen zu Werke gegangen sind, die nie eine Zeile gelesen haben«, stimmte Frieda ihm zu. Obwohl man es hatte ahnen können, obwohl die Bücher in den Tagen zuvor kiloweise beschlagnahmt worden waren, ging es einfach nicht in ihren Kopf. »Aber es waren belesene Menschen, die den Wert der Literatur hätten erkennen müssen, es waren Studenten!«

»Studenten in diesen schrecklichen braunen SA-Uniformen«, sagte Hans düster. Sie standen alle im Garten, um Vaters neue Rosen zu bestaunen, die voller Knospen waren. Dabei hätten sie im ersten Jahr noch gar nicht blühen sollen. Wenigstens etwas Schönes, das in Deutschland noch ungestraft blühte. »Sollen sie doch in den Krieg ziehen, wenn sie unbedingt Uniform tragen wollen. Sollen sie Helden spielen, irgendwo im Urwald oder in der Wüste meinetwegen. Nur nicht hier! Sie würden schnell heulend nach ihrer Mami rufen und wären von der Kampfeslust kuriert«, presste er hervor.

»Gerade du, mein lieber Sohn, solltest den Nazis gegenüber aufgeschlossener sein.«

»Wie bitte?« Frieda sah ihre Mutter entsetzt an.

»Natürlich, sie lieben seine neuen Werke. Blonde deutsche Helden, die noch im Kampf etwas Stolzes an sich haben, kommen sehr gut an. Mir gefallen sie übrigens auch besser als einige deiner älteren Sachen. Die waren so traurig.« Sie lächelte schmal.

»So sind meine neuen Bilder nicht gemeint«, sagte er leise. »Wenn sie Applaus von rechts bekommen, sollte ich sie lieber verbrennen. Scheint ja gerade groß in Mode zu sein.«

»Aber nicht doch, mein lieber Junge. Täusche ich mich, oder hat neulich ein hoher Parteifunktionär nicht wenig Geld für eines dieser Bilder bezahlt?«

Hans' Augen wurden zu Schlitzen. Seine Wangen wurden eine Spur heller, die Narbe trat rötlich hervor, so sehr spannte er offenbar das Gesicht an. Er drehte sich abrupt um und ließ seine Familie stehen. Flucht hatte er sich angewöhnt, um einigermaßen in Frieden mit seinen Eltern leben zu können.

»Wenigstens in Hamburg haben sie sich nicht an der Vernichtung kostbarer Literatur beteiligt«, sagte Albert seufzend.

Per, der sich die schwarzen vertrockneten Knospen zwischen den herrlichen Blüten des Rhododendrons aus der Nähe angesehen hatte, trat zu ihnen. »Gestern hat es in Hamburg aus Eimern geschüttet. Das heißt noch lange nicht, dass hier nicht auch noch Bücher in Flammen aufgehen.«

»Ich verstehe euch wirklich nicht«, meldete sich Rosemarie zu Wort. »Schön, diese Aktion ist ziemlich drastisch. Aber es geht doch um eine gute Sache.«

»Das ist doch hoffentlich nicht dein Ernst!« Frieda funkelte sie an. Am liebsten wäre sie auch weggelaufen wie Hans.

»Selbstverständlich, mein Herz. Es geht darum, Verrat und Lüge zu bekämpfen.«

Per hielt Frieda sacht am Arm zurück, als sie erneut Luft holte. »Man muss das Übel an der Wurzel packen«, sagte er. Frieda starrte ihn an.

Rosemarie hingegen strahlte. »Genau meine Meinung.«

»Abreißen und fort damit auf den Müll!«, sagte Per kämpferisch.

»Richtig, weg mit dem undeutschen Geist!«

»Geist? Ich spreche von den Zikaden, die den Rhododendron befallen haben«, erklärte er lächelnd. Albert lachte laut auf. Frieda war noch immer aufgebracht, dann musste sie auch schmunzeln. Vier Tage später brannten auch am Kaiser-Friedrich-Ufer in Hamburg Berge von Büchern lichterloh.

Zwei Jahre war das schon wieder her. Frieda hatte sich so sehr gewünscht, dass Hitler einfach verschwinden würde wie ein schweres Gewitter oder dieser Tornado, der in Uetersen gewütet hatte. Einfach morgens in der Zeitung lesen, dass er gestürzt wurde oder einen Herzinfarkt erlitten hatte, dann den Schutt aufräumen, den er hinterlassen hatte, und das wär's. Nur ging es ihm leider blendend. Und ausgerechnet ihr geliebtes Hamburg entwickelte sich immer mehr zu einer Nazi-Hochburg. Selbst von ihren eigenen Arbeitern waren einige in der NSDAP und schwärmten davon, dass es wieder mehr zu tun gab, dass sie wenigstens für Hitler genau den gleichen Wert hatten wie Angestellte oder sogar Unternehmer. Wie konnten sie nur übersehen, dass diese angebliche Gleichheit längst nicht für jeden galt? Solche Gedanken behielt sie allerdings lieber für sich. Frieda hasste es, aber man passte besser auf, sonst erging es einem noch wie Claras Vater Gero Mendel. Sein prächtiges Geschäft hieß jetzt Alsterhaus. Und es gehörte einem anderen. Manchmal dachte sie, wenn doch nur alle den Mund aufmachen und sich zur Wehr setzen würden. Sie waren doch noch immer die Mehrheit. Sie müssten diese braune Brut nur überrollen. Bloß wie sollte man das anstellen? Woher wusste man, wer auf welcher Seite stand? Es war unmöglich, nur die Richtigen zu mobilisieren. Allein vorzupreschen kam schon gar nicht infrage. Man sah doch täglich, was geschah. Kaufleute, mit denen man ewig gute Beziehungen gehabt hatte, verschwanden ohne eine Spur. Reporter wurden verhaftet. Wer nicht für Hitler jubelte, war sein Feind und bekam die Konsequenzen zu spüren. Ein falsches Wort, und man konnte seine Existenz verlieren, hinter Gittern landen oder noch Schlimmeres. Frieda hatte eine Verantwortung. Für ihre Manufaktur und nicht zuletzt für ihre Kinder. Sie konnte nicht die Heldin spielen. Sie musste ihre Pflichten erfüllen und weiter hoffen, dass der Spuk vorbeiging.

Sie hatte sich zum Beispiel um die Probleme mit den Lieferanten in Venezuela zu kümmern. Seit Ernst damals herausgefunden hatte, dass der Prüfer am Hamburger Hafen mit ihrem Handelsvertreter in Südamerika gemeinsame Sache gemacht hatte, mussten sie mit einem neuen Mittelsmann vor Ort zurechtkommen. Nachdem sie vor Jahren den Schabenbefall im Speicher hatten bekämpfen lassen müssen, hatte sich Ernst ein wenig umgehört und herausgefunden, dass der Bohnenprüfer und der Handelsvertreter Brüder waren.

»Der Vertreter macht sich selbst ordentlich die Taschen voll und bezahlt den Kakaobauern 'n Hungerlohn«, hatte Ernst ihr erklärt. »Dafür kriegt er natürlich auch nur den letzten Mist, den sonst keiner kauft. Und sein Bruder in Hamburg, der so eine Ware monieren müsste, ist auf beiden Augen blind wie ein Maulwurf, weil er seinen Teil abkriegt.«

»Das hätten wir doch merken müssen, Ernst«, hatte sie eingewandt. »Schön, es waren einmal Schaben in der Ware, aber wir verarbeiten so viel selbst. Das war nicht alles der letzte Mist, wie du es nennst.«

»Nee, war natürlich nicht alles Murks, die haben schon immer so viel gute Bohnen dabeigehabt, dass das alles gerade noch ging. Nur haben die den Hals nicht vollgekriegt. Hab ich dir ja auch gesagt, dass immer mehr Ausfälle sind und Beschwerden von Abnehmern kommen.« Das hatte er in der Tat, und Frieda hatte Briefe nach Venezuela geschickt, auf die sie nie eine Antwort erhalten hatte, oder nur nach langer Wartezeit. Was der feine Herr geschrieben hatte, klang plausibel. Schwierige Wetterverhältnisse, Trockenheit, darum sei der Kakao in diesem Jahr von minderer Qualität. Sie hatte sich viel zu lange von ihm hinhalten lassen. Gott sei Dank war Ernst ihm auf die Schliche gekommen. Einer von Spreckels Kaffee-Importeuren hatte ihnen einen neuen Handelsvertreter empfohlen. Wenigstens das. Trotzdem, Criollo zu bekommen, blieb weiter schwierig. Entweder warb die Konkurrenz mit Edelkakao, der gar keiner war, oder sie hatten Quellen, an die Frieda nicht herankam. Sie las sämtliche Fachartikel, die sie in die Finger bekam, und schrieb sogar Briefe an Kakaobauern in Südamerika, ohne je eine Antwort zu bekommen. Eigene Plantagen müsste man haben. Immer häufiger dachte sie darüber nach.

Kapitel 19

Brasilien und Ecuador liefen den Britischen Westafrika-Siedlungen also wieder mehr und mehr den Rang ab, was den Export von Kakaobohnen anging. Frieda hatte ihre Lieblingslektüre auf dem Schoß, die Fachzeitschrift für Kakaohandel und -verarbeitung.

»Hier bist du!« Per legte ihr die Hände auf die Schultern. »Hätte ich mir denken können.«

Frieda erschrak. »Ich habe dich gar nicht kommen hören. Venezuela spielt einfach keine Rolle mehr im Kakaoanbau«, sagte sie. »Ich weiß nicht, ob wir ganz umdenken und auch woanders kaufen sollten.« Sie sah zu ihm hoch.

»Das tun wir doch, wir nehmen nur noch den geringsten Teil aus Venezuela.«

»Für den Verkauf«, wandte sie ein. »Für die eigene Produktion dominieren die Bohnen von dort noch immer.«

»Dabei hättest du in den letzten Jahren oft genug einen Grund gehabt, das zu ändern.« Er hatte begonnen, ihr sanft den Nacken zu massieren. Jetzt beugte er sich herunter und küsste ihren Hals. »Wollten wir nicht ausgehen?«

Frieda genoss es, wenn er sie so zärtlich verwöhnte. »Venezuela gehört immerhin zu den ursprünglichen Heimatländern der Pflanze. Hätten die Bauern dort nicht Pionierarbeit geleistet, hätten wir heute vielleicht gar keinen Kakao. Schon mein Urgroßvater hat mit der Plantage zusammengearbeitet, die Verbindung besteht also seit Generationen. Das hat doch einen Wert! Außerdem habe ich nun mal eine Schwäche für Sorten, die von da kommen. Trotz aller Hindernisse. Noch immer gilt die Qualität des Chuao als Maßstab.«

»Nur wir beide?«, raunte er ihr ins Ohr.

»Was, nur wir beide?«

»Ausgehen. In ein schickes Restaurant. Hotel Jacob vielleicht mal wieder. Du erinnerst dich?«

Frieda sah auf die Uhr. »So spät schon? Bitte, entschuldige, Per, ich war so vertieft. Ich ziehe mich gleich um.« Immer wieder glitten ihre Augen zurück zu der Zeitschrift auf ihren Knien.

»Das kenne ich gar nicht von meiner Frau, dass ihre Arbeit sie von allem anderen ablenkt«, neckte er sie.

»Es tut mir wirklich leid.«

»Ich mache dir einen Vorschlag: Es sind noch Kartoffeln und Braten da. Was hältst du davon, wenn ich das Fleisch aufwärme und mich an Bratkartoffeln versuche? Dann kannst du in Ruhe den Artikel zu Ende lesen und dann die Kinder abholen.«

»Aber du wolltest mich so gern ausführen, und die beiden sind gerade erst eine Stunde bei meinen Eltern.«

»Ich will vor allem einen entspannten Abend. Es ist schon spät, du müsstest dich jetzt hetzen.« Er zuckte mit den Achseln. »Wir haben es uns eben anders überlegt und essen mit den Kindern zu Hause. Denkst du nicht, sie werden sich freuen?«

»Die Kinder bestimmt, meine Eltern werden enttäuscht sein.« Sie sah ihn an. »Großartige Idee, danke!« Sofort vertiefte sie sich wieder in ihre Lektüre. Wäre es nicht klug, wie alle anderen das Hauptaugenmerk auf Brasilien zu legen oder auf Ecuador? Nach der Lektüre legte sie die Zeitschrift beiseite und machte sich auf den Weg. Es hatte zu regnen begonnen. Ein ganz normaler Sommerregen, nicht so ein Hochwasser wie in New York, das in der Zeitung gestanden hatte. Frieda musste unbedingt Dana schreiben. Hoffentlich war ihr und ihrer Familie nichts zugestoßen. Ihre Gedanken glitten von Amerika rasch wieder zurück nach Brasilien. Nein, es war nicht klug, es wie alle anderen zu machen. Als sie noch Kind war, hatte Ernst ihr einmal gesagt, dass er ihren Vater für seinen Einfallsreichtum und seinen Mut bewunderte.

»Das Ansehen eines Kaufmannes hängt davon ab, ob er Visionen hat.« Etwas in der Art hatte er damals gesagt. Den anderen Schokoladenherstellern nachzulaufen und auf die besten Kakaobohnen der Welt zu verzichten, klang nicht gerade nach Visionen. Schon in der Diele der elterlichen Villa hörte Frieda die Stimmen der Kinder und die ihrer Mutter. Sie lächelte. Vater saß vermutlich mit seiner Zeitung im Sessel. Er konnte mit Kinderspielen nicht viel anfangen, liebte es aber, wenn er seinen Enkeln dabei zusehen konnte. Die Hand auf der Türklinke, blieb Frieda stehen, als wäre sie von einer Sekunde auf die andere gelähmt.

»Es heißt nicht mehr D wie David und S wie Samuel«, hörte sie Rosemarie sagen. »Es heißt D wie Dora und S wie Siegfried.«

»Aber ich habe es so gelernt.« Das war Sarah.

»Ja, von deiner Mutter, einer Jüdin, die dich im Stich gelassen hat. Sie wollte dich nicht haben. Warum solltest du also irgendetwas für richtig halten, das sie dir beigebracht hat? Sei nicht traurig, Schätzchen, wir wollen dich, und wir haben dich lieb. Bei uns heißt es S wie …«

Frieda riss die Tür auf. »Das reicht«, schrie sie. Die drei starrten sie an. Henrik war so erschrocken, dass er in Tränen ausbrach.

»Frieda, was soll denn dieser Auftritt?« Rosemarie zog ihren Enkel an sich. »Die Mami wollte nicht so laut sein«, tröstete sie ihn.

»Lass die Finger von ihm!«

Sarah sprang auf, kam angerannt und hielt sich an Friedas Bein fest, wie sie es gemacht hatte, als sie noch klein war. »Können wir nach Hause gehen, bitte?«, fragte sie leise.

»Ja, mein Liebling, wir gehen nach Hause. Wo ist denn der Opa? Geh mit deinem Bruder Tschüss sagen, ja?« Sarah sah zu ihr auf. Frieda konnte den Widerstreit in ihrem Köpfchen sehen. Sie wollte keinen Millimeter von Friedas Seite weichen. Dann überlegte sie es sich anders und nahm tapfer Henriks Hand.

»Komm, wir suchen den Opa!«

Rosemarie schien tatsächlich nicht zu begreifen, was Frieda so in Rage brachte. »Würdest du mir bitte erklären, was dieses Theater soll? Erst sollen wir auf die Kinder aufpassen, jetzt doch nicht? Stattdessen rauschst du herein wie eine Furie.«

»Ich denke, du hast mir etwas zu erklären, Mutter. Wie kannst du Sarah solchen Unfug erzählen? S wie Siegfried. Jedes Kind weiß, wie es heißt. Nur weil die Nazis selbst über so unbedeutende Kleinigkeiten bestimmen wollen, müssen wir uns noch lange nicht daran halten.« Das wäre vielleicht weniger gefährlich für die Kinder, dachte sie. »Schön, vielleicht hast du recht, vielleicht ist es vernünftiger …« Sie schnappte nach Luft. »Aber deshalb musst du Sarah noch lange nicht so furchtbare Dinge über ihre Mutter sagen.«

»Die Wahrheit ist manchmal furchtbar.«

»Die Wahrheit? Was ist denn wahr, außer dass Selma Jüdin ist?«

»Stimmt es etwa nicht, dass sie ihr Kind im Stich gelassen hat?«

Frieda seufzte. »Man könnte es behutsamer ausdrücken. Außerdem wissen wir nicht, was Selma dazu bewogen hat, ihr Kind zu verlassen. Es ist ihr sicher nicht leichtgefallen. Aber nein, du redest Sarah auch noch ein, ihre Mutter hätte sie nicht lieb. Hast du eine Vorstellung, was das mit einem Mädchen von zehn Jahren anstellt?« Frieda musste die Tränen herunterschlucken.

»Du willst mir doch nicht weismachen, dass eine Mutter ihr Kind zurücklässt, wenn sie es nur ein wenig lieb hätte. Juden lieben nur Geld und Macht.« Frieda schnappte nach Luft, doch schon sprach Rosemarie weiter: »Glücklicherweise sind die Zeiten vorbei, in denen man jedes Wort auf die Goldwaage legen muss.« Frieda fragte sich, in welcher Welt ihre Mutter lebte. Gerade jetzt musste man genau das tun. »Endlich darf man offen seine Meinung sagen.« Rosemarie verschränkte die Arme vor der Brust. »Dass man Angst hat vor diesen ebenso schlauen wie verschlagenen Juden. Weißt du etwa, was die im Schilde führen?«

Frieda fehlte kurz die Sprache. »Was die im Schilde führen? Nichts«, sagte sie dann knapp.

»Nichts? So naiv kannst du nicht sein. Sie planen etwas, eine Verschwörung. Darum sitzen sie in Geschäftsführungen, in Universitäten, Reedereien und scheffeln in ihren Warenhäusern unser Geld. Früher durften sie sogar ganz offen in der Politik auftreten.« Ihr Gesicht war eine Maske aus Hass. »Das hört nun auf. Adolf Hitler sei Dank! Endlich muss man sich nicht mehr heimlich still und leise gegen die Juden wehren, um sie zu schwächen, so wie damals.« Kurz blitzte Erschrecken in ihrer Miene auf. Rosemarie war anscheinend ein bisschen zu viel herausgerutscht.

»Was meinst du damit?«

»Ich wusste schon immer, dass die etwas aushecken. Deshalb habe ich damals ein paar Gerüchte über das Warenhaus Mendel in die Welt gesetzt.« Sie holte tief Luft. »Jetzt sieh mich nicht so entsetzt an. Ich habe erzählt, dass da gern mal betrogen wird. Na und? Etikettenschwindel. Wird schon ein Fünkchen Wahrheit dran gewesen sein.«

»Das bist du gewesen!« Hans stand in der Tür. Frieda hörte Sarah und Henrik in der Diele flüstern. Sie spürten, dass sie sich hier besser nicht blicken ließen. Hans dagegen kam langsam näher. »Du warst dabei, als Vater mir übelste Vorwürfe gemacht hat, weil ich angeblich schlecht über seinen Freund Mendel sprechen und Lügen über das Kaufhaus verbreiten würde.« Sein Gesicht war dunkelrot, er schrie: »Du warst dabei, Mutter, und hast nichts gesagt!«

Jetzt erschien auch noch Albert. »Was ist denn hier los, zum Kuckuck? Seit wann wird in dieser Familie gebrüllt?«

»Mutter hat uns gerade eröffnet, dass sie vor Jahren dafür gesorgt hat, dass unsere gute Hannemannsche Schokolade aus Mendels Sortiment geflogen ist.« Als sie es aussprach, wurde Frieda erst das gesamte Ausmaß von Rosemaries unfreiwilligem Geständnis bewusst. »Nirgends konnten wir die Schokolade anbieten. Nur bei Mendel. Das Einwickelpapier war schon gedruckt! Alles umsonst! Die ganze Arbeit und eine Menge Geld. Weil jemand aus unserer Familie das Gerücht gestreut hatte, bei Mendel würde betrogen.«

»Schokolade, die nur unter dem Ladentisch verkauft werden darf«, sagte Rosemarie schnippisch. »Wenn ihr meint, dass das kein Betrug ist, sondern mit rechten Dingen zugeht … »

In der nächsten Sekunde toste ein Sturm durch das Wohnzimmer. Albert und Hans machten Rosemarie schwerste Vorwürfe, noch nie hatte Frieda ihre Eltern derartig streitig sehen. Rosemarie beschimpfte Mendel und alle Juden, Hans machte auch noch Vater Vorhaltungen, weil der ihm damals nicht geglaubt hatte. Frieda sah von einem zum anderen, versuchte zu beruhigen, doch im nächsten Augenblick war auch sie schon wieder so wütend, dass sie sich um ein Haar an dem Gezänk beteiligt hätte. Glücklicherweise fielen ihr die Kinder ein. Sie sollten keine Sekunde länger die hässlichen Worte hören. Frieda floh regelrecht in die Diele und mit Henrik und Sarah an der Hand durch den Regen nach Hause.

Das Essen war eine Tortur gewesen. Und das lag gewiss nicht an Pers Bratkartoffeln. Henrik hatte sich schnell beruhigt, aber Sarah stand regelrecht unter Schock. Frieda hatte Mühe, sie ein wenig aufzumuntern, sie kämpfte ja selbst mit den Tränen. Nachdem Per die beiden in ihre Kinderzimmer gebracht hatte, konnte Frieda ihm endlich alles erzählen. Der Regen hatte aufgehört, sie setzten sich auf die Terrasse und redeten bis tief in die Nacht. Das Orchester der Grillen brachte Frieda zur Ruhe, irgendwann nickte sie ein, den Kopf an seiner Schulter.

»Ich bringe dich wohl besser ins Bett«, flüsterte er. »Sonst hast du morgen eine Erkältung oder einen steifen Hals oder beides.«

»Bin ich eingeschlafen?«

»Sieht ganz so aus.« Er küsste sie sanft. »Weißt du was? Morgen schwänzen wir beide das Kontor. Es ist Sonnabend, da dürfen wir ruhig mal faul sein. Wir gehen mit den Kindern baden, was sagst du?«

»Einverstanden.«

»Du musst wirklich sehr müde sein, wenn du nicht gegen einen arbeitsfreien Tag protestierst.« Er lachte leise.

Am nächsten Morgen war Frieda wirklich nicht mehr so begeistert von seinem Vorschlag. Ein freier Tag war gut, ein Bad zwischen wahrscheinlich sehr vielen anderen Menschen, dazu noch unter unzähligen Hakenkreuzfähnchen, klang jedoch alles andere als verlockend.

»Ich würde lieber nach Levi Mendel sehen«, sagte sie zu Per. »Ich war lange nicht bei ihm. Macht es dir etwas aus, allein mit den Kindern in die Badeanstalt zu gehen?«

»Wahrscheinlich tut es dir ganz gut, ein wenig für dich zu sein.«

»Danke!« Sie küsste ihn zärtlich. »Ich hole euch dann ab, und wir gehen Eis essen, ja?«

Es war ein heißer Tag, ein Sprung in die Alster wäre wahrscheinlich doch ganz angenehm gewesen. Von Weitem hörte Frieda Lachen, Johlen und Planschen. Sie ging die Lombardsbrücke entlang und bog rechts ab, auf das alte Bootshaus zu. Sofort fiel ihr eine Frau auf, die dort bei der Bank stand. Das war nicht möglich. Das war doch … An dieser Bank hatte sie sich oft mit Clara getroffen, als sie noch Kinder waren. An genau der Stelle hatte Clara zu gern nach vierblättrigem Klee gesucht. Levi hatte sie manchmal mitgenommen auf die kleine Alsterinsel, das war ihre Abenteuerinsel, Levis Nussschale ihr Piratenschiff. Und diese Frau, die da mit gesenktem Kopf stand, als würde sie nach Kleeblättern schauen … Knöchellanges Kleid, schmal geschnitten, betonte Schultern, wie man es heute trug. Unter dem Hütchen blitzten blonde Haare hervor. Sie hatte sich nicht getäuscht, das war wirklich …

»Clara!« Frieda beschleunigte ihre Schritte. Clara drehte sich um, Tränen rannen ihr über die Wangen. Frieda blieb vor ihr stehen. »Clara, was ist denn los?« Friedas Augen folgten dem Blick der Freundin. Im Klee lag ein toter Schwan, ein Schild um den Hals. »Als Nächstes du!« Darunter ein Hakenkreuz.

Frieda nahm ihre Freundin in den Arm und drückte sie an sich. »Clara! Seit wann bist du hier?«

»Seit gestern«, kam es kläglich zurück. Dann beruhigte sie sich ein wenig. »Ich wollte dich überraschen.«

Frieda reichte ihr ein Taschentuch. »Komm, gehen wir ein Stück.«

Clara schnäuzte sich. »Du bist gar nicht in deiner Manufaktur?«

»Es macht nicht mehr halb so viel Freude wie früher, seit wir das gute Kakaopulver mit Malz- oder Hafermehl strecken müssen.« Frieda zog die Nase kraus. »Außerdem gab es gestern mit meiner Mutter eine Szene, die steckt mir noch in den Knochen.« Clara sah sie fragend an. »Ist eine lange Geschichte. Nur so viel: Hans hat doch immer bestritten, euch des Etikettenschwindels bezichtigt zu haben. Er war's auch nicht, meine Mutter hat das getan.« Sie verzog vielsagend das Gesicht.

»Deine Mutter? Das glaube ich einfach nicht. Das hätte ich ihr nicht zugetraut.« Clara schüttelte den Kopf. Dann stutzte sie. »Hans hat sehr darunter gelitten, dass alle ihn bezichtigt haben. Mich eingeschlossen. Er war immer ihr Liebling. Wie konnte sie alle in dem Glauben lassen?«

»Du kannst dir vielleicht vorstellen, was gestern bei uns los war. Viel Schlaf hatte ich letzte Nacht nicht. Darum meinte Per, ein arbeitsfreier Tag würde mir guttun.« Sie blickte über die Alster und seufzte. »Schon diese Hakenkreuze, wo auch immer man hinsieht, verleiden einem die Stadt«, wisperte sie. »Und dann noch das!« Sie deutete über die Schulter zurück in Richtung des toten Schwans. »Jetzt erzähl endlich: Wie lange bleibst du?«

»Für immer. Das heißt … Wenn es nach Vater geht, vielleicht nur wenige Tage.« Sie sah sich um, doch es war niemand da, der sie hören konnte. »Kann sein, dass wir nicht mehr lange in Deutschland sind.«

Clara hatte sie zum Eisessen in den Alsterpavillon begleitet. Am Abend kam sie zu Besuch, Frieda hatte Hans dazugebeten. Sie machten es sich auf der Terrasse gemütlich, es war eine der seltenen Nächte in Hamburg, in denen man es mit nur einer leichten Stola draußen gut aushielt. Es dauerte nicht lange, ehe sie auf die politische Lage zu sprechen kamen, die ihrer aller Leben so schrecklich verändert hatte. Kein Wunder, in jeden Bereich des Alltags steckten die Nazis ihre giftigen Finger.

Hans erzählte von seiner letzten Ausstellung: »Die stellen sich hin, schreien *Heil Hitler* und loben den Führer als Kenner, der festlegt, was gute und was schlechte Kunst ist!« Er lachte bitter. »Nicht nur Kenner, sondern Meister sei er. Natürlich, es gibt nichts, was der Führer nicht kann.« Seine Mundwinkel zuckten. »Dabei hat er nicht mal die Aufnahmeprüfung an der Kunsthochschule in Wien bestanden. Nur wehe, wenn man das laut sagt.« Frieda musste sich beherrschen, um ihren Bruder nicht auch hier um Zurückhaltung zu bitten. Dabei waren sie weit genug von der Straße weg, wer außerhalb ihres Grundstücks war, konnte sie nicht hören. Trotzdem, die Angst war immer da. »Meine sterbenden Helden seien sehr kraftvoll, sagt einer dieser Idioten. Aber ich solle es doch mal mit positiveren Motiven probieren. Mehr schöne deutsche Landschaft, Menschen unserer wunderschönen arischen Rasse, wie sie tanzen oder auf dem Feld arbeiten.« Er spuckte auf den Boden. »Das war es. Mit mir gibt's keine Ausstellung mehr, solange dieses braune Pack etwas zu sagen hat.«

»Wenigstens gehörst du zur arischen Rasse«, sagte Clara leise. Schmal geworden war sie in den letzten Monaten. Und alt. Noch älter. Ihr Schicksal hatte ihr früh Falten in das Gesicht und graue

Strähnen in das Haar gezeichnet, jetzt wirkte sie erschreckend hinfällig. »Du hörst auf zu malen oder zeigst deine Bilder wenigstens nicht mehr, damit ist die Sache erledigt. Was sollen wir tun? Sie hassen uns, sie vernichten uns. Trotzdem können wir dummerweise nicht aufhören, wir zu sein.« Sie erzählte, dass es schon seit Jahren schwierig geworden sei, das Sanatorium auf Föhr in Betrieb zu halten. »Immer mehr Knüppel haben sie uns zwischen die Beine geworfen. Zuerst waren es nur Beschimpfungen, später haben sie uns den Zugang zu Medikamenten abgeschnitten. Wer kostbare Medizin an Juden verschwendet hätte, der hätte seinen Handel gleich dichtmachen können. Jede helfende Hand, die sich uns anfangs noch entgegenstreckte, haben sie abgehackt.« Sie sah von einem zum anderen, ein wildes Funkeln in den Augen. »Aber ich habe dafür gesorgt, dass wenigstens das Nötigste da war. Fragt mich lieber nicht, wie«, flüsterte sie. »Hat auch nicht viel genützt. Zum Schluss waren jüdische Kinder auf der Insel unerwünscht. Basta. So etwas wie heute mit dem Schwan ist uns mehr als einmal passiert. Ich glaube, ich habe vorhin so die Fassung verloren, weil ich irgendwie gehofft hatte, in Hamburg würde sich der Hass mehr verteilen, man würde ihm nicht an jeder Ecke begegnen. Vater hat wohl recht, wenn er darüber nachdenkt, Deutschland zu verlassen.«

»Wohin wollt ihr denn gehen?« Hans sah sie betrübt an. »Ist ja nicht so, dass unsere Nachbarn euch alle mit Kusshand nehmen würden.«

»Vereinigte Staaten«, sagte sie. »Viel weiter geht es kaum.« Sie sah Hans an, versuchte zu lächeln.

Eine eisige Kralle legte sich um Friedas Herz, sie griff nach Pers Hand. »Vater hat eine Abfindung bekommen, nicht annähernd das, was seine Kaufhäuser wert waren, aber wenigstens das. Damit müsste es möglich sein, die Überfahrt zu bezahlen und ein neues Leben anzufangen.«

»Wie konnten sie deinen Vater überhaupt aus dem Geschäft drängen?«, wollte Per wissen. »Nach dem Zusammenbruch der Wall Street hatte es niemand leicht, aber er hätte doch Kredite bekommen müssen.«

»In der Folge der Börsen-Katastrophe sind die Umsätze unserer Warenhäuser beinahe um die Hälfte zurückgegangen.« Pers Augenbrauen schnellten in die Höhe. »Allerdings, wir hätten Kredite gebraucht. Die waren auch schon zugesagt, wurden dann aber kurzfristig verweigert.« Sie trank einen Schluck Bier. Dann erzählte sie, dass ein Entschuldungsplan zum Verkauf der Aktien, die noch in Familienbesitz waren, an die großen Banken geführt hatte. »Deutsche Bank, Commerzbank, Dresdner Bank«, sagte sie eisig. »Die Regierung hat sich die Finger nicht einmal selbst schmutzig gemacht, das haben ihre speichelleckenden Direktoren übernommen. Die haben uns Geschäftsführer vor die Nase gesetzt, einer hat sogar für uns gearbeitet. Er hat sich um den Textileinkauf gekümmert.« Sie trank ihr Glas leer. Frieda holte wortlos eine neue Flasche.

»Es ist zum Kotzen!« Hans starrte auf das Bier. Wahrscheinlich hätte er jetzt zu gern auch zu etwas anderem gegriffen als zu Wasser. Doch er blieb standhaft. »Wir können nichts tun. Wie ist das nur möglich?« Die ewige Diskussion. Wie oft hatte Frieda sich selbst das Hirn zermartert, hatte mit Per darüber gesprochen? Immer ohne Ergebnis.

»Ein neues Leben«, sagte Clara irgendwann sehr leise. »Mein bisheriges Leben war nicht immer leicht.« Frieda sah, wie Hans schluckte. »Trotzdem will ich gar kein neues. Vielleicht kann ich wieder im Israelitischen Krankenhaus anfangen.«

Es war schön, Clara wieder in der Stadt zu wissen. So sehr Frieda sich auch wünschte, dass sie blieb, so klar war ihr auch, wie falsch das wäre. Viel zu gefährlich. Also freute sie sich über die Zeit, die ihnen blieb. Clara gehörte wieder zur Familie. Wie früher. Nur dass sie Hans jetzt nicht mehr überreden mussten, sich ihnen anzuschließen. Sie kam zu ihnen zum Essen, Frieda besuchte sie mit den Kindern, weil sie unbedingt Claras Angorakaninchen kennenlernen wollten. Sie fuhren mit der ganzen Familie hoch an die Nordsee, die Clara so vermisste.

»In Büsum gibt es Wattenlaufen mit Musik«, wusste Hans. »Das wollte ich schon immer mal ausprobieren.«

Clara war selbstverständlich auch dabei, als Sarah ihren zehnten Geburtstag feierte. Das Mädchen entwickelte sich prächtig. Sie war klug und fleißig, hübsch obendrein. Auch in der Manufaktur machte sie sich weiterhin gut, was Frieda besonders freute. Sie hatte sogar schon ihre erste eigene Sorte kreiert. Henrik war mit seinen sieben Jahren inzwischen auch in der Schule. So fing Kindermädchen Emma nun immer erst mittags an und war dafür auch abends noch zur Stelle. Frieda und Per waren sich einig, dass Henrik und vor allem Sarah auf keinen Fall mehr mit Rosemarie allein sein durften. Nicht umsonst hatten sie immer Ausflüchte gefunden, die beiden noch nicht in der Hitlerjugend anzumelden. Es fehlte noch, dass ihre eigene Großmutter ihnen stattdessen rechtes Gedankengut in die jungen Hirne impfte. Die Kinder nicht mehr rasch unterbringen zu können, wenn sie Termine hatten oder sowohl Frieda als auch Per länger arbeiten wollten, ließ sich lösen. Die wirklich schauderhafte Auswirkung des Streits war die dauernde Spannung, die zäh auf der Familie lag wie zu stark abgekühlte Schokoladenmasse. Hans verkroch sich mit Pinsel und Palette in sein Reich, Frieda beschränkte ihre Besuche auf das Nötigste, was ihr das Herz brach. Denn Albert litt am meisten unter der Situation. Anfangs hatte Frieda befürchtet, er würde Rosemarie aus dem Haus werfen, dann sorgte sie sich um seine Gesundheit. Der Kummer konnte ihn umbringen.

Der Winter kam und ging. Silvester feierten Frieda und Per zu Hause. Sie hatten Clara, Hans, Ernst und Walli und Ulli zu sich eingeladen. Die Herren trugen weiße Hemden mit Fliege, die Damen hatten sich Blumen aus Stoff angesteckt. Es gab Bowle und später zum Anstoßen Sekt. Das Grammophon spielte, zwischendurch einmal sogar Jazz, aber nur leise. Per machte Fotos. Sie ließen über der Flamme des Gasherds Bleistückchen schmelzen, warfen sie in eine Schüssel mit kaltem Wasser und rätselten, was die erstarrten Klumpen wohl darstellen konnten.

»Ein Paket, eindeutig!«, rief Clara, als ihr Brocken mit leisem Knacken erkaltete. »Ich weiß, was das heißt. Ich werde heimlich Kartons mit Medikamenten ins Krankenhaus schmuggeln. Die Nazis wollen, dass alle Juden sterben, aber ich werde so viele retten, wie ich kann!«

»Bist du wahnsinnig?« Frieda hatte sie am Arm gepackt und ihr tief in die Augen gesehen. »Damit macht man keine Scherze«, zischte sie.

Clara schüttelte sie ab. »Das ist kein Scherz.«

»Lass sie doch, Schwesterchen«, mischte Hans sich ein, »wir sind doch unter uns.« Plötzlich ruhten alle Blicke auf Walli. Für sie hätte Frieda nicht die Hand ins Feuer gelegt, dazu kannte sie sie einfach zu wenig.

»Ich würde mir eher die Zunge abschneiden«, stammelte Walli.

»Och nö, das lass man lieber sein!« Ernst legte ihr den Arm um die Taille.

»Dann bin ich jetzt wohl dran mit dem Bleigießen«, meldete sich Ulli laut zu Wort. Gott sei Dank, die beklemmende Atmosphäre löste sich auf wie Frühnebel in der Sonne.

Sie tranken viel, tanzten, wünschten sich um Mitternacht ein besseres neues Jahr und wussten alle, was gemeint war.

Ihr Wunsch blieb unerfüllt. Für Ernst wurde immerhin ein Traum wahr. Er durfte als Ersatzmann der Starbootmannschaft an den Olympischen Spielen teilnehmen, die in Berlin und auf der Kieler Förde stattfinden würden.

»Ich bin zwar nur Ersatz, aber wenn ich einspringen muss, dann will ich gut sein.« Sobald das Wetter es zuließ, trainierte er in jeder freien Minute. Walli übernahm die Rolle des begeisterten Publikums. »Ist vielleicht gar nicht mal so schlecht«, sagte Ernst, als er sich mit Frieda und Per gerade zur allwöchentlichen Besprechung setzte. »Die Regierung hat dem internationalen Komitee zugesagt, die olympischen Regeln vollumfänglich zu erfüllen. Uneingeschränkter Zugang für alle Rassen und Konfessionen in die Olympiamannschaften! Sogar Schwarze dürfen mitmachen. Und Juden.«

»Daran glaubst du?« Per sah ihn über den Rand seiner Brille an, die er neuerdings trug.

»Nee!« Ernst lachte, doch es klang traurig. »Nicht so richtig. Andererseits ... Ist doch 'ne Chance, dass sie uns die Spiele nicht weggenommen haben. Alle werden hingucken, die ganze Welt. Und zwar ganz genau.«

»Hoffen wir, dass du recht behältst.« Frieda holte den Lieferschein des letzten Imports aus ihrer Mappe. »Wieder kein Criollo, nicht ein einziger Sack«, schimpfte sie. »Wie ist das zu erklären?«

»Ganz einfach.« Ernst sah von einem zum anderen. »Wie's aussieht, haben sich zwei unserer Konkurrenten den Markt der Edelkakaos hübsch unter sich aufgeteilt.«

»Also gibt es Bohnen.« Frieda schnaubte. »Wusste ich's doch!«

»Woher weißt du das, Ernst, und seit wann?« Auf Pers Stirn erschien eine Falte.

»Ich war mal 'n büschen in den Speichern unterwegs. Hab mir mal den neuen Bananenschuppen angeguckt. Na, so neu ist der ja auch nicht mehr, aber ich hatte noch gar keine Zeit dafür bisher.«

»Und?« Frieda schätzte Ernst wie nur wenige Menschen, aber diese neue Angewohnheit, unendlich auszuholen, ehe er auf den Punkt kam, brachte sie an den Rand ihrer Geduld.

»Da hörst so einiges, wenn du mit den Grabbel-Heinis vom Zoll schnackst oder mit den Schutenführern. Da hab ich das denn gehört.«

»Woher kommen die Bohnen? Brasilien?« Frieda beneidete Per

darum, so ruhig und sachlich bleiben zu können. Sie hätte Ernst am liebsten geschüttelt, damit er alles ausspuckte.

»Tja, das ist das ja«, setzte Ernst an, »aus Venezuela.«

»Was?« Frieda sprang auf.

»Sogar von Plantagen, die uns auch beliefern.«

»Das ist ja noch schöner.« Dieser neue Handelsvertreter taugte nichts, das stand fest. »Wir haben immer wieder geordert und deutlich gemacht, dass er hoch verhandeln darf«, sagte sie aufgebracht. Die beiden sahen sie an, als würden sie kein Wort verstehen. »Unser Vertreter im Land«, erklärte sie ungeduldig. »Er hätte uns im Geschäft halten müssen. Er hätte uns wenigstens darüber informieren müssen, dass er sich hat ausbooten lassen. Ich kann ja wohl schlecht für meine Produktion Bohnen bei der Konkurrenz einkaufen.«

»Nee, das würd sich nicht sonderlich gut machen.«

»Ich fahre nach Venezuela«, sagte Frieda.

Ernst lachte schallend. »Jo, das wär mal 'ne Maßnahme.« Per dagegen verzog keine Miene.

»Ich werde selbst mit den Bauern verhandeln. Persönliche Kontakte waren noch immer das stärkste Netz, das einen auffangen konnte.«

»Kommt nicht infrage.« Per schaute sie ernst an.

»Denn war das wohl gar kein Scherz eben«, sagte Ernst leise, nahm die Brille ab und rieb sich die Augen.

»Wir besprechen das in Ruhe«, entschied Per. »Ich würde vorschlagen, wir klären jetzt alles, was für diese Woche wichtig ist. Alles andere später.« Dabei sah er sie so eindringlich an, dass Frieda nachgab.

Frieda hatte sich von Jonas und Marianne neue Dekorationen für die Schoku-Taler zeigen lassen. Viel war ja nicht zu tun, da hatten die beiden Zeit, sich immer neue Kreationen auszudenken. Sie hatte die Produktion von Hannemanns einfache Hamburger überwacht. Die Einwickelmaschine war kaputt, Frieda ließ sie vorerst nicht reparieren. So hatten ihre Arbeiter wenigstens eine Aufgabe, die etwas Zeit in Anspruch nahm. Wenn sie nicht bald wieder Pralinen und Tafeln in gewohnter Qualität und vor allem in größeren Mengen herstellen durften, würde sie dennoch Leute entlassen müssen.

Nach dem Abendessen kam Per sofort auf Venezuela zu sprechen: »Ich stimme dir insoweit zu, dass persönliche Verbindungen Gold wert sind. Diese Erfahrung haben wir mit der Reederei auch immer wieder gemacht.«

»Schön.« Frieda bekam ein wenig Angst vor ihrer eigenen Courage, aber Kneifen kam nicht infrage.

»Trotzdem wirst du nicht allein nach Südamerika fahren. Das ist viel zu gefährlich.«

»Es ist die beste Möglichkeit. Du hast eben selbst gesagt, Per, wie wichtig …«

»… persönliche Verbindungen sind«, fiel er ihr ins Wort. »Natürlich. Nur kannst du als Frau ohne Begleitung unmöglich diese Reise unternehmen. Wenn es nicht anders geht, fahre ich.«

»Am liebsten würde ich mit dir zusammen reisen.« Sie lächelte ihn an. »Das wäre wirklich schön. Nur geht es leider nicht.«

»Nein, wir können nicht beide fort. Was wäre mit den Kindern? Wir können sie schlecht mitnehmen.« Per verschränkte die Finger ineinander.

»Können wir nicht«, stimmte sie ihm zu. »Hannemann & Krüger kommt ohne mich aus«, begann sie. »Du hast den Laden zusammen mit Ernst im Griff. Zur Not könnte auch Vater euch noch mit seinem Rat behilflich sein. Für eure Reederei sieht es anders aus. Dort bist du nicht zu ersetzen.« Er wollte Einspruch erheben, doch sie sprach schnell weiter: »Die Gesundheit deines Vaters ist nicht stabil. Was ist, wenn er wieder für ein paar Wochen ausfällt? Das ist nicht gerade unwahrscheinlich. Dein Bruder kann nicht alles allein machen, auch wenn ihr noch so gute Prokuristen habt.« Sie diskutierten alle Vor- und Nachteile und mögliche Alternativen. »Wir dürfen uns nicht unterbuttern lassen, Per. Wenn wir uns jetzt nicht wehren, dann haben wir auch nichts mehr zu sagen, wenn irgendwann die Produktion wieder anständig läuft.« Mit dieser Argumentation und der Tatsache, dass es eine günstige Schiffsverbindung gab, hatte sie ihn überzeugt.

Sarah weinte und flehte: »Warum nimmst du mich nicht mit? Bitte, ich möchte mitfahren.«

Frieda strich ihr über das dunkelbraune Haar. »Das geht nicht, Schätzchen. Du musst erstens in die Schule gehen, zweitens wird das eine sehr anstrengende und furchtbar langweilige Reise.«

»Aber ich mag nicht in die Schule gehen. Die rufen immer alle Heil Hitler und stehen stramm und sind sowieso doof. Ich möchte lieber mit dir gehen. Außerdem ist ein großes Schiff nie und nimmer langweilig.« Wie sehr Sarah ihrer Mutter ähnelte, wenn sie so zornig war. Der gleiche energische Blick aus braunen Augen, die gleiche aufrechte Körperhaltung. Frieda erklärte noch einmal, warum es unmöglich war. Dann wurde es höchste Zeit zum Aufbruch. »Kommst du denn auch ganz sicher zurück?«

»Selbstverständlich komme ich zurück. Was denkst du denn?«

»Meine Mutter ist auch einfach weggegangen und nicht mehr zu mir zurückgekommen. Weil sie mich nicht mehr wollte. Du hast gesagt, dass du mich nie allein lässt. Du hast es versprochen!« Schon liefen wieder Tränen über ihre blassen Wangen.

»Aber du bist nicht allein. Per und Henrik sind da und Opa und Oma auch.«

»Das sind nicht meine Großeltern, ich kenne meine Großeltern nicht.«

»Doch, Sarah, das sind sie.« Frieda erschrak, beinahe wäre ihr herausgerutscht, dass Hans schließlich ihr Vater war. Sarah war jetzt elf, sie sollte die Wahrheit erfahren. Aber nicht in diesem Augenblick, nicht zwischen Tür und Angel, wenn Frieda für einige Wochen fort sein würde.

Kapitel 20

Frühjahr 1936

Die Reise nach Caracas war lang, doch glücklicherweise problemlos. Frieda schlief viel, ging immer wieder ihre Unterlagen durch, um gut vorbereitet zu sein. Sie saß an Deck und vermisste schmerzhaft ihre Familie als sie den Ärmelkanal und lange danach die Azoren passierten. Beim Anblick der Inseln über dem Winde waren ihre Sehnsucht und ihr Heimweh in Neugier und Abenteuerlust umgeschlagen. Am Hafen wartete ein Fahrer mit einem Gefährt auf sie, das nicht gerade Vertrauen einflößte. Der Chauffeur umso mehr. Der Mann hatte schwarzes Haar, eine Haut wie poliertes Kirschholz, die Nase sehr breit, die vollen Lippen und die leicht mandelförmigen Augen schienen nur eins zu können: Lachen. Während der Fahrt nach Puerto Maya redete er fast unaufhörlich. Anfangs versuchte Frieda ihm zu erklären, dass sie leider kein Spanisch spreche, bis sie der Verdacht beschlich, dass er Englisch sprach. Die Straße, wenn man sie so nennen wollte, war endlos und sehr schmal. Immer wieder lagen Steine auf der Fahrbahn, die so groß waren, dass Frieda der Atem stockte. Vicente, so hieß der Fahrer, wich jedes Mal geschickt aus. Schaffte er es nicht, hörte man ein beängstigendes Poltern unter dem Wagen, was Vicente stets mit fröhlichem Kichern quittierte, bei dem er die Augen schloss. Irgendwann gewöhnte sich Frieda an Hindernisse und kraterartige Schlaglöcher. Entweder war sie zu erschöpft, um weiter angespannt auf die Straße zu starren, oder sie war zu abgelenkt. Wahrscheinlich beides. Nicht lange nachdem sie die Hauptstadt mit ihren prächtigen Bauwerken, Denkmäler der Kolonialherren, hinter sich gelassen hatten, verschluckte sie eine Landschaft, die Frieda schier den Atem raubte. Berge, eingehüllt in saftiges Dunkelgrün, Palmen, riesiger Farn, Bäume mit Blüten so groß wie die von Vaters Rosen. Zwischendurch kamen sie an Siedlungen vorbei, windschiefe Behausungen, die in den Marschlanden nicht einmal als Stall durchgegangen wären. Decken, auf denen Kakaobohnen in der Sonne trockneten, machten ihr klar, dass in diesen Hütten wahrhaftig Menschen wohnten. Auch kleine Dörfer lagen auf der Strecke mit Häusern in allen erdenklichen Farben, die Dächer oft nicht mehr als nacktes Blech. Nach Stunden erreichten sie Puerto Maya, waren damit aber noch immer nicht am Ziel. Frieda kümmerte es nicht, die Fahrt war für sie schnell vergangen wie ein Wimpernschlag, so viel gab es zu sehen. Und nun das: ein Strand so weiß, dass sie ungläubig blinzelte. Wellen rollten auf den Sand. Das Meer leuchtete türkis, dunkelblau und überhaupt in allen Schattierungen von Blau und Grün, die man sich nur vorstellen konnte. Wenn Hans das sehen könnte, er würde wundervolle Bilder malen.

»Harri, harri«, trieb Vicente sie an und ging vor, ihr Gepäck hinter sich her schleifend. Er warf es in eine Nussschale, gegen die Levis Boot solide und komfortabel war. Und der musste nur die Alster überqueren! Sie aber mussten durch das karibische Meer schippern. Nicht sehr weit glücklicherweise, und immer entlang der Küste. In der Bucht Playa de Chuao wartete eine einfache Karre, auf die Vicente Friedas Koffer lud.

»Kam, kam!«, sagte er und bedeutete ihr mit Handzeichen, ihm zu folgen. Mitten in den Dschungel hinein. Bestimmt anderthalb Stunden waren sie noch unterwegs, über Wurzeln, umgestürzte Bäume, unter tropfnassen Zweigen hindurch.

Als sie endlich in der Ortschaft Chuao ankamen, klebte ihr die Bluse auf der Haut, ihr Haar hing ihr strähnig und feucht ins Gesicht, und irgendetwas hatte sie wohl gestochen, jedenfalls juckte ihr Nacken höllisch. Hitze und Luftfeuchtigkeit in diesem Ausmaß hatte Frieda noch nicht erlebt, selbst dann nicht, wenn Schwüle in Hamburg einem schweren Sommergewitter vorausging.

»Ist Trockenzeit«, erklärte Yuan, Herr über die Kakaoplantage, ihr unbekümmert. »Du musst vor Regenzeit wieder verschwinden, dann ist für Europäer wirklich schwierig, bei uns zu sein.«

Nachdem sie gerade noch vor der Dunkelheit eingetroffen waren, hatte Yuan sie mit viel Wasser und einem großen Essen empfangen. Vicente musste sein Sohn sein, Yuan hatte die gleiche Haut, die gleiche breite Nase und die ebenso lachenden, leicht mandelförmigen Augen, nur dass sein schwarzes Haar bereits von silbernen Strähnen durchzogen war. Sie erinnerte sich, dass das Essen köstlich gewesen war, hatte jedoch keine Ahnung, was sie da auf dem Teller gehabt hatte. Es war ihr auch herzlich egal. Am nächsten Tag würde jemand kommen, der Deutsch sprach, dann wurde alles einfacher. Die Erschöpfung kam mit einem Schlag. Kaum, dass sie das Moskitonetz so festgesteckt hatte, wie man es ihr gezeigt hatte, fiel sie in einen tiefen Schlaf.

New York war aufregend gewesen und in vielerlei Hinsicht ganz anders als Hamburg. Dieser Ort in Venezuela aber war eine fremde Welt. Frieda lernte Gerüche kennen, die anders waren als alle Aromen, die ihr bisher unter die Nase gekommen waren. Ein Orchester aus schrillem Pfeifen, sonderbarem Gurren und glockenhellem Piepen begleitete sie in den Schlaf. Kinder sprangen barfuß Hühnern hinterher, die frei auf den Wegen herumliefen. Hier aufzuwachsen, hatte nichts mit dem zu tun, was Henrik und Sarah als Selbstverständlichkeit erwarten durften. Die Kinder mit Zahnlücken und Haaren so drahtig, dass sie waagerecht vom Kopf standen, halfen bei der Ernte, sortierten Kakaobohnen aus, wie Ulli auf Spreckels Speicherboden Kaffeebohnen, rüttelten die köstlichen Kerne auf Holzbrettern. Yuan zeigte ihr jeden Tag etwas Neues, schimpfte über faule Arbeiter, Nachfahren afrikanischer Sklaven, die die Spanier gebracht hatten, und erzählte von Problemen, die es mit dem Aufkäufer gäbe. Die Verständigung wurde von Tag zu Tag leichter. Friedas Englisch war in den letzten Jahren immer besser geworden. Außerdem hatte sie sich Englisch- und Spanisch-Wörterbücher mitgebracht. Yuan konnte einzelne Wörter Deutsch, die er im langjährigen Umgang mit deutschen Handelsvertretern gelernt hatte. Der Rest funktionierte mit munterer Zeichensprache, die Frieda manches Mal an Ullis taubstumme Schwester Marianne erinnerte. Der Übersetzer, den Frieda von zu Hause aus angefordert hatte, tauchte nie auf. Wahrscheinlich hatte er inzwischen einen besseren Auftrag oder einfach keine Lust, machte Yuan ihr klar.

Trotz aller Missverständnisse, die mal für großes Erstaunen auf der einen oder anderen Seite sorgten, mal für mindestens ebenso großes Gelächter, wurden sich Frieda und Yuan schnell über die zukünftige Belieferung mit Edelkakao einig. Sie hatte ja nicht geahnt, wie wenig von dem Kaufpreis auf der Plantage ankam und wie viel der Handelsvertreter in seine Tasche steckte. Sicher auch mit gutem Recht, immerhin organisierte er nicht nur den Transport, sondern hatte in Deutschland die Kontakte zu verschiedenen Abnehmern. Wie sollte ein Kakaobauer in einem Dorf, das nach einer höchst aufwendigen Anreise nur zu Fuß zu erreichen war, wohl Kontakte zu Hamburger Importeuren aufbauen und pflegen? Jetzt hatte Yuan einen solchen Kontakt, und Frieda versicherte ihm, immer seine komplette Ernte abzunehmen. Zu einem Preis, der stets fünfzehn Prozent über dem liegen würde, den ein Aufkäufer ihm anbot. Ohne Zwischenhändler konnte sie sich dieses großzügige Angebot leisten, zumal Per mit seiner Reederei die Warenbeförderung ab Caracas übernehmen konnte. Frieda war mehr als zufrieden. Und wie schnell alles gegangen war. Sie konnte sich wie geplant in wenigen Tagen auf den Rückweg machen.

»Zeige dir was!«, sagte Yuan an einem Morgen. Es hatte zum Frühstück Maisbrötchen gegeben und schon wieder eine andere Banansorte. Unglaublich, dass es so viele gab, die alle ein unterschiedliches, meist unwiderstehliches Aroma hatten. Frieda folgte ihm über die Plantage. Sie gingen einen Weg, den er sie noch nie entlanggeführt hatte. Wie immer konnte sie sich nicht satt sehen an Bougainvillea und den prachtvollen Blütenglocken von Trompetenbäumen. Dann waren da noch so viele Pflanzen, die sie nicht kannte und im Vorbeigehen fasziniert betrachtete. Nach einer geraumen Weile gelangten sie in einen Wald aus Kakao-, Mango- und Zitrusbäumen. Wie ungewöhnlich, üblicherweise waren die Kakaopflanzen wie auf einem Feld angeordnet und von anderen schattenspendenden Arten eingerahmt. Hier jedoch stand alles kreuz und quer. »Kaffeebohnen halten viel länger als von Kakao«, machte Yuan ihr in einem bunten Sprachengemisch, untermalt von der Bewegung seiner Finger deutlich. »Und Kaffee aus Venezuela ist gut. Kannst du dich jeden Tag überzeugen.« Seine Augen verschwanden in seinen Lachfalten. »Geschäft mit Kaffee leichter. Aber Kakao ist Frucht der Götter.« Sein Land sei die Wiege dieser göttlichen Frucht, behauptete er voller Stolz. Er erzählte etwas davon, dass der neue Reichtum Venezuelas auf Erdöl gründen, aber nur einige wenige Männer glücklich machen würde. Bei den vielen Menschen auf dem Land kam nichts von dem Wohlstand an, wenn sie ihn richtig verstand. Frieda wischte sich den Schweiß von Stirn und Oberlippe und schlug ständig nach Insekten, die sich auf ihr niederließen. Von großen Ölvorkommen, die vor einigen Jahren hier entdeckt worden waren, hatte Per ihr erzählt. Vielleicht war es möglich, beides mit einem Schiff zu transportieren, Öl und Kakaobohnen.

»Meine Plantage ist Schatz, den ich hüte und an Kinder und Enkel weitergebe«, sagte Yuan in ihre Gedanken. »Das hier ist Krone von Schatz.« Er schnitt eine reife Frucht ab und teilte sie mit einem Hieb seines Messers in der Mitte. Ohne ein Wort hielt er ihr die Hälften entgegen. Sofort fiel ihr der blumig-frische Duft auf.

Sie stutzte. »Die Bohnen sind fast weiß«, stellte sie fest.

Er nickte. »Porcelana«, sagte er ehrfürchtig. »Edelste unter Edelkakaos. Findest du nur in meinem Land, in Venezuela.« Ein Affe sprang kreischend über ihren Köpfen durch die Baumwipfel, Vögel zwitscherten, die Blätter rauschten leise. Frieda wagte kaum zu atmen, so bedeutend schien ihr dieser Augenblick. Sie wollte diese Bohnen haben. Es war die richtige Entscheidung gewesen, hierher zu kommen und nicht aus Brasilien oder Ecuador zu ordern. Plötzlich lachte Yuan laut auf. »Naja, vielleicht steht auch woanders noch ein Baum herum oder zwei.« Er wurde wieder ernst. »Aber höchstens in ein, zwei Länder, und ganz wenig Bäume.«

Zurück an seinem Haus ließ er sie von gerösteten Porcelana-Bohnen probieren und erklärte ihr, dass nur eine von tausend Blüten sich zur Frucht entwickelte. Der Baum war obendrein anfällig für alle Arten von Krankheiten und Schädlingen.

»Wenn du willst, verkaufe dir auch diese Sorte.«

»Unbedingt«, fiel sie ihm ins Wort. Dieses Aroma! Kräftig schokoladig mit einer Spur Nuss, dabei kein bisschen bitter, auch von Säure keine Spur.

»Bekommst du, kostet aber das Doppelte.«

Am Tag vor ihrer Abreise fühlte Frieda sich schlapp und hatte erhöhte Temperatur. Reisefieber vermutlich. Oder die Vorfreude darauf, endlich Per und die Kinder wiederzusehen. Per hatte ihr seine Kamera mitgegeben. Frieda machte einen letzten Spaziergang, fotografierte, kaufte Kindern mit lustig geflochtenen Zöpfen, die wie Schlangen auf ihren Köpfen lagen, Püppchen aus buntem Stoff ab und ruhte sich zwischendurch im Schatten auf der Veranda aus. Vicente bot ihr an, eine Hexe aus dem nächsten Dorf zu holen. Das jedenfalls verstand Frieda und lehnte dankend ab.

»Es geht schon. Ist einfach nur sehr heiß heute.« Das Packen ihrer Koffer brachte sie an den Rand ihrer Kräfte, sie musste sich hinlegen.

Stunden später erwachte sie von Musik. Dunkelheit hatte sich über das Haus und die Plantage gelegt. Yuan hatte etwas von einem Abschiedsfest gesagt. In Anbetracht der Tatsache, dass sie einen anständigen Fußmarsch durch den Dschungel, die Bootsfahrt entlang der Küste und dann noch einmal etliche Stunden in einem klapprigen Wagen über holprige Sandpisten vor sich hatte, wäre Frieda am liebsten im Bett geblieben. Doch das konnte sie Yuan nicht antun. Um keinen Preis wollte sie außerdem die Gelegenheit versäumen, sich von all den Menschen zu verabschieden, die sie in den letzten Tagen so lieb gewonnen hatte. Sie erfrischte ihr Gesicht mit Wasser aus der Schüssel, die neben ihrem Bett stand, kämmte sich schnell das Haar und ging hinunter. Zu dem allabendlichen Zirpen und Singen der Tiere, die bei einsetzender Dunkelheit munter wurden, gesellte sich Musik, die Frieda tief berührte. Oder waren es die bunten Laternen überall, die leuchtenden Gesichter? Frieda sah Gitarren, Flöten aus Zuckerrohr und Rasseln aus geschnitzten Schalen von Kakaofrüchten, die man offenbar nach dem Entfernen von Fruchtfleisch und Bohnen getrocknet und mit Steinchen oder Sand gefüllt hatte.

»Musst wiederkommen, ja?« Yuan bugsierte sie zu einem Platz neben dem Tisch, der sich unter Schüsseln, Schalen und Platten, alle übervoll, geradezu bog. »Dann bringst du deine Familie mit, Mann und Kinder.«

»Das wäre schön.«

Frieda erkannte Maisfladen und Bananen, Fleischstreifen in einer Soße, von der sie wusste, dass sie sehr würzig war.

»Was ist das?«, fragte sie, als eine der Frauen ihr ein paar Stückchen auf ihren Teller legte, die an karamellisierte Nüsse erinnerten. Nur waren sie an einer Seite auffällig rund. Und was mochte das sein? Sah fast aus wie die Beinchen der Krabben, die sie in Büsum gekostet hatte.

»Sind Riesenameisen«, Yuan strahlte sie an, »die du am ersten Abend so gern hattest.«

Frieda hätte nicht sagen können, wie sie den strapaziösen Weg zurück zum Hafen in Caracas bewältigt hatte. War er auch auf der Hinreise schon so lang gewesen? Nur ein paar Erinnerungen blitzten auf, daran, dass Vicente am Anfang noch fröhlich geplaudert, gelacht und gesungen hatte.

Je länger es dauerte, desto häufiger murmelte er: »Madre mia!« Und: »Doctor, Doctor!«

Auch dass sie an Bord gegangen war, wusste sie noch, und dass jemand sofort nach dem Schiffsarzt verlangte. Der Rest versank in einem Nebel aus Fieberträumen, Stimmen, dem Auf und Ab der Wellen.

Zurück in Hamburg brachte man sie ins Israelitische Krankenhaus. Sie sah Gesichter. Clara, auch Per und Albert. Hans. Oder träumte sie nur? Irgendwann lichtete sich der Nebel.

»Geht es dir besser, mein Herz?« Kein Zweifel, ihre Mutter war bei ihr. Kein Traum. Frieda atmete auf, sie war in Hamburg, zu Hause. Alles würde gut werden. Sie wollte Per sehen und die Kinder. »Nein, nein, du sollst dich nicht anstrengen«, hörte sie ihre Mutter energisch sagen. Da erst merkte sie, dass sie versucht hatte, sich aufzurichten, zu sprechen. Keine Kraft. Und wenn ihr nur nicht so kalt wäre. Rosemarie zog ihr die Decke bis zum Kinn, trotzdem schlotterte Frieda. Im nächsten Augenblick hätte sie das Federbett am liebsten weggeschoben, weil ihr Körper zu brennen schien. Sie keuchte, spürte, wie die Dunkelheit zurückkehrte, wollte sich dagegen wehren. Sie hatte so viele Fragen. Wie lange lag sie hier schon? Die Kakaobohnen, wie hieß noch die Sorte, die so selten war? Sie musste es wissen! Sie musste sie haben. Wieso war es so dunkel? Frieda riss die Augen auf.

»Grundgütiger!« Eine Frauenstimme. »Hilfe! Wir brauchen Hilfe!« Schrecklich laut, das sollte aufhören. Frieda wollte sich die Ohren zuhalten, ihre Hände gehorchten ihr nicht, bewegten sich nutzlos hin und her. Kalt, ihr war so furchtbar kalt. So viele Menschen. Warum brachte ihr denn niemand eine Decke?

»Was ist denn …? Gehen Sie zur Seite! Schnell, ich brauche Hilfe in … Frau Møller, hören Sie …?« Zu viele Wörter. Sinnlos. Laut. Kalt. So entsetzlich heiß!

Als sie das nächste Mal einen klaren Gedanken fassen konnte, saß Clara an ihrem Bett und redete unaufhörlich. Dieses Mal konnte Frieda verstehen, was sie sagte.

»Den halben Sommer hast du schon verschlafen. Willst du nicht endlich wach werden, Frieda? Ich habe bestimmt nicht wieder hier im Hospital angefangen, um dich sterben zu sehen. Du kannst es schaffen, das weiß ich. Du musst es einfach schaffen. Denk doch an die Kinder, an Per!« Wie dünn ihre Stimme klang. Frieda nahm ihre Kraft zusammen und hob die Lider. »Frieda?« Clara beugte sich über sie, tupfte ihr die Stirn. Frieda blinzelte. »Eine schöne Freundin bist du, mich so in Angst und Schrecken zu versetzen.« Sie wischte sich rasch über die Wange, bewegte dann langsam ein Hölzchen vor Friedas Augen von einer Seite zur anderen. Im nächsten Moment legte sie ihr die Fingerspitzen an den Hals, konzentrierte sich. »Dem Himmel sei Dank!«, sagte sie mit einem tiefen Seufzer. »Ich fürchte, so sicher war ich dann doch nicht, dass du es schaffst. Was machst du nur für Sachen? Frieda, Herrgott, wir dachten wirklich, du stirbst.«

Frieda schluckte, als müsse sie ihren Hals erst befeuchten. »Was ist denn passiert?«, brachte sie heiser hervor und erkannte ihre Stimme selbst kaum.

»Du hast Malaria«, sagte Clara ruhig. »Und du hast großes Glück.«

»Glück?« Es fühlte sich nicht so an.

»Früher war die Therapie eine echte Rosskur und gefährlich. Jetzt haben wir Chloroquin. Hat eine Weile gedauert, bis wir es besorgen konnten«, sagte sie leise. »Vielleicht wechselst du lieber in ein Krankenhaus, das für euch Arier gedacht ist.« Frieda schloss die Augen. Ein winziger Teil in ihr hatte gehofft, der Spuk sei vorbei, sie war doch lange genug unterwegs und dann außer Gefecht gewesen. Hätte nicht wenigstens dieser absurde Judenhass in all der Zeit ausgemerzt sein können? Sah nicht danach aus. »Bei uns fehlt es an allem.« Clara lächelte. »Allerdings gibt es immer Mittel und Wege«, flüsterte sie. »Ich bin noch von Föhr in Übung.« Frieda verstand kein Wort. »Das Chloroquin schlägt bei dir gut an, das ist die Hauptsache.«

»Werde ich wieder gesund?«

»Kann sein, dass du lebenslang Fieberschübe hast. Nach heutigen Kenntnissen spricht jedoch nichts dagegen, dass du damit alt werden kannst. Und mit der entsprechenden Behandlung wird dich auch das Fieber nicht allzu sehr piesacken. Jetzt ruh dich erst mal aus und mach dir keine Sorgen.«

Per kam ohne die Kinder. Frieda brachte kein Wort heraus, so überwältigt war sie davon, ihn wiederzusehen. Er setzte sich zu ihr ans Bett. Wie damals, als sie Henrik zur Welt gebracht hatte und Per aus China zurückgekehrt war. Jetzt war sie es, die von einer langen Reise zurück war, doch sie lag aus keinem erfreulichen Grund im Krankenhaus.

»Warum habe ich dich nur allein fahren lassen?«, flüsterte Per erstickt.

»Denkst du, die Mücke hätte sich nicht getraut, mich zu stechen, wenn du drohend neben mir gestanden hättest?«

Er lächelte schwach. »Scheint so, als hättest du deinen Humor nicht verloren. Gott, Frieda, ich hatte solche Angst um dich. Wir alle!«

»Clara meint, es wird wieder«, sagte sie kleinlaut. »Es war richtig, dass ich gefahren bin.« Stockend erzählte sie von den Menschen und dem atemberaubend schönen Land, von den edlen Kakaobohnen, von Porcelana. Sie musste immer wieder Pausen machen, selbst Reden strengte sie an. »Wir werden daraus die beste Schokolade machen, die Hamburg je gekostet hat.« Nach einer erneuten Pause sagte sie leise: »Ich habe so viel gelernt, und ich habe etwas begriffen. Es muss sich etwas ändern, Per.«

Er zog die Augenbrauen hoch. »Sag nichts! Du willst eine eigene Fabrik bauen.«

Sie schüttelte den Kopf. »Im Gegenteil. Wir haben viel zu wenig Zeit für uns, für die Kinder. Die Manufaktur ist ein wunderbarer Teil meines Lebens, aber es gibt so viel Wichtigeres.«

Als die Sommerspiele in Berlin mit großem Pomp im eigens gebauten Olympiastadion eröffnet wurden, die Zeitungen berichteten über nichts anderes, war Frieda endlich wieder zu Hause. Ins Kontor ging sie noch nicht. Ernst kam zu einer ersten Besprechung zu ihr. Schließlich fühlte sie sich in der Lage, in ihrer Manufaktur nach dem Rechten zu sehen. Es war himmlisch, endlich wieder die Geräusche der Walzen und Conchiermaschinen zu hören, den Duft von reinem Kakaopulver, von Vanille, Zimt und Jasmintee zu atmen. Rudolf fiel ihr beinahe um den Hals, bremste sich in letzter Sekunde. Warum eigentlich? Frieda drückte ihn an sich. Das hätte sie vielleicht nicht tun sollen. Alle standen plötzlich da, wollten sie ebenfalls umarmen. Jonas und Marianne, selbst die etwas spröde Magda. Alle plapperten auf sie ein, stellten Fragen, ohne ihr die Gelegenheit zum Antworten zu lassen, zeigten, was sie in ihrer Abwesenheit alles produziert hatten. Frieda war ein zweites Mal zu Hause angekommen.

Als sie sich wieder kräftig genug fühlte, packte sie Kartons mit Schokolade und stärkenden Schokoflocken zusammen und brachte sie in das Israelitische Krankenhaus, in jüdische Lehranstalten und andere Einrichtungen, denen es irgendwie gelungen war, noch zu existieren.

»Clara denkt, es wird das Israelitische Krankenhaus nicht mehr lange geben. Wo soll sie dann hin, wovon soll sie leben?«, fragte Frieda sich laut, als sie am Abend mit Per zusammensaß.

»Ich fürchte, das geht unzähligen Juden so«, antwortete Per.

»Dann müssen wir welche einstellen«, erklärte sie.

»Und es geht Menschen so, die Juden unterstützen, oder die Personen mit Behinderungen beschäftigen.« Er sah sie eindringlich an.

Da stürzte Sarah ins Zimmer. »Ich habe schlecht geträumt«, schluchzte sie. Das gleiche Theater an beinahe jedem Abend. »Ich habe geträumt, dass du wieder wegfährst.« Sie sprang Frieda auf den Schoß und presste ihren Kopf an Friedas Brust. »Und dass du da wieder krank wirst, und dann bist du tot.«

»Wie du siehst, bin ich hier, und ich habe auch überhaupt keine Lust, noch einmal von euch getrennt zu sein. Außerdem geht es mir sehr gut«, sagte sie, ehe Sarah sich weiter in ihre Angst hineinsteigerte. »Es war nur ein böser Traum, nichts weiter.« Frieda versuchte, das Mädchen von ihrem Schoß zu heben. »Meine Güte, du bist schwer.« Frieda lachte.

Per kam ihr zu Hilfe. Mühelos hob er Sarah hoch und drehte sich einmal mit ihr im Kreis. Sie lächelte. Immerhin. »Kein Wunder, dass sie so schwer ist, sie ist schließlich schon eine richtige junge Dame. Bald kann ich das nicht mehr«, sagte er und hob sie hoch bis unter die Decke. Jetzt musste Sarah lachen.

»Komm, junge Dame, ich bringe dich ins Bett.« Frieda war aufgestanden.

»Du kannst keine Juden einstellen«, sagte Per, als sie zurück ins Wohnzimmer kam. »Schokolade an jüdische Einrichtungen zu verschenken, ist eine Sache, das lässt sich noch irgendwie rechtfertigen. Schon Marianne mit ihrer Gebärdensprache kann uns in Schwierigkeiten bringen.«

»Marianne, aber warum? Sie ist keine … »

»Es gibt ein Gesetz, das die Verbreitung von Erbkrankheiten verhindern soll.« Sie konnte ihm ansehen, wie schwer es ihm fiel, darüber zu sprechen, Per sah elend aus. »Sie setzen diese Verordnung mit Gewalt um.« Er schluckte. »Frieda, sie sterilisieren Mädchen, die zum Beispiel gehörlos sind.«

Sie starrte ihn an, ihr wurde übel. Das war unmöglich. »Kein Arzt, der den hippokratischen Eid geschworen hat, kann das tun.«

»Es gibt genug überzeugte Nazis unter ihnen. Wer keiner ist, gefährdet sich und seine gesamten Mitarbeiter, indem er sich widersetzt.« Er atmete tief ein. »Gebärden sind verboten, es darf nur noch Lautsprache verwendet werden. Einer gehörlosen jungen Frau Arbeit zu geben, die sich daran hält, dürfte in Ordnung sein. Was glaubst du, was aber passiert, wenn wir nun auch noch Juden einstellen?«

»Aber wir können sie doch nicht im Stich lassen, wir können uns doch nicht einfach diesen Unmenschen beugen!«

»Frieda!« Er verschränkte die Finger ineinander. »Wir können nicht die Helden spielen. Sarah ist Jüdin. Wir müssen sie schützen. Das tun wir nicht, indem wir die Aufmerksamkeit der Nazis auf uns ziehen.«

»Aber … Kaum jemand weiß, dass sie … »

»Deine Mutter weiß es.« Er sah ihr in die Augen.

»Meine Mutter würde uns nie …« Der Rest blieb ihr im Halse stecken. Würde Rosemarie ihre eigene Familie verraten? Frieda rieb sich über das Gesicht. Sie konnte das nicht mit letzter Gewissheit verneinen. Die Erkenntnis traf sie wie ein Schlag.

»Es gibt keine Adoptionspapiere, wir haben nie etwas offiziell gemacht. Sie lebt einfach nur bei uns. Was glaubst du, wie leicht es ist, sie uns wegzunehmen?« Friedas Innerstes krampfte sich zusammen. »Selbst wenn Hans sich zur Vaterschaft bekennen würde, säßen wir in der Klemme.«

Kapitel 21

Sommer 1937

Frieda hasste es, dummerweise hatte Per recht. Man konnte nichts anderes tun, als zu helfen, wo es ohne großes Aufsehen möglich war, und hoffen, dass das Grauen vorbeiging. Doch es ging nicht vorbei, es wurde immer nur noch schlimmer. Ein Jahr war es nun her, seit Frieda aus Venezuela zurück war. Sie hatte im Krankenhaus und auch noch danach viele Wochen damit zugebracht, wieder zu Kräften zu kommen. Jetzt war es höchste Zeit, einige Dinge zu regeln. Sie ging zu Hans, sie mussten sich endlich über eine offizielle Adoption Gedanken machen, mussten sich informieren, ob das ohne Zustimmung der Mutter überhaupt möglich war. Frieda wollte von ihrem Bruder wissen, ob sie nach einem Weg suchen oder Sarah vorher die Wahrheit sagen sollten. Wäre es nicht gerecht, wenn das Kind selbst etwas dazu sagen dürfte?

Schon von Weitem sah Frieda Rauchschwaden über dem Garten der elterlichen Villa. Was war da los? Sie beschleunigte ihre Schritte, lief vom Hof gleich um das Haus herum nach hinten. Hans war gerade dabei, eine Leinwand ins Feuer zu werfen.

»Bist du wahnsinnig? Was tust du da?« Sie ging zu ihm. Neben ihm stapelten sich weitere leere Leinwände und einige seiner letzten Bilder. Soldaten mit abgetrennten Gliedmaßen. Blutüberströmte Kinder in Uniformen. In nur knappen Pinselstrichen hingeworfen, und doch grausam deutlich. Er war im Begriff, alles in Flammen aufgehen zu lassen. Das musste aufhören.

»Es wäre Wahnsinn, sie nicht zu verbrennen.« Seine Stimme klang wie das Grollen eines Vulkans, ehe er ausbrach. »Wenn die Nazis sie in die Finger bekommen und nur einmal richtig hinsehen, werden sie ihnen gar nicht gefallen. Dann halten sie sie womöglich auch für entartet.«

Das war nicht von der Hand zu weisen. »Du trittst als Maler nicht übermäßig in Erscheinung«, begann sie vorsichtig. »Es reicht doch, wenn du vorerst keine Ausstellungen mehr hast. Du bist gut, Hans, diese Gemälde dürfen nicht zerstört werden. Wenn du sie versteckst, auf dem Dachboden etwa, dann bekommen die Nazis sie nicht zu sehen.«

»Kann schon sein.« Er griff nach einem unbenutzten Keilrahmen.

»Hör auf! Es gibt keinen Grund, warum du nicht weiter malen solltest.«

Hans verharrte in der Bewegung. »Blümchen in der Hand einer blonden arischen Schönheit vielleicht?«, zischte er. »Was ich malen will, was in mir steckt, könnte ich gleich auf den Dachboden bringen oder vergraben. Wozu also? Kunst darf nichts mehr in diesem Land.« Er ließ die Arme sinken, der Rahmen fiel in das Gras. »Sie haben die Bilder von Alfred Fellner als entartet aus der Hamburger Kunsthalle verbannt«, sagte er müde.

Was war es nur für eine Zeit, in der die Tatsache, dass Maler, Schriftsteller oder Schauspieler mundtot gemacht wurden, bei Weitem nicht zum Schlimmsten gehörte, was geschah? Weitaus beängstigender war das Groß-Hamburg-Gesetz, das verschiedene Gemeinden, dazu Städte wie Altona und Harburg mit der Hansestadt vereinigte. Dass Hamburg stärker und mächtiger werden sollte, hätte Frieda vor einigen Jahren noch gefreut, jetzt jagte es ihr eine Gänsehaut über den Rücken, denn mit dem Gesetz war die Hamburgische Verfassung hinfällig. Immer öfter war von Krieg die Rede. Was Frieda beinah am meisten entsetzte, war die Veränderung von Hans. Innerhalb weniger Wochen war sein Haar grau geworden. Er sprach nur noch wenig, und wenn, dann davon, dass er keinen zweiten Krieg ertragen würde. Clara war viel bei ihm. Gott sei Dank! Sie schien ihn ein wenig beruhigen zu können.

»Er trinkt wieder«, vertraute sie Frieda eines Tages an. »Nicht so viel, dass ich mir Sorgen machen würde. Sein Magen macht es ihm unmöglich. Aber ein Glas Wein quält er sich trotz der Schmerzen herunter.«

Während einerseits der Begriff des Krieges der Zukunft die Runde machte, plante man in Hamburg Bauwerke von gigantischen Ausmaßen. Ein Gauhaus sollte entstehen, doppelt so hoch wie die Michaeliskirche! Und eine Hängebrücke über die Elbe, die die Golden Gate Bridge in San Francisco noch in den Schatten stellen sollte. Glaubte denn jemand ernsthaft, er könne einen Krieg anzetteln und gleichzeitig gigantische Bauvorhaben in die Tat umsetzen? Frieda konnte über derartig absurdes Gerede nur den Kopf schütteln. Schön, in Hamburg selbst hatte es im Krieg weder Kanonen noch Schützengräben gegeben. Nur eben auch sonst nichts, nicht genug Lebensmittel, kein Baumaterial, keine Waren. Der Hafen war dicht gewesen, und so würde es wieder sein. Dana fragte in ihren Briefen, was in Deutschland nur los sei. Was bei ihnen in den Nachrichten zu lesen war, sei unvorstellbar.

»Solltest du den Wunsch verspüren, woanders zu leben, bist du mit deiner Familie jederzeit willkommen. Du weißt ja, das Haus ist noch in unserem Besitz. Es ist groß und leer.«

Frieda hatte lange dagesessen, den Brief auf dem Schoß. Ihr geliebtes Hamburg verlassen? Ein schrecklicher Gedanke. Das Deutschland dieser braunen Verbrecher hinter sich zu lassen, klang dagegen nach dem Besten, was man für seine Kinder und sich tun konnte.

In all dem trüben Grau gab es einen Lichtschein. Ernst, seit Kurzem Vorsitzender des Vereins der Kakaohändler in Hamburg, hatte Unmögliches geschafft. Auf sein maßgebliches Betreiben gab es ab dem ersten Juni 1937 an der Börsenbrücke 2a die sogenannte Kakao-Prüfstelle. Unter der gleichen Anschrift existierte eine Nebenstelle der in Berlin ansässigen Wirtschaftlichen Vereinigung der deutschen Süßwarenwirtschaft. Ernst und seinen Mitstreitern war es doch wahrhaftig gelungen, diese Prüfstelle durchzusetzen. Mit erheblichem Vorteil.

»Wir haben den Süßwaren-Kerlen erklärt, wie wichtig Kakao für die Gesundheit und Arbeitskraft des deutschen Volkes ist.« Ernsts Augen blitzten. »Und dass die Einfuhr von Rohkakao unbedingt möglichst wirtschaftlich gestaltet werden muss, worum wir uns in der Prüfstelle gern kümmern. Ach Frieda, das ist auch nicht das ganz doll Gelbe vom Ei.« Er seufzte und fuhr sich durch das dünne Haar. »Aber man besser als nix. Wenigstens haben die uns zugestanden, verbindliche Zusagen für den Einkauf von bestimmten Mengen zu festgelegten Konditionen zu geben. Damit können Geschäfte direkt abgeschlossen werden, und dies ganze Bescheinigungszeug aus Berlin kann später angefordert werden.«

Diese Einigung machte nicht nur den Kakao-Importeuren das Leben etwas leichter, sie steigerte das Ansehen von Hannemann & Krüger noch einmal deutlich. Das Spezialgeschäft sei zweifellos einer der hervorragendsten Repräsentanten der Branche, hieß es in einem Zeitungsartikel, den Ernst sich am liebsten eingerahmt und ins Büro gehängt hätte.

»Das ist auch der beruflichen und charakterlichen Qualifikation der Geschäftsführer zu verdanken«, las er vor, wobei er jedes Wort einzeln betonte.

Einige Monate nachdem Alfred Fellners Werke als entartet gebrandmarkt worden waren, stand er vor Friedas Tür.

»Ich bin gekommen, um mich zu verabschieden.«

»Kommen Sie rein, schnell!« Sie sah zur Straße, ob dort jemand mit hochgeschlagenem Mantelkragen stand, der sie beobachtete.

Solche Dinge erwartete man schon. Völlig absurd und doch leider tägliche Realität. »Was soll das heißen, Sie wollen sich verabschieden? Verreisen Sie denn?«, wollte sie wissen, als sie ihn ins Wohnzimmer führte. Das Töpfchen Glücksklee mit Plastikschornsteinfeger und einer goldenen Jahreszahl darin, das Clara Silvester mitgebracht hatte, mickerte auf dem Couchtisch vor sich hin.

Fellner lachte, es klang nicht fröhlich. »Ja, so kann man es sagen. Ich gehe nach Frankreich, nach Paris. Ich glaube nicht, dass ich nach Deutschland zurückkomme.«

»Das tut mir leid zu hören. Bitte!« Frieda deutete auf den Sessel, er hob abwehrend die Hand, wollte offenbar nicht lange bleiben. Sie hatten nicht viel Kontakt gehabt in den letzten Jahren. Trotzdem. Frieda schätzte Fellner und die Gespräche, die man mit ihm führen konnte. Und sie war so glücklich über seinen Kontakt zu Hans.

»Ich kann Ihnen nur raten, das Land auch zu verlassen.«

»Aber ich bin weder Jüdin noch Künstlerin.«

»Sie müssen sich entscheiden, Frieda. Sie können nur für oder gegen die Nazis sein. Bleiben Sie, wenn Sie für sie sind.«

Frieda blieb. Natürlich blieb sie. Hamburg war ihre Heimat, hier war ihre Familie, ihr Unternehmen, einfach alles. Sie konnte nicht gehen. Sie blieb, obwohl man das Ballinhaus in Meßberghof unbenannte. Weil Albert Ballin Jude gewesen war. Ihr war so oft nach Weglaufen zumute. Sie wusste nicht, wohin mit ihrer Verzweiflung. Noch nie hatte sie so viel Willkür, so viel Boshaftigkeit und so viel Dummheit erlebt. Dennoch blieb sie. Obwohl die Nazis ein Jahr später die Gebäude des Israelitischen Krankenhauses beschlagnahmten. Man hatte dafür gesorgt, dass immer weniger Patienten kamen. Das Hospital war in finanzielle Not geraten, hatte zuerst Krankenschwestern und Ärzte gehen lassen müssen. Dann gab es keinen anderen Weg, als die Gebäude dem Staat zu überschreiben, der dafür großzügig die angehäuften Schulden erließ. Immer der gleiche böse

Trick. Das, was vom Hospital übrig war, zog in die Johnsallee um. Ohne Clara. Sie hatte ihre Arbeit dort längst verloren. Was sollte jetzt aus ihr werden? Sie hätte mit ihren Eltern fortgehen sollen, als noch Zeit dafür war. Frieda musste mit ihr reden. Sie besuchte Clara in ihrem Zimmer, das sie im Martin-Brunn-Stift in Eppendorf bekommen hatte. Gegen freie Kost und Unterbringung unterstützte sie dort die Versorgung der Einwohner.

»Frieda! Du hast dich nicht angemeldet. Komm rein!« Frieda zog eilig den Hut mit der breiten, nach unten gezogenen Krempe vom Kopf. »Du musst dich nicht genieren. Es ist vernünftig, dass du dich schützt. Wäre nicht klug, offen Kontakt zu einem Judenhaus zu haben.«

»Ich schäme mich trotzdem. Ich wäre so gern mutiger, wenn ich damit nicht so viele Menschen gefährden müsste, die ich liebe.« Sie drückten einander zur Begrüßung. »Du bist meine Freundin, dich liebe ich auch. Eigentlich sollte das ruhig jeder wissen.«

»Wie geht's dir?«, fragte Clara. Es lag auf der Hand, dass sie das Thema wechseln wollte. »Hattest du mal wieder Fieber?«

»Nein, bisher habe ich Glück.«

»Und die Medikamente, verträgst du sie gut?«

Frieda nickte. »Alles bestens. Ich bin hier, um über dich zu sprechen, Clara, darüber, wie es dir geht.«

»Sieh dir meine Angoras an!« Clara deutete auf den winzigen Balkon, wo der Stall mit zwei Tieren stand. »Ich brauche sie nicht zu scheren, sondern nur zweimal pro Woche bürsten. Das Fell verkaufe ich auf dem Markt. Manchmal bringe ich es sogar ins Alsterhaus.« Sie verdrehte die Augen, als sie den Namen aussprach. »Ist ein kleines Zubrot. Die Zeiten sind vorbei, in denen ich mir Kleider aus französischer Seide auf den Leib schneidern lassen konnte, so viel ich wollte.« Sie machte eine wegwerfende Handbewegung. »Macht mir nichts aus, davon hängt das Glück nicht ab.«

»Nein, sicher nicht.« Frieda biss sich auf die Unterlippe. Es nützte nichts. Raus damit. »Immer mehr Menschen verlassen Deutschland. Das hättest du auch tun sollen, als du die Gelegenheit hattest.«

»Habe ich aber nicht. Der Zug ist abgefahren, jetzt muss ich durchhalten.«

»Musst du nicht. Du kannst immer noch zu deinen Eltern nach Amerika gehen.«

»Kann ich nicht.« Clara sah ihr in die Augen. »Ich habe ihnen gesagt, dass Hans der Vater meines Kindes gewesen wäre.« Sie machte eine kurze Pause. »Und dass ich ihn noch immer liebe.« Frieda holte tief Luft. »Damit bin ich nicht länger ihre Tochter.«

Das änderte die Situation völlig. Trotzdem, Clara musste weg von hier, weit weg.

In Friedas Kopf arbeitete es. »Dann muss es eben anders gehen.«

»Mein Reden. Ich bleibe im Stift. Hier habe ich alles, was ich brauche, und es gibt genug für mich zu tun. Ich ziehe weiterhin meinen Kaninchen das Fell über die Ohren, schmuggle Pillen in den Verpackungen von Föhrer Krickenten und bete jeden Tag, dass Deutschland irgendwann wieder zu Verstand kommt.«

»Du tust was?« Frieda starrte sie an.

Clara zuckte mit den Achseln. »Auf legalem Weg gibt es für Juden keine Medikamente mehr«, sagte sie so leise, dass Frieda sie kaum verstehen konnte. Ganz automatisch senkte man seine Stimme, wenn es um heikle Themen ging, selbst wenn man unter sich war. »Die Gelegenheit hat sich ganz zufällig ergeben, ich habe damit begonnen, als ich noch auf der Insel war. Es hat den Kindern an allem gefehlt, da musste ich doch etwas unternehmen. Mein Kontaktmann in der Konservenfabrik von Boysen ist der Bruder des Apothekers. Eine bessere Quelle gibt es nicht.« Sie lächelte. »Glücklicherweise verkauft Boysen in alle Welt, ich bekomme die Arzneien also frei Haus.«

»Solange dein Kontaktmann nicht auffliegt«, erwiderte Frieda eindringlich.

»Dann gnade uns Gott.«

»Und dir auch! Ihr müsst aufhören, bevor sie euch schnappen. Es sieht leider nicht aus, als würde dieses Land wieder zu Verstand kommen. Im Gegenteil. Clara, sie stellen Frauen zur Schau, die Schilder um den Hals tragen, auf denen steht: Ich habe einen Juden geküsst. Sie schmieren Hakenkreuze an Schaufenster. Wenn sich kein Kunde mehr in den Laden traut und der Kaufmann in finanzielle Nöte gerät, springen sie als Geldgeber ein. In Wirklichkeit nehmen sie dem rechtmäßigen Besitzer für eine lächerliche Summe sein Geschäft weg.«

»Das brauchst du mir nicht zu erklären«, sagte Clara hart.

»Ich bin überrascht, dass ich dir überhaupt etwas erklären muss. Du warst immer diejenige, die schwarz gesehen hat!«

»Braun«, flüsterte Clara und zog eine Augenbraue hoch.

»Ich wollte nicht glauben, dass es zum Äußersten kommt. Und jetzt ist alles noch schlimmer. Junge Mädchen werden sterilisiert, damit sie ihre Erkrankung nicht vererben können. Weil kranke Menschen Geld kosten, statt für Hitler in der Rüstungsindustrie zu schuften«, flüsterte Frieda wütend. »Und weil dieser Irre eine Rasse aus gesunden blonden Ariern züchten will.«

»Pfui Teufel!« Clara starrte vor sich hin.

»Eben. Warum sorgen sie wohl dafür, dass aus Wohnstiften für jüdische und christliche Bewohner ausschließlich Judenhäuser werden?« Frieda sah sie herausfordernd an. »Damit sie euch alle auf einem Haufen haben! Clara, letztes Jahr im Oktober und November sind Tausende Menschen aus ihren Häusern geholt und in Sonderzügen weggefahren worden. Niemand weiß genau, was aus ihnen geworden ist.«

»Das waren alles Polen«, sagte Clara schwach.

»Das waren alles Juden! Ich habe Angst um dich, Clara. Ich will nicht warten, bis sie meine beste Freundin irgendwann abholen.« Ihr versagte kurz die Stimme. »Hans hat Angst um dich«, setzte sie zitternd hinzu. Damit hatte sie sie endlich gehabt. Clara willigte ein, für eine Weile unterzutauchen. »Gute Entscheidung! Ich kümmere mich um alles, und dann hole ich dich.«

»Übrigens habe ich eine Frau kennengelernt, die behauptet, dich zu kennen«, sagte Clara. »Eine etwas unheimliche Person mit komischen Augen und einer auffälligen Art zu reden. Ihr Name ist Martina Jensen.«

»Ja, wir kennen uns wirklich. Ich bin ihr und ihrem Mann auf dem Schiff nach New York begegnet, und wir haben sie zwei- oder dreimal besucht.« Frieda lächelte. »Du hast recht, sie ist höchst sonderbar, aber ein guter Mensch, glaube ich.«

»Ein sehr guter, scheint mir. Sie sieht es wohl ähnlich wie du. Ich habe beobachtet, wie sie eine jüdische Mitarbeiterin abgeholt hat.«

Hoffentlich hatte sie recht. Frieda beeilte sich, ins Ballinhaus zu kommen. Sie konnte sich einfach nicht an Meßberghof gewöhnen. Hoffentlich war ihre Idee so gut, wie sie auf den ersten Blick ausgesehen hatte. Sie klopfte, dann öffnete sie die Tür zu Ernsts Kontor.

»Moin Frieda. Wie geht's, wie steht's?«

»Gut, danke, gut.«

»Du hast doch was auf'm Herzen. Setz dich!«

»Danke. Ja, Ernst, stimmt schon.« Sie lächelte unsicher. Wie offen konnte sie mit ihm reden? Ernst würde sie niemals verraten, dessen war sie sicher. Bloß wollte sie ihn auch nicht in Gefahr bringen. »Ich war gerade bei Clara. Erst musste sie Hals über Kopf ihre geliebte Insel verlassen, jetzt leidet sie in ihrer Heimatstadt nicht gerade an unkontrollierbarem Reichtum.«

Ernst lachte. »Das ist gut, unkontrollierbarer Reichtum!« Das Lachen erstarb auf seinen Lippen. »Aber sie kommt doch zurecht?«

»Sie verkauft das Fell ihrer Kaninchen, um überhaupt ein paar Groschen in der Tasche zu haben.« Er schüttelte missbilligend den Kopf, nahm die Brille ab und wienerte die Gläser. »Nun soll Hamburg auch noch ganz offiziell zur Führerstadt erhoben werden«, setzte sie an.

»Erhoben werden?«, ging Ernst dazwischen und setzte seine Brille wieder auf die Nase. »So'ne Auszeichnung braucht Hamburg so nötig wie ich 'n Loch im Kopp!« Frieda hatte ihm ein Stichwort geliefert, über das er sich trefflich aufregen konnte. »Wenn ich das schon höre, Führerstadt. Mir wird schon ganz schlecht, wenn die ständig von Berlin als Welthauptstadt Germania schwafeln«, flüsterte er, obwohl die innen mit Leder bespannte Tür seines Kontors verschlossen war. »Nu haben wir 'n Architekten des Elbufers«, sagte er geziert. »Was soll das denn bitteschön sein? Braucht kein Mensch, schon gar nicht mein schönes Hamburg.«

»Du hast völlig recht. Das Schlimmste ist, sie werden die Juden in einer so bedeutenden Stadt noch mehr drangsalieren.« Sie sah ihm in die Augen. »Oder jagen.« Frieda hielt den Blick, zwinkerte kein einziges Mal. »Sag mal, in Spreckels Speicher ist doch alles gut aufgehoben, nicht?«, fragte sie dann. »Ich meine, da ist alles sicher. Alles und jeder, oder?«

»Jo, klar! Wie kommst denn jetzt da drauf? Typisch Frauensleut, ihr wechselt das Thema, so schnell kannst nicht mal Labskaus sagen. Jo, beim Spreckel ist man alles bannig gut aufgehoben. Die Temperatur rutscht nie unter null, klettert aber auch nie auf über zwanzig Grad. So mancher Kaffeesack hat das besser als die armen Schweine, die in den letzten Gängevierteln hausen …« Plötzlich stockte er und sah sie lange an, Frieda konnte regelrecht in seiner Miene lesen, wie er sich ihre Worte gerade noch einmal ins Gedächtnis rief. »Moment, hast du gerade gesagt: Da ist jeder sicher?« Sie nickte. »Du, der Groschen ist bei mir aber pfennigweise gefallen.« Er kratzte sich am Hinterkopf. »Ja, sicher wohl schon. Aber gemütlich ist das man nicht gerade.«

»Wenn jemand nun um sein Leben fürchten müsste, dem wäre es gleichgültig, ob es gemütlich ist, stimmt's? Der wäre bei Spreckel gut aufgehoben, was meinst du?«

Jetzt nickte Ernst langsam. »Da wird wohl keiner nachgucken, denk ich. Und die Speicher haben nur kleine Fenster. Wenn die zu sind, isses zappenduster, da siehst du nix.«

»Es wäre schon längst Zeit für Clara gewesen. Zuerst hatte sie wenigstens noch ihre Arbeit. Aber jetzt? Es ist nur eine Frage der Zeit, bis alle jüdischen Einrichtungen geräumt und die Menschen abtransportiert werden. Wer weiß, wohin?«, setzte sie noch leiser hinzu. »Erschwerend kommt hinzu, dass Clara …« Frieda zögerte. »Sie besorgt seit Jahren Medikamente für Juden. In den Kartons von Wildentenkonserven.«

Ernst grinste. »Hätte ich ihr gar nicht zugetraut.«

»Ist auch keine gute Idee«, zischte Frieda. »Es grenzt an ein Wunder, dass noch nie jemandem etwas aufgefallen ist. Ernst, wenn jemand sie anschwärzt, wenn nur einer darüber stolpert, dass das Stift, in dem Clara hilft, bestens mit Tabletten ausgestattet ist, dann ist sie in Lebensgefahr. Sie kann unmöglich länger in Hamburg bleiben. Jedenfalls nicht sichtbar.« Frieda hielt die Luft an.

»Dann müssen wir sie unsichtbar machen.«

Tränen stiegen ihr in die Augen. Ernst war der beste Mensch, den man sich vorstellen konnte. Sie lächelte und wischte sich über die Wange. »Wir können Spreckel unmöglich darum bitten«, dachte sie laut. »Er wäre nicht der Erste, der verprügelt wird, oder der gleich ganz von der Bildfläche verschwindet, weil er beide Augen zugedrückt hat. Wir müssen Clara ohne sein Wissen einschmuggeln.« Wenn's schiefgeht, wäre Spreckel trotzdem dran, dachte sie beklommen. Niemand würde ihm glauben, dass er nichts wusste. Es musste eben alles gutgehen.

»Lass das man meine Sorge sein!«

Zwei Tage später trafen sich Frieda, Ulrike, Ernst und Clara an der Ecke Brandstwiete-Dovenfleet. Clara hatte ein Tuch um den Kopf geschlungen wie eine alte Frau.

»Es ist nur vorübergehend«, wisperte Frieda immer wieder. Clara nickte stumm.

»Hoffentlich sind wirklich nur Paul und Jockel da. Die sind beide nicht sehr helle, mit denen wird es einfach«, flüsterte Ulli. Sie beeilten sich, zum Kaffeespeicher zu kommen. Obwohl sie sich natürlich unauffällig verhalten wollten, konnte Frieda es nicht lassen, sich immer wieder umzusehen. »Also noch mal«, sagte Ulli, als sie vor der Tür angekommen waren. »Ich gehe zuerst rein und lenke die beiden ab. Ich erzähle denen was von einem Schäferstündchen im dritten Stock, bei dem ich meinen Ring verloren habe.« Sie öffnete die rechte Hand, ein schlichter Silberring kam zum Vorschein. »Die gehen mit mir hoch suchen, ihr richtet Clara das Versteck ein. Zweiter Stock, ganz hinten, ganz links«, sagte sie mit Nachdruck.

»Ja, ja, ich weiß doch, wo«, sagte Ernst ungeduldig. Ganz geheuer war ihm die Sache auch nicht.

»Hinter den Kaffeesäcken in der Ecke guckt so schnell kein Mensch nach«, erklärte Ulli, obwohl sie alles schon mehrfach durchgesprochen hatten. »Die sind frisch geliefert und werden die nächsten Wochen nicht bewegt.«

»Keine Angst, Clara«, beschwichtigte Frieda sofort, »es wird keine Wochen dauern. Ich habe schon Kontakt mit Magnus und …«

»Pst«, machte Ernst scharf. »Keine Namen, wenn das nicht nötig ist.«

»Kann's losgehen?« Ulli sah von einem zum anderen. Alle nickten. »Na, dann …« Sie öffnete die Tür, sah sich um, machte ihnen ein Zeichen. Schnell schlüpften die anderen in den Speicher, schlossen die Tür hinter sich und drückten sich an die Wand. Von oben hörte man Männerstimmen, dann plötzlich geschäftiges Rumpeln. Schien ganz so, als ob die beiden Arbeiter ohne Aufsicht nicht allzu viel geschuftet hätten. Ulli ging die Treppe hoch.

»Heil Hitler«, tönte es ihr entgegen.

»Halb Liter!«, antwortete sie schneidig. Ernst griente. »Na, Jockel, na, Paul, immer fleißig?«

»Was brüllst du denn so? Wir sind ja nicht schwerhörig«, sagte eine Stimme. Frieda atmete auf. Mit den beiden sollte es ein Leichtes sein, Clara in ihr Versteck zu bringen.

»Nee, seid ihr nicht, ne? Und blind bestimmt auch nicht.« Ulli spielte ihre Rolle glänzend. Ernst hob einen Daumen, Clara und Frieda nickten eifrig.

»Nö, also ich kann gut gucken!«

»Jo, ich man erst! Vor allem, wenn 'ne hübsche Deern einen so viel gucken lässt.« Ulli genierte sich nicht, einen tiefen Ausschnitt zu präsentieren. War schließlich für den guten Zweck.

»Wenn ihr so gute Augen habt, dann könnt ihr mir bestimmt helfen.« Dann kam die Geschichte mit dem Schäferstündchen, die Ulli ein wenig ausschmückte, um den beiden Kerlen Hoffnung zu machen, dass sie auch ein bisschen mehr durften als nur gucken, wenn sie jetzt nach ihrem Ring suchten. Sie hatte sie schnell am Haken. Holzstufen knarzten, die Stimmen von oben wurden leiser.

»Los!« Ernst winkte ihnen und ging vor. Jeder Schritt war für Frieda das nackte Grauen. Sie setzte den Fuß auf, verlagerte das Gewicht, hielt den Atem an. Völlig unmöglich, dass die beiden Männer sie nicht bemerkten. Glück gehabt, es blieb still. Dann wieder, den Fuß aufsetzen … Knarzen. Sie erstarrte. Clara hob entschuldigend die Schultern, sie hatte eine falsche Stelle erwischt.

»Was war das denn?«, kam es auch schon von oben.

»Nix!« Ullis Stimme. »Vielleicht 'ne Ratte. Ihr kennt das doch, das knirscht und knarzt hier doch ständig. Ich hör das schon gar nicht mehr.«

Es kam Frieda wie eine Ewigkeit vor, ehe sie endlich den zweiten Stock erreicht hatten. Sie schlichen eilig an die vereinbarte Stelle. Hinter einem Balken unter einer Schräge war tatsächlich ein wenig freier Platz neben den hochgestapelten Kaffeesäcken. Nackter Holzboden, eng, dunkel. Clara würde sich nicht einmal richtig hinlegen können.

»Ich verspreche dir, es ist nur vorübergehend!«, wisperte Frieda schon wieder.

»Wir haben keine Zeit zum Schnacken, die können jederzeit wieder runterkommen.« Ernst zupfte Frieda am Ärmel. Die gab Clara die Decke, die sie mitgebracht hatte, und etwas Brot, Schinken, ein bisschen Käse.

Sie nahm ihre Freundin noch einmal in den Arm. »Ich bringe dir etwas Frisches. Ich oder Ulli. Und dann holen wir dich hier raus.« Wieder zupfte Ernst, drängender dieses Mal, Frieda folgte ihm auf Zehenspitzen die Treppen hinunter und aus dem Speicher zurück auf die Straße.

Zehn Tage ging alles gut. Mal besuchte Frieda Spreckel, um ihm ein bisschen Schokolade zu bringen, weil sie angeblich gerade in der Gegend zu tun hatte, doch meist versorgte Ulli Clara mit frischen Lebensmitteln. Bis Ernst eines Morgens in der Møllerschen Villa auftauchte.

»Ernst, ist etwas passiert?« Per sah ihn besorgt an.

»Nö, also, nix Schlimmes. Ich bin aber auch 'n Döskopp, hab das wohl falsch verstanden mit der Besprechung hier«, stotterte er sich zurecht. Frieda hoffte, dass nur sie ihn sofort durchschaute, weil sie ihn von Kindesbeinen kannte.

»Besprechung am Dienstag?«, fragte Per überrascht. »Wir hatten doch gestern erst …»

Ernst lachte übertrieben laut. »Ist ja wahr, heute ist ja gar nicht Montag. Das auch noch.« Wieder lachte er und sah Frieda hilflos an. »Gestern, stimmt! Wo du's sagst … Man ist aber auch schon ganz wuschig. Macht einen alles verrückt, was?«

Per lächelte amüsiert. »Was genau macht dich verrückt?«

»Was in Hamburg so los ist. Das wird doch immer kurioser. Müsst ihr euch mal vorstellen. Da hat wohl einer Juden im Kautschuk-Speicher versteckt.« Frieda stockte der Atem. »So'ne dösige Idee. Meschugge könnte man sagen, aber das darf man ja nicht mehr.« Er zwinkerte ihnen zu. »Na, nu werden die wohl jeden Sack in jedem

Block umdrehen, ob sich noch irgendwo Juden verkrochen haben.« Er sah Frieda wieder bedeutungsvoll an, dann seufzte er. »Hoffentlich schmeißen die nicht alles durcheinander oder trampeln auf den Bohnen herum, die braunen Kerls.« Er ließ kurz die Augenbrauen in die Höhe schnellen. »Denn will ich mal … Bis später!«

»Was war das denn?« Per sah Frieda belustigt an.

»Er wird doch nicht wunderlich?«, sagte sie und lächelte. Es fühlte sich falsch an, Per nicht einzuweihen, aber es war das einzig Richtige. Sie durfte ihn nicht auch noch in Gefahr bringen. Nur war leider jeder in höchster Gefahr, der von so einer Sache wusste. Vor allem war Clara in Gefahr, mehr denn je. Friedas Atem ging schneller. Wie viel Zeit blieb ihnen noch? Blieben ihnen überhaupt noch Stunden, oder trampelten schon heute, schon jetzt die Stiefel der Uniformierten über jeden Speicherboden? Es fühlte sich an, als würde ein schweres Gewicht ihren Brustkorb zusammendrücken. Sie holte tief Luft, zitternd. Konzentriere dich! Du hilfst Clara nicht, wenn du in Panik ausbrichst, ermahnte sie sich.

Clara konnte nicht länger bleiben, wo sie war. Aber wohin konnte sie gehen? Wo war sie sicher? Gab es überhaupt noch einen sicheren Ort in Hamburg? Im Wagen auf dem Weg zum Kontor sah Frieda plötzlich Mary Hanman vor sich. Der Abschied damals in New York. »Solltest du irgendwann in Not sein, Frieda, dann wende dich einfach an Dana. Sie wird Zugriff auf mein Vermögen haben, wenn ich mich nicht mehr darum kümmern kann.« Mary hatte ihr tief in die Augen gesehen, als sie das gesagt hatte. Und dann die wirklich bedeutenden Sätze: »Dir und deinen Lieben wird dieses Haus immer offenstehen. Manchmal braucht man einen Ort, weit weg, an den man gehen kann.« Dir und deinen Lieben. Als ob sie es geahnt hätte. Clara musste weg, weit weg. Frieda erinnerte sich, dass Mary nur einmal mit ihr über Hitler und seinesgleichen gesprochen hatte, mit großer Abscheu und Sorge. Hatte Dana ihr in einem ihrer letzten Briefe nicht auch signalisiert, dass sie und ihre Familie willkommen sei, wenn es in Deutschland noch schlimmer wurde? Frieda gab sofort ein Telegramm nach New York auf:

Liebste Dana, eine gute Freundin braucht Entspannung. Dringend. Dürfte sie bei euch Urlaub machen? Erwarte sehnsüchtig Antwort, Frieda

Sie eilte, einen kleinen Karton Pralinen und ein Ballotin unter dem Arm, weiter zu Spreckels Speicher.

»Frieda, das is'n Ding! Kommst jetzt einmal die Woche, um mir was Süßes zu bringen?« Spreckel strahlte. Wenn er nur nicht so laut gewesen wäre. Sicher hatte Clara ihn gehört und glaubte nun, dass sie Besuch bekommt. Nur war Frieda aus einem anderen Grund hier.

»Tut mir leid, Spreckel, dieses Mal ist es nicht für dich.« Ein Dackel hätte nicht trauriger aussehen können. »Ulli hat etwas bestellt, da habe ich den Damen gleich ein paar Pralinen mitgebracht. Damit geht die Arbeit schneller von der Hand, dachte ich. Wenn du Glück hast, geben sie dir etwas ab.«

Sie stieg die vielen Treppen bis zum obersten Speicherboden hinauf. Als sie das erste Mal hier gewesen war, hatte sie noch ein langes Kleid getragen. Sehr unpraktisch. Und alle hatten sie angestarrt wie einen Fremdkörper. Jetzt betrachteten die Frauen sie wie eine Vertraute.

»Guten Morgen!«, rief sie in die Runde.

Hier und da antwortete eine mit »Heil Hitler« und hob die Hand.

»Ich war gerade in der Nähe, da wollte ich dir deine Bestellung schnell vorbeibringen.« Ulli ließ sich nichts anmerken. »Wie gewünscht, in einem meiner hübschen Ballotins von Chocolatier Neuhaus verpackt!«

»Das ist aber nett«, antwortete Ulli. »Da spare ich mir den Weg! Sind aber auch wirklich niedlich, diese Ballodings.« Die anderen machten lange Hälse.

Frieda stellte die Schachtel Pralinen in die Mitte des langen Arbeitstisches. »Und das ist für euch mit bester Empfehlung von Hannemann & Krüger!« In das Gejohle, das augenblicklich losbrach, sagte Frieda leise zu Ulli: »Die Schächtelchen sind sogar von innen hübsch beschriftet.«

»Sehe ich mir gleich an.«

»Schönen Tag noch allerseits!«, rief Frieda und ging.

Gottlob drehte bei Spreckel noch niemand jeden Sack um. Auch draußen auf den Straßen vor den Speichern waren die Männer der SS noch nicht zu sehen. Die Tatsache beruhigte Frieda allerdings wenig.

Schon am nächsten Tag traf ein Telegramm aus New York ein:

Liebste Frieda, können den Besuch deiner Freundin kaum erwarten. Ankunft wann? Deine Dana

Frieda ließ sich gleich am Morgen einen Wagen kommen und fuhr raus nach Niendorf. Magnus war schon aus dem Haus, das machte es einfacher. Mit Martina Jensen hatte Frieda schon vor Wochen über das gesprochen, was Clara im Stift beobachtet hatte. Behutsam natürlich, mit vagen Andeutungen zunächst, wie man es seit geraumer Zeit ganz automatisch machte. Zu ihrer Überraschung hatte Martina sofort bestätigt, dass sie eine Jüdin in ihr Haus gebracht hatte.

»Diese Frau ist wie eine zweite Mutter für mich. Ich kann sie nicht dort lassen, wo alle zusammengetrieben werden, bis …« Dann hatte sie diesen starren Blick bekommen und mit einer schaurig-flüsternden Stimme gesagt: »Sie werden alle Juden irgendwann abholen und umbringen.« Als ob Martina in eine andere Welt sehen konnte.

Auch jetzt, als Frieda vor ihrer Tür stand, wusste Martina anscheinend mehr.

»Um wen geht es?«, fragte sie nur, obwohl Frieda noch nicht einmal gesagt hatte, weshalb sie da war.

»Clara. Meine beste Freundin«, gab Frieda ohne Umschweife zurück. »Es ist nur bis zur Abfahrt des Schiffes. Sie kann bei meinen Verwandten in Amerika unterkommen.«

»Amerika ist gut.« Martina nickte langsam. »Ich mache ihr ein Zimmer unter dem Dach zurecht.«

»Danke, Martina!«

Sie lächelte schmal. »Wir müssen uns widersetzen, so gut wir eben können.«

Von Niendorf ließ sich Frieda zurück in die Elbchaussee fahren. Sie plauderte ein paar Worte mit ihren Eltern, ließ sich Vaters Fortschritte bei der *Queen Mary* zeigen, obwohl sie auf Kohlen saß.

»Ich habe noch etwas mit Hans zu besprechen«, sagte sie schließlich leise. »Unter vier Augen.«

»Ich glaube, ich brauche Rat von deiner Mutter«, erwiderte Albert, ohne sie auch nur anzusehen. »Sie muss mir mit ihrem unvergleichlich guten Geschmack raten, welche Farbe ich für die Bodenbeläge auswählen soll.« Er zwinkerte, während er seinen Bastelsalon verließ und nach seiner Frau rief.

Frieda huschte in den Anbau und schloss die Tür hinter sich. »Hans?« Er kam aus dem Badezimmer. Wie es aussah, war er gerade erst aufgestanden. »Ich habe für Clara eine Passage nach Amerika gebucht«, sprudelte sie los. »Die haben in einem Speicher Juden gefunden, die sich dort versteckt gehalten haben. Clara ist auch in einem Speicher. Sie kann dort unmöglich bleiben«, zischte sie. Hans sah ängstlich zur Tür. »Vater lenkt Mutter ab.« Sie lächelte. »Hans, Clara wird nicht ohne dich gehen wollen.«

»Was soll das heißen? Meinst du etwa, ich soll sie begleiten?« Seine Augen flackerten. »Ich kann nicht mit ihr gehen, Frieda, wie stellst du dir das vor?«

Dabei war Frieda gar nicht auf den Gedanken gekommen. »Warum eigentlich nicht? Ich meine, ihr versteht euch doch gut.«

»Das heißt noch lange nicht, dass wir miteinander leben können«, presste er gedämpft hervor. »Sie hat das Kind getötet. Unser Kind. Sie musste es tun.« Er sah ihr in die Augen. »Sie musste es ganz allein tun.« Frieda hätte ihn so gern getröstet, nur fehlten ihr die Worte. »Es würde zwischen uns stehen. Ich bin nicht so, Frieda, nicht wie du. Ich kann mit so etwas nicht umgehen, ich kann mich nicht auf einen Menschen einstellen, immer wieder auf ihn zugehen, Kompromisse machen. Ich bin doch schon mit mir selbst überfordert!«

»Ist ja gut.« Er musste sich unbedingt beruhigen, sonst wurde er am Ende noch laut. »Deswegen bin ich doch gar nicht hier. Aber du musst mir helfen, sie zu überzeugen, dass sie geht. Sie muss das Land verlassen. Sie muss einfach! Ich habe Ulli eine Nachricht zugeschoben und noch nichts gehört. Ein gutes Zeichen. Das heißt, diese beiden einfältigen Kerle haben heute wieder Dienst. Es wird nicht schwer, sie so abzulenken, dass wir Clara rausholen können.« Sie nannte ihm Ort und Zeit und verabschiedete sich.

Noch einmal hatte sie Per angeschwindelt, hatte behauptet, Hans hätte sie zu sich gebeten. Frieda hätte ihm zu gern alles erzählt, hätte gern von ihm gehört, dass sie das Richtige tat, doch sie durfte ihren Mann nicht auch noch in die Sache hereinziehen. Noch einmal also eine Nacht-und-Nebel-Aktion. Hoffentlich die letzte.

»Du taugst bald wirklich zur Mata Hari«, flüsterte Ulli zur Begrüßung.

»Danke, ich verzichte«, raunte Frieda. »Ich bin nicht scharf drauf, hingerichtet zu werden.«

»Na, Hans, willst du sie auf Händen raustragen?« Ulli griente. War da auch ein Hauch von Eifersucht? Für so etwas war jetzt keine Zeit.

»Hier, die Pralinen!« Frieda reichte ihr eine kleine Schachtel.

»Wofür das Süßzeug so gut ist.« Ulli nahm die Packung und ging vorneweg. Sie machten es wie beim ersten Mal. Ulli rief schon an der Tür eine Begrüßung, ehe sie pfeifend die Stufen nach oben stieg.

»Na, Jungs, schon wieder Dienst zu nachtschlafender Zeit?« Die Stimmen von Jockel und Paul. Frieda hielt Hans noch zurück. »Appetit auf was Süßes zwischendurch?«, flötete Ulli. »Nee, nicht, was du denkst, du Ferkel.« Ein Klatschen, dann Ullis kehliges Lachen, einer der Männer lachte mit. »Andererseits ... Ich hab nix gegen zwei kräftige Mannsbilder«, lockte sie. »Und ich wollte mich doch auch bedanken für eure Hilfe neulich, beim Suchen. Ich hab euch auch was mitgebracht. Nee, nix da, so einfach kriegt ihr das nicht. Dafür müsst ihr mich erst mal kriegen!« Plötzliches Poltern, schnelle Schritte auf den Stufen. Ulli rannte nach oben, Paul und Jockel hinterher.

»Jetzt«, flüsterte Frieda. Gottlob, Ulli war clever genug, ein paar Stockwerke weiter nach oben zu laufen. Ihr Juchzen drang gedämpft nach unten, während Frieda und Hans eilig zu Claras Versteck schlichen. Erst im letzten Moment schaltete Frieda die Taschenlampe ein.

»Frieda! Hans?« Clara sah die beiden aus weit aufgerissenen Augen an.

»Du musst hier weg. Sofort«, zischte Frieda. »Ich erklär's dir später.« Clara nickte und wollte sich auf den Weg machen. »Wir müssen alles mitnehmen, nichts darf zurückbleiben, sonst gerät Spreckel in Teufels Küche.« Während sie sprach, packten Frieda und Hans Claras Sachen zusammen. Frieda leuchtete den leeren Platz an. Keine Spur mehr. »Raus hier!«

Ein paar Stockwerke über ihnen schienen sich zwei Männer prächtig zu amüsieren. Arme Ulli, hoffentlich konnte sie sich die Kerle vom Leib halten, ehe es zum Äußersten kam. Frieda war ihr mehr als dankbar. Sie konnten schnell verschwinden und sogar die Taschenlampe eingeschaltet lassen. Wie verabredet, ließ Frieda die Tür des Speichers mit lautem Knall ins Schloss fallen, das Zeichen für Ulli, dass sie es geschafft hatten. Und hoffentlich ein Grund für Paul und Jockel, nach dem Rechten zu sehen, sodass Ulli ihnen entwischen konnte.

Die drei liefen bis zum nächsten Block und pressten sich dort im Schatten einer Mauer gegen den rauen Backstein.

»Sie haben in einem der Speicher jemanden gefunden. Du warst da nicht länger sicher«, erklärte Frieda keuchend.

»Du bist in Deutschland nicht mehr sicher«, ergänzte Hans. »Schon lange nicht mehr. Hau ab, solange du noch kannst!«

Clara war vollkommen durcheinander. »Ich gehe nicht weg«, sagte sie ohne große Überzeugung. Sie sah ihn an. »Nicht ohne dich.« Frieda erkannte die Unsicherheit in Claras Augen, aber auch den Mut, jetzt endlich offen über ihre Gefühle für Hans zu sprechen. Es war an der Zeit. Seine Mundwinkel zuckten, seine Miene war wie versteinert. Warum sagte er ihr nicht endlich, wie gern er sie hatte, dass er um ihr Leben fürchtete. Sie konnten nicht noch ewig hier draußen herumstehen.

»Ich hatte glatt den Eindruck, du wärst reifer geworden, eine erwachsene Frau mit Grips im Kopf.« Was redete er denn da? Frieda sah ihn an. Da war mit einem Schlag wieder der Hans von früher. Spöttisch, ein wenig arrogant, der schöne Mann, der mit Frauen spielte, wie es ihm passte. Friedas Puls beschleunigte. »Aber du bist doch noch immer das dumme kleine Mädchen von damals, das unter meine Decke gekrochen ist.« Er schüttelte langsam den Kopf. »Du hast aber nicht geglaubt, dass das zwischen uns etwas Ernstes ist, Clara, oder? Nein, so naiv kannst du nicht wirklich sein.« Ein leises böses Lachen. Frieda konnte den Blick nicht von ihm wenden, sie war wie gelähmt. Das war doch nicht möglich! Sie hatte doch selbst den Schmerz in seinen Augen gesehen, als Clara damals davon gesprochen hatte, dass ihr Vater mit der ganzen Familie nach Amerika gehen will. Als Hans sagte, die Abtreibung würde zwischen ihnen stehen, darum könne er nicht mit Clara leben. Sie konnte sich unmöglich dermaßen in ihrem Bruder getäuscht haben. Und doch … Er verzog keine Miene, als bedeute ihm Clara nichts. Als Frieda aus dem Augenwinkel eine schnelle

Bewegung wahrnahm, löste sich ihre Erstarrung. Clara. Sie war einfach losgerannt.

»Verdammt!« Frieda hätte ihrem Bruder am liebsten in das widerlich gleichgültige Gesicht geschlagen, aber sie konnte unmöglich laut nach Clara rufen. Ihr blieb nichts anderes, als hinter ihr her zu rennen. Bei der Brooksbrücke war Clara stehen geblieben.

»Hör auf, mir nachzulaufen«, schrie sie. Tränen kullerten ihr über die Wange. »Das ist zu anstrengend für dich!« Sie schlug die Hände vor das Gesicht und weinte.

»Ich weiß nicht, was in ihn gefahren ist. Ich dachte, …« Was konnte sie nur sagen? Sie nahm Clara in den Arm. Eine Weile standen sie nur so beieinander. Ein Moment der Ruhe an diesem irrsinnigen Abend. Nur durften sie hier leider nicht stehen bleiben. Noch war keine Zeit, sich auszuruhen. Mit der Flut kamen die Schuten in den Kanal. Immer mehr Zollbeamte würden dann unterwegs sein. Der Hafen schlief nie, nur wenn Gottesdienst war, gab es keine Abfertigung, sonst jedoch täglich und rund um die Uhr. Die Gezeiten bestimmten, wann wenig und wann viel zu tun war. »Wir müssen weiter, Clara. Fehlt uns noch, dass uns ein Zollbeamter aufgreift. Die meisten tragen ein Gewehr, und ich möchte nicht wetten, dass sie nicht auf zwei Frauen schießen würden.«

»Ich dachte wirklich, er hätte mich gern«, sagte Clara leise.

»Komm!« Frieda zog sie mit sich. »Ich weiß einen Weg.« Gott sei Dank, schlief der Hafen nie, ging Frieda durch den Kopf, als sie auf eine der Fähren sprangen, die Arbeiter nach Hause und andere zur Nachtschicht brachten. In Altona stiegen sie aus. Frieda lief geradewegs zum Schellfischtunnel.

»Was wollen wir hier?« Clara blickte zum Südtor, als warte dahinter ein Kerker mit schlimmsten Folterinstrumenten auf sie.

»Da drinnen sind wir unsichtbar.« Frieda war ja selbst nicht wohl, trotzdem versuchte sie, zuversichtlich zu wirken. »Außerdem ist das eine Abkürzung, und wir haben noch eine ziemliche Strecke vor uns.«

»Aber das ist gefährlich. Was ist, wenn eine Bahn kommt?«

»Um diese Zeit fährt keine mehr«, beruhigte Frieda sie und betete, dass sie recht hatte. »Jetzt komm!« Frieda lief los und betrat den Tunnel, eine finstere Röhre aus rotem Backstein. Feucht war es und dunkel. Wenigstens hatte sie ihre Taschenlampe. Frieda schaltete sie ein und sah ein Paar roter Augen im Lichtkegel. Sie hätte beinahe die Lampe fallen lassen. »Nur eine Ratte«, flüsterte sie, als wäre das beruhigend. Vorsichtig setzten sie einen Fuß vor den anderen, tasteten sich über lose Steine, kleine Mulden und riesige Schrauben vorwärts, die hier oder da herumlagen. Am meisten Sorgen machten Frieda die elektrischen Leitungen an der Decke. Strom war etwas Wunderbares, nur hatte man auch schon so oft gehört, dass er sich nicht gut mit Wasser vertrug. Und hier drinnen war es wirklich sehr feucht, gerade hatte sie wieder einen Tropfen abbekommen, der sich über ihr gesammelt hatte und hinabgefallen war. Die Hafenbahn war einst eingerichtet worden, um den Hafen unten an der Elbe mit dem Altonaer Bahnhof zu verbinden. Ein ziemlicher Höhenunterschied, weshalb der Fisch eben auf Schienen hinauftransportiert wurde. Frieda lief der Schweiß den Rücken herunter. Und geradeaus ging es auch nicht einfach, die Strecke war so kurvig, dass sie ohne Lampe verloren wären. Kaum war Frieda dieser Gedanke gekommen, flackerte das Licht.

»Was ist los?« Clara klang panisch.

»Die Batterie, nehme ich an.« Es flackerte wieder, der Schein der Taschenlampe wurde schwächer. »So ein Mist!«, schimpfte Frieda. »Gib mir deine Hand, wir gehen ganz langsam. Wir haben Zeit, Hauptsache, keine von uns verletzt sich.« Das Licht wurde zu einem Glimmen, Frieda hielt es so tief wie möglich, um überhaupt noch etwas erkennen zu können. Dann ging es aus. Sie schüttelte die Stablampe. »Komm schon!«, flüsterte sie. Nichts.

»Frieda, ich habe Angst«, kam es aus der Dunkelheit.

»Es kann nicht mehr weit sein.« Frieda drückte Claras Hand.

»Was soll denn nur aus mir werden?«

Es fühlte sich wie eine Ewigkeit an. Ein paar Mal waren sie gestolpert, hatten einander aber immer Halt gegeben.

»Da hinten ist es heller, siehst du?« Frieda blinzelte. Sie täuschte sich nicht, auch die Geräusche der Stadt kamen langsam zurück. Sie hatten es geschafft!

Vom Nord-Ausgang liefen sie in nordöstlicher Richtung. Eigentlich hatte Frieda die gesamte Strecke nach Niendorf zu Fuß zurücklegen wollen. Zur Sicherheit. Es würde drei Stunden oder länger dauern, aber es war möglich. Doch sie musste einsehen, dass sie nicht die Kraft dazu hatte und den Weg nicht sicher genug kannte. Also hielt sie einen Wagen an.

»Ich fürchte, meine Freundin hat einen über den Durst getrunken«, sagte sie und lachte. Hoffentlich ließ der Taxifahrer es als Erklärung für ihren Zustand gelten und holte nicht gleich die Polizei. Er ließ es gelten und setzte sie am Niendorfer Gehege ab.

Auf Friedas Klopfen erschien Magnus Jensen im Nachthemd, die Nachtmütze auf dem Kopf, an der Tür. »Du liebe Güte, Frau Møller! Wie sehen Sie denn nur aus? Ist etwas passiert?«

»Willst du sie nicht hereinbitten?« Martina war gleich hinter ihm zur Tür gekommen, als hätte sie schon auf die nächtlichen Gäste gewartet. »Wo sind nur deine Manieren, Liebster?«

Frieda konnte nicht lange bleiben, das Taxi wartete schließlich auf sie. Ob der Fahrer sich auch darauf eingelassen hätte, wenn sie ihn gleich hätte bezahlen können?

»Ich muss los«, flüsterte sie. Der Kloß in ihrem Hals schien jedes weitere Wort verhindern zu wollen.

»Es geht wohl nicht anders«, sagte Clara matt. »Amerika also.«

»Dana ist die jüngste Tochter von Wilhelm«, erklärte Frieda noch einmal, »dem Bruder meines Großvaters. Sie ist ein wunderbarer Mensch. Ich weiß, dass ihr euch gut verstehen werdet. Wenn hier alles überstanden ist, kommst du zurück.« Frieda stockte. Würde jemals alles überstanden sein? Würde Clara je wieder in Deutschland leben können? »Wenn du noch willst«, setzte sie noch leiser hinzu. Würde sie selbst die Zustände noch länger ertragen und mit ihrer Familie in Hamburg bleiben können? »Sonst komme ich dich eben besuchen.« Sie lachte und wischte hastig eine Träne weg.

»Wir sehen uns doch noch, ehe ich abreise?« Clara ergriff Friedas Hände, als würde sie die nie wieder loslassen.

»Ich verspreche es!«

»Sie sollten jetzt gehen«, sagte Martina. »Ein Taxi mitten in der Nacht in dieser Einsamkeit erregt sofort die Aufmerksamkeit der Nachbarn.« Sie legte Clara eine Hand auf den Arm. »Ich zeige Ihnen Ihr Zimmer«, sagte sie lächelnd.

Clara gab Friedas Hände widerwillig frei und folgte Martina. Frieda bedankte sich eilig bei Magnus und ging zur Tür. Welche Erleichterung, Clara hier in Sicherheit zu wissen! Gleichzeitig kam der Abschiedsschmerz, als wäre es schon jetzt für immer. Sie blieb stehen, im gleichen Augenblick hörte sie schnelle Schritte. Frieda drehte sich um, schon flog Clara ihr um den Hals.

»Danke, Frieda. Für alles. Versprich mir, dass wir uns wiedersehen!« Immer wieder unterbrach sie ein Schluchzen. »Versprich mir, dass ihr nachkommt, falls es hier noch schlimmer wird!«

Frieda drückte sie an sich. »Ich verspreche es dir«, flüsterte sie. Falls es dann noch eine Möglichkeit gibt, dachte sie.

Zu Hause hatte Per sie völlig aufgelöst erwartet. Frieda schaffte es gerade noch, dem Taxifahrer sein Geld zu geben, ehe sie in Tränen ausbrach.

»Frieda, um Himmels willen, was ist los? Ich bin fast umgekommen vor Sorge.« Er streichelte ihr über das Haar. »Aus Hans war ja kein vernünftiges Wort herauszubekommen.«

»Du warst bei Hans?« Sie schluchzte, versuchte, sich zu beruhigen.

»Hast du mal auf die Uhr gesehen? Ich dachte, dir ist auf dem Heimweg etwas zugestoßen. Hat Hans schon getrunken, als du noch bei ihm warst?«

»War ich ja gar nicht.« Sie erzählte ihm, was geschehen war. »Claras Schiff geht in ein paar Tagen. So lange kann sie bei den Jensens bleiben. In New York bei Dana ist Clara in Sicherheit«, beendete sie ihre Erklärung.

»Warum hast du mir nichts davon erzählt? Vertraust du mir etwa nicht?«

»Damit wir beide eingesperrt werden, wenn etwas schiefgeht, und die Kinder allein zurückbleiben? Das konnte ich nicht riskieren.«

Er nickte langsam. »Hätte ich wohl genauso gemacht.« Er legte einen Finger unter ihr Kinn und sah ihr in die Augen. »Es ist manchmal ziemlich anstrengend mit dir, weißt du das?« Ehe sie sich verteidigen konnte, sagte er: »Du bist eine mutige Frau, Frieda. Es kostet Nerven, aber genau dafür liebe ich dich.«

Kapitel 22

Am nächsten Morgen verlor Frieda keine Sekunde. Sie überquerte die Elbchaussee und stapfte auf direktem Weg in die Villa ihrer Eltern und weiter in den Anbau. Sie zerrte Hans aus dem Bett, ein saurer Geruch verschlug ihr kurz den Atem. Er hatte getrunken. Und wie!

»Frieda, lass mich!«, stammelte er. Kein Mitleid! Sie schleifte ihn beinahe hinaus in den Garten. Hinten am Rhododendron waren sie weit genug weg. Ihre Mutter konnte Frieda hier jetzt überhaupt nicht gebrauchen.

»Ich habe wirklich geglaubt, du hättest dich geändert«, schimpfte sie, »du hättest Anstand im Leib. Wie konntest du Clara das antun?« Die Erinnerung an die gestrige Nacht, an Claras Schmerz, dazu der wenige Schlaf, Frieda verlor ihre Fassung. »Verdammt noch mal, Hans, du hast dich aufgeführt wie ein Monster! Wie konntest du nur? Ich dachte, du hast Clara gern!« Sie öffnete den Mund, suchte nach Worten, wischte sich über die nassen Wangen. Dann erst sah sie ihren Bruder an. Es brach ihr das Herz, so traurig sah er aus, so verzweifelt starrte er zu Boden. Er ist völlig verloren, ging ihr durch den Kopf, er hat alles verloren. Allmählich begriff sie.

»Clara wäre niemals gegangen.« Sie konnte ihn kaum verstehen, so leise sprach er. Und so heiser. »Nicht, wenn ich ihr gesagt hätte, wie gern ich sie habe. Dass ich sie hierbehalten will.« Eine Träne fiel aus seinen langen Wimpern zu Boden. »Aber sie muss doch gehen, sonst bringen sie sie um.«

»Oh Hans, es tut mir so leid.« Frieda nahm ihn in die Arme. Zaghaft, sie hatte Angst, dass er sie wegstoßen könnte. Das tat er nicht, er stand nur da, ohne einen Funken Lebensenergie. Sie drückte ihn an sich. Sie hatte sich nicht in ihm getäuscht, er hatte Clara von Herzen gern, und es tat ihm schrecklich weh, dass sie bald fort sein würde. Er hatte ihnen etwas vorgemacht, um sie zu retten. »Ich war so dumm. Bitte, verzeih mir!«

Frieda und Per besuchten Clara wenige Tage später bei den Jensens. Es war ein milder August-Sonntag, und sie nahmen die Kinder mit, als sei es ein ganz gewöhnlicher Familienausflug. Der erste vollkommen entspannte Tag seit Ewigkeiten. Die Mutzenbechers gaben ein Sommerfest und riefen sie herüber, zu ihnen auf die Veranda zu kommen. Martina stellte Clara so selbstverständlich als ihre Cousine vor, die von Föhr zu Besuch war, dass selbst Frieda es beinahe geglaubt hätte. Natürlich kannte sie Clara gut genug, um ihre Anspannung zu bemerken, doch die erzählte so kundig und interessant von ihrer geliebten Nordsee-Insel, dass letzte Zweifel, sollte es welche gegeben haben, sich in Luft auflösten. Henrik und Sarah spielten mit anderen Kindern auf der riesigen Rasenfläche Fangen. Sie bekamen Limonade und Kuchen, so viel sie nur wollten. Endlich erfasste Frieda mal wieder so etwas wie Zuversicht. Natürlich wurde auch hier vom Krieg gesprochen.

»Japan ist unser Verbündeter«, sagte ein dicker Mann mit weißem Bart. »Es kämpft nun schon an zwei Fronten. Wollen wir da wirklich noch länger untätig zusehen?«

»Seien wir doch mal ehrlich«, hörte Frieda einen anderen sagen, der aus ihrem Blickwinkel fast völlig hinter dem Dicken verschwand, »der Versailler Vertrag ist hinfällig. So weit, so gut. Bisher hat niemand Hitler aufgehalten, als er die Wehrpflicht wieder eingeführt hat. Nicht einmal, als er in das Rheinland hat einmarschieren lassen.«

»Noch besser«, polterte der Dicke, »selbst tschechisches Staatsgebiet haben sie ihn ohne großes Murren besetzen lassen. Böhmen und Mähren gehören wieder uns.« Das war so typisch. Niemand ließ erkennen, ob er Hitlers Vorgehen guthieß oder entsetzt darüber war. Hätte nur einer laut seine Meinung gesagt, hätte jeder hier behaupten können, genauso habe er auch gedacht.

»Schon richtig«, sagte der andere, »die Briten und die Franzosen haben nur einmal den Zeigefinger erhoben. Du, du, du«, machte er, als würde er mit einem Kind schimpfen. Alles lachte. »Ich frage: Wie lange geht das noch gut? Die Briten haben Polen zumindest ein Bündnis angeboten. Wenn Sie mich fragen, meine Herrschaften, das ist ganz dünnes Eis. Ein falscher Schritt, und alle gehen baden.«

Seit Frieda am Tag nach Claras nächtlicher Flucht aus der Speicherstadt bei Hans gewesen war, besuchte sie ihn, sooft es ging. Sie machte sich große Sorgen um ihn. Er hatte völlig den Halt verloren und konnte jede Aufmunterung brauchen. Am zwanzigsten August, nur zwei Tage vor Abfahrt von Claras Schiff, wollte sie Sarah zu ihm bringen. Albert und Rosemarie waren nicht im Haus, sie nutzten das schöne Wetter für einen Ausflug in den Trittauer Forst und würden erst am nächsten Tag zurück sein.

»Ich wollte schon immer mal wieder nach Ballins Haus sehen«, hatte Albert Frieda zugeflüstert. »Möchte wissen, ob es noch steht. Ist ja sowieso eine hübsche Gegend zum Wandern.«

Eine Sekunde dachte Frieda darüber nach, Sarah endlich zu sagen, dass Hans ihr Vater war. Das Mädchen war vierzehn und reif genug, mit der Wahrheit umzugehen. Per war schon früh ins Kontor gefahren, Frieda wollte sich auch bald auf den Weg machen. Trotzdem, so viel Zeit musste sein.

»Sarah, mein Schatz, bist du so weit? Wir wollen rüber zu Onkel Hans.«

»Ich komme!« Schnelle Schritte auf der Treppe. »Da bin ich

schon!« Sie strahlte. »Hast du das Geburtstagsgeschenk für Rudolf?« Frieda war einen Moment irritiert, dann fiel es ihr ein. »Du hast es vergessen«, stellte Sarah vorwurfsvoll fest.

»Das habe ich wirklich. Ich wollte es gestern besorgen, aber mir ist etwas dazwischengekommen.« Sie schnaufte und sah auf die Uhr.

»Dann beeilst du dich jetzt am besten, damit du nicht mit leeren Händen vor deinem Vorarbeiter stehst.« Sarah blickte energisch drein, 'n büschen altklug, hätte Ernst wahrscheinlich gesagt. Frieda musste lächeln.

»Hast recht, also los, ich bringe dich schnell rüber und dann …«

Sarah seufzte tief. »Also wirklich, ich kann schon allein über die Straße zu Onkel Hans gehen. Ich bin doch kein kleines Kind mehr.« Das war sie wirklich nicht. Hoffentlich hatte Hans nicht vergessen, dass sie kommen wollte, und lag noch mit einem Kater im Bett. Frieda schob den Gedanken beiseite. Wohl kaum. Was Sarah anging, konnte man sich absolut auf ihn verlassen.

»Also schön. Sage ihm liebe Grüße, ja? Ich hole dich heute Abend ab.«

»In Ordnung!« Sarah küsste sie auf die Wange und sauste los.

Frieda war wenig später auch auf dem Sprung aus dem Haus, als das Telefon klingelte. Sie überlegte, ob sie drangehen sollte, und entschied sich dafür. Es war Per, der sie an das Geschenk für Rudolf erinnerte.

»Als ob ich das vergessen könnte«, sagte sie und kreuzte lächelnd die Finger hinter dem Rücken. Sie legte auf. Wie gut, dass sie wenigstens schon eine Idee hatte. Sie würde nicht viel Zeit verlieren, wenn sie auf dem Weg zum Meßberghof kurz anhalten ließ.

Als sie die Haustür schloss, hörte sie das Schreien: »Mami, komm schnell. Onkel Hans!« Mami. Es war das erste Mal, dass Sarah sie so nannte. Nur konnte sich Frieda nicht darüber freuen. »Du musst kommen!« Sarah stürmte ihr entgegen und flog ihr um den Hals, sie klammerte sich an Frieda fest.

»Beruhige dich doch, mein Schatz.« Lag ihr feiner Herr Bruder etwa sturzbetrunken im Bett? Beinahe hoffte sie, dass es so wäre, denn ihr Gefühl sagte ihr, dass es viel schlimmer war.

»Er sieht so …« Sie stockte. Frieda dachte schon, sie würde sich übergeben. »… so gruselig aus.« In Sarahs Augen war blankes Entsetzen.

»Ich gehe mal rüber.«

»Lass mich nicht allein!« Sarah krallte sich regelrecht in Friedas Hand fest.

»Gut, wir gehen zusammen.«

»Nein! Ich will da nicht mehr hin.« Sarah schluchzte, sie bekam kaum noch Luft.

»Ich mache dir einen Vorschlag: Wir gehen zusammen, und du wartest vor der Tür oder im Wohnzimmer. Wie du möchtest. Na, komm!« Frieda wurde immer unruhiger. Sie musste ihren Bruder sehen. In der Villa angekommen, lief sie sofort auf den Anbau zu.

»Nicht da lang!« Frieda drehte sich zu Sarah um, die stand in der Diele, bleich wie ein Geist, und zeigte nach oben. Frieda sah noch, wie Sarah die Hände vor das Gesicht schlug, und rannte los. Immer zwei Stufen auf einmal.

»Hans?« Sie riss eine Tür nach der anderen auf. »Hans?« Nichts. Er war nirgends. Ihr Blick fiel auf die Treppe, die auf den Dachboden führte. Sie sah nach oben, die Tür war offen. Frieda schluckte. Sie fühlte sich mit einem Schlag müde und schwer, als habe sie Blei in den Gliedern. Mit jeder Stufe wurde es schlimmer.

»Hans«, flüsterte sie, als sie den Speicher erreicht hatte. Sein Körper nur ein Schatten im Gegenlicht des milchigen Sonnenstrahls, der hinter ihm durch das kleine runde Fenster hineindrang. Staubkörnchen schwebten um ihn herum, um seine Bilder, deren Silhouetten sich unter Laken abzeichneten und um das Seil, das von einem Balken über ihm herabbaumelte. Überall Flaschen. Korn, Rum, Pinselreiniger. Frieda ließ sich auf die Knie sinken. Erst eine

Sekunde später begriff sie, dass sie es war, die geschrien hatte. Ein dünner Speichelfaden rann aus seinem Mund, hellrot von Blut. Plötzlich war Sarah hinter ihr.

»Ist es meine Schuld?« Sie war bleich, die dunklen Augen riesig. Sie vermied es, in die Richtung zu sehen, in der Hans wie eine leblose Puppe über einem Hocker lag.

Frieda sprang auf, presste Sarahs Gesicht an sich. »Nein, ist es nicht, es ist nicht deine Schuld, das ist Unsinn«, flüsterte sie. »Aber du kannst Onkel Hans jetzt helfen. Lauf schnell runter in die Diele und ruf Doktor Matthies an. Sag ihm, er muss sofort kommen, es ist ein Notfall. Schaffst du das?« Sarah nickte. Frieda nannte ihr die Nummer. Sie hörte Sarahs Stimme, die die Zahlen wieder und wieder aufsagte, während das Mädchen die Treppen hinabrannte.

Frieda kniete sich wieder vor ihren Bruder. »Was hast du nur angestellt?« Sie zog ihn behutsam von dem Hocker auf ihren Schoß, wischte die blutigen Lippen ab, beugte sich herab, ihr Ohr nah an Mund und Nase. Atmete er? Ja, da war etwas. Ganz leise. Oder war es ihr eigener Atem? Sie hielt ihn, tupfte ihm die Stirn, streichelte seine Wangen, die nass waren von ihren Tränen. Sie hätte nicht sagen können, wie lange sie so mit ihm saß, ehe endlich Dr. Matthies kam.

Kapitel 23

Die Sonne strahlte in einem warmen Gelb, das einen milden Herbst ankündigte. Der Himmel war tiefblau und nur mit einigen weißen Wölkchen garniert, wie eine Schokoladentorte mit Sahnetupfern. Menschen winkten aufgeregt von Bord der stolzen SS Washington, mancher Mann schwenkte den Hut. Es hätte ein schönes, ein friedliches Bild sein können, das sich Frieda an diesem zweiundzwanzigsten August am Hamburger Hafen bot. Nur glaubte sie nicht mehr an den Frieden.

Hans hatte auch nicht mehr daran geglaubt. Erst Stunden später hatte sie das Bild entdeckt. Er hatte also doch noch mal zu Palette und Pinsel gegriffen. Im Rausch vielleicht. Wieder hatte er Soldaten gemalt, abgerissene Körperteile, Blut, Augen, die in die Hölle geblickt hatten. Und dazwischen eine ausgemergelte Gestalt mit einer Narbe auf der Wange. *Nicht noch einmal!* stand in schwarzen Buchstaben quer über der Leinwand. Die Erkenntnis, dass er sich hatte umbringen wollen, entsetzte sie noch immer. Sie hätte besser auf ihn aufpassen müssen. Nur konnte sie nicht die Schrecken des Krieges aus seiner Seele reißen. Hatte er es sich im letzten Moment anders überlegt? Oder war es ihm nur weniger schrecklich erschienen, es mit Alkohol zu Ende zu bringen, als mit dem Strick? Immer die gleichen Fragen. Keine Antwort. Jetzt lag er im Krankenhaus, und die Ärzte kämpften um sein Leben. Auch auf die Frage, ob er wohl auch selbst kämpfte, hatte sie keine Antwort.

Frieda sah an dem schwarzen Schiffsleib hinauf. Alle Zeichen stehen auf Krieg. Henrik hatte gerade seinen elften Geburtstag gefeiert. Würde er auch seinen zwölften noch feiern können? Seinen zwanzigsten? In diesen Zeiten konnte man nie wissen. Da! War das nicht Clara? Frieda riss die Hand hoch und winkte. Clara winkte zurück. Sie war an Bord, das war die Hauptsache. Frieda hatte es nicht übers Herz gebracht, früher zum Kai zu kommen. Clara hätte es ihr sofort angesehen. Sie würde es früh genug erfahren.

»Na, na, nach einem Abschied kommt immer das Wiedersehen«, sagte eine Dame neben ihr.

»Wie?« Frieda verstand nicht. Die Dame reichte ihr ein Taschentuch.

»Wird schon wieder. Ist noch immer geworden.«

Da hatte sie wohl recht. Frieda atmete tief durch. Sie hatte schon einen Krieg überstanden. Es war möglich. Sie würde auch noch diesen überstehen. Es kommt immer ein Wiedersehen. Schön wär's. Aber darauf kam es nicht an. Frieda hatte dafür gesorgt, dass Clara in Sicherheit war. Sie hatte ein Unglück verhindert. Nur das zählte. Für alles andere musste sie ein Sprungtuch bereithalten.

Frieda würde diesen dummen Krieg überstehen, wie es sich für einen hanseatischen Kaufmann gehörte. Und wenn die Welt dann endlich wieder zu Verstand käme, würde sie sich ganz langsam aus der Firma zurückziehen und ihren Sohn auf die Übernahme vorbereiten. Wie gut sie ihren Vater in diesem Moment verstand. Sie wollte nur noch tun, was ihr Freude machte. Vor allem wollte sie so viel mehr Zeit mit Per verbringen.

»Vielleicht reisen«, dachte sie, als die SS Washington ein letztes Mal tutete und Clara längst ein winziger Punkt im gleißenden Gegenlicht geworden war.

NACHTRAG
zur historischen Richtigkeit und Dank

Wie es meine Leser kennen, bemühe ich mich darum, historische Hintergründe sorgfältig zu recherchieren und so in die Fiktion einzubauen, dass beides miteinander verschwimmt.

Damit Sie wissen, was der Realität entspricht, hierzu ein paar kurze Bemerkungen:

Die kleine Episode mit der Katze in New York hat sich tatsächlich zugetragen. Das Bild ging um die Welt. Nur hat der Fotograf nicht das unglaubliche Glück gehabt, zum idealen Zeitpunkt am perfekten Ort zu sein, sondern hat die Szene einfach noch einmal nachstellen lassen – zur Verwirrung der Katze übrigens. Ich dachte mir, wenn der Fotograf schummeln darf, darf ich es auch – zumal ich keine Katze vor meinen Karren spanne. Geschehen ist es im Juli 1925, ich verlege es in meinem Roman um einige Wochen nach hinten in den August.

Gleiches gilt für den Tornado, der in der Realität am 10. August 1925 Uetersen schwer verwüstet hat.

Die beschriebene Familie Mendel ist reine Fantasie. Richtig ist jedoch, dass das heutige Alsterhaus sowie weitere Kaufhäuser im Besitz der jüdischen Familie Tietz waren. Das Vorgehen der *kalten Arisierung* war wie im Roman beschrieben.

Im Zuge der Wirtschaftskrise 1929 brachen die Umsätze der Tietzkaufhäuser um bis zu 46 % ein. 1933 wurden bereits zugesagte Kredite verweigert. Die Geschäftsführer, Georg und Martin Tietz und ihr Schwager Hugo Zwillenberg, mussten einem Entschuldungsplan zustimmen. Infolgedessen gingen die Aktien der Familie an die Commerzbank, Deutsche und Dresdner Bank über, die Familie Tietz bekam eine Abfindung von 12 Millionen Reichsmark und emigrierte in die Vereinigten Staaten.

Zu den zahlreichen Mietern im Meßberghof gehörte seit 1928 auch die Firma Tesch & Stabenow, die später das hochgiftige Zyklon B an Konzentrationslager lieferte.

Die SS Washington der United States Lines, einer der größten Liner, die bis dato je in Amerika gebaut worden waren, hat den Hamburger Hafen am 22. August 1939 mit Ziel New York verlassen. Ich habe eine meiner Figuren auf die Passagierliste geschummelt, die mir vorliegt. Den Namen nach zu urteilen, sind Juden an Bord gewesen. Meines Wissens ist es das letzte Schiff, das Hamburg in Richtung Amerika verlassen hat, ehe der Krieg am 1. September Europa erreicht hat.

Mein herzlicher Dank geht an meine wunderbare Lektorin Anne Sudmann, die es versteht, mit kleinen Hinweisen aus einem ordentlichen Text einen besseren zu machen.

Mindestens ebenso sehr danke ich meinen Leserinnen und Lesern! Sie schaffen die Bedingungen dafür, dass ich diesen großartigen Beruf ausüben und mich ganz darauf konzentrieren darf.

Danke!

LESEPROBE

LENA JOHANNSON
DIE
Malerin
DES NORDLICHTS
Edvard Munch war ihr Vorbild –
die Kunst war ihr Leben
ROMAN
atb

PROLOG

Dieses Licht! Wie soll sie es nur einfangen? Nirgendwo sonst auf der Welt hat es eine solche Klarheit wie in Åsgårdstrand. Das fast weiße Gelb im Kontrast zum blendenden Blau, funkelnd, flirrend und gleichzeitig klirrend kalt wie Eis. Nirgendwo, nicht in Paris, nicht in Kopenhagen oder in Tanum, über den Dächern Kristianias, das schon so lange Oslo heißt. Nur hier an diesem speziellen Platz am Fjord gibt es das. Als ob alles in diesem Licht enthalten wäre, der Geruch des Wassers, die Rufe der Seevögel, das Murmeln und Tuscheln der Wellen, die sacht auf die Steine des Strandes rollen. Die Segelschiffchen so schmerzhaft weiß. Sie zuerst. Nur feine Konturen, nicht leicht mit vor Kälte steifen Fingern. Die Masten zarte Striche vor blassem Schleier, die Bootsleiber bloß hohle Umrisse vor den bewegten Linien des Wassers.

Manchmal bedeutet ein Bleistiftstummel das größte Glück. Sie hat nur ihn. Keine Farbe, nur ein kurzer Bleistift. Mehr als genug. Für kräftige Farben war sie nie zu haben. Je nachdem, wie sie schraffiert, wie stark sie aufdrückt, kann sie die Flächen hell andeuten, wie einen kaum wahrnehmbaren Hauch. Oder dunkel und kraftvoll setzen, wie hier bei den Hügeln am Horizont. Die bunten Häuschen, die sich an den Hang krallen, senkrecht gestrichelte Holzverschalung. Für den Schatten in jeder Nut die Mine mit Druck über das Papier führen, nur nicht zu stark, dass die Spitze nicht abbricht. Sie hat nichts zu verschwenden. Ihre Hand eilt mit dem Stift über die Rückseite eines Zettels, der in irgendeiner Lebensmittelkiste gelegen hat. Abfall.

Im Ofen knistert ein Holzscheit. Auf der einen Herdplatte darüber steht der Kessel mit Wasser. Ein Tee wird guttun, der Wind pfeift manchmal eisig durch die Bretter, aus denen die Hütte zusammengezimmert wurde.

Plötzlich die vertraute Stimme in Signes Kopf: »Ich male nicht, was ich jetzt sehe, sondern das, was in meinem Geist ist, weil ich es vor langer Zeit gesehen habe.«

Onkel Edvard hatte ihr direkt in die Augen geblickt, als er diesen Satz zu ihr gesagt hat. Unendlich viele Jahre ist das her. Sie hatten sich in Åsgårdstrand getroffen, wo die Familie zusammenkam, um den Sommer am Fjord zu verbringen. Signe muss vier oder fünf gewesen sein. Mit dem Dampfschiff sind sie gekommen. Schon die Fahrt war ein Vergnügen gewesen. Drei Stunden von Kristiania, damals hieß es noch so. Das war etwas anderes als die lange Anreise mit der Eisenbahn von Trondheim im Norden bis hinunter in den Süden, wo in nicht weiter Ferne Nord- und Ostsee miteinander verschmelzen.

Im Damensalon gab es Fruchtsaft für die Kinder und Gebäck. Signe erinnert sich, dass sie nie am Samstag gefahren sind. Dann war der Dampfer brechend voll, denn die Väter waren unterwegs, die in Kristiania arbeiteten und zu ihren Familien in dem beschaulichen Seebad auf Besuch kamen.

Mit einem Mal ist Signe ganz weit weg, träumt sich fort nach

Åsgårdstrand. Morgens lief sie immer mit zum Bäcker. Dieser herrliche Duft von warmen Zimtschnecken! Zurück gingen sie stets einen anderen Weg, mal die Skolegaden hinunter, mal die Grevens Gade, die bis zu dem kleinen Hafen führt. Ganz gleich, welche Route man wählte, immer war die Straße so abschüssig, dass man achtgeben musste, nicht zu fallen. Signe liebte es, vorweg zu laufen. Lustig, wie sie von ganz allein schneller wurde, als könnte sie fliegen. Als ob die eigenen Beine sie überholten. Doch sie musste immer auf der Hut sein, dass sie nicht zu schnell wurde und stürzte und sich die Knie aufschlug oder womöglich das Kleidchen zerriss. Wie groß war dann die Enttäuschung in Mutters Blick. Dabei hatte Signe ihre Mutter nie enttäuschen wollen.

Die Wäscheleinen im Garten der Björnsons in der Nygaardsgaden 9 waren stets das Erste, was sie schon von der Mole aus sehen konnte. Mathilde Björnson, die Frau des Schusters, erledigte Wasch- und Bügelaufträge für die Sommergäste. Immer flatterten Hemden, Kleider und Nachtwäsche wie Fahnen über ihrem Rasen, knallten wie Peitschen, wenn der Wind hindurchfuhr.

»Ich male nicht, was ich sehe, sondern was ich gesehen habe, vor Jahren vielleicht«, hatte er ihr damals zwischen Levkojen und Johannisbeeren erklärt. »Der Anblick hat sich in meinen Kopf gebrannt, ist gereift, verstehst du? Male nicht, was du siehst, Signe, sondern das, was in deinem Kopf ist.«

Signe lächelt. So selten sie sich auch gesehen haben, er war immer da. Eigentlich müsste sie ständig nur ihn malen, denn er wohnt in ihrem Kopf, seit sie denken kann.

KAPITEL 1

Kristiania 1922

Lilla nahm Signes Hand und zog sie hinter sich her, von der Rosenkrantzgate zielstrebig in die Karl Johans Gate. Immer mehr Menschen drängten sich auf den Gehwegen und auf der Straße. Signe wäre lieber umgedreht, doch sie konnte sich Lillas festem Griff ebenso wenig entziehen wie deren Begeisterung.

»Sieh nur, diese Farben!«, rief Lilla gegen das Lachen und Jubeln der Passanten an. In der Tat, welche Pracht. Der Flieder malte violette Tupfer in das dunkle Grün der Sträucher, die den breiten Boulevard säumten. Männer, Frauen und Kinder trugen ihre Trachten, schwarz mit roter und weißer Stickerei, dazu Silberknöpfe, grüne und blaue mit Blumen bestickte Kleider über gestärkten Blusen und schneeweißen Strümpfen.

»Das Schloss strahlt wie das einer Eiskönigin. Der hellblaue Himmel und überall die Fahnen. Rot wie Liebe und Leidenschaft, Blau wie Treue und die kalte Schulter.« Lilla warf den Kopf in den Nacken und ließ ihre weißen Zähne sehen, als sie lachte. Der Umzug war schon durch, wenigstens das, die ersten Schaulustigen gingen bereits wieder. Das Gedränge würde sich auflösen. Die einen machten sich auf den Weg nach Hause, die anderen würden den Nationalfeiertag mit viel Alkohol – nicht offiziell natürlich – und Musik begehen, bis er Geschichte war.

»Deine Schulter ist doch gar nicht so blau, dafür umso kälter.« Signe stolperte hinter der ungestümen Lilla her.

»Was sagst du?«, brüllte die.

»Wie vielen jungen Kerlen hast du in diesem Frühjahr schon das Herz gebrochen?«

»Gute Idee«, erwiderte Lilla mit einem verschmitzten Lächeln. Ihre Nase kräuselte sich, die Sommersprossen darauf begannen zu tanzen. »Lass uns ins Grand Café gehen und sehen, ob jemand da ist, den man verrückt machen kann.«

Signe entzog ihr die Hand. »Nein, Lilla, heute nicht. Ich will noch an meinem Bild für die Herbstausstellung arbeiten.« Signe Munch war mit ihren achtunddreißig Jahren weit davon entfernt, ein junges Mädchen zu sein. Trotzdem, wann immer sie an die Herbstausstellung dachte, flatterte ihr Inneres, als sei sie ein Backfisch ohne jegliche Lebenserfahrung. Kein Wunder, die Präsentation zeitgenössischer Kunst war in Kristiania ein jährliches Ereignis mit großem Gewicht. Endlich durfte sie dabei sein. Es war weiß Gott ein langer Weg gewesen, doch nun war es so weit, einige ihrer Bilder würden neben denen der ganz Großen hängen! Als Künstlerin war Signe ein Backfisch, und ihre Teilnahme an dieser Ausstellung war der erste Schritt, die Reife zu erlangen, die eine Malerin von achtunddreißig Jahren längst haben sollte.

»Heute nicht. Das sagst du immer.« Lilla zog einen Flunsch. »Wer malen will, muss sehen. Mehr als seine vier Wände.« Sie strich sich die beinahe weißblonden kinnlangen Haare hinter das Ohr.

»Also schön, ein Kaffee kann wohl nicht schaden.«

Kaum hatten sie das Grand Café betreten, bereute Signe ihre Entscheidung. Tief dröhnende und schrille Stimmen vereinigten sich zu einem kaum erträglichen Brei, als würden sämtliche Instrumente des Philharmonischen Orchesters gleichzeitig unterschiedliche Konzerte spielen. Unmöglich, ein sinnvolles Gespräch mit Lilla zu führen. Was aber sollte man in einem Café anfangen, außer ein Gespräch zu führen, wenn man nicht allein war? Sie zupfte ihre Freundin am Ärmel, doch die hatte bereits einen Kellner becirct, der sie zu einem der letzten freien Tische führte. Während sich Lilla geschmeidig und geschickt zwischen den Menschen in den feinen Kleidern hindurchmanövrierte und kokett lachte, wenn sie sich gar zu eng an einen Herrn schmiegen musste, um zwischen zwei Tischen hindurchzuschlüpfen, war es Signe unangenehm. Sie neigte sich weit zu einer Seite, um einer übergroßen Hutkrempe auszuweichen, dabei streifte sie den Rücken einer Dame und wäre fast einem älteren Herren in die Arme gestolpert. Das Orange der Tapeten stach in Signes Augen, Hitze staute sich unter der Holzdecke und nahm ihr den Atem. Wenigstens stand der kleine quadratische Tisch direkt am Fenster. Sie konnte Familien und Paare draußen auf der Karl Johans Gate flanieren sehen. Fröhliche Kinder, unbeschwert, Vater und Mutter an ihrer Seite.

»Nun schau doch nicht aus der Wäsche wie eine Kuh, die man zur Schlachtbank führt.« Lilla rückte das rote Sesselchen nah an das von Signe, um weniger schreien zu müssen. »Ich sollte eine Flasche Champagner bestellen, was denkst du?«

»Was ich dann denke? Dass du komplett den Verstand verloren hast.«

Lilla lachte laut, ein Herr am Nebentisch sah zu ihr herüber.

»Die Bohèmiens haben es uns doch vorgebetet«, sagte sie unbekümmert, »wir sollen uns von unseren Eltern lossagen und in Armut leben. Jedenfalls so ähnlich. Eine Flasche Champagner kostet ein Vermögen, das ich nicht besitze. Aber meine Eltern. Ich könnte womöglich zwei Fliegen mit einer Klappe schlagen.«

»Ich bleibe trotzdem bei Kaffee.«

Signe wusste nie, wann Lilla es ernst meinte. Sie hatten sich auf der Kunstakademie kennengelernt. Nicht nur achtzehn Jahre trennten sie, sondern im Grunde ihr ganzes Leben. Und doch waren sie Freundinnen geworden.

»Kaffee!«, sagte Lilla abfällig. »Signe, du bist frei. Wann willst du das endlich feiern? Es ist dein erster Sommer als freie Frau. Zeit, dich wieder zu verlieben, denkst du nicht?« Lilla sprach für Signes Geschmack viel zu laut. Selbst bei diesem Geräuschpegel, musste der Herr am Nachbartisch einige Brocken verstanden haben. Sein süffisantes Grinsen bestätigte Signes Vermutung.

»Nein, danke. Schon gar nicht in einen Mann, den man im Grand Café kennenlernen könnte.« Sie warf dem Nachbarn einen direkten Blick zu. Er wandte sich ab.

»Seit deiner Scheidung hockst du nur noch vor deiner Staffelei«, beharrte Lilla.

»Natürlich! Ich habe mich ja für meine Malerei scheiden lassen. Was sollte ich also sonst tun?«

»Du solltest feiern. Ich warte seit Monaten darauf, dass du mich einlädst.«

»Es gibt nichts zu feiern, Lilla, es ist kein Triumph.«

»Wie bitte? Selbstverständlich ist es ein Triumph. Du hast dir die Kunst zurückerobert.«